O tempo e o vento [parte 1]

Erico 120 ANOS

ERICO VERISSIMO 1905-2025

Erico Verissimo

O tempo e o vento [parte 1]
O Continente vol. 2

Ilustrações
Paulo von Poser

17ª reimpressão

Companhia Das Letras

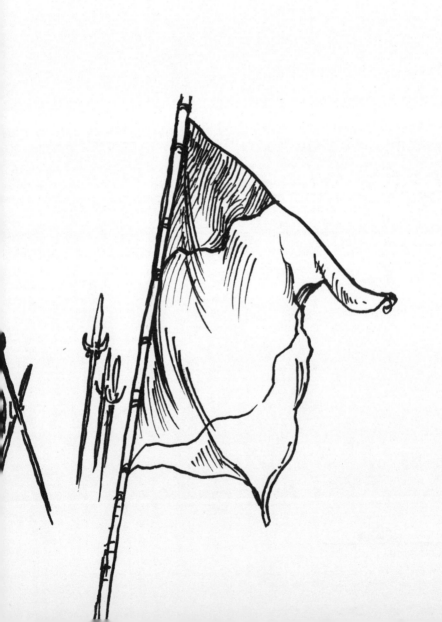

10 Mapa do Continente de São Pedro
 12 Árvore genealógica da família Terra Cambará

 14 A teiniaguá
170 O Sobrado v
181 A guerra
261 O Sobrado vi
274 Ismália Caré
390 O Sobrado vii

402 Cronologia
427 Crônica biográfica

Mapa do Continente de São Pedro

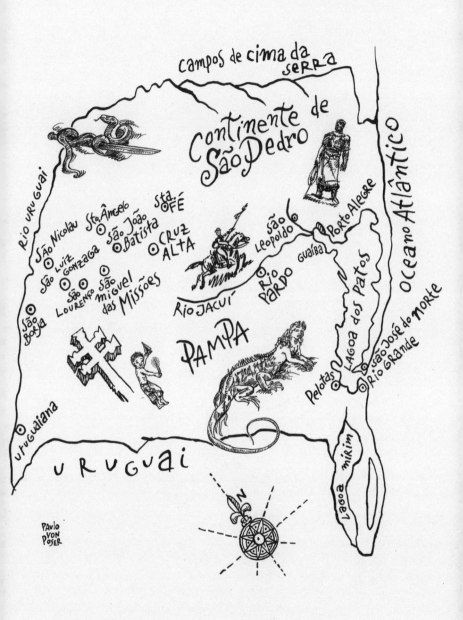

Árvore genealógica da família Terra Cambará

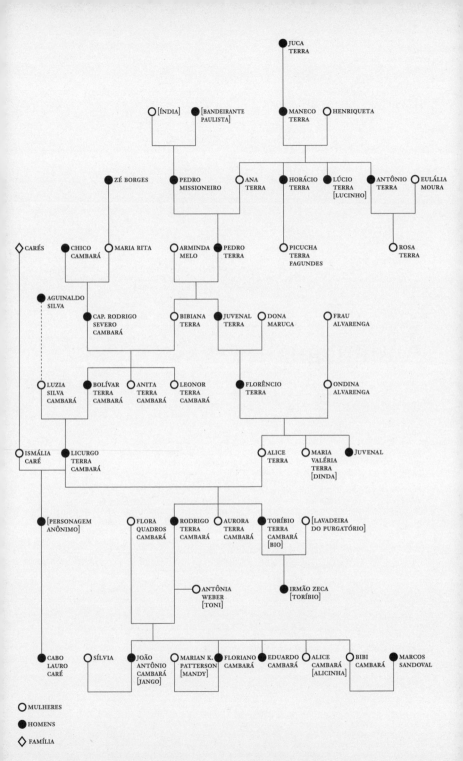

A teiniaguá

I

Em 1850 a vila de Santa Fé foi elevada a cabeça de comarca e seu primeiro juiz de direito, o dr. Nepomuceno Garcia de Mascarenhas, natural do Maranhão, veio morar com a esposa numa das casas de alvenaria que o cel. Bento Amaral mandara recentemente construir na rua dos Farrapos. Era o dr. Nepomuceno um homem de estatura mediana, que impressionava logo pelo comedimento de gestos, palavras e opiniões. Andava sempre de sobrecasaca preta e dificilmente se separava de sua bengala de castão de prata. De olhos empapuçados e mortiços, voz velada e lenta, tinha um ar de sonâmbulo acentuado pelo andar tateante e meio cansado, que aos íntimos ele explicava ser devido ao fato de ter pés chatos. Passava o juiz de direito por bom latinista, razoável matemático e exímio jogador de xadrez. Era maçom, adorava Chateaubriand e nas horas vagas fazia sonetos.

Juiz íntegro, homem austero, o novo magistrado de Santa Fé se impôs desde logo ao respeito e à admiração dos habitantes da vila. E afeiçoou-se de tal maneira àquele lugar, cujos bons ares lhe haviam restaurado a saúde da esposa, que resolveu não mais sair dali. E, como prova de estima e gratidão à vila e seus habitantes, organizou e mandou publicar por conta própria, numa tipografia de Porto Alegre, o primeiro *Almanaque de Santa Fé*, que apareceu em janeiro de 1853, com informações sobre a topografia, a geologia, a fauna e a flora do município, além dum calendário completo, com conselhos aos agricultores e horticultores, bem como páginas amenas e instrutivas de literatura e humorismo, charadas, logogrifos, enigmas pitorescos, etc.

Abria o *Almanaque* uma descrição literária da cidade, feita pelo próprio dr. Nepomuceno. Começava assim:

> A vila de Santa Fé, cabeça da comarca de São Borja, e da qual temos a desvanecedora honra de ser o primeiro juiz de direito, é uma das flores mais formosas do vergel serrano. Situada sobre três colinas e cercada de campinas onduladas, lembra ela ao viandante, singelo mas gracioso presepe. Prodigamente dotada pela natureza, seus bons ares e suas cristalinas águas são propícios à longevidade, razão pela qual muitos de seus habitantes, em geral de costumes morigerados, passam dos noventa anos, como foi o caso extraordinário do preto escravo conhecido pela antonomásia de Sinhô d'Angola, o qual durou mais duma centúria, e do Cacique Fongue, que viu pela

primeira vez a luz do dia na redução de Santo Ângelo, por volta de 1750, e o qual ainda hoje por aqui vive em pleno gozo de suas faculdades mentais.

O *Almanaque* oferecia também a seus leitores um "escorço histórico" da vila, no qual o autor prestava uma homenagem à família Amaral, cujo fundador foi "esse venerando cidadão, o Cel. Ricardo Amaral, o primeiro povoador destes campos, um bandeirante na verdadeira extensão do vocábulo, e que morreu como um bravo, no lendário combate do Passo das Perdizes". Vinha a seguir uma referência de dez linhas ao filho de Ricardo, Francisco Amaral, "o fundador de Santa Fé", e depois uma página inteira dedicada a seu neto, o cel. Ricardo Amaral Neto, "que tanto contribuiu para o engrandecimento deste município, de cuja Câmara foi o primeiro presidente". Após a enumeração das qualidades morais de Ricardo Amaral Neto e de seus feitos na paz e na guerra, a biografia terminava assim: "e em 1836 baqueou como um bravo, de armas na mão, dentro de sua própria casa, defendendo a legalidade". Havia por fim três páginas dedicadas à personalidade do cel. Bento Amaral, "atual chefe político deste município, deputado à Assembleia Provincial, verdadeiro varão de Plutarco que perpetua no tempo e na admiração de seus coevos um nome honrado e uma tradição de virtudes cívicas e privadas".

O *Almanaque* circulou em Santa Fé e arredores, onde foi lido, comentado e apreciado. E através de seus dados estatísticos e de suas informações — escrupulosamente colhidos pelo próprio dr. Nepomuceno — ficaram os santa-fezenses sabendo que a vila possuía agora sessenta e oito casas, entre as de tábua e de alvenaria, e trinta ranchos cobertos de capim; e que sua população já subia a seiscentas e trinta almas. Informava ainda o dr. Nepomuceno que Santa Fé contava com quatro bem sortidas casas de negócio, uma agência do correio "cuja mala, lamentamos dizê-lo, chega apenas uma vez por semana", uma padaria, uma selaria e uma marcenaria.

A ciência de Hipócrates está representada entre nós pelo ilustrado Dr. Carl Winter, natural da Alemanha e formado em Medicina pela Universidade de Heidelberg e que fixou residência nesta vila em 1851, data em que apresentou suas credenciais à nossa municipalidade. Não podemos deixar de mencionar o nosso Clotário Nunes, médico homeopata bem conceituado, e o curandeiro conhecido popularmente por Zé das Pílulas, muito procurado por causa de suas ervas medicinais cujos segredos diz ele ter aprendido dos índios coroados, dos quais parece ser descendente.

Causou também muito boa impressão a parte do *Almanaque* em que o dr. Nepomuceno rememorava as guerras em que os filhos de Santa Fé haviam tomado parte.

Nossa vila (e aqui peço vênia para usar o possessivo nossa, uma vez que me considero um santa-fezense de coração se não de nascimento) tem pago pesado tributo de sangue e heroísmo no altar da pátria. Muitos foram os oficiais e soldados que deu para as lutas de que esta Província tem sido teatro, e pode-se dizer sem exagero que não houve geração que não tivesse visto pelo menos uma guerra. Durante a luta civil que por espaço de dez anos ensanguentou o solo generoso do Continente, muitos foram os santa-fezenses que participaram dela, quer nas hostes farroupilhas quer nas forças legalistas. Não me cabe aqui, como magistrado e como homem infenso às paixões políticas, manifestar simpatias ou lançar diatribes. O que passou passou e mais vale esquecido do que lembrado, pois uma luta fratricida é mil vezes mais horrenda do que as guerras entre as nações. Graças ao Supremo Arquiteto do Universo, o sol da paz raiou benfazejo no horizonte da Província, e os inimigos de ontem se deram as mãos e recomeçaram a trabalhar juntos em prol da grandeza da Pátria comum. Mas, ai!, ainda nem bem se haviam cicatrizado as feridas abertas pela guerra civil e já de novo eram nossos irmãos arrancados ao aconchego dos seus lares e ao seu trabalho pacífico, convocados mais uma vez pelo pressago clarim da guerra. Rosas, o tirano argentino, ameaçava a integridade de nosso Brasil, e era necessário fazer frente a essa ameaça. E assim mais uma vez os santa-fezenses formaram os seus batalhões de voluntários e nessa luta que nem por ser relativamente curta foi menos cruenta, muitos foram os filhos desta vila que tiveram atuação destacada. Entre eles é de justiça salientar o jovem Bolívar Terra Cambará, filho dum intrépido soldado, o Cap. Rodrigo Severo Cambará, morto heroicamente num combate que se feriu nesta mesma vila em princípios de 1836. Bolívar, esse denodado jovem, cujo nome parece trazer em si uma destinação gloriosa, guiou os seus cavalarianos numa carga de lança, destruindo um quadrado inimigo e arrancando, ele próprio, das mãos dum adversário a bandeira argentina! Esse ato de bravura valeu-lhe a promoção ao posto de primeiro-tenente, e uma citação especial em ordem do dia.

As anedotas do *Almanaque* foram muito apreciadas, bem como as poesias, algumas da lavra do próprio dr. Nepomuceno, e outras de poetas famosos como Camões, Tomás Antônio Gonzaga e Gregório de Matos. No "fecho de ouro" dum de seus sonetos, o juiz de direito concluía com rimas ricas que sob o veludo da rosa às vezes um acúleo se esconde.

Pouco tempo depois do aparecimento do *Almanaque*, o sonetista teve ocasião de sentir na própria carne a pungente verdade do verso. Sim — refletiu o magistrado —, seu anuário podia ser comparado a uma linda e perfumada rosa que a todos deleitara com suas cores e seu perfume. Mas trazia ela um espinho escondido e inesperado: o artigo intitulado "Residências de Santa Fé", que ele próprio escrevera sob o pseudônimo de Atala. Essa página, traçada com sinceridade e sem a menor intenção de ofender ou criticar quem quer que fosse, desgostara e irritara o cel. Bento Amaral. Ocupava-se o infeliz ensaio do sobrado que um tal Aguinaldo Silva mandara construir em Santa Fé. Depois de mencionar a simplicidade rústica da maioria das casas do lugar e de elogiar a solidez e a sobriedade do casario de pedra dos Amarais, "tão cheio de invocações históricas", Atala escreveu:

> O forasteiro que chega à nossa vila há de por certo quedar-se surpreso e boquiaberto diante duma maravilha arquitetônica que rivaliza com as melhores construções que vimos no Rio Pardo, em Porto Alegre e até na Corte. Referimo-nos à casa assobradada que o Sr. Aguinaldo Silva, adiantado criador deste município, mandou recentemente erguer na Praça da Matriz, num terreno de esquina com as dimensões de trinta e cinco braças de frente por uma quadra completa de fundo. Essa magnífica residência deve constituir motivo de lídimo orgulho para os santa-fezenses. Dotada de dois andares e duma pequena água-furtada, destacam-se em sua fachada branca os caixilhos azuis de suas janelas de guilhotina, dispostas numa fileira de sete, no andar superior, sendo que a do centro, mais larga e mais alta que as outras, está guarnecida duma sacada de ferro com lindo arabesco; por baixo desta sacada, no andar térreo, fica

a alta porta de madeira de lei, tendo de cada lado três janelas idênticas às de cima. Ao lado esquerdo, do sobrado, no alinhamento da fachada, vemos imponente portão de ferro forjado ladeado por duas colunas revestidas de vistoso azulejo português nas cores branca, azul e amarela, e encimadas as ditas colunas por dois vasos de pedra de caprichoso lavor. O terreno, a que esse portão dá acesso, está todo fechado por um muro alto e espesso que por assim dizer (perdoe-se-nos a ousadia da imagem) aperta a casa como uma tenaz. O efeito é assaz formoso, pois o 'Sobrado' (assim é a residência conhecida na vila) dá a impressão desses solares avoengos, relíquias de nossos antepassados lusitanos. Não devemos esquecer outro encanto, qual seja o seu vasto quintal todo cheio de árvores de sombra e frutíferas, como laranjeiras, pessegueiros, guabirobeiras, lindos pés de primaveras, cinamomos, magnólias e uma esplêndida e altaneira marmeleira-da-índia.

Convidados gentilmente pelo Sr. Aguinaldo Silva para visitar-lhe a residência, pudemos verificar que esta se acha dividida em 18 amplas peças, mui bem arejadas e iluminadas; com pé-direito bastante alto; e que as portas que separam essas peças umas das outras terminam em arco, em bandeirolas com vidros nas cores amarela, verde e vermelha. Os móveis são de autêntico jacarandá, muito pesados e severos, tendo pertencido, como nos informou o dito Sr. Silva, a uma Casa Senhorial do Recife, e sendo de lá trazidos para Porto Alegre num patacho e desta última localidade para cá em carretas.

O artigo terminava com um parágrafo que por assim dizer constituía a ponta do traiçoeiro espinho: "Assim, pois, seria o sobrado do Sr. Aguinaldo Silva um solar digno de hospedar até Sua Majestade D. Pedro II, caso o nosso querido Imperador nos desse a altíssima honra de visitar Santa Fé".

Pois esse artigo, escrito com um entusiasmo inocente e desinteressado, deixara o cel. Bento Amaral furioso.

— Essa é muito boa! — exclamou ele um dia na loja do Alvarenga. — O Imperador parando na casa do Aguinaldo! É de primeiríssima! Uma ideia estúpida assim só podia ter saído da cabeça daquele pé de pato!

Ficou muito vermelho e começou a sentir uma comichão na cicatriz em forma de *P* que lhe marcava uma das faces. O pe. Otero, que tinha ido comprar um emplastro na loja, ouviu a explosão, e como era amigo do juiz de direito, com quem habitualmente jogava longas partidas de xadrez (apesar de sabê-lo pedreiro-livre), arriscou:

— O doutor Nepomuceno não escreveu isso por mal, coronel...

— Não sei se foi por bem ou por mal — retrucou o outro, fitando o olhar encolerizado na face amarela do vigário. — O que sei é que escreveu. Ele devia saber quem é esse Aguinaldo Silva.

Pigarreou com fúria e escarrou no chão.

2

Mas, para falar a verdade, em Santa Fé ninguém sabia ao certo quem era Aguinaldo Silva. Claro, pela entonação da voz, via-se logo que o homem era do Norte. Ele próprio declarara ter nascido no Recife; o que não contava, mas os outros murmuravam, era que tivera de fugir de lá, havia muitos anos, por ter matado a esposa e o homem com quem ela o traíra. "Isso não é crime", observara um dia o Alvarenga, de cuja loja o nortista era bom freguês. "Um homem de vergonha não podia fazer outra coisa." Mas pessoas que sabiam da história com todos os pormenores explicavam que o duplo assassínio fora premeditado. Ao descobrir que a mulher o enganava, Aguinaldo a obrigara a marcar um encontro com o amante em seu próprio quarto de dormir. Simulara uma viagem mas ficara escondido debaixo da cama, e saltara do esconderijo em dado momento para estripar a facadas tanto o amante como a mulher. Havia no drama um detalhe dum trágico grotesco que os maldizentes usavam como remate humorístico do caso: "O homem estava começando a tirar a roupa quando Aguinaldo saiu de baixo da cama. O infeliz nem teve tempo de dizer ai: a faca do marido rasgou-lhe o bucho". Risadas. "No fim, acho que ele não sabia se segurava as calças ou as tripas." Pausa dramática. "Mas tanto as calças como as tripas acabaram caindo no chão." Novas risadas.

Eram essas as histórias que corriam em Santa Fé. Mas ninguém sabia de nada com certeza. Contava-se também que, depois de passar alguns anos no Rio de Janeiro e em Curitiba, com nome trocado, Aguinaldo viera para a Província de São Pedro, onde durante a guerra civil andara ora com as tropas farroupilhas ora com as forças legalistas, ao sabor de suas conveniências. Os que o conheciam de perto pintavam-

-no como um homem ladino, de olho vivo para os negócios, e que, obcecado pelo medo de ser logrado e sabendo que a melhor maneira de a gente se defender é atacar, tinha a preocupação permanente de lograr os outros. Baixo, de pernas muito curtas para o tórax anormalmente desenvolvido, era levemente corcunda e tinha, plantada sobre os largos ombros ossudos, uma cabeça triangular, de pescoço curto, e uma cara de chibo que a pera grisalha acentuava. Era feio, mas duma fealdade aliciante e simpática, muito ajudada por uma voz de inflexões macias e musicais. Apesar da cor amarelada do rosto, tinha uma saúde de ferro e aos setenta e dois anos ainda fazia tropas, dormia ao relento e campereava com o entusiasmo e a eficiência dum moço de vinte. Por muito tempo Aguinaldo recusara vestir-se como os gaúchos da Província. Conservara a indumentária de couro dos vaqueiros do Nordeste — o que lhe valera muitas vezes a desconfiança e a má vontade dos continentinos — e mesmo agora, que decidira abandoná-la em favor da bombacha, do pala e do poncho, conservava ainda o chapéu de sertanejo, de abas viradas para cima, o que, como dizia o dr. Nepomuceno, lhe dava uns ares napoleônicos. Aguinaldo amava o dinheiro mas não era sovina. Gostava de pagar "comes e bebes" para os amigos, vivia ajudando os necessitados, e era generoso para com seus agregados, peões e comissionados. Quando pela primeira vez aparecera em Santa Fé, no ano em que fora assinada a paz entre farroupilhas e legalistas, causara a pior das impressões. Chegara escoteiro, montado num cavalo magro e manco, e fazendo questão de mostrar a toda a gente que tinha as guaiacas atestadas de moedas de ouro. Começaram então a murmurar na vila que Aguinaldo havia descoberto uma salamanca lá para as bandas de São Borja. "Salamanca? Lorotas!", retrucavam outros. "Isso é dinheiro de contrabando. Conheço pelo cheiro." E um dia, numa roda de bisca na casa do Alvarenga, o pe. Otero comentou: "Seja como for, não deve ser dinheiro limpo". Mas os que precisavam de crédito para seus negócios não se preocuparam com averiguar a origem dos patacões, cruzados e onças de Aguinaldo Silva, quando este se aboletou num rancho nos arredores de Santa Fé e começou a emprestar dinheiro a juro alto. Quando sabia que um lavrador ou criador estava em dificuldades financeiras, procurava-o, blandicioso, e oferecia-lhe um empréstimo, pedindo como garantia terras ou gado num valor que em geral correspondia ao dobro ou ao triplo do capital emprestado. Se o homem era bem-sucedido nos negócios, lá voltava o dinheirinho para a bolsa de Aguinaldo, acrescido dos gordos juros.

Mas se a dívida se vencia e o devedor não estava em condições de liquidá-la, Aguinaldo, sem desmanchar dos lábios o sorriso amigo, sem a menor dureza na voz cantante, executava a hipoteca. Foi assim que com o passar dos anos, em que fez também muitas tropas e vendeu-as a charqueadores, Aguinaldo se apossou de várias propriedades de Santa Fé — inclusive da de Pedro Terra — e multiplicou sua fortuna de tal forma que já se dizia estar ele tão rico de campos, gados e moeda sonante quanto o próprio Bento Amaral.

Muito religioso, Aguinaldo ia à missa todos os domingos e fazia donativos à Igreja. O pe. Otero gostava de ouvi-lo contar histórias do sertão de Pernambuco em torno de cangaceiros, cabras valentes, lutas de família e casas assombradas; ficava admirado de ver como aquele caboclo analfabeto sabia narrar com fluência e colorido, com um sabor até literário.

Também dava muito na vista em Santa Fé o apego que Aguinaldo Silva tinha por dois filhos do lugar: Bolívar Cambará e Florêncio Terra. Conversando certa ocasião com o pe. Otero, Aguinaldo lhe dissera:

— Esses dois meninos são mesmo que filhos meus. Vosmecê sabe, seu vigário, perdi toda a minha gente. Da minha família só me sobrou uma neta, a Luzia, que está estudando num colégio na Corte. Quero que ela tenha o que eu não tive e o que os pais dela não tiveram. Tudo do bom e do melhor.

E um dia, quando o vigário e Aguinaldo se encontravam na praça, debaixo da figueira, conversando e olhando para o Sobrado, enquanto trabalhadores lhe caiavam a fachada, o pe. Otero perguntou:

— Ainda que mal pergunte, amigo, não acha que o Sobrado é um pouco grandote pra uma família tão pequena? Vosmecê não disse que só tinha uma neta?

— Disse. Mas acontece que um dia a Luzia vai casar e ter filhos. E os filhos da Luzia vão casar também e ter família. Quero reunir toda a cambada no Sobrado...

Ficou um instante pensativo, olhando para a casa. Depois acocorou-se à maneira dos sertanejos e começou a picar fumo. E assim nessa posição, com uma palha de milho atrás da orelha, contou ao padre que um dia, quando menino, vira uma cena que nunca mais lhe saíra da memória: um senhor de engenho cofiando as barbas brancas e sorrindo à cabeceira duma mesa comprida a que estavam sentados, comendo, rindo e conversando, os vinte e tantos membros de sua família — filhos, filhas, genros, noras, netos... Desde esse momento Aguinaldo decidira trabalhar como um burro para um dia ter também casa e família grande, com mesa farta e alegre.

— Mas Deus não quis que eu visse minha família reunida — murmurou ele, enrolando o cigarro. — Foi matando todos, um por um...

Ergueu os olhos para o vigário, ficou a contemplá-lo por alguns segundos, e depois murmurou:

— Nunca fui ao confessionário, padre, mas vou lhe contar aqui um segredo que nunca contei a ninguém. — Riu. — Não sei por que estou lhe dizendo isto, mas de repente me deu vontade...

Calou-se por um instante, seus olhos se perderam na direção dos campos. Depois, baixinho, num cicio, olhando furtivamente para os lados, contou:

— A Luzia não é minha neta de verdade. Peguei ela num asilo, quando ainda de colo. Era órfã de pai e mãe. Mas criei a menina como se fosse minha neta. Um homem não pode viver sem ninguém de seu, pode, padre?

O vigário sacudiu a cabeça negativamente. E o nortista acrescentou:

— Ela não sabe da verdade. Pensa que é minha neta mesmo.

O pe. Otero ficou um instante pensativo e depois disse:

— Não desanime, seu Aguinaldo. Vosmecê está ainda forte e se a Luzia casar o Sobrado pode estar cheio de crianças dentro de poucos anos.

— Se eu viver até lá.

— Há de viver, sim, se Deus quiser.

Aguinaldo fechou um olho, ficou um instante como que dormindo na pontaria e finalmente perguntou:

— Mas será que o Velho quer mesmo?

Dessa conversa resultou um novo donativo gordo para a Igreja. O vigário o recebeu sorrindo e a refletir assim: esse caboclo pensa que pode comprar a dinheiro favores de Deus. Mas bendisse os cruzados do pernambucano, pois precisava deles para custear um puxado que ia fazer na casa paroquial e para comprar uns castiçais novos para o altar-mor.

Quando Luzia deixou o colégio e mudou-se para Santa Fé, onde passou a ser a "senhora do Sobrado", todos acharam que, mais do que ninguém, ela merecia o título. E durante muito tempo a neta de Aguinaldo Silva foi o assunto predileto das conversas da vila. As mulheres reparavam nos seus vestidos, nos seus penteados, nos seus "modos de cidade", mas, bisonhas, não tinham coragem de se aproximar da recém-chegada, tomadas duma grande timidez e duma sensação de inferioridade. Em muitas esse acanhamento se transformava em hostilidade; noutras tomava a forma de maledicência. Luzia era rica, era bonita, tocava cítara — instrumento que pouca gente ou ninguém ali na vila jamais ouvira —, sabia recitar versos, tinha bela caligrafia, e lia até livros. Os que achavam que Santa Fé não podia dar-se o luxo de ter um sobrado como o de Aguinaldo, agora acrescentavam que a vila também "não comportava" uma moça como Luzia. Para alguns severos pais de família tudo aquilo que a forasteira era e tinha constituía uma extravagância ostensiva que os deixava até meio afrontados. E quando viam Luzia metida nos seus vestidos de renda, de cintura muito fina e saia rodada; quando aspiravam o perfume que emanava dela, não podiam fugir à impressão de que a neta do pernambucano era uma "mulher perdida" e portanto um exemplo perigoso para as moças do lugar. Por outro lado, o passado escuro de Aguinaldo não contribuía em nada para melhorar a situação da moça. Aqueles homens, dum realismo rude, olhavam para o Sobrado e para seus moradores como para intrusos e acabavam dizendo: "Isso não vai dar certo".

Os rapazes da vila, conquanto se sentissem atraídos por Luzia, concluíam quase todos que ela não era o tipo que desejavam para esposa. A moça causava-lhes um vago medo que eles não sabiam explicar com clareza, mas que em geral resumiam para si mesmos numa frase: "Não nasci pra corno". No entanto, desde o momento em que a rapariga chegara, Bolívar Cambará e Florêncio Terra ficaram fascinados por ela, cercaram-na de atenções e não perdiam pretexto para visitar o Sobrado. Faziam isso, porém, de maneira diferente. Bolívar não escondia seus sentimentos: mostrava-se como era — sôfrego, apaixonado, explosivo. Florêncio, entretanto, mantinha-se reservado, silencioso, mas duma fidelidade canina; portava-se, em suma, como um cachorro triste que — temendo ou sabendo não ser querido pela dona — limitava-se a ficar de longe a contemplá-la com olhos cálidos e compridos, cheio dum amor dedicado mas que não tem coragem de se exprimir.

Aguinaldo percebera tudo desde a primeira hora e observava, deliciado, a maneira como a neta tratava os dois rapazes, mangando com ambos, dando a um e outro esperanças que ela própria se encarregava de desmanchar dias ou horas depois com um gesto, uma palavra ou um encolher de ombros.

Como era natural, a história se espalhou depressa pela vila: Bolívar e Florêncio, primos-irmãos e amigos de infância, estavam apaixonados por Luzia Silva. Qual dos dois a moça iria escolher?

— Escolhe o Florêncio — dizia um — porque é o preferido do Velho.

— Não. O preferido do Aguinaldo é o Bolívar — afirmava outro.

— Mas, no fim de contas, qual é o preferido da moça?

— Decerto os dois! — maliciava um terceiro. — Ela tem olhos de mulher falsa.

— Mas não pode casar com os dois...

— Ué... Casa com um e depois fica amásia do outro. Gente de cidade grande não tem vergonha na cara.

Um dia alguém disse:

— O Florêncio e o Bolívar vão acabar brigando. É uma pena. Primos-irmãos... cresceram juntos como unha e carne. Agora vem essa bruaca estrangeira...

— Mas ela não é estrangeira. Nasceu em Pernambuco.

— Sei lá! Não sendo continentino pra mim é estrangeiro.

Em princípios de 1853, quando os santa-fezenses ainda comentavam o *Almanaque* do dr. Nepomuceno, espalhou-se por toda a vila a notícia de que Luzia Silva ia contratar casamento com Bolívar Cambará.

Um habitante antigo do lugar, que conhecera o cap. Rodrigo, murmurou:

— Se o rapaz puxou pelo pai, tenho pena da moça...

Mas um outro, que sabia das histórias que corriam sobre o passado de Aguinaldo, retrucou:

— Mas se a moça puxou pela avó, a corrida vai ser parelha.

3

Acordou sobressaltado, sentindo que havia soltado um grito. Pulou da cama automaticamente e ficou de pé no meio do quarto escuro, na estonteada aflição de quem se vê de súbito sem memória e não sabe quem é nem onde está — mas sente que algo de terrível está acontecendo.

"Meu filho!"

Donde vinha aquela voz? Da direita? Da esquerda? De onde?

"Meu filho!" Quase sem sentir, como uma criança que tem medo da escuridão, ele gritou: "Mamãe!".

A memória então lhe voltou. Era Bolívar Cambará, estava em sua casa, em seu quarto e fazia algum tempo que se deitara para dormir. Mas o medo ainda lhe comprimia o peito, e era mais terrível ainda porque ele não lhe conhecia a causa. Alguma coisa o fizera soltar um grito e acordar assustado, alguma coisa que decerto estava agora escondida num dos cantos do quarto escuro... Por isso a voz de sua mãe era uma esperança de socorro. Ele queria luz: ele queria a mãe.

Uma porta se abriu e Bibiana apareceu com uma vela acesa na mão. A chama alumiava-lhe o rosto. E por um segundo Bolívar de novo voltou à infância. Pareceu-lhe até sentir o cheiro do óleo da lamparina. O rosto da mãe lhe deu a sensação de segurança de que ele precisava. Seu primeiro ímpeto foi o de caminhar para ela, buscando a proteção de seus seios, de seus braços, de seu ventre. Para ele, mãe e luz eram duas coisas inseparáveis. Quando menino, muitas vezes acordava assustado no meio da noite, começava a chorar e só se acalmava quando a mãe acendia a lamparina e o tomava nos braços para o embalar.

— Que foi que aconteceu, meu filho? — perguntou ela caminhando descalça para o rapaz e pondo-lhe a mão no ombro. — Está sentindo alguma coisa?

— Não é nada, mãe.

De repente teve vergonha da situação. Um homem de quase vinte e três anos portando-se daquela maneira...

Bibiana empurrou Bolívar para a cama, de mansinho. Bolívar deixou-se levar.

— Deita, meu filho.

Ele obedeceu. Bibiana sentou-se na beira da cama, depôs o castiçal sobre a mesinha de cabeceira e puxou a colcha de algodão, cobrindo o filho.

— O sonho veio outra vez?

— Veio.

Desde que voltara da guerra, Bolívar sonhava periodicamente com o homem que matara numa carga de lança. Claro, tinha matado muitos outros, em diversos entreveros: mas havia um que ele não podia esquecer... Vira-lhe bem o rosto no momento em que sua lança lhe penetrara o tórax, num estalar de costelas — uma cara contorcida pela dor e pelo medo, com o sangue a escorrer pelos cantos da boca...

E agora, ali junto da mãe, pensando em tudo isso, Bolívar mais uma vez teve vontade de desabafar com ela, contar-lhe o que nunca contara a ninguém. Queria dizer: "Foi de mau que matei ele. O combate tinha terminado. O quadrado estava rompido. Os argentinos se entregavam. Foi então que vi aquele homem. Olhou pra mim, ergueu os braços e gritou: 'Amigo, amigo!'. Estava doido de medo, o pobre... Estava desarmado... Esporeei o cavalo, arranquei pra cima dele e enterrei-lhe a lança no peito. Eu estava como louco, meio cego... O homem caiu de costas com a lança espetada no peito e eu fiquei olhando... Era bem moço e estava de olhos vidrados. Eu matei aquele homem por maldade. Mas não sou bandido, mãe, juro por Deus que não sou!".

Bolívar olhava para a mãe mas não dizia nada. Falava apenas em pensamento, confessava tudo. E em pensamento também chorava, tirava aquela ânsia do peito, desabafava...

Como se tivesse ouvido as palavras que o filho não pronunciara, Bibiana começou a passar-lhe as mãos pelos cabelos e a dizer:

— Não é nada, Boli. Guerra é guerra.

Ela sempre lhe contava as histórias do cap. Rodrigo e as que sua avó Ana Terra lhe narrara sobre revoluções, violências e crueldades. Parecia que aquelas mulheres estavam habituadas à ideia de que um homem para ser bem macho precisava ter matado pelo menos um outro homem.

— Sonhei que o morto estava em cima do meu peito — disse Bolívar — e que o sangue que saía da boca dele escorria pra dentro da minha e me afogava...

— Por que não esquece isso, meu filho? O que passou passou.

— Mas não passou, mãe. De vez em quando o sonho volta. Cada vez que ele vem, é o mesmo que matar de novo aquele homem.

— São os nervos, Boli. É por causa de amanhã.

No dia seguinte ia haver uma festa no Sobrado para festejar o contrato de casamento de Bolívar com Luzia Silva. Era natural que o noivo estivesse preocupado.

Bibiana tomou de novo o castiçal e ergueu-o diante do rosto de Bolívar. Viu a chama refletida nas pupilas do filho, uma pequena vela acesa em cada olho.

— Agora dorme. Tudo passa. Fecha os olhos e faz força pra não pensar.

Bolívar cerrou os olhos e pediu:

— Deixa a lamparina acesa.

— A lamparina? — estranhou ela.

— A vela, digo.

Lembrou-se dos tempos de menino quando suplicava: "Não apaga a luz, que eu tenho medo".

Os dedos dela eram frescos e leves sobre sua testa. Sentiu quando ela se erguia, ouviu-lhe os passos macios nas tábuas do soalho e o ruído da porta que se fechava de mansinho. De novo teve a sensação de abandono e de inexplicável medo. No silêncio começou a ouvir o tique-taque do relógio sobre a mesinha de cabeceira.

Era o relógio que pertencera a seu avô, Pedro Terra. Quando menino, Bolívar costumava pedir ao velho que o deixasse escutar o coração do relógio. "Não é coração, Boli. É uma máquina", explicava Pedro. O coração de Pedro Terra tinha parado para sempre. Mas o do relógio ainda continuava a bater.

Bolívar revolveu-se na cama, e então o pensamento que estava tentando evitar lhe veio de novo, com uma força tão terrível que lhe pôs o sangue a pulsar nas têmporas com fúria entontecedora. O quarto de súbito como que ficou cheio da presença do negro Severino.

O suor escorria pela testa e pelas faces de Bolívar, e ele sentia a camisa pegajosa e úmida colada às costas e ao peito. Precisava sair para o ar livre, procurar a companhia de alguém. Pensou em ir acordar o primo. Florêncio era o seu melhor amigo, a única pessoa com quem se podia abrir. Sim, devia levantar-se e sair. Mas não saía. Ficou na cama, deitado de costas, com a impressão de ter o mundo inteiro em cima do peito.

Havia uma coisa que não lhe saía da mente: "Amanhã Severino vai ser enforcado por minha culpa". Todos diziam que fora o depoimento de Bolívar Cambará que o condenara. O júri se realizara havia mais de ano, o processo se arrastara, fora mandado em recurso final ao Tribunal da Relação do Rio de Janeiro, que confirmara a sentença. Severino ia ser enforcado no dia seguinte, às cinco da tarde, na praça da Matriz... Era a primeira condenação à morte na história de Santa Fé. Na expectativa do grande espetáculo, a população estava excitada, como em vésperas de quermesse ou de cavalhadas. Iam até botar cadeiras ao redor da forca...

Havia pouco mais de um ano aquele crime ocupara todas as atenções na vila e no município. Os habitantes antigos do lugar afirmavam que fora o mais horrível de quantos tinham lembrança. Dois tropeiros desconhecidos haviam pedido pousada numa chácara das cercanias da vila, onde morava um oleiro viúvo servido por um único escravo, Severino. Jantaram os viajantes na companhia do oleiro e durante o jantar — em que foram atendidos pelo preto — declararam ter recebido muito dinheiro da venda duma tropa de mulas. E, como fossem partir no dia seguinte, antes do nascer do sol, quiseram, antes de se recolherem, pagar a hospedagem, e um deles tirou uma onça de ouro da guaiaca recheada de moedas. O dono da casa — segundo ele próprio contou mais tarde às autoridades — mostrou-se melindrado com aquele gesto e recusou receber o dinheiro. Onde se viu um gaúcho cobrar hospedagem em sua casa? Os viajantes recolheram-se ao quarto e no dia seguinte foram ambos encontrados mortos, com as cabeças esmigalhadas. Ao descobrir os cadáveres, o oleiro — de acordo com seu próprio depoimento — gritou por Severino e verificou que o negro havia desaparecido. Aconteceu que na noite do crime Severino pedira guarida a Bolívar, dizendo ter fugido do amo por não poder suportar-lhe os maus-tratos. Bolívar ficou intrigado ao ver manchas frescas de sangue na camisa e nas calças do escravo.

— Que é isso, Severino?
— Sangre.
— Eu sei. Mas de quem?

O negro pareceu hesitar um instante e depois disse:
— Meu. Foi da sova que apanhei ind'agorinha.
— Tire a camisa. Vamos botar remédio nas feridas.
— Não carece.
— Tire a camisa! — ordenou Bolívar.

Severino então começou a tremer e a balbuciar coisas que Bolívar não entendeu, e num dado momento olhou para a porta com olhos cheios de pavor, precipitou-se na direção dela, e fugiu. Foi preso no dia seguinte nuns matos dos campos dos Amarais e trazido para a vila. Chamado a depor, Bolívar contara o que vira. Interrogado pelas autoridades, o negro chorou, negando ter cometido o crime. Como as guaiacas das vítimas não tivessem sido achadas, perguntaram a Severino onde as havia escondido.

— Não escondi nada — choramingou ele. — Não matei ninguém. Não sei nada. Sou um pobre negro.

Contava mais, que na noite do crime o patrão o acordara a chicotadas e ameaçara-o com um facão, gritando:
— Vai-te embora, negro sujo, senão eu te sangro!

O oleiro, entretanto, negava tudo isso, como negara também haver surrado o escravo na noite em que os tropeiros lhe pediram hospitalidade.

O júri foi dos mais movimentados em toda a vida de Santa Fé desde que ela fora elevada a cabeça de comarca. Entre os juízes de fato estavam Bento Amaral, Aguinaldo Silva e Juvenal Terra. O promotor foi implacável. Achava que um crime daquela natureza não podia ficar impune; tinha de ser punido com a máxima severidade "para que, senhores jurados, não fique estabelecido um precedente horrível que haveria de trazer a inquietude e o pavor permanentes a todos os senhores de escravos, a todas as casas, a todas as famílias". E continuou: "O depoimento do Sr. Bolívar Cambará, pessoa que nos merece a maior confiança, deixa o caso claro como um cristal. Na noite do crime o negro o procurou e estava com as roupas ensanguentadas. Que dúvida pode ainda subsistir? Era o sangue das vítimas inocentes, pois, se fosse o sangue do próprio escravo, como ele parecia insinuar, por que se recusou Severino a mostrar suas feridas ao homem junto do qual buscava proteção?".

Severino foi declarado culpado por todos os juízes, menos por Juvenal Terra, que mais tarde afirmou a amigos: "Esse negro eu conheço desde menino. Brincou com o Florêncio e o Bolívar. Não é capaz de matar uma mosca. Homem e cavalo eu conheço pelo jeito de olhar".

Bolívar revolveu-se na cama e ficou deitado de bruços, com os braços dobrados e os punhos cerrados debaixo do peito, sentindo o bater furioso do coração. Pensou no coração do Severino a pulsar naquele pobre peito escuro e lanhado. Decerto àquela hora o negro estava acordado na sua cela, esperando o clarear do dia de sua morte. Mas quem Bolívar via em pensamentos na cadeia não era o Severino homem-feito, mas sim o menino que brincava com ele e Florêncio debaixo da figueira da praça. E esse menino agora ia morrer só por causa dumas palavras que seu amigo Boli dissera às autoridades...

Bolívar procurou pensar em Luzia, esforçou-se por se convencer a si mesmo de que tudo estava bem: ele ia casar com a mulher que amava, com a mais linda moça de Santa Fé; um dia seria o senhor do Sobrado... Mas era inútil. Seu mal-estar continuava: aquela aflição, aquele peso no peito, a sensação de que algo de horrível estava por acontecer... E a lembrança de Luzia agravava essa sensação. E, sem compreender como, Bolívar odiou a noiva. Odiou-a por tudo quanto sentia por ela, odiou-a porque ela era bela, rica e inteligente. E odiou-a principalmente por causa de seus caprichos de mocinha mimada. Ele lhe pedira, lhe suplicara quase, que transferisse a festa do noivado para outro dia qualquer, a fim de que a cerimônia não coincidisse com a hora do enforcamento de Severino. Luzia batera pé: "Não, não e não!". O pe. Otero interviera, dizendo que não era direito estarem se divertindo no Sobrado enquanto um cristão morria ali na praça. Mas Luzia não cedera. Achava que não havia nenhuma razão para modificar seus planos. Já tinham preparado tudo: os convites estavam feitos, os doces prontos... Se as autoridades quisessem, que transferissem a execução. E Aguinaldo, que sempre acabava fazendo as vontades da neta, deu-lhe todo o apoio: "Luzia é a dona da casa e da festa. Ela é quem manda".

Bolívar sentia o pulsar do próprio sangue no ouvido que apertava contra a fronha. Seu coração batia com tanta força que parecia sacudir a cama, a casa, o mundo. E batia de medo — medo do que ia acontecer depois que o dia raiasse...

De repente Bolívar descobriu por que sentia aquilo. Era a impressão de que ele, e não Severino, é que ia ser enforcado. Aquela era a sua última noite. Não podia dormir. Era inútil tentar. O pavor da morte mantinha-o de olhos abertos.

Atirou as pernas para fora da cama e levantou-se. Como era seu hábito, dormia vestido. Apanhou as botas e começou a caminhar na direção da porta, procurando não fazer barulho. E, quando se viu a andar pé ante pé na casa silenciosa, teve a impressão de que era um ladrão ou de que ia matar alguém... E num segundo passou-lhe pela mente uma ideia confusa e horrenda: *Ele, Bolívar, tinha assassinado os dois tropeiros. Severino estava inocente, agora se lembrava. A machadinha, os dois homens ressonando no quarto escuro. Depois o estralar dos ossos daquelas cabeças, como cocos que se partem.* Bolívar respirava com dificuldade. Tinha os olhos fechados e procurava espantar aquela ideia. Devo estar louco por pensar essas barbaridades.

Continuou a andar, com todo o cuidado. Mas o soalho rangeu e a voz da mãe veio do outro quarto:

— Bolívar!

Por um instante ele não respondeu. Estava trêmulo, assustado, como se tivesse sido descoberto no momento em que ia cometer um crime. A porta abriu-se, e de novo lá estava d. Bibiana, com os cabelos grisalhos caídos sobre os ombros. A luz da vela, que mal alumiava o quarto, não chegava até o rosto dela.

— Que é que o meu filho tem?

— Não é nada, mãe. Só que não pude dormir.
— São os nervos.
Houve um silêncio. Bolívar calçou as botas, e depois disse:
— Vou caminhar um pouco pra refrescar.
— Vai, meu filho, mas não demora. Amanhã precisas estar bem-disposto.

Bolívar saiu com a impressão de que não voltaria mais, nunca mais.

4

Era uma noite calma, e morna, de lua cheia. Bolívar começou a andar sem saber ao certo aonde ia, mas seus passos o levaram na direção da casa de Florêncio. Tinha a impressão esquisita de não estar bem acordado. Seus pés pesavam como chumbo e parecia que o chão lhe fugia às pisadas. Galos amiudavam nos terreiros e isso deixava tudo mais estranho — pois embora ele sentisse que os galos estavam cantando, esse canto não chegava a mover o ar morto da noite. Houve um instante em que Bolívar desconfiou de que tudo aquilo era apenas um sonho. Talvez fosse. Talvez de repente acordasse para verificar que estava ainda em sua cama. No entanto andava sempre, via as casas ao luar, os quintais onde árvores escurejavam, as sombras das casas na rua, os frades de pedra na frente da venda do Schultz, da loja do Alvarenga e da agência do correio. Ele estava acordado, não havia dúvida. E agora começava a doer-lhe a cabeça — uma dor de canseira e de tontura, um mal-estar de febre. Um gato cinzento passeava por cima dum telhado e seus olhos fuzilaram. De repente, num choque, Bolívar lembrou-se dum gato que, quando menino, ele vira um escravo enforcar no fundo do quintal, e o guincho estrangulado do animal lhe traspassou a memória como uma agulhada. E lá de novo estava Severino pendurado na forca, e o coração de Bolívar a bater-lhe como um possesso dentro do peito.

Decerto estou doente, com febre — refletiu ele ao chegar à frente da casa de Florêncio Terra. Ficou indeciso. Precisava chamar o amigo sem acordar as outras pessoas da casa. Entrou pelo portão lateral e bateu de leve na janela do quarto do primo. Não teve nenhuma resposta. Tornou a bater com mais força, chamando:

— Florêncio... Florêncio!

Esperou. Ouviu um arrastar de pés dentro do quarto. Depois a janela se entreabriu.

— Quem é?
— Sou eu. O Boli.
— Que foi que houve?

A cabeça de Florêncio apareceu.

— Nada. Só que não posso dormir... — começou a dizer Bolívar. E de repente sentiu vergonha daquela situação. Estava ali como um menino assustado pedindo a proteção dum mais velho. Ficou desconcertado, sem atinar com o que fazer. Florêncio compreendeu tudo e murmurou:

— Espera um pouquinho que já saio. — E fechou a janela.

Bolívar encostou-se na parede da casa, tirou do bolso um pedaço de fumo, desembainhou a faca e começou a fazer um cigarro. Havia no ar um perfume de madressilvas e agora, longe, um cachorro começava a uivar. De novo Bolívar pensou em Severino. Ele decerto estava ouvindo da cadeia o uivo do animal, uma lamúria agourenta, prolongada e trêmula, que Bolívar sentia repercutir-lhe dentro do peito. Pensou na "simpatia" que sua mãe costumava fazer quando ouvia um cachorro uivar: virava uma chinela de sola para o ar e imediatamente o uivo cessava.

O vulto de Florêncio apareceu, vindo do fundo da casa. Os dois primos começaram a caminhar lado a lado, em silêncio, ganharam a rua e sem a menor combinação se dirigiram para a praça. Era assim que faziam quando crianças: mal se juntavam, corriam a brincar debaixo da figueira grande.

Pararam por um instante à frente da capela, e Florêncio, vendo que o primo tinha preso entre os dentes o cigarro apagado, bateu a pedra do isqueiro. E, quando o outro aproximou a ponta do cigarro da brasa do pavio, Florêncio percebeu que os dedos do amigo tremiam.

— Calma, tenente — murmurou ele. — Calma...

Era assim que dizia quando estavam na véspera dum combate. Tinham feito juntos a campanha contra Rosas, e, pouco antes de entrarem em ação, Bolívar ficava tão nervoso que começava a bater queixo, a tremer e às vezes rompia até a chorar. Florêncio tinha de tomar conta dele, levá-lo para o mato, metê-lo na barraca, abafar-lhe o choro como podia para que os companheiros não ouvissem, para que não pensassem que Bolívar estava com medo. Porque covarde ele não era. Quando ouvia os primeiros tiros, quando via o inimigo aproximar-se, o rapaz mudava completamente. Ficava assanhado como um potro bravo, de narinas infladas, cabeça erguida, ardendo por se meter num entrevero. E era preciso contê-lo para que não fizesse temeridades.

Florêncio agora olhava para o primo à luz do luar. Como era difícil compreender aquele homem! Viviam juntos desde meninos e ele ainda não conseguira entender o outro, nunca sabia o que esperar dele. Era uma criatura desigual: num momento estava exaltado e fogoso, mas no minuto seguinte podia cair no mais profundo desânimo. Passava da doçura à cólera com uma rapidez que desnorteava os amigos.

Depois que decidira contratar casamento com Luzia, seu nervosismo aumentara, e agora ele começava a portar-se como se estivesse em véspera de combate.

Florêncio apagou o isqueiro e perguntou:
— O sonho veio outra vez?
— Veio — murmurou o primo, puxando uma baforada de fumaça.
— O mesmo de sempre?

Bolívar sacudiu a cabeça, numa afirmativa meio relutante. Depois, disse:
— Desta vez o Severino também apareceu.

Florêncio sempre achara que os sonhos traziam avisos de coisas que iam acontecer. Conhecia casos... Mas o dr. Winter afirmava que isso era crendice, porque os sonhos nada tinham a ver com o futuro.

Agora os dois caminhavam calados para o centro da praça e Florêncio via que os olhos de Bolívar estavam postos na forca. Compreendeu então que era que estava roendo o amigo por dentro, mas achou melhor não dizer nada. O outro que puxasse o assunto, se quisesse.

Sentaram-se debaixo da figueira, ficaram por algum tempo em silêncio, pensando os dois nos tempos da infância, quando vinham ali brincar com Severino. O negrinho subia na árvore, ágil e escuro como um bugio, fazia piruetas, soltava guinchos. Bolívar erguia ao rosto um pedaço de pau, fazendo de conta que era uma espingarda, apontava-o para o bugio, gritava "Pei!", e Severino, segundo uma combinação prévia, tinha de atirar-se ao chão e ficar imóvel — um bugio morto — até que Florêncio vinha ajoelhar-se ao pé dele, encostar o ouvido no peito do "animal" e depois declarar muito sério para o primo: "Bem no coração". Mal, porém, ele dizia essas palavras, o negrinho começava a rir desesperadamente, a retorcer-se todo e a espernear. Era a hora de Florêncio tirar da cintura a sua faca de madeira e "sangrar" o bugio bem como os homens da charqueada sangravam os bois...

O bugio vai ser enforcado amanhã — pensou Bolívar. De novo começou a sentir as batidas violentas do próprio coração. Estava sentado com as costas apoiadas no largo tronco da figueira, e houve um momento em que lhe pareceu que a árvore tinha também um grande coração que pulsava, numa cadência de medo. Aquela figueira sempre lhe dera a impressão duma pessoa, duma mulher que tivesse a cabeça, os braços e os ombros enterrados no chão e as pernas erguidas para o ar, muito abertas. Bolívar tinha treze anos quando descobriu a semelhança, e desde então começou a amar secretamente a figueira. Às vezes ficava montado bem na parte em que as duas pernas da "mulher" se ligavam ao tronco: enlaçava com ambos os braços uma das coxas e, de olhos fechados, ansiado e trêmulo, ficava ali longo tempo, com o coração a bater descompassado de prazer e de medo — prazer de amar a figueira-mulher; medo de que alguém aparecesse e o visse fazendo aquilo. Nunca contara seu segredo a ninguém, nem a Florêncio, pois o primo não gostava de "bandalheiras". E aquela árvore tinha sido para ele tudo: cavalo, carreta, castelo, abrigo, amante... Pensou em Luzia, imaginou-a meio enterrada no chão, de pernas para o ar. Luzia devia ter pernas bonitas. Ele ia amar Luzia como amara a figueira. Mas Luzia não era boa como a figueira, Luzia não era amiga como a figueira...

Olhou para o Sobrado: grande, branco, imóvel ao luar. Por trás daquelas paredes sua noiva decerto dormia sem remorsos, como uma criança. Tinha tudo o que queria, todos lhe faziam as vontades, era como uma rainha. Um homem ia morrer na forca, mas que era para aquela moça mimada a vida dum homem, de cem homens?

Bolívar olhou para o primo, tomado dum súbito desejo de contar-lhe o que sentia; mas a voz se lhe trancou na garganta. Depois, havia tanta coisa a dizer que ele não sabia por onde começar. Ficou olhando alternadamente para o Sobrado, para a forca e para a cadeia onde Severino estava preso. Galos cantavam. Dentro de algumas horas a manhã ia raiar.

De repente, como se seus pensamentos se transformassem em palavras à revelia da vontade, Bolívar murmurou:

— É uma barbaridade enforcarem um homem.

Atirou longe o cigarro. Florêncio encolheu os ombros.

— Barbaridade por barbaridade, há muitas outras no mundo e a gente acaba se habituando com elas.

— Mas vai ser uma injustiça! — gritou Bolívar. E suas palavras foram absorvidas pelo ar parado da noite.

Florêncio voltou a cabeça para o primo. Não lhe podia distinguir bem as feições ali à sombra da figueira, mas sentiu que no rosto dele havia sofrimento.

— Injustiça? O júri condenou o Severino.

— Mas o negrinho está inocente.

— Quê?

— Quem matou os tropeiros fui eu.

Florêncio sentiu no peito essas palavras como um soco que lhe cortou o fôlego. Mas logo se refez e reagiu:

— Não seja bobo. Vassuncê está mas é doente.

Agora ele ouvia a respiração arquejante do outro, como a dum cachorro cansado. Bolívar meteu as mãos pelos cabelos e começou a sacudir a cabeça devagarinho. Foi com voz fosca que disse:

— Mas se eu fosse me apresentar às autoridades confessando que matei os dois homens, ninguém podia duvidar da minha palavra e o Severino se salvava.

O luar era como uma geada morna sobre os telhados. Florêncio arrancou um talo de capim e mordeu-o.

— Vassuncê precisa é dormir, descansar — disse ele simplesmente.

Bolívar continuava a sacudir a cabeça.

— O negrinho vai morrer por minha culpa.

— Não diga isso, Boli. Vassuncê fez o que era direito. Contou o que viu...

— Não sei.

— Que é que não sabe?

— Se contei o que vi. No princípio achei que estava falando a verdade. Mas depois do júri comecei a duvidar. Hoje não sei mais nada... Parece que o sangue era mesmo do negro.

— Nesse caso, quem foi que matou os tropeiros?

— Sei lá! Algum ladrão que entrou de noite pela janela. Ou, quem sabe, o dono da casa.

Florêncio mordia o talo de capim e sua voz estava calma, resignada e triste quando ele disse:

— Agora é tarde.

Bolívar ergueu a cabeça e lançou um olhar na direção da cadeia.

— Não é tarde. O Severino ainda está vivo.

— Mas está preso, Boli, e vai ser enforcado amanhã.

Florêncio sentiu a mão quente e úmida do amigo apertar-lhe o pulso com uma força quase furiosa.

— Florêncio, ainda tem tempo!

O rosto de Bolívar estava agora tão próximo que Florêncio lhe sentia o hálito ácido.

— Tempo de quê?

— De salvar o negrinho.

— Mas como?

— Tirando ele da cadeia.

— Está louco?

— Não, mas sou capaz de ficar se o Severino morrer enforcado. Não posso aguentar mais essa morte na consciência.

— Mas o que é que vassuncê quer fazer?

— Escuta, tem só dois guardas na cadeia. Nós somos dois...

Florêncio agora compreendia. Cuspiu de súbito o talo de capim e sacudiu vigorosamente a cabeça.

— Vamos até a cadeia — continuou Bolívar —, amarramos os guardas, tiramos o Severino, eu dou um dos meus cavalos pra ele e mandamos o negro embora. Pode sair na direção da Cruz Alta, pode ir pra São Borja e depois pra Argentina, pra qualquer lugar. Qualquer coisa é melhor que a forca.

Florêncio tirou do bolso um pedaço de fumo em rama, desembainhou a faca e começou a fazer um cigarro. Bolívar esperava a resposta. Só depois de algum tempo é que o primo respondeu:

— Vassuncê está bem doido mesmo.

— Não estou, já disse. Ainda tem tempo. Vamos.

Florêncio picava fumo, calmo. Ele conhecia o primo. Tudo aquilo ia passar. Ainda bem que não havia ninguém por ali para ouvir aqueles despautérios.

— Vassuncê precisa mas é de descansar. Amanhã quando raiar o dia tudo vai ficar direito.

— Não fica. Fica pior.

— Sabe duma coisa? Um banho no lajeado ia le fazer bem. Vamos?

Bolívar pareceu não ouvir o que o outro propusera.

— Vamos tirar o Severino da prisão enquanto é tempo — insistiu.

— Quando amanhecer vai ser tarde demais.

Viam uma janela iluminada na casa da cadeia. Era o candeeiro que passava a noite aceso. Havia dois guardas que se revezavam na vigília. Às vezes ficavam acordados jogando bisca e bebendo. Contava-se que não raro ambos caíam no sono... Os olhos de Bolívar agora estavam fitos na janelinha iluminada.

Florêncio guardou a faca na bainha e começou a amassar o fumo no côncavo da mão.

— Nós tiramos o Severino da cadeia... — disse ele com sua voz calma — e depois, que vai ser de nós?

Bolívar encolheu os ombros.

— Que me importa?

— Como, homem? Não vê que é uma coisa muito séria dar escapula pra um condenado à morte?

— Pois então fugimos também com ele, vamos pro outro lado do Uruguai.

— Vassuncê perdeu o juízo. Não se lembra que amanhã é o dia de seu contrato de casamento?

— Que me importa? A vida duma pessoa tem mais importância.

— Que tem, tem. Mas o caso aqui é diferente. Os jurados acharam que o negrinho era culpado. Se alguém errou não foi vassuncê, foi o júri.

— Mas houve um jurado que não achou o Severino culpado. Foi o seu pai. Ele disse que conhece as pessoas pelo jeito de olhar. Ele jura que o negrinho não era capaz de cometer aquele crime. Tio Juvenal conhece as pessoas. Ele nunca se engana.

Florêncio alisava agora a palha do cigarro.

— O papai às vezes também se engana. Todo o mundo se engana. Ninguém é infalível. Só Deus.

— Deus também se engana. Há muita injustiça no mundo.

— Vassuncê precisa é dum banho frio. Por que não encilhamos os cavalos e vamos até o lajeado?

De novo galos cantaram: eram como um relógio dando horas. Cada vez mais se aproximava o fim da noite. Bolívar olhou para o horizonte através duma boca de rua. Temia ver aquela parte do céu clarear. Mas que era mesmo que ele temia? A hora do enforcamento? A hora do noivado? O suor agora lhe entrava pelos cantos da boca, pelos olhos, e por alguns segundos ele viu a noite através duma cortina líquida: tudo trêmulo e vago. Seus próprios pensamentos pareciam encharcados de suor, estavam confusos, misturados, eram como um mingau quente de febre. Pensava estonteadamente em Severino e em Luzia: ora lhe parecia que fora Luzia quem mandara matar Severino; ora era Severino quem estava na cama de Luzia, montado nela, com seus braços negros a enlaçar-lhe as coxas; ora era Luzia quem estava na cadeia e ia ser enforcada. Depois imaginava-os todos a fugir para o Uruguai, a galope, montados em cavalos em pelo — ele, Luzia, Florêncio, Severino —, perseguidos pela polícia, perseguidos pelos galos e pelas barras do dia.

Levantou-se, brusco.

— Pois se vassuncê não quer ir comigo, eu vou sozinho.

— Vai aonde? — perguntou Florêncio, apesar de saber a que o outro se referia.

— Tirar o Severino da cadeia.

Florêncio soltou uma risadinha seca.

— Mas primeiro tem que lutar comigo.

Ergueu-se também, mas lento, com o cigarro apagado entre os dentes.

Bolívar olhou para o amigo, cuja calma o enervava. Teve vontade de esbofeteá-lo. E — estranho — num relâmpago compreendeu que naquele momento ele tinha inveja do outro. Florêncio não sofria, *era um homem livre, não ia casar-se com Luzia Silva*. Sentiu também ciúme dele, porque sabia que Florêncio sempre gostara de Luzia, e esta muitas vezes dera mostras de não lhe ser indiferente. E ali estava agora o primo, pachorrento, batendo o isqueiro para acender o seu cigarro. Invejava-lhe também aquela calma, a consciência tranquila, a segurança de suas palavras, de seus gestos, de suas convicções.

Bolívar olhou de novo para a janela da cadeia. Atravessaria a praça correndo, armado de pistola e, entrando de repente, faria que os guardas dessem liberdade a Severino. "Corre, negro, foge! Tira o meu cavalo da estrebaria e foge pro Uruguai. Depressa!"

Passou a mão pelo rosto, enxugando o suor. Sentiu que não podia fazer nada do que pensava. Era loucura. Severino estava perdido. Ele estava perdido. Todos estavam perdidos. Todos menos Luzia. Ela sempre fazia e tinha o que queria. Ela e Florêncio. E então de repente lhe veio uma ideia. "Eu solto o Severino e fujo com ele pra Argentina. Florêncio fica e acaba casando-se com Luzia." Ali estava a solução! Nesse momento verificou que estava desarmado. Tinha de ir até a casa para buscar dinheiro e suas armas. Entraria na ponta dos pés, sem fazer barulho... Lembrou-se da mãe. Que ia ser dela se ele fugisse? Por alguns instantes teve na mente a imagem de Bibiana, de camisola, os cabelos grisalhos soltos, uma lamparina na mão... A mãe morreria de desgosto se ele fugisse.

Florêncio pitava serenamente. Bolívar aproximou-se da figueira e passou-lhe a mão pelo tronco áspero. Quando meninos eles tinham gravado seus nomes a ponta de faca naquele tronco. Como não soubesse escrever, Severino desenhara ali apenas uma cruz. Agora o coitado ia morrer na forca, talvez nem o enterrassem como cristão. Não teria de seu nem uma cruz. Bolívar prometeu a si mesmo que havia de comprar para Severino uma sepultura com uma cruz e uma inscrição, como sepultura de branco. Passara a fúria. Lentamente tornou a sentar-se. O chão estava tépido como um corpo humano. Pensou em Luzia e desejou estar na cama com ela, não para amá-la, mas para ter um seio onde repousar a cabeça cansada e chorar. Porque a vontade de chorar lhe crescia aos poucos no peito. Por alguns instantes lutou com ela, mas por fim cedeu, e o choro rompeu-lhe da garganta num soluço. Escondeu o rosto nas mãos e ficou a soluçar convulsivamente.

Florêncio baixou os olhos para o amigo e pensou: "Ele tem medo da Luzia". Mas não disse nada. Olhou para o Sobrado e pensou na moça. Agora que ela ia casar com o primo, deixava de ser mulher para ele. Estava tudo acabado. Doença de amor se cura com o tempo. No fundo ele se sentia feliz por Luzia não o ter escolhido. Feliz não era bem a palavra: aliviado, isso sim. Luzia não era mulher para ele nem para Bolívar. Ia casar com o rapaz por capricho ou por birra, ninguém sabia bem ao certo por quê. Amor não era, que Luzia não era mulher para isso. Pobre do Boli! Se não botasse cabresto na esposa desde o primeiro dia, estava perdido. Luzia era como certos cavalos que precisavam de rédea curta. Mas qual! Boli estava cego de amor, ia passar a vida dominado por ela. Em tudo aquilo só havia uma esperança: era tia Bibiana, que ia morar também no Sobrado. Ela cuidaria de Boli, seria sempre um escudo para o filho. Luzia era voluntariosa, autoritária, cheia de caprichos, mas ia encontrar pela frente uma adversária de respeito. Tia Bibiana tinha a cabeça no lugar: era uma mulher dos bons tempos. Estava habituada a lidar com gente, e tinha a fibra dos Terras — concluiu Florêncio com certo orgulho, tirando uma baforada.

Nesse instante viu que um vulto se aproximava. Reconheceu os contornos do dr. Carl Winter. O médico alemão era inconfundível. Ninguém mais em Santa Fé se vestia daquele jeito engraçado. Ninguém ali usava chapéu alto como chaminé nem aquelas roupas estapafúrdias.

A poucos passos da figueira Carl Winter parou.

— Boa noite, doutor! — exclamou Florêncio.

Por alguns instantes o médico ainda hesitou mas, por fim, reconhecendo o rapaz, respondeu:

— Boa noite, Florêncio. Boa noite.

Deu mais alguns passos à frente.
— Que anda fazendo por aqui a estas horas? Virou lobisomem?
Winter soltou a sua risada em falsete e antes de responder ficou a acender um de seus charutinhos.
— Fui chamado para ir ver o coronel Bento. Comeu charque arruinado e ficou com cãibras no estômago.
— Deve ter sido charque da charqueada dele — observou Florêncio.
Foi então que Winter viu Bolívar.
— Ah! Bolívar. Não tinha visto o amigo. Boa noite.
Bolívar fungou.
— Boa noite.
— Está resfriado?
— Um pouco.
Florêncio aspirava com certo prazer a fumaça do charutinho do médico. Ali em Santa Fé só ele fumava aqueles charutos do tamanho dum cigarro. O dr. Winter era um homem fora do comum, que vestia roupas de veludo nas cores mais extravagantes, com uns esquisitos coletes de fantasia. Fazia uns dois anos que estava na vila e diziam que tinha emigrado da Alemanha por se ter metido numa revolução. Seus inimigos afirmavam que ele não era formado, mas o dr. Winter tinha em casa um diploma para quem quisesse ver: era um papel escrito em alemão que ele guardava dentro dum canudo de lata. O Schultz garantia que o diploma era legítimo.
Fez-se um silêncio. O dr. Winter parecia estar olhando para a forca, e Florêncio, temendo que ele falasse em Severino, procurou levar a conversa para outro rumo.
— É grave? — perguntou.
— Grave? — repetiu o médico.
— A doença do coronel Bento.
— *Ach!* Um purgante de sal amargo resolve tudo.
Florêncio sempre admirava a maneira correta com que aquele homem se exprimia em português; tinha um sotaque muito forte, era verdade, carregava nos erres, mas quanto ao resto falava fluentemente como um brasileiro educado, quase tão bem como o juiz de direito ou o padre. E diziam que sabia também o seu latim e que em sua casa tinha muitos livros escritos em línguas estrangeiras.
Florêncio continuava a aspirar a fumaça do charutilho do médico, de cheiro tão forte como o do seu cigarro de palha.
— Ainda não se decidiu a pitar um crioulo, doutor?

O outro sacudiu a cabeça.

— Nem a dormir com mulatas — respondeu com voz risonha. — Há muitos produtos desta terra que não são para meu paladar.

Florêncio sorria. De cabeça baixa, protegido pela sombra, Bolívar pedia a Deus que o médico fosse logo embora.

— Pelo cigarro crioulo eu respondo — assegurou-lhe Florêncio, mostrando os dentes num lento sorriso. — Também nunca fui apreciador de mulatas.

— Que é que diz o Bolívar?

Bolívar não respondeu. Limitou-se a erguer a cabeça para o médico.

— Ele agora vai sentar o juízo — disse Florêncio. — Amanhã fica noivo.

O dr. Winter coçou o queixo onde crescia, revolta, uma barbicha ruiva.

— Não acha então que devia estar na cama descansando? — perguntou com jeito quase paternal.

Florêncio apressou-se a responder:

— O homem perdeu o sono e então viemos pra cá palestrar e tomar a fresca.

O médico resmungou qualquer coisa, puxou uma baforada de fumo, cuspinhou para o lado e disse:

— Bom. Vou ver se durmo um pouco. Dizem que a noite foi feita para dormir.

— Dizem — repetiu Florêncio.

— Boa noite, rapazes.

— Boa noite, doutor.

Winter afastou-se na direção de sua residência. Morava numa meia-água atrás da igreja, ao lado da casa do padre. Por alguns instantes Florêncio acompanhou-o com os olhos. Gostava do dr. Winter. Sentia por ele uma espécie de respeitosa confiança, como a que a gente sente por uma pessoa séria e idosa. No entanto o médico não teria muito mais de trinta anos. Devia ser aquela barba e aqueles óculos que lhe davam um ar assim tão respeitável.

— Será que ele notou? — perguntou Bolívar.

— Notou o quê?

— Que eu estava chorando.

Florêncio encolheu os ombros.

— Sei lá! Esse homem parece que não olha pra nada mas enxerga tudo com o rabo dos olhos.

Houve um curto silêncio e depois Bolívar perguntou:
— Será que vão mandar o doutor Winter examinar o corpo?
— Que corpo, homem?
— O do Severino, depois que enforcarem ele.
— Para com isso, Boli. Que homem custoso!
Bolívar olhou para o Sobrado e tornou a pensar em Luzia.

5

Naquele mesmo instante o dr. Carl Winter — que atravessava a praça com suas passadas lentas e largas — olhava para a casa de Aguinaldo Silva e também pensava em Luzia. Tinha-a na mente tal como a vira no Sobrado na festa de seu aniversário, toda vestida de preto, junto duma mesa, a tocar cítara com seus dedos finos e brancos. Nessa noite ficara fascinado a observá-la, e houve um minuto em que uma voz — a sua própria a sussurrar-lhe em pensamento — ficara a repetir: Melpômene, Melpômene... Sim, Luzia lhe evocava a musa da tragédia. Havia naquela bela mulher de dezenove anos qualquer coisa de perturbador: uma aura de drama, uma atmosfera abafada de perigo. Winter sentira isso desde o momento em que pusera os olhos nela e por isso ficara, com relação à neta de Aguinaldo, numa permanente atitude defensiva. Numa terra de gente simples, sem mistérios, Luzia se lhe revelara uma criatura complexa, uma alma cheia de refolhos, uma pessoa, enfim — para usar da expressão das gentes do lugar —, "que tinha outra por dentro". Ao conhecê-la, Winter ficara todo alvoroçado como um colecionador de borboletas que descobre um espécime raro no lugar mais inesperado do mundo. Ao contrário, porém, do que sentiria um colecionador, não desejou apanhar aquela borboleta em sua rede: ficou, antes, encantado pela ideia de seguir-lhe o voo, de observá-la de longe, viva e livre. Que mistérios haveria dentro daquela cabeça bonita?

Boas coisas não havia de ser — concluíra ele. O instinto lhe insinuava isso. Lembrou-se de seu professor de clínica, segundo o qual em medicina, como em tudo o mais, o instinto é tudo. Seu olho clínico, ou seu sexto sentido, fazia soar uma sineta de alarme toda a vez que ele via Luzia Silva. E sempre que visitava o Sobrado, enquanto o velho Aguinaldo contava com sua voz cantante histórias do sertão pernambucano, ele ficava a examinar furtivamente, com olhares oblíquos, a menina Luzia. Que tinha ela de tão estranho? Talvez os olhos... Eram grandes e esverdeados... Ou seriam cinzentos? Era difícil chegar a uma definição, pois lhe parecia que eles mudavam de cor de acordo com os dias ou com as horas. Possuíam uma fixidez e um lustro de vidro e pareciam completamente vazios de emoção. Winter descobrira que Luzia fitava as pessoas com a mesma indiferença com que olhava para as coisas: não fazia nenhuma distinção entre o noivo, uma mesa ou um bule. Pobre Bolívar! Winter achava absurdo que duas pessoas tão desiguais estivessem para casar, morar na mesma casa, dormir na mesma cama e juntar-se para produzir outros seres humanos. Bolívar mal sabia ler e assinar o nome: era um homem rude. Carl não acreditava que Luzia o amasse; para falar a verdade não a julgava capaz de amor por ninguém... Quanto ao rapaz, era natural que estivesse fascinado por ela. Winter sabia o quanto era difícil para qualquer homem que estivesse na presença de Luzia desviar os olhos de seu rosto. Reconhecia que ele próprio sentia pela senhora do Sobrado um certo desejo físico. Era, porém, um desejo sem ternura, um desejo frio e perverso.

Afastou os olhos do casarão e baixou-os para a terra onde se projetava sua sombra alongada. E então de repente sentiu o silêncio da noite e aquela impressão de mistério que o envolvia sempre que ele caminhava sozinho de madrugada, pelas ruas desertas. Sentira isso na sua aldeia natal, em Heidelberg, em Paris, em Berlim. Era como se nessas horas solitárias ele fosse uma espécie de fantasma de si mesmo.

"Melpômene", murmurou. E imediatamente lhe veio uma ideia curiosa: nunca ninguém pronunciara aquele nome naquela vila. Talvez nem naquela província... Depois, mais alto, como se se dirigisse à própria sombra, repetiu: *Melpômene*. Nunca — refletiu. — Eu sou o primeiro. E o primeiro também que passeia sob este céu com estas roupas. E rindo o seu riso interior o dr. Winter olhou para a própria silhueta no chão e teve mais que nunca consciência da maneira como estava vestido: a sobrecasaca de veludo verde, as calças de xadrez preto e branco, muito ligadas às coxas e às pernas, e principalmente aquele chapéu alto, que era um dos grandes espetáculos de Santa Fé. Sabia que suas roupas davam muito que falar. Os colonos alemães em sua generalidade haviam já abandonado seus trajos regionais e adotado os dos naturais da Província. Mas ele, Winter, preferira conservar-se fiel à indumentária europeia e citadina, e continuava a vestir-se bem como se ainda vivesse em Berlim ou Munique. Por outro lado, no que dizia respeito às coisas do espírito, também continuava a usar as modas europeias; e não queria mudar, pois sabia que, no dia em que se adaptasse e começasse a comer e vestir como os nativos, mais da metade do encanto de viver naquela terra remota estaria perdida. Winter sempre amara sua independência: era um individualista. Não via, pois, melhor maneira de se afirmar como um indivíduo, e de defender sua independência, do que a de andar vestido daquele modo inconfundível.

Antes de entrar em sua rua lançou um olhar enviesado na direção da figueira grande. Ela lhe dera a impressão duma enorme galinha a acolher sob as asas aqueles dois pintos — Florêncio e Bolívar. Ele vira claramente que um dos pintos estava assustado... Se eu fosse me casar com Luzia Silva — refletiu Carl Winter jogando ao chão o toco do charuto —, também perderia o sono... E entrou em casa.

O cheiro de picumã e mofo — que ele tanto detestava mas com o qual já começava a habituar-se — envolveu-o num abraço familiar. Winter acendeu o candeeiro, franzindo o nariz ao cheiro do sebo frio; brotou dele uma chama amarelenta e móvel, e aos poucos as coisas daquele quarto como que foram crescendo da sombra para fazer-lhe companhia: a cama de vento, a gamela de pau que lhe servia de bacia, o jarro de folha amassada, as cadeiras de palhinha, a estante com os livros, a mesa de pinho, sebosa e guenza, com seus papéis, o tinteiro, o secador de louça e a pena de pato... As paredes caiadas estavam manchadas de umidade.

Que contraste aquele ambiente oferecia quando Winter o comparava com os aposentos que tivera na Alemanha! Mas aquela rusticidade, aquela pobreza davam-lhe um absurdo prazer como o que uma pessoa sente ao se infligir certos castigos sem propósito: tomar banhos frios no inverno, dormir em camas duras.

Winter pendurou o chapéu num prego cravado na parede e começou a despir-se lentamente. Ouvia o ressonar pesado da negra Gregória, uma escrava que ele comprara havia pouco mais de ano e à qual dera alforria imediatamente. Ela lhe preparava a comida e tomava conta da casa. Era uma preta de carapinha amarelenta, velha e reumática, de pernas elefantinas. Sua presença fazia-se sentir duma maneira muito aguda, impunha-se à vista, ao olfato e ao ouvido, porque Gregória cheirava mal, era grande, movia-se com ruído e passava quase todo o dia cantando, falando consigo mesma ou arrastando pesadamente os pés inchados pela cozinha.

Por que era que ele insistia em continuar naquela casa? Extravagância? Autoflagelação? Ou simples preguiça? Talvez fosse preguiça. A verdade era que costumava divertir-se imaginando o que diriam seus amigos de Berlim se o vissem naquele ambiente. Ouvindo os roncos de Gregória, Carl disse para si mesmo: eu podia estar morando com Gertrude Weil numa casinha limpa de Eberbach, com vasos de flores nas janelas. No entanto estou nesta pocilga, em Santa Fé, na companhia da negra Gregória. *Ach, du lieber Gott!*

Estava agora completamente nu. Tinha um corpo muito esguio e ossudo, dum branco de marfim, pintalgado de sardas e recoberto duma penugem fulva. Ficou a imaginar o que aconteceria se um dia saísse a andar assim despido pelas ruas do povoado. Certamente aqueles homens sairiam a caçá-lo a tiros e as mulheres que o vissem soltariam gritos de horror. E só de pensar nisso Carl ficou sacudido de riso. Baixou os olhos na contemplação do próprio corpo. Era magro e dessangrado como o Crucificado de Van der Weyden que ele vira em Viena. Apenas o Cristo da pintura não usava óculos. Nem era ruivo. Nem formado em medicina. Nem... *Ach!... Du bist ein Hanswurst, Carl!*

Estendeu-se na cama e apanhou um livro de poesias de Heine. Mas não abriu o volume. Pô-lo em cima do ventre, achando gostoso o contato fresco da capa de couro negro. Cerrou os olhos e em breve verificou que estava sem sono. Abriu o livro e começou a ler um poema, mas com a atenção vaga. Tornou a fechar o volume, soprou a lamparina, e o ar, que estava amarelento, ficou azulado: o foco de luz deixou de ser a velha candeia de ferro para ser a janela escancarada por onde entrava o luar. E nesse retângulo violeta Winter começou a ver o crivo miúdo das estrelas.

Tirou os óculos e pô-los com todo o cuidado em cima da cadeira, ao lado da cama. E de repente, como já acontecera antes tantas vezes, sentiu-se tomado de uma sensação de estranheza que ele poderia toscamente resumir nestas palavras: "Eu, Carl Winter, natural de Eberbach, formado em medicina pela Universidade de Heidelberg, completamente nu, deitado numa cama tosca, num quarto malcheirante, numa casa miserável na vila de Santa Fé, perdida no meio das campinas da Província de São Pedro do Rio Grande, Brasil, América do Sul". Como? Por quê? Para quê? Enlaçou as mãos sobre o ventre e ficou de olhos cerrados a pensar. Era o melhor estratagema que conhecia para aprisionar o sono. Procurava narcotizar-se com pensamentos até dormir. E nunca conseguia ver claro o momento em que cruzava a tênue linha que separa o devaneio do sono.

Como? Por quê? Para quê? Não cometi nenhum crime. Não sou nenhum imbecil. O mundo é muito largo. Eu podia estar no Cairo, em Bombaim, em Cantão, em Caracas. E por que não em Munique, Berlim ou mesmo Eberbach...

Sempre hesitava antes de responder, quando lhe perguntavam por que deixara a pátria. Certo, não era um "colono" como os outros alemães que se haviam estabelecido às margens do rio dos Sinos. Não viera à procura do El Dorado nem da Galinha dos Ovos de Ouro. Refugiado político? Talvez fosse essa a sua classificação. Sua malícia, entretanto, recusava o título dramático e levava-o a resumir sua história em poucas palavras: "Estou aqui principalmente porque Gertrude Weil, a *Fräulein* que eu amava, preferiu casar-se com o filho do burgomestre. Isso me deixou de tal maneira desnorteado, que me meti numa conspiração, que redundou numa revolução, a qual por sua vez me atirou numa barricada. Ora, essa revolução fracassou e eu me vi forçado a emigrar com alguns companheiros".

Carl Winter gostava de relembrar a série de acontecimentos fortuitos que o haviam trazido de Berlim a Santa Fé, através das mais curiosas escalas. Desembarcara no Rio de Janeiro com o diploma, a caixa de instrumentos cirúrgicos e algum dinheiro no bolso, decidido a estabelecer-se ali, fazer clínica, juntar uma pequena fortuna para um dia — depois que seu governo tivesse indultado os revolucionários e ele conseguido esquecer Trude Weil — retornar à Alemanha. Achou, porém, que o Rio era insuportavelmente quente, tinha um incômodo excesso de mosquitos e mulatos, além da ameaça permanente da febre amarela. Meteu-se com armas e bagagens num patacho que se fazia de vela para a Província de São Pedro — que lhe diziam ter um clima semelhante ao do sul da Europa — e desembarcou na cidade do Rio Grande, onde julho o esperou com ventos gelados que cheiravam a maresia e nevoeiros que o lembraram agradavelmente dum inverno que ele passara em Hamburgo, quando adolescente. Apresentou suas credenciais à prefeitura e, sabendo existir na cidade uma grande carência de médicos, ofereceu-se para trabalhar gratuitamente no hospital de caridade local. Foi lá que um dia, fazendo sua visita matinal aos doentes, encontrou deitado num daqueles catres sujos e malcheirosos, num contraste com as caras tostadas dos nativos, um homem louro, extremamente jovem, e de aspecto europeu. Deteve-se, interrogou-o e verificou que se tratava de um alemão que viera com as tropas mercenárias que o governo brasileiro havia contratado para lutar contra os soldados do ditador

Rosas. E o pasmo de Winter chegou ao auge quando o moço lhe declarou chamar-se Carl von Koseritz e ser descendente duma família nobre do ducado de Anhalt. Foi, pois, com uma mistura de surpresa e cepticismo que o médico ouviu aquele homem de feições finas, ali estendido num sórdido leito de hospital de indigentes, contar-lhe que seu irmão Kurt fora ministro do duque e sua irmã Tony, dama de honor da duquesa.

— Mas como foi que veio parar neste país, nesta cidade, neste hospital?

— Fui renegado pela minha família — sorriu o moço.

O médico ia perguntar: "Por quê?", mas conteve-se a tempo.

Era uma pergunta indiscreta. Talvez o rapaz houvesse falsificado a firma do pai em alguma letra para pagar dívidas de jogo... Ou então, amante de alguma condessa, tivesse sido obrigado a matar o conde num duelo...

Von Koseritz, porém, apressou-se a explicar que, sendo estudante em Berlim, se metera, contra a vontade dos pais, na revolução de 48. E acrescentou:

— E já que estava em ritmo de guerra, achei melhor vir para cá com os Brummers para lutar contra o tirano Rosas. Sabe o que eu era? — perguntou a sorrir com malícia. — Canhoneiro do Segundo Regimento de Artilharia! — Suspirou. — Mas aconteceu que a tropa se insubordinou e foi dissolvida. Assim um dia me vi doente e sem recursos nesta cidade estranha. Eis a minha história.

Winter olhava para o outro numa confusão de sentimentos. Tudo aquilo lhe cheirava vagamente a ópera-bufa. O rapaz, porém, lhe mostrou os documentos comprobatórios de sua identidade. Tinha um belo nome: Carlos Júlio Cristiano Adalberto von Koseritz. Nascera em 1830: estava portanto com apenas vinte e um anos!

— E agora? — perguntou Winter. — Que vai fazer depois que der alta do hospital?

— Ficar nesta província.

— E plantar batatas como nossos compatriotas de São Leopoldo?

— Não. Abrir uma escola e ensinar; fundar um jornal e escrever.

— Mas como, se nesta terra se fala o português?

— Dentro de pouco tempo estarei habilitado a escrever nessa língua tão bem como na minha.

Era assombrosa a certeza que aquele moço tinha de seu futuro.

— E sabe duma coisa, doutor? — perguntou von Koseritz, passando os dedos pela barba loura que lhe cobria o rosto. — Talvez eu ainda venha a me naturalizar brasileiro.

— Mas... e sua família?

O outro Carl deu de ombros.

— Um dia eles vão compreender que não precisei de seu nome nem de seu auxílio para abrir caminho na vida.

Aquele diálogo marcara o início duma boa e sólida amizade. E fora por conselho de Carl von Koseritz que Carl Winter transferira residência de Rio Grande para Porto Alegre. Perguntara-lhe o barão numa carta: "Por que não vai clinicar na bela cidade que os açorianos ergueram às margens dum magnífico estuário e no meio de colinas verdes? Entre as muitas vantagens que ela oferece, tem a de ficar a pequena distância de São Leopoldo, que meu caro amigo poderá visitar periodicamente quando sentir a nostalgia do Vaterland".

Winter, porém, não tardou a declarar guerra à cidade açoriana. Para principiar não era o que ele esperava. Gostou do cenário mas detestou os atores. Por outro lado, não conseguiu fazer muita clínica, pois os médicos locais o hostilizavam. Os costumes da terra o irritavam tanto como os habitantes e, por fim, Carl, só por birra, começou a meter-se em discussões políticas, o que lhe valeu mais inimizades. Escrevia longas cartas ao barão dando-lhe conta de seus agravos e idiossincrasias. Von Koseritz respondia-lhe com sugestões animadoras: *"A única vantagem que um homem solteiro tem sobre o casado é a da mobilidade. Pois se não gosta de Porto Alegre, mude-se. O meu caro doutor é um homem livre. Por que não tenta as colônias? Vá visitá-las a título de experiência. Talvez goste delas e fique por lá".* Winter foi, não gostou e não ficou. Concluiu que seus compatriotas o irritavam tanto ou mais que os nativos. Muitos deles eram estúpidos e cheios de preconceitos. Havia-os de toda a natureza e de todas as origens, inclusive os que se envergonhavam do título de "colonos" e declaravam não terem vindo para o Brasil trazidos pela fome, pelo desejo de fugir aos impostos ou de enriquecer: eram, isso sim, exilados políticos. Alguns chegavam a insinuar até vagos antepassados de sangue azul. Em sua maioria ficavam indignados quando alguém os julgava mecklenburgueses, pois contava-se que as primeiras levas de colonos vindas de Mecklenburgo eram formadas de mendigos e presidiários.

Winter encontrara compatriotas que haviam assimilado todos os maus hábitos dos naturais da terra, e vira até colonos alemães que viviam amasiados com mulatas e negras, das quais tinham filhos. Moravam em ranchos miseráveis, andavam descalços e já estavam roídos de vermes e sífilis. Em sua maioria, porém, prosperavam, moravam bem, ganhavam dinheiro, aumentavam as propriedades. Desprezavam o caboclo e eram por sua vez desprezados pelos estancieiros, dos quais não gostavam, embora parecessem temê-los. Era triste ver como em seus baús e sacos, junto com roupas e tarecos, haviam trazido para o Brasil todos os prejuízos, rivalidades e mesquinhezas de suas aldeias natais. Não compreendiam — os insensatos! — que lhes seria possível passar a vida a limpo naquela pátria nova.

    Winter decidiu então procurar a zona rural do Rio Grande, onde não havia núcleos coloniais alemães. Sempre desejara conhecer as terras que ficavam para as bandas de oeste. Um dia comprou uma bússola, um mapa e um cavalo e meteu-se pelo interior da Província. Queria ir até as ruínas das reduções jesuíticas, cujas lendas tanto o seduziam. E assim de estância em estância, de povoado em povoado, melhorando e enriquecendo cada vez mais seu português, fazendo curas aqui e ali e recebendo como pagamento hospitalidade, mantimentos ou dinheiro, foi penetrando o interior, subiu a serra e, antes de entrar na zona missioneira, chegou a Santa Fé num entardecer de maio. Pernoitou na vila e ficou de tal modo fascinado pelo lugar, que resolveu ali permanecer por algum tempo, esquecido da visita às Missões. Que havia naquele vilarejo pobre que tanto lhe falava à fantasia? Não sabia explicar. Gostara daquelas ruas tortas, de terra batida e muito vermelha, em contraste com o intenso verde das campinas em derredor. Achara um encanto rude e áspero nas casas e na cara das gentes, na pracinha de árvores copadas, nos quintais lamacentos onde roupas secavam ao sol. Por uma razão misteriosa Santa Fé lhe parecera uma vila familiar, que ele conhecia dum sonho ou duma outra vida: tinha a impressão de haver já cruzado aquelas ruas num passado muito remoto e só agora descobria que sempre desejara voltar ali. No entanto aquele conglomerado de casinholas sem estilo nem história não se parecia em nada com sua cidade natal de Eberbach. Por ali não corria nenhum rio que lhe pudesse lembrar o Neckar, não se via nenhuma elevação de terreno que sugerisse a serra de Odenwald. E estava claro que só num pobre espírito de paródia ele poderia comparar o sobrado de Aguinaldo Silva com o velho castelo dos tempos de Barba-roxa, uma das relíquias históricas de Eberbach. Mas a verdade era que Winter pensara passar apenas uma semana em Santa Fé e no entanto lá estava havia já mais de dois anos! Por quê? Por quê? Por quê?

Por alguns instantes, de olhos sempre cerrados, Carl Winter ficou a passar a mão pelo tórax, sentindo o relevo das costelas. Por quê? Um mosquito esvoaçava-lhe em torno da cabeça, tocando em surdina seu violino miudinho. Mas por quê? D. Bibiana dera uma explicação simples: Santa Fé tinha feitiço. E explicara: "O meu homem, o falecido capitão Rodrigo, um dia chegou pra passar a noite na vila e ficou aqui o resto da vida, que infelizmente foi mui curta". Sim, Santa Fé devia ter um poderoso sortilégio. Gregória acreditava em mandinga. (Luzia Silva devia ter mandinga naqueles olhos de réptil.) Desde que chegara à vila, Winter fazia projetos de "ir embora na próxima semana". Ficar era absurdo, não havia nenhuma razão ponderável para isso. Podia ir para Buenos Aires, ou voltar para qualquer capital europeia onde houvesse teatro, música (que falta ele sentia de teatro e de música!) e museus onde de quando em quando pudesse encher os olhos e o espírito com a beleza das obras dos grandes mestres. Queria um lugar que lhe oferecesse conforto e oportunidades de agradável convívio humano. Mas os dias e as semanas passavam e ele ia ficando. Assustava-se à ideia das léguas que teria de vencer, montado no lombo dum cavalo ou então sacolejando dentro duma diligência desconjuntada para chegar a Porto Alegre e Rio Grande, a fim de tomar um navio. Outras vezes deixava-se ficar à espera dum acontecimento: umas cavalhadas, umas carreiras, um batizado ou um casamento para o qual fora convidado. Mas a verdade era que ia ficando por pura inércia. Durante o inverno vivia a praguejar em alemão. O minuano entrava assobiando pelas frestas de sua casa e o frio lhe enregelava os membros. Punha todas as roupas quentes que tinha, vivia na proximidade dos fogões, erguia os olhos coléricos para o céu nublado e jurava que iria embora na semana seguinte. Mas vinham dias de sol, e o céu, despejado de nuvens, ficava de novo dum limpo azul. Carl Winter gostava das laranjas que as geadas faziam amadurecer, das bergamotas gordas e douradas, sentia um prazer especial em beber todas as manhãs leite morno, recém-saído dos úberes da sua vaca malhada, e adorava os churrascos que Gregória lhe assava no fundo do quintal e que ele comia com gosto, respingando de farinha a barba ruiva. E havia os hábitos: a conversa de após o almoço na loja do Alvarenga; as partidas de xadrez e as discussões com o juiz ou com o vigário; os serões semanais no Sobrado, quando Luzia tocava cítara e torturava Bolívar com sua indiferença, e uma escrava vinha com a panela de pinhão cozido ou com pratos cheios de bolos de polvilho. No fim de contas o inverno não durava toda a vida e se a gente tivesse um pouco de paciência a primavera não tardaria muito a vir. E Winter ia ficando. Não raro apaixonava-se por um caso de sua clínica. O cel. Amaral se tomara de amores por ele e o fato de contar com a simpatia e a proteção do chefe político da terra dava-lhe facilidades e vantagens que ele não aproveitava por pura preguiça, pela mesma preguiça que o fazia ir ficando, ficando sempre...

Gostava de dar pela manhã longos passeios a pé pelo campo, sentindo no rosto a brisa fresca que cheirava a sereno batido de sol. Nessas ocasiões deixava os olhos passearem pelas coxilhas verdes onde as macegas pareciam as cabeleiras de milhares de *Fräulein* soltas ao vento. (Trude! Trude! *Ich liebe dich, aber das ist ja unmöglich...*) Numa carta que dirigira a von Koseritz, descrevendo-lhe a vida que levava, dissera: "*Ich berausche mich an der Weite des Horizontes*", tomo bebedeiras de horizontes. Nunca em toda a sua vida vira céus mais largos nem sentira tamanha impressão de liberdade. Na paisagem ele descobria então o mais poderoso motivo de sua permanência em Santa Fé. É que ela lhe dava uma vertiginosa sensação de ser livre, de não ter peias nem limites. De certo modo naquela vida ele realizava pela primeira vez seu velho ideal de não assumir compromissos definitivos com ninguém nem com coisa alguma. Não ter amo nem mestre, e poder — ah! principalmente isso —, poder de vez em quando dar-se o luxo da solidão, da mais absoluta e hermética solidão, eram positivamente coisas voluptuosas! A paisagem daquela província perdida nos confins do continente americano era doce e amiga, supinamente civilizada, um cenário digno de abrigar a gema da raça humana. Parecia que ao criá-la Deus tivera em mente povoá-la de figuras como Platão, Sócrates, Goethe e Shakespeare. No entanto por ali andavam homens rudes como Bento Amaral ou então aberrações humanas como aquele gnomo que se chamava Aguinaldo Silva. Nem mesmo Luzia pertencia à paisagem. Havia naquelas distâncias e campinas, lagoas e horizontes, uma pureza e uma inocência que ele não sentia na neta do pernambucano.

O pôr do sol de Santa Fé também o deixava exaltado. Em certos dias de outono subia à coxilha do cemitério para ver os crepúsculos vespertinos, que eram longos e fantasticamente coloridos. Em certas horas o céu do poente tomava uma tonalidade esverdeada e transparente: era como se a cor dos campos se refletisse no vidro do horizonte. E sobre toda a paisagem em torno pairava uma vaga neblina violeta que acentuava as sombras, tingia as pessoas, os animais e as coisas, parecendo aumentar a quietude do ar e da hora. Winter ficava imóvel junto dos muros do cemitério — entre o silêncio dos mortos e aquela fantasmagoria do céu — vendo nas nuvens castelos das lendas do Reno, perfis de profetas barbudos, monstros antediluvianos, rebanhos de carneiros brancos e rosados, exércitos em fuga, vulcões, ou fabulosas cidades de gelo iluminadas pelo clarão de incêndios. Mas quando não havia nuvens os crepúsculos eram doces — azul-desbotado, malva e rosa — e a paisagem adquiria uma pureza e uma simplicidade tão grandes que Carl Winter ficava com lágrimas nos olhos e começava a murmurar versos de Heine, e ao mesmo tempo a achar-se muito piegas e muito romântico por estar naquela atitude, fazendo e sentindo aquelas coisas. E desse modo — através de seu eu cínico e de seu eu sentimental — ele gozava duplamente da situação.

Adquirira o hábito de falar consigo mesmo em voz alta. Fazia-o em alemão, em geral quando caminhava pelas ruas da vila ou saía em seus passeios solitários pelos arredores. Os caboclos miravam-no intrigados — Winter percebia com o rabo dos olhos. Mas mesmo quando encontrava estranhos continuava em seu solilóquio, pois tinha a impressão de que, como falava alemão, a coisa toda perdia o seu caráter absurdo. Ouvira um dia uma das velhotas da vila dizer: "O alemão é louco da cabeça". *Mein Gott!* Louco da cabeça. Lúcido demais, isso sim. E era essa lucidez que às vezes o impedia de gozar melhor a vida.

Um dia seu eu romântico lhe perguntara: "Carl, quando voltas para casa?". Com *casa* ele queria dizer a pátria, a cidade natal, Eberbach. "*Ach!*", respondera o seu eu cínico. "Quando a Alemanha for unificada e eu não correr o perigo de ser preso. E quando Trude Weil estiver tão gorda e feia que meu coração já não possa mais bater de amor por ela."

Winter deu um tapa no ar, procurando apanhar o mosquito e silenciar aquele violino enjoativo. Trude... Trude... Quando se olhava no espelho Winter compreendia por que Gertrude o tinha esquecido em favor do filho do burgomestre. Seus olhos eram dum cinzento frio e feio; seus cabelos, dum louro avermelhado como o das barbas de milho das roças de Santa Fé; sua pele, branca e oleosa, com manchas rosadas, lembrava salsichas cruas. Não. Ele não tinha a menor ilusão quanto à sua aparência física. Trude era uma rapariga de bom gosto e uma criatura sensata. Dono duma loja de *Delikatessen*, o filho do burgomestre era gordo, corado e tinha uma beleza sólida e estúpida. A escolha não podia ter sido melhor. Grande rapariga! Sensata *Fräulein*!

E Carl Winter de novo começou a apalpar o tórax e as pernas, como se tivesse certo orgulho de seu corpo anguloso e feio ou como se o fato de ser magro e desengonçado o divertisse.

Tentava agora lembrar-se de Gertrude. Não podia. O mais que via em seus pensamentos era uma silhueta de mulher de tranças louras, e com uma face vazia de feições. Mas era ainda com um certo desfalecimento de coração que pensava nela. A ferida estava cicatrizada — concluía —, mas a cicatriz era sensível, comichava muito e ao menor descuido podia abrir-se e sangrar.

Mas como pode a gente amar uma mulher de cujas feições não se lembra mais com nitidez? Será que eu amo a ideia de Trude mais que sua pessoa? Quem sabe? *Ach!*

Winter revolveu-se na cama, ficou deitado de lado e finalmente resolveu erguer-se e ir até a janela. Foi. Debruçou-se no peitoril e ficou olhando para o quintal da casa do vigário. *Nu, debruçado a uma janela em Santa Fé, olhando para o quintal da casa do padre Otero. Mein Gott!* Tudo aquilo parecia impossível; pelo menos era improvável.

As estrelas brilhavam. Do galinheiro do vizinho veio um ruído de asas. Raposa? Não. Se fosse, haveria um pânico geral. Um galo cantou num terreiro distante. Winter ficou a pensar no que havia de contar daquela província a seus amigos, se um dia voltasse para casa.

A paisagem era civilizada, mas os homens não. Tinham rudes almas sem complexidade, e eram movidos por paixões primárias. A lida dos campos e das fazendas tornava-os ásperos e agressivos. Lidar com potros bravos, curar bicheiras, sangrar e carnear o gado, laçar, fazer tropas — eram atividades violentas que exigiam fortaleza não só de corpo como também de espírito. (Winter sempre prometia a si mesmo tomar nota daquelas reflexões num caderno, mas nunca chegava a fazê-lo. *Ach*, és um vadio, Carl!) Depois havia as guerras. Era raro passar uma geração que não visse pelo menos uma guerra ou uma revolução. E como eram primitivas aquelas guerras em que brasileiros e castelhanos se engalfinhavam — primitivas na estratégia e nos armamentos. Mas nem por isso eram menos brutais e cruéis que as guerras europeias. Winter ouvia sempre contar histórias de entreveros, de cargas de lança, de atos de coragem e desprendimento mas também de crueldades e traições. Em muitos casos os soldados lutavam descalços e armados de lanças de pau; eram mal alimentados e raramente ou nunca recebiam seu soldo. Poucos sabiam ao certo por que lutavam, mas havia na Província a tradição de "pelear com os castelhanos", e seus homens encaravam as invasões como uma fatalidade, como um ato de Deus — uma espécie de praga periódica tão inevitável como uma seca ou uma nuvem de gafanhotos. Mercê dessas lutas haviam surgido verdadeiros senhores feudais na Província. Eram os estancieiros como o cel. Amaral, a quem o governo amparava e dava privilégios, na certeza de que na hora da guerra eles viriam com seus peões, agregados, amigos e assalariados para engrossar o exército regular. Winter achava esquisito sabor em comparar estancieiros como Bento Amaral com os *Junker* prussianos; e, quando via a cicatriz em forma de *P* que ele tinha numa das faces, não podia deixar de fazer paralelos entre os duelos acadêmicos de Heidelberg e o feroz corpo a corpo como aquele em que o falecido marido de d. Bibiana havia deixado sua marca no rosto do adversário.

D. Bibiana! Ali estava uma criatura de valor. Com umas duzentas matronas como aquela estaria garantido o futuro da Província. Entretanto o destino das mulheres naquele fim de mundo era bem melancólico. Não tinham muitos direitos e arcavam com quase todas as responsabilidades. Sua missão era ter filhos, criá-los, tomar conta da casa, cozinhar, lavar, coser e esperar. Dificilmente ou nunca falavam com estranhos, e Winter sabia que um forasteiro que dirigisse a palavra a uma senhora corria o risco de incorrer na ira do marido, do pai ou do irmão dessa senhora, que lhe viria imediatamente "tirar uma satisfação". Os homens, esses podiam sair em aventuras amorosas, a fazer filhos nas chinocas que encontrassem pelo caminho, nas escravas ou nas concubinas; mas ai de quem ousasse olhar mais demoradamente para suas esposas legítimas! Eram estas em sua maioria analfabetas ou de pouquíssimas letras e tinham uma assustadora tendência para a obesidade. (Trude! Trude! Toma cuidado.) Eram tristes e bisonhas, e as contínuas guerras quase não lhes permitiam tirar o luto do corpo; por isso traziam nos olhos o permanente espanto de quem está sempre a esperar uma notícia trágica.

O código de honra daqueles homens possuía um nítido sabor espanhol. Falavam muito em honra. No fim de contas o que realmente importava para eles era "ser macho". Outra preocupação dominante era a de "não ser corno". Não levar desaforo para casa, saber montar bem e ter tomado parte pelo menos numa guerra eram as glórias supremas daquela gente meio bárbara que ainda bebia água em guampas de boi. E a importância que o cavalo tinha na vida da Província! Para os continentinos o cavalo era um instrumento de trabalho e ao mesmo tempo uma arma de guerra, um companheiro, um meio de transporte; para alguns gaúchos solitários as éguas serviam eventualmente de esposa. Winter conhecia ali homens que à força de lidar com cavalos começavam já a ter no rosto traços equinos.

Mas era preciso ter paciência e compreender que aquele era um país novo, ainda na sua primeira infância. Havia nas gentes da Província um certo acanhamento desconfiado que nos homens se transformava num ar agressivo. Falavam alto, com jeito dominador, de cabeça erguida. Entre fascinado e assustado, Winter assistira a várias carreiras em cancha reta, e mais de uma vez o haviam chamado para atender algum homem que fora estripado num duelo por causa duma "diferença de pescoço" ou de qualquer outra dúvida quanto à decisão do juiz. Gostava de ver certo tipo de gaúcho que se sentava no chão para jogar cartas e antes de começar o jogo cravava sua adaga na terra, entre as pernas abertas, numa advertência muda ao adversário.

Os lavradores daquela província só agora começavam a conhecer e usar o arado bíblico. E ninguém ali — suprema medida duma civilização! — sabia fazer bom pão e bom vinho.

Tratava-se positivamente duma sociedade tosca e carnívora, que cheirava a sebo frio, suor de cavalo e cigarro de palha. As casas eram pobres, primitivas, sem gosto nem conforto, quase vazias de móveis; em suas paredes caiadas não se via um quadro, uma nota de cor que lhes desse um pouco de graça. No inverno o minuano entrava pelas frinchas, cortante como uma navalha. Nos dias de chuva os homens traziam barro para dentro de casa nas suas botas ou nos pés descalços. Havia em tudo uma rusticidade e uma aspereza que estavam longe de ter o encanto antigo e a madureza das coisas e gentes camponesas da Baviera, da Pomerânia ou do Tirol — onde existia uma tradição no que dizia respeito a móveis, roupas, comidas, danças, lendas e canções. Os "homens machos" da Província de São Pedro pareciam achar que toda a preocupação artística era, além de inútil, efeminada e por isso olhavam com repugnada desconfiança para os que se preocupavam com poesia, pintura ou certo tipo de música que não fossem as toadas monótonas de seus gaiteiros e violeiros.

Como era escassa a música daquela gente! Não passava duma cantilena que tinha o ritmo do trote do cavalo, um lamento prolongado, pobre de melodia.

Infelizmente em Santa Fé Winter tinha de contentar-se com as peças que Luzia dedilhava na cítara ou então com a música que ele próprio produzia. Na Alemanha fizera parte dum quarteto de cordas de amadores, como violinista. (Hans, Hugo, Joseph, onde estais a estas horas?) Reuniam-se nas noites de sábado para tocar Mozart, Beethoven e Schubert, beber cerveja e fumar cachimbo nos intervalos entre um e outro quarteto.

Carl olhou para o céu estrelado e por alguns momentos ficou a ouvir fragmentos de melodias do passado. Depois fez meia-volta e, grave e nu, caminhou até o lugar onde estava o estojo do violino, abriu-o e tirou dele o instrumento com o ar de quem ergue o cadáver duma criança de pequeno esquife negro. Feriu as cordas com o indicador, afinou-as como pôde e depois começou a tocar em surdina a *Serenata* de Haydn. A musiquinha doce encheu o quarto, fugiu para a noite.

Nunca esta melodia andou no ar de Santa Fé — pensou Winter com esquisita satisfação. Continuou a tocar marcando o compasso com o pé longo e descarnado, enquanto em sua mente Hans, Joseph e Hugo faziam o acompanhamento em *pizzicato*. Era como se o velho quarteto de amigos se tivesse reunido de novo para um serão musical.

Na praça, sob a figueira, Bolívar dormia, recostado ao velho tronco, com a cabeça caída sobre o peito, a boca entreaberta. A seu lado, fumando em paz, Florêncio velava o sono do amigo, como um anjo da guarda.

6

Sentada na cama, com o busto muito teso, as mãos pousadas no colo, Bibiana contemplava o filho, que, diante do pequeno espelho, procurava dar a laçada na gravata de seda preta. Ela via que o colarinho alto e engomado sufocava o rapaz, e que sua roupa domingueira de casimira preta o deixava contrafeito e ao mesmo tempo irritado. O suor escorria-lhe em grossas bagas pelo rosto, empapando-lhe o colarinho e a camisa. Bolívar fungava e bufava, impaciente, enquanto seus dedos desajeitados lutavam em vão com a gravata.

Como ele está abatido! — refletiu Bibiana. — Também, passou a noite em claro e não é brincadeira ficar noivo duma moça como Luzia Silva. Tem de estar nervoso mesmo.

— Não posso! — exclamou Bolívar, dando um puxão na gravata. — Não sei arrumar esta porcaria.

— Tenha paciência, meu filho.

— Não posso!

— Pode, sim. Querer é poder.

Bibiana lembrou-se de sua avó e achou graça por ter falado exatamente como ela. Querer é poder. Se Ana Terra estivesse ali agora ia ficar orgulhosa do bisneto. Se o cap. Rodrigo pudesse ver o Bolívar crescido...

Seus olhos de repente se turvaram de saudade. E ela viu o marido em pensamento. Apeava do cavalo, de bombachas brancas, esporas de prata, lenço vermelho no pescoço, e caminhava para ela de cabeça erguida e olhos atrevidos: "Como le vai, minha prenda?".

A voz do filho cortou-lhe o devaneio.

— Não tem jeito. Não posso.

Bibiana ergueu-se e caminhou para ele.

— Deixe ver. Quem sabe se sua mãe acerta.

Bolívar alçou um pouco o queixo. A cabeça de Bibiana mal lhe chegava aos ombros. Enquanto seus dedos procuravam dar a laçada, ela foi envolvida pelo calor do corpo suado do filho e não pôde evitar um pensamento que lhe pareceu vagamente indecente: o cheiro do pai. Sentiu também como batia forte o coração do rapaz e como seu peito arfava. Lembrou-se dos tempos em que o embalava nos braços e sorriu para essa lembrança.

— De que é que está rindo? — quis ele saber.

— De nada. Duma coisa que pensei.

Depois, mudando de tom, perguntou:

— Está nervoso?

— Não — mentiu ele.

Tinha na cabeça uma forca e uma voz que cochichava: "Daqui a pouco vão matar o Severino". A apreensão e o medo como que lhe apertavam o coração, insuportavelmente.

— Pronto — disse Bibiana, dando o último toque na laçada. — Veja se está direito.

Voltou a sentar-se na cama. Bolívar mirou-se no espelho.

— Acho que está — disse.

Tomou dum pente e começou a passá-lo na cabeleira preta e ondulada.

Foi então que Bibiana percebeu que ela também estava nervosa. Não era só por causa do pobre do negro Severino que ia morrer. Era também por causa do noivado. Seu segredo — um segredo tão grande que não tivera a coragem de contá-lo a ninguém, tão grande que às vezes tinha medo de comentá-lo consigo mesma —, o seu imenso segredo como que se lhe avolumava agora dentro do peito, apertando-lhe o coração, e tornando-lhe custosa a respiração. Ninguém compreendia por que tinha ela aprovado o casamento do filho com a neta de Aguinaldo. Só ela sabia o motivo...

Lembrava-se duma conversa que tivera com o irmão:

— Mana, vassuncê fez mal — dissera Juvenal, com seu jeito sério e sossegado. — Fez muito mal em ajudar esse noivado. Não compreendo como é que uma pessoa ajuizada como vassuncê faz gosto nesse casamento. A Luzia não é mulher pro Boli. É uma moça de cidade criada com mimo, e sem a menor serventia.

Ela ficara calada, apertando os lábios para evitar que seu segredo se escapasse. Podia contar tudo ao Juvenal. Não era uma pessoa do mesmo sangue? Não era o seu único irmão? Mas não contou, e por isso sentiu aumentar o peso daqueles pensamentos secretos.

Juvenal tinha dito mais:

— Depois, o Aguinaldo é um ladrão. Não sei como é que vassuncê pode esquecer que esse homem roubou as terras de nosso pai.

— Quem lhe disse que m'esqueci?

— Pois se não esqueceu, pelo menos parece.

— Eu sei o que estou fazendo, mano.

E essas palavras cortaram a discussão. Juvenal encolhera os ombros, murmurando:

— Queira Deus que tudo saia bem. Mas eu duvido.

Sim, um dia Pedro Terra necessitara de recursos para plantar uma lavoura de linho e trigo (sempre a mania do trigo!) e por isso fora obrigado a pedir dinheiro emprestado a Aguinaldo Silva, dando-lhe como garantia sua casa e o terreno de esquina, cujo valor era três vezes maior que o do empréstimo. Numa sucessão de safras infelizes a lavoura se fora águas abaixo e como, vencido o prazo da hipoteca, Pedro não tivesse dinheiro para resgatá-la e Aguinaldo não quisesse dar-lhe a menor prorrogação, as propriedades dos Terras passaram inteiras para as mãos do avô de Luzia. Foi com dor no coração que Pedro abandonou sua casa, pois Aguinaldo queria o terreno para construir nele um sobrado. Bibiana lembrava-se de que o único comentário que o pai fizera no dia em que se mudara para um rancho de barro resumia-se em poucas palavras: "Ainda bem que a Arminda está morta". E nunca mais falou no assunto. Mas via-se no rosto dele que alguma coisa o estava roendo aos poucos por dentro. Começou a definhar, a envelhecer, não tomava interesse em mais nada e vivia triste, com olhos de cachorro escorraçado. Chorou — sim, chorou como Bibiana jamais vira homem algum chorar — no dia em que pedreiros começaram a derrubar-lhe a casa. Era como se aquelas macetas, martelos e picaretas que golpeavam as paredes de sua meia-água estivessem também a quebrar-lhe os ossos, um por um.

Agora lá estava o Sobrado como um intruso em cima daquela terra querida. Era como se o casarão do pernambucano houvesse esmagado a casinha onde vivera Ana Terra e onde ela, Bibiana, noivara com o cap. Rodrigo. Lá estavam ainda as árvores que Pedro ajudara a plantar com suas próprias mãos e amava quase tanto como a seus próprios filhos. Sempre que passava pelo Sobrado, Bibiana lançava um olhar para aquelas laranjeiras, pessegueiros, cinamomos e marmeleiros e tinha a sensação de que eles eram parentes seus que a espiavam, tristes, por trás das grades duma prisão. Era por isso que continuava a alimentar a certeza de que aquela terra ainda lhe pertencia e que portanto o Sobrado era também um pouco seu.

O tempo passou. Dizem que tempo é remédio para tudo. O tempo faz a gente esquecer. Há pessoas que esquecem depressa. Outras apenas fingem que não se lembram mais...

Quando Aguinaldo começou a procurar e adular Bolívar e Florêncio, ela teve vontade de dizer-lhes: "Não falem com esse excomungado. Foi ele que matou meu pai de desgosto". Mas não disse. Os rapazes eram ainda muito novos quando todas aquelas coisas tristes haviam acontecido. E, mesmo que ela dissesse, não adiantava nada. Os moços nunca aceitam muito as razões dos velhos. Além disso, o diabo do nortista era jeitoso, sabia falar bem, tinha mel na voz. E, quando Luzia chegou da Corte e os meninos começaram a andar atrás dela como cachorrinhos assanhados ao redor duma cadela, seu primeiro ímpeto foi o de levar Boli para longe, a fim de evitar que ele se apaixonasse pela forasteira.

Foi então que lhe veio aquela ideia doida... A coisa aconteceu de madrugada. Ela acordou de repente, pensando no marido. Teria sonhado com ele? Não se lembrava. Mas ficou em todo caso pensando na noite da morte de Rodrigo... Ela estava sozinha em casa, com o coração pulando no peito e uma apertura na garganta; ouvia o pipocar do tiroteio e esperava em agonia o fim do combate. E, quando o pe. Lara lhe apareceu, não foi preciso que ele dissesse uma única palavra. Ela adivinhou tudo: tinham matado seu homem! Mais tarde lhe contaram que o capitão recebera um balaço no peito quando tentava tomar o casarão dos Amarais. Tomar o casarão...

Sentada na cama, no quarto escuro, ela começou a pensar no Sobrado, nas suas árvores, em Luzia e em Bolívar. Tomar o Sobrado... Se Bolívar casasse com Luzia, ele ficava sendo o dono do Sobrado. Ela, Bibiana, iria viver com o filho, voltaria para o seu chão... Aguinaldo estava velho e não podia durar muito tempo... No princípio ia ser difícil viver com aquele corcunda, sob o mesmo teto. Mas a casa afinal de contas era grande, e sua posse valia todos os sacrifícios.

Naquela noite Bibiana tomou a grande resolução. Ia casar Bolívar com Luzia. A moça podia ser leviana, podia ser isto e mais aquilo. Mas seu filho afinal tinha nas veias o sangue do cap. Rodrigo, e nunca um Cambará se deixaria dominar por uma mulher. Fosse como fosse, ela estaria sempre junto dele para ampará-lo e dar-lhe conselhos.

Estava resolvido: ia tomar o Sobrado. Não de assalto, aos tiros, como o cap. Rodrigo. Agora não havia nenhuma pressa. Era mulher, tinha paciência, estava acostumada a esperar... Que era um ano, dois anos, dez anos? Um dia Aguinaldo morre, Bolívar fica dono de tudo, eu volto pras minhas árvores, vou ver nascer os filhos de meu filho, vou ajudar a criar meus netos.

Bibiana agora sorria para seus pensamentos. Mas no fundo do coração ela temia o futuro.

Faltavam poucos minutos para as quatro quando Florêncio apareceu.
— Está quase na hora — disse ele. — Vamos embora?
Por que será que esse menino não olha direito pra mim? — estranhou Bibiana.
— Vamos, Boli — disse ela. — O noivo não pode chegar tarde.
Dirigiu-se à outra peça para apanhar o guarda-sol e, ao passar pelo sobrinho, perguntou:
— E o Juvenal?
Sem encarar a tia, o rapaz deu uma resposta evasiva:
— O papai está em casa.
— Brabo com a gente?
Florêncio hesitou.
— N... não. Por que havia de estar?
— Ele é contra este noivado.
— Não é bem assim, titia.
— É. Eu sei.
— A senhora compreende... O velho é opiniático.

— Basta ser Terra.

Florêncio sorriu, brincando com o chapéu. O suor escorria-lhe pela testa e seus olhos estavam estriados de sangue. Coitado — pensou Bibiana. E sorriu com simpatia para o sobrinho.

Saíram. A claridade da tarde era tão forte que por um instante os deixou ofuscados. Começaram a caminhar de olhos apertados. Sob o guarda-sol aberto, Bibiana ia muito tesa no seu vestido de cassa preta, ladeada pelos dois rapazes. Ar parado. As sombras sobre a terra vermelha eram dum preto arroxeado. Corvos voavam contra o azul desbotado e luminoso do céu.

Bolívar sentia o sangue martelar-lhe as têmporas com fúria compassada, e a cabeça agora lhe doía tanto que parecia prestes a estourar. Pensava simultaneamente no Sobrado e na forca, em Severino e em Luzia. O colarinho dava-lhe uma sensação de estrangulamento, e, sob a grossa roupa preta, seu corpo estava já todo úmido de suor.

Andaram por algum tempo em silêncio. Iam cumprimentando os conhecidos que se achavam às portas de suas casas ou que espiavam por cima das cercas dos quintais. Ondina, a filha do Alvarenga, assomou à sua janela, sorriu e disse:

— Então, dona Bibiana, é hoje o grande dia?

Era pálida, tinha uma voz meiga, e olhos negros duma tristeza humilde de ovelha.

— É verdade — respondeu a mãe de Bolívar. — A sua vez também há de chegar, Ondina.

Florêncio viu os olhos da rapariga pousarem um instante nos seus, muito a medo, mas dum modo que o deixou perturbado. Desajeitado, bateu com dois dedos na aba do chapéu.

Quando já estavam longe de Ondina, Bibiana voltou a cabeça para o sobrinho e murmurou:

— Uma boa moça pra vassuncê casar, Florêncio. — Deu meia dúzia de passos em silêncio e depois prosseguiu: — É muito prendada, sabe fazer renda de bilro como ninguém, é sossegada, boa dona de casa e uma doceira de mão-cheia.

Florêncio nada disse. Coçou a ponta da orelha, encabulado, pigarreou de leve e continuou a olhar para a frente na direção da capela.

— E é bem bonitinha — acrescentou Bibiana. — Mas por que é que vassuncê está com cara de velório, meu filho?

Bolívar não respondeu. O suor fazia arder-lhe as faces recém-escanhoadas e uma dor latejante na cabeça deixava-lhe as ideias confusas.

— Ele anda triste por causa do Severino — explicou Florêncio.

Estavam agora os três a menos duma quadra da praça e já podiam ver o movimento das pessoas que procuravam lugares em torno da forca. Lenços, roupas e vozes alegres ao sol — aquilo parecia uma festa.

— É o diabo — concordou Bibiana. — É o diabo. Eu também tenho pena do negro. Afinal de contas a gente viu ele crescer como se fosse uma pessoa da família... — Suspirou. — Mas não foi pelo que eu fiz que ele vai ser enforcado.

Essas palavras doeram em Bolívar.

— Mas vão cometer uma injustiça! — exclamou ele. — O Severino está inocente!

Bibiana achou melhor não discutir. Ficou pensando, apreensiva, no que podia acontecer na hora do enforcamento. Bolívar estava nervoso: a forca tinha sido erguida bem na frente do Sobrado.

Sim, teria sido melhor que Luzia houvesse concordado em transferir a festa para outro dia.

Começaram a atravessar a praça. Um homem achava-se sentado numa pedra, alisando uma palha de milho com as costas da faca. Era o Chico Carreteiro. Ao ver o grupo o caboclo dirigiu-se a Bolívar e caçoou:

— Então vamos ter hoje dois enforcamentos ao mesmo tempo, não?

Mostrou os dentes escuros num sorriso rasgado. Bolívar teve vontade de atirar-se sobre ele e partir-lhe a cara a bofetadas. Cerrou os punhos, olhou duro para a frente e não respondeu. Bibiana, porém, sorriu para o carreteiro e disse:

— É verdade, seu Chico, é verdade.

— É preciso ser muito malvado pra gozar com o sofrimento alheio — observou Florêncio em voz baixa, olhando as pessoas que disputavam lugares ao redor do cadafalso. Tirou o relógio do bolso e olhou o mostrador. — E ainda falta mais duma hora!

Aproximavam-se do Sobrado que lá estava, muito branco, com suas janelas de caixilhos azuis, o telhado pardo e limoso, as vidraças chamejando ao sol. Como ficavam bonitos os azulejos do portão assim num dia claro — refletia Bibiana. E seus olhos saudaram as árvores: "Tenham paciência. Qualquer dia eu venho tomar conta de vassuncês".

O cap. Rodrigo naquela noite de 1836 correra armado de espada e pistola para a casa dos Amarais... Mas ela agora ia tomar o Sobrado completamente desarmada: levava apenas um guarda-sol na mão e aquele segredo no peito. O dono da casa ia recebê-la de braços abertos.

7

Sentado em uma cadeira de respaldo alto e lavrado — que achava supinamente incômoda — o dr. Winter passeava em torno o olhar curioso. Fora o último dos convidados a chegar ao Sobrado e lamentava ter perdido a arenga que Aguinaldo Silva fizera aos presentes para anunciar o contrato de casamento da neta com Bolívar Cambará. A vasta sala de visitas estava muito clara de sol e Carl notou que o reflexo tricolor da bandeirola duma das janelas tingia a face e o pescoço de Luzia. Uma estigmatizada — fantasiou ele. Achou-a perversamente linda. Estava ela sentada no sofá ao lado do noivo, vestida de crinolina verde, de saia muito rodada com aplicações de renda; tinha cravado nos cabelos dum castanho-profundo grande pente em forma de leque, no centro do qual faiscava um brilhante. Winter pensou imediatamente na bela e jovem bruxa moura que o diabo, segundo a lenda que corria pela Província, transformara numa lagartixa cuja cabeça consistia numa pedra preciosa de brilho ofuscante. Como era mesmo o nome do animal? Ah! Teiniaguá. A sua Musa da Tragédia havia agora virado teiniaguá. Winter pensava essas coisas e sorria, apertando o charutinho entre os dentes.

O dr. Mascarenhas conversava animadamente com Aguinaldo. Bibiana gritava ao ouvido da esposa do juiz, que era surda, e a boa senhora lhe respondia com sua voz fosca e branda. Winter percebeu que trocavam receitas de doces e gastavam açúcar e ovos em grande profusão: era, por assim dizer, uma conversa temperada de canela, cravo e noz-moscada. Bolívar parecia nervoso e Winter sentia no ar algo de pressago e equívoco que começava a deixá-lo um pouco inquieto.

Sentado numa cadeira, pitando tranquilamente seu cigarro de palha, Florêncio de vez em quando lançava um olhar morno na direção de Luzia e do primo. O pe. Otero não chegara ainda, pois estava ocupado com Severino: tinha de prepará-lo para morrer e devia assisti-lo até o último momento.

Winter julgava perceber no rosto do dono da casa certo desapontamento ante o fato de não ver ali na sala a maioria das pessoas que convidara para a festa. Toda a gente sabia que os Amarais detestavam Aguinaldo Silva e recusavam-se a pôr os pés no Sobrado. Quanto aos outros, era também sabido que não morriam de amores pelo pernambucano, pois raro era o santa-fezense que não se julgasse de qualquer forma lesado por ele ou que não tivesse pessoa da família ou amigo de peito entre as vítimas do que eles chamavam "as bandalheiras do corcunda". Além disso — refletiu Winter —, muitos dos convidados decerto acharam que seria mais divertido ficar na praça para ver Severino estrebuchar na forca do que vir para o Sobrado ouvir Luzia tocar cítara.

Aguinaldo, desinquieto como sempre, andava dum lado para outro na sala. Com sua corcunda pronunciada, a cabeça triangular, a barba de chibo, o avô de Luzia lembrava a Winter um gnomo em versão cabocla.

— Isso está muito desanimado, minha gente! — exclamou o velho.
— Até parece velório de pobre. Luzia, toque um pouco de música. Vamos animar a festa.

Deu dois pulinhos, esfregando as mãos fortemente uma contra a outra, e gritou na direção da cozinha:

— Sia Rosa, mande trazer a refrescalhada!

Bolívar passava o lenço vagarosamente entre o colarinho e o pescoço. A cabeça ainda lhe doía e agora a sede, uma sede desesperada, secava-lhe a goela, ressequia-lhe a boca. Um refresco chegava em boa hora.

— Vamos, menina, toque um pouco! — tornou a pedir Aguinaldo.

Luzia sacudiu a cabeça de leve: o diadema chispou.

— É muito cedo ainda, vovô. Depois eu toco.

Tinha uma voz grave e musical, uma voz — achava Winter — cujo registro correspondia ao da viola. Era quente, úmida, profunda, veludosa — tão excitante que parecia vir-lhe do sexo e não da boca —, refletiu ainda o médico. A comparação podia ser grosseira; pelo menos ele nunca a poderia fazer em voz alta. Entretanto, era exatamente isso que ele sentia. Pensou em Trude, cuja voz fina e melodiosa lembrava a dum oboé. Que contraste!

Bolívar nunca conseguia explicar a si mesmo por que ficava tão excitado quando a noiva falava. Aquela voz tinha feitiço, punha-lhe uns arrepios no corpo. Quando a ouvia, ele tinha ímpetos de saltar sobre Luzia, rasgar-lhe as roupas e amá-la com fúria. Agora, porém, eram outros os sentimentos que o perturbavam. Metade de seu ser estava na sala: a outra metade, lá fora. Seus olhos de instante a instante voltavam-se para a janela, mesmo contra sua vontade. Uma sensação de perigo iminente apertava-lhe o peito. Ele sabia que às cinco em ponto Severino ia ser enforcado; era por isso também que não perdia de vista o relógio grande de pêndulo que estava a um canto da sala contígua, e o qual ele via através da porta. Eram quatro e vinte: o pêndulo de latão oscilava compassadamente. Às cinco Severino ia ficar pendurado na forca, balançando dum lado para outro.

Bolívar olhou para as mãos muito brancas de Luzia, que repousavam sobre o verde da saia, segurando o leque: seus dedos eram finos, compridos, delicados, e estavam cheios de anéis. Olhou para as próprias mãos rudes, queimadas de sol, cabeludas e sombreadas de veias. As mãos dele nada tinham a ver com as dela. No entanto em breve um padre ia uni-las para sempre. Bolívar percebeu que a noiva o contemplava e sentiu seu mal-estar aumentar, pois sabia que seu rosto estava revelando todos os seus segredos. Levou automaticamente o lenço às faces, ficou a fingir que enxugava o suor, mas na verdade o que queria era escondê-las.

Um escravo entrou com uma bandeja cheia de copos de limonada e começou a andar à roda, oferecendo-os aos convivas.

— Chegue sua cadeira pra cá, doutor! — convidou o juiz de direito, dirigindo-se ao médico. — Faz tempo que não trocamos ideias. É. Faz tempo.

Winter obedeceu. Aguinaldo deu-lhe um copo de refresco, dizendo:
— Sinto muito não ter uma boa cerveja pra oferecer ao amigo.
— *Ach!* Não faz mal.
— Dizem que em São Leopoldo já se fabrica boa cerveja — comentou o dr. Nepomuceno. — Seus compatriotas, doutor Winter, são especialistas em cerveja. — Inclinou a cabeça, numa reverência. — Como em muitas outras coisas mais. — E repetiu: — Como em muitas outras coisas mais.

Falava sempre com ar sentencioso, por mais terra a terra que fossem as coisas que dissesse. Orgulhava-se de ser um conhecedor profundo da política nacional, que acompanhava através dos jornais da Corte com escrupuloso interesse e com a imparcialidade que convinha a um juiz.

— Eu estava dizendo ao senhor Aguinaldo — contou ele, inclinando a cabeça na direção de Carl Winter — que se o marquês de Olinda tivesse ficado no governo com seu ministério conservador, as coisas teriam tomado outro rumo. Ele era contra a nossa interferência nas questões do Prata. Mas veio o Paulino Sousa e seguiu a política intervencionista, fez aliança com Urquiza e o resultado foi a guerra contra Rosas.

— Mas ganhamos essa guerra! — exclamou Aguinaldo, com os bigodes e a pera respingados de limonada. — E ali estão dois moços que viram a coisa de perto!

Lançou para Bolívar e Florêncio um olhar cheio duma ternura quase paternal.

A esposa do juiz dizia a Bibiana:

— Agora, a senhora sabe, quindim gasta muito ovo. Mas o Nepomuceno é louco por quindim.

A outra, porém, não a escutava. Olhava para o filho com uma sensação de amoroso orgulho que chegava quase a ser sufocante. Parecia vir dele uma onda de calor que a envolvia como um abraço. Mas quando Bibiana desviou o olhar de Bolívar e focou-o em Luzia teve a impressão de receber de repente um sopro de gelo. Diziam que o minuano vinha dumas montanhas geladas do Chile e da Argentina. Pois Luzia parecia mesmo uma montanha coberta de geada. É bonita — refletiu Bibiana —, isso ninguém pode negar. Mas é uma boniteza má, uma boniteza de pecado. Bolívar precisa domar essa potranca no primeiro dia do casamento, senão está perdido.

— ... e o ano passado eu quis fazer marmelada branca mas não pude acertar direito o ponto — prosseguia a esposa do magistrado, com seu peito magro de tísica a arquejar.

Bibiana voltou para ela uns olhos onde havia um tépido interesse e sorriu para dar a entender à interlocutora que a escutava. Mas, na verdade, naquele momento ela estava era sentindo o Sobrado. Não! Ela estava sentindo seu chão. A casa de seu pai ficava naquele mesmo lugar onde agora estava o Sobrado. Faz de conta que esta é a nossa varanda. Ali está a parede empenada, que vovó dizia que estava grávida. Ali a mesa, com as cadeiras; lá naquele canto, a talha. Papai está pitando, sentado na cadeira de balanço. Eu até vejo a fumaça do cigarrão dele. A mamãe está fazendo crochê perto da mesa. Eu estou aqui e o capitão Rodrigo, que chegou há pouco, pediu licença e está picando fumo pra fazer um crioulo. Por que será que papai não fala com ele? Birras de velho. Não faz mal: com o tempo ele vai acabar gostando do genro. Ninguém resiste àqueles olhos de gavião. Eu até nem posso olhar direito pra eles: fico meio zonza. É por isso que estou olhando só pras botas do capitão. E ele vai dizendo coisas, contando histórias da sua vida: guerras, viagens, brigas, guerras, viagens, brigas... Todos escutam. Noite de Finados. Alguém está cantando na venda do Nicolau. A voz é a do capitão. Mas ele não pode estar lá na venda e aqui em casa ao mesmo tempo. Por que não pode? O capitão Rodrigo pode tudo. O padre Lara chega, diz boa-noite, senta-se, chiando como um gato velho. Coitado! Está enterrado perto da sepultura da vovó. Decerto de noite os dois ficam ali no cemitério conversando sobre os vivos, rindo-se deles... O capitão Rodrigo já acendeu o cigarro. Papai olha o relógio como quem quer dar a entender que é tarde. Então meu noivo se levanta, vai embora e eu fico pensando nele e nas coisas que tenho que fazer amanhã. Pular da cama às cinco, tirar leite, encher linguiça, dar milho pras galinhas, matar formigas pra elas não estragarem as plantas... Com essa cintura fina a Luzia parece uma formiga, uma saúva grande. Mas formiga se esmaga com o pé. E sapo também. E os olhos de Bibiana se voltam para Aguinaldo.

Depois passeiam lentos e avaliadores em torno da sala. Aquele espelho grande de moldura dourada é muito bonito, deve ter custado um dinheirão. E um dia ainda quero ver naquele vidro o Aguinaldo dentro dum caixão de defunto, com quatro velas acesas dos lados. Deus me perdoe, não desejo o mal de ninguém, mas todos um dia morrem. Amém. E é bem bonita a mobília — refletiu ela, olhando para o consolo de mármore, sobre o qual estava a cítara de Luzia, dentro dum estojo de madeira lavrada. E pra que estas cadeiras todas cheias de requififes, Santo Deus? Não troco as minhas de palha trançada por estes monstrengos. Mas gosto desta casa. Como são grossas as paredes! Num casarão assim a gente se sente garantida. Pode vir chuva, ventania, tempestade e até guerra. Bala não passa por elas.

— Está boa a limonada? — perguntou Aguinaldo, jovial.

Bibiana teve um leve sobressalto, ergueu os olhos para o dono da casa e respondeu:

— Não provei ainda.

Só então é que se lembrou de que tinha na mão o copo de limonada. Levou-o à boca e começou a beber devagar. O cheiro de limão trouxe-lhe à mente um certo dia de sua vida, havia muitos anos. O cap. Rodrigo chegou duma viagem e lhe disse: "Estou louco de sede, minha prenda. Me faz uma limonada bem ligeiro. Mas bota pouco açúcar". E depois, quando ela estava espremendo o limão dentro dum copo, ele se aproximou por trás, enlaçou-lhe a cintura e beijou-lhe a nuca.

Bolívar bebia sua limonada com avidez, mas a comoção parecia trancar-lhe a garganta.

Florêncio ergueu-se, foi até a janela e olhou para o cadafalso, a cujo redor a multidão engrossava. Crianças corriam e brincavam sob a figueira grande. Uma brisa leve começava a bulir com as folhas das árvores e à porta da cadeia curiosos se aglomeravam, andavam dum lado para outro, erguendo poeira do chão. Pobre do Severino! E o nome de Severino que Florêncio pronunciara mentalmente repetiu-se num eco. Mas o eco era o de um outro nome: Bolívar. Pobre Bolívar!

Bolívar tornou a olhar para o relógio, mas não pôde distinguir o mostrador, porque o suor lhe entrara pelos olhos e lhe turvava a visão. Começou a esfregá-los com os dedos.

— Entrou alguma poeira? — perguntou Luzia, num súbito interesse. — Deixe ver.

Bolívar sacudiu a cabeça.

— Não. Não é nada. Foi o suor.
— Está ardendo?
— Um pouco.
— Deixe ver.
— Não carece.

Os olhos de ambos se encontraram.

— Que é que vosmecê tem? — perguntou ela.
— Eu? Nada.
— Tem, sim. Está se vendo.
— Não é nada.

Bolívar não pôde suportar o olhar da noiva. Baixou os olhos para o chão.

— Se está arrependido — prosseguiu ela num murmúrio —, ainda é tempo de desmanchar o casamento. Há pessoas que voltam até da porta da igreja.

Felizmente — pensou Bolívar — os outros estavam entretidos a conversar e não ouviam aquelas coisas estúpidas que Luzia lhe sussurrava. Assim em cochicho a voz dela ficava ainda mais excitante. Era como se o estivesse convidando a ir para a cama.

— Ninguém está falando em arrependimento... — retorquiu ele pondo o copo de refresco em cima da mesa redonda, na frente do sofá.

— Então diga que é que tem.
— Ora, estou me sentindo mal. Minha cabeça está estourando.

Bolívar achava difícil conversar com a noiva cara a cara. Não podia resistir ao olhar dela: dava-lhe um acanhamento que ele nunca sentira diante de mulher alguma. E, por se sentir acanhado, ficava com raiva da moça, de si mesmo, de tudo e de todos. Vinham-lhe desejos de fazer violências, dizer nomes feios, de portar-se como um cavalo. Sempre que discutia e lhe faltavam argumentos, palavras, ele tinha gana de usar as patas.

— Passou mal a noite?

Com relutância Bolívar sacudiu afirmativamente a cabeça:

— A bem dizer passei a noite em claro.

Ergueu os olhos para a mãe e percebeu que, fingindo escutar a esposa do juiz, ela procurava ouvir o que Luzia estava dizendo.

— Pensando no Severino? — insistiu a moça.

— Como é que vosmecê sabe?

— É natural. O negro vai morrer por causa de seu testemunho.

Disse isso e seus olhos escrutaram o rosto do noivo, verrumantes, como se quisessem ver-lhe os sentimentos. Bolívar sentiu um pingo de suor escorrer-lhe frio sob a camisa, ao longo da espinha. Sua cabeça latejava com força e de repente ele se lembrou dum homem que um dia vira cair em plena rua, fulminado por um ataque de cabeça.

— Vosmecê também acha que o negrinho está inocente?

Luzia encolheu os ombros.

— Eu não acho nada. Vosmecê é que devia saber o que dizia quando falou às autoridades.

Bolívar fez um gesto de impaciência e meteu os dedos trêmulos pelos cabelos. Procurou alguma coisa para dizer, mas não encontrou nada. Teve vontade de mandar todos para os confins do inferno.

— Mas como é... — principiou — como é... o...

Calou-se de novo. Tinha-se feito um hiato na conversação e de repente a sala ficara silenciosa e os olhos do dr. Winter, de Florêncio e de Bibiana estavam voltados para o sofá.

— Será que já começaram a brigar? — troçou Aguinaldo, fazendo com a cabeça um sinal na direção dos noivos. — Tem tempo, meninos, tem tempo!

Florêncio olhava para Luzia e achava-a parecida com uma imagem de santa Rita que ele vira nas Missões.

O dr. Winter, o dr. Nepomuceno e o dono da casa de novo entraram numa discussão política, e Bibiana agora contava animadamente à interlocutora o que costumava fazer para secar a roupa lavada em dias de chuva; a mulher do juiz, com a mão em concha atrás da orelha, escutava-a arfante e atenta.

— Falta só meia hora — murmurou Luzia, lançando um rápido olhar para o relógio de pêndulo.

Alguém abriu uma porta nos fundos da casa e a brisa entrou na sala trazendo um cheiro de cozinha que, ao passar por Luzia, se misturou com um perfume de essência de rosas e de pele limpa de mulher recém-saída do banho — o que contribuiu para aumentar a confusão de Bolívar, que de repente sentiu pela noiva um desejo estúpido que era ao mesmo tempo náusea, medo e impotência. Seus olhos voltaram-se mais uma vez para o mostrador do relógio grande, e ele tornou a ver o gato enforcado, e o grito do animal cruzou-lhe o espírito.

Bolívar ergueu-se como que impelido por uma mola, e caminhou apressado para a janela. Luzia seguiu-o com o olhar, depois voltou a cabeça para Florêncio e sorriu. O rapaz respondeu com um sorriso meio constrangido e perguntou:

— Que foi que houve?

— Seu primo está nervoso.

Aguinaldo soltou uma risada.

— É natural. No dia que contratei casamento fiquei tão nervoso que até me deu uma soltura.

— Vovô! — repreendeu-o Luzia. — Isso não se diz.

Bibiana olhava apreensiva para o filho. Junto da janela Bolívar mal enxergava o que se passava na praça, pois diante de seus olhos manchas dum preto-esverdeado dançavam, estonteantes. Mais uma vez teve vontade de arrancar fora o colarinho, a gravata, o colete, sair correndo daquela casa, montar a cavalo e meter-se campo adentro a galope.

Sentiu que lhe seguravam o braço. Voltou-se: era a mãe. Tinha nas mãos um copo de refresco.

— Beba mais um pouco, meu filho.

Sem pensar, Bolívar obedeceu. Emborcou o copo e bebeu toda a limonada dum sorvo só. O líquido adocicado, meio enjoativo e pegajoso, lhe desceu com dificuldade goela abaixo.

— Vá agora sentar-se perto da sua noiva — sussurrou-lhe Bibiana. — Coragem! Isso passa.

Bolívar voltou para o sofá.

Aguinaldo agora contava coisas do Angico ao juiz de direito e ao médico.

— Minha cavalhada anda muito ruim. Essas guerras estragam os nossos rebanhos. É uma lástima. Muito cavalo superior se perdeu na

Guerra dos Farrapos. Miles de miles — concluiu Aguinaldo, enrolando um cigarro.

O juiz sacudia a cabeça lentamente, de olhos meio cerrados.

— Muito homem superior morreu nessa guerra — corrigiu-o Bibiana.

— Pra mim animal é o mesmo que gente — explicou Aguinaldo. — Pego amizade por eles. Pode ser cavalo, boi, cachorro ou gato. Um dia peguei um dos meus escravos maltratando uma pobre mula. Ah, seu compadre, fiquei fulo de raiva e comecei a enxergar vermelho. Negro sem-vergonha, gritei, vai bater na tua mãe, desgraçado! Pois o diabo do negro estava tão possesso que não me viu nem m'escutou. Continuou a dar com o chicote no lombo do pobre animal. A mula estava já toda lanhada, escorrendo sangue. Então perdi as estribeiras, tomei o chicote das mãos do negro, me atirei pra cima dele e comecei a dar-lhe na cara, a dar-lhe na cara, e fui ficando tão furioso que acabei dando com o cabo do chicote na cabeça do bandido. E dê-lhe pau, dê-lhe pau! No princípio ele meio que ficou estonteado sem saber o que estava acontecendo. Mas quando compreendeu tudo, se ajoelhou, botou a boca no mundo e depois quis fugir. Mas corri atrás dele, o negro tropeçou, caiu e eu me atirei em cima do cachorro, cego de raiva... E lá vai pau, e lá vai pau. Pois não é que quase mato o desgraçado?

Os olhinhos de Aguinaldo brilharam. Ele fez uma pausa para acender o cigarro e depois continuou:

— A sorte do crioulo é que já sou um homem velho e não tenho a mesma força dos tempos de dantes. Cansei logo e parei pra não cair. Se não fosse isso, eu acabava fazendo mingau da cabeça do negro.

Puxou uma tragada, soltou o fumo no ar e disse:

— Animal é mesmo que gente pra mim.

Caminhou até a porta da sala de jantar e gritou:

— Sia Rosa, mande trazer as coisas de comer!

O dr. Winter contemplava Aguinaldo com a mesma curiosidade meio horrorizada com que um dia olhara um terneiro do Angico que nascera com duas cabeças.

Entraram duas escravas com bandejas cheias de bolos e doces.

Winter cruzou as pernas e disse ao dono da casa:

— Mas o senhor parece que não teve nenhuma piedade do negro. Me diga então uma coisa: quando vê um branco batendo num escravo, vosmecê não fica também revoltado?

Aguinaldo coçou a pera e estava para responder quando ouviu a voz de Luzia:

— Negro não é gente — disse ela.

Todos os olhos se voltaram para a moça. Santa Rita disse uma barbaridade — pensou Florêncio. Bolívar parafraseou mentalmente as palavras da noiva: "Severino não é gente. Vão enforcar um bicho".

O dr. Winter tirou os óculos e começou a limpá-los lentamente com o lenço.

— *Mein liebes Fräulein!* — exclamou ele, com sua voz aflautada. — O que vosmecê acaba de dizer é uma inverdade científica.

Luzia encolheu os ombros e seus dedos brincaram com o leque.

— Não sei se o que eu disse é científico ou não. Mas é o que sinto. Para mim o negro está mais perto do macaco que dos seres humanos.

O juiz fechou os olhos, como para não se deixar influenciar por aquelas ideias, franziu os lábios reflexivamente, e quedou-se a procurar um ponto de conciliação. Bibiana ficou mais tesa ainda na cadeira, como cobra pronta para dar o bote. Então é isso que essas moças aprendem nos colégios da Corte? — pensou ela. Credo! É melhor a gente não saber ler nem escrever mas ter um bom coração. Cruzes!

— *Mein liebes Fräulein!* — repetiu o dr. Winter. Ergueu-se e foi postar-se na frente da moça. Seu cheiro de desinfetante envolveu Bolívar, que por um rápido segundo o achou confortador. Uma vez tinha caído de cama, com febre, e sua mãe chamara o dr. Winter. Só a presença do médico lhe trouxera alívio; e ele associava essa presença e essa impressão de alívio àquele cheiro de remédio.

— *Mein liebes Fräulein!* Como pode a minha graciosa amiga conciliar seu cristianismo com essas ideias? — perguntou Winter, balançando o corpo na ponta dos pés. — Onde está sua caridade? Que um herege como eu pense assim, ainda se admite. Mas que uma jovem cristã diga essas barbaridades, *mein Gott!*, isso eu não compreendo!

— Há muita coisa que vosmecê não compreende, doutor.

Bolívar sentia-se constrangido por ver a noiva a conversar com o médico aqueles assuntos de que ele nada entendia. Teve vontade de gritar para Winter: "Cuide da sua vida. Volte pro seu lugar. Nos deixe em paz!".

Luzia abriu o leque e começou a abanar-se serenamente.

— Vosmecê não acha, doutor — perguntou ela —, que ser bom ou ser mau é uma questão de mais ou menos coragem?

— Hein? — fez o médico, perplexo, a coçar o queixo com dedos frenéticos. — Quer dizer então que bondade é sinônimo de covardia?

— E o senhor acha que não é? Nunca pensou que ser bom é a coisa mais fácil do mundo? E que qualquer pobre-diabo pode se dar o luxo de ser bom?

O dr. Winter ergueu ambos os braços e depois deixou-os cair, batendo com força nas coxas com a palma das mãos. Era um gesto que queria dizer: se a menina pensa assim, desisto de discutir. Mas o diabo — pensava — era que de certa maneira misteriosa Luzia parecia ter alguma razão. Era preciso uma pessoa ter muita coragem para dar expressão a todos os seus desejos e sentimentos maus. Sim, ser bom era fácil. A teiniaguá não se deixava apanhar facilmente.

Aguinaldo contemplava a neta com admiração, sacudindo a cabeça devagarinho e rindo o seu riso encatarroado.

O juiz, ainda de olhos fechados, a papada comprimida entre o maxilar inferior e o colarinho engomado, lutava com palavras e ideias, tentando formar mentalmente uma sentença que, sendo ao mesmo tempo gramatical e judiciosa, tivesse a peregrina virtude de clarificar a situação.

A esposa queria saber do que estavam falando, e Bibiana explicou-lhe tudo como pôde. A surda lançou para o marido um olhar que foi um apelo: "Tira-me do escuro, Nepomuceno!". O juiz continuava a sortir as palavras, a ajustá-las às ideias. Que o negro era um ser humano, constituía uma verdade científica incontestável. Mas ele próprio às vezes não deixava de sentir nas pessoas de cor qualquer coisa de bestial que as aparentava aos animais inferiores. Como não encontrasse a frase conciliadora, soergueu o corpo na cadeira, estendeu o braço e apanhou um quindim da bandeja que estava sobre uma pequena mesa e começou a mordiscá-lo com alguma solenidade.

Uma questão de coragem... Florêncio não entendia bem o que Luzia pretendia dizer com aquilo. Mas sentia que boa coisa não era... Baixou os olhos e ficou olhando meio vago para a ponta das botinas que lhe apertavam os pés.

Questão de coragem... Essas palavras soavam ainda na mente de Bolívar. Se ele tivesse coragem sairia correndo e iria gritar para aquela gente que estava reunida ao redor da forca:

— Vão pra casa, bandidos! Onde se viu estarem se divertindo com a morte dum homem?! Severino está inocente. Quem devia estar pendurado nessa forca era eu. Matei um homem uma vez, só de mau. O combate tinha terminado. Ele pediu misericórdia. Matei de mau. Eu bem podia ter matado também aqueles dois tropeiros. O Severino é um homem bom. Nunca fez mal a uma mosca. Tio Juvenal, que conhece as pessoas, diz que o negrinho está inocente. Vão pra casa! Vão pedir perdão a Deus!

Winter voltara para sua cadeira e agora observava Luzia. Que haveria naquela alma? Ele ainda não sabia, mas começava a adivinhar, através duma névoa, e o que entrevia lhe dava um aperto de coração, um frio horror. Como era que naquele fim de mundo, naquele lugarejo perdido nos confins do continente americano, entre gente rude e primária, existia uma mulher assim? Podia estar numa tragédia de Sófocles ou de Schiller, num conto de Hoffmann ou num... *Mein Gott!* Contado ninguém acreditaria. E por um instante se imaginou num *Biergarten* de Berlim, dali a muitos anos, sentado ao redor duma mesa a tomar cerveja com amigos e a falar-lhes de seu passado de Santa Fé. E se viu e ouviu a dizer: "Há muitos anos, nos confins da Terra, conheci uma rapariga singular. Chamava-se Luzia. Eu só queria saber que foi feito dela...".

Agora o rosto da teiniaguá tinha uma expressão angélica: estava sereno, limpo e luminoso. Sua voz profunda tornou a envolver o médico:

— Por que não trouxe seu violino, doutor? — perguntou ela. — Podia tocar um pouco para nós.

Winter pensou no sacristão da lenda e viu a lagartixa encantada enroscar-se nele.

Deu um tapa cômico no ar.

— *Ach!* Já não sei mais tocar. Vou enterrar o violino.

— Talvez nasça um pé de couve — observou Bibiana.

Aguinaldo soltou uma risada seca e disse:

— Por falar em enterrar, está quase na hora de enforcarem o negro.

Como era que ele podia falar com tanta despreocupação na morte duma pessoa? — perguntou Florêncio a si mesmo, com uma sensação de mal-estar. E de novo ouviu na memória as palavras de Luzia: *Negro não é gente*. Com que frieza ela tinha dito aquilo! Por contraste pensou em Ondina Alvarenga, e a lembrança de seus olhos mansos lhe fez algum bem.

Silêncio. O dr. Nepomuceno — que tinha lavrado a sentença de morte — pigarreou, constrangido, e começou a tamborilar nervosamente com os dedos sobre a guarda da cadeira. O dr. Winter voltou-se para o magistrado:

— O senhor tem de estar presente à cerimônia? — perguntou.

O juiz tornou a inclinar o corpo para a frente, estendeu o braço e apanhou outro quindim.

— Eu devia estar lá — disse, com relutância, mordiscando o doce. — Mas não gosto dessas coisas. Sou um homem nervoso. Não gosto dessas coisas. — Pedaços de quindim pintalgaram-lhe de ouro a barba grisalha. — A lei não obriga propriamente o juiz a comparecer. É. A lei não obriga... propriamente.

Aguinaldo tirou do bolso o relógio e olhou para o mostrador.

— Faltam quinze minutos.

O coração de Bolívar começou a bater com mais força. Ainda havia tempo. Podia levantar-se e dizer: "Senhor juiz, tenho de fazer uma confissão. O negro Severino está inocente. Quem matou os dois tropeiros fui eu. Juro por Deus Nosso Senhor!".

Aguinaldo aproximou-se da janela, relanceou os olhos pela praça e disse:

— Está assim de gente. Parece até quermesse.

Ou então — pensava ainda Bolívar — podia sair correndo, ir até o cadafalso, beijar a mão de Severino e pedir-lhe perdão. Imaginou-se fazendo isso. A mão do negro está gelada de pavor. Sentiu na garganta um aperto que o impedia de engolir a saliva.

— Não quer um doce? — perguntou-lhe Luzia.

— Não — respondeu ele.

— Ainda está doendo a cabeça?

— Ainda.

A senhora do juiz contava que tinha encomendado umas rendas de bilro a Ondina Alvarenga. Mas d. Bibiana estava com a atenção no filho. Fez-se um novo silêncio difícil. Parecia que agora todos só pensavam na hora do enforcamento.

— Querem ir lá na praça ver a coisa de perto? — convidou Aguinaldo.

— Deus me livre! — apressou-se a dizer Bibiana.

— E o senhor, doutor?

Winter sacudiu negativamente a cabeça. O juiz limitou-se a fechar os olhos e a repetir:

— A lei não obriga. Não gosto desses espetáculos. A lei não obriga.

Aguinaldo esfregou as mãos, de olho alegre. Piscou para o dr. Winter e, inclinando a cabeçorra na direção do juiz, troçou:

— Será que a consciência está lhe doendo?

O dr. Nepomuceno ficou soturno, brincou com a medalha que pendia da corrente do relógio e redarguiu:

— Tenho a consciência tranquila, senhor Aguinaldo. Tenho a consciência tranquila. Fez-se justiça. Os juízes de fato acharam o réu culpado. A condenação foi feita de acordo com o artigo número duzentos e setenta e um do Código Criminal do Império. Tenho a consciência tranquila. — Lançou um olhar na direção de Bolívar e ajuntou: — Ali está casualmente o cidadão cujo depoimento contribuiu para esclarecer o crime.

Fez com a mão um sinal solene que queria dizer: um cidadão honesto, íntegro, acima de qualquer suspeita.

Florêncio estava sentado na ponta da cadeira, com os olhos postos no primo, temendo que ele fizesse ou dissesse alguma coisa inconveniente.

Bolívar, porém, limitava-se a olhar para o soalho, com a cara reluzente de suor e os largos ombros a subir e descer ao ritmo duma respiração ofegante.

Por alguns instantes todos ficaram calados, como que à espera dalguma coisa. Aguinaldo fez uma ou duas tentativas para puxar um assunto, mas foi em vão. O silêncio voltava sempre, e quase todos os olhos estavam voltados para as janelas que davam para a praça. Quantas daquelas pessoas — perguntava Winter a si mesmo — desejariam ir ver o negro espernear na forca, levadas por uma curiosidade mórbida que parecia ser um dos atributos da natureza humana? E, se não se dispunham a ir até as proximidades do cadafalso ou a ficar olhando de longe, ali das janelas, seria porque, de mistura com a curiosidade, sentissem também uma ponta de horror? Ou era porque queriam afetar bons sentimentos? Da parte de Bolívar e do juiz — refletia o médico — devia haver um pouco de remorso, pois ambos tinham contribuído para a condenação do negro. D. Bibiana e a esposa do magistrado deviam detestar sinceramente a ideia de assistir à cena. Florêncio era um homem de bom coração... E Luzia? Continuaria sentada ou viria espiar o enforcamento?

Aguinaldo estava excitado, ia de instante a instante à janela, ficava ali num pé só, fungando, aflito.

— Parece que vão trazer o negro — disse ele em dado momento, pondo a mão em pala sobre os olhos. — Estou vendo um movimento na frente da cadeia.

Começou a esfregar as mãos, satisfeito, numa antecipação do espetáculo.

Uma escrava entrou com uma grande bandeja cheia de talhadas de melancia.

— Pode botar em cima da mesinha — ordenou Luzia, com voz impaciente. — E vá lá pra dentro.

A negra obedeceu, hesitou um instante e depois se dirigiu ao amo, de cabeça baixa, com voz humilde:

— A negrada da cozinha também quer ir ver...
— Pois vão! — gritou Aguinaldo.

Luzia, porém, interveio:

— Não! Não vão. Fiquem lá no fundo e não venham nem pra frente.

A escrava saiu da sala de olhos baixos.

Winter sentiu que ele também estava inquieto. Se se erguesse e fosse até a janela poderia ver tudo. O cadafalso ficava a uns trinta e poucos metros do Sobrado e erguia-se a mais de três do solo. Poderia dali ver a execução muito melhor que muitos dos que se acotovelavam ao redor da forca, sob o sol quente. Vou ou não vou? — perguntava ele a si mesmo. Ir seria ceder a uma curiosidade perversa, a um sentimento inferior. Mas não ir seria levar muito a sério aquela história toda. No fim de contas era médico e vira coisas piores em sua carreira: crânios esmagados, membros decepados, tripas à mostra. Nunca, porém, assistira ao assassínio frio, calculado e legal dum homem. O fantasma de Luzia cochichou-lhe na mente: *Negro não é gente.*

— Faltam oito minutos — disse Aguinaldo. E de repente, com uma alegria infantil, exclamou: — Lá vem ele!

Winter ergueu-se, como que galvanizado, e aproximou-se da janela. O juiz continuou sentado onde estava, a balouçar as pernas nervosamente.

O médico olhou para fora. Um grupo compacto movia-se da cadeia na direção do cadafalso. Houve na multidão que se apinhava ao redor da forca um como que movimento de onda. Winter vislumbrou no grupo menor a batina negra do pe. Otero e alguns uniformes da Guarda Nacional. Tudo se processava no meio dum grande silêncio.

O dr. Nepomuceno foi atacado dum acesso de tosse nervosa. Voltando a cabeça para dentro da sala, Winter viu que Bolívar, duma palidez de morte, de olhos sempre baixos, remexia-se desconfortavelmente no sofá, ao passo que Luzia olhava atentamente para ele, sentada, muito ereta, na ponta do sofá, como que a gozar o sofrimento do noivo. O médico tornou a olhar para a praça. Viu quando dois guardas fizeram Severino subir os degraus do cadafalso. Dali Winter não podia distinguir as feições do condenado, mas percebeu que os guardas o amparavam para que ele se mantivesse de pé. Ao lado do negro, o pe. Otero ergueu um crucifixo preto, voltou-se para a multidão e pronunciou algumas palavras que o médico não ouviu com clareza. Começou então a erguer-se do povo um clamor uníssono, cadenciado e fúnebre. Rezavam o padre-nosso. As vozes, graves e foscas, erguiam-se no ar luminoso, enchiam a praça e tinham qualquer coisa que lembrava o som dum órgão. Winter começou a sentir a garganta seca, a língua grossa. Agora um perfume ativo de essência de rosas lhe chegava às narinas, e então ele sentiu, antes de ver, que Luzia estava a seu lado, à janela. Olhou-a de soslaio. Os seios da moça palpitavam, seus olhos estavam fitos no cadafalso, imóveis, arregalados, cheios duma poderosa fascinação.

De repente o coro cessou num amém que se esfarelou no ar.

O padre voltou-se para o condenado e encostou-lhe aos lábios o crucifixo. Naquele instante o relógio começou a dar as horas: cinco badaladas que Bolívar sentiu como pancadas no crânio.

O carrasco experimentou o nó corredio e depois colocou a corda em torno do pescoço do escravo. Havia agora na praça um silêncio de cemitério. De repente um galo cantou atrás da igreja. O dr. Winter voltou a cabeça para Luzia. E foi no semblante da teiniaguá que ele viu o resto da cena macabra. Primeiro o rosto dela se contorceu num puxão nervoso, como se ela tivesse sentido uma súbita dor aguda. Depois se fixou numa expressão de profundo interesse que aos poucos se foi transformando numa máscara de gozo que pareceu chegar quase ao orgasmo. Winter observava-a, estarrecido. Na multidão ao redor do cadafalso uma mulher soltou um grito que subiu no ar como um dardo. Winter olhou para o cadafalso. Pendente da forca, o corpo de Severino estrebuchava.

O dr. Nepomuceno tossia ainda. Sua esposa apertava o lenço nas mãos e tinha lágrimas nos olhos bondosos e palermas. Bibiana e Florêncio olhavam ainda para Bolívar com pena, como se fosse, ele e não Severino, o enforcado.

Winter voltou para a sua cadeira e acendeu um charutinho. Estava subitamente triste e por contraste pensava em Trude, especialmente num certo dia em que a vira entrar na igreja de Eberbach, toda de branco, com pequenas flores azuis nos cabelos dourados.

— Lá se foi o negro! — exclamou Aguinaldo, esfregando as mãos e caminhando na direção das melancias. Apanhou uma talhada e convidou: — Vamos, minha gente, antes que a melancia esquente.

Mas ninguém fez o menor movimento. Luzia deixou a janela. Seu rosto estava iluminado por uma luz de bondade que a transfigurava. Sentou-se junto do consolo, abriu o estojo de madeira e tirou de dentro dele a cítara. Fez tudo isso com gestos cuidados e tranquilos como quem segue um rito.

Tirou alguns acordes do instrumento e depois começou a tocar uma valsa brilhante. Winter observava-a, perplexo. A melodia alegre encheu a sala. A senhora do juiz aproximou-se mais de Luzia e, com a mão atrás da orelha, tentava escutar, com uma expressão de estranheza nos olhos ainda úmidos.

De repente Bolívar rompeu a chorar, escondeu o rosto nas mãos e ficou onde estava, os ombros sacudidos pelos soluços. Bibiana correu a sentar-se junto dele.

— Meu filho — murmurou ela, entre penalizada e cheia de vergonha. — Não faça isso. Um homem não chora.

Luzia olhou para o noivo, com olhos inexpressivos, e continuou a tocar. Winter, embaraçado, mascava ferozmente seu charutinho. Florêncio ergueu-se, caminhou para o primo e tomou-lhe do braço, dizendo:

— Boli, vamos dar um passeio lá no quintal.

O outro não se moveu. Florêncio obrigou-o a levantar-se. Bolívar deixou-se arrastar pelo primo para fora da sala.

— Vou mandar fazer um chá de folha de laranjeira pra ele — disse Aguinaldo.

Os olhos de Bibiana Terra chisparam.

— Meu filho não é mulher pra tomar chás, seu Aguinaldo. Nesta terra não há nenhum homem mais macho que o Bolívar. Quem tiver dúvida que experimente.

Passeou rapidamente o olhar em torno, num desafio, fez meia-volta e saiu no encalço dos dois rapazes.

Como se nada tivesse acontecido, Luzia continuava a dedilhar a cítara. Um reflexo da bandeirola da janela manchava-lhe a testa de verde.

A teiniaguá — pensou o dr. Carl Winter. E ficou olhando para o "animal", como que enfeitiçado...

8

Quando o pe. Otero chegou ao Sobrado por volta das cinco e meia, Bibiana, o filho e o sobrinho já se haviam retirado. O vigário entrou com ar cansado, cumprimentou os presentes e foi sentar-se a um canto da sala, na sua cadeira de balanço predileta. Era um homem baixo e franzino, ainda moço; tinha um rosto alongado, duma palidez esverdeada de hepático. De tão surrada, sua batina já se fazia ruça e estava toda manchada de sebo.

— Come uns docinhos, padre? — perguntou Aguinaldo.

O vigário sacudiu melancolicamente a cabeça.

— Não. Muito obrigado.

— Uma talhada de melancia?

— Também não. Não estou com fome.

— Então vamos tomar um licorzinho de pêssego...

O pe. Otero fez primeiro uma careta de dúvida; depois decidiu:

— Está bem, aceito.

Aguinaldo gritou para Rosa que trouxesse o licor. Luzia dedilhava ainda a cítara, de leve. Já tinha tocado quase tudo quanto sabia e a saída do noivo não a deixara nem um pouco perturbada.

— Então, vigário? — perguntou o dr. Nepomuceno. — Que nos conta?

O sacerdote fez um gesto desalentado.

— *Consummatum est*.

Houve um curto silêncio, ao cabo do qual o dr. Winter perguntou:

— E o condenado... como se portou?

— Não fez a menor queixa. Não fez nenhum pedido especial. Confessou-se e na hora de morrer beijou o crucifixo. Seus lábios tremiam, mas seus olhos estavam secos. Não soltou um ai. Morreu como um homem.

Luzia ergueu a cabeça e indagou:

— E na hora da confissão... Ele confessou o crime, ou repetiu que estava inocente?

— Minha filha — respondeu o padre com triste calma —, não posso quebrar o sigilo do confessionário.

O juiz de direito ergueu os olhos bovinos para Luzia e reforçou:

— É. Ele não pode. Não pode.

A moça começou a tocar em surdina uma barcarola, ao mesmo tempo que dizia:

— Uma vez na Corte, quando eu era menina, vi um enforcamento. Ah! Mas foi muito mais bonito que este. Enfim, Santa Fé é apenas uma vila. Não pode se comparar com o Rio de Janeiro, é natural. — Olhava para os próprios dedos, como que enamorada deles. Prosseguiu: — O condenado era um turco que tinha matado a mulher. Seu último pedido foi um cálice de vinho do Porto e um pedaço de pão de ló. — Sorriu, sacudindo de leve a cabeça. — Engraçado, não é? Quando o padre veio para a confissão, o turco disse que era muçulmano ou coisa que o valha... O padre ficou furioso.

Winter mirava ora as mãos de Luzia ora o seu rosto, e deixava-se embalar pela voz dela.

— Depois fizeram um cortejo pela rua — continuou a moça. — Vinha na frente o juiz das execuções, o meirinho, os irmãos da Santa Casa, com os seus balandraus... Ah! Vestiram um casacão branco no condenado. Depois vinham os funcionários, os soldados...

A escrava entrou trazendo uma bandeja com cálices de licor de pêssego e distribuiu-os entre os convivas.

— Ind'agorinha eu vi tudo ali da janela — disse Luzia, parando de tocar e descansando as mãos no regaço. Seus olhos pousaram no rosto do vigário. — Vosmecê ouviu quando o pescoço do negro se quebrou?

— Se ouvi? — perguntou o padre, franzindo a testa.

— Quero dizer, ouviu o barulho de ossos se quebrando?

O sacerdote encolheu os ombros, em dúvida.

— E ele ficou de língua de fora?

— Minha filha... eu... vosmecê sabe que a gente não presta bem atenção a essas coisas. Na hora se fica tão... Ora, pra falar a verdade, nem olhei quando puxaram o alçapão. Estava de olhos fechados, rezando.

Luzia insistiu:

— Mas depois, quando vosmecê olhou... ele estava de língua de fora?

O padre voltou a cabeça para Aguinaldo e disse com um sorriso constrangido:

— A curiosidade das moças de hoje não tem limites.

No espírito de Winter a palavra *curiosidade* transformou-se em *crueldade*. Luzia positivamente tinha a coragem de sua crueldade. Agora a névoa se havia dissipado ao redor dela. Lá estava a Musa da Tragédia com toda a sua alma desnudada.

A mulher do juiz, aflita, olhava com ar desamparado dum para outro, sem conseguir ouvir o que diziam.

O dr. Nepomuceno cruzou as pernas, ergueu os olhos para o alto, com o jeito de quem procura alguma coisa no cérebro e depois disse:

— Essa execução vai custar ao governo... deixe ver... mil e quinhentos mais oitocentos e cinquenta... — Tinha a fama de ser muito bom no fazer contas de cabeça. — Vai custar exatamente cinco mil e duzentos e noventa e um réis.

Via-se que dizia isso porque estava contrafeito e achava que tinha de dizer alguma coisa.

Luzia sorriu.

— Morre-se barato — disse ela. — Viver é que custa caro.

O pe. Otero olhava fixamente para o seu cálice de licor. Tinha a testa franzida, o ar preocupado.

— Que bicho le mordeu, padre? — perguntou Aguinaldo. — Ficou impressionado com a coisa?

— No fim de contas, não foi nenhuma festa... — replicou o sacerdote.

Winter tomou um gole de licor e sentiu que o líquido doce e grosso lhe descia, ardido, pela garganta, como um filete de fogo.

— Mas não acha, reverendo — perguntou —, que indo ver a morte do negro seus paroquianos não se portaram dum modo muito cristão?

O padre cruzou as pernas, tornou a olhar para o cálice e respondeu:

— É. O espetáculo não foi nada edificante. Mas o senhor sabe, doutor, o fato deve ser olhado como um exemplo.

— Mas a sua Igreja não condena a pena máxima? Temos o direito de tirar a vida dum ser humano, mesmo em nome da justiça?

O pe. Otero remexeu-se na cadeira, numa visível sensação de mal-estar. O dr. Nepomuceno voltou vivamente a cabeça na direção do médico.

O sacerdote tirou do bolso um lenço muito encardido e passou-o pela testa num gesto largo e depois respondeu, com sua voz lenta, escandindo bem as sílabas:

— A Igreja é de Deus e o reino de Deus não é deste mundo. Os homens podem errar, mas Deus nunca erra. No fim os pecadores sempre são punidos e os justos recompensados. E aqueles que são condenados por um erro da justiça dos homens, no céu serão exaltados e redimidos...

Winter sorriu.

— Acha então possível que no caso de Severino tenha havido um erro da justiça?

O padre empertigou-se de repente, como se lhe tivessem alfinetado as costas.

— Eu não disse isso.
— Acredita então que o negro matou mesmo os tropeiros?
— Também não afirmei tal coisa.
— Qual é a sua opinião sobre o caso?
— Como sacerdote de Deus não me cabe criticar a justiça do Estado. Cristo disse: "A César o que é de César. A Deus o que é de Deus".
O juiz de direito franziu o sobrolho e foi com uma gravidade ressentida que disse:
— É um caso límpido. É um caso límpido.
Winter emborcou o cálice de licor, lançou um olhar para Luzia, que seguia a discussão com interesse, e perguntou com ar agressivo:
— E quem me prova que não foi o próprio dono da olaria que matou os seus hóspedes? Quem me prova?
— "Não levantes falso testemunho contra o teu próximo" — sentenciou o vigário.
— É uma hipótese...
— Que não deixa de envolver uma calúnia — retrucou o dr. Nepomuceno.
— Pois bem. Eu posso me retratar duma calúnia... duma afirmação leviana. Mas o que fizeram com Severino é irremediável. E uma retratação da justiça não devolveria o negro à vida.
— Mas é um caso límpido — afirmou outra vez o juiz. — Um caso límpido. Doze, digo: onze juízes de fato reconheceram a culpabilidade do réu.
E começou a rememorar o processo, a repetir trechos do depoimento de Bolívar e do próprio amo de Severino.
Luzia afastou-se do consolo e foi sentar-se no sofá.
— O doutor Nepomuceno me deixou ler o auto do corpo de delito — contou ela. — Eu até decorei... Querem ouvir? Havia uma parte assim:

Passando os ditos peritos a examinar os cadáveres, declararam estarem ambos deitados e com a cabeça bastantemente moída, de maneira que espirraram os miolos, sendo a pancada recebida do lado esquerdo na altura da orelha, e a contusão mostrava ter sido feita com pau ou outro qualquer instrumento contundente. Declararam mais não encontrarem papéis nem outra qualquer coisa que indicasse o nome ou residência dos ditos mortos, que eram ambos jovens, brancos, cabelos crespos, feições regulares e um parecido com o outro, presumindo-se por isso serem irmãos.

Winter notou que Luzia repetia aquelas palavras como se recitasse um poema lírico.

Fez-se um silêncio de constrangimento em que apenas Aguinaldo mostrava uma face desanuviada e alegre. Tinha orgulho da neta, das coisas que ela sabia e fazia.

— O senhor examinou as vítimas, doutor? — perguntou a moça.

— Sim. Foi um dos meus primeiros "casos" em Santa Fé.

— É verdade que mesmo com as cabeças esmigalhadas eles viveram ainda muitas horas?

— É. Por que pergunta?

— Vosmecê acha que eles tinham ainda conhecimento das coisas?

— Claro que não.

— Então não sofriam?

— É muito difícil fazer uma afirmação positiva, mas creio que não sofriam mais.

— Uma vez quando menina eu vi uma cozinheira decapitar uma galinha, e o bicho mesmo sem cabeça continuou de pé e depois saiu caminhando e entrou direitinho no galinheiro. Nunca mais me esqueci disso.

O vigário fez um gesto de impaciência.

— Mas por que não mudamos de assunto? — perguntou. — Basta de sangue, de cabeças cortadas, de enforcamentos. — E, para começar um novo tópico de conversação, voltou-se para o dono da casa e perguntou: — Então, senhor Aguinaldo, como vão os negócios?

— De mal a pior — respondeu Aguinaldo, que comia vorazmente uma talhada de melancia. Cuspinhou as sementes no prato e continuou: — A guerra estragou a cavalhada, reduziu a gadaria. Os garanhões que sobraram não valem dez réis de mel coado.

Era sempre o que acontecia em tempo de guerra — refletiu Winter —, morria a flor das nações não só em homens como em cavalos. Ficavam os velhos, os doentes, os incapazes.

Winter tinha ouvido contar que na Província se matavam éguas aos milhares para aproveitar a graxa. E que os estancieiros vendiam para as charqueadas até as vacas de cria. Sabia também que desde 1823 as gentes de São Pedro do Rio Grande haviam abandonado a cultura do trigo para se dedicarem à pecuária. Ora, as guerras periódicas dizimavam a cavalhada e o gado, ao passo que a agricultura continuava decadente ou quando muito estacionária. Os campos se achavam despovoados e ele tinha a impressão de que ninguém tinha plano, ninguém pensava no futuro; os continentinos viviam ao acaso das improvisações, confiando sempre na sorte. Por que não tentavam alguma coisa? — impacientava-se ele.

— O negócio de gado está liquidado — declarou Aguinaldo. E levou a talhada de melancia aos lábios, como se ela fosse uma gaita de boca, e ficou a tocar uma música feita das notas líquidas dos chupões.

— Nada está perdido quando a gente tem força de vontade e amor ao trabalho — sentenciou o juiz de direito.

Luzia e a senhora surda ergueram-se e saíram da sala. A mulher do dr. Nepomuceno queria ver as toalhas bordadas que a moça recebera de Porto Alegre como parte de seu enxoval.

— Ainda por cima — acrescentou Aguinaldo —, o governo proíbe a passagem do gado da Banda Oriental para cá. Quando nem o governo ajuda, que esperança podemos ter?

— Não culpemos o governo de tudo — observou cautelosamente o juiz.

Winter ergueu-se e deu um puxão nos fundilhos das calças que se lhe colavam incomodamente às nádegas.

— Por que os fazendeiros não mandam vir reprodutores estrangeiros para melhorar seus rebanhos? — perguntou, fazendo um gesto largo como para dar a entender que o mundo era muito vasto e rico. — Importem cavalos da Inglaterra, da Alemanha, do cabo da Boa Esperança. Mandem vir vacas da Holanda.

— Alguns estancieiros de Cruz Alta — informou Aguinaldo — receberam há pouco um lote de cavalos pampas.

Muitas das coisas da Província, Winter ficava sabendo através de sua correspondência com Carl von Koseritz, ao qual ele chamava com afetuosa ironia "meu ilustre barão". Fazia pouco mais duma semana, escrevera-lhe uma carta em que dizia:

> Tu ao menos tens como desabafar: és jornalista, escreves os teus artigos e de certo modo já pertences a esta pátria. Quanto a mim, continuo a ser apenas o Dr. Carl Winter, um exilado, um imigrante, um intruso; e tenho de calar a boca mesmo quando sinto vontade de sacudir esta gente de sua apatia exasperante. Mas é preciso reconhecer que essa apatia se revela apenas no que diz respeito ao trabalho metódico e previdente, pois quanto ao resto nunca vi gente mais ativa. Estão sempre prontos a laçar, domar, parar rodeios, correr carreiras e principalmente a travar duelos e ir para a guerra.

Agora o padre balançava-se de leve na sua cadeira e dizia:

— Ainda hoje o coronel Amaral estava se queixando que o negócio de charque vai muito mal.

— Mas esta província não pode depender eternamente do charque e do couro! — exclamou Winter. — Foi um erro terem abandonado o trigo. E uma insensatez não cuidar dos rebanhos... um crime não cultivar melhor a terra.

Havia outros problemas sérios: o da instrução pública, por exemplo. Existiriam quando muito umas oitenta escolas em toda a Província, e todas eram de primeiras letras. Havia uma assustadora escassez de professores.

Inflamado por suas ideias, Winter ergueu o dedo e disse:

— Os senhores ainda não perceberam o grande perigo que correrão no futuro...?

Conteve-se. O que ia dizer era muito ousado, talvez até ofensivo àquela gente. Viu que os outros esperavam a terminação da frase. Não teve remédio senão continuar.

— ... se não promoverem o progresso desta região? Pode ser que alguma nação estrangeira poderosa, de gente superior, volte um dia para cá os olhos cobiçosos. Não será a primeira vez na história. Não basta ter uma terra: é necessário merecê-la.

O juiz ergueu para ele os olhos mortiços.

— O doutor quer insinuar que uma outra nação pode procurar tomar posse da nossa terra pelas armas?

Winter pôs as mãos nos quadris, inclinou-se sobre o juiz e disse:

— Exatamente.

Aguinaldo teve um arroubo patriótico:

— Pois que venham. Havemos de expulsar essa estrangeirada a grito e pontaço de lança.

— Que venham! — repetiu Nepomuceno, numa velada ameaça, como se dispusesse dum poderoso exército secreto pronto para qualquer emergência. — Que venham!

O padre olhava para Winter dum modo estranho, e o doutor viu que se havia metido em terreno perigoso. Mas agora já não podia mais recuar.

Adoçou mais a voz, deu-lhe um tom persuasivo para dizer:

— Esta terra é boa demais para ficar abandonada, despovoada de gentes, de gado e de lavouras... É incrível que a Província tenha de importar os cereais que consome: não só os cereais, mas até a farinha de mandioca.

Houve um silêncio ressentido em que só se ouviu o ruído líquido que Aguinaldo produzia ao mastigar nacos de melancia, e o tan-tan da cadeira de balanço do padre.

— Boa ou má — disse o dr. Nepomuceno depois de alguns segundos de reflexão —, rica ou pobre, esta terra é nossa, dos brasileiros. Havemos de defendê-la contra qualquer invasor, venha ele de que quadrante vier, seja de que raça for.

Olhou para o sacerdote como a pedir-lhe a aprovação para o que acabava de dizer. O pe. Otero sacudiu a cabeça gravemente. De novo o juiz esparramou a papada sobre o peito e, com ar sonolento, ficou a brincar com a medalha do relógio.

Winter lançou o olhar para a janela. Fora, a luz se fazia mais cor de âmbar e mais suave, à medida que entardecia. Na praça a multidão se havia dispersado, mas viam-se ainda curiosos a conversar aos grupos nas proximidades da forca. Mentalmente o médico escrevia agora uma carta ao seu "ilustre barão". Assim:

Ainda ontem no Sobrado com a mais sã das intenções, eu disse umas verdades cruas ao dono da casa, ao vigário e ao juiz de direito. Por um tolo sentimento de patriotismo mal compreendido parece que ficaram zangados. Como resultado de tudo também fiquei irritado, e já que havia saído para a chuva e estava molhado, resolvi continuar enfrentando o aguaceiro e cheguei a sugerir àqueles senhores que...

— Mas não basta melhorar os rebanhos — disse Winter em voz alta. Aproximou-se do consolo e ficou a dedilhar distraidamente as cordas da cítara. — É preciso também cuidar dos homens...

— Cuidar dos homens? — estranhou o padre.

— Explique-se — pediu o juiz —, explique-se.

— Calma — disse o médico, fazendo um gesto de paz.

— Estamos perfeitamente calmos. Vamos!

— Quero dizer que seria melhor casar vossos homens e mulheres com os imigrantes alemães do que com negros e índios.

— O meu caro doutor acha então que somos uma nação inferior? Winter tirou um acorde dissonante da cítara, e olhou para o juiz.

— Eu não afirmei propriamente isso. Mas se vosmecê conhecesse a Alemanha teria uma ideia do que é capaz o povo alemão.

— O que o doutor quer insinuar — observou o padre — é que os alemães merecem mais que nós este país...

O juiz lutava com suas ideias. Elas lhe ocorriam sempre tardiamente. Invejava os que tinham resposta sempre pronta na ponta da língua. O padre sacudia a cabeça devagarinho numa dúvida taciturna. Não eram aqueles alemães em sua maioria protestantes? Que aconteceria se casassem com brasileiros? Como iriam educar os filhos? Em que Igreja? No amor e temor de que deus?

Finalmente o juiz conseguiu formar uma frase que lhe pareceu à altura do assunto, do momento e do interlocutor.

— Pois digam o que quiserem, eu cá acho que um povo latino como o nosso deve...

O médico soltou uma risada e avançou para o juiz:

— Latinos os homens desta província? — exclamou. — *Ach mein lieber Gott!* Acha então o doutor que os gaúchos descendem dos romanos?

— Ora! — fez o dr. Nepomuceno, que estava muito vermelho e agitado. — Ora!

— Preste bem atenção, senhor juiz. Quem foram os primeiros povoadores destes campos? Paulistas descendentes de portugueses. Pois bem. Os portugueses já têm uma boa dose de sangue mouro. Mais tarde chegaram aqui os casais açorianos, muitos dos quais eram de origem flamenga. Nesta província houve novas misturas com sangue índio e negro. Já vê que de latinos tendes muito pouco.

— Digam o que disserem. Somos latinos pela civilização!

Carl Winter sentou-se de repente, como se o peso da palavra *civilização* fosse demasiadamente grande para ele suportar de pé.

De que feitos espirituais se podia gabar aquela áspera sociedade pastoril que florescia — se é que se podia no caso usar esse verbo — no tão gabado "Continente" de d. Bibiana? Onde estavam seus artistas, seus cientistas, seus pensadores? Até aquela data Winter não vira um único livro impresso na Província. Poderiam os continentinos alegar que as guerras não lhes davam tempo para as atividades do espírito, e talvez aí tivessem alguma razão. Mas quem não tinha razão era o dr. Nepomuceno quando enchia a boca com a palavra civilização. Ele e o padre pareciam estar convencidos não somente de que eram descendentes dos romanos como também de que, por isso, representavam a essência da sabedoria, da espiritualidade e do progresso.

Tornou a erguer-se, aproximou-se da janela e ficou olhando para as campinas de Santa Fé. Que grandes coisas os homens de seu sangue poderiam fazer naquela terra privilegiada onde não havia angústia de espaço, nem terremotos, inundações ou secas calamitosas! Ali estava ela, generosa e mansa, oferecendo-se femininamente aos seus homens, que pareciam recusar-se a fecundá-la, preferindo transformá-la em cancha para seus jogos, conflitos e andanças.

No silêncio que se fizera ouviu-se a voz de Aguinaldo:

— Mas será que só eu é que estou comendo melancia? Não quer uma talhada, doutor Nepomuceno? E o padre Otero? E o doutor Winter?

— Muito obrigado — respondeu o juiz. — Não quero estragar o apetite para o jantar.

Eram mais de seis horas quando o dr. Winter deixou o Sobrado. Sabia que o padre e o juiz de direito tinham ficado magoados com suas observações. Que fossem para o diabo! Eram homens adultos, podiam muito bem aguentar um bom par de verdades. Deu alguns passos, batendo forte com a ponteira da bengala no chão, ao mesmo tempo que lhe vinha à lembrança uma água-forte que vira quando estudante em Heidelberg: Jesus diante de Pilatos. E ele "leu" a legenda que havia por baixo da gravura, em letras góticas: "'Que é a Verdade?', perguntou Pilatos". Winter sorriu. Estaria ficando intolerante, ou — pior ainda — convencido de ser o único portador da Verdade, uma espécie de saco de absolutos?

Parou um instante na praça e ficou olhando para a forca. Pobre Severino! Tinha morrido por causa dum absoluto. Um absoluto que o dr. Nepomuceno adorava, como a um deus. Encolheu os ombros como quem diz: "Não sou daqui, não tenho nada com isso". E decidiu que o melhor que tinha a fazer era ir ver o pôr do sol.

A luz da tarde era doce, e andavam por toda a paisagem uns lilases rosados positivamente fantásticos. Winter achava um grande encanto naqueles quintais quietos ao anoitecer. Um porco fossando na lama, uma galinha bicando o chão, um passarinho piando numa árvore, uma criança nua a brincar com um osso, um cão vadio dormitando num vão de porta — tudo isso eram coisas que o deixavam inexplicavelmente enternecido.

Comparava o mundo em que nascera e vivera até os trinta anos com o mundinho de Santa Fé. Ali naquela vila perdida na extremidade sul do Brasil representava-se também uma comédia humana, que era uma paródia da que Winter vira na Europa. Os atores seriam menos consumados, o cenário mais pobre. Mas os eternos elementos do drama lá estavam: o amor, o ódio, a cobiça, a inveja, o desejo de poder e de riqueza, a sensualidade, a vingança... e o mistério.

Caminhando na direção do campo, Winter pensava agora em Luzia. O que ele vira aquela tarde deixara-o perplexo. Não se achava preparado para comentar o caso nem consigo mesmo. O melhor era esquecê-lo por enquanto... Pobre Bolívar! Qual seria o destino daquele casamento? Fosse qual fosse, ele, Carl Winter, gostaria de ver o desenvolvimento da rústica comédia provinciana. No fim de contas, não havia do outro teatro em Santa Fé...

9

Em parte como ator e em parte como espectador, Carl Winter pôde realmente acompanhar o desenvolvimento da comédia.

Quando por setembro de 1853 Bolívar Cambará casou com Luzia Silva, houve festa grande no Sobrado. Aguinaldo mandou buscar gaiteiros e violeiros de Rio Pardo e Cruz Alta e fez matar três novilhas. Dançou-se o fandango à luz duma grande fogueira acesa no meio do quintal. Luzia — acharam todos — estava linda no seu vestido branco de noiva. O pe. Otero fez um discurso e perorou, desejando aos noivos uma vida longa e feliz, e muitos filhos. Em certa altura da cerimônia, d. Bibiana cutucou o dr. Winter, que estava a seu lado na igreja, e, olhando através das janelas as franças das árvores sacudidas pelo vento, murmurou: "Minha avó costumava dizer que sempre está ventando quando alguma coisa importante acontece".

Em princípios do ano seguinte ventava forte quando trouxeram do Angico para a vila, numa carreta puxada a bois, o velho Aguinaldo Silva agonizante, com a cabeça enfaixada em panos. Tinha caído do cavalo e batera com o crânio no solo. Chamado imediatamente para vê-lo, o dr. Winter verificou que não havia mais nada a fazer. Aguinaldo tinha fraturado a base do crânio: era um caso perdido. Deu-lhe uma hora de vida quando muito. Mas o nortista viveu ainda quase três. Viveu? Não. Ficou em agonia, deitado de costas na sua grande cama, com os olhos vidrados, a boca aberta deixando escapar a respiração estertorosa. Luzia não se afastou um instante do leito do avô. Ficou ao lado dele, com as mãos do velho presas nas suas, os olhos fitos no rosto dele, como se não quisesse perder um minuto sequer daquela lenta agonia. Bolívar estava pálido e de olhos úmidos. E, quando Winter murmurou para Bibiana: "Agora é o fim. Questão de minutos", julgou ver no rosto dela uma expressão estranha que o deixou desconcertado. Os olhos da mãe de Bolívar brilharam com uma súbita luz de alegria que lhe iluminou o rosto inteiro por uma fração de segundo.

Winter tinha outras coisas que fazer, mas achou conveniente ficar no Sobrado para esperar o desenlace. Era noite e tinham trazido para a mesa de cabeceira de Aguinaldo um velho candelabro com cinco velas. Uma preta entrou e disse baixinho a Bibiana que o relógio grande de pêndulo tinha parado de repente, e que isso era mau agouro. Como se algum bom agouro fosse possível num caso daqueles — refletiu o médico.

A notícia espalhou-se rapidamente pela vila. Começaram a aparecer amigos, conhecidos, curiosos — gente que vinha perguntar como "estava passando o velho". O pe. Otero foi chamado para administrar a extrema-unção ao moribundo. Puseram uma vela acesa na mão de Aguinaldo, e Luzia teve de apertar-lhe os dedos com os seus para que o avô pudesse sustentar a vela. No quarto silencioso ouviu-se a voz monótona do padre, murmurando palavras em latim. Winter olhava para Luzia e via que ela estava gozando aquele momento. Tinha a respiração ofegante e um brilho meio embaciado nos olhos claros. Agora, à luz das velas, Winter via-lhes melhor a cor: eram verdes, não havia a menor dúvida, dum tom que o mar assume em certos dias de sol fraco.

Aguinaldo expirou poucos minutos depois que o pe. Otero saiu do quarto. Luzia não consentiu que lhe cerrassem os olhos, pois o velho sempre lhe dizia: "Quando eu morrer não me fechem os olhos: quero entrar no outro mundo enxergando tudo". Luzia quis vestir o avô com suas próprias mãos. Quando a sogra se ofereceu para ajudá-la, ela respondeu com uma voz que a Winter pareceu uma navalhada:

— Não carece. Quem tem de fazer isso é um parente. Eu sou aqui a única parenta dele!

Pediu que os outros saíssem do quarto e fechou a porta a chave. Bolívar tinha já mandado fazer o caixão. Como não houvesse armador na vila, trouxeram um carpinteiro para o Sobrado e ali mesmo na despensa o homem ficou a trabalhar no esquife. E assim durante muito tempo, enquanto Luzia estava fechada no quarto com o cadáver do avô, os outros ficaram a ouvir os sons das marteladas que ecoavam pela casa toda. Winter procurava alguma coisa para dizer mas não lhe ocorria nada. Bolívar estava visivelmente abalado. Bibiana, serena, já começava a tomar providências para o velório. Iam deixar o corpo na sala de visitas: podiam fazer o enterro às oito da manhã seguinte. E o vento continuava a soprar, fazendo as vidraças trepidarem num rufar de tambores aflito.

Em dado momento, quando Bibiana veio trazer o chimarrão para os primeiros homens chegados ao velório, Carl Winter ouviu-a dizer em voz baixa ao filho:

— Tua mulher está de olho seco.

Olhando para as caras rudes e barbudas dos santa-fezenses que conversavam em surdina nas salas do Sobrado, Winter desejou a presença de Trude Weil, que, em contraste com aquelas figuras sombrias, lhe pareceu uma imagem de cromo, toda feita de leite, ouro, mel e lápis-lazúli. Mas qual! — refletiu ele em seguida —, àquela hora talvez sua bem-amada longínqua, gorda e desbotada, estivesse a vender salsichas atrás dum balcão de mercearia, enquanto o filho do burgomestre lhe dava palmadas nas nádegas, soltando grandes risadas que recendiam a chucrute e cerveja.

O mundo estava errado, irremediavelmente errado. A teiniaguá continuava lá em cima fechada no quarto com o defunto. Bolívar tinha no rosto a marca da infelicidade. E a Trude Weil, que ele amara um dia, não existia mais.

Florêncio apareceu mais tarde, quando o cadáver de Aguinaldo já estava dentro do esquife, metido na sua roupa preta domingueira, as mãos amarradas sobre o peito de polichinelo, as pernas cobertas de flores. Quatro círios ardiam na sala e mais quatro dentro do espelho.

Pessoas começavam a chegar. Bento Amaral também compareceu — deu pêsames a Luzia, Bolívar, e cumprimentou Bibiana, que lhe negou a mão e virou as costas — e foi sentar-se, taciturno, a um canto da sala, junto do pe. Otero. O dr. Nepomuceno chegou com a esposa por volta das nove horas, murmurando desculpas: só mui tarde ficara sabendo do triste evento, pois estivera fora da vila, etc., etc.

No velório os homens a princípio estavam meio bisonhos e silenciosos; mas começaram a animar-se aos poucos, à medida que o chimarrão foi correndo a roda e as escravas iam trazendo roscas de polvilho, bolos de coalhada e finalmente licor de pêssego. Um caboclo que Winter nunca vira — um tipo alto, muito trigueiro e de zigomas salientes — começou a contar histórias do velho Aguinaldo: andanças, ditos e espertezas. Os outros puseram-se a rir baixinho, sacudindo muito a cabeça. Bibiana mandou trazer para a sala mortuária todas as escarradeiras que havia no Sobrado e espalhou-as pelo chão. Alvarenga puxou com o juiz de direito e o padre uma discussão sobre a imortalidade da alma. No seu caixão preto, de rosto descoberto — como a neta exigira — c olhos arregalados, Aguinaldo também parecia escutar.

Winter olhava para Luzia. Luzia olhava para o defunto. O defunto olhava para o teto.

10

Depois da missa do sétimo dia, Bolívar, a mulher e a mãe foram para o Angico, resolvidos a ficar lá até princípios do inverno. E, quando o outono entrou, Carl Winter decidiu fazer uma excursão às Missões. Seu interesse pelas ruínas daquela curiosa civilização revivera de repente. E, como no momento nenhum paciente necessitasse de sua presença em Santa Fé, e como os dias andassem belos e calmos, o médico fez a mala, comprou um cavalo, contratou um vaqueano e pôs-se a caminho. Partiram de madrugada, pouco antes de o sol nascer. O ar estava frio e úmido, galos cantavam nos terreiros. Como o guia — que era neto do Chico Pinto — fosse homem de pouca conversa, a primeira légua foi percorrida quase em silêncio. E, como ao entrarem na segunda o moço ainda continuasse calado, Winter decidiu conversar consigo mesmo, e em alemão, coisa que o companheiro pareceu não estranhar muito. Quando, porém, o sol estava já a pino, o vaqueano voltou para o médico a face curtida e disse:

— Ainda que mal pergunte, doutor, vosmecê vai procurar algum tesouro?

Winter soltou uma risada. Um quero-quero gritou perto, como numa resposta.

— Está claro que não, amigo. Vosmecê acredita mesmo que há tesouros enterrados nas Missões?

O outro tirou de trás da orelha um toco de cigarro, bateu o isqueiro com pachorra e depois de puxar a primeira baforada, quando Carl já havia quase esquecido a pergunta, respondeu:

— Pode que sim, pode que não.

Ao fim do primeiro dia de viagem, de rins doloridos, pernas dormentes, Winter estava já arrependido de se haver metido naquela aventura. Era um homem curioso — não havia dúvida —, gostava de conhecer gentes e lugares novos; mas por outro lado seu comodismo obrigava-o a ficar sempre no mesmo lugar, repelindo com certo horror a ideia de movimentar-se, vencer distâncias, enfrentar as asperezas das jornadas, a intempérie, a mudança de regime alimentar, o desconforto das pousadas de emergência...

Passaram aquela primeira noite na casa dum pequeno estancieiro, que os recebeu com a hospitalidade característica das gentes da Província e lhes deu um bom churrasco com farinha, uma guampa de leite gordo e um catre sofrível.

No dia seguinte ao entardecer chegaram às ruínas da redução de Santo Ângelo e Winter foi imediatamente olhar o que restava do templo. Estava ainda de pé o grande frontispício, cuja porta principal era flanqueada por dois nichos, num dos quais Winter viu uma imagem de pedra representando um sacerdote paramentado, com um livro debaixo do braço esquerdo. Devia ser santo Inácio de Loyola — refletiu o médico. O santo do outro nicho estava sem cabeça, e no pedestal da estátua não havia nenhuma inscrição esclarecedora. O vaqueano olhou para a imagem decapitada e disse:

— A la fresca, lo degolaram!

Winter sorriu e ficou a examinar as quatro grandes colunas derrocadas que se erguiam à frente do templo e que deviam ter servido de sustentáculo ao pórtico. Por toda a parte cresciam guanxumas, urtigas e marias-moles. Durante muito tempo o alemão ficou olhando o horizonte do anoitecer através das aberturas daquela fachada em ruínas. E, quando a noite caiu, sua impressão de soledade e abandono foi tão profunda, que ele ficou meio deprimido. O vaqueano cozinhou arroz com charque, que ambos comeram em silêncio, e depois preparou um chimarrão, de que o médico teve de participar, para não ofender o companheiro. Dormiram ao relento, sobre os arreios. Antes, porém, de fechar os olhos, Winter ficou deitado de costas, com as mãos trançadas sob a cabeça, pensando na singular civilização que ali havia florescido e em como era estranho estar ele, Carl Winter, naquela terra remota à luz das estrelas, diante dum templo jesuítico em ruínas. Começou a fazer considerações sobre o tempo, a história e a geografia.

De certo modo o tempo histórico dependia muito do espaço geográfico. Na Europa agora a humanidade se achava em pleno século XIX. Mas em que idade estariam vivendo os habitantes de Santa Fé e da maioria das vilas, cidades e estâncias da Província do Rio Grande do Sul? Existiam vastas regiões do globo que ainda se encontravam no terceiro dia da Criação. E o viajante que em meados do século XVIII visitasse os Sete Povos das Missões, haveria de encontrar ali uma esquisita mistura de Idade Média e Renascimento, ao passo que se se afastasse depois na direção do nascente ele como que iria recuando no tempo à medida que avançasse no espaço, até chegar ao Continente de São Pedro do Rio Grande, onde entraria numa época mais atrasada em que homens vindos do século XVIII com suas roupas, armas, utensílios, hábitos e crenças se haviam estabelecido numa terra de tribos pré-históricas, onde ficaram a viver numa idade híbrida.

Dias depois Winter e seu guia chegaram a São Miguel, cujo grande templo em ruínas causou ao médico uma impressão ainda mais funda que o de Santo Ângelo. Carl passeou vagarosamente ao longo das colunas coríntias, agora dilapidadas e cobertas de parasitas, e que outrora, em número de dezoito, tinham sustentado um majestoso pórtico. Tentou subir ao alto da torre principal, onde se via ainda o revestimento de madeira que protegia o maquinismo do grande relógio do templo — mas os degraus da escada do campanário, carunchados e podres, cederam ao peso de seu corpo e partiram-se.

O vaqueano, que o observava, gritou:

— Cuidado, doutor, que vosmecê pode cair e quebrar as guampas.

Quebrar as guampas! — repetiu Winter mentalmente, sem saber se devia zangar-se ou não. Que expressão! Mas sua experiência da maneira de falar das gentes da Província o aconselhava a nunca tomar aqueles ditos muito ao pé da letra.

Continuou a andar dum lado para outro, à frente das ruínas, enquanto o guia lhe preparava o almoço e de quando em quando lhe lançava olhares furtivos e desconfiados. Pensa que ando procurando tesouros — refletiu Winter, que tinha agora nas mãos um lápis e um caderno de notas no qual procurava reproduzir o desenho das cabeças de leão esculpidas em pedra e que encimavam os capitéis das colunas, nos ângulos da torre principal. — Que teria existido no alto do zimbório? — perguntou ele a si mesmo em voz alta. Um galo de ouro — afirmavam os antigos. E sobre a cimalha majestosa? As imagens de são Miguel e dos doze apóstolos — informavam os cronistas. E Winter tomava notas, rabiscava desenhos. — Evidentemente o estilo lembra o Renascimento italiano... — murmurou ele, umedecendo com a língua a ponta do lápis.

E, pisando em ervas daninhas e pensando vagamente na possibilidade de tropeçar numa cascavel, Winter visitou o interior do templo, onde ficou por algum tempo tentando reconstituir com a imaginação a pompa antiga dos nove altares, com seus candelabros, lâmpadas de prata, imagens, vitrais e alfaias.

Depois foi examinar a grande muralha de pedra que circundava a quinta da redução, atrás da igreja; estava ela toda coberta de trepadeiras e de rosas silvestres brancas e escarlates. À sombra dessa muralha florida, Winter sentou-se aquela tarde para ler o volume de poemas de Heine que havia levado consigo. E à noite ao deitar-se pensou em todas as criaturas que no passado tinham pisado aquele chão — índios, missionários, bandeirantes, aventureiros, cientistas, viajantes... Aquelas pedras — refletiu ele — haviam sido envolvidas por melodias inventadas por compositores europeus e reproduzidas por jesuítas e indígenas em instrumentos fabricados na própria redução. Onde estavam agora as melodias do passado? Onde? Para se divertir fez em voz alta essa pergunta ao vaqueano. O rapaz mirou-o com ar sério e disse:

— Vosmecê está mangando comigo, doutor.

— Não estou, meu amigo! — protestou Winter, erguendo-se. — Pense bem. Os sinos da igreja badalavam, não badalavam? Os índios batiam tambores, não batiam? E tocavam instrumentos, não tocavam? Pois bem, onde está agora o som dos sinos, dos tambores, das cornetas, das clarinetas, das liras? Onde?

Acocorado perto do fogo, o rapaz encarou o companheiro por alguns segundos e depois respondeu:

— O senhor, que é doutor, deve saber. Eu sou um bagualão.

Winter tornou a deitar-se e ficou olhando para as estrelas: as mesmas estrelas que brilhavam neste mesmo céu no tempo da glória dos Sete Povos! Por aqui andou Sepé Tiaraju, o santo índio que tinha um lunar na testa. Foi na redução de São Tomé que a teiniaguá desgraçou um sacristão. O diabo — refletiu o médico — era que tudo aquilo não passava de pura lenda, como a história do anel dos Nibelungen e a da Lorelei. O mundo da realidade, *mein lieber* Heine, é muito prosaico! Como eu gostaria de ver surgir daquele cemitério abandonado ali ao lado da igreja o fantasma de algum defunto — padre ou índio. Seria uma revelação, uma novidade, uma quebra de rotina, o princípio de alguma coisa nova em minha vida.

Um corujão passou em voo rápido sobre a cabeça dos dois viajantes e entrou no campanário. As estrelas palpitavam. Winter fechou os olhos e pelos seus pensamentos começaram a desfilar pessoas e paisagens: Luzia, o quarteto de amadores, Trude, um *Biergarten* de Heidelberg, um trecho do rio Neckar, seu pai fumando cachimbo, von Koseritz num leito de hospital, a figueira da praça, o vulto do castelo de Barba-roxa...

— Boa noite, doutor — disse o guia, estendendo-se sobre os pelegos.

— Boa noite. Durma bem e tenha bonitos sonhos.

— Eu nunca sonho.

Winter tornou a abrir os olhos e a fitá-los no cemitério. Se ele visse agora um fantasma sua vida mudaria por completo, ganharia um novo sentido. Seria melhor que encontrar o tesouro dos jesuítas.

Voltou para Santa Fé em princípios de maio. Vinha cansado da solidão dos campos e ansioso por convívio humano. Como o Sobrado continuasse fechado, não teve outro remédio senão aceitar o convite de Alvarenga e frequentar-lhe os serões em que Florêncio noivava insipidamente com Ondina, cada um sentado na sua cadeira e separados por léguas e léguas de distância, sob o olhar fiscalizador de *Frau* Alvarenga.

Em fins de junho, numa noite serena particularmente fria, Gregória, cuja autoridade em assuntos climatéricos Winter respeitava profundamente, disse:

— Amanhã vai gear.

Efetivamente, no dia seguinte ao levantar-se da cama o médico viu que a relva, as árvores e os telhados achavam-se brancos de geada. O céu estava limpo e rútilo e começava a soprar um ventinho frio e cortante.

Mais um inverno! — pensou Winter. E de novo perguntou a si mesmo por que não se ia embora. Von Koseritz continuava a insistir para que ele voltasse ao litoral e se instalasse em Pelotas. Seu ilustre barão tinha planos grandiosos: ia fundar um jornal e uma escola, meter-se na política, naturalizar-se brasileiro e provavelmente casar-se com uma moça natural da Província.

Tremendo de frio, Winter derramou a água do balde na gamela, experimentou-a com a ponta dos dedos e gritou:

— Gregória!

Pronunciava esse nome com um excesso de erres. A escrava apareceu. Estava mais molambenta que nunca e seus olhos continuamente vertiam água. Winter contemplou-a com uma mistura de repulsa e piedade e disse:

— Aquente um pouco d'água para eu me lavar.

Ficou junto do espelho a passar os dedos pelas barbas ruivas, a examinar os próprios olhos. Estavam um pouco sujos e injetados de sangue. Botou a língua para fora: saburrosa. Devia ser o fígado. Naquela excursão comera muito charque de qualidade duvidosa e várias vezes, depois de tomar chuva, bebera cachaça. E o pior de tudo — lembrou-se ele — foi que, uma noite em que suas resistências morais estavam enfraquecidas e seu desejo exacerbado, dormira com uma índia. *Ach!*

Enquanto Gregória fazia fogo na cozinha, Carl apanhou o violino e começou a tocar. Tinha os dedos duros de frio. A voz do instrumento pareceu-lhe rouca, e lembrou-lhe, nas notas graves, a voz de Luzia.

De repente Winter sentiu saudade do Sobrado. Do Sobrado? Sim. Não era propriamente das pessoas da casa. Admirava d. Bibiana. Tinha pena de Bolívar. Sentia por Luzia uma atração estranha que não chegava nunca a ser desejo de estar perto dela — mas que o compelia a olhar irresistivelmente para a moça, quando em sua presença. Gostava, porém, do Sobrado como dum velho amigo calado e acolhedor, que tudo dá e nada pede. Era a única casa daquela vila que lhe dava uma impressão de conforto, de abrigo. Gostava dos serões do casarão, que cheiravam a açúcar queimado e defumação de alfazema.

Carl arranhava no violino um minueto de Beethoven, e, quando Gregória apareceu trazendo a chaleira preta de picumã e arrastando os pés de paquiderme, ele teve uma consciência tão aguda do contraste — o minueto e a figura da escrava — que soltou uma risada. Gregória ficou parada no meio do quarto, de cabeça baixa, humilde e calada.

— Tá aqui a água — disse ela com sua voz de areão.

11

Naquele mesmo dia Winter foi chamado para ver Juvenal Terra, que estava de cama com uma pontada nas costas.

— O velho não gosta de médico — explicou-lhe Florêncio no caminho. — Parece que a coisa não é muito séria, mas é sempre bom o senhor ir ver ele.

Caminharam alguns passos em silêncio e de repente Winter perguntou:

— Tem visto o Bolívar?
— Tenho.
— Como vai ele?
O outro encolheu os ombros.
— Bem. — E depois acrescentou, vago: — Eu acho...
E o assunto ficou cortado.
Juvenal estava deitado na cama do casal, mas completamente vestido e de chapéu na cabeça. Era um homem ainda forte, de rosto muito queimado, onde crescia em desalinho uma barba negra com raros fios grisalhos.
— A bênção — murmurou Florêncio, beijando a mão do pai.
— Deus le abençoe, meu filho.
Os olhos miúdos e meio oblíquos de Juvenal fitaram-se no médico.
— Ué... — fez ele, pondo-se de pé. — Que é que le traz por estas paragens, amigo?
O rapaz foi logo explicando:
— Não vê que o doutor ia passando, papai, e eu achei melhor convidar ele para dar uma olhada em vosmecê.
Juvenal apertou a mão de Winter.
— Mas eu não tenho nada, doutor.
Carl sentou-se na beira da cama, suspirou de mansinho, esfregou as mãos e disse:
— Pois se não tem, melhor. Vamos então conversar.
Florêncio inventou um pretexto e retirou-se. O médico acendeu um charutinho.
— Quer um dos meus mata-ratos? — perguntou, sorrindo.
— Não, gracias. Prefiro um crioulo.
Tirou da cava do colete um punhal com cabo de prata lavrada e começou a alisar com ele um pedaço de palha.
— Ouvi dizer que vosmecê andou viajando...
— É verdade — respondeu o médico —, andei visitando as Missões. Ruínas de causar dó.
E começou a contar das coisas que vira, dos lugares por onde andara e das pessoas com quem conversara; terminou dizendo:
— Mas cheguei meio adoentado, com umas dores do lado, a língua suja.
— Isso acontece. Eu também tenho andado com umas pontadas...
Levou a mão esquerda às costas. Mas de repente calou-se, pois compreendeu que estava caindo em contradição. Winter desatou a rir.

— Seu Juvenal, uma das manias dos homens desta terra é acharem que não podem adoecer. Sabe que isso é puro orgulho?

— Qual nada, seu doutor.

— As mulheres são diferentes, essas sempre pensam que estão doentes e não podem enxergar um médico que não comecem a queixar-se que sentem uma dor aqui que responde não sei onde... Mas os homens podem estar morrendo que nunca se queixam. Acham que doença é coisa de mulher.

— E não é?

— *Ach!* Está claro que não. Os touros não adoecem tanto quanto as vacas?

— Adoecem.

— Os garanhões não adoecem?

Juvenal agora picava fumo calmamente, sorrindo um sorriso canino que lhe expunha os dentes fortes e amarelos.

— Vamos! — disse o médico com ar trocista. — Diga o que sente.

Com alguma relutância Juvenal confessou que ultimamente andava sentindo dores no lombo. E antes de o médico dizer o que quer que fosse, ele concluiu:

— Deve ter sido alguma friagem que apanhei.

Winter não respondeu. Tomou o pulso do doente, examinou-lhe a língua, auscultou-lhe os pulmões, fez-lhe muitas perguntas e depois tomou dum lápis e escreveu uma receita numa folha de papel.

— Mande comprar isto na loja do Alvarenga. Peça à sua mulher que lhe bote uns sinapismos nas costas. E se dentro de dois dias não estiver melhor... o remédio é chamar uma dessas negras velhas benzedeiras.

Juvenal riu, bateu o isqueiro e acendeu o cigarro. Falaram do tempo e da política local. E, quando Winter mencionou o nome de Bolívar, teve a impressão de que o rosto do outro escurecia. Houve um curto silêncio em que Juvenal ficou pitando e olhando para o chão.

— Não sei se o doutor sabe — disse ele lentamente, depois de algum tempo. — Fui muito amigo do pai desse menino. O Bolívar a bem dizer se criou junto com o Florêncio.

Puxou um pigarro, como se estivesse constrangido e achando difícil falar naquelas coisas.

Winter sacudiu a cabeça em silêncio. Apanhou o punhal que o outro deixara sobre uma cadeira, ao lado da cama, e começou a brincar distraidamente com ele.

— O senhor às vezes vai no Sobrado, não vai, doutor?

— Sim, vou.

Novo silêncio. Outro pigarro.

— Doutor, vosmecê é uma pessoa de fora, um estrangeiro... — Juvenal interrompeu a sentença para tossir uma tosse seca sem vontade. — Sou homem de poucas palavras, gosto de ir direito ao assunto. Mas nem sempre é fácil. Há coisas muito sérias, negócios de família, e a gente fica meio desajeitado...

Winter largou o punhal sobre a cadeira e disse:

— Refere-se ao casamento do Bolívar?

Juvenal apertou forte o cigarro entre os dentes e murmurou:

— Vosmecê leu os meus pensamentos.

— Pode falar com toda a franqueza. Um médico é como um padre: tem de guardar segredo. Diga o que é que há.

— Pois aí é que está o difícil da coisa. Eu não sei o que é que há. Só sinto que há qualquer coisa errada... Não quero me meter na vida de ninguém, mas no final de contas o rapaz é meu sobrinho. Ando preocupado com o jeito dele. O Boli envelheceu dez anos depois que casou; anda triste como carancho em tronqueira.

— Vosmecê tem conversado com sua irmã a esse respeito?

Juvenal sorriu um sorriso descrente.

— O doutor não conhece bem os Terras. É uma gente mui custosa.

— Tenho observado que os Terras são reservados.

— É isso. E meio teimosos também. Não gostamos de discutir. Cada qual fica com suas ideias. — Novo pigarro. — Mas para le ser franco nunca botei nem pretendo botar os pés naquela casa. Assim sendo, não vejo muito seguidamente a mana Bibiana. Às vezes ela aparece de visita, fica por aí conversando com a minha velha, mas não fala na nora. Não quer dar o braço a torcer, porque sabe que sempre fui contra esse casamento. Mas a gente vê na cara dela que a coisa anda mal lá pelo Sobrado. Conheço bem a minha irmã.

Winter cofiou a barba e generalizou:

— Vosmecê sabe, sogra e nora nunca se entendem, principalmente quando moram na mesma casa.

— Mas não é só isso. Deve haver coisa mais séria. Eu sinto. O Bolívar está se consumindo. Será que...?

Ia formular uma pergunta mas conteve-se. Moveu-se na cama, gemendo baixinho; a cama gemeu com ele. Winter esperava...

— O Bolívar me apareceu umas duas vezes depois que casou — continuou Juvenal. — Tomou uns mates, falou no Angico, nuns negócios que tinha em vista, mas nem chegou a me olhar direito. Estava assim com um jeito assustado de negro fugido, era como se andasse acuado... Que é que o senhor acha, doutor?

Winter encarou-o. A fumaça de seu charutinho casava-se com a do cigarro de palha do outro e juntas subiam no ar frio.

— Vosmecê quer saber a minha opinião franca? — perguntou o médico. O outro sacudiu a cabeça afirmativamente. Winter lançou um olhar para a porta, antes de responder. Vendo que não havia ninguém na peça contígua, disse, baixando a voz: — O Bolívar casou com uma mulher doente.

— Como doente?

— Não é uma doença do corpo, dessas que se curam com cataplasmas, pílulas ou poções. É uma doença do espírito.

Bateu com a ponta do indicador no centro da testa e repetiu: "Do espírito".

— Quer dizer então que ela não é bem certa do juízo?

— Não é bem isso. É difícil explicar.

— Sou um homem muito ignorante.

O alemão sorriu:

— Não diga isso, seu Juvenal. Eu queria saber a metade do que vosmecê sabe. Há muitas coisas que os livros não ensinam. A melhor escola que há é a da vida e por essa escola o senhor é formado. É tão bom doutor que mesmo de longe percebeu que havia alguma coisa errada naquele casamento.

Juvenal ficou algum tempo em silêncio, fitando no interlocutor seus olhos tristes e foscos.

— E o que é que a gente pode fazer? — perguntou.

— Por enquanto, nada. Só ficar observando a coisa. Vosmecê compreende que só posso intervir quando Bolívar me pedir. Antes, não. E em qualquer caso não acho que possa fazer muito...

— E será que o Bolívar pede?

— Vosmecê, que é parente, sabe melhor. Será que pede?

— Pode ser. O Bolívar sempre foi mais expansivo que a mãe, que eu ou que o Florêncio. Herdou um pouco o gênio do pai. Mas o senhor sabe duma coisa? Por falar em gênio, tenho muito medo que o rapaz um dia faça alguma loucura.

— Loucura?

— Sim, que perca a paciência e surre a mulher.

— Pois isso não faria nenhum mal.

Juvenal ficou pensativo por alguns instantes. Depois, tentando em vão tirar uma baforada do cigarro que se apagara, disse:

— Parece mentira. Tanta moça boa por aí e ele foi escolher justamente aquela. Veja o que é o destino duma pessoa... — De repente mudou de tom. — No princípio fiquei com medo que o Florêncio andasse também enrabichado por ela. Mas graças a Deus ele vai casar com uma moça muito direita e trabalhadeira. A filha do Alvarenga, vosmecê sabe...

Tornou a acender o cigarro e acrescentou:

— Esse negócio de rabicho é muito engraçado. — Fez uma pausa, meio relutante, e depois prosseguiu: — Vou le contar porque vosmecê é um doutor, um homem de bem e de saber. A minha mana Bibiana quando era moça também se meteu na cabeça de casar com um homem contra a vontade do pai. Era um certo capitão Rodrigo, que veio dessas guerras da Banda Oriental, passou por Santa Fé e aqui acampou. Pois olhe, doutor, essa menina nos deu o que fazer. Menina... — Sorriu. — A gente continua a chamar as irmãs de menina mesmo depois que elas ficam avós. Pois a Bibiana foi um caso sério. O senhor conhece o coronel Bento Amaral. Pois era um rapagão vistoso, rico, disputado pelas moças. Estava louco pela Bibiana. Mas ela não quis saber dele. Queria o outro, o tal capitão Rodrigo. Bateu pé e casou. Meu pai lavou as mãos.

Aquela gente — refletiu Winter com um súbito bom humor — parecia não fazer outra coisa senão lavar as mãos ante o casamento dos parentes.

— E ela foi feliz? — perguntou, só para fazer o outro continuar.

— Bom. Diz ela que foi...

— Mas que é que vosmecê acha?

— Eu? Pois, homem, é difícil dizer. Sei que a Bibiana passou o diabo com o marido. Ele era chineiro, jogador, gostava de empinar o seu copo, vivia metido em fandangos e não era amigo do trabalho. Mas a Bibiana jura que foi feliz. Vosmecê conhece o nosso dito: "O que é de gosto regala a vida".

— É o amor, seu Juvenal.

— Pois é. Uma coisa esquisita. O capitão Rodrigo tinha um não sei quê naquela cara que deixava a gente brabo e ao mesmo tempo gostando dele. No primeiro dia quase brigamos a arma branca, mas depois ficamos amigos e até sócios num negócio. — Fez uma pausa. — Mas acho que estou falando demais.

Calou-se, meio ressentido, como se tivesse adivinhado nos pensamentos do outro qualquer censura ou mesmo surpresa ante sua tagarelice.

— Por amor de Deus, seu Juvenal! Continue. Estou muito interessado nas coisas que o senhor está contando.

Winter calou-se. E de repente ele não estava mais em Santa Fé, conversando com Juvenal Terra, e sim num café de Berlim, dali a muitos anos, numa roda de amigos, recordando aquele momento: "Era um homem calado, muito discreto... Mas eu tinha certa ascendência sobre aquelas criaturas e elas sempre me faziam confidências. Eu só queria saber que fim levou *Herr* Juvenal Terra...".

— Pra le ser franco — continuou Juvenal, remexendo-se na cama — eu gostava do capitão Rodrigo. Achava que ele era valente, engraçado, um bom companheiro pra tudo. Mas pra falar bem a verdade, nunca me senti à vontade perto dele...

— Tinha sempre medo que ele fizesse uma das suas...

— Isso! E ele sempre acabava fazendo. Depois que fazia, eu tinha vontade de ir pra cima dele de rebenque em punho. Mas isso era só no primeiro momento. Em seguida o homem desarmava a gente com uma risada, com uma palavra ou só com um jeito de olhar.

— Pois se vosmecê, que é homem, sentia isso, como é que pode censurar a sua irmã por ter amado um tipo dessa têmpera?

— Pois é como le digo. Isso de gostar é uma coisa engraçada. A amizade também. Vosmecê não acha que a gente pode querer bem até a um homem sem-vergonha, um ordinário, um patife?

Winter sacudia a cabeça com uma gravidade de que ele mesmo achava graça.

— Claro que pode. Os patifes são em geral pessoas muito simpáticas. Não há nada mais aborrecido que um homem de caráter.

— Nesse ponto não estou de acordo com vosmecê. Há homens direitos que dá gosto a gente conhecer.

Winter deu uma palmada na própria coxa e levantou-se.

— Bom! Mande fazer a receita e bote o sinapismo. Amanhã eu volto.

Juvenal quis levantar-se.

— Não. Não se levante. Vosmecê precisa ficar de resguardo.

— Mas... doutor. Quando puder vá ao Sobrado, bombeie e veja o que é que pode fazer pelo Bolívar. Pode ser que o rapaz se abra com vosmecê. Pode ser que a Bibiana deixe escapar alguma coisa.

— Está bem. Prometo fazer o que puder.

— Eu le agradeço muito.

Winter saiu do quarto. A mulher de Juvenal, que estava na cozinha, veio a seu encontro. Era uma criatura raquítica, de rosto ossudo e lábios muito finos. Tinha cabelos lisos, dum grisalho amarelado, e falava com as pessoas sem nunca encará-las.

— Que é que ele tem, doutor?

— Nada de sério. Passei uma receita. Bote um sinapismo nele hoje mesmo. E não deixe seu marido se levantar nem apanhar frio. Até logo, dona Maruca.

Florêncio esperava-o à porta: saíram a caminhar juntos.

— Estivemos conversando sobre o Bolívar — contou Winter.

Florêncio nada disse por algum tempo. Depois desconversou:

— Eu ouvia o zum-zum das conversas e estava admirado do Velho estar falando tanto. O senhor pode se gabar de ter conseguido o que ninguém consegue. Por que será que as pessoas se abrem com vosmecê?

— Deve ser por causa do meu chapéu alto.

Winter caminhava com suas largas passadas de pernilongo. Voltou a cabeça bruscamente para Florêncio e disse:

— É. Algumas pessoas têm confiança em mim. Mas nem todas. — Olhou o outro bem nos olhos e repetiu: — Nem todas.

Florêncio sorria um sorriso vago, mastigando um talo de capim. Mas continuava silencioso.

12

Carl Winter voltou ao Sobrado num domingo de fins de julho, para almoçar. E, quando se viu sentado na sala de jantar à grande mesa que Aguinaldo sonhava encher de bisnetos, mas em torno da qual estavam agora apenas Luzia, Bolívar e Bibiana — o médico temeu que aquele almoço não passasse duma sucessão de silêncios pontuados de pigarros, suspiros e tosses falsas. Em breve, porém, verificou que se enganava. Porque Luzia estava loquaz, amável, simpática como ele jamais a vira. Parecia outra pessoa. Tratava tanto o marido como a sogra com naturalidade e quase com cordialidade. Isso facilitava tudo. E, embora Bibiana passasse a maior parte do tempo dando ordens às escravas que serviam a mesa, e Bolívar se mantivesse mergulhado num silêncio que a Winter pareceu de ressentimento — a conversa decorreu fácil desde a sopa até a sobremesa.

D. Bibiana mergulhou a colher grande — a que chamavam "cucharra" — na terrina fumegante.

— Gosta de canja, doutor? — perguntou Luzia.

— Se gosto de canja, *meine liebe Frau* Cambará? Isso nem se pergunta. A canja é uma das delícias desta terra. Num dia frio como este uma canja assim não só aquece o corpo como também a alma.

Luzia sorriu.

— Vosmecê sabe, doutor Winter, do que eu mais me admiro? É da maneira correta como vosmecê se exprime em nossa língua. Tem um pouquinho de sotaque, é verdade. Mas fala gramaticalmente certo e com um vocabulário muito rico.

Winter tomou uma colherada de canja e respondeu:

— Muito obrigado pelo elogio. Acontece que sempre amei as línguas e o latim é um dos meus fortes.

— Mas se o padre Otero, que também sabe latim, tivesse a facilidade de expressão de vosmecê, nós teríamos melhores prédicas.

Winter limitou-se a soltar uma risada. O luto sentava bem para Luzia — refletiu ele —, realçava-lhe a pele branca e oferecia um belo contraste com os olhos verdes. Verdes? Não. Agora estavam azulados... Ou cinzentos?

O alemão olhou em torno. Gostava daquela sala com a sua mobília severa, o grande relógio de pêndulo e aquele lustre de cobre que pendia do teto, sobre a mesa. Pena era que não houvesse ali bons tapetes e quadros. A nudez de soalhos e paredes parecia aumentar a sensação de frio que davam em geral as casas da Província.

— Mais canja, doutor?

Winter ergueu a mão num gesto que queria dizer: vamos devagar.

— Não. Obrigado. A sopa está deliciosa, mas quero reservar lugar para os outros pratos.

O frio lhe desaparecera do corpo e uma sensação de bem-estar agora o animava. E, quando abriram a garrafa dum velho vinho português e ele viu o líquido vermelho cair no copo, ao mesmo tempo que aquele cheiro agridoce e inebriante lhe entrava pelas narinas, Carl Winter se sentiu positivamente feliz. E, depois que sorveu o primeiro gole, estalando a língua, degustando bem o vinho, teve vontade de cantar.

— Os brasileiros não gostam muito de cantar... — observou ele. — Por quê?

— Somos gente triste, doutor — observou Luzia. E seus dedos apertaram a haste do cálice.

— Mas por quê? — perguntou o médico. — Por quê?

Bibiana encolheu os ombros e disse:

— Nós sabemos bem por quê.

— *Ach, meine liebe Frau* Cambará! Não há um ditado que diz "Tristezas não pagam dívidas"?

Bolívar tornou a encher seu copo, e bebeu-o em seguida dum sorvo só.

— A mamãe sabe por que ela é triste — disse.

Winter coçou o queixo. Quis dizer alguma coisa mas achou melhor mudar de assunto. Sabia da vida que Bibiana levara: conhecia a sina das mulheres da Província.

— Traga os outros pratos — ordenou Bibiana à escrava que estava parada junto da porta.

Ela tomou conta do Sobrado — refletiu Winter. — Parece a dona da casa. Havia no rosto daquela mulher um ar tão resoluto, que ele achou que a coisa não podia ser de outro modo.

— Recebi ontem jornais de Porto Alegre — disse Luzia. — O doutor depois quer ler?

— Claro! Quero ver o que está acontecendo por esse mundo velho.

Luzia pousou os cotovelos na mesa e uniu as mãos como se fosse rezar.

— Mas não é uma coisa horrível a vida que a gente leva aqui? — perguntou ela, erguendo de leve as sobrancelhas.

Ali sentada à cabeceira da mesa, parecia uma colegial que se esforçava para representar o papel de mulher adulta num drama de amadores.

— Não temos teatros — prosseguiu ela —, não temos concertos, não temos bailes, não temos nada.

Sem olhar para a nora, Bibiana observou:

— Há pessoas que passam muito bem sem festas.

Luzia sorriu com doçura.

— Eu sei que há, dona Bibiana. Mas é que eu gosto dessas coisas. Principalmente de música.

Seca e brusca, a outra replicou:

— Pois então toque cítara.

Luzia sacudiu a cabeça com um sorriso indulgente, e o ar de quem quer dizer: "Como é que se vai discutir com gente assim?".

— Vosmecê tem razão — disse o dr. Winter. — Devíamos ter pelo menos uma banda de música em Santa Fé. Pode ser que um dia eu decida organizar uma.

Bibiana segurou a travessa de arroz que a escrava acabava de trazer, e retrucou:

— Temos vivido muito bem até agora sem banda de música.

— Mas deixe estar que era bem bom a gente ter uma banda — arriscou Bolívar.

Winter notou que o vinho deixava o rapaz com o rosto afogueado e os olhos brilhantes.

Inclinou-se, sorrindo, sobre a mesa na direção de Bibiana, que estava sentada à sua frente, e perguntou:

— Mas no fim de contas, *meine liebe Freundin*, de que é que vosmecê gosta mesmo?

— De cuidar das minhas obrigações — respondeu ela sem hesitar. E em seguida, dirigindo-se à escrava: — Depressa, Natália, traga o resto, antes que a comida esfrie.

Entraram duas escravas com bandejas cheias de pratos. Bibiana os foi enfileirando um por um em cima da mesa. Havia uma travessa cheia de arroz pastoso, levemente rosado e muito luzidio; uma terrina de feijão-preto; um prato de galinha assada com batatas; outro de guisadinho com abóbora e finalmente uma travessa de churrasco com farofa. Winter olhava admirado para aquilo tudo. Era simplesmente assustadora a quantidade de pratos que havia nas refeições das gentes remediadas ou ricas da Província. Nunca menos de seis, e às vezes até dez. Não raro numa refeição serviam-se quatro ou cinco variedades de carne, e nenhuma verdura. Por fim, como um pós-escrito a uma longa carta, Natália trouxe uma travessa com mandioca frita.

— Gosta de tudo, doutor? — perguntou Bibiana.

Winter achava estúpido encher o prato com todas aquelas coisas, mas sacudiu a cabeça afirmativamente:

— Gosto. Muito obrigado.

Bibiana começou a servi-lo. O médico agora a observava por trás da tênue cortina de vapor que subia da travessa de arroz. Aos quarenta e oito anos tinha Bibiana Terra Cambará uma fisionomia ainda moça, a pele lisa, e os cabelos apenas levemente grisalhos; e seus olhos oblíquos, achava Winter, davam-lhe uma certa graça ao rosto. Deve ter sido uma moça bonita — concluiu.

Já estavam todos com seus pratos cheios quando Luzia retomou o assunto de havia pouco:

— Nunca me esqueço duma noite no Rio de Janeiro, no Teatro Dom Pedro de Alcântara. — Sorriu, mostrando os dentes muito brancos e regulares. — Levavam a ópera *A rainha de Chipre*. Oh, isso faz já mais de três anos... A prima-dona era Ida Edelvira. O senhor ouviu falar nela, doutor?

Winter sacudiu negativamente a cabeça.

— É uma cantora divina! — exclamou Luzia. — Quando a cortina se abriu fiquei quase sem respiração vendo o cenário. Tão lindo, tão... — Calou-se e baixou os olhos para o prato. — Quando a Ida Edelvira começou a cantar, senti uma coisa na garganta e rompi a chorar com tanta força que tive de botar um lenço na boca para abafar os soluços.

E ao dizer aquelas palavras os olhos de Luzia encheram-se de lágrimas. Com a cabeça muito baixa, quase a tocar o prato, Bolívar comia com uma pressa nervosa. Lançou para a mulher um olhar enviesado e disse:

— No entanto vosmecê não chorou quando seu avô morreu.

Bibiana voltou a cabeça vivamente na direção do filho. Winter puxou um pigarro nervoso. Mas Luzia continuou com a expressão de êxtase no rosto.

— Mas é diferente, Boli, é diferente. — Olhou para o médico. — Se eu lhe contar, doutor, que chorei como uma criança quando soube da morte de Chopin, vosmecê se admira?

— Eu não me admiro de nada.

— Que Chopin? — perguntou Bibiana.

Luzia, paciente, voltou-se para a sogra.

— É um compositor, dona Bibiana. Um homem que escrevia músicas, lindas músicas. Aquela valsa que eu toco e que a senhora gosta é dele...

Bibiana sorriu enigmaticamente.

— Pois chorei, doutor — continuou Luzia. — E sabe por que chorei mais? Porque Chopin morreu em 1849 e só três anos depois é que fiquei sabendo, por puro acaso. No Brasil a gente vive num fim de mundo, não é mesmo?

Winter estava pasmado. Lembrava-se das palavras da própria Luzia no dia do seu contrato de casamento. *Ser bom ou mau é uma questão de mais ou menos coragem.*

— É realmente um fim de mundo... — concordou ele. E olhou para a janela através de cujas vidraças via as vastas campinas onduladas que cercavam Santa Fé. Teve, mais que nunca, uma sensação de distâncias invencíveis e de irremediável desterro. Pensou nas centenas de léguas que teria de percorrer para chegar ao mar, e nos milhares de milhas de oceano que teria de navegar antes de poder ver de novo a face de Gertrude Weil. Era assustador o isolamento em que viviam aquelas estâncias, povoados, vilas e cidades da Província. As estradas eram poucas e más. Em 1835 haviam começado a abrir uma que ligaria Cruz Alta e Rio Pardo, passando por Santa Fé. A guerra civil, porém, interrompera o trabalho, que só ficaria pronto dentro duns cinco anos, no mínimo.

Luzia comia vagarosamente, levando à boca o garfo com minúsculas porções de alimento.

— Não hei de morrer sem conhecer a Europa... — murmurou ela, descansando os talheres nas bordas do prato. — O senhor não pretende voltar, doutor?

— Um dia, quem sabe...

— Me diga uma coisa, amigo — disse Bolívar, voltando-se para o médico. — O que é que vosmecê acha dessas tais estradas de ferro?

— Acho que está nelas o futuro dos transportes. Um país vasto como o Brasil não pode depender das carretas, dos cavalos e das diligências.

— Não sei, doutor. Posso ser muito atrasado, mas não troco um bom cavalo por essas tais máquinas que cospem fumaça e fogo.

Winter riu. Não era de admirar que Bolívar Cambará reagisse daquela forma, pois ele vira gente letrada na Alemanha olhar com supersticiosa desconfiança para as locomotivas. O próprio Thiers, o grande Thiers, havia alguns anos, declarara que as estradas de ferro de nada serviriam à França.

— E o senhor viu mesmo alguma dessas engenhocas? — perguntou Bibiana.

Winter fez um sinal afirmativo, passou a descrever com minúcias um trem de ferro, e acabou fazendo a lápis o esboço duma locomotiva numa folha de papel. Bibiana ouviu-o com um sorriso ao mesmo tempo divertido e descrente: era como se estivesse a escutar, com certa indulgência, a narrativa das travessuras duma criança. E, quando o médico terminou o esboço e passou-lhe o papel, ela o examinou com olho desconfiado e depois perguntou:

— E vosmecê acha que um dia essas coisas vêm aqui pra Província?

Winter ia responder quando Luzia o interrompeu:

— Estive lendo nos jornais que vão inaugurar este ano a primeira estrada de ferro no Brasil.

— Mas vai custar a chegar até aqui — observou Bolívar. — Tudo custa. Leva anos e anos.

— Quanto mais custar — sentenciou Bibiana —, melhor pra nós.

A estrada de ferro a que Luzia se referira pertencia a uma companhia inglesa. Quando passara pelo Rio de Janeiro, Winter ficara surpreendido ante o número de firmas e agências comerciais britânicas que lá existiam. O Brasil — refletira ele então — proclamara sua independência cortando as amarras que o prendiam a Portugal, mas de certo modo continuara a ser uma colônia, e colônia da Inglaterra.

Winter não podia disfarçar sua malquerença pelos ingleses, que na sua opinião outra coisa não eram senão piratas que tudo faziam por parecerem *gentlemen*. Depois de encorajarem por muitos anos o tráfico de escravos, agora haviam decidido proibi-lo, mandando sua esquadra policiar os mares à caça de navios negreiros. Depois de velha a prostituta esforçava-se por parecer dama respeitável — refletiu Winter, tomando um gole de vinho. Mas que grandes interesses estariam por trás daquele gesto aparentemente nobre? Que tremendos desígnios?

Pensou nos colonos alemães. Estava certo de que eles poderiam ajudar com seu trabalho e seus conhecimentos o progresso do Brasil. Os que ali haviam chegado até então lutavam com toda a sorte de dificuldades: as distâncias, a falta de meios de comunicação, a ignorância dos nativos e a indiferença dos governos. Faziam, entretanto, o que podiam. Aos poucos iam realizando coisas, fundando colônias novas, cultivando a terra, exercendo, enfim, um apreciável artesanato. Quando, porém, esse trabalho começava a dar frutos, lá viera aquela estúpida guerra civil que atrasara a Província de muitos anos. Von Koseritz escrevera-lhe, havia pouco, cartas cheias de entusiasmo pelo futuro da colonização germânica. Contava-lhe, com orgulho, o que seus compatriotas já tinham feito. Existiam nas colônias alemãs da Província mais de trinta engenhos para a fabricação de aguardente, vários teares para linho (linho que eles próprios, colonos, plantavam), curtumes, engenhos para mandioca, serrarias movidas a água, olarias, cervejarias e até uma oficina para lapidar pedras finas.

Pensando nessas coisas, Winter mastigava, observando Bolívar. Ali estava um belo tipo. Era robusto, másculo, tinha coragem, conhecia as lidas do campo e as da guerra. Mas era homem de poucas letras, mal sabia ler e escrever e não possuía a menor noção de história ou geografia. Havia anos que os santa-fezenses tinham pedido ao governo o provimento de escolas públicas para as paróquias do município, a abertura de mais estradas e o estabelecimento de colônias. A indiferença da Assembleia Provincial ante aqueles pedidos era simplesmente pasmosa. Não era, pois, de admirar que as pessoas em Santa Fé crescessem e morressem analfabetas... Às vezes — refletiu Winter — parecia que a única função dos homens da Província do Rio Grande do Sul era a de servirem periodicamente como soldados a fim de manterem as fronteiras do país com a Banda Oriental e a Argentina. Numa carta recente ao seu *lieber* Baron, ele escrevera:

> Parece que a regra geral aqui é a guerra, sendo a paz apenas uma exceção; pode-se dizer que esta gente vive guerreando e nos intervalos cuida um pouco da atividade agrícola e pastoril e do resto; mas um pouco, só um pouco, porque parece que tudo é feito com o pensamento na próxima guerra ou na próxima revolução. Há nos olhos destas mulheres uma permanente expressão de susto.

A voz quente de Luzia tirou Winter de seu devaneio.
— ... não é maravilhoso, doutor?
— Perdoe-me, mas não ouvi.
— Estou dizendo que na Corte já foi inaugurada a iluminação a gás.
— Minha avó morava num rancho perdido no meio do campo — disse Bibiana — alumiado de noite por uma lamparina de óleo de peixe feita duma guampa. Não acho que mais luz ou menos luz possa fazer uma pessoa mais feliz ou infeliz.
— Essas invenções trazem mais conforto à vida — replicou Luzia.
— Vosmecê já pensou, dona Bibiana — disse Winter, descansando os talheres sobre a mesa —, que um dia Santa Fé vai ser uma cidade, com muitas casas, lampiões nas ruas, teatros, fábricas, e gente, muito mais gente que agora?
Bibiana, que olhava fixamente para o prato do médico, perguntou:
— Quer mais alguma coisa, doutor?
— Não, minha senhora, muito obrigado.
— Pode tirar os pratos, Natália! — gritou a viúva do cap. Rodrigo. E depois, entrelaçando as mãos e pousando-as sobre a mesa, olhou para Winter com seus olhos chineses e disse: — Já pensei, sim, doutor. Já pensei em todas essas coisas. Mas também pensei que quando Santa Fé ficar mais grande vai haver muito mais maldade, muito mais bandalheiras que agora. — Soltou um suspiro quase imperceptível. — Às vezes acho que até é melhor uma pessoa não ser instruída, não saber ler. Os livros estão cheios de porcarias e perversidades.
Winter compreendeu que aquelas farpas eram dirigidas contra Luzia.

— Nem todos os livros — disse ele.

Natália colocou diante de Bibiana uma pilha de pratos fundos e um tarro de leite cru e frio.

— Quer mogango com leite, doutor?

— Se quero mogango com leite? Certamente! É das grandes invenções desta Província. Gosto muito também de batata-doce com leite.

Bibiana sorria quando contou:

— Meu marido costumava dizer que homem bem macho não come nenhuma coisa doce com leite.

— Na opinião dele — perguntou o alemão —, qual é a mistura digna do homem forte?

Despejando leite no prato fundo, Bibiana respondeu:

— Marmelo assado, milho verde, farinha de beiju... Era o que o capitão dizia.

Pela primeira vez durante aquele almoço Winter viu Bolívar sorrir.

— A mamãe às vezes me conta coisas do papai... — disse ele. — Ele sempre dizia que Cambará macho não morre na cama.

— Será que queria dar a entender que o único fim digno dum homem de coragem é morrer lutando? — perguntou Winter, tirando do bolso um charutinho e pedindo licença às damas para acendê-lo.

— Acho que sim — respondeu Bolívar ainda sorrindo e fazendo distraidamente riscos na toalha com a lâmina duma faca. Prosseguiu: — O papai também dizia que gostava de mulher de bom gênio, faca de bom corte, cavalo de boa boca e onça de bom peso.

Winter estendeu o braço na direção de Bibiana, que naquele momento lhe passava o prato com um pedaço de mogango.

— Meu marido também gostava de dizer que quando falava com homem olhava pros olhos dele; e quando falava com mulher, olhava pra boca, e assim ficava logo sabendo com quem estava tratando.

— Se não me engano — observou o médico —, isso quer dizer que o capitão Rodrigo julgava tanto as mulheres como os cavalos pela boca...

Luzia, que até então estivera com ar abstrato, falou:

— Mas, doutor Winter, nesta terra os homens não fazem muita diferença entre as mulheres e os cavalos.

Bolívar de súbito empertigou o corpo e, sem voltar a cabeça para a mulher, protestou:

— Ora, vosmecê nem devia dizer uma coisa dessas.

Bibiana sorria o sorriso misterioso de quem sabe mais do que diz.

— Mas é verdade, Bolívar! — replicou Luzia. — Veja bem, doutor, a ideia dos gaúchos em geral é a de que o cavalo e a mulher foram feitos para servirem os homens. E nós nem podemos ficar ofendidas, porque os rio-grandenses dão muito valor aos seus cavalos...

Winter no fundo estava disposto a concordar com Luzia, mas achou melhor dizer:

— Vosmecê está exagerando um pouco.

— Um pouco, talvez, mas não muito.

Todos estavam servidos de leite. Winter meteu a colher no bojo da metade de mogango que lhe coubera, e começou a misturar a polpa dourada com o leite. Luzia prosseguiu:

— Eu sei que sou censurada, que sou falada na vila só porque não quero ser como as outras mulheres que levam uma vida de escravas.

Outra vez Bibiana ficou tesa e tensa na sua cadeira. Tinha olhos e lábios apertados, o rosto contraído numa expressão de expectativa meio agressiva.

— Fui educada na Corte. Sei como vivem as mulheres nas grandes cidades do mundo.

Bolívar estava sombrio e mexia com mão distraída o seu leite com mogango. Winter sorvia a sua mistura com gosto e seus bigodes estavam respingados de leite.

— É por isso que eles não querem mandar as mulheres para a escola — continuou Luzia.

— Na escola não ensinam a costurar, nem a cozinhar, nem a cuidar dos filhos — murmurou Bibiana sem olhar para a nora e mal descerrando os lábios.

Luzia sorriu para o médico com indulgência.

— Opiniões — murmurou Winter, com a boca cheia. — Opiniões...

Aquele leite com mogango estava delicioso, mas ele se sentia enfarado, com uma bola no estômago, uma preguiça de pensar, um desejo de sair a caminhar ao ar livre. Mesmo assim continuava a comer, irresistivelmente, confirmando um ditado muito do gosto de d. Bibiana: "Comer e coçar, é questão de começar".

— A Luzia ainda não se acostumou com a vida num lugar pequeno como Santa Fé — explicou Bolívar. — E a gente tem de compreender; pra uma moça educada em cidade grande, morar em Santa Fé não é fácil.

Luzia, que ainda não tinha tocado seu leite, disse com grande tranquilidade:

— Mas eu não moro em Santa Fé, Bolívar. Moro no Sobrado.

Winter sabia que Luzia não visitava ninguém nem recebia visitas. Detestava o Angico e a vida do campo. Raramente saía de casa; e, mesmo quando estava no Sobrado, passava a maior parte das horas fechada em seu quarto de dormir.

Eram quase duas horas quando deixaram a mesa. Luzia pediu licença e retirou-se para o andar superior. Bolívar começou a fazer um cigarro. Bibiana convidou o médico para irem até o quintal e, quando o filho fez menção de segui-los, ela o deteve com um gesto, dizendo:

— Fique aqui, Boli. Quero um particular com o doutor.

O rapaz sacudiu a cabeça em silêncio e ficou.

13

Fora, fazia um frio seco e o ar era límpido. Bibiana e Carl Winter caminhavam vagarosamente sob as árvores. O chão de terra batida e avermelhada estava manchado de sombras e borrifado de sol. Por entre as folhagens das árvores avistavam-se nesgas de céu, dum azul muito lavado e longínquo. Debaixo dum pé de magnólia via-se uma carroça de varais caídos. Penduradas duma taquara posta horizontalmente entre dois cinamomos, pendiam várias linguiças frescas. As laranjeiras estavam carregadas de frutos.

— Neste quintal eu brinquei quando era menina... — disse Bibiana. Parou e apontou para uma árvore. — Essa foi a minha avó que plantou. É uma marmeleira-da-índia. Veja que bonita, doutor. Dá uma fruta grande, amarelona.

— Comestível?

— Não. Mas mui linda.

Continuaram a andar.

— Está vendo aquele poço ali? — perguntou Bibiana, estendendo a mão. O médico sacudiu afirmativamente a cabeça. — Foi o meu pai que fez, com tijolo da olaria dele. Fez tudo. Até o balde e a corda. Não é mesmo pra gente ter amor a estas coisas?

— A senhora deve estar feliz agora.

— Por quê?

— Voltou para o seu chão.

Bibiana franziu a testa, ficou um instante num silêncio reflexivo e depois disse:

— Sim, mas não estou na minha casa.

Continuou a andar, calada, olhando para baixo. Winter acompanhou-a, também em silêncio.

— Aquela árvore ali é uma goiabeira. Não há muitas em Santa Fé. A outra, a pequena, de folha lustrosa, é uma pitangueira. As flores do jardim a geada matou. Mas quando chegar a primavera vão ficar lindas. Tem hortênsia, dália, amor-perfeito, bonina, primavera, begônia...

Winter sabia que Bibiana não o levara até ali para falar em flores e árvores. Chegaram ao muro do fundo do quintal, junto do qual havia um galinheiro onde um esplêndido galo branco de crista escarlate estava postado com certa imponência em cima duma pedra, como que a olhar com superioridade para as galinhas em torno.

Bibiana ficou olhando por muito tempo "seus bichos", como que esquecida da presença do doutor. Aninhada num caixão cheio de palha, uma grande galinha branca estava no choco. De repente Bibiana disse:

— Ela vai ter um filho.

— Quem? — perguntou Winter quase sem sentir.

— A mulher do Boli.

O médico meteu os dedos nas barbas e coçou o queixo distraidamente.

— Foi ela mesma que lhe contou?

Sem olhar para o interlocutor, Bibiana sacudiu negativamente a cabeça.

— Não. Mas eu vi. Tenho bom olho. Estou acostumada com esse negócio. O senhor notou alguma coisa?

— Para ser bem franco... só notei que ela hoje estava muito bem-disposta e até agradável.

— É. Mas tem andado pálida, com tonturas e enjoos.

Winter jogou no chão o toco do charutinho e ficou a esmagá-lo com a sola da botina, demoradamente, de olhos baixos, como se aquele ato fosse duma enorme importância para o assunto de que estavam tratando.

— O Bolívar já sabe?

— Sabe porque eu contei.

— Mas a Luzia não disse nada ao marido?

— Não. E quando o Boli perguntou, ela negou. O pobre do rapaz estava louco de alegria. Foi todo entusiasmado falar com a mulher, mas ela respondeu: "Não seja bobo. Não há novidade nenhuma". Foi mesmo que botar água fria na fervura.

No galinheiro três galinhas disputavam uma minhoca, cacarejando e bicando o chão freneticamente. O galo branco continuava impassível.

— Mas quem sabe se não há nada mesmo? — insinuou o médico.

Bibiana ergueu os olhos para ele. Sua cabeça mal chegava à altura do peito de Carl Winter.

— Nessas coisas eu nunca me engano. Ela está grávida.

— Mas então eu não posso compreender...

Bibiana atalhou-o:

— Pois eu posso. Ela faz tudo isso de má pra deixar o pobre do rapaz louco da vida. Uma vez chegou a dizer que se ficasse grávida botava o filho fora. Imagine!

Calou-se de repente. Fez meia-volta e disse:

— Quero lhe mostrar um pé de magnólia que plantei o mês passado.

Winter seguia-a em silêncio. Num dado momento sentiu uma vontade irreprimível de falar claro. Falou:

— Pelo que tenho observado vosmecê não morre de amores pela sua nora...

Disse isso e esperou uma explosão. Mas a voz da mãe de Bolívar veio calma:

— Nem ela por mim.

— Então está tudo bem. Ou está tudo mal.

— Está tudo mal. Porque meu filho tem loucura por ela. Está ali a magnólia. Leva muito tempo pra crescer. Mas quando cresce fica uma árvore muito bonita. Já viu alguma? Dá uma flor assim meio creme, muito cheirosa. Ah! Tenho jasmim-do-cabo e jasmim miúdo. E um pé de primavera ali do lado. Tudo isto aqui era campo raso, pura barba-de-bode, quando meu pai veio pra cá. Não existe aqui um arbusto que não tenha sido plantado pela mão dum Terra.

De repente, sem mudar a entonação da voz, perguntou:

— Vosmecê não acha que ela não é bem certa do juízo?

Winter ergueu o braço e arrancou uma folha de laranjeira e começou a mordiscá-la.

— Bom, a Luzia não é uma pessoa normal, isso não é...

— Não acha que ela é capaz de botar o filho fora, só de malvada, pra nos fazer sofrer?

— É possível... Mas não é provável.

Bibiana ajeitou o xale sobre os ombros.

— Me diga uma coisa, doutor... — Sua voz agora era um murmúrio quase inaudível. O médico teve de inclinar um pouco a cabeça para ouvir melhor. — Se depois de ter a criança ela continuar com essas loucuras...

Calou-se. Estava de olhos no chão, evitando encarar o interlocutor. Ouvia-se agora, vindo da rua, um tropel de cavalos e o badalar dum cincerro. Por cima do muro lateral erguia-se uma nuvem de poeira rosada.

— Pode falar, dona Bibiana. Pode dizer tudo com a maior confiança.

— ... não era o caso de se mandar essa mulher...

— Para um hospício? — terminou Winter.

Bibiana sacudiu afirmativamente a cabeça. Winter teve uma repentina sensação de frio interior. E refletiu imediatamente: "Com Luzia no hospício, dona Bibiana completa a sua conquista do Sobrado". Mau grado seu, sentiu-se chocado. Costumava considerar-se um realista e encarar as criaturas humanas com cinismo, sem nunca esperar delas nobreza de sentimentos e altruísmo. Era em ocasiões como aquela que ele via como estava ainda dominado pelos seus preconceitos cristãos. A sugestão de Bibiana deixara-o quase escandalizado. Habituara-se a ver nela uma mulher de caráter e — oh, as frases feitas, os sentimentos feitos! — de coração bem formado. Via-a agora como sob uma nova luz fria, crua e reveladora: tinha a medida exata de sua capacidade de ódio. Mas... por que não virar a coisa do lado do avesso e dizer *de sua capacidade de amor?* Não estaria Bibiana a sugerir aquelas coisas pelo muito que amava o filho e o Sobrado? E aquela atitude não revelaria, em última análise, o espírito prático duma mulher realista que, no dizer do povo da Província, costumava dar sempre nome aos bois?

— E vosmecê teria coragem de fazer ao seu filho uma sugestão dessas? — perguntou ele, com um sorriso que os bigodes escondiam.

— O doutor é vosmecê — respondeu Bibiana secamente.

— E que é que acha que seu filho faria se eu lhe aconselhasse mandar a mulher para um hospício?

Bibiana teve um rápido encolher de ombros.

— Decerto ele esgoelava vosmecê.

— Então? — sorriu o médico. — Quer que seu amigo seja esgoelado?

— Não. Mas também não quero que ela acabe aos pouquinhos com a vida do meu filho.

Winter atirou os braços para o ar e deixou cair as palmas das mãos com força sobre o lado das coxas.

— Então que é que se vai fazer?

— Eu já disse que o doutor é vosmecê.

— Mas há muitas coisas que um doutor não sabe.

Bibiana ajoelhou-se por um instante e arrancou do chão um pé de guanxuma. Para a sogra — refletiu Winter —, Luzia não passava duma erva daninha que vicejava maleficamente no jardim do Sobrado e que era preciso extirpar antes que ela sufocasse as plantas úteis e belas.

— Já conversou com o padre Otero a esse respeito? — perguntou ele, só para dizer alguma coisa.

— Já.

— Ele lhe deu algum conselho?

— Deu. Me pediu que tivesse paciência e fé. Prometeu falar francamente com Luzia. Mas sei que não fala.

— Por quê?

— Porque tem medo dela. Todo mundo tem.

— Mas que foi que vosmecê contou ao padre?

— Contei das malvadezas da... dessa mulher. O senhor já viu como anda a cara do Bolívar? Toda lanhada, toda cheia de arranhões. Um dia amanheceu com os beiços inchados, estava-se vendo que tinha sido uma mordida. Uma pouca vergonha! Ainda ontem descobri uma queimadura na mão do rapaz. "Que foi isso?", perguntei. Ele ficou meio desconcertado e respondeu: "Não foi nada, mamãe. Me queimei no fogão". Mas sei que não foi no fogão. — Bibiana estava de olhos baixos olhando uma fileira de formigas que saíam dum buraco, ao pé duma bergamoteira. — Essas malditas formigas me estragam as plantas. Ouvi dizer que o coronel Amaral mandou buscar em Sorocaba umas formigas miúdas que comem as formigas daninhas. Ele vai botar no quintal dele para ver se acaba com a saúva. Vosmecê acha que dá certo?

— Tudo é possível, dona Bibiana, tudo é possível.

Winter lembrou-se de ter lido num almanaque que em todo o reino animal só os homens e as formigas é que têm o instinto da guerra.

— Vosmecê nunca falou claro com seu filho sobre... essas coisas?

Bibiana sacudiu a cabeça com tristeza.

— Muitas vezes comecei o assunto. Mas ele nunca quis continuar. Sempre achava um jeito de fugir. Ele anda diferente, doutor. Às vezes chego até a acreditar em feitiço. Aquela mulher enfeitiçou ele. O Boli... eu acho... o Boli já nem me quer mais bem. Depois que casou, mudou de um tudo. O Florêncio também tem estranhado ele. Eram tão amigos. Agora ele parece que deu pra ter ciúmes do primo. Já não trata ele como dantes. O pobre rapaz nem aparece mais no Sobrado. São histórias que essa mulher mete na cabeça do Boli.

— Mas como é que o padre explica essas coisas todas que a Luzia faz?

— Diz ele que há pessoas assim no mundo porque os demônios entram no corpo delas. Diz que nas Escrituras Sagradas há muitos casos como esse e que Jesus Cristo expulsou o demônio do corpo de muita gente.

Winter cuspinhou os pedaços de folha de laranjeira que tinha na boca.

— Não acredite, dona. Não há tal coisa.

— Eu sei que não há. Não acredito no diabo nem em almas do outro mundo. Já visitei muitas vezes o cemitério de noite. Não vi nada de mais; só um lugar muito quieto, muito triste, onde a gente pode se sentar e ficar pensando em paz, porque ninguém vem nos incomodar. Sou como o meu pai. Só acredito no que vejo. Meu pai não acreditava em almas do outro mundo. O senhor acredita?

— Positivamente não.

Bibiana começou a caminhar lentamente na direção da casa. Winter seguiu-a.

— Então, dona Bibiana, que é que quer que eu faça?

— Se puder, doutor, fale com ela. Diga que ela precisa ter esse filho.

— Não é fácil, mas prometo fazer isso quando houver ocasião.

— Se vosmecê soubesse como eu quero um neto! Sempre tive vontade de ter a casa cheia de crianças. Minha filha, a Leonor, mora em Cruz Alta, é casada com um fazendeiro, mas não tem filhos. Como é que eu podia imaginar que Luzia era assim? A gente às vezes ouve contar coisas esquisitas de certas pessoas, mas acha que é invenção, exagero.

— Vosmecê é uma mulher que viveu e lutou muito. Devia estar habituada a tudo.

Bibiana soltou uma risadinha seca.

— Habituada? Haverá coisa mais corriqueira que a morte? Desde criança a gente sabe que um dia tem de morrer. Toda a hora ouve falar em morte. Mas a gente se habitua com a morte? Não. Quando ela chega sempre é uma surpresa.

Uma grande nuvem branca, que lembrou a Winter um *iceberg*, agora se erguia no céu, por cima do Sobrado.

— Tenho a impressão — disse ele, em parte para tranquilizar d. Bibiana, em parte para dar voz a um pressentimento — que a Luzia vai ter esse filho.

— Vosmecê acha mesmo?

— Acho.
— Deus le ouça.
— Vosmecê acredita mesmo em Deus, dona Bibiana?
— Às vezes.
Disse isso e entrou no Sobrado.

14

A fresca luz dourada daquela manhã de princípio de primavera entrava pelas janelas da casa de Carl Winter, que, sentado à sua mesa, escrevia a Carlos von Koseritz:

Mein lieber Baron. Faz hoje quatro anos que estou em Santa Fé. Já não uso mais chapéu alto, minhas roupas europeias se acabam e eu desgraçadamente me vou adaptando. Isso me dá uma sensação de decadência, de dissolução, de despersonalização. Sinto que aos poucos, como um pobre camaleão, vou tomando a cor do lugar onde me encontro. Já aprendi a tomar chimarrão, apesar de continuar detestando essa amarga beberagem. (Pode alguém compreender as contradições da alma humana?) Eu vivia em castidade forçada por falta de mulheres de que eu gostasse e que quisessem dormir comigo. Meus sonhos eróticos eram povoados de fêmeas louras e eu tinha de me contentar com esses amores oníricos, mas agora, meu caro, de vez em quando, este espírito já vacilante cede aos gritos desta carne fraca — que, diga-se de passagem, continua muito magra sobre a ossatura — e trago para a minha cama, altas horas da noite, com a cumplicidade soturna da bela Gregória, chinocas, índias, e até mulatas. Depois dessas orgias, tiro o violino do estojo e tomo um banho de música. Ou então abro o meu Heine e me encharco de poesia. E nas muitas semanas de castidade que se seguem volto a sonhar vagamente com mulheres brancas e germânicas. Ah, meu amigo, sou personagem dum drama que Goethe não escreveria nunca, um drama que não daria glória a ninguém porque é sórdido, sem propósito e vazio. Mas é um drama ou, melhor, uma comédia. Por que não me vou daqui? Por quê? Não sei. Alguma coisa me prende a esta terra. Não é propriamente afeição, não é amor. É hábito, e o hábito é como uma esposa que cessamos de amar e que já aborrecemos, mas à qual estamos apegados pela força... do hábito, e por preguiça. A inércia, Carl, tem muita força. A rotina é uma balada insípida de rimas óbvias.

A vida aqui é monótona. Nunca acontece nada. De vez em quando sou chamado a atender um homem que foi estripado por outro num duelo por causa de pontos de honra, discussões em carreiras, jogos de osso, cartas ou dados. Mas mesmo isso se transforma em rotina, porque um intestino é igual a outro intestino; as reações das pessoas em tais ocasiões são mais ou menos as mesmas. Os pacientes aguentam os curativos sem gemer. Os outros nunca estão de acordo sobre quem provocou a briga ou quem está com a razão.

Raramente aparece uma cara nova na vila. Um dia é igual a outro dia. O correio chega uma vez por semana, quando chega. Uma carroça leva uma eternidade para ir ao Rio Pardo e voltar. As pessoas em geral são boas, mas duma bondade meio seca e áspera. Os assuntos, limitados. Fala-se em gado, em cavalos, em tropas, invernadas, comidas, campos ou então em histórias de brigas, guerras e revoluções passadas ou guerras e revoluções que estão para vir.

Ah! Ia esquecendo de te participar um grande acontecimento. Luzia, a minha Melpômene, teve um filho. Deu-lhe o nome de Licurgo, não porque admire o estadista espartano, mas porque (confessou-me ela com um sorriso angélico) o nome tem um som escuro, um tom dramático. Vê bem: Licurgo. É realmente um nome noturno. Não me chamaram na hora do parto; preferiram uma negra velha parteira que bota a criança no mundo com mãos sujas mas hábeis. Regozijei-me com isso pois não queria por nada no mundo ver minha Musa da Tragédia naquela conjuntura tragigrotesca. Vi-a poucas horas depois que a criança nasceu. Estava mais bela que nunca e seu rosto parecia irradiar luz e bondade. Sim, bondade, Carl. Depois de tudo que te tenho contado dela, isso parece absurdo. Mas estou te dizendo exatamente o que senti. Nesta hora, *mein lieber Baron*, eu a amei. Amei-a com ternura pela primeira vez, e esse amor durou precisamente o tempo que passei naquele quarto que cheirava a incenso. A mãe não tem leite; mandaram buscar uma preta da estância para amamentar a criança. O pai, de tão orgulhoso, chega a estar pateta. A avó, se está contente, sabe esconder seus sentimentos debaixo daquela máscara de pedra.

E agora, meu amigo, as coisas parece terem melhorado lá pelo Sobrado. Faço as minhas visitas quase diárias, como médico que sou da casa. Melpômene se tem revelado uma mãe mais carinhosa do que eu esperava, mas seu carinho se revela em gestos e palavras pois ela olha para o filho com a mesma falta de expressão com que fita um objeto, uma coisa. É um olhar vazio, um olhar de estátua.

Será que por um desses mistérios da natureza o choque do parto restituiu a saúde àquele espírito doentio? Possível, mas não provável. Como a Medicina está atrasada, meu amigo! E como neste fim de mundo, sem livros nem colegas cultos com quem trocar ideias, eu vou ficando para trás mesmo dessa Medicina atrasada! Às vezes, para explicar a epilepsia e certas formas de loucura, chego quase a aceitar a teoria dos antigos, que falavam em demônios e possessos. É uma explicação pitoresca, além de cômoda, e que nos permite a nós, pobres médicos, lavar as mãos diante desses casos, transferindo-os para feiticeiros, sacerdotes e taumaturgos.

Mudando de assunto direi que estes invernos rigorosos de Santa Fé, em que às vezes sentimos mais frio dentro das casas que fora delas, me ensinaram a beber uma mistura deliciosa, que *mein lieber Baron* deve já conhecer. É cachaça com mel e suco de limão. Positivamente divino! Se te contarem, Carlos, que morri embriagado numa sarjeta em Santa Fé, podes acreditar na história, apenas com uma restrição: é que em Santa Fé não tem sarjetas pela simples razão de que não tem calçadas, como não tem também lampiões nas ruas, e como, em última análise, não tem nada. Talvez seja essa carência de tudo que me fascina e prende.

Para não deixar de falar em política, o meu amigo não acha que é muito mau para todos nós que a França tenha agora um novo Napoleão? Sinto maus pressentimentos, Carl, muito maus pressentimentos.

Manda-me notícias de teus planos. Quando sai o jornal? E a escola? Já encontraste a brasileira do teu coração? Quando puderes, manda-me livros e jornais. Os jornais podem ser até bem antigos, porque nesta vila esquecida de Deus e dos homens, estou me convencendo cada vez mais de que o tempo, afinal de contas, não passa duma invenção dos relojoeiros suíços para venderem suas engenhocas. Manda livros, senão vou acabar esquecendo até o alemão. Já li mais de mil vezes meu volume de Heine. E o meu Fausto está inutilizado, porque a bela Gregória deixou-o cair dentro da água da tina de lavar roupa.

Tinha essa carta a data de 25 de setembro de 1855, o dia em que Florêncio Terra casou com Ondina, a filha do Alvarenga. A cerimônia realizou-se na intimidade e toda a gente na vila comentou o fato de Luzia não ter comparecido à boda.

Foi também nesse ano que a Assembleia Provincial autorizou o estabelecimento duma colônia alemã, a três léguas de Santa Fé. Os primeiros colonos chegaram em carroças com suas famílias. Traziam seus tarecos, seus instrumentos agrícolas e suas mulheres e filhos. Winter recebeu-os com uma certa má vontade que ele mesmo não sabia explicar. Além dele, até então os únicos alemães que viviam naquele município eram os Schultz e os Kunz, que haviam chegado ali pouco antes da Guerra dos Farrapos.

O cel. Bento Amaral reuniu os colonos em sua casa e fez-lhes uma preleção na presença de Winter, para o qual ele olhava de quando em quando com o rabo dos olhos. Tinha uma voz gutural, falava alto, com ar patronal. Os colonos o escutavam numa atitude entre respeitosa e assustada. Havia entre eles um tal Otto Spielvogel, um alemão corpulento da Renânia, de quase dois metros de altura, com grandes manoplas sardentas recobertas de pelo ruivo, nariz vermelho e fino, e olhos de pupilas tão claras que chegavam quase a parecer vazios. Era uma espécie de chefe natural daquele grupo; e era a ele que Bento Amaral principalmente se dirigia:

— E têm de obedecer às autoridades — discursava o chefe político de Santa Fé. — Não queremos badernas nem anarquia. E quem sair fora do regulamento, tem de se entender comigo.

Deram à colônia o nome de Nova Pomerânia, porque a maioria dos imigrantes tinha vindo daquela região. Os recém-chegados começaram a abrir picadas e a construir casas. A cada família coube um lote de cem braças de frente por mil e quinhentas de fundo.

De tempos em tempos Winter montava a cavalo e ia visitá-los. Fazia isso ou porque o chamavam para atender algum doente ou então porque desejava ver como ia marchando o trabalho. Ficava surpreendido com o que via. A região transformava-se dia a dia, tomava já um jeito de povoado, e por toda a parte viam-se valos, lavouras, cercas, roçados, sinais, enfim, de que aqueles estrangeiros começavam a dominar a paisagem, que de resto ali era suave e submissa. Haviam construído uma ponte sobre um riacho que cruzava aquelas terras e Otto Spielvogel já tinha posto a funcionar seu moinho d'água. Era curioso — refletia Winter — ver aquelas caras e ouvir aquelas vozes alemãs sob o céu de Santa Fé. De quando em quando passava a cavalo um caboclo moreno, de olhos e cabelos negros, parava, olhava para os colonos por muito tempo, sem dizer nada, depois esporeava a cavalgadura e seguia caminho. Carl não conseguia ler nem aprovação nem censura naquelas caras inescrutáveis.

Um dia, quando Winter fazia uma sangria num dos colonos, apareceu em Nova Pomerânia Bento Amaral montado em seu cavalo branco, com aperos chapeados, e grande botas de couro, muito pretas e lustrosas. Trazia na cabeça um chapéu de abas largas e seu pala de seda creme esvoaçava ao vento. Alguns colonos vieram a seu encontro. O cel. Amaral não quis apear. Falou com a "alemoada" de cima do cavalo, olhou em torno, fez perguntas e deu conselhos. Depois, se foi. Da janela da casa do paciente, Winter ficou a contemplar o *Junker* de Santa Fé, que se afastava ao trote faceiro e majestoso de seu cavalo — o busto muito ereto, o rebenque pendente do pulso por uma presilha de couro. Winter sorria. À tardinha, em certos dias, Bento Amaral costumava passear a cavalo pelas ruas de Santa Fé. "Boa tarde, coronel, como le vai?", perguntavam os santa-fezenses, descobrindo-se. Ele se limitava a bater com o dedo na aba do chapéu e continuava seu passeio. Se encontrava um desconhecido, fazia o cavalo estacar e gritava: "Ainda que mal pergunte, quem é o senhor?". Fosse qual fosse a resposta, a segunda pergunta era: "Que é que anda fazendo por aqui?".

Naquele dia os colonos ficaram a seguir o cel. Bento com o olhar até que ele se sumiu atrás duma coxilha. Winter esperava ouvir deles algum comentário. Os homens, porém, não disseram nada: voltaram discretamente para o trabalho. Winter achava-os ignorantes e pouco simpáticos. Em sua maioria tinham vindo para o Brasil porque achavam os impostos demasiadamente pesados em seus principados. Havia entre eles alguns que esperavam enriquecer dentro em pouco para depois voltarem para suas aldeias natais na esperança de lá ocuparem uma posição social melhor que a primitiva. Dentre todos aqueles colonos Winter gostava especialmente de Jacob Vogt, um velho de oitenta anos, natural da Vestfália. Tinha longas barbas dum branco amarelado, que lembravam as macegas dos campos em derredor da Nova Pomerânia. Completamente desdentado, de lábios cor-de-rosa, pele dum creme seco de marfim, olhos muito azuis, o velho Vogt morava com o filho, que era casado e por sua vez tinha oito filhos. Um dia, quando Winter veio ver uma das crianças da casa, que estava com catapora, Jacob aproximou-se dele e perguntou-lhe em alemão, com sua voz fina e fraca, quase inaudível:

— Há bruxas nesta terra?

— Bruxas? — estranhou o médico.

— Sim, feiticeiras. — E contou: — Quando eu era mocinho vi queimarem viva uma bruxa na minha aldeia.

O filho de Jacob esclareceu:

— Essa é uma história que papai conta, mas que não sei se é verdade ou caduquice.

Winter sabia que os camponeses da Vestfália eram muito supersticiosos e quando adolescente ele ouvira falar num caso parecido com o que o velho Vogt lhe contara.

— Não. Em Santa Fé não há bruxas... — disse ele. E achou melhor acrescentar — ... que eu saiba.

Por uma inquietadora associação de ideias pensou em Luzia. As coisas no Sobrado ultimamente pareciam ter-se azedado ainda mais que antes. Quando lá ia nas suas visitas, Winter percebia os ressentimentos nos silêncios, nos olhares, nas indiretas. O pequeno Licurgo crescia com saúde, graças ao leite da ama preta. Bibiana encarregava-se do resto. Luzia vivia a ler e a tocar cítara, e isso parecia enervar a sogra. Contava-se que havia dias em que as duas mulheres se fechavam, cada qual num quarto, e lá ficavam durante largas horas. Passavam dias e dias sem se falar, ao passo que, pálido e infeliz, Bolívar andava de uma para a outra como uma mosca tonta.

Um dia Florêncio encontrou Winter na rua e lhe contou com calma e máscula alegria que esperava o primeiro filho para julho do próximo ano. E, quando o médico lhe falou na gente do Sobrado, Florêncio pigarreou, desviou o olhar e murmurou, sombrio:

— Aquilo vai de mal a pior.

E por mais que se esforçasse, Winter não lhe arrancou nem mais uma palavra.

15

Quando, ao levantar-se uma manhã e ao ver da sua janela a paineira do quintal do vigário toda cheia de flores cor-de-rosa, o dr. Carl Winter compreendeu que mais um outono estava por chegar. Gostava daquela estação porque descobria sempre nela uma dignidade que as outras não possuíam.

De meados de março a meados de junho a luz era madura e cor de âmbar, e o ar, morno ao sol e fresco à sombra. O vento, que ele tanto detestava, o enervante vento que às vezes o fazia praguejar, amaldiçoando aquela terra e aquele clima — cessava por completo. Os crepúsculos faziam-se mais ricos e longos, como se Deus ou lá quem quer que fosse dispusesse de mais tinta, de mais tempo e de mais arte para pintar o céu do anoitecer. Nos quintais faziam-se fogueiras com folhas secas, e a fumaça que delas se evolava, invadindo o ar, tinha um perfume que para Winter possuía uma qualidade nostálgica. No outono as moscas diminuíam, os mosquitos começavam a desaparecer e aquela luz generosa parecia deixar menos feias as pessoas e as coisas.

Quando Gregória apareceu aquela manhã com o chimarrão, encontrou o médico à mesa escrevendo uma carta. Winter apanhou a cuia, distraído, levou a bomba aos lábios, enquanto a negra depunha a chaleira chamuscada ao pé da cadeira do amo. Chupando metodicamente o chimarrão, Winter releu o que havia escrito:

No outono, meu caro barão, fico em permanente estado de poesia. É quando me lembro mais de Eberbach e de Trude. Mas tanto a aldeia como a moça me parecem agora ficções, elementos dum conto de fadas tão distante como a história de Hänsel und Gretel que ouvíamos no tempo de meninos. Se há coisa que lamento é não saber pintar. Tenho visto crepúsculos incrivelmente belos, tão belos que é uma pena que se percam. Alguém devia prendê-los numa tela.

Jogo partidas de gamão com o juiz de direito e me divirto duplamente: com o jogo e com a cara de meu parceiro. O Pe. Otero, que parecia tão meu amigo, ultimamente deu para reprovar a vida que levo, pois não vou à missa, não contribuo com dinheiro para as obras da igreja e de vez em quando externo minhas ideias heréticas. E sabes como se desforra? Recomendando aos paroquianos que procurem o Clotário da homeopatia ou o Zé das Ervas, o curandeiro. Continuo nas boas graças do Junker. O velho Amaral tem sete filhos, dois homens e cinco mulheres, de sorte que no casarão sempre há alguém doente, o que me obriga a visitas quase diárias.

Quero dar-te notícias da "minha comédia", cujo desenvolvimento acompanho com interesse de espectador que às vezes é obrigado a entrar em cena como ator. A peça tomou um novo rumo ou, melhor, mudou de cenário. Como Luzia andasse irritadiça e inquieta, recomendei a Bolívar que a levasse numa viagem de recreio qualquer. A sugestão foi aceita. D. Bibiana me apoiou, pois a pobre criatura estava cansada, queria respirar um pouco em paz. Depois de alguma relutância, Bolívar decidiu levar a mulher a Porto Alegre. Luzia exultou. Vivia numa permanente saudade de concertos, festas e teatros. Desde o momento em que a viagem foi resolvida, ela como que se transfigurou. Naturalmente começou a tocar cítara, e tocou as peças mais alegres de seu repertório. Os preparativos foram frenéticos. Iriam de jardineira, pelo Rio Pardo, levariam uma mucama e dois homens de confiança na boleia. Não preciso dizer que a notícia se espalhou rapidamente pela vila e que na hora da partida da carruagem, em princípios de janeiro último, meio mundo estava na praça, à frente do Sobrado, olhando o grande acontecimento. Muitos vieram despedir-se. O padre, o juiz, o Alvarenga. Florêncio não se fez visível. D. Bibiana abraçou e beijou longamente o filho e deu a ponta dos dedos à nora, que para surpresa minha e dos outros se inclinou sobre ela e lhe beijou as faces. D. Bibiana, porém, ficou imóvel, de lábios apertados. Confesso que naquele momento tive vontade de beijar a teiniaguá. Estava linda, o contentamento dava-lhe cores vivas às faces. Houve muitos adeuses, acenos e gritos de boa viagem. E lá se foi a jardineira, levantando pó pela rua em fora. Quando ela desapareceu na primeira esquina, D. Bibiana traçou o xale e antes de entrar no Sobrado me disse: "Nesta província, doutor, quando uma mulher se despede do marido, do filho, do irmão ou do noivo, nunca sabe se é por pouco tempo ou para sempre".

E sabes, meu caro barão, o que me impressiona nesta gente? É o ar natural, terra a terra com que dizem e fazem as coisas mais dramáticas. Estou começando já a descobrir diferenças entre os habitantes das várias regiões desta província. Os da fronteira são mais dramáticos e pitorescos que os desta região missioneira. Gostam de lenços de cores vivas, falam mais alto, contam bravatas e amam os gestos e frases teatrais. Se eu tivesse de eleger o homem representativo desta região, não escolheria Bento Amaral nem Bolívar, mas Florêncio, o meu bom, discreto e bravo Florêncio Terra.

Perdoa-me estas minúcias. Quando vivemos por muito tempo num mundo tão limitado e pobre como este, acabamos conferindo às suas intriguinhas, às suas pessoinhas e às suas coisinhas uma importância universal.

Mas este outono, meu caro Carlos, é grande aqui como seria em qualquer outra parte do universo. Aristóteles haveria de gostar de dias e campos como estes para as suas dissertações peripatéticas. Estou certo de que houve um erro qualquer na distribuição das raças. Quando Deus criou o mundo, Ele destinou a esta terra outras gentes que não estas. Haverá ainda um meio de corrigir esse erro? Eis aqui uma pergunta perigosa, que nos poderá levar a complicações tremendas.

Foi nesse outono de 1856 que passou por Santa Fé um mascate judeu vendendo bugigangas. Era um homem retaco, muito vermelho, de nariz adunco e barbas louras. Alegre, conversador e bem informado, contou, no seu português arrevesado mas fluente, coisas das terras por onde tinha andado. Conhecia o Oriente, a África e tinha visitado recentemente os países platinos.

— Sabem da última novidade? — perguntou ele um dia a um grupo na botica do Alvarenga. — Terminou a Guerra da Crimeia.

A notícia foi recebida com indiferença. Ninguém tinha ouvido falar nessa guerra. Ninguém sabia onde ficava a Crimeia, a não ser talvez o juiz de direito e o padre, que nessa hora estavam ambos distraídos a jogar xadrez. Por isso ninguém se interessou pela notícia.

Em fins daquele mesmo outono o dr. Winter foi chamado às pressas a Nova Pomerânia para atender Otto Spielvogel, que, tendo fincado um prego enferrujado na perna — fazia já duas semanas —, estava agora ardendo em febre e com muitas dores. O médico pegou a maleta, montou a cavalo e partiu a todo galope para a colônia. Examinou a perna do paciente e concluiu: *Starrkrampf*. Chamou os membros da família e disse:

— Se não cortarmos a perna do homem imediatamente, ele morrerá.

A choradeira começou. Todos, porém, puseram-se de acordo em que se devia fazer a amputação. Winter pediu água fervente num tacho e dois homens decididos para o ajudarem. Mandou amarrar Otto Spielvogel fortemente a uma mesa e deu-lhe uma bebedeira de cachaça que o deixou quase inconsciente. E depois, usando o próprio serrote com que um colono estivera aquele mesmo dia a cortar barrotes para a casa, amputou-lhe a perna à altura do joelho, enquanto a mulher e os filhos do paciente choramingavam no quarto contíguo.

Ao anoitecer do dia seguinte, voltou para casa, pois um dos filhos de Bento Amaral estava de cama e o *Junker* exigia sua presença à cabeceira do doente. Montou a cavalo, acendeu a vela da lanterna e pôs-se a caminho. Como não havia lampiões nas ruas de Santa Fé, sempre que saía à rua em noites sem lua o dr. Winter levava sua lanterna acesa.

Durante todo o trajeto da colônia à vila desejou chegar ao quarto para tomar uns bons goles de cachaça com mel e limão. O inesperado frio úmido na noite lhe penetrava até os ossos. A garoa gelada lhe respingava o rosto, a barba, as roupas; e seus dedos estavam entanguidos sob as luvas de lã. Winter tinha ainda nas narinas o cheiro de sangue. Sentia-se como um carniceiro e amaldiçoava sua profissão. Perdera os ferros cirúrgicos no Rio Grande: tinha de operar agora com os instrumentos mais rudimentares. E como a medicina estava atrasada! Naquela segunda metade do século XIX eles sabiam pouco mais que os curandeiros da Idade Média. Que era que causava as doenças? Que era que originava o tétano? Ninguém podia dizer. Algumas vezes ele, Winter, dera como perdidos pacientes que depois se erguiam da cama, curados com mezinhas caseiras ou chás fornecidos por negras velhas curandeiras.

Perto de Santa Fé a cavalgadura estacou diante dum vulto. Winter ergueu a lanterna, num sobressalto, e gritou: "Quem é lá?". Era uma vaca que ruminava placidamente, atravessada no caminho.

O médico soltou uma blasfêmia. O Código de Posturas Municipal dizia claramente: "É proibido ter vacas soltas em noites escuras, salvo se levarem lanternas presas aos chifres".

Entrou em Santa Fé no pior estado de espírito possível. Desejava calor, uma cama limpa e quente e uma boa companhia humana. Sabia que não encontraria em casa nada disso. O remédio era embebedar-se. Podia ser indigno, podia ser brutal, podia ser sórdido. Mas era um narcótico. Bêbedo, esqueceria a perna de Otto Spielvogel, que ele vira cair pesadamente num balde com um ruído medonho; esqueceria aquele tempo horrível, e esqueceria principalmente que ele, Carl Winter, um homem de trinta e cinco anos, formado em medicina pela Universidade de Heidelberg, estava preso, irremediavelmente preso a Santa Fé, sem coragem de abandonar aquele vilarejo marasmento e sair em busca duma vida melhor... Por quê? Por quê? Por quê? Winter fez essas perguntas em voz alta.

O cavalo seguia a passo pelas ruas. Seriam umas onze horas da noite e as casas estavam todas fechadas. Ao passar pela frente do Sobrado, Carl Winter pensou em Luzia. Havia já quatro meses que o casal tinha partido para Porto Alegre. Fazia uma semana, o estafeta que trazia a mala do Rio Pardo contara na venda do Schultz que havia irrompido em Porto Alegre uma epidemia de cólera-morbo. Cólera-morbo! Era só o que faltava! Se a peste chegasse até Santa Fé, morreriam todos como ratos — concluiu Winter. E de súbito ocorreu-lhe uma ideia: se Luzia morre de cólera o problema está resolvido, a comédia acabada. Sim, era uma solução. Bolívar sofreria muito a princípio, mas com o passar do tempo a esqueceria. Era moço, tinha a mãe para o amparar, o filho para criar. Sim, seria uma solução de mau gosto, de mau autor, mas o problema daquela gente ficaria resolvido...

Foi no momento em que pensava essas coisas que Winter viu luz numa das janelas do andar superior do Sobrado. Fez parar a cavalgadura e ficou olhando. Avistou um vulto de mulher com uma vela na mão. Devia ser d. Bibiana. Que estaria acontecendo lá dentro? Alguém doente? Algum ladrão? Achou que seu dever era bater à porta para ver o que se passava. Decidiu, porém, não fazer nada disso. Fincou os calcanhares nos flancos do animal e fê-lo seguir a trote rumo de casa.

16

Parada no centro do patamar da escada, com uma vela acesa na mão, Bibiana escutava... Julgara ouvir um pesado arrastar de pés no casarão e saíra do quarto para ver de onde vinha o ruído. A ama de Licurgo dormia no quarto contíguo ao seu. As outras negras estavam alojadas no porão. Um peão do Angico, homem de confiança, dormia na despensa.

D. Bibiana esperava imóvel, de ouvido atento. O silêncio agora era absoluto. Decerto está trovejando — concluiu ela. E resolveu voltar para o quarto. Nesse momento o relógio grande lá embaixo começou a dar as horas. Como não esperasse aquilo, Bibiana teve a impressão de que as pancadas soavam não apenas em seus ouvidos, mas também dentro de seu peito. A primeira delas lhe causou um estremecimento. Começou a contar mentalmente. *Duas... Três...* Cada batida ecoava pela casa, parecia deixá-la ainda maior do que era, como se em vez de dezoito peças o Sobrado tivesse cem. *Quatro... Cinco...* Bibiana sentia que o coração lhe pulsava um pouco mais forte e via a vela tremer-lhe na mão... *Seis... Sete... Oito... Nove...* Tinha agora a impressão de que alguma coisa ia acontecer. *Dez...* Devia ser meia-noite. As negras diziam que a alma do velho Aguinaldo costumava passear pela casa depois que o relógio grande dava a última badalada da meia-noite.

Onze... Doze... O som se desfez no ar e Bibiana ficou ali com aquele pequeno e débil foco de luz na mão, esperando... Seu olhar dirigiu-se para a porta do quarto que fora de Aguinaldo, e que estava fechado desde o dia da morte do velho. Foi um olhar duro e decidido, como se ela estivesse desafiando a alma do morto a aparecer. Uma viga do teto rangeu, e foi como se o silêncio subitamente se trincasse como um prato de louça. Por um momento Bibiana teve a sensação de que havia alguém às suas costas. Fez uma rápida meia-volta, mas só viu a solidão e a penumbra do patamar e sua própria sombra refletida na parede branca. Lembrou-se das palavras de Natália: "O velho aparece de noite, anda por toda a casa arrastando uma corrente e gemendo: *Rezem por mim. Rezem por mim*". Havia de ter graça — refletiu Bibiana — que nem depois de morto Aguinaldo abandonasse o Sobrado. Mas quem morre se acaba. "Vassuncê viu mesmo a alma do velho, Natália?" A voz da escrava era um ronco medroso: "Por esta luz que me alumeia, juro que vi. Foi numa noite de tormenta. Primeiro pensei que fosse o vento. Depois ouvi a voz do velho. *Rezem por mim. Rezem por mim*". Quem gostava daquelas histórias era Luzia. A noite fazia as criadas repetirem todos os casos de assombração que conheciam. Ficava arrepiada e com medo de subir sozinha para o quarto. Mas subia, de vela na mão, tremendo, e parece que até achando gostoso aquele medo.

Bibiana voltou para seu quarto lentamente. Não temia as almas do outro mundo. Tinha medo, isso sim, das almas deste mundo. Lembrava-se das noites em que Luzia se metia em seu quarto de dormir, fechava a porta a chave e não deixava o marido entrar; o pobre rapaz ficava vagueando a noite inteira pela casa, como uma alma penada. Dessas almas é que ela tinha medo.

Entrou no quarto, fechou a porta de mansinho, aproximou-se do berço onde Licurgo dormia e ergueu sobre ele a vela. No sono a criança movia os lábios rosados e úmidos, como a procurar o bico dos seios da mãe preta. O comilão ainda mamava no peito, apesar de já ter feito um ano! — sorriu ela. Ficou por longo tempo contemplando o neto. Aquele ser pequenino um dia havia de crescer, fazer-se homem — um belo homem como o pai ou como o avô. (E Bibiana apressou-se a acrescentar mentalmente: avô por parte do pai.) De súbito, numa esquisita sensação de desfalecimento, que era ao mesmo tempo desagradável surpresa, apreensão e piedade, ela pensou: o Licurgo é bisneto daquele corcunda. Odiou Aguinaldo por isso. E a figura do velhote desenhou-se-lhe no pensamento: lá estava ele com sua barba de chibo, a cabeça chata, os olhinhos de bicho... O sangue daquele monstrengo corria nas veias da criança! Bibiana aproximou mais a vela do rosto do neto. Não, não havia naquela carinha mimosa nenhum traço de Aguinaldo Silva. Licurgo podia parecer-se com a mãe, que era bonita, ou com o pai, mas nunca com o Velho. E quem garantia que Luzia era neta mesmo de Aguinaldo? A mulher do nortista não o enganava? Bibiana apegava-se agora a essa possibilidade, esforçando-se para transformá-la numa consoladora certeza.

Licurgo ergueu de repente a mãozinha e deixou-a cair com força sobre o cobertor. Um glu-glu se lhe escapou da boca, e em seus lábios se formou uma bolha de saliva.

Quem vai criar esse menino sou eu — disse Bibiana para si mesma. Se quiserem me tirar ele, eu brigo, como uma galinha defendendo seus pintos. Começou a fazer cálculos... Tinha cinquenta anos: podia bem durar mais vinte... ou vinte e cinco, e assim veria Licurgo homem-feito, encaminhado na vida. Aquele menino, que tinha o sangue do cap. Rodrigo Cambará, ia ser o dono do Sobrado, dos campos do Angico e de milhares de cabeças de gado. Seu peito inflou-se de contentamento e de esperança.

Bibiana olhou para a cama grande, ao lado do berço. Não estava com sono. Sentia no peito uma coisa esquisita que não a deixava dormir. Desde que soubera da notícia da peste em Porto Alegre ficara apreensiva. Por que Bolívar não viera embora imediatamente ao saber que o cólera tinha irrompido na cidade? Por quê? Era uma peste braba, pior que o tifo e a bubônica. Bibiana cerrou os olhos e viu em seus pensamentos Luzia morta em cima duma mesa, ladeada por quatro círios, Bolívar chorando, gente cochichando: "Morreu do cólera. Morreu do cólera". De repente a cena mudou: a jardineira chegou a Santa Fé, levantando poeira... Bolívar desceu da carruagem, todo de preto, a barba crescida, os olhos vermelhos. "Mamãe!" Atirou-se nos braços dela. E ela abraçou e beijou o filho, dizendo: "Não há de ser nada, Boli. Vassuncê é moço ainda. Pense no Licurgo. Não é nada". Bibiana abriu os olhos, confrangida inopinadamente pela sensação de frio deixada por uma ideia terrível que acabava de cruzar-lhe a mente. Bolívar podia morrer. Nesse caso, quem voltaria para o Sobrado era *ela*. Ela... toda de preto, mas de olhos secos — aqueles olhos maus de gata. Morto Bolívar, a *outra* podia mudar-se para Porto Alegre ou para a Corte, levando consigo Licurgo... Venderia o Sobrado, o Angico... Não tinha apego à casa nem à estância. E mesmo que *ela* ficasse no Sobrado, como ia ser a vida das duas naquele casarão, odiando-se dia a dia, hora a hora, minuto a minuto? Que ia ser do menino entre aqueles dois ódios?

Bibiana apagou a vela e sentou-se na sua cadeira de balanço. O quarto ficou alumiado apenas pela lamparina que com tíbia chama ardia junto do berço da criança.

De braços cruzados sob o xale, os olhos cerrados, Bibiana balouçava-se devagarinho e pensava. Tinha pago pelo Sobrado um preço demasiadamente alto. Mas agora era tarde: o mal estava feito. Voltar atrás não só seria pior como também impossível. Por assim dizer, tinha perdido o filho. Desde que casara, Bolívar não era mais o mesmo. Andava arisco, já não se abria com a mãe, não dependia mais dela, não lhe pedia conselhos em nenhum assunto. Vivia enfeitiçado, dominado pela *outra*. Se a *mulher* fosse má sempre, todos os dias, poderia haver alguma esperança de o rapaz um dia compreender com quem se havia casado. Mas o diabo era que em certas horas — às vezes durante dias inteiros — Luzia mostrava-se amável e atenciosa não só com o marido como também com os outros. Depois, tinha estudado na Corte, sabia falar bonito, contava casos da Europa, ou então histórias que tinha lido em livros. Às vezes até recitava versos enquanto tocava cítara. Bolívar ficava olhando para ela, de boca meio aberta, e via-se que ele estava perdido de amor, que era capaz de fazer tudo que *ela* pedisse. Nessas ocasiões ele ficava bobo de contentamento, era o homem mais feliz do mundo, chegava até a cantar e assobiar. Mas lá de repente a mulher de novo fazia das suas. Muitas vezes ela, Bibiana, acordara no meio da noite ouvindo gritos no quarto do casal. Saía para o corredor de camisolão, pés descalços, para ver o que tinha acontecido. Nunca vira mas adivinhava o que se estava passando lá dentro. As malvadezas de Luzia não tinham mais conta. Fechava a Dita, a negrinha filha de Natália, no sótão durante dias, sem água nem comida, e de vez em quando ia lá em cima para espiar a rapariguinha pelo buraco da fechadura. Quando Bolívar ia para o Angico, ela aproveitava a ocasião para fazer essas coisas. Depois de ver bastante tempo a criaturinha sofrer, ela descia e ia tocar cítara. "Negro é bicho", ela dizia. "Negro não tem sentimento."

Bibiana balouçava-se na sua cadeira e pensava... Sim, tinha pago caro demais pelo Sobrado. E só Deus sabia que ela não queria aquela casa para si mesma, mas sim para Bolívar e para os filhos de Bolívar. No fim de contas aquela terra pertencia de direito a seu pai. Se havia algum intruso no caso, esse intruso era a neta de Aguinaldo Silva.

Bibiana ouvia agora o fofo tamborilar da chuva nas vidraças. Encolheu-se toda, de frio e de tristeza.

17

Conheciam-se agora notícias mais detalhadas da epidemia de cólera-morbo. Tinha sido trazida do Rio por passageiros do vapor *Imperatriz*, que ancorara em fins de 1855 no porto do Rio Grande. A peste começara nas charqueadas de Pelotas, alastrara-se pelas localidades vizinhas e atingira Porto Alegre, onde se dizia que o número de casos fatais ia além de mil. As carroças da municipalidade andavam pelas ruas a recolher os cadáveres, que na maioria dos casos estavam de tal modo desfigurados, que se tornava impossível identificá-los. Contavam-se pormenores horripilantes. Havia pessoas que eram atacadas subitamente pelo mal e caíam fulminadas nas ruas. Temia-se que muitas tivessem sido enterradas vivas, pois os médicos, os enfermeiros e os funcionários municipais estavam de tal modo cansados, tresnoitados e nervosos que nem tinham tempo para maiores verificações. Recolhiam-se os mortos às carroçadas. Abriam-se no cemitério valas comuns onde os corpos eram despejados e em seguida cobertos de terra. O êxodo da cidade era enorme. Quem podia fugir, fugia. Havia pavor em todas as caras e em algumas pessoas a palidez e a algidez do medo eram confundidas com os sintomas da peste asiática. O barão de Muritiba, chefe do governo provincial, estava tomando providências para evitar que o mal se alastrasse pelo resto da Província. Contratava médicos e enviava-os para vários municípios.

Mandou para Santa Fé o dr. Homero Viegas, que chegou um dia de diligência, reuniu imediatamente a Câmara Municipal e sugeriu uma medida que foi aceita por unanimidade: fechar a estrada da serra e evitar que por ela passassem gentes e animais vindos das cidades onde grassava o cólera.

Bibiana andava agoniada. Bolívar ainda não voltara. Suas últimas cartas eram lacônicas, mas até certo ponto tranquilizadoras:

Luzia e ele estavam bem de saúde e voltariam para casa "assim que fosse possível".

— É uma loucura, doutor! — disse ela um dia a Winter. — Eu não posso compreender. Por que é que não vieram embora logo que começou a peste?

Winter encolheu os ombros:

— Nunca se sabe, dona Bibiana, nunca se sabe. Talvez tivessem surgido dificuldades.

— Dificuldades? Numa hora dessas ninguém pensa em dificuldades. A gente bota o pé no mundo. O medo da peste é mais forte que tudo.

— Há coisas mais fortes... — retrucou o médico, sem saber muito claramente a que coisas se referia. Estava um pouco despeitado, mau grado seu, por não ter sido convidado pelo dr. Viegas a tomar parte na reunião da Câmara.

— E agora, se eles fecham a estrada... — perguntou Bibiana — como é que o Boli vai passar?

— Vosmecê sabe que essas coisas levam tempo. É bom não perder a esperança.

Estavam os dois amigos na sala de visitas do Sobrado e Bibiana tinha os olhos voltados para as janelas.

— Esperança? — repetiu ela, sem tirar os olhos da rua. — Esperando vivo eu há muitos anos.

— Vosmecê não acredita no destino? Não acha que o que tem de ser traz força?

— Acho.

— Pois então? Tenha paciência. Há um ditado latino que diz que o destino conduz os que querem ser conduzidos e arrasta os que não querem.

— Eu tenho andado mais ou menos de arrasto. Nem sempre quero ir pra onde o destino me leva. — E imediatamente, sem mudar de tom: — Toma um licor?

Winter disse que não, agradeceu e se foi.

Naquele mesmo dia, ao entardecer, postada na janela da água-furtada do Sobrado, de onde se avistavam os campos em torno de Santa Fé, Bibiana viu poeira na estrada. Seu coração começou a bater num ritmo entre alegre e medroso. Pouco depois avistou uma carruagem que parecia vir das bandas do Rio Pardo. Só podia ser a jardineira de Bolívar — garantia ela para si mesma. Nunca se enganava em seus pressentimentos...

Era quase noite fechada quando a carruagem parou à frente do Sobrado. Curiosos vieram para a praça e ficaram olhando de longe, sem coragem de ir apertar a mão daquela gente que chegava da zona da peste.

— Não deviam ter deixado a diligência entrar — murmurou um dos filhos de Bento Amaral, que estava ali por perto em cima de seu cavalo. Disse essas palavras e saiu a todo o galope na direção de sua casa.

Bolívar deu a mão à mulher para ajudá-la a descer da diligência. Luzia estava toda vestida de preto. Depois dela desceu a mucama. Na boleia vinha só um dos homens: soube-se mais tarde que o outro morrera de peste.

Parada ao portal do Sobrado, Bibiana abraçou e beijou o filho e deu molemente a mão à nora, que mal a apertou. Entraram. Cinco velas estavam acesas num candelabro no vestíbulo da escada grande. Luzia limpou com palmadas impacientes a poeira do vestido.

— Como vai o Licurgo? — perguntou.

— Vai bem — respondeu Bibiana secamente.

— Onde é que está ele?

— Dormindo.

Luzia tirou o lenço que lhe envolvia a cabeça e sentou-se numa poltrona com um suspiro de alívio.

— Que viagem horrível! — exclamou.

À luz das velas Bibiana viu a cara do filho e ficou alarmada. Bolívar estava duma palidez esverdeada e tinha os olhos no fundo.

— Está sentindo alguma coisa, meu filho?

Ele sacudiu negativamente a cabeça.

— Não. Estou só um pouco cansado.

Evitava encarar a mãe.

— O jantar já está pronto — avisou ela.

— Não estou com fome.

— Tem um bom churrasco de ovelha, Boli. — Gritou para a outra sala: — Natália, pode servir!

— Mas eu preciso me lavar um pouco antes de ir para a mesa... — disse Luzia.

— Pois vá. Ninguém está atacando vosmecê.

Bibiana estava ansiosa por ficar a sós com o filho. Luzia ergueu-se e, apanhando um castiçal com uma vela acesa, dirigiu-se para a escada.

Sentado numa cadeira, Bolívar descalçava lentamente as botas. Houve um longo silêncio. De pé na frente do filho, Bibiana esperava, e como ele continuasse calado por vários segundos ela disse:

— Pensei que não quisessem voltar mais.

Bolívar permaneceu mudo.

— Com essa peste horrorosa foi uma loucura terem ficado tanto tempo lá. As autoridades não deixaram vosmecês saírem? Houve algum impedimento?

Sem olhar para a mãe, irritado, Bolívar respondeu:

— Não houve nada. Era uma coisa e outra e a gente ia ficando...

— Mas não tiveram medo?

— Tivemos, mãe, tivemos.

— Sou capaz de apostar como foi ela que quis ficar.

— Ora, mamãe...

— Só de maldade. Decerto queria que vosmecê pegasse a peste. Assim ela ficava viúva, vendia o Sobrado e o Angico e ia morar na Corte com o Licurgo.

Bolívar entesou o busto e tomou uma atitude agressiva:

— Nem diga uma coisa dessas! A Luzia também estava se arriscando a pegar o cólera.

— Mas então por que é que não vieram antes?

Bolívar de novo se fechou no seu silêncio soturno.

Depois de algum tempo, com voz mais tranquila perguntou:

— Vai tudo bem por aqui?

— Vai.

— Nenhuma novidade?

— Nasceu o filho do Florêncio. É homem.

— E no Angico?

— Nada de novo. Não tem morrido gado. Vai tudo bem.

Bolívar sacudia a cabeça, devagarinho. Ficaram num longo silêncio: Bibiana contemplando o filho, Bolívar olhando para o soalho.

Luzia desceu, tornou a entrar na sala e aproximou-se da sogra:

— O Licurgo não está no quarto... — estranhou ela.

Bibiana ficou imperturbável.

— Eu sei.

— Onde botaram o menino?

— Na água-furtada.

— Na água-furtada?

— Vai ficar lá uns tempos.

— Mas por quê?

— Vosmecês vieram dum lugar que tem peste. Não quero que o menino pegue.

Luzia parecia ainda não compreender. Lançou para o marido um olhar que foi um pedido de esclarecimento. Bolívar olhou para a mãe.

— Quanto tempo ele tem de ficar lá? — perguntou.

— Quanto tempo for preciso.

Bolívar ergueu-se.

— Mas a criança vai ficar sozinha lá em cima?

— A ama está junto. Não vai faltar nada pro menino.

— Mas é uma bobagem, mamãe. Nós não pegamos a peste.

— Pode ser, Boli. Mas sempre é melhor esperar.

— Foi o doutor Winter que lhe aconselhou a fazer isso? — perguntou Luzia.

Sem olhar para a nora, Bibiana respondeu:

— Tenho juízo suficiente pra resolver essas coisas sem precisar do conselho de ninguém.

Bolívar e Luzia entreolharam-se de novo.

A negra Natália apareceu à porta da sala de jantar.

— A comida está na mesa — roncou ela.

— A comida está na mesa — repetiu Bibiana.

Fez menção de se encaminhar para a outra peça, mas Luzia deteve-a.

— E vosmecê pensa que vou chegar de viagem e não ver o meu filho? Pensa que vou passar dias sem ver o Licurgo?

— Penso.

— Pois está enganada. Vou já já subir à água-furtada.

Encaminhou-se de novo para a escada.

— Não adianta — disse a outra. — Fechei a porta a chave.

— Onde está a chave?

— Não digo.

— Bolívar! Obrigue sua mãe a me dar essa chave.

Bolívar ergueu-se.

— Mamãe...

— Não adianta, meu filho. Não dou.

— Bolívar! — exclamou Luzia. E na penumbra da sala seus olhos fuzilaram como os de uma gata. — O filho é nosso!

Bolívar aproximou-se da mãe, pegou-lhe da mão, tentou falar com calma. Mas havia em sua voz uma falsa doçura que mal encobria a raiva crescente.

— Escute, mamãe. Não vamos brigar. A Luzia quer ver o menino. É só por um momento, não é, Luzia? — Lançou um olhar para a mulher, que não fez o menor sinal de assentimento. — Ela promete não pegar o Licurgo, só olhar... olhar de longe, não é, Luzia?

Luzia estava parada junto da porta do vestíbulo, com o castiçal na mão. Nos seus olhos havia uma expressão de frio ódio.

— A comida está na mesa — repetiu Bibiana, esforçando-se por falar com naturalidade.

Fez meia-volta e dirigiu-se para o comedor.

— Diga pra essa velha amaldiçoada que me dê a chave!

Luzia não pronunciou estas palavras: cuspiu-as. A sogra, porém, continuou a caminhar, sem voltar-se, e foi sentar-se à mesa. Descalço, os braços caídos, um pouco encurvado, Bolívar encaminhou-se também para a sala de jantar. Luzia continuou na outra peça por alguns instantes: a vela tremia-lhe na mão, o espermacete pingava no soalho. De repente ela gritou:

— Bolívar, vá já arrombar aquela porta!

Ele não respondeu. Sentou-se à mesa, de cabeça baixa.

— Não seja covarde, Bolívar! Não se deixe dominar por essa mulher.

Bibiana tinha as mãos caídas sobre o regaço. Seus lábios tremeram por um instante.

— Quer sopa, meu filho?

— Esta casa é minha — dizia agora Luzia com uma fúria que quase não lhe permitia completar as palavras. — Foi feita com o dinheiro do meu avô. Vocês são dois intrusos! Intrusos! O filho também é meu. Os móveis são meus. Tudo que está aqui dentro é meu. Eu odeio vocês! Odeio esta vila! Odeio esta província!

A vela que Luzia tinha na mão apagou-se. Ela arremessou o castiçal contra um vidro da vidraça, que se espedaçou. Bibiana ergueu os braços, destampou a terrina de sopa e tornou a perguntar:

— Sopa, meu filho?

Bolívar não respondia.

Luzia avançou até a porta da sala de jantar. A raiva desfigurava-lhe o rosto, como se ela tivesse sido subitamente atacada duma peste. Bibiana nem sequer ergueu os olhos para a nora. Luzia gritou:

— Me dê imediatamente essa chave, sua cadela!

Bolívar ergueu-se tão abruptamente que a pesada cadeira em que estava sentado tombou para trás com um ruído surdo. Deu dois passos rápidos na direção da mulher, agarrou-a violentamente pelos braços e sacudiu-a.

— Cadela é tu! É tu! É tu!

E repetindo essas palavras, continuava a sacudi-la. Luzia esforçava-se por desvencilhar-se do marido. Ergueu os braços e fincou as unhas no rosto dele, que começou a sangrar.

Enfurecido pela dor, Bolívar esbofeteou a mulher, uma, duas, três, muitas vezes, alternadamente com as costas e a palma da mão. Luzia deixou cair ambos os braços. Seus joelhos se vergaram e ela foi deslizando devagarinho para o chão, até ficar sentada, com um lado da cabeça e o braço direito encostados no encaixe da porta. A expressão de ódio que havia em seu rosto deu lugar a uma serenidade triste: agora as lágrimas lhe rolavam pelas faces, os soluços lhe sacudiam os ombros e ela ali estava como uma menininha que acabasse de ser injustamente castigada pelo pai. Bolívar olhava estupidamente para a mulher, arquejante, a baba a escorrer-lhe da boca entreaberta.

— Meu filho! — exclamou Bibiana pondo-se de pé e encarando o rapaz com um olhar duro. — Isso não se faz! Onde se viu um homem bater numa mulher?

Por alguns segundos Bolívar ficou assim como que acuado, a olhar aflito da mãe para a esposa. Por fim fez meia-volta e saiu a correr na direção da escada, onde seus passos soaram fortes e apressados.

Bibiana olhava para a nora sem saber que fazer nem dizer. Botar-lhe arnica na cara? Dar-lhe um chá de folhas de laranjeira? Quis adoçar a voz e dizer-lhe uma palavra de consolo. Mas quando deu acordo de si estava dizendo:

— Quem semeia ventos colhe tempestades.

Virou-lhe as costas e saiu também da sala.

18

Na manhã do dia seguinte correu pela vila uma noticia sensacional: a Câmara Municipal, por sugestão do cel. Bento Amaral, declarara o Sobrado de quarentena, isolando-o da cidade; seus moradores, desde os patrões até a negrada da cozinha, foram notificados de que estavam positivamente proibidos de deixarem a casa durante quarenta dias a contar da noite anterior. Para que a quarentena fosse observada com rigor, postaram-se guardas armados ao redor do casarão, com ordens — murmurava-se — de atirar na primeira pessoa que saísse pelas portas ou janelas do Sobrado, ou que tentasse saltar seus muros.

Os santa-fezenses em sua maioria aprovaram a medida. Bolívar — diziam — tinha procedido mal, pondo em risco a segurança de Santa Fé. Devia ter ficado no Rio Pardo, ou então, em último caso, seguido para o Angico. Mas na loja do Alvarenga comentou-se que tudo aquilo era apenas uma "birra do velho Amaral". No fundo a coisa não passava dum acinte, duma provocação. Ele ainda não esquecera que Bolívar era filho do homem que não só lhe roubara a mulher que ele amava como ainda por cima lhe deixara a marca na cara. Também não perdoava ao falecido Aguinaldo o ter construído um sobrado tão grande e confortável que deixara o seu famoso casarão "achicado", num segundo plano.

Muitas pessoas vinham agora para a praça olhar o Sobrado. Reconheceram nos guardas que o cercavam peões da estância do velho Amaral. Estavam eles sentados debaixo das árvores, conversando, com o olho posto na casa de Bolívar, cujas janelas e portas permaneciam fechadas.

No segundo dia de quarentena o dr. Carl Winter, depois de muito instar com o senhor de Santa Fé, conseguiu licença para entrar no Sobrado. Seu melhor argumento foi o de que alguém, no fim de contas, tinha de ir ver se havia algum pesteado lá dentro, e que a pessoa mais indicada para isso era ele, o médico da família.

O sino da capela batia as primeiras badaladas da ave-maria quando os curiosos viram o doutor atravessar a praça com seu andar de girafa e bater à porta do Sobrado. Viram também quando a porta se abriu e o alemão entrou.

— Suba, doutor — disse Bibiana.

Subiram lado a lado os degraus que levavam do portal ao soalho de vestíbulo. Winter tirou o chapéu.

— Vim ver se estão precisando de meus serviços aqui.

— Estão.

— Alguém doente?

— Do cólera, não. Mas passe aqui pra sala. Sente-se.

O médico sentou-se. A sala estava sombria, de ar enfumaçado, e cheirava a incenso.

— Onde está o Bolívar?

— Lá em cima, no quarto dos fundos. Está lá desde ontem, fechado a chave. Não come, não bebe, não fala com ninguém.

— Mas que foi que aconteceu?

Bibiana contou-lhe em voz baixa, sem omitir nada, tudo quanto se passara ali no Sobrado após a chegada do casal. Winter escutou-a em silêncio, com ar reflexivo, e de quando em quando coçando o queixo.

— É o diabo — murmurou ele, mais para si mesmo que para a interlocutora.

— Que foi que vosmecê disse?

— Digo que é o diabo...

— Agora não adianta chorar. É preciso a gente fazer alguma coisa.

— Como vai a criança?

— Bem. Continua encerrada na água-furtada.

— E a mãe?

— Está no quarto dela, também fechada a chave. Hoje de manhã desceu, me deu bom-dia e me pediu desculpa das coisas que me disse ant'ontem. Eu respondi: "Palavras loucas, orelhas moucas".

O médico sorriu.

— Moucas? Que é isso?

Bibiana encolheu os ombros.

— Sei lá! É um ditado. Quer dizer que a gente não deve dar ouvidos quando os loucos falam. Mas como eu ia dizendo, ela pediu café pra Natália e depois voltou pro quarto. Levou a cítara. De vez em quando toca. Não é bem louca mesmo?

Winter sacudia a cabeça dum lado para outro, perdido em dúvidas. A situação complicava-se. E com que frequência na vida o dramático e o grotesco se juntavam e saíam a pular de mãos dadas!

— Nenhum deles viu ainda o filho?

— Nenhum. Eu não deixo. A vida da criança é mais importante que tudo mais.

— E que é que vosmecê quer que eu faça?

— Quero que fale com o Bolívar. Pode ser que ele le ouça. Tenho muito medo que ele faça alguma loucura. É genioso como o pai. Tenho tanto medo que de hora em hora vou bater na porta, e só fico sossegada quando ele me responde lá de dentro.

Winter habituara-se a sempre falar claro com Bibiana.

— Quer dizer que vosmecê tem medo que ele se mate?

— É. Que se enforque. Desde que enforcaram o Severino ele vive com essa ideia na cabeça.

— A ideia de se enforcar?

— Não. A mania de falar em forca. Sonha com gente enforcada.

Winter pediu licença para acender um charutinho. E, quando já o tinha aceso e apertado entre os dentes, disse:

— O Bolívar é um homem que gosta muito da vida. Pessoas assim não se matam. Além de tudo, ele tem loucura pelo filho e há de querer pelo menos ver o menino crescido.

Bibiana fez uma careta de dúvida e perguntou:

— O senhor acha mesmo ou está dizendo isso só pra eu ficar sossegada?

— Está claro que acho.

Por que estou metido nisso? — perguntou Winter de repente a si mesmo.

Bibiana olhou para os lados com ares misteriosos e disse em voz baixa:

— Doutor, alguma coisa aconteceu em Porto Alegre que deixou o pobre rapaz desnorteado. Depois dessa viagem parece que tudo ficou pior. E eu tenho medo que ele acabe ficando com ódio de mim, porque afinal de contas foi por minha causa que ele surrou a mulher.

Winter ergueu-se.

— Acho melhor eu ir conversar com ele.

— Quer ir agora?

— Vamos.

Encaminharam-se para a escada e subiram os degraus em silêncio. No patamar, lá em cima, Bibiana fez com a cabeça um sinal na direção duma porta fechada.

— *Ela* está lá dentro.

Seguiram pelo corredor mal alumiado e finalmente chegaram a uma outra porta.

— Eu vou descer, doutor. O senhor bata, entre, fale com ele, dê conselhos, veja se pode fazer alguma coisa.

Winter limitou-se a sacudir a cabeça, num assentimento, e depois que viu a mãe de Bolívar afastar-se no corredor bateu à porta. Não teve resposta. Tornou a bater. De dentro do quarto veio uma voz abafada.

— Quem é?

— Sou eu. O doutor Winter.

— Que é que quer?

— Faça o favor de abrir.

O médico ouviu sons de passos que se aproximavam da porta. De repente eles cessaram e Winter teve a impressão de sentir a presença do outro através da madeira: chegava quase a ouvir-lhe a respiração ansiada. Teve receio do que ia ver. Quase se arrependeu de ter vindo. Aquela gente era teimosa, difícil; seu raciocínio sem sutilezas seguia uma inflexível linha reta, era como um boi enfurecido que leva tudo por diante. Selvagens! Eis o que eram. Selvagens! Mas no fundo Winter sentia que seu refinamento europeu não passava dum eterno assobiar no escuro, dum permanente fugir aos problemas. Aqueles homens rudes da Província pelo menos davam nome às coisas e não se envergonhavam de seus sentimentos.

— Bolívar! — tornou a dizer. — Faça o favor de abrir. Só por um instante.

A maçaneta moveu-se e a porta entreabriu-se. Na fresta apareceu em penumbra metade do rosto de Bolívar.

— Que é que o senhor quer?

— Duas palavras.

Houve uma leve hesitação do outro. Por fim ele abriu a porta por completo e disse:

— Entre.

O alemão entrou. As janelas estavam fechadas, o quarto escuro, e andava no ar viciado um cheiro azedo de suor humano muitas vezes dormido.

Winter caminhou para uma das janelas, abriu os postigos e ergueu a vidraça. A luz e o ar frio da tarde entraram no quarto. Era uma peça quase nua, onde havia uma cama de vento, duas cadeiras e um velho baú de lata. A um canto se via uma roca antiga, de pedal quebrado.

— Quem foi que mandou abrir a janela? — perguntou Bolívar.

Estava de barba crescida, olhos injetados, em mangas de camisa, pés descalços, as bombachas brancas amassadas. Envelheceu vinte anos — pensou Winter, contemplando o rapaz.

Foi com voz calma que disse:

— Um médico nunca pede licença para fazer essas coisas.

— Mas eu não mandei chamar nenhum médico.

Winter respirou fundo, como para dominar seu desejo de dar uma resposta violenta.

— Olhe, Bolívar, não vamos perder tempo com bobagens.

E ao dizer essas coisas notou que quando se comovia seu português piorava, seus erres se faziam mais rascantes, ele trocava o *b* pelo *p* e por nada deste mundo conseguia pronunciar direito o *ão*. Mas prosseguiu:

— Sei de tudo que se passou nesta casa. Sua mãe me contou.

Bolívar olhava-o, num desafio, como quem diz: "Contou? E daí?".

— Vosmecê talvez não saiba — prosseguiu Winter — que quando nós recebemos o diploma, fazemos um juramento solene de guardar o segredo profissional. Nada do que um cliente me diz eu posso contar a outros. Nada. Estou aqui não só como seu amigo, mas principalmente como médico da casa.

Deu dois passos na direção do rapaz. Sentia agora que o hálito do outro cheirava a cachaça. Com o canto dos olhos viu uma garrafa junto da cama.

— Por que não vamos nos sentar e conversar com calma, hã? Por quê? Hã?

Puxou uma cadeira e sentou-se. Bolívar hesitou um instante e depois se recostou na cama.

— Vamos fumar? — convidou o médico.
— Não tenho fumo nem palha.
— Eu tenho — replicou Winter, tirando do bolso um maço de palhas e um pedaço de fumo em rama.

A voz de Bolívar mudou por completo, tornou-se calma, natural e — estranho! — quase trocista quando ele perguntou:
— Então sempre resolveu fumar os nossos crioulos?

Winter soltou uma risadinha rápida.
— A gente se habitua a tudo.

Bolívar pegou o fumo que o médico lhe dera, apanhou a faca que tinha debaixo do travesseiro, e começou a fazer um cigarro. Winter observava-o com o rabo dos olhos, enquanto fingia examinar o quarto.

— Vosmecê e sua mulher tiveram sorte... — disse ele, depois de algum tempo.
— Sorte? Por quê?
— Andaram no meio dos pesteados e não pegaram a doença.

Bolívar baixou os olhos.
— É melhor a gente não falar nisso.
— Mas nós temos que falar em alguma coisa! — exclamou o médico, quase exaltado. — Será que lhe falta coragem para enfrentar o assunto?
— Não é questão de coragem.
— Então de que é?
— É que não adianta falar.
— Adianta, sim.

Winter bateu a pedra do isqueiro e quando o pavio estava aceso aproximou-o do cigarro que o outro tinha preso entre os dentes.

Guardou no bolso o pedaço de fumo e o pacotinho de palha e fez uma pergunta brusca:
— Por que é que está metido neste quarto?

— Porque quero.

— Era essa mesma a resposta que eu esperava. A resposta dum homem macho. *Estou porque eu quero.* Mas isso não esclarece nada. As crianças também respondem assim. Vamos, fale com franqueza. Fugir a um problema não é resolver esse problema. Por que é que está metido neste quarto? Não vê que não pode passar o resto da vida assim? Mais cedo ou mais tarde tem de descer. Vosmecê precisa comer, beber, fazer as suas necessidades. Vosmecê é o chefe desta casa. Não compreende que essa atitude não resolve nada?

Bolívar sacudia a cabeça com impaciência. Tirou uma baforada de fumo e depois cuspiu no chão com força.

— Eu sei, eu sei. Mas é que sou um homem de vergonha. Ontem bati no rosto da minha mulher. Estou envergonhado. Homem não dá em mulher. Só um covarde. Me portei como um covarde. Eu devia mas era queimar estas mãos...

Abriu ambas as mãos, de palmas voltadas para o alto, e mirou-as com rancor, como se só elas tivessem culpa de tudo quanto acontecera.

Winter sacudia a cabeça e coçava freneticamente o queixo.

— Vosmecê não conhece ainda a mulher com quem vive? Não sabe que ela é doente e que sente prazer em fazer os outros sofrerem?

Apontou para a cicatriz de queimadura na mão de Bolívar.

— Isso aí, por exemplo...

— Me queimei no fogão...

— Não é verdade. Eu sei de tudo. Não se esqueça que sou médico e não nasci ontem.

A voz lhe saíra incisiva e dura. Ergueu-se e foi até a janela. Olhou para as árvores do pátio, tão calmas e belas àquela hora, e ficou um instante a aspirar o cheiro leve e claro da tardinha.

— Por que foi que demoraram tanto em Porto Alegre? — perguntou Winter de repente, sem se voltar para o interlocutor.

— Porque eu quis.

O médico fez meia-volta:

— Diga antes: porque Luzia quis.

— Pois se o senhor sabe de tudo, por que é que pergunta?

Winter tentou outra tática.

— Seja homem, Bolívar, encare o seu problema de frente. Ficar brabo não adianta nada. Os homens desta província parecem achar que podem resolver tudo a gritos, tiros ou facadas.

Bolívar pitava em silêncio, olhando para o chão. Por muito tempo ficou assim, como que esquecido da presença do médico. Depois mudou de posição na cama, cruzou as pernas e disse com voz magoada:

— É uma história muito triste e muito comprida, doutor.

— Um médico está habituado a ouvir histórias tristes. Não tenho nenhuma pressa. Pode contar.

— Por que vosmecê abriu tanto a janela?

— Para entrar ar fresco e um pouco de sol.

— Não podia fechar um pouquinho?

Winter compreendeu. Ergueu-se e fechou os postigos, deixando apenas uma fresta por onde entrava agora uma estreita faixa de sol.

— Há coisas que um homem tem vergonha de contar, doutor.

Honra e vergonha... — pensou Winter. Como os homens do Rio Grande falavam em honra e vergonha! Honra manchada lavava-se com sangue. Havia uma lei que proibia os duelos, mas os duelos se realizavam assim mesmo, a tiros, a espada, a adaga. O dr. Nepomuceno falava com solenidade em Justiça, mas aqueles homens realistas não confiavam em juízes e tribunais. Resolviam suas pendências pelas armas: faziam justiça pelas próprias mãos.

— Escute aqui, Bolívar. Se vosmecê tivesse uma dessas doenças... pegadas... compreende?... dessas que a gente tem vergonha de contar, que é que fazia? Sofria calado e ficava estragado para o resto da vida ou ia contar tudo ao médico?

— Contava tudo ao médico. Mas o caso aqui é diferente, doutor.

— Não é muito. Veja bem. Luzia é uma mulher doente, doente do espírito. E vosmecê vai acabar também doente da cabeça se continuar nessa atitude.

— Que é que vou lhe contar? Vosmecê pelo jeito já sabe de tudo.

— De tudo não. Conte o que foi que aconteceu em Porto Alegre.

Bolívar mordia com força o cigarro apagado. Depois deixou-o cair no chão, apertou uma mão contra a outra, entrelaçou os dedos.

— Só depois que começou a peste lá em Porto Alegre é que eu vi com quem tinha casado. Dizem que o pior cego é o que não quer ver. Eu andava cego, assim como enfeitiçado. Muitas vezes quando Luzia brigava com a mamãe eu ficava do lado de Luzia. Cheguei até a ficar meio indiferente com o Florêncio por causa dela. Agora o Florêncio nem entra mais nesta casa.

Calou-se, como que engasgado. Vendo que o outro não prosseguia, Winter quis ajudar a narrativa e antecipou:

— Vosmecê descobriu que todas aquelas coisas horríveis, gente sofrendo e morrendo nas ruas, tudo aquilo para sua mulher era mesmo que uma festa, não foi?

Bolívar sacudiu a cabeça numa lenta afirmação.

— Logo que ficamos sabendo da peste eu quis vir embora. Ela ficou furiosa. Disse que não tinha feito aquela viagem cansativa só pra passar um mês em Porto Alegre. Quando falei que a gente podia pegar o cólera, ela me chamou de covarde. Assim, fomos ficando. Eu andava desnorteado, desconfiava da água que bebia, das coisas que comia. Não podia dormir de noite. Sentia por todos os lados cheiro de morte, de podridão. Mas Luzia andava contente. Ficava na janela olhando as pessoas que caíam na rua. Às vezes ia pra fora pra esperar a carroça que vinha recolher os defuntos, ia olhar de perto a cara deles... Uma vez chegou a entrar numa casa onde estavam velando um morto; não conhecia ninguém mas foi direito ao caixão e tirou o lenço da cara do defunto e ficou olhando. Fazia todas essas coisas mas de noite, na cama, tremia e chorava de medo. E quando eu convidava pra vir embora, ela não queria. "Só mais uns dias, Boli", ela dizia, "só mais uns dias."

— E que era que vosmecê achava de tudo isso?

— Ora, doutor, às vezes eu tinha vontade de surrar ela, de pegar ela à força, botar dentro da jardineira e vir embora. Outras vezes ficava com pena, principalmente quando de noite ela se agarrava em mim, começava a tremer e a choramingar.

Winter sacudia a cabeça. Tudo aquilo parecia puro melodrama.

— Foi então que me convenci que tinha casado com uma mulher louca. E o pior era que eu continuava louco por ela. Vosmecê não pode imaginar como os homens lá em Porto Alegre olhavam pra Luzia. Uma noite no teatro um capitão dos Dragões não tirava os olhos dela. Eu até quis ir tirar uma satisfação...

Winter aprendera que naquela província a expressão "tirar uma satisfação" equivalia quase sempre a um desafio para duelo.

— Pois esse homem depois vivia rondando o hotel onde nós estávamos parando. Fiquei sabendo que o tal capitão se chamava Paiva... Não sei o quê Paiva. Descobri que morava na rua da Olaria... Eu estava disposto a ir falar com ele pra acabar duma vez com aquela história. Foi quando a peste começou forte. Por fim eu já não sabia o que fazer. Um dia comecei até a pensar que a Luzia não queria vir embora por causa desse capitão. Senti o ciúme assim como uma facada no peito.

— Mas vosmecê acha que ela estava interessada no capitão?

— Como é que a gente vai saber o que uma mulher como a Luzia está sentindo? No teatro vi que ela também olhava pra ele, que estava gostando de ser olhada. Um dia peguei ela perto da janela do quarto, olhando pra rua, e vi o capitão parado numa esquina. Desci como uma bala. Quando cheguei lá embaixo ele tinha desaparecido. Aí se passou um coisa engraçada. Depois disso quem não queria vir embora era eu. Precisava primeiro agarrar o tal capitão...

Bolívar calou-se. Winter esperava, com o toco de charuto apagado no canto da boca.

— Eu não devia lhe contar essas coisas, doutor.

— Por que não?

— Porque há coisas que um homem não conta nem pro pai, nem pra mãe, nem pro melhor amigo.

Ergueu-se de repente, caminhou até um ângulo do quarto, ficou junto da velha roca e sua mão distraída começou a fazer a roda girar. Era um canto sombrio. Como que se sentindo protegido pela penumbra, Bolívar continuou:

— Mas eu preciso contar isso pra alguém. Preciso desabafar. Não é mesmo? Uma tarde a Luzia saiu e disse que ia na costureira. Mas quem é que se lembra de fazer vestido no meio da peste? Todo mundo andava louco de medo. Quem podia fugir, fugia. As casas de negócio estavam fechadas. Ninguém queria sair na rua de medo de ter um desmaio, cair e ser levado como morto pro cemitério. Pois Luzia nessa tarde saiu. Menti que estava me sentindo mal e disse que ia ficar no hotel. Mas na verdade fui seguindo a minha mulher, seguindo. Ela entrou na rua da Olaria. Vai se encontrar com o capitão — pensei. Vi que tinha de matar os dois. Vosmecê não imagina como meu coração batia. Mil vezes uma guerra, um entrevero, uma carga de lança... Mil vezes um combate bem brabo do que aquela situação. Porque eu vi que podia cortar o corpo do capitão em mil pedaços, mas que não ia ter coragem de fazer nada pra Luzia. E que ia continuar vivendo com ela depois de tudo...

Para deixar o outro mais à vontade, Winter não olhava para ele.

— Pra encurtar a história, doutor, a Luzia parou na frente duma casa cor-de-rosa da rua da Olaria. O senhor sabe, lá na Capital as casas têm número. Era o 165. Me lembro bem. O 165. A porta estava meio aberta. A Luzia entrou. Esperei um pouco, entrei também. O corredor estava escuro. Subi a escada devagarinho, com a cabeça latejando, ia meio catacego, meio transtornado. Primeiro não entendi o que estava acontecendo. Tinha muita gente por ali, conversando baixinho. A Luzia estava de branco. Vi aquele vulto claro na sala meio escura. Depois é que compreendi que era um velório. Espiei por cima do ombro dum homem e vi quando a Luzia chegou perto do caixão, tirou o lenço do rosto do defunto e ficou olhando. Custei um pouco a reconhecer o capitão Paiva. Estava muito desfigurado. Fiquei com as pernas moles, fiz meia-volta e até agora não sei como saí daquela sala. Naquele dia tomei uma bebedeira braba, dessas de cair. Quase me levaram na carroça, pensando que eu estava pesteado. — Bolívar fez uma pausa. Encostou-se na parede, como que subitamente cansado. — Dois dias depois foi a Luzia que me convidou pra vir embora. Disse que estava com saudade do Licurgo.

Winter ficou por um instante num silêncio reflexivo. Depois perguntou:

— E que foi que vosmecê disse a sua mulher, depois que ela voltou para a pensão naquela tarde?

— Nada.

— E ela não sabe que vosmecê a seguiu?

— Não sei. Acho que não.

— E até hoje não tocaram no assunto?

— Até hoje... Agora eu me arrependo de não ter falado. Porque desde ontem estou aqui sozinho pensando, matutando. Passei a noite de olho aceso, me lembrando daquilo. Luzia olhando pro morto... Se ela sabia onde o capitão morava era porque tinha estado lá antes, vosmecê não acha? Rua da Olaria, 165... vosmecê não acha?

— É possível até que ela nunca tenha falado com esse homem. Decerto ouviu dizer que o capitão tinha morrido e teve vontade de ir ver o corpo dele...

— Pode ser. Mas não sei. Quero deixar de pensar nisso e não posso.

— Sabe o que estou pensando? É que Luzia fez tudo isso de pura malvadeza. Ela sabia que vosmecê ia segui-la. Viu quando vosmecê entrou na casa.

Bolívar tornou a dar um tapa brusco na roda da roca.

— O doutor quer dizer que ela nunca teve nada com esse tal capitão Paiva?

— Exatamente.

Bolívar sacudiu a cabeça.

— Isso é bom demais pra ser verdade. Mas de qualquer jeito eu devia ter falado com ela naquele dia. Agora é tarde. Não tenho nem coragem. Mas essa coisa não me sai da cabeça.

Winter aproximou-se da janela e jogou fora pela fresta o toco de charuto.

— Mas essa não é a pior parte do assunto, Bolívar. Faça o possível para esquecer isso.

— Mas ela é louca, não é, doutor? — perguntou Bolívar de repente, e no tom de sua voz havia como que uma súplica: era como se implorasse uma resposta negativa.

— É uma pessoa doente e como tal tem de ser tratada.

— Mas eu gosto dela, não posso viver sem ela, nunca vou ter coragem de mandar a minha mulher pra um hospício.

Winter estava perplexo. Não sabia o que dizer. Era uma situação com que nunca se havia defrontado em toda a sua vida. Poderia a propósito dela fazer reflexões filosóficas, recorrendo a um palavrório bonito. Mas, para um homem como Bolívar, tinha de dar uma solução prática, concreta, clara.

— Temos que pensar... — disse, ao cabo de alguns segundos de reflexão. — Temos que pensar... — E achou-se tolo, ignorante e impotente. — Mas a primeira coisa que vosmecê tem a fazer é deixar este quarto e retomar sua vida. Não se esqueça que é o homem desta casa, o chefe. Com o tempo havemos de descobrir uma solução...

Aquilo era uma promessa vã, uma mentira. Sabia que acharia paliativos para aquele problema, mas nunca uma solução. Se a ciência curava casos como o de Luzia, essa ciência não estava a seu alcance; ele a ignorava.

— Com o tempo? — repetiu Bolívar, saindo de seu canto escuro. Por um momento ficou dentro da fita luminosa de sol, que lhe acentuou a palidez amarelada. — Mas vosmecê não compreende que está tudo de pernas pro ar? O menino fechado lá na água-furtada, a casa de quarentena...

— A quarentena há de passar.

— Mas é um abuso! O Bento Amaral fez isso porque não gosta de mim. Era inimigo de meu pai. Tem raiva do Sobrado.

— O doutor Viegas concordou com a medida.

— O doutor Viegas já está dominado pelo velho Amaral. Todo mundo aqui diz amém a esse patife.

— Tenha paciência, Bolívar. Não junte mais esse problema aos outros que são muito mais sérios.

— Mas é que preciso sair daqui, ir ao Angico ver como estão os meus negócios. Muita coisa pode acontecer em quarenta dias. E vosmecê já pensou no que é a gente ficar aqui fechado dentro de casa, depois de tudo que aconteceu? Já pensou?

Winter ergueu-se.

— Vou falar com o coronel Amaral e dizer que não há perigo de vosmecês terem pegado a doença. Todo mundo sabe que tem chegado gente do Rio Pardo todos os dias. Vou pedir que acabem com a quarentena.

— Não peço favor pr'aquele canalha.

— Não se preocupe. Farei o pedido em meu próprio nome.

— E se ele não atender?

— O remédio é esperar com paciência. A casa está cercada de guardas.

— São os bandidos do Bento Amaral, os capangas dele. Eu conheço. É o Dentinho de Ouro, que matou três homens na Soledade. É o Quinzote, que degolou um velho na Vacaria. Conheço bem essa corja. Estão armados e de guarda por aí. O Bento Amaral pensa que tenho medo dos apaniguados dele.

Winter pôs a mão no ombro de Bolívar.

— Olhe aqui, meu amigo. Desça, tome um banho, um bom chimarrão e alimente-se direito. Sua mãe está aflita por sua causa. Ela tem medo...

Calou-se abruptamente.

— Medo que eu faça alguma loucura?

— Medo de que vosmecê se enforque.

— Só se eu estivesse louco. Preparar uma corda, fazer o laço, escolher um ramo de árvore, botar o pescoço na corda e depois... Não. Leva muito tempo. Só se eu estivesse louco. — Encarou o doutor bem de frente. — Vosmecê acha que estou correndo o perigo de ficar louco?

— Absolutamente. Vosmecê é um homem normal. Só está um pouco apaixonado. Mas isso passa. Principalmente se fizer o que digo. Reaja, pense assim: sou moço, não estou em nenhuma dificuldade financeira, tenho um filho bonito e são...

— Tudo isso é fácil de dizer, doutor. Mas não sou nenhuma criança que o senhor pode engambelar pra fazer tomar óleo de rícino.

— Quer dizer então que vosmecê acha mais fácil entrar numa carga de cavalaria e atirar-se em cima dum quadrado de soldados de baionetas caladas?

— Acho, doutor. Vosmecê disse uma coisa agora que... Pois é. Uma guerra resolvia tudo. Se houvesse uma guerra eu ia. Era o mesmo que deixar a coisa correr. O destino que resolva. Meu pai tinha razão. Guerra é remédio pra tudo.

— Não diga tamanho absurdo!
— Eu digo o que sinto. Mil vezes uma boa guerra.

E dizendo isso dava tapas nervosos e repetidos na roda da roca, fazendo-a girar.

Alguns minutos depois Winter desceu. Bibiana esperava-o na sala de visitas.

— Então? — perguntou ela.
— Não tenha medo — respondeu o médico. — O Bolívar não vai se enforcar. No fundo ele ama a vida. Tenha paciência. Vamos dar tempo ao tempo, como se diz por aqui. O tempo é um remédio infalível.
— Tempo é remédio de pobre.

Winter apanhou o chapéu e já no vestíbulo disse:
— Ele prometeu descer e fazer o possível para encarar a situação com calma. Vou pedir ao coronel Amaral que acabe com a quarentena. Não há razão para isso.
— Vosmecê acha que ele acaba?
— Acho.
— Pois eu duvido.

O médico estendeu a mão para Bibiana, que a apertou de leve, rapidamente, à maneira das mulheres da Província, que pareciam temer que as mãos de homens estranhos lhes transmitissem alguma doença.

Vinham agora lá de cima os sons da cítara de Luzia. A teiniaguá tocava uma valsa. Meio desconcertado, Winter lançou um olhar rápido para Bibiana, abriu a porta e saiu.

19

Por aqueles dias Carl Winter escreveu a Von Koseritz:

> Espero que o meu caro barão tenha realizado os seus sonhos, que seu jornal seja um sucesso e a escola outro. Quanto a mim, sou um fracassado. O médico da municipalidade tem agora as preferências do nosso Junker local. O Sobrado continua de quarentena, já vai

para uma semana. Devo dar graças por me permitirem entrar e sair de lá à vontade. Bolívar anda irritado, considera-se vítima duma intriga política e já fala em duelo. Falei com Florêncio, perguntei-lhe que podíamos fazer para evitar um conflito. "Nada", me respondeu ele. E explicou que se um Terra é teimoso, um Terra com sangue de Cambará é uma mula, e uma mula coiceira. (Foi essa a expressão que ele usou.) Parece mesmo que da parte do velho Amaral o que há mesmo é birra, desejo de desmoralizar Bolívar. O Dr. Nepomuceno recusou-se a interceder em favor do rapaz. O Pe. Otero nem quer ouvir as minhas razões. E lá está aquela gente ilhada no Sobrado e, pior que isso, ilhada cada um em si mesmo. O meu caro amigo já reparou que, em última análise, uma pessoa não passa duma porção de paixões, cercada de incompreensão por todos os lados? Este pequeno arquipélago de Santa Fé não está propriamente no Mar Tenebroso, mas sob sua aparência de quietude e rotina tem também seus dramas. E eu, como médico, faço o curioso papel de lançadeira, indo e vindo a conduzir a frágil linha que costura esse tecido dramático. Creio que estou ficando literato, tão literato que não se admire o meu bom amigo se um dia eu lhe mandar sonetos ou pensamentos filosóficos para seu jornal. Pois dramas não faltam por aqui, meu caro. Eu os vejo, eu os cheiro, eu os ouço, eu os apalpo. Há dramas no casarão do velho Amaral. Dramas nas casas dos colonos da Nova Pomerânia. Drama até no quintal do vigário, meu vizinho e inimigo. Drama há também no peito encatarroado do Dr. Nepomuceno. Mas o maior drama de todos está no Sobrado. Como médico — ah, a nobre, a sublime profissão médica! — não devo quebrar o sigilo sagrado; mas como velho tagarela que aprecia o espetáculo da vida, fico ardendo por contá-los ao mundo. Um dia ainda nos havemos de encontrar para uma longa palestra. Falaremos de tuas realizações, Carl, de teus projetos. Falaremos um pouco também sobre o passado. Diremos mal de Napoleão III, da Inglaterra e principalmente dessa augusta vaca, a Rainha Vitória.

Winter interrompeu a carta. Olhou o relógio. Eram quatro e meia da tarde e ele tinha prometido ir ao Sobrado para ver Licurgo, que estava um pouco febril. Vestiu-se, pensando nas muitas outras coisas que diria ao barão no restante da carta. Ia perguntar-lhe como conseguia ele escrever tão bem em português, se não sentia saudade da Pátria; se sabia o preço duma passagem de vapor do Rio de Janeiro a Bremen...

Botou o chapéu na cabeça, acendeu um charutinho e saiu.

O céu estava limpo, o ar parado, o sol morno. Ao passar pela casa de Florêncio, Winter aproximou-se da janela e gritou:

— Dona Ondina!

A mulher apareceu, vindo do fundo da casa, com o filho no colo.

— Boa tarde, doutor.

— Como vai o menino?

— Vai bem. Tem andado com uns sapinhos na língua, mas já está melhorando.

— Onde está o Florêncio?

— Anda pra fora, fazendo uma tropa.

— Está bom. Precisando de alguma coisa é só mandar me chamar.

— Muito obrigada, doutor.

Winter lançou um olhar de soslaio para o ventre de Ondina. A rapariga estava outra vez grávida. Sorriu ao pensar na história que Bibiana lhe contara um dia sobre uma famosa tesoura de podar da velha Ana Terra.

Atravessou a praça em passo lento. Não tinha pressa de chegar. Ultimamente achava opressiva a atmosfera do Sobrado — opressiva e árida.

Luzia andava paradoxalmente humilde, terna e submissa. Passava como sempre muito tempo fechada no quarto, tocando cítara ou lendo, e quando descia falava pouco. Bibiana desvelava-se em cuidados para com o neto e tomava conta da casa. Vinham mantimentos da estância ou da venda do Schultz; os sacos e pacotes entravam pelo portão dos fundos, sob o olhar fiscalizador dos capangas de Bento Amaral. Bolívar andava cada vez mais impaciente, fumava cigarro sobre cigarro, e ultimamente (contara-lhe Bibiana, apreensiva) dera para passar os dias a beber cachaça. "É essa maldita quarentena", queixara-se ela.

Não. Ele não tinha nenhuma pressa em chegar. A praça estava bonita. Poucas eram as árvores que o inverno despira. Lá estava a grande figueira, muito copada, dum verde-garrafa sombreado de negro, e com seu tronco e galhos que pareciam membros humanos. Ela também era comparsa daquela comédia — refletiu Winter —, mais do que mera parte do cenário.

Começou a atravessar a rua.

— Boa tarde, doutor!

O médico voltou a cabeça na direção da voz. O Dentinho de Ouro estava sentado debaixo do cinamomo da praça que ficava fronteira ao Sobrado. Tinha o chapéu atirado para trás, deixando descoberta a testa curta e bronzeada. Seu dente de ouro luziu quando ele arreganhou os beiços para o alemão. Este se limitou a bater com o dedo na aba do chapéu, lançou um rápido olhar para o homem e continuou seu caminho.

Ouviu de novo a voz do capanga:

— Sete dias, doutor! Faltam ainda trinta e três!

Não respondeu nem se voltou. Mas Dentinho de Ouro tornou a gritar:

— Hoje termino o meu trabalho. De tarde vou pra estância do coronel. O Mané Borba vem me render.

E eu com isso? — pensou Winter, batendo na porta do casarão. Uma das negras escravas veio abri-la e ele entrou. O cheiro do Sobrado — madeira, porão, cozinha, defumação — envolveu-o. Agora para ele aquilo era "cheiro de drama", uma emanação dos problemas mesmos daquela casa e de seus moradores.

Bibiana levou-o imediatamente ao quarto de Licurgo. O médico aproximou-se do berço, pousou a mão na testa do menino e disse:

— Está fresquinha. Acho que a febre se foi.

Pôs o termômetro na axila da criança. Pouco depois tirou-o, leu-o e murmurou:

— Temperatura normal.

Naquele momento ouviram-se passos pesados no corredor. Era Bolívar. Ao ver o médico, através da porta, parou e disse:

— Foi bom vosmecê ter vindo.

Havia em sua voz um tom que Winter não gostou. Era algo de apertado, gutural e ameaçador.

— Está sentindo alguma coisa?

As mãos do rapaz tremiam e seus olhos tinham um brilho anormal.

— Não. Estou bem. Muito bem até. Bem demais.

— Ele anda nervoso por causa da quarentena, doutor... — explicou Bibiana.

Bolívar voltou, brusco, a cabeça para ela e disse:

— Não se meta, mamãe, não se meta.

Tornou a encarar o médico:

— Vosmecê é testemunha. Tive muita paciência até agora. Mas estou resolvido a não aguentar mais. É um desaforo. Eu...

— Não se exalte, não há... — começou Winter. Mas o outro cortou-lhe a palavra:

— Meus negócios andam de pernas pro ar. Na vila todo o mundo se ri de mim, encurralado aqui dentro, como um bicho, só porque o Bento Amaral deu uma ordem. Quem é ele pra se meter na minha vida? Quero botar a minha marca no outro lado da cara desse canalha!

— Espere um pouco. Posso falar de novo com o homem...

— Não espero nem mais um dia nem mais uma hora. Não quero ficar louco fechado aqui dentro. Vosmecê como pode andar livre por toda a parte não sabe o que estou sofrendo. — Calou-se, ofegante. Olhou o médico bem nos olhos e disse: — Desça comigo. Quero que seja testemunha.

— Mas testemunha de quê...? — principiou o outro.

— Venha!

Encaminhou-se para a escada e desceu apressado. Winter e Bibiana o seguiram.

— Que é que vai fazer, meu filho? — perguntou ela.

— Vosmecê já vai ver...

Aproximou-se da janela que dava para a praça, ergueu a vidraça de guilhotina e gritou para fora:

— Dentinho de Ouro! Vá dizer pro seu amo que eu vou sair!

Aquela voz positivamente não era de Bolívar — refletiu Winter. O ódio a desfigurava.

Winter aproximou-se da janela e olhou para fora por cima do ombro do rapaz. Viu o capanga erguer-se, sob o cinamomo, aproximar-se lento do meio da rua e perguntar:

— Que tem?

— Vá dizer pro seu patrão que eu, Bolívar Cambará, vou já já sair do Sobrado.

Lá de baixo o outro gritou:

— Temos ordens de não deixar ninguém sair, moço.

— Vá chamar o Bento Amaral. Diga pr'aquele corno duma figa que venha me atacar se ele é homem!

E ao dizer isso Bolívar espumava na comissura dos lábios e seu corpo inteiro trepidava. Winter estava simplesmente imobilizado pelo espanto.

O capanga teve um momento de hesitação, mas depois replicou sem rancor:

— É melhor vosmecê não experimentar. Nós estamos armados.

— Eu também estou!

Voltou-se, enfiou o chapéu na cabeça e disse:

— Chegou a guerra. Agora não tem mais jeito. Eu já disse que saía e saio mesmo.

— Rodrigo! — gritou Bibiana. Imediatamente corrigiu-se: — Bolívar!

Agarrou o braço do filho, mas este se desvencilhou dela com um repelão.

— Não deixe ele sair, doutor! Por amor de Deus, não deixe! Vão matar o meu filho.

Winter tentou deter Bolívar, mas o rapaz o empurrou com tanta violência que o médico perdeu o equilíbrio e caiu de costas.

Bolívar precipitou-se para o vestíbulo de pistola na mão. Desceu em duas largas passadas a escada que levava à porta, abriu esta com um safanão e saiu.

— Volte, moço! — gritou Dentinho de Ouro do meio da rua, começando a recuar devagarinho na direção do cinamomo. — Volte que eu não quero le lastimar.

— Que venha o Bento Amaral! — gritava o filho do cap. Rodrigo. — Que venha esse canalha ladrão cachorro covarde corno! Que venha se é homem! Que venha a capangada!

— Não atirem no menino! — suplicava Bibiana, aos gritos, debruçada na janela.

De pistola erguida Bolívar caminhava devagar mas implacavelmente, olhando sempre para Dentinho de Ouro.

— Pare, senão eu atiro! — gritou este último.

— Pois atira, capacho! Atira, pústula!

E continuava a avançar. Dentinho de Ouro recuou ainda uns três passos: estava agora com as costas tocando o tronco do cinamomo. Vultos apareciam às janelas das casas próximas. Mulheres que andavam por ali deitaram a correr em pânico, aos gritos. Homens escondiam-se atrás de árvores. Um velho que ia atravessando a praça naquele momento atirou-se no chão e ficou como que costurado à terra.

Bolívar estava agora no meio da rua a olhar fixamente para o capanga.

— Onde está o corno ladrão que não vem? Chama esse covarde! Que venha toda a corja dos Amarais!

— Volte senão eu atiro! — ameaçou ainda o outro.

Disse isso e levou, brusco, a mão à cintura. Bolívar fez fogo e Dentinho de Ouro tombou de joelhos, segurando o ombro esquerdo onde o sangue começou a escorrer.

— Que venha mais um! — gritou Bolívar, triunfante.

Mal tinha pronunciado essas palavras quando se ouviram novos disparos: dois outros capangas dos Amarais haviam aparecido e o alvejavam de alguma distância: um deles atirava protegido por um dos pilares do portão do Sobrado; o outro achava-se ajoelhado atrás dos degraus da capela. Bolívar não se moveu de onde estava e começou a fazer fogo também para a direita e para a esquerda, gritando:

— Que venham mais! Dois é pouco! Que venham!

Para afastar Bibiana da janela o dr. Winter teve de segurá-la pelos pulsos e arrastá-la até uma cadeira; obrigou-a a sentar-se e ficou a fazer-lhe pressão nos ombros para que ela ficasse imóvel. Por alguns segundos Bibiana relutou, tentou desvencilhar-se do amigo: mas de repente teve um relaxamento de músculos e ali se quedou de olhos vidrados e fixos, a boca entreaberta, os braços caídos, a respiração arquejante.

Por alguns segundos ficaram os dois a ouvir o tiroteio. Num dado momento os tiros cessaram e fez-se um silêncio pressago. Bibiana deixou cair a cabeça para trás. Trêmulo, engasgado, sentindo que o coração queria saltar-lhe pela garganta, Winter aproximou-se da janela e olhou.

Bolívar estava caído de borco no meio da rua, com a cara metida numa poça de sangue.

Só dois dias depois é que o dr. Winter terminou a carta para Von Koseritz. Depois de narrar-lhe a cena da morte de Bolívar, acrescentou:

Havia muita gente no enterro. O corpo do rapaz foi sepultado entre o de Ana Terra, sua bisavó, e o do Cap. Rodrigo, seu pai. Luzia parecia inconsolável, chorava como uma criança a quem tivessem roubado o brinquedo predileto. No cemitério, antes de descerem o caixão à cova, ela pediu para ver uma vez mais o marido. Abriram o esquife. Eu não quis olhar o rosto do morto, mas olhei o da viúva. Não saberei descrever-te a expressão daquele semblante. Não era de gozo mórbido, como eu esperava e temia, mas sim de dor, de profunda dor. Houve, porém, algo mais que me deixou com uma sensação de frio interior e de repugnância por mim mesmo. Naquele momento, meu caro, tive um vislumbre da besta que dorme dentro de cada um de nós, e o que senti me assustou, e até agora no momento em que te escrevo ainda me perturba. É que me surpreendi a desejar violenta e carnalmente Luzia Cambará, ali no cemitério, naquele momento mesmo em que ela contemplava pela última vez o rosto do marido defunto. E de mistura com esse desejo eu senti náusea, como se meu sexo se tivesse transferido para a boca do estômago. Fiz meia-volta e saí do cemitério apressadamente.

Carl Winter releu o que acabara de escrever e depois concluiu que uma confissão de tal natureza era grande demais para se fazer numa carta. Rasgou o papel em muitos pedaços, foi até a cozinha e atirou-os no fogo, concluindo: uma confissão dessas a gente não faz nem a si mesmo.

O sonho de Mingote Caré era ter um cavalo.
Um dia a tentação foi maior que o medo e ele roubou um tordilho numa estância da fronteira.
Mas não teve sorte: a peonada saiu-lhe nas pegadas e agarrou-o.
Está aqui o ladrão, coronel, que é que fazemos com ele?
O estancieiro estava furioso, vermelho que nem gringo.
Botem a minha marca no lombo desse bandido. Depois lhe apliquem trezentos e sessenta e cinco açoites, um pra cada dia do ano. Sou homem de bem e justiça: se não procedo com energia, esses abusos não acabam.
Deixaram Mingote nu, amarrado a um palanque.
E, quando lhe encostaram o ferro em brasa na paleta, o coronel gritou:
Isso é pra tu aprenderes a respeitar a propriedade alheia!

Mingote foi atirado na estrada, marcado como uma rês.
Saiu a andar estonteado, com o lombo ardendo e sangrando, e, como a dor o cegasse, invadiu sem saber outra propriedade alheia.
Tinha febre e em seu delírio era o Crioulo do Pastoreio, repontando campo em fora trinta cavalos de fogo.
Por fim caiu sem forças no chão duma estância portentosa que começava em Bagé e entrava Uruguai adentro: diziam que o dono dela podia ir de sua casa até Montevidéu sem sair de suas terras.

Esse foi o fim de Mingote, mas não o de sua raça.
Porque havia outros Carés espalhados pelo Continente.
O Lulu, por exemplo.
Vivia sozinho, era barqueiro, e andava por muitos daqueles rios
o Caí
o Jacuí
o Taquari
a cujas margens agora colonos alemães estavam erguendo casas, abrindo picadas, fazendo roças.
Um dia Lulu Caré viu quando os índios saíram do mato, atacaram um desses povoados e mataram muitos colonos.
Ficou de longe, dentro do barco, olhando de olho parado.
Não fez um gesto, não deu um passo, só disse:
Xô égua!

Não tinha nada com aquilo e afinal de contas, pra falar a verdade, a terra era mesmo dos bugres.

Havia também o José Caré, por alcunha Juca Feio.
Nunca dobrou a espinha diante de ninguém, sempre estava contra o governo.
Contam que tinha cavalo, boas botas e pistolas na cinta.
Usava chapéu de barbicacho e cabeleira tão comprida que dava até para fazer trança.
Era indiático, carrancudo, mal-encarado e de fala fina.
(Com cavalo de olho de porco, cachorro calado e homem de fala fina... de relancina.)
Tinha a cara tão riscada de cicatrizes que parecia um campo lavrado.
Perguntavam.
Me diga uma coisa, Juca, onde foi que te deram esse talho que te vai de orelha a orelha, cheio de voltas que nem o rio Camaquã?
No combate do Poncho Verde.
E esse nos beiços?
Na tomada de Caçapava.
E esse no meio da testa?
A baioneta dum correntino, na guerra contra Rosas.
E esse no pescoço?
Juca Feio fechava a carranca e rosnava:
Esse é um talho particular.
E não dizia mais nada.

De todos os Carés o que tinha família maior era o Chiru.
Dez filhos, sem contar os mortos.
Depois de muito andar com a mulher e as crias batendo estradas e cruzando invernadas, conseguiu licença para erguer um rancho nos campos do Angico, no município de Santa Fé.
Quando a casa ficou pronta, olhou para a mulher e suspirou:
Queira Deus que agora a gente fique sossegado no seu canto.

Por algum tempo Deus quis.
Viviam dos restos da cozinha da estância,
tinham licença de trazer para casa a fressura das reses carneadas.
E dona Bibiana Terra Cambará, senhora do Angico, deu-lhe de presente uma vaca leiteira.

Tudo corria tão bem que Chiru começou a desconfiar, porque a experiência lhe dizia que
laranja madura na beira da estrada ou está azeda ou tem marimbondo.

Um dia apareceram pelo rancho dos Carés um sargento e duas praças, montados em bons cavalos:
andavam recrutando gente,
pois tinha rebentado outra guerra, Chiru não ouviu direito contra quem, mas desconfiava que era outra vez contra os castelhanos.
Disse adeus à mulher e aos dez filhos
e seguiu a pé os homens do governo.

Aprendeu a dar tiro de espingarda
a marchar
a entender a língua dos superiores, das cornetas e dos tambores.
E quando se viu de uniforme ficou faceiro como potrilho novo.
Pela primeira vez na vida andava completamente vestido.

Eu só queria que minha gente me visse agora!

Chapéu de feltro com barbicacho:
na aba levantada, o tope nacional e o número do batalhão.
Correame negro e paramentos verdes
carabina com bandoleira
sabre-baioneta
patronas, bornal e cantil
cartucheiras na cintura
mochila às costas
coturnos nos pés.
E na manga da túnica um emblema cor de ouro com a coroa do Império e três palavras:
Voluntário da Pátria.

Chiru Caré gostou da guerra.
Nunca pensei que fosse tão linda!
Era mesmo que uma festa: fandango ou puxirão.
Muita gente bem fardada
muito cavalo e canhão

*muito barulho, tiro e grito
muito sangue pelo chão.
Generais de uniforme bonito
bandeiras, espadas, clarins
e cargas de lanceiros
lembrando as cavalhadas
dos cristãos contra os mouros.*

Foi também na guerra que Chiru pela primeira vez na vida ouviu uma banda de música.
Ficou meio louco, com vontade de chorar.
Mas ficou mais louco ainda quando espetou o primeiro paraguaio na ponta da baioneta.
Teve tamanha alegria que chegou a soltar um urro.
Estava acostumado a matar passarinho para comer,
mas nunca matara bicho maior que um veado dos pequenos.
Via agora que matar homem era bom, porque enchia mais o peito.
Daí por diante só pensou na hora do entrevero.
Derrubar paraguaio de longe a tiro não tinha graça,
o bonito era carga de baioneta.
Várias vezes foi repreendido pelos superiores
porque era muito afoito e não esperava a ordem de avançar.

Os batalhões ganhavam fama
e com a fama apelidos:
o 2º era o Dois de Ouro
o 12º o Treme-Terra
o 13º o Arranca-Toco
o 16º o Glorioso
e o 1º de artilharia, o Boi de Botas.

Uma coisa Chiru nunca entendeu:
Por que era que os argentinos e os orientais estavam agora do lado dos brasileiros?
Ficava também meio confuso quando conversava com os camaradas dos batalhões que vinham do Norte.
Eram homens de fala esquisita,
de pouca comida mas muita coragem,
bons na arma branca, ligeiros e ladinos.

Só não tinham era resistência para o frio.
Aquele inverno de 65 foi brabo.
Muito nortista baixou enfermaria encarangado.
Alguns morreram de doenças dos bofes.
Chiru deu o capote a um soldado do Pará e trocou com um anspeçada da Bahia os seus coturnos por um pedaço de fumo em rama.
Gaúchos galhofeiros recitavam versinhos:

>Mandai, Mãe de Deus, mais uns dias de minuano
>Pra acabar com tudo que é baiano.

No cerco de Uruguaiana Chiru viu o Imperador que passava em revista as suas tropas.
Ficou petrificado, de boca aberta.
Quando eu contar isto pra minha mulher e meus filhos, vão dizer que sou mentiroso.
Mas por esta luz que me alumeia, juro que vi Dom Pedro II, Pai de todos nós, passar na minha frente em cima dum cavalo branco com arreios de ouro e prata.

Doutra feita Chiru avistou o grande Osório
montado no seu ginete
com o pala-poncho batendo ao vento,
seu chapéu preto de copa redonda,
sua famosa lança de ébano com lavores de marfim.
Era natural do Continente,
tinha brigado nas guerras da Cisplatina e dos Farrapos.
Contavam que havia sido o primeiro soldado brasileiro a pisar terra paraguaia, à frente de seu piquete.

Era por coisas assim que Chiru gostava da guerra.

Mas foi uma campanha comprida e custosa.
Morria mais soldado de peste que de bala, metralha ou arma branca.
Não houve praga que não atacasse aqueles exércitos.
Veio a bexiga negra.
Chiru carregou muita padiola com camaradas agonizantes, de cara enegrecida, a pele se descolando e toda coberta de pus.
Veio o cólera,

*Vieram mil febres
e as cãibras de sangue.*
Era gente a tombar por todos os lados, retorcendo-se de dor, com a cara mais branca que papel.

*No inverno marchavam debaixo de chuva
ou com o minuano na cara,
e muita vez Chiru ajudou os companheiros a empurrar canhões e carretas que se atolavam na lama.*
*No verão marchavam na soalheira
e soldados caíam de insolação.*

*Foi uma campanha comprida e custosa.
Mas Chiru Caré andava contente,
porque em tempo de paz sua vida nunca fora melhor.
Agora ao menos comia carne, tinha amigos, uma carabina com baioneta,
e matar homem era bom,
enchia o peito.*

Um dia descobriu que seu companheiro de barraca era um tal de Florêncio Terra, natural de Santa Fé, sobrinho da velha Bibiana, dona do Angico e do Sobrado.
Mundo velho bem pequeno!

*Vassuncês não acreditam?
Por Deus Nosso Senhor: sobrinho da velha Bibiana!
Dormia perto de mim e nunca gritou comigo,
me tratava de igual pra igual.
Um dia caiu ferido, com um balaço na perna, e ia ficando pra trás...*
Se os paraguaios pegassem ele, adeus tia Chica! Vai então corri pro homem, botei o bicho nas minhas costas e voltei a meio galope pra dentro das nossas trincheiras.
O moço perdeu um pouco de sangue, mas quando entreguei ele pros padioleiros, inda teve força pra arreganhar os dentes e me dizer baixinho:
Obrigado, companheiro.
Quem havia de dizer! Sobrinho da velha Bibiana, dona do Angico e do Sobrado.

*Foi por tudo isso que Chiru Caré gostou daquela campanha.
Na paz vivia como um bicho.
Na guerra era um homem.*

O Sobrado v

26 de junho de 1895: Manhã

Quando o dia amanhece, Curgo sobe à água-furtada para falar com o homem que passou a noite de vigília. Encontra-o enrolado no poncho, sentado junto da janela, a espiar a praça e arredores através das vidraças meio embaciadas.

— Que tal, Ernesto?

— Nada de novo. Estou aqui desde as duas da madrugada. Lá pelas quatro mais ou menos vi gente saindo da cidade a cavalo pras bandas de Passo Fundo. Acho que os maragatos já começaram a se retirar.

Licurgo olha pra fora e murmura:

— Não sei, não sei... Pode ser uma cilada pra fazer a gente sair do Sobrado. É bom não arriscar...

— Pode ser... — repete o outro, abrindo a boca num largo bocejo.

— Desça, que eu fico aqui por enquanto. Quando o Damião acordar, diga pra ele que suba. Vá comer alguma coisa. Tem muita laranja e bastante água. Nossos companheiros passaram a noite caminhando pelo quintal, trouxeram quanta água quiseram. Chegaram até a tirar o Adauto de cima da tampa do poço e enterraram ele atrás do marmeleiro.

— É engraçado. Os federalistas estes dois últimos dias não deram nenhum tiro. Acho até que não ficou ninguém na torre esta noite.

— Não sei. Esse negócio não me cheira bem. A corja decerto está preparando alguma traição.

Ernesto põe-se de pé, espreguiçando-se num estralar de juntas; encaminha-se para a escada e dentro em breve seus passos começam a soar surdamente nos degraus. Curgo abre de par em par a janela da água-furtada, senta-se num mocho junto dela e debruça-se sobre o peitoril. A brisa úmida da manhã o envolve, dando-lhe a impressão de que mergulhou a cabeça na água fria dum açude. As faces e as orelhas lhe ardem, e ele aspira com força o ar que cheira a sereno e a campo. Pensa no Angico e em Ismália com uma saudade impaciente. Onde estará ela agora? Que lhe terá acontecido? Talvez tenha conseguido fugir... Mas fugir para onde? O mais provável é que haja sido presa e obrigada a ir para a cama com aqueles maragatos do inferno. Por alguns segundos Licurgo fica a ruminar o prazer carnal que tantas vezes a rapariga lhe deu; lembra-se dos olhos dela, da voz dela, das formas e do contato do corpo dela — tudo isso, porém, dum modo remoto, apagado, frio. Talvez a esta hora Ismália esteja morta, enterrada e podre. E Licurgo pensa na filha recém-nascida, dentro da caixeta de marmelada, e como que sente de novo o cheiro da terra úmida e limosa do porão, ao mesmo tempo que se imagina a enterrar Alice naquele chão negro; em seguida é um dia de sol e de paz, num outro tempo, e vozes cochicham nas ruas: "Aquele que ali vai é o coronel Licurgo Cambará. Uma fera! Na revolução de 93 os maragatos cercaram o Sobrado, mas ele não se entregou. Sacrificou a filha, a mulher, os amigos, mas não afrouxou. Uma fera!". Ele reconhece as vozes: gentes de Santa Fé. Que vão todos pro diabo!

Dirige o olhar pesado de sono para a praça, que uma luz pálida começa a iluminar. As árvores, os telhados e a terra estão úmidos de rocio e prateados de geada. Lá do outro lado continuam fechadas as janelas e as portas do edifício da Intendência. Nenhum galo canta. Não se enxerga viva alma nas redondezas do Sobrado. Santa Fé parece uma cidade de taperas.

Curgo olha para o alto do campanário. E se neste momento um maragato estiver fazendo pontaria na minha cabeça? Dessa distância é tiro certo... Mas que me importa? Deixa-se ficar onde está, com o queixo sobre os braços, os braços sobre o peitoril, as pálpebras pesadas, a cabeça oca, uma broca fria a verrumar-lhe o estômago. Por sua mente desfilam imagens de pessoas, trechos de conversas, cenas dum passado recente — e de súbito Licurgo torna a sentir, como em tantas outras vezes desde que começou o cerco de sua casa, a impressão de que foi vítima duma terrível, colossal injustiça. "Fazerem isso pra mim, logo pra mim...", murmura ele com os olhos postos na figueira grande, como se a ela estivesse dirigindo a queixa.

Desde que se proclamou a República foi ele sempre a autoridade máxima de Santa Fé. Com a queda da monarquia os Amarais perderam os cargos públicos e o prestígio. E desde 89 ele, Curgo, não fez outra coisa senão trabalhar pelo progresso e pela felicidade de sua terra. Foi eleito intendente municipal de Santa Fé pelo voto livre da população e por uma maioria inapelável. Não pediu nem comprou votos, não coagiu eleitores. Aos próprios peões, agregados e amigos íntimos disse: "Votem em quem quiserem, pois esta vai ser a primeira eleição livre na história do município". Depois de eleito, recusou-se a receber seus honorários. Muitas vezes chegou a tirar dinheiro do próprio bolso para custear obras públicas: construir pontes, reparar estradas e ruas. Tratava toda a gente com afabilidade, recebia a todos, ouvia a todos. Os colonos de Garibaldina e Nova Pomerânia obtinham dele tudo quanto pediam. A Intendência era a casa do povo. No entanto, muitos dos homens a quem prestou favores se voltaram contra ele, estão agora atirando contra esta casa a cuja mesa tantas vezes comeram, esta casa onde sempre foram recebidos por assim dizer como pessoas da família. Mas de todas as mágoas a que mais lhe dói é a que lhe causou Toríbio Rezende, seu melhor amigo e companheiro da propaganda republicana. Fascinado pela personalidade de Gaspar Silveira Martins, Toríbio abandonou os companheiros de ontem, fez-se parlamentarista, cerrou fileiras com os maragatos, afastou-se aos poucos do Sobrado e por fim chegou até a escrever verrinas contra Júlio de Castilhos, chamando-lhe ditador. Castilhos ditador! Era o cúmulo do absurdo chamar tirano a um homem que para evitar a guerra civil abandonou voluntariamente o cargo de presidente do Estado para o qual fora legalmente eleito. E, quando a revolução rebentou, Toríbio uniu-se às forças de Juca Tigre, convencido — o idiota! — de que os federalistas queriam salvar o Rio Grande da ditadura, não compreendendo — o infeliz! — que por trás daquelas conversas de parlamentarismo e liberdade, o que os maragatos queriam mesmo era restaurar a monarquia, destruir a república pela qual o próprio Toríbio tanto se batera.

Mas agora — reflete Licurgo — aproxima-se a hora do ajuste de contas. Gumercindo Saraiva está morto. O alm. Saldanha da Gama anda burlequeando pelo Estado com seu batalhão de marinheiros sobrados da Revolta da Armada, e que nada podem fazer em terra firme senão fugir e evitar os combates. Muitos dos chefes federalistas já começam a emigrar para o Uruguai e a Argentina.

Talvez dentro de mais um dia ou — quem sabe? — de poucas horas as forças de Firmino de Paula estejam entrando em Santa Fé. E nunca — pensa Licurgo, olhando para o casarão dos Amarais, lá do outro lado da praça —, nunca Alvarino Amaral poderá dizer: "Perdi a revolução mas tomei Santa Fé e tive o gosto de entrar no Sobrado de chapéu na cabeça e fazer o Licurgo dobrar a espinha". Nunca. Quando no futuro se falar na revolução de 93, hão de dizer: "O Sobrado aguentou um cerco de mais de dez dias e não se rendeu". Toríbio e Rodrigo crescerão ouvindo essa história e aprendendo com ela a dar valor à casa onde nasceram — a amá-la, respeitá-la e defendê-la; e compreendendo acima de tudo que existem na vida dum homem de honra duas coisas sagradas que ele deve fazer respeitar à custa de todos os sacrifícios: a cara e a casa.

A luz do sol aos poucos vai ficando mais viva e dourada e os campos ao redor da cidade lentamente emergem da sombra gris e ganham tons esverdeados. A geada brilha como vidro moído.

Licurgo passa os dedos entanguidos pelos cabelos. A vontade de fumar dá-lhe uma ardência na língua. Torna a pensar em Ismália e em Alice, mas entre as duas surge em seu espírito a figura de Maria Valéria. Cadela! Aquela solteirona seca e antipática a meter-se onde não é chamada! Torna a ouvir-lhe a voz: "Então podemos fazer três enterros. O da criança, o do Tinoco e o da Alice". Não. Alice não pode morrer, não deve morrer. A morte da coitadinha de nada servirá aos maragatos nem aos republicanos. Será, isso sim, mais uma injustiça dolorosa. Mas acontece — reflete Curgo, engolindo a saliva grossa e amarga — que este mundo parece andar mesmo sem governo. Não há bom senso, não há justiça. Pessoas direitas sofrem; canalhas gozam. Inocentes pagam pelos pecadores. Nem sempre o justo e o bom triunfam. E nesta revolução cruel bandidos são glorificados. Diz o pe. Romano que a verdadeira justiça está no céu e não importa muito o que acontece neste mundo. Mesmo quem observar a revolução com cuidado achará difícil dizer de que lado está Deus. Duma coisa eu sei — pensa ele —, é que se Deus está do lado dos federalistas o melhor é Ele ir tratando desde já de emigrar para a Banda Oriental.

O sol agora bate em cheio no rosto de Licurgo Cambará, que de novo apoia os braços no peitoril, descansa sobre eles uma das faces e cerra os olhos.

Liroca está de novo no seu posto, no alto da torre. Deitado nas lajes, ele espia o Sobrado através da seteira. Faz alguns minutos que acordou, encarangado de frio, trêmulo de fome, doido de vontade de tomar uma coisa quente, mate ou cachaça. Ao despertar olhou para o Sobrado e viu um homem à janela da água-furtada; reconheceu Licurgo. Teve uma vontade danada de gritar: "Ó Curgo! Então como vai a coisa por aí?". Mas ficou calado, porque inimigo é inimigo. Qual! Se fossem inimigos de verdade sua obrigação era meter uma bala na cabeça do outro. Muito fácil: bastava dormir na pontaria e — pei! — era uma vez um tal de Licurgo Cambará. Muito bonito. O Rodrigo e o Toríbio ficavam órfãos, d. Alice enviuvava, Maria Valéria perdia o cunhado. E ele, José Lírio, ia carregar pelo resto da vida o peso daquele remorso. Matar um homem em combate era uma coisa; matar de tocaia, à traição, era um crime, um assassinato.

Liroca suspira. Está tudo agora caminhando para o fim. O cel. Alvarino já começou a retirar sua gente da cidade; e corre à boca pequena que ele está preparando tudo para emigrar para o outro lado do rio. O bom mesmo, conclui Liroca, é eu levantar uma bandeira branca, correr pros pica-paus e me entregar.

Passou a noite a ver o movimento dos republicanos no quintal do Sobrado: iam e vinham do poço para a casa carregando água. A princípio andavam de rastos, depois encurvados, por fim já caminhavam naturalmente. Chegaram até a tirar o calça-branca de cima do poço. E ele, Liroca, nem teve coragem de atirar. Teve, isso sim, foi vontade de gritar: "Andem ligeiro! Levem água pras crianças, pras mulheres! E deem lembrança pra Maria Valéria!".

Se ela aparecesse agora assim de repente a uma das janelas, ele não resistiria à tentação de lhe gritar alguma coisa que lhe desse a entender que, enquanto José Lírio estiver de vigia na torre da igreja, os republicanos podem ir e vir no quintal sem serem molestados. Mas qual! Maria Valéria não vai aparecer... Ninguém sabe aqui fora o que está acontecendo lá naquele casarão. Pode ser até que a moça esteja doente ou ferida... Ninguém está livre duma bala perdida. Guerra malvada! Guerra tirana!

Liroca acaricia a coronha da Comblain, como se ela fosse o ombro da mulher amada. Encosta depois uma das faces na pedra fria do parapeito e fica mirando com olho triste as janelas do Sobrado.

Maria Valéria acha-se ao pé da cama de Alice com a mão espalmada sobre a testa da irmã, que tem ainda os olhos cerrados. Graças a Deus a testa não está tão quente, a febre deve ter baixado. Se ao menos agora o sítio terminasse e o dr. Winter pudesse vir com remédios... Ou então se Curgo abafasse seu orgulho e pedisse uma trégua... Ela sabe que é costume fazer isso até mesmo nas guerras grandes entre nações.

Alice abre os olhos e fica por algum tempo a fitar a irmã com uma expressão estonteada. Depois seus lábios, que a febre crestou, se movem, procurando formar uma palavra.

— Fica quieta, Alice.

— Os meninos? — balbucia a doente.

— Espera...

Maria Valéria sai do quarto e volta após um breve instante trazendo os sobrinhos, que ficam parados em silêncio junto do leito da mãe. Primeiro os olhares de ambos fixam-se no rosto dela, mas depois descem-lhe pelo seio e demoram-se sobre o ventre. Por fim os dois meninos se entreolham significativamente.

— Beijem a mãe de vocês — ordena a tia.

Eles se inclinam sobre Alice e beijam-lhe chochamente a testa. Ela continua com os braços estendidos ao longo do corpo, sob as cobertas, e seus olhos se enchem de lágrimas.

— Agora saiam — diz Maria Valéria. — E não façam barulho.

— Podemos ir lá pra baixo? — pergunta Toríbio.

— Não. Fiquem no quarto. E não abram a janela.

— Por quê, madrinha?

— Porque não.

As duas crianças lançam mais um olhar para a mãe e saem do quarto na ponta dos pés.

O rosto de Alice está crispado numa expressão de pesar e as lágrimas lhe escorrem pelas faces afogueadas. Sem dizer palavra, Maria Valéria toma dum lenço e começa a enxugar o rosto da irmã com mais eficiência do que ternura. Podia tentar consolá-la com mentiras — reflete. Mas é inútil. Por mais que se esforce não conseguirá pronunciar a menor palavra de esperança. Porque a realidade é só uma, dura, fria e triste. O Sobrado continua cercado. A comida se acabou. A criança nasceu morta. E, se o sítio se prolongar, ninguém sabe quantas coisas horríveis podem ainda acontecer.

Maria Valéria cruza os braços, aperta-os contra o estômago, que lhe dói desde a noite anterior. Quantas horas faz que não come? Vinte e quatro? Trinta? Mas o pior de tudo é não poder dormir, descansar, esquecer...

"Não aguento mais. Acho que vou acabar louca, abrir a porta da rua e sair correndo e gritando..."

Tem de súbito a impressão de que uma terceira pessoa acaba de entrar. Volta a cabeça e vê a própria imagem refletida no espelho do lavatório: um fantasma de xale nos ombros.

Do quarto vizinho vêm agora as batidas da cadeira de balanço de d. Bibiana. A velha já começou a funcionar... — pensa Maria Valéria. E fica a escutar o bam-bam cadenciado e surdo, que lhe parece uma voz. É como se Bibiana Terra Cambará estivesse procurando dizer-lhe alguma coisa. E Maria Valéria, sem saber claramente como nem por quê, enche-se aos poucos dum ânimo novo, ao mesmo tempo que diz para si mesma: se ela, que tem noventa anos, pode aguentar tudo isto, eu também posso. E atira um olhar de desafio para a mulher cadavérica do fundo do espelho.

Quando Licurgo desce da água-furtada para a sala de jantar, encontra seus companheiros a comerem laranjas com uma voracidade ruidosa de porcos esfaimados. Não se pode furtar a um sentimento de mal-estar e impaciência. Esquece por um instante que estes homens são seus correligionários, seus amigos, que não somente estão participando com ele dos perigos e durezas desta guerra civil como também estão defendendo o Sobrado. E nesse rápido instante de irritado esquecimento sente-se ofendido por ver aquelas gentes — entre as quais se acham cinco peões do Angico — usarem as salas de sua casa descerimoniosamente, cuspindo e escarrando no chão, encostando nas paredes as cabeças sebosas, riscando o soalho com a roseta de suas esporas, empestando o ar com o cheiro azedo de seus corpos sujos. E Licurgo, que acaba de vir lá de cima, onde respirou ar puro, franze o nariz e tem ímpetos de mandar escancarar imediatamente todas as janelas.

A luz do sol bate em cheio no rosto do velho Fandango, que dorme sentado numa cadeira, a cabeça caída sobre o peito. Curgo olha-o por alguns segundos, num vago temor de que ele esteja morto. Tem a impressão de que seu peito não se move. Pousa-lhe a mão na testa: fria. Começa então a sacudir o velho pelos ombros. Fandango abre os olhos e põe-se de pé como um autômato:

— Que foi? Que foi? — pergunta ele, atarantado.

— Nada — responde Curgo —, nada. É que te vi meio parado e fiquei pensando...

O outro esfrega os olhos, boceja e estende os braços, espreguiçando-se.

— Pensou que o velho tivesse morrido?

— Pensei.

— Xô égua! Já te disse miles e miles de vezes que o Fandango pode morrer um dia, mas não sentado. Há de ser em cima do lombo dum cavalo ou então de pé, dançando.

E esfregando as nádegas com as palmas das mãos, ele sai no seu tranco de cavalo marchador na direção da cozinha, a gritar:

— Que é que tem pra se comer, Laurinda?

Neste mesmo instante Florêncio Terra sai da despensa, aproxima-se rengueando do genro e diz-lhe em voz baixa:

— O Tinoco morreu.

Curgo franze a testa.

— Quando?

O sogro encolhe os ombros.

— Não sei. Decerto esta noite.

Licurgo fica a olhar para Florêncio, perdido. Tinoco lhe havia saído por completo do pensamento. As outras preocupações eram tantas e tão fortes, que ele nem sequer se lembrava do pobre-diabo que agonizava na despensa. Seja como for, sente-se agora aliviado. Morto Tinoco, ele fica livre da responsabilidade de fazer alguma coisa por ele: cortar-lhe a perna ou meter-lhe uma bala na cabeça para abreviar-lhe o sofrimento.

Florêncio resmunga:

— Morreu como um cachorro sem dono, abandonado, sem um cristão que botasse uma vela na mão dele. Todo o mundo se esqueceu do coitado...

Curgo toma essas palavras como uma censura e fica logo espinhado.

— Que era que o senhor queria que eu fizesse? Que ficasse lá dia e noite lambendo o ferimento dele?

Florêncio não responde. Fica cofiando os bigodes com seus dedos magros e amarelos, os olhos baixos. E, como o genro nada mais lhe diz e continua a mirá-lo com olhos agressivos, ele torna a falar:

— É preciso enterrar ele o quanto antes. Já estava meio po...

— Chega! — vocifera Curgo. — Eu sei.

O velho faz meia-volta e encaminha-se para a escada.

Erguendo a voz, Licurgo anuncia:

— O Tinoco morreu.

Os homens nada dizem. Agachado a um canto, Antero começa a fungar ao passo que as lágrimas lhe vão brotando nos olhos. Um dos companheiros lança-lhe um olhar enviesado e estranha:

— Ué? Que é isso?

Cuspi na cara dele — pensa Antero. — Fui um prevalecido. A bem dizer cuspi na cara dum defunto.

— Precisamos enterrar o corpo duma vez — diz Curgo.

Jango Veiga, que está à porta da cozinha, pergunta:

— Onde?

— No quintal, perto da parede da casa. Acho que não há perigo. Não tem ninguém na torre.

— Por que não no porão? — sugere o outro.

— Não! — apressa-se a responder Curgo, quase ofendido. A simples sugestão de enterrar Tinoco no mesmo chão onde está sua filha lhe é tão repugnante que ele a repele como uma ofensa pessoal.

— Se estão com medo de sair pro quintal, deixem que eu mesmo faço o serviço sozinho.

Jango Veiga cerra os dentes e diz com voz apertada:

— Ninguém está com medo de coisa nenhuma, seu! Se quiser podemos ir enterrar o Tinoco até lá na frente da Intendência. Quer?

Por um instante os dois homens se miram com rancor. Curgo sente gana de esbofetear Jango Veiga, mas contém-se, e com voz alterada diz:

— Enterrem onde quiserem, menos no porão.

Jango Veiga volta-se para os companheiros e grita:

— Vamos buscar o Tinoco! Podemos enterrar ele debaixo da escada da cozinha.

Ao anoitecer rompe inesperadamente um tiroteio. Os homens correm para seus postos de Comblain em punho. Curgo, que estava deitado a dormir um sono leve, de superfície, desperta sobressaltado, salta da cama, apanha a espingarda e desce as escadas a correr.

— Não atirem sem primeiro ver o inimigo! — grita. — Não desperdicem munição.

Algumas vidraças das janelas que dão para o norte se partem. Uma bala entra por uma das bandeirolas e vai cravar-se no teto.

— Acho que estão atirando da casa do Naziazeno. Esse tiro veio de baixo — grita João Batista, olhando para o teto.

O tiroteio dura menos dum minuto. Cessa de repente. Curgo sobe para a água-furtada.

— Que foi que houve, Damião?

O caboclo está ajoelhado junto da janela semiaberta, com a espingarda apoiada no peitoril.

— Ainda não sei — diz ele, sem erguer a cabeça. Curgo ajoelha-se junto dele.

— Donde vieram os tiros?

— Lá do outro lado da praça. Ouvi um barulho de cascos. Acho que atiraram de cima de cavalos a galope.

— Deve ser algum grupo que está se retirando.
— Pode que sim, pode que não.
Curgo olha a praça deserta.
— Tem alguém na torre? — pergunta.
— Não vi ninguém.
— Fique de olho na estrada. Acho que não demora muito as tropas republicanas aparecem.

Licurgo ergue-se e desce para o primeiro andar, sentindo que o coração lhe bate acelerado, que a ação lhe fez bem, deu-lhe um calor bom ao corpo. Ah! É mil vezes mais fácil suportar o sítio lutando!

Sentado numa cadeira, de faca em punho, para se distrair Florêncio tira lascas duma vara de marmeleiro, e as esquírolas se vão acumulando a seus pés. Curgo olha para o sogro com má vontade, e seu sentimento de culpa, longe de torná-lo humilde e conciliador, predispõe-no à agressividade. Ele sabe exatamente o que Florêncio está pensando, conhece as queixas que ele recalca no peito. Seria melhor que o velho falasse claro e alto, pois assim ele teria também a oportunidade de desabafar, de dizer-lhe um bom par de verdades. Sim, ele respeita o sogro. É seu parente de sangue, primo-irmão de seu pai. Um homem de bem, não há dúvida alguma, mas não um homem de ação ou princípios políticos. No fundo ainda suspira pela monarquia, e foi só forçado pelas circunstâncias que tomou partido nesta revolução... Curgo tem o olhar fito em Florêncio, espera que ele erga a cabeça para provocá-lo a uma discussão. O velho, porém, continua entretido a tirar lascas da vara, como se disso dependesse a sorte do Sobrado.

Antero está acocorado a um canto da sala, o busto encurvado, a cabeça metida entre os joelhos. Os outros homens começam a reunir-se ao redor do fogão, pois com o cair da noite o frio aumentou. Sobre suas cabeças soa a cadenciada e mansa trovoada produzida pela cadeira de balanço de Bibiana.

Aos ouvidos de Curgo chega a voz alegre de Fandango, que conversa ao pé do fogo:
— Aquilo é que foi guerra braba.

A guerra

I

Naquele dezembro — o sexto dezembro da Guerra — já não havia em Santa Fé família que não chorasse um morto. Desde o início da campanha a vila fornecera ao Exército nacional seis corpos de voluntários. Os que não morriam ou desertavam, voltavam feridos ou mutilados, e em seus rostos os outros podiam ler todo o horror da guerra. As mulheres já não tiravam mais o luto do corpo: viviam a rezar, a fazer promessas e a acender velas em seus oratórios.

Durante aqueles cinco anos de campanha, Santa Fé não apenas estacionara: mostrava mesmo sinais de decadência. As obras da igreja nova, iniciadas em 1863, foram interrompidas por falta de dinheiro e de braços. Os homens válidos da vila estavam em terras do Paraguai — em cima dela lutando ou debaixo dela apodrecendo. Os campos do município achavam-se quase despovoados: o governo fizera pesadas requisições de cavalos e reses; e os peões em idade militar haviam-se apresentado como voluntários. As lojas viviam às moscas; fazia-se pouco negócio. O correio chegava com irregularidade, quando chegava. As residências conservavam suas janelas quase sempre fechadas, e as que ficavam desabitadas dentro em pouco se transformavam em ruínas. Durante todos aqueles anos poucas vezes se ouviu som de gaita ou canto em Santa Fé; nem houve ali fandango, quermesse, cavalhadas ou outra festa qualquer. Ninguém tinha vontade de se divertir nem ânimo para cantar, dançar ou brincar, sabendo que parentes e amigos estavam na guerra. E, por mais que se dissesse que Solano Lopes estava perdido, nenhuma esperança havia de paz próxima.

No entanto, numa manhã de princípios de 1869 o sino da igreja repicara, festivo, para anunciar que a paz fora finalmente assinada. Um estafeta, vindo de Rio Pardo com a mala postal, fora o portador da grande notícia. Houve risadas, choros de contentamento, gritos e vivas. Os santa-fezenses saíam para a rua e abraçavam-se; velhos inimigos, estonteados de alegria, reconciliavam-se. Janelas abriam-se e as mulheres preparavam-se para pagar as promessas feitas aos santos de sua devoção.

No dia seguinte a Câmara Municipal mandou rezar uma missa em ação de graças pela terminação da guerra. A igreja ficou regurgitante de gente; homens, mulheres e crianças amontoavam-se lá dentro, sentados nos bancos ou de pé nos corredores; havia até pessoas escarranchadas nas janelas. À frente do templo uma multidão enchia a rua e ia até quase o meio da praça. Gente que em toda sua vida nunca tinha ido à missa naquele dia se encontrava na igreja. Na hora do sermão o pe. Otero estava de tal forma comovido, que quase não pôde falar. "Meus irmãos...", balbuciou. "A guerra terminou. Deus, na sua infinita bondade e sabedoria..." Então ouviu-se um zum-zum de vozes abafadas à porta da igreja. O padre calou-se. O murmúrio continuou, cada vez mais forte. Alguém fez *cht!* "Deus na sua infinita bondade e sabedoria...", repetiu o vigário, olhando alarmado a entrada do templo onde cabeças se agitavam e o vozerio se fazia cada vez mais alto. O sacerdote tornou a calar-se. Do meio da multidão, lá fora, veio uma voz de homem: "Chegou um ofício pra Câmara. Foi tudo boato. A guerra ainda continua!". Essas últimas palavras foram berradas com raiva, numa espécie de repto ao Deus sábio e misericordioso de que o vigário acabava de falar. Houve uma pausa atônita, como se a respiração de toda aquela gente ficasse subitamente cortada. Mas em seguida romperam gritos e choros, e os fiéis precipitaram-se para fora, numa pressa aflita, quase em pânico, como se alguém tivesse gritado "Incêndio!". O padre desceu do púlpito e encaminhou-se para o meio da rua, onde os membros da Câmara Municipal estavam reunidos. Havia realmente chegado um ofício do governo da Província prevenindo contra as falsas notícias da terminação da guerra e pedindo mais cem voluntários, cem cavalos e duzentas reses.

Foi como se uma sombra caísse sobre a vila. As mulheres passaram a olhar com pena e temor para os filhos adolescentes. "Se a guerra dura mais uns anos, eles ficam homens e têm de marchar pro Paraguai." E de novo se puseram a rezar, e dia e noite ardiam velas no altar de Nossa Senhora da Conceição e em todos os oratórios de Santa Fé. E o primeiro inverno depois daquela falsa notícia pareceu-lhes mais frio, mais escuro, mais duro de suportar que todos os outros. Quando soprava o minuano ou chovia, elas pensavam nos seus homens que estavam longe, lutando. E, quando ao despertar pela manhã viam a geada nos telhados, lembravam-se num arrepio dos soldados que tinham passado a noite ao relento, e choravam.

Velhos quietos pitavam sentados à tardinha na frente de suas casas, pensando nas guerras em que haviam tomado parte, e nos tempos d'antanho quando tinham a força da mocidade e andavam a fazer tropas ou a camperear. Agora não prestavam mais para as lidas do campo nem para as da guerra, e ali estavam parados, inúteis, fracos como mulheres. Olhavam melancolicamente as outras pessoas, meio envergonhados, como a pedir desculpas por terem envelhecido. E ninguém ficava sabendo se tinham os olhos lacrimejantes de velhice ou de tristeza.

Foi naquele quente e abafado dezembro de 1869 que chegaram de volta a Santa Fé alguns voluntários que a guerra deixara inválidos. Entre eles estava Florêncio Terra, que recebera um balaço no joelho. Desceu da carroça apoiado em muletas. Estava tão barbudo, tão magro e sujo, que a própria mulher não o reconheceu no primeiro momento. Ficaram os dois frente a frente, parados, mudos, a olhar estupidamente um para o outro. De repente ela se atirou nos braços de seu homem e desatou o choro. Florêncio abraçou-a, um pouco desajeitado por vê-la fazer aquela cena no meio de tanta gente. Ao redor deles havia uma grande balbúrdia, mistura de risadas, de choro e também de silêncios: o silêncio pesado das mulheres e dos velhos cujos parentes tinham morrido, e que ali estavam para ver a felicidade dos outros.

Ondina soluçava, com a cabeça encostada ao peito do marido.

— Não chore — disse ele, acariciando de leve os cabelos da mulher. — Não é nada. Voltei vivo.

Ela queria dizer alguma coisa mas não podia.

— Como vão as crianças? Por que é que não vieram?

Finalmente Ondina conseguiu falar. Contou que os filhos o esperavam em casa, e que estavam todos bem.

Fazia quatro anos que não via Florêncio. Um dia, no inverno de 66, correra por Santa Fé a notícia de que ele tinha morrido. Ela, porém, tivera o pressentimento de que aquilo não era verdade, e nunca deixara de esperar a volta do marido.

Caminharam para casa, parando aqui e ali quando conhecidos vinham cumprimentar Florêncio. Queriam saber onde e como tinha sido ferido; se a coisa era grave; como ia a guerra; quando vinha a paz; se era verdade que Solano Lopes estava morto... Florêncio respondia na sua maneira lacônica, constrangido por estar sendo alvo de tantas atenções. Caminhava apoiado nas muletas, com a perna esquerda dobrada e rígida, o pé no ar. O ferimento lhe ardia: o corpo todo lhe doía e ele tinha uma desagradável sensação de febre. A viagem até ali fora tão dura como a própria guerra. Eram quinze homens imundos e doentes amontoados numa carroça. Um morrera no caminho, outro estava agonizando. Tinham tomado chuva e passado fome na estrada.

Ondina não dizia palavra. Chorava mansamente, sem ruído e já nem mais se dava o trabalho de enxugar as lágrimas. Florêncio, que tanta saudade sentira de sua terra naqueles anos de ausência, agora nem sequer olhava para as casas. Era como se temesse encará-las, como se elas fossem pessoas e lhe pudessem fazer alguma pergunta embaraçosa. Quando chegou à praça, fez alto e olhou primeiro para a figueira e depois para o Sobrado. Lá estava o casarão com sua fachada caiada a reverberar a luz da tarde. Florêncio sentiu um aperto no coração. Lembrou-se de Bolívar, de Bibiana, de Luzia e todo o passado pareceu cair sobre ele como cinza fria. Uma pergunta se lhe formou no espírito: chegou a descerrar os lábios para a formular, mas conteve-se em tempo. Era melhor não remexer naquelas coisas... Continuou a andar.

Os filhos o esperavam à frente da casa. Juvenal, Maria Valéria e Alice... Florêncio parou a alguns passos deles sem saber que fazer nem dizer. Estava contrafeito, como se defrontasse estranhos. Olhava as três caras morenas e tristes que o miravam com expressão bisonha. Teve ímpetos de apertá-los todos num longo abraço, de beijar-lhes os rostos muitas, muitas vezes. Mal, porém, nasceu esse desejo, uma vergonha antecipada desse gesto o congelou. Continuou parado, olhando... Mas precisava dizer alguma coisa. Ia perguntar: "Se portaram direito quando o papai não estava em casa?", quando Ondina falou:

— Peçam a bênção.

Primeiro veio Juvenal. Tinha quase quatorze anos e um ar oblíquo de bugre. Beijou a mão do pai e ergueu para ele os olhos muito pretos e lustrosos. Florêncio pousou a mão na cabeça do filho e disse:

— Deus te abençoe e guarde, Juvenal.

Depois veio Maria Valéria, que ele achou magra e alta demais para seus nove anos.

— A bênção.

Florêncio sentiu na mão os lábios úmidos e frescos da menina.

— Deus te crie pro bem, minha filha.

Quando chegou a vez de Alice, a criança rompeu a chorar, agarrou-se à saia da mãe, gritando:

— Esse homem não é meu pai! Não é meu pai! Não é meu pai!

Desconcertado, Florêncio lançou um olhar patético para Ondina e entrou em casa de cabeça baixa, arrastando as muletas no chão.

2

Na manhã seguinte foi com a mulher ao cemitério levar flores aos túmulos dos pais, que haviam morrido ambos de bexigas pretas pouco antes de ele partir para a guerra. Ficaram longo tempo em silêncio a olhar para as duas sepulturas rasas. O cemitério estava completamente abandonado. Ervas cresciam por entre os túmulos, os muros de pedra caíam aos pedaços e joões-de-barro tinham feito seus ninhos no telhado do jazigo da família Amaral.

Eram dez horas e o sol brilhava num céu limpo. Florêncio olhava para as duas cruzes e pensava nos pais. Mas era a imagem do velho Juvenal que ele guardava na memória com mais nitidez. Sua mãe já era tão apagada mesmo em vida, a coitada! Na cruz estava escrito: *Juvenal Terra, 1803-1864. Paz à Sua Alma*. Sim — refletia Florêncio — paz era o que o Velho sempre desejara. Era um homem direito que gostava de viver em paz com as outras criaturas e com sua consciência. Nunca tinha feito mal a ninguém, era trabalhador, cumpria suas obrigações, não era homem de violências, mas quando era necessário brigar, brigava mesmo. Deus tinha feito bem em levar o casal na mesma semana. Agora ali estavam os dois, lado a lado, descansando na terra onde tinham nascido, na terra que haviam cultivado e amado. E Florêncio pensou: um dia hei de vir descansar aqui. E a Ondina também. E mais tarde até as crianças. E os filhos dos meus filhos...

Uma grande pergunta de repente cresceu dentro dele. Para quê? Para que tudo isso? Para que tanta trabalheira, tanta doença, tanta desgraça, tantas andanças, tanta aflição? Para que, se um dia a gente vem parar mesmo numa cova de sete palmos onde fica servindo de comida aos bichos da terra?

Apoiado nas muletas, Florêncio olhava fixamente para a sepultura do pai e lembrava-se agora daqueles dias horríveis do ano de 64, quando a bexiga grassava em Santa Fé. O primeiro caso tinha aparecido num rancho no fim da rua da Independência, e depois se alastrara por toda a vila. Sua mãe fora das primeiras a serem atacadas: ficara com a garganta cheia de pústulas e só podia se alimentar de leite, às colherinhas. O rosto da coitada tinha ficado completamente preto e as solas de seus pés começaram a cair assim como casca de marmelo cozido. O dr. Viegas mandava conservar os doentes num quarto escuro completamente fechado. O velho Juvenal foi atacado em seguida e morreu sufocado em menos de vinte e quatro horas. Como tinha sido duro e cruel aquele fim de ano! E quando a cidade começava a convalescer da peste, chegou a notícia de que havia arrebentado a guerra. E algumas pessoas emendaram o luto pelos parentes mortos de peste com o luto pelos parentes mortos na guerra. A casa dele, Florêncio, havia sido milagrosamente poupada pela doença. E, no dia em que partiu para o Paraguai, ele disse à mulher:

— Deus não me matou de bexiga decerto pra me matar na guerra. Ninguém foge à sua sina.

Mas Deus também não consentira que ele morresse na guerra. E agora ali estava ele, decerto aleijado para todo o resto da vida. Procurava interessar-se de novo pelas pessoas e pelas coisas, mas não conseguia. Queria pensar em plantar, em criar gado, em recomeçar a vida de qualquer modo, mas não sentia a menor vontade de trabalhar, só queria ficar parado, calado, pensando, lembrando-se das coisas do passado, e concluindo sempre que nada, nada mais valia a pena. Nem mesmo quando olhava para a mulher e para os filhos que agora estavam lá em casa quase nus, comendo pouco e mal, nem quando pensava no futuro da família sentia ânimo para lutar. Tinha passado o diabo naquela guerra, onde não só se morria varado de bala, de baioneta ou lança, mas também de tifo e de câmara de sangue. Tinha visto coisas de arrepiar. E a ideia de que com suas próprias mãos matara outros homens — pessoas que ele nem conhecia e que antes não lhe tinham feito nenhum mal — deixava-o perturbado, com a sensação de ter cometido vários crimes. Trazia ainda nas ventas o cheiro da guerra: suor de homem e de cavalo misturado com cheiro de pus, de podridão e morte. Não se livrara ainda das muquiranas que trouxera das trincheiras e dos acampamentos. Muitas vezes, naquelas terras estrangeiras, quando conseguia repousar por algumas horas entre um combate e outro, ficava deitado de costas no chão, olhando para o céu, pensando em Santa Fé, na sua casa, na sua gente, nas campinas ao redor da vila, imaginando como seria bom voltar, dormir de novo numa cama limpa, comer um bom churrasco numa mesa decente, tomar um banho no lajeado do Bugre Morto, conversar com os parentes e os amigos. Que era que ele estava fazendo ali no meio daquela soldadesca, com a carabina ao lado, esperando e temendo que o clarim de repente rompesse num toque a rebate? Nessas horas lhe vinha um desejo enorme de desertar. Mas em seguida envergonhava-se só de pensar naquilo. Só um covarde seria capaz de fazer uma coisa daquelas, uma traição tão grande aos companheiros. Pensando melhor, acabava achando que era preciso mais coragem para desertar do que para continuar pelejando. Finalmente dormia, porque o cansaço era grande. E muitas vezes em sonhos se via a si mesmo voltando para Santa Fé, conversando com Bolívar debaixo da figueira ou então caminhando como uma alma penada pelos corredores infindáveis dum casarão.

Desde sua chegada Florêncio ainda não falara no Sobrado. Era um assunto que sempre evitava. Desde o dia da morte de Bolívar ele nunca mais pusera os pés naquela casa. Havia, porém, uma coisa que ele ardia por perguntar à mulher. Ondina ali estava a seu lado, calada, arrumando as flores sobre as duas sepulturas.

Deixando o olhar fugir por cima do muro de pedra na direção do horizonte, Florêncio perguntou:

— Vassuncê entrou alguma vez no Sobrado quando eu estava na guerra?

Ondina continuou muda a mexer nas flores.

— Não ouviu o que lhe perguntei?

— Ouvi — respondeu ela, levantando-se, limpando as mãos no vestido mas evitando encarar o marido.

— Esteve ou não?

— Estive.

— Mas não devia.

— Ora, Florêncio, tia Bibiana vivia me chamando.

— Mas não devia.

— Ela mandou me chamar tantas vezes que no fim eu já nem tinha mais desculpas pra dar.

— Não é por causa da tia Bibiana. É por causa da outra.

— A outra nem vi. Sempre que eu ia lá, estava fechada no quarto.

— Foi melhor assim.

Ondina apanhou do chão um toco de vela e começou a limpá-lo distraidamente na ponta da saia, ao mesmo tempo que perguntava:

— E vassuncê? Não vai visitar tia Bibiana?

— Ela sabe que não boto os pés naquela casa.

Ondina olhou para o marido e disse:

— Vassuncê está ficando cada vez mais parecido com o seu pai.

— Com quem mais eu havia de estar parecido? Quem me dera que eu fosse como ele. Meu pai era um homem de bem.

Por um rápido momento Florêncio teve a impressão de que Juvenal Terra o estava escutando, e isso o deixou um pouco desconcertado, pois ele sabia que, se havia coisa que o Velho detestasse, era que lhe fizessem elogios assim à queima-roupa.

Saiu a visitar outras sepulturas, e, ao ver a própria sombra no chão — um homem de muletas com a perna dura e o pé no ar —, começou a pensar em que talvez no futuro ele viesse a ser conhecido na vila como "Florêncio Pepé". Anteouvia cochichos: "Lá vai o Florêncio Pepé. Foi na Guerra do Paraguai, coitado! Uma bala no nervo". Lembrava-se dum tipo de sua infância, o Joca Madureira, que tinha uma perna mais curta que a outra. Muitas vezes ele e Bolívar, trepados na figueira e escondidos entre seus ramos, viam o homem atravessar a praça rengueando e gritavam: "Joca Pepé!". Joca voltava-se para todos os lados, não enxergava ninguém mas gritava, cuspindo-se de raiva: "Pepé é a mãe".

Florêncio parou diante da sepultura de Bolívar Cambará. Era toda de alvenaria e tinha em vez de cruz uma estátua de mármore, uma mulher de asas — um anjo — tocando lira. Florêncio sempre achara aquilo uma ostentação de que Boli não havia de gostar. Além disso, aquela estátua parecia Luzia... Era por isso que agora Florêncio fazia o possível para não olhar para o anjo: lia apenas a inscrição na lápide de granito. Mas a inscrição também lhe dava um certo mal-estar, porque era um epitáfio em verso, feito por *ela*. Com todas aquelas coisas em cima, o pobre do Bolívar estava mais morto do que se repousasse numa sepultura rasa.

Florêncio começou a lembrar-se de outros tempos. Viu crianças brincando debaixo da figueira grande, seus pés de menino esmagavam figos verdes no chão, a fumaça cheirosa duma fogueira de ramos secos subia para o céu. Viu também o lajeado, ouviu o rumor da água, sentiu cheiro de sabão preto e de mato. Bolívar nadava em largas braçadas, fazendo muito barulho. "Vamos jogar uma carreira!", gritou. "Bamo!" E perto dele, num contraste, surgiu o corpo negro e lustroso do Severino...

Florêncio teve a sensação de que todos os amigos que possuía no mundo estavam mortos. Pior que isso: tinham-se matado uns aos outros. Meu lugar também é aqui no cemitério — pensou. Eu também estou morto. Teve vontade de dizer à companheira: "Vá pra casa, Ondina. Eu fico, porque o meu lugar é aqui". Mal, porém, pensou essas palavras, a imagem do pai se lhe desenhou no espírito e ele lhe ouviu a voz descansada e grave: *Quando a seca é grande não há nada como tocar fogo no pasto ruim pra que venha o bom.* Era assim que Juvenal Terra costumava falar quando lhe acontecia alguma desgraça. Ele não desanimava nunca, estava sempre pronto a recomeçar.

Florêncio suspirou, olhou para a mulher e convidou:
— Vamos pra casa?

3

No dia seguinte, por volta das três da tarde, Florêncio foi visitar o dr. Carl Winter, que agora morava numa meia-água na rua dos Farrapos, na quadra que dava para a praça da Matriz. Fazia muito calor e o médico, que havia pouco despertara da sesta, recebeu-o completamente nu, e só depois de cumprimentar o visitante é que se lembrou de amarrar na cintura uma toalha de algodão. Florêncio estranhou que o alemão não lhe fizesse as perguntas habituais sobre a guerra. Notou também que o dr. Winter envelhecia e que já havia fios brancos em suas barbas e cabelos ruivos.

— Sente-se, sente-se — disse o médico, mostrando uma cadeira. — Toma um mate?

— Aceito.

— Heinrich Heine!

Do fundo da casa surgiu um negrinho de canela fina, cabeçorra oval e grandes olhos de jabuticaba.

— Senhor!

— Vá fazer um mate. *Schnell!*

— *Jawohl.*

O moleque fez meia-volta e tornou a desaparecer.

Florêncio estava admirado.

— Ele fala mesmo alemão? — perguntou.

— Não. Só sabe dizer *sim senhor*.

— E como é mesmo o nome dele?

— Foi batizado como Sebastião. Mas eu o chamo Heinrich Heine.

Florêncio olhou para o médico sem compreender. Tinha a vaga suspeita de que o homem não estava muito bom do juízo.

Winter acendeu um cigarro de palha, lançou um olhar enviesado para Florêncio e explicou:

— Heine é o nome dum grande poeta alemão. — Apontou para um volume encadernado em couro que estava em cima da mesa. — Foi o homem que escreveu aquele livro. Se eu tivesse um filho, poria nele o nome de Heinrich Heine em homenagem a um dos meus poetas favoritos. Como não tenho, dou esse nome a meu escravo.

Meio confuso, sem saber que dizer, Florêncio remexeu-se na cadeira e observou:

— Pelo que vejo, o doutor até agora não quis saber de casamento...

Winter começou a coçar a coxa peluda.

— Dá muito trabalho, Florêncio, dá muito trabalho.

— É. Há pessoas que são contra.

O dono da casa sentou-se, de pernas muito abertas, os braços cruzados sobre o tórax onde se via o relevo das costelas. Ficou fumando em silêncio e a perguntar a si mesmo se a visita de Florêncio era de caráter social ou profissional.

— Que fim levou a Gregória?

Winter fez um gesto vago.

— Entrou na fresca noite.

— Como?

— *Kaputt*. Morreu. — E para si mesmo recitou baixinho: — "*Der Tod, das ist die kühle Nacht*".

— Que foi que o senhor disse?

— Nada. Estava recitando um verso de Heine sobre a morte.

— Ah...

Florêncio achava um pouco difícil entrar no assunto que o levara à casa do médico. Sempre lhe fora desagradável pedir e muito mais desagradável ainda colocar-se numa situação de inferioridade perante outro homem. Não era orgulho: era... nem mesmo ele sabia quê.

Puxou um pigarro, agarrou as muletas que tinha posto horizontalmente sobre as coxas, e começou:

— Doutor, eu vim pra vosmecê dar uma olhada na minha perna.

— Que é que há com a sua perna? — perguntou Winter sem olhar para o outro.

— Como vosmecê sabe, fui ferido num combate, e fiquei com a perna encolhida e dura.

— E que é que quer que eu faça?

Florêncio ficou chocado com essas palavras, o sangue lhe subiu ao rosto, as orelhas lhe arderam; e por um instante, perturbado, não achou as palavras de que precisava. Por fim, tartamudeou:

— Bom. Queria que vosmecê me examinasse... pois é. Pra me dizer se há esperança...

Winter levantou-se e caminhou para o outro.

— Deixe ver.

Florêncio arregaçou as calças até acima do joelho, que estava envolto em ataduras. Winter acocorou-se ao lado dele e começou a desfazer as ataduras. Ficou longo tempo olhando o ferimento, apalpando a perna e fazendo perguntas ao paciente. Depois ergueu-se, foi até a gamela e começou a esfregar as mãos com sabão de pedra, sem dizer palavra. Florêncio esperava.

— Então, doutor?

Winter meteu os dedos pelas barbas e coçou o queixo.

— Não precisa mais usar esses panos. A ferida está cicatrizada.

Florêncio olhava o outro bem nos olhos.

— Será que vou ficar com a perna dura pro resto da vida, doutor?

Winter continuava a coçar o queixo sem dizer palavra, lançando olhares enviesados para a perna do outro.

— Talvez não fique bem como antes — disse, ao cabo de alguma reflexão. — Mas com um pouco de exercício sua perna vai ficar quase boa. É preciso fazer umas massagens. Vou ensinar a dona Ondina como se faz.

O moleque entrou com a cuia e a chaleira d'água quente, entregou-as ao amo e retirou-se sem fazer o menor ruído.

Winter encheu a cuia d'água e deu-a a Florêncio, que começou a chupar na bomba melancolicamente. Estaria o doutor dizendo aquelas coisas só para o animar? Ou poderia ele mesmo um dia caminhar sem muletas?

— Experimente andar sem muletas, só com um bastão. Faça força para endireitar a perna, mesmo que doa. E procure caminhar, caminhar bastante.

Winter começou a andar dum lado para outro, e, quando Florêncio lhe viu as nádegas muito brancas, recobertas dum pelo fulvo, ficou tomado dum certo constrangimento e temeu — ele mesmo não sabia ao certo por quê — que alguém entrasse naquele momento e os visse em tão grotesca situação.

Passou a cuia para o outro. Winter começou a tomar o seu mate. Estava agora dominado pelo hábito do chimarrão, que sempre achara *eine grosse Schweinerei*, uma grande porcaria.

Florêncio ardia por saber como iam as coisas no Sobrado, mas não queria principiar o assunto. Como se estivesse a ler-lhe os pensamentos, o outro perguntou:

— Já viu dona Bibiana?

— Não. Vosmecê sabe que não entro naquela casa.
— Sei. Mas vai continuar sempre assim?
— Não há nenhuma razão pr'eu mudar.
— Há muitas. Uma delas é que o menino precisa de sua amizade.
— Mas não acha que o que aconteceu é bastante pr'eu nunca mais botar os pés no Sobrado?

Winter deu um tapa no vácuo.
— *Ach!* Isso aconteceu há muito tempo.
— Foi ontem, doutor.
— Pois acho que vosmecê devia quebrar seu orgulho...
— Não é orgulho.
— Que é então? Teimosia?
— É vergonha.
— Vergonha de quê? Vosmecê não vai pedir nada. Vosmecê não tem do que se envergonhar.
— Aquela mulher... — principiou Florêncio, mas não pôde continuar.

O que ele na verdade sentia não podia dizer a ninguém. Winter terminou a frase duma maneira para o outro inesperada e chocante.
— Aquela mulher não tem vida pra muito tempo!
— Como assim?
— Um tumor maligno no estômago! — exclamou o médico, quase com raiva.

Às vezes perdia a paciência com aquela comédia provinciana que de quando em quando queria tomar o caráter de tragédia. Não era também muito tolerante para com suas rudes personagens, que não podiam compreender certas sutilezas da vida. E desforrava-se delas falando-lhes com uma franqueza que às vezes chegava a ser brutal.

Florêncio ficou silencioso por um instante. E depois:
— Ela sabe? — perguntou.
— Sabe.
— Vosmecê falou franco? Disse que ela tinha vida pra pouco tempo?
— Disse. Uma mulher como Luzia tem mais coragem que muito homem que conheço.
— E *isso* não tem cura?
— Não.
— Nem em Porto Alegre? Nem na Corte?
— Não.
— Tia Bibiana também sabe de tudo?

— Sabe.
— Que é que ela diz?
Winter encolheu os ombros angulosos.
— Nada. Que é que podia dizer?
Florêncio brincou um instante com as muletas, pigarreou, meio embaraçado, e depois perguntou:
— Como é que elas vivem naquela casa, doutor?
— Odiando-se.
— Mas como é que duas pessoas que se odeiam assim podem viver debaixo do mesmo teto?
— Estão jogando uma carreira.
— Como?
— Sim, uma carreira. Não em cancha reta, mas numa cancha cheia de curvas. A raia da chegada é a morte. Só que nessa carreira quem chegar primeiro perde...
— Perde?
— O Sobrado e o menino.
Florêncio olhou para o médico com olhos vazios.
— Vosmecê me desculpe, mas não compreendo.
— O que mantém aquelas duas mulheres juntas na mesma casa é a esperança que uma tem de que a outra morra primeiro.
— Não acredito, doutor, vosmecê me desculpe, mas não acredito.
— Por quê?
— Tia Bibiana não é capaz duma coisa dessas.
Winter soltou uma risada seca e falsa.
— Sua tia é capaz de muito mais coisa do que vosmecê imagina. Ela odeia a nora com a mesma força com que amava o filho.
— E a nora odeia ela! — retrucou Florêncio, como se estivesse num duelo de sabre e revidasse um golpe do adversário com outro golpe imediato e igualmente vigoroso.
— Exatamente!
— Mas eu não compreendo então por que ela continua no Sobrado.
— Muito simples. Se ela deixa o Sobrado, perde o neto. Pense bem, Florêncio. Se Luzia morrer, o problema se resolve. Dona Bibiana fica com o menino e com o Sobrado e pode assim governar os dois como bem entender.
Florêncio sacudia a cabeça com obstinação.
— Vosmecê está enganado. Tia Bibiana é uma mulher de bom coração.

— Dona Bibiana é uma mulher prática. Aguinaldo Silva tomou a terra do pai dela por meio duma hipoteca. Ela recuperou a terra por meio dum casamento.

De novo Florêncio sentiu um formigueiro no corpo, um ímpeto de erguer-se e começar a gritar desaforos. Mas conteve-se. Aquele homem branco, magro, estrangeiro e nu desconcertava-o um pouco. Se um compatriota seu lhe tivesse dito aquelas mesmas palavras, ele já estaria de faca desembainhada, pronto para brigar. Mas o diabo do doutor tinha um jeito de dizer as coisas... Limitou-se a retrucar:

— Vosmecê está só imaginando...
— A coisa é tão clara que só não vê quem não quer.
— Não acredito.
— Vosmecê *não quer* acreditar. Porque tem medo. E sabe por quê? — Aproximou-se tanto de Florêncio que este sentiu no rosto o hálito morno do médico e o seu cheiro de desinfetante. — É porque, se acreditar nas coisas que estou lhe dizendo, vosmecê acabará se desiludindo de todo o mundo. Há quase quatorze anos vosmecê perdeu Bolívar, o seu melhor amigo. Depois perdeu seu pai, o único homem que vosmecê respeitava e admirava de verdade. Só lhe resta agora dona Bibiana, que vosmecê sempre se habituou a ver como uma mulher decente, de bom coração, incapaz dum sentimento de maldade. Agora não quer matar a sua última ilusão e por isso se esforça para não acreditar.

Winter calou-se, fez meia-volta e foi até a janela dos fundos da casa. Por que dissera aquelas coisas brutais? Estava torturando o pobre homem. Florêncio era uma alma simples, acreditava que as pessoas podiam ser ou absolutamente más ou absolutamente boas. Tinha um código rudimentar e rígido de comportamento e dispunha duma única medida para avaliar as criaturas. Voltara da guerra inválido, estava desiludido, cansado e triste. Era uma malvadeza dizer aquelas verdades a uma pessoa em tal estado de espírito e de corpo. Mas já agora Winter não via mais jeito de parar. Andava amargurado, cansado daquela vida e impaciente até consigo mesmo. Toda vez que pensava em deixar Santa Fé e voltar para a Alemanha ou para qualquer outra parte da Europa, surpreendia-se a sentir uma preguiça invencível, uma abulia que acabava chumbando-o àquela terra cuja gente ele aborrecia e em certos momentos chegava a odiar — àquela terra absurda que apesar de tudo o prendia poderosamente, como pela ação dum sortilégio maléfico. Desabafava em suas cartas a von Koseritz. Seu *lieber Baron* agora era uma figura pública importante, escrevia belos artigos em português, fazia jornalismo, metia-se em política e interessava-se pelas colônias alemãs — das quais era uma espécie de maioral. Seu amigo Carlos von Koseritz: que ele não vira mais depois do primeiro encontro em 1851, era praticamente a única pessoa com quem ele podia desabafar. Acontecia, porém, que numa conversa epistolar o "interlocutor" não está presente, não pode fornecer a resposta ao pé da letra, a fim de animar a polêmica, de avivar a discussão. Ali em Santa Fé, Winter se ressentia da falta de bons interlocutores. Discutia com o padre, e para exasperá-lo exagerava seus pontos de vista ateus. O dr. Nepomuceno envelhecia e estava envolto numa tão espessa carapaça de estupidez, que suas farpas irônicas nem lhe chegavam a arranhar a pele. O dr. Viegas, o pobre dr. Viegas, que fora trazido a Santa Fé para combater o cólera-morbo e acabara estabelecendo-se na cidade, era duma burrice dolorosa: desperdiçar ironias com ele seria, para usar uma expressão da Província, "gastar pólvora em chimango". Winter sentia agora uma necessidade permanente de agredir, e sua arma de agressão mais contundente era a franqueza, a verdade. Dizer verdades desagradáveis tinha-se-lhe tornado ultimamente um hábito que lhe valia muitas inimizades e desconfianças. No entanto os clientes continuavam aparecendo: os colonos de Nova Pomerânia e de Garibaldina não queriam saber do dr. Viegas.

Florêncio permanecia num silêncio reflexivo. O que o dr. Winter acabara de dizer era a pura verdade. Ele admirava a tia, tinha-a como uma dessas mulheres raras. Era-lhe difícil acreditar que ela realmente tivesse feito o filho casar com Luzia só para se apoderar do Sobrado. Sentia que era seu dever replicar ao doutor com veemência, defender tia Bibiana. Mas não encontrava argumentos.

Foi Winter quem falou primeiro:

— Vosmecê está enganado se pensa que por ter procedido assim sua tia se revelou uma mulher má. Não! Ela é, sem a menor dúvida, uma mulher prática. Não só recuperou as terras de seu pai, que o nortista espoliou, como também garantiu o futuro do neto. Licurgo agora é o dono do Sobrado e do Angico.

Florêncio suspirou de leve.

— Mas o preço foi muito caro.

— Nem sempre se pode fazer pechinchas com a vida, meu amigo — retrucou o médico, tornando a encher a cuia d'água.

— Como vai o Licurgo? — perguntou Florêncio depois duma longa pausa.

— Não viu ainda o menino?
— Não. Ele e a tia Bibiana andam agora lá pelo Angico.
— Licurgo está quase um homem.
— Só no tamanho?
— Não. Em tudo. Um homem segundo o conceito que vosmecês nesta província fazem de homem.
— Sempre tive medo da criação desse menino. Por causa da mãe.
— Não se impressione. Quem toma conta dele é a avó.
— E a mãe?...
— Sei lá!
— E o Curgo gosta muito dela?
Winter fez um gesto evasivo.
— É difícil dizer.
Winter já notara que Bibiana e Florêncio nunca pronunciavam o nome de Luzia. Era como se a palavra fosse um ácido que lhes corroesse a língua.
— Será que o menino percebeu que a mãe é... é uma mulher doente?
— Quem sabe? Agora é que ele está chegando à idade de compreender melhor as coisas.
— É impossível que ele não tenha notado que a avó e a mãe não se falam, não se gostam.
— A verdade é que Licurgo está demasiadamente interessado na estância para se preocupar com outros assuntos. Luzia nunca vai ao Angico e o rapaz passa lá todo o verão e boa parte do outono em companhia da avó. Vem no inverno para estudar. É possível que nem tenha percebido nada. No fim de contas, a gente desta terra não é lá muito conversadora...
— Mas mais cedo ou mais tarde o Curgo vai compreender tudo, descobrir o que houve entre a mãe e o pai. Há muita gente malvada no mundo. Alguém pode contar...
— A própria avó pode encarregar-se disso.
Florêncio recebeu essas palavras como uma bofetada.
— Vosmecê não tem direito de dizer uma coisa dessas.
Winter avançou resoluto dois passos na direção do outro e, tirando a bomba de prata da boca, perguntou:
— E por quê?
— Porque tia Bibiana não é capaz de tamanha maldade.
— Um dia ela será obrigada a isso.
— Obrigada?

— É a carreira, Florêncio! Vosmecê sabe que há corredores que são capazes de tudo pra ganhar a carreira...

Florêncio sacudia a cabeça, relutando em aceitar o ponto de vista do alemão.

— Olhe, preste atenção no que lhe vou dizer. Dona Bibiana vive atormentada, roída de medo. Tem medo que esta guerra dure mais três ou quatro anos e o Licurgo acabe se apresentando como voluntário. Vosmecê reparou no que isso significa? Se Licurgo morre, acabam-se os Cambarás. Licurgo é para sua tia a continuação de Bolívar, assim como Bolívar era a continuação do capitão Rodrigo. Se Licurgo morre, tudo se acaba para ela.

Mudou de tom.

— Heinrich Heine! — berrou. E, quando o negrinho apareceu com ar assustado, o médico disse: — A água esfriou. Vá aquentar mais. *Schnell!*

Tornou a encarar Florêncio:

— O outro medo não é menor e faz sua tia perder muitas noites de sono. É o medo de que Luzia um dia resolva vender o Sobrado e o Angico e mudar-se com o filho para a Corte.

— E vosmecê acha que ela pode fazer isso?

— Agora não, porque está doente, não tem parentes, e o filho está ainda muito novo para tomar conta dela.

— E mais tarde, quando o Curgo ficar homem?

— Mais tarde, talvez. Mas tudo vai depender da espécie de homem que Licurgo sair. Acredito que, criado pela avó, ele não pensará nunca em se desfazer do Sobrado nem do Angico.

— Essa é a minha esperança.

Houve um silêncio. Winter olhou para a sua estante, que estava agora cheia de livros alemães e franceses que ele encomendara do Rio de Janeiro. Entre o mundo de que tratavam aquelas obras e o mundo de Florêncio, havia uma distância abismal, que não se media só em espaço, mas também e principalmente em tempo.

— Doutor... — principiou Florêncio, pigarreando. — Ouvi falar umas coisas...

— Que coisas?

— Um tal major que anda por aí...

— Sim... — Winter olhou com o rabo dos olhos para o interlocutor.

— Estiveram me contando que ele anda apaixonado pela... por... pela mãe do Curgo.

— Pode ser.

— Dizem que vai muitas vezes visitar ela no Sobrado e que ficam horas e horas conversando...

— É verdade.

— Quem é ele, doutor?

— Um tal major Erasmo Graça, do Rio de Janeiro. Por quê?

— Eu só queria saber. — Pausa. — Que é que anda fazendo por aqui?

— Veio tratar dumas requisições do governo. É um homem muito insinuante e simpático. Tem uma comenda da Ordem da Rosa e dizem que é valente como um leão.

Winter pronunciou essas últimas palavras num tom de paródia. Florêncio ficou por alguns segundos calado e depois:

— Vosmecê acha que ela gosta dele? — perguntou.

— Não sei. Mas se gostar não é de admirar. O major Graça é um homem e tanto.

— Mas não será que ele está interessado mais no dinheiro dela do que nela mesma?

— Não creio. Luzia é uma mulher capaz de inspirar paixões, não acha?

E, ao fazer esta pergunta, Winter olhou firme nos olhos do outro. Florêncio piscou, tomado dum mal-estar. Quem estava nu agora era ele, completamente nu... Desviou os olhos e prosseguiu:

— Se eles casarem.

— Esse é outro medo que rói as entranhas da velha — interrompeu-o o médico. — O medo de que Luzia venha a casar-se. Nestes últimos anos apareceram vários homens que foram ao Sobrado e ficaram apaixonados por ela. Dona Bibiana andou pisando em brasas todo o tempo.

— E o senhor acha que agora há perigo dela se apaixonar por este?

— Francamente: acho.

— Mas é uma barbaridade!

— Barbaridade? Por quê? Luzia tem apenas trinta e cinco anos e está viúva há quase quatorze. Não vejo nada de mau em que ela se case. Não será a primeira viúva a dar esse passo.

— Mas é uma injustiça! Por causa do menino...

Winter encolheu os ombros como a dizer: "Seja como for, o problema não é meu".

Florêncio ergueu-se e de novo apoiou-se nas muletas.

— Bom, doutor, vou andando.

Winter acompanhou-o até a porta.

— Faça bastante exercício e mande sua mulher fazer-lhe massagens na perna.

Junto da porta Florêncio ainda perguntou:

— Quando é que ele vai embora?

— Ele quem?

— O tal major.

— Dentro duns cinco ou seis dias.

— Ainda bem. Volta pra guerra?

— Volta. Não se apoquente. Pode ser que ele morra ou então que *ela* morra. Deus é grande.

E foi empurrando o outro para a rua com certa impaciência.

4

Aos quinze anos Licurgo Cambará era já um homem. Usava faca na cava do colete, fumava, fazia a barba e já tinha conhecido mulher. Estudava história e linguagem com o dr. Nepomuceno, aritmética e geografia com o vigário, e ciências com o dr. Winter. O resto — que para ele era o principal — aprendia com a própria vida, com a peonada do Angico e principalmente com o velho Fandango, o capataz. O português que o dr. Nepomuceno lhe ensinava era um idioma estranho que muito pouco tinha a ver com a língua que se falava no galpão e na cozinha da estância. Fandango achava que o conhecimento da aritmética não fazia nenhuma falta às pessoas. Tinha uma teoria própria sobre as quatro operações. "O homem trabalhador", dizia ele, piscando o olho, "soma; o preguiçoso diminui; o sábio multiplica e só o bobo divide." Nunca frequentara escola, e no entanto era capaz de, numa passada d'olhos, dizer quantas cabeças de gado havia numa tropa.

Geografia? Fandango tinha toda a geografia da Província na cabeça. Desde meninote vivia viajando, conduzindo carretas, fazendo tropas, e não havia cafundó do Rio Grande que ele não conhecesse tão bem como as palmas de suas próprias mãos. Sabia onde ficavam as aguadas, onde os rios davam vau, onde havia melhor pasto ou melhor pouso. Parecia não existir em todo o território do Continente rancho, estância, povoado, vila ou cidade onde ele não tivesse um conhecido. "Até as árvores e os bichos me conhecem por onde passo", gabava-se ele.

Certa vez no galpão, meio por caçoada e meio a sério, um peão lhe perguntou:

— Por onde é que a gente sai pra ir pra tal de Europa?

Fandango olhou primeiro para a direita, depois para a esquerda, fechou um olho, ergueu o braço na direção do norte e disse com ar de entendedor:

— Sai-se aqui direito por Passo Fundo.

História? Fandango sabia as melhores histórias do mundo: casos de assombração, lutas de família, guerras, duelos, lendas... Com dezesseis anos vira sua primeira guerra, e era por isso que costumava dizer: "Dês que me conheço por gente ando brigando com esses castelhanos".

Os livros de história falavam em generais, governadores, lugares, datas e coisas difíceis de entender. Curgo achava mais fácil acreditar nos "causos" de Fandango, que se referiam a gente e lugares conhecidos ali da Província. "César conquistou a Gália", lia o dr. Nepomuceno. Curgo escutava-o sem o menor interesse; ficava porém, de olho aceso e atenção alerta quando o velho Fandango se acocorava ao pé do fogo e começava uma história: "Pois diz-que uma vez o Xaxá Pereira resolveu ir visitar um compadre que ele tinha na Soledade...". As conquistas de Napoleão Bonaparte descritas pelos livros e comentadas pelo juiz de direito empalideciam ante as proezas de Bento Gonçalves narradas por Fandango.

Curgo gostava mais das aulas do dr. Winter que das do padre ou das do dr. Nepomuceno. O vigário tinha um cheiro azedo e uma voz desagradável. O outro — pobre do velho! — cochilava durante as lições e limitava-se a ler com sua voz arrastada o que estava escrito nos livros.

O dr. Winter era diferente. Nunca ficava parado dentro de casa com o aluno. Levava-o a passear pelo campo, explicava-lhe que a Terra era redonda como uma laranja e achatada nos polos. Apontava à noite para as estrelas e dizia-lhes os nomes e as distâncias a que se encontravam da Terra. E, quando dava lições de botânica, era mostrando plantas de verdade e não apenas as gravuras dos livros. Tinha uma magnífica lente de cabo de madrepérola com a qual fazia o aluno examinar flores e folhas, talos de relva ou gomos de laranjas e bergamotas. De que são feitas as nuvens? Por que é que quando a gente solta um livro que tem na mão o livro cai? Como é que a água se transforma em gelo? Por que é que existem o dia, a noite e as estações do ano? O dr. Winter explicava todas essas coisas a Licurgo, que as achava fantásticas, impossíveis — "invenções de estrangeiro pra fazer a gente de bobo". Sempre que ia para o Angico o rapaz pedia a opinião do capataz sobre os ensinamentos do alemão.

— Patacoadas! — exclamava Fandango. — Patacoadas! Estrangeiro é bicho besta. Esses negócios que aparecem nos livros são bobagens. Não hai nada como a experiência do indivíduo. Pra ver se vai chover esses doutores da mula ruça olham numa engenhoca parecida com um relógio. Gaúcho não precisa disso.

Ele sabia ver sinais de chuva no cheiro do vento ou no jeito das nuvens. Havia um certo lado do céu — o poente — que ele chamava de chovedor, pois quando as nuvens preteavam para aquelas bandas, era chuva na certa. Existiam ainda outras maneiras dum campeiro prever o tempo sem precisar olhar naquelas geringonças de gringo.

Havia um ditado que Fandango repetia com frequência no inverno: "Geada na lama, chuva na cama". Um dia Curgo perguntou:

— Por que "na cama", Fandango?

— Pra rimar, hombre.

Em suas muitas andanças guerreiras pela Banda Oriental, e principalmente depois duma famosa viagem que fizera a Concepción do Paraguai — aonde fora levar uma tropa de mulas —, Fandango incorporara a seu vocabulário vários termos castelhanos. Nunca dizia homem, mas sim *hombre*; em vez de chapéu usava *sombrero*, e empregava com frequência palavras como *despacito*, *calavera*, *muchacho*, *temprano*...

Às vezes, para mangar com Curgo, quando o menino lhe perguntava se ia chover ou não, o velho gaúcho olhava grave para o céu, consultava as nuvens e respondia: "Céu pedrento, chuva ou vento...". Fazia uma pausa breve, soltava sua risadinha seca e acrescentava: "ou qualquer outro tempo".

Quando andavam os dois pelo campo sob a soalheira e, sentindo sede, ficavam a buscar ansiosamente uma aguada, Fandango fazia o cavalo parar e começava a fungar com força, cheirando o vento. Ao cabo de algum tempo dizia:

— Tem água perto. E é pr'aquele lado!

Dirigiam-se para o lado indicado e encontravam água.

— Como é que tu sabes essas coisas? — admirava-se Curgo.

O outro respondia:

— Sou índio velho mui vivido.

Fandango estava chegando à casa dos sessenta, mas era um homem vigoroso e desempenado, e tinha mais resistência para o trabalho do que muitos dos peões mais moços do Angico.

Para Licurgo, Fandango era uma espécie de oráculo — o homem que tudo sabe e tudo pode. Um peão era um peão, uma pessoa que hoje podia estar aqui e amanhã na estrada ou no galpão de outro estancieiro. Mas com Fandango a coisa era completamente diferente. O velho se achava mais preso às terras do Angico do que aquelas árvores que tinham raízes profundas no chão. Desde que nascera, Curgo se habituara a ver o capataz ali na estância, como um elemento mesmo da paisagem. Era inconcebível o Angico sem Fandango ou Fandango sem o Angico.

Um dia numa aula o dr. Winter dissera a Curgo algo que o deixara intrigado. Com uma pequena bússola de bolso na mão, o médico falava do globo terráqueo e dos polos.

— Sua vida, Curgo — disse ele —, oscila entre dois polos magnéticos: Fandango e dona Bibiana.

O que o capataz do Angico e sua avó tinham a ver com a bússola foi coisa que Curgo não pôde nem procurou compreender. O doutor às vezes parecia que não era muito bom do juízo!

Era José Fandango um homem de estatura meã, pele tostada de sol, olhinhos pretos e pícaros metidos no fundo de órbitas ossudas, bigodes e barbicha grisalhos, e bochechas dum corado de goiaba madura. Tinha uma voz de cana rachada, que lembrava muito o palrar dum papagaio, e que ficava pastosa quando o velho comia carne gorda e falava de boca cheia.

Costumava ele resumir seus gostos e desgostos numa frase que já corria mundo: "Três coisas hai nesta vida que me fazem muito mal: mulher velha, noite escura e cachorrada no quintal".

Seu nome verdadeiro era José Menezes, mas quando mocinho era tão grande sua fama de trovador e bailarim, que os amigos acabaram por dar-lhe o apelido de Fandango. A alcunha pegou de tal modo que ele resolveu adotá-la como nome. Viúvo, sua família se resumia no filho, conhecido por Fandango Segundo, e num neto, o Fandanguinho, rapazola de treze anos e "amigaço" de Licurgo.

Era voz geral que "onde está o Fandango tem sempre fandango". Quando lhe perguntavam de onde vinha e quem eram seus pais, o capataz respondia em verso:

Eu não tenho pai nem mãe,
Nem nesta terra parentes.
Sou filho das águas claras,
Neto das águas correntes.

Mas os versos de que Fandango mais gostava de recitar continham, por assim dizer, uma declaração de princípios:

Índio velho sem governo,
Minha lei é o coração.
Quando me pisam no poncho,
Descasco logo o facão,
E se duvidam perguntem
À moçada do rincão.

Era verdade. Ninguém duvidava disso. Contavam-se proezas de Zé Fandango. Duma feita, quando moço, tinha acabado um baile a facão. Como a filha do dono da casa se recusasse a dançar com ele, Fandango sem se perturbar lhe gritara: "Não é a primeira égua que me nega estribo". Um irmão da moça estava perto e puxou a adaga. "Fechou o tempo", contava Fandango. "A primeira coisa que fiz foi dar um pontapé no candeeiro. Daí por diante brigamos no escuro." Dizia-se também que de 35 a 45 Fandango fizera coisas do arco-da-velha como oficial de lanceiros dos farrapos.

O prato que ele mais apreciava era arroz com guisado de charque — arroz de carreteiro —, e sua sobremesa predileta: canjica com leite. Para Licurgo era dia de festa na estância quando o velho resolvia ir para a cozinha preparar a comida.

Num dia de inverno, depois do almoço, Fandango ficara a tomar sol sentado no portal da casa do Angico. Curgo aproximou-se dele e perguntou:

— Lagarteando, não, Fandango?

E o gaúcho respondeu:

— O sol é o poncho do pobre, hombre.

Curgo gostava dos ditados do capataz. Para tudo tinha um provérbio. Uma vez uma china solteira da estância apareceu grávida e todos ficaram curiosos por saber quem era o pai da criança. Um dos peões perguntou:

— Fandango, quem foi que emprenhou a Dica?

O velho gaúcho fechou um olho, encarou o interlocutor e respondeu:

— Vaca de rodeio não tem touro certo, menino.

Tinha também ditados misteriosos, cujo sentido Curgo não conseguia penetrar:

— A pedra grande faz sombra, mas a sombra não pesa nada.

Um dia o rapaz perguntou:

— Que é que quer dizer isso?

— Quando vassuncê for mais velho vai compreender sem ninguém explicar. Agora é mui temprano.

Em sua vida andarenga Fandango conhecera muita gente em muitos lugares. Tinha uma memória prodigiosa, nunca esquecia nomes, datas, caras ou pormenores. Uma noite no galpão do Angico, quando os peões e um forasteiro conversavam e pitavam ao redor do fogo, alguém perguntou:

— Que fim levou o Mané Tarumã?

— Foi morto por um cunhado no Poncho Verde — respondeu o capataz.

— E o tio dele, o Antônio Tarumã?

Fandango pensou um pouco e depois informou:

— Foi degolado em 68 pela gente do Joca Brabo.

— E aquele tropeiro de olho torto... como era mesmo o nome dele?

— O Mingote Fagundes?

— Isso!

— Foi morto por um gaiteiro num baile. Deixe ver... Faz uns dois anos.

O estranho — um tropeiro paulista que escutara a conversa em silêncio — observou:

— Pelo que vejo por aqui ninguém morre de morte natural...

Fandango cuspiu no fogo e replicou:

— É meio difícil, moço. Mas alguns morrem...

Com Fandango, Curgo aprendeu sobre as plantas coisas que os livros não ensinavam e o dr. Winter parecia ignorar.

— O melhor pasto pro gado é a grama rasteira ou o capim-mimoso. Capim-limão não presta. Pé-de-galinha e milhã? Só pra gado manso. E Deus me livre dum campo de barba-de-bode!

— Está vendo aquele umbu ali? — perguntou um dia o gaúcho ao menino, quando este tinha apenas oito anos.

— Estou. É muito lindo.
— Pois o umbu é como certas pessoas: só estampa.
— Por quê, Fandango?
— Porque a madeira não vale um caracol.

Curgo sacudiu a cabeça. O capataz prosseguiu:

— Agora, tu quer ver madeira bem boa mesmo? Pega o cambará ou o angico...

Licurgo sorriu com certo orgulho. Seu nome era Cambará; Angico era o nome de sua estância. Todas essas coisas lhe davam uma sensação de firmeza, de resistência, de força.

— E depois, menino, não é só a madeira. Folha de cambará ou de angico é muito bom pra tosse.

E ensinava-lhe outros remédios. Urinas presas? Chá de erva-de-touro. Prisão de ventre? Batata baririçó. Fraqueza do peito? Agrião. Lombrigas? Mastruço. Contra mordida de jararaca? Trazer em qualquer parte do corpo um toco de cipó-mil-homens.

— Conheci um carreteiro — contou Fandango noutra ocasião — que estava com os dentes frouxos. Queria ir ao dentista mas eu disse pra ele: "Não faça isso! Não bote fora o seu dinheiro. Tome um chá de molho". O homem tomou e ficou bom.

Fandango ensinava também a Licurgo coisas a respeito dos bichos.

Para descobrir o sexo dum terneiro que ainda não nasceu, a gente examina a cauda da vaca que está para dar cria; se sua ponta for aguda, vem macho; se for arredondada, vem fêmea.

— Matar corvo — explicou Fandango — traz má sorte, porque esse bicho tem parte com o diabo. Arma que mata corvo fica estragada, não para de verter água. Devemos também respeitar o joão-de-barro, muchacho, porque foi ele que ensinou o homem a fazer casas de barro. Depois, esse bichinho todas as manhãs acorda o gaúcho com seu canto.

— E tu sabe duma coisa, Curgo? João-de-barro é um passarinho mui engraçado. Nunca trabalha nos domingos. E quando a companheira dele morre, tu sabe o que ele faz? Empareda ela dentro de casa. Pois é. Não presta matar joão-de-barro. Traz desgraça.

— E bem-te-vi?

— Onde tu enxergar um bem-te-vi, traca uma pedrada nele. O lo bicho simbergüenza! É um passarinho amaldiçoado por Deus, porque quando a Virgem Maria fugiu pro Egito com o Menino Jesus, os judeus saíram atrás dela. A Virgem se escondeu, os judeus iam passando sem enxergar nada, mas o diabo do passarinho começou a gritar: "Bem-te-vi! bem-te-vi!". E ainda por cima soltou uma risada.

— E coruja?

— Não presta matar coruja. Ela limpa o campo de cobra e de outros anicetos. Mas coruja também traz mau agouro. Quando canta de noite perto da casa da gente é pra anunciar a morte duma pessoa da família.

— E grilo?

— Não se deve matar. Traz prejuízo de dinheiro ao matador.

— E sapo?

— Também não presta. Traz chuva.

— Então o que é que presta?

— Matar correntino quando ele passa a fronteira pro lado de cá.

Fora também com Fandango que Curgo aprendera a nadar, laçar, curar bicheira e parar rodeio. Mas de todos os conhecimentos que o velho lhe transmitira os de que Licurgo mais se orgulhava eram os que se referiam aos cavalos. O rapaz os absorvera através de aulas práticas, durante viagens, rodeios e domas em que ele observava de perto as manhas e hábitos dos cavalos, as peculiaridades de cada raça e de cada pelo. Depois, nas conversas de galpão e nas horas de folga, Fandango lhe dava por assim dizer as aulas teóricas, em geral resumidas na forma de ditados que corriam de boca em boca por toda a Província, nascidos da experiência de gaúchos anônimos em dezenas de estâncias.

Se Licurgo perguntava ao capataz sobre as qualidades dos cavalos tostados, ele fechava um olho, mirava o menino por algum tempo e sentenciava:

— Tostado? Antes morto que cansado.

— E tordilho, Fandango?

— N'água é melhor que canoa.

— E baio?

— Se encontrares um viajante na estrada com os arreios nas costas, pergunta logo: "Onde ficou o baio?". — E, sempre que prevenia os outros contra as traições dos cavalos desse pelo, acrescentava: — Uma vez, lá pras bandas de São Sepé um baio me deixou a pé.

Ninguém nunca ficou sabendo se a coisa tinha acontecido mesmo "pras bandas de São Sepé" ou se Fandango escolhera esse povoado só por causa da rima.

Havia outros conselhos que Licurgo não esquecia: "Se tens pela frente viagem larga, não faças pular teu ca'alo. Sai no tranquito até o primeiro suor secar; depois ao trote até o segundo; dá-lhe um alce no terceiro e terás ca'alo pro dia inteiro".

Quando certo dia Licurgo teve de escolher um cavalo para seu uso, aproximou-se de Fandango e perguntou:

— Que pelo vou escolher?

Fandango estava picando fumo para fazer um cigarro. Tinha a palha enfiada atrás da orelha, a perna direita dobrada em repouso, o peso do corpo sobre a esquerda, o busto um pouco inclinado para a frente, o olhar vago posto nos largos horizontes do Angico. Ficou por um instante calado, como se não tivesse ouvido a pergunta. As partículas de fumo caíam-lhe no côncavo da mão. Com as abas do sombrero quebradas na frente, o sol a bater-lhe em cheio no rosto, Fandango ali estava na frente da casa da estância, imóvel como um tronco de árvore. E, quando Licurgo ia repetir a pergunta, o velho lhe deu a resposta. Falava descansadamente, escandindo bem as sílabas, dum jeito quadrado e meio seco. E o que ele disse foi um resumo de sua experiência pessoal:

— Não te fies em tobiano, bragado ou melado. Pra água, tordilho. Pra muito, tapado. Pra tudo, tostado.

Diante desse conselho, Licurgo ficou indeciso. O velho, porém, sorriu, acrescentando:

— Mas ca'alo é como gente. Uma pessoa tem seus dias bons e seus dias ruins, não tem? Pois com o ca'alo se dá o mesmo. Tudo é bom e tudo não presta.

Dentre os outros conselhos que Fandango lhe dava com relação aos cavalos havia um de que o rapaz gostava particularmente: "Doma tu mesmo o teu bagual. Não enfrenes em lua nova, que ele fica babão. Não arreies na minguante, que te sai lerdo".

Aqueles homens do campo costumavam fazer comparações entre o cavalo e a mulher. Fandango aconselhava aos peões que casassem com moças conhecidas, se possível com meninas que eles tivessem visto crescer. E aplicava o dito: "Cria perto de teu olhar a potranca pro teu andar".

— Com mulher sardenta e cavalo passarinheiro — prevenia também —, alerta, companheiro!

Pelas quadras populares e pelas modinhas que ouvia recitar ou cantar, Licurgo aprendera a classificar as mulheres de acordo com o "pelo". Concluía que as morenas eram mais constantes que as claras, e que as ruivas eram geniosas e as de cabelo preto, sinceras:

> *Vou escolher uma dona*
> *No rebanho das formosas,*
> *Escolherei trigueirinhas,*
> *As claras são enganosas.*

"Mulher, arma e cavalo de andar", lembravam elas, "nada de emprestar."

Mas, para aqueles violeiros e cantadores, a mulher era principalmente uma tirana:

> *Eu amei uma tirana,*
> *E ela não me quis bem, ai!*
>
> *Passei pela tua porta*
> *Dei de mão na fechadura;*
> *E não me quiseste abrir,*
> *Coração de pedra dura.*
>
> *Nunca vi mulher bonita*
> *Ter cabelos no nariz,*
> *Nunca vi mulher alguma*
> *Ter constância no que diz.*

Licurgo ouvia essas cantigas e rimas e ficava pensando. Era engraçado... As mulheres que ele conhecia estavam longe de merecer aquelas quadras. Eram quietas, trabalhadoras, sérias, mal ousavam erguer os olhos para os homens que não fossem seus maridos ou parentes muito chegados. Decerto as "tiranas" falsas de que falavam tais versos eram as mulheres de cidade grande. E, por mais que se esforçasse, sempre que ouvia quadras e modinhas sobre mulheres malvadas que tinham desgraçado a vida de homens, ele não podia deixar de pensar na mãe. E ficava perturbado.

Muitas vezes pensara: "Quando eu fizer vinte e dois anos, me caso". Havia na vila algumas meninas que ele achava bonitas, embora não chegasse a gostar de verdade de nenhuma delas. A avó vivia a dizer-lhe que um homem para ser bem completo tem de casar e ter filhos, muitos filhos. Os trovadores do galpão, porém, recomendavam:

> *Todo o homem quando embarca*
> *Deve rezar uma vez.*
> *Quando vai à guerra duas.*
> *Quando se casa, três.*

Fosse como fosse, ele teria ainda muitos anos para pensar em casamento. A lida da estância enchia-lhe as horas e os pensamentos. Mal anoitecia, Curgo ia para a cama cansado e dormia sono solto até o amanhecer do dia seguinte. Mas, em certas noites em que lhe vinha um desejo de mulher, ele acabava encilhando o seu cavalo para ir até o rancho da china Rosa. Voltava de lá de madrugada ao trote do animal, ouvindo os grilos, mirando as estrelas e saboreando seu cigarro de palha.

Aos quinze anos Licurgo Cambará era já um homem.

5

Muitas vezes, olhando os campos do Angico de cima do seu cavalo ou da porta da casa da estância, e pensando que eram suas aquelas terras que iam muito além do ponto até onde a vista alcançava, Licurgo sentia inflar-se-lhe o peito numa sensação de orgulhoso contentamento. Isso às vezes chegava a tirar-lhe o fôlego. Os *meus* campos, os *meus* peões, a *minha* cavalhada, o *meu* gado... O rapaz enchia a boca e o espírito com essas palavras e com o mundo de coisas que elas implicavam.

Gostava da vida campestre, e quando estava no Angico não tinha nunca um minuto sequer de aborrecimento. Despertava antes de raiar o dia, pulava da cama e ia para a mangueira, levando uma guampa com bocal de prata onde a avó mandara gravar seu nome. Os galos cantavam, como se quisessem acordar o sol com sua balbúrdia. Licurgo tinha um prazer especial em caminhar descalço sobre a grama ainda úmida de sereno. Empoleirava-se depois nos troncos da mangueira e gritava para a escrava que ordenhava as vacas:

— Buenos dias, Luciana!

— Bom dia, sô Curgo — resmungava a preta.

Seus dedos escuros apertavam as tetas da brasina ou da malhada: o leite esguichava no balde com um rufar de tambor. Como era bom ficar ali vendo o horizonte clarear aos poucos e aspirando os cheiros da mangueira — esterco úmido, leite morno, pelo de vaca.

Depois de beber duas ou três guampas de leite, quando o sol começava a apontar por trás da coxilha do Coqueiro Torto, Curgo ia para o galpão comer um churrasco malpassado nas brasas, seguido dum amargo bem quente. A essas horas já o gado mugia, os passarinhos cantavam nos cinamomos, à frente da casa, e os quero-queros andavam a gritar pelo campo.

Começava então a faina do dia e Curgo acompanhava Fandango e a peonada que saíam a percorrer as invernadas. Sabia laçar, parar rodeio, marcar, e seu maior sentimento era o de não saber domar potros, pois a avó não lhe dera ainda permissão para aprender. Temia que ele rodasse do bagual, quebrasse a cabeça e morresse "como aconteceu com o falecido seu bisavô". Como o rapaz vivesse insistindo, ela prometia com certa relutância:

— Quando vassuncê fizer dezoito anos eu dou licença.

Curgo voltava do campo com o sol já a pino; vinha com uma fome tão grande que se sentia capaz de devorar um boi. Segundo Fandango, era ele "um garfo de respeito". Comia com prazer e muitas vezes, de olho contente diante dum bom churrasco de costela ou duma sopa de mocotó, filosofava: "Uns comem pra viver, outros vivem pra comer, mas eu como porque gosto". A avó sorria e murmurava: "Puxou ao avô. Pra o Rodrigo, comer era mesmo que uma festa". Entre os pratos prediletos de Licurgo estavam o arroz de carreteiro, o matambre, a morcilha e o fervido. Uma vez por semana mandava fazer uma feijoada com bastante toicinho, linguiça e charque, e esfregava as mãos quando via a panela fumegando na mesa. Nessas ocasiões desprezava os outros pratos e comia feijoada até empanturrar-se. Por fim, "pra feijoada não sentar mal", bebia um copo de cachaça. Erguia-se da mesa "empachado", lerdo, sonolento, com a impressão de ter engolido um tijolo, e atirava-se na cama como um peso morto, para uma sesta longa de sono inquieto, do qual despertava com a boca amarga, a cabeça dolorida, irritado e infeliz. Quando, porém, chegava a hora do jantar, já estava pronto para limpar várias costelas de assado, e mais um prato ou dois de mondongo com farinha ou guisadinho com abóbora. Nunca deixava de tomar, após cada refeição, uma tigela de leite com marmelo cozido ou milho verde. Suas sobremesas favoritas eram pessegada e rapadura com queijo.

"O Curgo não é homem de festas", costumava observar Bibiana. E não era mesmo. Quando se via obrigado a ir a algum fandango, não se misturava com os outros, preferia ficar olhando os pares de longe. E olhava-os dum jeito esquisito assim como se estivesse reprovando o que via.

— Cai na dança, lorpa! — gritava-lhe Fandango, que não perdia marca.

— Me deixa — respondia o rapaz, esquivando-se.

Quando via os homens sapateando e rodopiando ao compasso da chimarrita, da tirana ou do tatu, ficava tomado dum certo mal-estar, como se dançar fosse coisa indigna de macho. Por outro lado, encarava também com desconfiança e má vontade as jovens dançadeiras, e prometia a si mesmo nunca se casar com mulher que ao dançar meneasse as cadeiras, requebrasse o corpo.

Nas raras vezes em que os outros conseguiam arrastá-lo a festas onde havia jogos de prendas entre moços e moças, ele ficava a um canto, arredio, observando tudo de carranca cerrada, com olhos tristonhos e graves.

Certa noite, numa dessas festas, Fandango deu-lhe um empurrão cordial, perguntando:

— Por que não vai brincar com as muchachas?

Ele sacudiu a cabeça, soturno, fazendo que não.

— Tu é mesmo um bagualão!

Repetindo um ditado que ouvira no galpão, Curgo procurou justificar-se:

— Com mulher só brinco na cama — resmungou.

Mas não era verdade: nem na cama brincava. Quando se deitava com as chinas — a Rosa, a Belinha, a Índia Nenê —, era sem alegria. Não as acariciava, nem pedia carícias. Tratava-as com rispidez, dando a entender que estava pagando e não pedindo favores. Fornicava com uma mistura de sofreguidão animal e a gravidade meio ressentida de quem está contrariado por "precisar dessas piguanchas". Quando se despedia delas não ajuntava nem o esboço dum sorriso aos patacões com que lhes "pagava o serviço".

No entanto a hora de parar rodeio, a de curar bicheiras, de carnear, eram para ele momentos de festa. Gostava de montar a cavalo e sair a galope pelo campo, só pelo puro prazer da corrida. Nessas horas ria, gritava, cantava, era feliz. Noutras ocasiões, quando contemplava os coxilhões verdes que cercavam a casa do Angico e pensava que tudo aquilo lhe pertencia, ficava tomado duma profunda e plácida alegria.

E seu grande sonho era ter um dia mais campo e mais gado que os Amarais.

Embora Bibiana lhe tivesse proibido meter-se em carreiras, quase todos os domingos ele levava seus parelheiros para correr em cancha reta com cavalos das estâncias lindeiras do Retiro e do Rincão Bonito. Não raro essas carreiras davam em briga, e duma feita Curgo se pusera a discutir acaloradamente com um homem que devia ter o dobro de sua idade. Num certo momento o interlocutor lançou-lhe um olhar de desdém e disse:

— Cala essa boca, guri.

Curgo ficou vermelho e retrucou, meio engasgado:

— Eu te mostro quem é guri.

Tirou a faca da bainha e precipitou-se para cima do outro. Mais tarde, a caminho do Angico, queixou-se:

— Se tu não tivesse apartado a briga, Fandango, eu furava o bucho daquele patife.

— Furava coisa nenhuma! — troçou o capataz. — Tu te borra todo quando vê sangue.

Aquilo, claro, era uma brincadeira do velho, pois Curgo estava acostumado a ver sangue. Na primeira vez que vira abaterem uma rês, tinha ficado pálido, tonto, e com engulhos. Mas depois se fora aos poucos habituando àquilo. Agora ele próprio sangrava bois e até já gostava de cheiro de sangue. Foi por isso que, quando um touro bravo furou com uma chifrada os intestinos dum peão do Angico, ele pôde ajudar Fandango a botar as tripas do homem para dentro da barriga sem sequer pestanejar. Era também por isso que, quando ia caçar bugios no capão da Onça e os via cair no chão ensanguentados, com os corpos furados de chumbo, não ficava nem um pouco impressionado. Fosse como fosse, tinha de ir-se habituando àquelas coisas, porque, se a guerra com o Paraguai durasse mais dois anos, ele tencionava apresentar-se como voluntário.

Licurgo gostava muito da casa da estância, embora ela não pudesse comparar-se com o Sobrado... Muito menor, de um andar só, não tinha soalho nem vidraças nas janelas. No entanto, sentia sempre um alvoroço quando, ao chegar da vila, avistava aquela casa comprida, de três portas e oito janelas, lá no alto da coxilha, e branquejando por trás dum renque de cinamomos copados. E de todas as peças dessa casa uma das que ele mais gostava era a cozinha, onde às vezes ia conversar com as negras, que lhe contavam histórias belas e terríveis da

África — uma África que nada tinha a ver com a dos livros de geografia do pe. Otero.

Outro dos grandes prazeres do rapaz — e um dos que mais o prendiam ao Angico — era o de tomar parte nas conversas do galpão à noite, depois do jantar. Reuniam-se os peões ao redor do fogo e ficavam a contar histórias. Eram "conversas de homem", quase sempre em torno de cavalos, jogo, mulheres, duelos, revoluções, heróis e bandidos. E através dessas conversas Licurgo ia como que absorvendo os artigos do código de honra daquela gente — um código que não fora escrito mas que tomava corpo, fazia-se visível em milhares de exemplos e casos que andavam de boca em boca. Segundo esse código, um homem para ser bem macho precisava ter barba e vergonha na cara. Ter vergonha na cara significava possuir uma cara limpa em que nunca nenhum outro homem tivesse batido. "Se um homem te esbofetear, mata o canalha no sufragante." Ter vergonha na cara significava também nunca faltar à palavra empenhada, custasse o que custasse. Contava-se que na Província se faziam grandes transações a crédito em que, em vez de assinar uma letra, o devedor dava ao credor um fio de barba, o qual para aqueles homens de honra valia tanto como um documento selado com firma reconhecida por um tabelião.

Licurgo orgulhava-se de saber que o avô e o pai tinham tido morte digna de homem: lutando de arma na mão. Era assim também que ele queria morrer quando sua hora chegasse.

Uma noite no galpão, como se falasse em homens valentes e generosos, Fandango tocou no ombro de Curgo e disse:

— Ouve esta, que te interessa, menino. Passou-se com teu avô, o finado capitão Rodrigo Severo Cambará.

— Tu te lembra bem dele, Fandango? — perguntou o rapaz.

— Me lembrar não me lembro, porque nunca nos encontramos. Mas foi tua avó, dona Bibiana, que me contou o caso.

Fandango fez uma pausa para tomar um gole de mate. Um dos peões pediu:

— Que venha a história!

Fandango cuspiu no fogo e começou:

— Pois diz-que o capitão Rodrigo tinha um inimigo, um tal de Mário Leite, que le tinha feito uma safadeza muito grande. Brigaram numas carreiras e só não se mataram a bala porque houve quem apartasse. O capitão chegou em casa furioso e disse pra mulher: "Estou com aquele sujeito atravessado na garganta. Onde eu encontrar ele, palavra de honra, meto-lhe o rebenque na cara". Dona Bibiana não disse nada. Ela nunca dizia nada. Pois um dia o capitão Rodrigo passava a ca'alo por uma estrada e vai então de repente ouve um barulho perto dum caponete, olha e vê dois bandidos armados de adaga atacando um homem que se defendia com o cabo do rebenque. O pobre do cristão ia recuando na direção dum valo, estava malito mesmo. O capitão esporeou o ca'alo, chegou-se perto dos peleadores e viu que o que brigava sozinho era nem mais nem menos que o seu inimigo, o tal de Mário Leite. Vejam só como são as coisas. Apeou ligeiro, já de adaga desembainhada, e entrou na briga, gritando: "Cobardes! Atacarem um homem desarmado. E dois contra um!". Disse isso e atirou-se pra cima dos bandidos a golpe de adaga, como quem vai matar cobra. Os bandidos se assustaram e meteram o pé no mundo. O capitão enfiou a adaga na bainha, montou a cavalo e, sem olhar pro outro, sem dizer uma palavra, foi-se embora.

Fandango fez uma pausa e depois rematou a história:

— Eram assim os homens de antigamente.

Era assim o meu avô — pensou Curgo. E ficou olhando reflexivamente para o fogo.

Havia também histórias de bandidos famosos. Dentre elas a favorita de Licurgo era a do Zé Viau.

— Esses bandidos valentes e pícaros do tempo antigo estão se acabando — lamentou Fandango noutra noite. — Onde é que se encontra hoje em dia um homem como o Zé Viau? Andava de flor no peito, sombrero de aba quebrada na frente, barbicacho nos queixos e espada na cinta. Vivia desafiando os milicos e era homem de entrar a cavalo num bolicho e levar duas chinas na garupa!

Contava-se que por volta de 1830 aparecera por São Borja um cidadão francês, um certo Jean Viaud, que se dizia médico formado por uma academia de Paris. Era um belo homem de maneiras fidalgas, barbas ruivas, olhos azuis e mãos de moça. Costumava viajar pelas estâncias, curando gentes e bichos e recebendo como pagamento dos seus serviços não só dinheiro como também galinhas, porcos, roupas ou objetos para seu uso pessoal. Uma noite o francês pernoitou na estância dos Belos, dormiu com a donzela da casa e no dia seguinte foi embora. Dois meses depois, quando descobriram que a moça estava grávida, seus irmãos obrigaram-na a dizer o nome do sedutor e puseram-se a campo para descobrir o paradeiro do infame. Encontraram-no finalmente em Rio Pardo, deram-lhe uma sova de rabo-de-tatu em praça pública, trouxeram-no maneado para a estância e fizeram-no casar com sua vítima. O casamento realizou-se em sigilo, com a presença apenas dos pais e dos irmãos da noiva. A criança nasceu dali a sete meses, mas o dr. Jean Viaud, de belos olhos azuis e mãos de moça, parece que achou o casamento um peso excessivo para seus ombros delicados. Um dia fez a mala às escondidas, montou a cavalo e fugiu. Nunca mais ninguém ouviu falar nele. Os cunhados encolheram os ombros e disseram: "O mal foi reparado. É até melhor que esse diabo não apareça mais. Seja como for, a criança tem um pai". Era um menino e haviam-lhe dado o nome de José. Cresceu na estância, guapo e vivo. Com o correr do tempo os Belos perderam sua fortuna e o menino criou-se ao deus-dará. Aos quatorze anos fugiu de casa, e dizem que andou fazendo contrabando na fronteira com a Argentina. Aos dezoito matou o seu primeiro homem. Parece que gostou, pois aos vinte já tinha cinco mortes nas costas. Aos poucos suas proezas começaram a ser contadas em toda a Província. Ora, como ninguém lhe pronunciava direito o nome — pois, em vez de viô, diziam viau — o jovem bandido ficou sendo conhecido por Zé Viau, nome que correu mundo e ganhou fama.

Fandango remexeu no fogo com um pau.

— Hai uma história dele que é mui linda — disse. — Conhecem?

Ninguém falou: todos ficaram esperando, pois sabiam que o capataz havia de contá-la, mesmo que eles dissessem que a conheciam.

— Diz-que uma vez o Zé Viau matou um homem em Uruguaiana, e se bandeou para a República Argentina. Os parentes do morto juraram que não descansavam enquanto não matassem o Zé Viau e deixassem ele estaqueado no meio da praça.

Fez uma pausa e perguntou:

— Vassuncês sabiam que quando a gente bota uma moeda na boca dum homem que foi assassinado, o criminoso volta ao lugar do crime? Pois é. Enterraram o homem com uma moeda de tostão na boca. Passou-se um tempinho e um dia qual não foi a surpresa dum bolicheiro de Uruguaiana quando viu o Zé Viau entrar na casa dele, todo lampeiro, de flor no peito, arrastando as chilenas no chão. O coitado ficou branco de medo e começou a gaguejar e olhar pra todos os lados. "Viu alguma alma do outro mundo, patrício?", perguntou o bandido. O bolicheiro contou a história da moeda. Zé Viau fechou a cara e indagou: "Então eles enterraram aquele cachorro com uma moeda na boca? Espera um pouco". Saiu da venda, montou a cavalo, foi ao cemitério, desenterrou o defunto, tirou a moeda da boca dele, voltou pro bolicho, atirou ela em cima da mesa e gritou: "Um tostão de cachaça, amigo!". Quando o bolicheiro compreendeu a coisa, ficou verde.

Houve risadas. Fandango arreganhou os dentes, sacudiu a cabeça e disse devagarinho:

— O Viau tinha boas!

Naquele dezembro de 69 d. Bibiana veio passar dois dias na estância, e, quando voltou para Santa Fé, decidiu levar consigo o neto. Curgo ficou sombrio.

— Eu não quero ir, vovó.
— É só por uns dias.
— Mas por que é que a senhora não fica até o fim do verão?
— Não posso.
— Mas por que é que não pode?
— Tenho o que fazer no Sobrado.

O que ela tinha a fazer em casa não podia contar a ninguém: era vigiar a nora. Aquele maldito maj. Erasmo Graça frequentava o Sobrado, estava perdido de amores por Luzia. Sempre que o homem aparecia, Bibiana plantava-se também na sala de visitas, sentava-se numa cadeira e ali ficava, de mãos no regaço, calada, mas sem tirar os olhos do major. Era preciso não deixar aqueles dois sozinhos, não dar ao forasteiro tempo de se declarar. Assim vigiados, eles se viam forçados a conversar sobre coisas que nada tinham a ver com amor ou casamento. Agora Bibiana aproveitara uma ausência temporária do major para vir até o Angico, porque lhe batera de repente uma grande saudade do neto. Mas era preciso voltar em seguida, pois fora informada de que o "desgraçado" dentro de dois dias estaria de volta a Santa Fé.

— Vamos sair de jardineira, de manhã cedinho — disse ela ao neto. — Arrume as suas coisas.

— Está bem, vó.

Naquela noite Curgo procurou Fandango e contou-lhe suas mágoas.

— Faça a vontade da velha.
— Mas é que eu não gosto de passar o verão na vila!
— Tu tem ainda muito verão pela frente, muchacho, muito verão.

Assim, no dia seguinte, mal o sol rompeu, avó e neto embarcaram na jardineira. Licurgo ia taciturno, de testa franzida. Bibiana mirava-o de soslaio mas não dizia nada. Sabia que o neto tinha sangue de Terra e de Cambará. Não seria por causa do sangue do Rodrigo que ele estava assim de cara fechada, e bico calado. O capitão era homem alegre, conversador e andava sempre bem-disposto. Agora ali na jardineira que ia sacolejando pelas estradas cheias de "costelas" e buracos, Bibiana reparava no quanto Licurgo se parecia com seu próprio bisavô, Pedro Terra. Quando o menino estava "com os burros", o melhor era a gente nem falar com ele. E como um Terra sempre respeitava os silêncios de outro Terra, Bibiana não disse palavra ao neto durante muito tempo. Ficou a conversar com o boleeiro sobre as vacas que iam dar cria, as colheitas e os calores daquele verão.

O sol já estava alto e soprava um ventinho de leste quando eles deixaram os campos do Angico e entraram na estrada real, que era tão má como as da estância. E, como o silêncio de Curgo se estivesse prolongando demais, e como ele no momento em que o boleeiro fechou a porteira lançasse um olhar triste para os campos que ficavam para trás, Bibiana deu-lhe uma palmadinha rápida no joelho e disse:

— Não há de ser nada, Curgo. No mês que vem tu volta.

O rapaz então sorriu um sorriso rápido e meio triste:

— Vosmecê sabe, vovó, o que o Fandango disse quando se despediu de mim? — Ela sacudiu a cabeça negativamente. — Disse que nem por mil cruzados entrava numa jardineira.

— Ué! Por quê?

— Porque carro é condução de mulher e criança de peito. Gaúcho anda mas é a cavalo.

— Velho desfrutável!

6

Na noite daquele mesmo dia, na sala de visitas do Sobrado, pela primeira vez em muitos meses Licurgo ficou a sós com a mãe. Foi após o jantar: as cinco velas do candelabro estavam acesas em cima do consolo, e Bibiana se encontrava no andar superior a defumar os quartos com incenso.

Sentada junto da mesinha redonda, Luzia tocava cítara para o filho. Os cabelos lhe caíam sobre os ombros cobertos por um xale de seda preta, que lhe acentuava ainda mais a palidez. De vez em quando a dor crispava-lhe o rosto e ela começava a gemer baixinho. Curgo, então, desviava os olhos, todo perturbado. A ideia de que sua mãe sofria, de que tinha um tumor maligno, lhe causava uma grande pena e ao mesmo tempo um grande remorso, pois, embora soubesse que seu dever era mostrar-se carinhoso e paciente para com ela, o que sentia mesmo era uma certa impaciência, uma vontade de fugir da presença "daquela mulher", como se pelo simples fato de não vê-la ela cessasse de sofrer.

Luzia tocava uma barcarola e o rapaz escutava, olhando para os dedos que beliscavam as cordas do instrumento. Agora ele descobria por que era que apesar de gostar do Sobrado não se sentia bem no casarão. Era porque sua mãe dava àquelas grandes salas uma certa frieza de "casa de cerimônia". Ela própria era quase uma estranha para ele. As coisas que lhe dizia o deixavam sempre desconcertado. A voz dela provocava nele uma esquisita sensação de acanhamento, e os sons mesmos do instrumento pareciam sair não daquela caixa chata de madeira, mas da boca de sua mãe. Dum certo modo que Curgo não sabia explicar direito, era como se aquela música triste saísse da ferida que ela tinha no estômago. Curgo tirou o lenço do bolso e passou-o pelo rosto. Pensou em como seria bom sair para a rua, ir para baixo da figueira da praça e ficar lá deitado no chão, sozinho...

Luzia tocava, como que esquecida do filho. Seus seios pontudos e miúdos, que tanto desconcertavam Licurgo, quando desavisadamente fitava os olhos neles, subiam e desciam ao compasso duma respiração lânguida e dolorosa. Curgo sabia que no rego daqueles seios ela guardava uma grande chave dourada — a chave do quarto secreto onde passava horas e horas fechada, fazendo ninguém sabia quê. Ele sempre tivera curiosidade de ver o que havia dentro daquela alcova onde nenhuma outra pessoa entrara depois da morte do seu pai.

Curgo olhou para as mãos de Luzia, que se agitavam sobre a cítara, e pensou em cavalos brancos a galope. Depois alçou os olhos para o rosto dela. Quando a mãe o acariciava, quando passava aqueles dedos frios pelo seu rosto e principalmente quando lhe fazia cócegas no lóbulo da orelha, ele ficava todo encolhido e arrepiado, com um desejo de gritar, de dizer nomes, de fazer uma brutalidade.

Licurgo escutava. Luzia agora sorria para ele. Seus olhos muito graúdos e claros lembravam-lhe o poço da sanga do Angico onde à tardinha ele costumava nadar em companhia do Fandanguinho.

Por fim Luzia deixou cair os braços ao longo do corpo e disse:
— Meu filho, vou tocar uma música e quero que prestes bastante atenção.

Curgo sacudiu a cabeça num assentimento.

Vindo lá de cima chegava até ele o cheiro da defumação, um cheiro triste de igreja. À luz das velas o rosto de Luzia tinha um reflexo alaranjado como o das caras dos peões à noite, ao redor do fogo.

Luzia começou a tocar uma música muito lenta e suave, e, enquanto tocava, sorria um sorriso lento e suave como a música.

— Em que é que estás pensando? — perguntou ela sem parar de tocar.
— Em nada.
— Não. Eu quero saber o que é que a música te evoca.
— Evoca?
— Quero dizer: quando ouves esta música, em que é que pensas?

Curgo ficou um instante com ar reflexivo.
— Na estância.
— A música então te faz pensar na estância?...
— Faz.
— Que parte da estância?
— Todas as partes.

Ela continuava a tocar.
— Não, meu filho. Deve haver uma parte especial. Não há?
— Há, sim senhora.
— Qual é?
— As coxilhas que a gente avista da porta da casa...
— Estás vendo agora esse campo... quero dizer, no teu pensamento?
— Estou.
— Não é uma coisa triste que estás sentindo?
— É, sim.
— Não sentes algo que te aperta o peito?
— Sinto.

A música continuava, calma e melancólica. Curgo agora estava "vendo" as campinas do Angico.
— Estás pensando nesses campos de manhã?... de noite?... ou de tardezinha?
— De tardezinha, assim ao anoitecer.
— É muito triste tudo, não é?
— É.

— Não dá vontade de chorar?
Curgo hesitou por um instante.
— É... dá.
— Não está brilhando uma estrela no céu? É a estrela vespertina...
Licurgo lembrava-se agora duma tarde em que ficara olhando o pôr do sol sentado no portal da casa da estância. Um negro que vinha repontando um rebanho de ovelhas cantava uma toada tristonha, dessas puxadas do fundo dum peito dolorido.
— Presta bem atenção, meu filho. Ouve a música. Agora tua mãe vai te dizer bem direitinho tudo que estás sentindo.
Os cavalos brancos galoparam em cima da cítara. Lá em cima soavam, surdos, os passos de vovó Bibiana. Um cheiro de igreja enchia a casa toda.
Tomara que a vovó desça — pensou Licurgo, olhando de viés na direção da porta do vestíbulo.
Luzia começou a tocar em surdina e a dizer:
— Presta atenção. Estás sentado no portal da casa do Angico. Está ficando noite e tudo é muito triste. A estância está deserta. A peonada foi toda embora, a negrada da cozinha foi embora. Tu estás sozinho, olhando o descampado e pensando... Sabes o que estás pensando? Estás pensando assim. Vivo só no mundo. Tenho quinze anos. Mataram meu pai. Minha avó morreu. Minha mãe vai morrer, está na vila sentada numa cadeira esperando a hora da morte, porque tem um tumor no estômago. Sou um pobre menino sem ninguém no mundo...
A música doce envolvia Licurgo, que se imaginava no Angico, olhando o pôr do sol. As coxilhas cheiravam a incenso.
— Há muitos países, muitas cidades no mundo — prosseguiu Luzia —, e nesses lugares existem muitos meninos que têm pai e mãe, que brincam, que andam de trem, que são felizes. Mas eu estou aqui sozinho, não tenho ninguém...
De olho parado, Curgo fitava as chamas das cinco velas enquanto uma tristeza que lhe parecia sair das entranhas lhe subia pelo peito como uma enxurrada e se lhe trancava aflitivamente na garganta. Engoliu em seco, piscou. Sou homem — pensou: esforçou-se por não chorar mas não pôde. A onda rebentou num soluço, as lágrimas lhe inundaram os olhos, lhe escorreram frescas pelas faces. Ele teve vergonha de enxugá-las, de erguer as mãos e tapar o rosto. Com os olhos sempre fitos no candelabro, continuou a ouvir a música e a ver a estrela do pastor no céu do anoitecer.

De repente a situação lhe foi tão insuportável que ele decidiu fugir. Pôs-se de pé subitamente e saiu quase a correr na direção da porta da rua. Mas, ao passar por perto da mãe, esta agarrou-lhe a mão com força, puxou-o para si, estreitou-o contra o peito e começou a beijar-lhe o rosto, a beber-lhe as lágrimas, a chorar também com ele e a murmurar coisas muito ternas e lamurientas.

— Vou morrer, meu filho, vou morrer. Tu vais ficar, vais esquecer a tua mãe, todos vão esquecer. A vida é triste, meu filho, eu vou morrer.

Apertava o rapaz contra os seios. A chave — pensava Curgo —, a chave dourada. Mas outro pensamento fazia-o esquecer a chave: a ferida... E ele queria acariciar a mãe, dizer alguma coisa, mas seus lábios continuavam apertados, os braços caídos. Por fim, num grande esforço levantou a mão e passou-a desajeitadamente pelo rosto dela: sentiu-o frio e úmido e isso lhe lembrou o rosto dum afogado que uma vez ele tocara. O corpo da mãe era morno e cheirava a essência de rosas. Por cima dos ombros dela Licurgo olhava a sombra de ambos projetada na parede da sala. Luzia apertava o filho contra o peito, e o rapaz tinha medo de machucar com a pressão de seu corpo a ferida do estômago. Pensava em alguma coisa para dizer mas não lhe ocorria nada. Por alguns instantes Luzia ficou acariciando os cabelos do menino e por fim afrouxou a pressão dos braços e começou a falar num cochicho:

— Curgo, quero que prometas uma coisa pra tua mãe. Prometes?

No espírito do menino o velho Fandango ergueu-se e falou: "Não faças promessas no escuro".

Ele não respondeu. Uma lágrima entrou-lhe, salgada, na boca.

— Prometes?

Curgo tinha medo de falar, pois se falasse talvez não lhe saíssem da boca palavras, mas sim soluços. Homem não chora. Homem não chora.

— Prometes?

Luzia sacudia o filho com ambos os braços. Curgo aproximou os lábios do ouvido da mãe e perguntou baixinho:

— Prometer o quê?

— Prometes que não vais passar toda a tua vida aqui em Santa Fé nem no Angico?

O corpo de Licurgo de repente enrijeceu. Ele ficou de músculos retesados numa atitude de defesa, como se de repente tivesse avistado um inimigo inesperado.

— Prometes, meu filho?

Silêncio. Luzia apertou os braços do rapaz com mais força.

— Fala, Curgo!

Agora as unhas dela apertavam as carnes do rapaz. Curgo continuava calado.

— Olha, meu amor, não quero que sejas como esses homens brutos que não sabem ler nem escrever, que vivem como animais, no meio de cavalos e bois. — Calou-se, como que afogada pelas próprias palavras. — Prometes?

Nenhuma resposta. Curgo adivinhava aonde a mãe queria chegar e esperava com uma rigidez de corpo e de espírito.

— O mundo é muito bonito, meu filho. Tem cidades com teatros, circos de cavalinhos, bandas de música! Olha... — E de repente a voz dela ficou quase risonha. — Em Londres uma vez houve uma grande exposição, tu nem eras nascido... Foi num palácio maravilhoso todo feito de vidro e de ferro.

Curgo recusava acreditar naquelas palavras. Palácios de vidro só existiam nos contos da carochinha.

— Um dia nós vamos embora daqui, Curgo. Tu e eu. Os dois juntos. Mãe e filho. Vamos de diligência, depois tomamos um trem e finalmente o vapor... Não tens vontade de conhecer o mar, não tens?

Ele não respondia. Estava vendo as campinas do Angico, escutando a voz dum tropeiro que conhecia o mar e que lhe dissera: "O mar é lindo, mas não troco estas coxilhas nem por tudo quanto é mar deste mundo".

— Não tens? — repetia Luzia.

— Não.

— Não digas isso, meu filho. O mar é uma beleza. O doutor Winter te explicou tudo na aula de ciências. Tem uns peixes muito bonitos, outros muito engraçados. O mar muda de cor, às vezes é verde, outras é azul, outras cor de cinza. Não tens vontade de ver o mar?

— Não.

Luzia afastou o filho de si com um repelão e perguntou, com uma ameaça na voz:

— Não tens?

— Não — repetiu o menino sem olhar para a mãe.

Compreendia que o que ela queria mesmo era tirá-lo do Angico, da companhia da avó, do Fandango e dos peões. A mãe decerto ia mesmo casar com o maj. Erasmo. Agora ele sabia. Era verdade o que murmuravam. E essa descoberta aumentava seu mal-estar e seu sentimento de estranheza para com ela.

Luzia deixou cair os braços. Estava ofegante. Atirou a cabeça para trás e ficou ali com o rosto contorcido de dor.

— Está doendo? — perguntou Curgo.

— Está — balbuciou ela. — Está doendo muito. E tu és o culpado.

— Me desculpe.

— Não desculpo. És um menino muito malvado.

Ele baixou os olhos e começou a chorar de novo, mansamente, deixando as lágrimas pingarem no chão. Luzia contemplava-o, sorrindo.

— Posso ir agora, mamãe? — perguntou ele ao cabo de alguns segundos.

— Ir aonde?

— Passear lá fora.

— Não. Fica aqui.

Só a avó o poderia salvar — pensava Licurgo, agoniado.

— Que é que a senhora quer?

— Conversar contigo. Senta-te.

Ele obedeceu, limpando as lágrimas com a manga da camisa.

— Olha pra mim, Curgo.

Ele fitou os olhos no rosto de Luzia.

— Por que é que não gostas de tua mãe?

— Mas eu gosto!

— Não gostas, não.

Ele tornou a baixar o olhar.

— Olha pra mim. Por que é?

— Eu gosto, mãe. Mas gosto também do Angico, do Sobrado, dos outros...

— Tua avó algum dia te disse que não devias gostar de mim?

— Não.

— Não mesmo?

— Não.

— Juras por Deus?

— Juro.

Luzia de novo entesou o busto, tirou alguns acordes da cítara e começou a tocar uma valsa lenta.

— Se tu tivesses de escolher entre tua mãe e ela, qual era que escolhias? — perguntou, sem interromper a música.

O menino não respondeu. Havia em seus olhos uma expressão de animal acossado.

— Qual era? — repetiu Luzia.

— As duas.

— Mas se um dia eu chegasse e dissesse: "Curgo, tua mãe vai embora. Queres ir com ela ou ficar com tua avó?". Que era que respondias?

No seu espírito Curgo berrava: "Ficar! Ficar! Ficar!". Mas não tinha coragem de dizer aquilo. Se dissesse era quase o mesmo que dar um soco no estômago da mãe. Ela ia morrer. Todos sabiam que não tinha vida para muito tempo...

— Fala a verdade, Curgo. Ias ou ficavas?

Ele olhava para a porta, à procura dum pretexto para sair.

— Mas aonde é que a senhora ia? — perguntou.

— Embora.

— Embora pra onde?

— Pra Corte.

— Mas por quê?

— Pensas então que Santa Fé é o único lugar do mundo onde a gente pode viver?

— Mas foi aqui que eu nasci.

— Pois eu não.

— Aqui é que estão os meus parentes, os meus amigos, tudo.

— Não tenho amigos. Meu único parente vivo és tu. E tu sabes — acrescentou ela, parando de tocar — que, se eu quiser te levar, eu te levo, porque a lei está do meu lado? Tu és meu filho e só tens quinze anos, sabes?

O rosto do rapaz ganhou de repente uma dureza de pedra. Como única defesa fechou-se num silêncio ressentido e feroz. Não diria mais nada, acontecesse o que acontecesse. Luzia pareceu compreender isso e mudou de tom:

— És ainda muito novo, meu filho. Um dia vais crescer e então te lembrarás do que eu te disse. Mas aí será tarde demais, muito tarde. Eu estarei morta e podre debaixo da terra. Mas tu estarás apodrecendo vivo aqui em Santa Fé ou com os animais lá no Angico. Apodrecendo vivo, estás ouvindo?

Curgo não respondia. Tinha no rosto uma tal expressão de horror que, ao chegar naquele momento à porta da sala, Bibiana olhou para o neto e compreendeu o que se estava passando.

— Venha lavar os pés, Curgo — disse ela com voz calma. — Está na hora de ir pra cama.

7

Naquela noite de sábado, quando bateu à porta do Sobrado para sua visita semanal, o dr. Winter se sentia tão bem-disposto e em tamanha paz com o mundo, que começou a assobiar baixinho um minueto de Mozart, marcando o compasso com a ponteira da bengala a bater na pedra do portal. Uma das escravas veio abrir-lhe a porta.

— Boa noite, Natália! — exclamou, tirando o chapéu e fazendo com ele um floreio no ar.

A preta resmungou roucamente um cumprimento, e Winter em duas largas passadas galgou os degraus que levavam da porta ao nível do vestíbulo. Viu em cima do consolo, junto do espelho oval que Aguinaldo Silva garantira haver pertencido a um nobre flamengo dos tempos da ocupação holandesa do Recife, o chapéu do dr. Nepomuceno, o do pe. Otero e o quepe do maj. Graça. Ficou a contemplá-los por um instante, sorrindo. A Justiça, a Igreja e o Exército. Parecia um arranjo simbólico. Achou absurdo que seu surrado chapéu de feltro fosse também ficar ali ao lado dos outros. Que representava ele? Nada. Nem o colono alemão que havia quarenta e tantos anos se estabelecera na Feitoria do Linho-Cânhamo às margens do rio dos Sinos. Era simplesmente um indivíduo, o dr. Carl Winter. E, se quisesse ser bem honesto para consigo mesmo, teria também de chegar à conclusão de que não representava nem mesmo a Medicina. Naquele fim de mundo ele ia de tal modo perdendo contato com a literatura médica, que um dia talvez chegasse a descer ao nível dos curandeiros da terra.

Olhou-se no espelho. Na penumbra do vestíbulo não pôde ver mais que uma silhueta. Atirou o chapéu em cima do quepe francês do maj. Graça — um quepe que lhe lembrava desagradavelmente o de Napoleão III, segundo um retrato a bico de pena que vira reproduzido numa revista — e encaminhou-se para a sala de visitas, onde a conversa começava a acalorar-se. Quando o dr. Winter entrou, fez-se um súbito silêncio.

— Continuem, senhores! — pediu o médico, apertando a mão de Bibiana e depois a de Luzia.

O maj. Graça levantou-se e ficou perfilado. Era um homem alto, de barbas e cabelos castanhos, e estava metido em seu uniforme azul-escuro, de túnica com ombreiras e galões dourados, e calças debruadas duma fita carmesim. Estendeu para o médico a longa mão enérgica, que Winter apertou. O pe. Otero permaneceu sentado, limitando-se a dar ao recém-chegado um boa-noite indiferente. E, como o juiz de direito começasse a erguer-se do fundo de sua cadeira, o dr. Winter apressou-se a dizer:

— Não se incomode, doutor.

Aproximou-se dele e tomou-lhe da mão flácida.

O dr. Nepomuceno perdera a mulher havia dois anos e agora levava uma vida solitária de viúvo sem filhos. A velhice fazia-o mais sonolento e tardo de movimentos.

— Estávamos discutindo — explicou ele ao médico —, o major Graça e eu. É, estávamos discutindo...

Winter sentou-se, cruzou as pernas e disse:

— Pois continuem, senhores.

— Discutíamos a questão Zacarias — esclareceu o major.

Tem uma voz de poeira — pensou Winter. Sim. Ali estava a comparação que ele buscava para descrever a voz do major. Uma voz de poeira, inesperada naquele corpanzil militar: uma voz sem música nem ressonâncias, esfarelada e farfalhante. Tuberculose da laringe? Ou cordas vocais gastas de tanto gritar ordens de comando?

— Senhores — confessou Winter —, não se esqueçam de que em matéria de política nacional, como em quase tudo o mais, sou duma ignorância colossal.

— O que vosmecê acaba de dizer — observou o pe. Otero, balançando-se na sua cadeira — é um sinal de modéstia. No entanto suas opiniões sobre a religião, ciência e filosofia são as dum homem que sabe tudo e que não tem dúvidas sobre coisa alguma deste mundo ou do outro.

Carl Winter soltou uma risada.

— Meu caro vigário — replicou —, não quero com a minha chegada desviar o rumo da discussão. Para encerrar o assunto admito que eu seja um poço de vaidade e presunção. Mas, pelo amor de Deus, esclareçam-me a respeito do caso Ananias!

— Zacarias — corrigiu o dr. Nepomuceno, com um ar de mestre-escola.

Winter olhou para Luzia. Lá estava ela na sua cadeira de respaldo alto, junto da mesinha redonda sobre a qual se achava o estojo da cítara. Tinha no rosto emagrecido a palidez cor de palha que Winter tão bem conhecia. Ali imóvel, toda vestida de escuro, parecia uma figura de cera com olhos de vidro. O sofrimento e a maturidade lhe haviam marcado o rosto, tirando-lhe a dureza de outros tempos, dando-

-lhe até um certo encanto lânguido e uma dignidade que talvez lhe viesse da vizinhança da morte. Não era coisa agradável para nenhum médico ver um cliente finar-se sob seus olhos sem que ele pudesse fazer alguma coisa para salvá-lo. O mais que Winter conseguia era aliviar-lhe as dores com gotas de beladona. Não se atrevia a dizer-lhe palavras de esperança e conforto porque estava certo de que Luzia não as tomaria a sério. De resto, ela gostava de falar da morte que se aproximava; era com gozo que, numa antecipação, descrevia-se a si mesma metida numa mortalha negra, dentro dum esquife, ladeada por quatro círios. Era sorrindo que antevia o velório, descrevia as pessoas que chegavam e mencionava as coisas que iam dizer ou pensar da defunta. Em pensamentos acompanhava o próprio enterro até o cemitério, via quando desciam o caixão ao fundo da cova, ouvia o ruído cavo da terra a cair na tampa do esquife. Winter estava presente quando um dia ela repetiu essa estúpida história diante do filho com tanta riqueza de detalhes mórbidos, que o rapaz rompeu a chorar e acabou fugindo da sala.

O dr. Nepomuceno começava a explicar quem era Zacarias.

— Vosmecê, doutor Winter, deve estar lembrado dele. Zacarias de Góis e Vasconcelos. Em 62 derrubou os conservadores do poder e formou um gabinete seu.

— Mas ficou só seis dias no poder — observou o major.

O magistrado daquela vez foi pronto na resposta:

— Era bom demais para durar, major, era bom demais.

O militar lançou um olhar cálido na direção de Luzia. Winter percebeu que Bibiana o vigiava. Só não pôde descobrir para onde olhava a teiniaguá — para o espelho? para a porta? para o major? ou para parte nenhuma?

— Mas não estávamos discutindo a queda dos conservadores em 62 — continuou o juiz. — Não estávamos. Isso são águas passadas.

A voz do dr. Nepomuceno sumiu-se, afogada, e por um instante ele ficou de olhos semicerrados, como num súbito cochilo. Com alguma impaciência o major resumiu a história:

— O caso é o seguinte, doutor. Vosmecê deve estar lembrado que, depois que expulsamos os paraguaios da Província, a coisa toda parecia que ia ser muito fácil. Fomos empurrando o inimigo para dentro de seu próprio território e todo mundo esperava que a guerra terminasse em poucos meses. Mas as tropas de Solano López se entrincheiraram em Curupaiti e resistiram. Vosmecê sabe como são essas coisas. Não há nada pior para um exército do que a certeza da vitória fácil. Quando levamos a coisa na certa, qualquer resistência do inimigo nos desnorteia. Foi o que aconteceu. Nosso exército começou a se desorganizar, a desanimar e nossos comandantes começaram a se desentender...

Ele está se dirigindo a mim — refletiu Winter —, mas mantém os olhos fitos em Luzia. Mesmo agonizante, a teiniaguá não perde o seu feitiço.

— O Imperador então — interveio o dr. Nepomuceno — achou que a guerra tinha chegado a um ponto crítico, e que só um homem podia salvar a situação.

— Esse homem — disse o major, sempre olhando para Luzia — era Lima e Silva.

O padre, que ainda se balouçava na sua cadeira, sorriu e avisou:

— Esse nome não deve ser pronunciado nesta casa. — Fez um sinal na direção de Bibiana. — Ela não esquece que Caxias era um legalista que combateu os farrapos. O marido de dona Bibiana, capitão dos rebeldes, foi morto no princípio da guerra civil.

O major voltou-se solene para Bibiana:

— Caxias é antes de mais nada um brasileiro e um patriota, minha senhora.

— Pra mim é um caramuru — replicou ela, seca.

O major olhou para a ponta das botinas muito lustrosas, acariciou a barba e depois suspirou, dizendo:

— Vejo que muita gente nesta província ainda não esqueceu a Guerra dos Farrapos. É lamentável. Nesta hora devemos deixar de lado todas as questões regionais. O destino da pátria comum está em jogo.

— É um caramuru e basta — insistiu Bibiana, olhando para o dr. Winter como a dizer: "Vosmecê me entende, sabe por que estou dizendo isto".

Winter sacudiu a cabeça numa aquiescência muda.

— Mas voltemos ao nosso assunto — pediu ele.

— Ficou então resolvido entregar-se o comando de nosso exército a Caxias — continuou o maj. Graça. — Mas aconteceu que o ministro da Guerra, Ângelo Muniz da Silva Ferraz...

— Um grande homem — atalhou o juiz —, diga-se de passagem, um grande estadista...

O major encolheu de leve os ombros e prosseguiu:

— O ministro da Guerra teria dito: "Com esse homem não sirvo".

O dr. Nepomuceno pareceu animar-se de repente e interrompeu o outro:

— Assim Zacarias ficou num dilema. Ou aceitava a nomeação de Caxias e perdia o seu grande ministro, ou mantinha o ministro e...

O major quase chegou a dar um pulo na cadeira quando gritou:

— ... sacrificava a campanha!

— Mas Caxias não era o único general em condições de assumir a direção da guerra.

— Era! — O major lançou essa palavra como uma ordem de comando.

— Vosmecê há de dizer que como militar entende melhor do riscado que eu. Concordo. Mas em matéria de política, peço vênia para declarar que poucos, em que pese à modéstia, poucos como eu...

— Mas não devemos pensar em política quando a pátria está em perigo.

Winter já observara que só dois assuntos tinham a virtude de tirar o juiz de direito da sua apatia habitual: política e gramática. Uma queda de gabinete ou a colocação dum pronome oblíquo era coisa capaz de levá-lo a discussões calorosas e intermináveis.

— Vosmecê, major Graça, não negará que Zacarias é dos nossos maiores estadistas.

— Ele provou que era acima de tudo um homem muito apegado ao poder. Em vez de tomar uma das duas pontas do dilema, seguiu um terceiro caminho. Sacrificou o ministro ao general, mas não resignou.

O dr. Nepomuceno soltou uma risada inesperada que foi quase um ronco, e disse:

— É a arte da política. A arte da política.

— Mas não da decência — retrucou o major, dando um brusco puxão na túnica.

O pe. Otero interveio:

— Política e decência nunca andam de mãos dadas. São inimigos mortais.

O oficial voltou-se para o sacerdote:

— Mas o nosso Imperador sabe fazer uma política hábil com uma decência indiscutível.

— O nosso Imperador é um homem excepcional... — observou o padre.

Winter simpatizava com aquele imperador barbudo e paternal a respeito de quem se contavam tantas histórias e anedotas. Havia ao redor dele uma aura de lenda. O médico observara também como a reputação de integridade de caráter do soberano influía poderosamente na vida social da nação. Era um exemplo de honradez e bondade a ser seguido. D. Pedro II como que dava a nota tônica ao ambiente moral do país. De certo modo — refletiu ainda Winter —, Sua Majestade já fazia parte do folclore nacional como uma espécie de anti-Malasartes.

— Mas seja como for — prosseguiu o major — Lima e Silva foi nomeado, encontrou nossas tropas desorganizadas e atacadas de cólera-morbo, e levou um ano no trabalho insano de reorganizá-las. Mas consegui. E se hoje a campanha se aproxima do fim é graças a esse grande brasileiro!

— Vou mandar servir o café — disse Bibiana, erguendo-se de repente e saindo da sala.

Luzia acompanhou-a com o olhar. Agora, pela expressão do rosto de sua paciente, Winter notava que ela sofria. Por que não se retirava? Por que não tomava as suas gotas? Seria que gozava também com o próprio sofrimento? Inacreditável!

— Quer que eu vá preparar o remédio? — murmurou, inclinando-se para ela.

Luzia sacudiu a cabeça:

— Não. Obrigada. Estou bem.

E sorriu um sorriso doloroso e quase terno. Winter não pôde deixar de ficar perturbado. Já não sabia mais ao certo o que sentia por aquela mulher. Logo que a conhecera, desejara-a fisicamente duma forma mórbida que o assustava um pouco. Depois fugira dela com certo horror. Agora o que sentia era pena mesclada de curiosidade. Sempre que a via pensava naquele tumor que lhe crescia no estômago com o viço maligno duma flor que se alimenta de carne. Era-lhe inconcebível a ideia de desejar carnalmente uma mulher em tais condições, pois isso seria quase uma inclinação necrófila...

O pe. Otero, que na discussão parecia estar decididamente do lado do maj. Graça, dizia agora:

— No entanto, as intrigas políticas contra Caxias continuaram no Rio de Janeiro.

O major ergueu a mão com o dedo indicador enristado na direção do dr. Nepomuceno:

— Agora vosmecê veja a nobreza desse homem de prol. Tendo tudo na mão: prestígio, coragem, força, um exército inteiro, ao invés de jogar todos esses trunfos na mesa em seu favor, preferiu escrever uma carta a Paranaguá, queixando-se amargamente desses homens que colocavam seus interesses pessoais acima dos da pátria e dizendo que, em vista de não lhe darem liberdade de ação, e do governo não lhe mandar os homens e o material pedidos, preferia resignar. Estava doente, cansado e desiludido.

— A carta explodiu como um petardo no Rio de Janeiro — ajuntou o pe. Otero, dirigindo-se desta vez ao dr. Winter. — Todos sabiam que Caxias era insubstituível. Caxias valia mais que todo um ministério.

— Não diga isso, padre! — protestou o dr. Nepomuceno. — A guerra um dia termina e nós vamos precisar de homens da fibra de Zacarias e outros para reconstruir a nação.

— Mas seja como for — disse o major — essa carta abalou o ministério e Zacarias compreendeu que estava diante duma nova crise. Viu que o Imperador não hesitaria em sacrificar o ministério para não perder o seu grande general, para não perder a guerra!

— Mas Zacarias não quis ceder a uma imposição da espada — recitou o dr. Nepomuceno com gravidade.

— Era preciso salvar as aparências, achar um pretexto para renunciar.

— Sempre os interesses individuais! — exclamou o major. — O que importava não eram os fatos, não era a solução da guerra, eram as aparências, o prestígio pessoal, a vaidade do ministro Zacarias.

O dr. Winter não se pôde conter:

— Mas o meu caro major não acha que a honra não é um privilégio dos militares, e que um civil pode achar que sua sobrecasaca e suas calças merecem tanto respeito quanto a farda?

O major mirou o médico num silêncio meio irritado. E na expressão do rosto do militar Winter leu tudo quanto ele queria dizer mas calava: "Não se meta. Vosmecê é um estrangeiro".

O pe. Otero livrou o major de dar uma resposta, pois continuou a história:

— Zacarias então achou um pretexto para resignar quando Sales Torres Homem foi nomeado senador do Império. Esse cidadão tempos atrás tinha feito grande oposição à família real em artigos escritos sob o pseudônimo de... como era mesmo? Ah! Timandro. O pretexto era ótimo. Zacarias saiu de cabeça erguida. Não fora derrubado pela espada dum general, mas sim pela pena dum político.

— E perdemos assim — concluiu Nepomuceno — o nosso mais ilustre estadista!

— Mas ganhamos a guerra — observou o major.

— Ganhamos?
— Claro, López está perdido. A vitória agora é questão apenas de meses...

Winter viu com alegria entrar uma escrava com uma bandeja cheia de xícaras de café fumegante. Apanhou a sua, serviu-se de açúcar e, enquanto mexia o líquido escuro com a colherinha de prata ("Maurício de Nassau", afirmava Aguinaldo Silva, "já tomou chá com estas colheres"), perguntou:

— Mas vosmecê não acha, major, que quando Caxias voltar da guerra triunfante e cheio de prestígio pessoal ele vai ser para este país o que Bismarck é para a Prússia?

— Que quer dizer o senhor com isso?

— Quero dizer que vai ser a verdadeira força por trás do trono, o homem que daqui por diante governará o Brasil...

— Meu caro doutor, Caxias é um patriota, e não um ambicioso!

— Mas já se fala por aí em república. Suponhamos que Caxias...

— Ah, isso é que nunca! Seria uma traição ao Imperador e Caxias não é um traidor.

Winter achou melhor não continuar. Homens como o major não sabiam discutir com calma. Tomavam tudo muito a peito, ofendiam-se com facilidade, só sabiam discutir com palavras e sentimentos grandiloquentes: pátria, honra de classe, altruísmo, nobreza, heroísmo. Era impossível esfriar-lhes o entusiasmo e trazê-los a examinar os fatos com objetividade desapaixonada.

— Nosso Imperador é um sábio e um santo — disse o militar. — Nossa monarquia é considerada no mundo inteiro uma verdadeira democracia. O prestígio do nosso soberano é conhecido nos países mais civilizados do orbe. Falar em república nesta hora é um crime, uma traição que deve ser punida com fuzilamento.

Lá vem ele com o seu pelotão de fuzilamento — pensou o médico. E por contraste lembrou-se de seus poetas. Por um instante Goethe e Heine estiveram naquela sala, visíveis apenas para Winter. E, quando seus fantasmas se sumiram, o médico exclamou:

— O café está uma delícia!

Os outros, com as xícaras nas mãos, fizeram um sinal de assentimento, menos o dr. Nepomuceno, que nunca tomava café à noite, pois sofria de insônia.

Bibiana entrou com uma bandeja cheia de bolinhos de polvilho e saiu a distribuí-los. O major olhava para Luzia com seus olhos cálidos.

— Fala-se em república, não há dúvida — concordou ele, com mais calma. — Mas é meia dúzia de mocinhos que andam com a cabeça cheia de leituras exóticas e ideias extravagantes.

— O mundo inteiro anda cheio de ideias extravagantes — opinou o pe. Otero, cruzando os braços e atirando a cabeça para trás.

— O que é extravagante hoje — observou o dr. Winter — pode ser muito natural e sensato amanhã.

— É o progresso — concluiu o dr. Nepomuceno, que mastigava um bolinho de polvilho. — É o progresso — repetiu, expelindo com a última palavra um chuveiro de farelo.

O pe. Otero fez um sinal com a cabeça na direção de Bibiana:

— Aqui a nossa prezada amiga não se conforma com o sistema métrico decimal.

Muito tesa em sua cadeira, e sem tirar os olhos do rosto da nora, Bibiana disse:

— É uma invenção triste. A gente estava muito bem como antes. Agora vem essa história de metro e quilo e centímetro e não sei mais o quê... Por que será que vivemos sempre macaqueando o que esses estrangeiros fazem?

O padre sorriu.

— Reformas como essas, dona Bibiana, não fazem mal a ninguém. O perigo está em certas ideias radicais que importamos da Europa. — E ao dizer estas últimas palavras olhou enviesado para o dr. Winter.

— Um dia elas virão para ficar — retorquiu o médico, sorvendo um gole de café —, quer vosmecê queira, quer não queira.

Nesse instante Luzia falou pela primeira vez depois que Winter entrara:

— Vosmecês não acham que estamos vivendo numa época muito interessante? — perguntou ela, passeando os olhos em torno.

Que se passa com essa voz de viola? — perguntou o dr. Winter a si mesmo. Não tinha mais a veludosa profundeza de outros tempos: estava cansada e gasta.

— Eu acho — respondeu ele em voz alta — que todas as épocas são interessantes. O essencial é a gente estar vivo...

Luzia pareceu animar-se.

— Mas não, doutor. Veja bem. Quanta coisa está acontecendo no mundo hoje! Basta ler um jornal.

Assanhada! — dizia Bibiana em pensamento, olhando para a nora. Está doente, com um tumor na barriga, anda que nem pode de dor e no entanto fica aqui embaixo conversando. Por quê? Só porque tem homem em casa. Assanhada!

— A guerra civil nos Estados Unidos... — enumerava Luzia. — A libertação dos escravos, a morte de Abraham Lincoln. Ah!, e a maravilhosa história de Maximiliano, imperador do México... Ainda ontem estive lendo a respeito dele num almanaque.

— Mas que é que vosmecê vê de tão maravilhoso na aventura infeliz desse austríaco? — perguntou Winter. — Não passou de um fantoche nas mãos de Napoleão III, esse outro maluco que está convencido de que é mesmo Napoleão Bonaparte.

— Vosmecê conhece bem a história de Maximiliano, doutor?

— O suficiente para julgá-lo um idiota.

Luzia sacudiu a cabeça com ar de desaprovação.

— Pois eu gostaria de ser a Imperatriz Carlota... — murmurou.

Está louca! — exclamou Bibiana em pensamento. Decerto o tumor já está atacando a cabeça dela. Onde se viu? A Imperatriz Carlota!

O maj. Graça olhava para Luzia com olhos cheios de apaixonada admiração. O pe. Otero balançava-se na sua cadeira e escutava tudo a sacudir a cabeça lentamente, numa silenciosa mas decidida reprovação. O dr. Nepomuceno parecia ter mergulhado num de seus cochilos intermitentes.

— Pense bem na história, doutor — continuou Luzia. — Um arquiduque austríaco que viajou por todo o mundo, um belo homem de pele clara e olhos azuis, um homem educado, um homem bom, e de repente se vê imperador dum país de índios de cara de bronze, um país tão diferente da Áustria como a noite do dia. E vosmecê já pensou no papel da Imperatriz Carlota quando foi falar com Napoleão III para lhe pedir que não abandonasse Maximiliano?

— Perdeu o seu latim — interrompeu-a Winter.

— Mas que importa?

— E acabou transtornada do juízo — acrescentou o doutor, tomando o último gole de café.

— E tudo isso não é belo?

O dr. Nepomuceno abriu os olhos e manifestou-se:

— Não acho nada belo. Não há nada mais sublime que o juízo perfeito, a lucidez das ideias.

— Mas o mundo dos sãos é um mundo triste — sorriu Luzia. — O mundo dos loucos, esse sim, deve ser maravilhoso e sempre cheio de coisas novas e fantásticas.

Vosmecê é que pode dizer — pensou Bibiana. E lançou para a nora um olhar carregado de censura e rancor. Achava quase indecente que uma viúva ainda moça estivesse a conversar aquelas coisas com homens. Aquilo positivamente não era assunto de mulher.

Via-se que o maj. Graça estava fascinado; aquele sortilégio parecia roubar-lhe a voz.

— As pessoas normais — continuou Luzia — são as mais sem graça do mundo.

Winter olhou para o major e leu espanto e decepção em seu rosto. O pe. Otero sacudiu a cabeça, penalizado.

— Vosmecê precisa vir à igreja, confessar-se e depois tomar a comunhão, dona Luzia.

Havia anos que o vigário insistia em trazer aquela ovelha negra para o seu rebanho — refletiu o médico. Luzia, porém, recusava-se, com uma obstinação e uma coragem que ele, Winter, não podia deixar de admirar. Sabia que ia morrer e seria natural que, diante da incerteza do que pudesse haver para além da morte, ela tentasse uma reconciliação com Deus através da Igreja.

— Fiz um donativo em dinheiro para as obras da igreja, padre — replicou ela. — É o mais que posso dar.

— Mas nós queremos também a sua alma, dona Luzia.

— Vosmecê tem certeza de que eu tenho uma alma?

O major empertigou o busto e olhou para o padre com espanto. O dr. Nepomuceno ficou de boca aberta a mirar a dona da casa.

— Não diga uma coisa dessas, dona Luzia! — exclamou o vigário. — Que Deus lhe perdoe! Nunca mais diga uma coisa dessas.

Por que é que ela não vai pra cama dormir? — perguntava Bibiana em agonia. Por quê? Por causa do major. Quer ficar aqui se mostrando pra ele. Por isso diz coisas que não devia, coisas que só uma mulher perdida pode dizer.

Luzia levou os dedos à altura do estômago e ficou como que a acariciar o tumor.

— E depois — continuou ela, como se não tivesse ouvido as palavras do padre — temos todos esses inventos maravilhosos: o vapor, a estrada de ferro, o telégrafo...

— Não sei aonde essas engenhocas todas nos vão levar — observou o padre, com um gesto de quem queria empurrar para o futuro uma preocupação que ao futuro pertencia.

Winter sentiu que a conversa entrava num terreno que lhe era agradável pisar. Por intermédio de Von Koseritz recebia jornais da Alemanha e acompanhava, com o interesse de quem lê uma novela fascinante, a marcha das ideias políticas na Europa. E o fato de ele estar em Santa Fé — por assim dizer, num outro planeta — tornava todas aquelas coisas mais esquisitas ainda.

— Há uma ideia em marcha, senhores — disse ele.

E, em seguida, percebendo que tinha falado com ar teatral, sorriu, achando-se ridículo. Ergueu-se, enfiou ambas as mãos nos bolsos das calças, caminhou até a janela, olhou para fora, viu a figueira na noite morna e calma e lembrou-se duma madrugada em que encontrara ali Florêncio e Bolívar a conversar... Os outros esperavam em silêncio.

— Que ideia? — perguntou o padre, com o ar provocador de quem já sabia o que o outro ia responder.

— Ainda a ideia da Revolução Francesa.

— Ora! — fez o padre. — Ora!

— Uma ideia cuja marcha — continuou o médico — a vossa Santa Aliança se esforçou por deter.

O major, que brincava distraído com a fivela dourada do cinturão, soltou no ar a poeira de sua voz:

— Vosmecê não poderia esclarecer melhor seu ponto de vista? Na minha fraca opinião, a Revolução Francesa...

Calou-se de súbito, ficou olhando para Luzia e não disse o que era a Revolução Francesa na sua fraca opinião. O dr. Winter interveio:

— Napoleão Bonaparte atrasou o relógio da história com suas guerras de conquista. Em suma: traiu a Revolução.

— Não diga tamanho absurdo, doutor! — protestou Erasmo Graça, entesando o busto e ficando sentado na ponta da cadeira.

Solidariedade de classe — pensou Winter.

— Deixem o doutor explicar seu ponto de vista — pediu Luzia.

— O ponto de vista não é propriamente meu. Mas eu o aceito. Li-o em algum livro ou artigo de jornal.

O pe. Otero não perdeu a deixa e resmungou, irônico:

— Se o ponto de vista não é seu, como pode ser bom?

Winter sorriu.

— Os outros às vezes pensam e dizem coisas inteligentes... — replicou ele, inclinando-se numa paródia de mesura.

E prosseguiu:

— Havia uma ideia liberal nascida da Revolução Francesa...

— Revolução essa — atalhou o vigário — que não passou duma consequência das ideias heréticas de livres-pensadores como Voltaire, Diderot e outros.

— Vosmecê me desculpe, padre, mas acho que o peso dos impostos influiu mais na balança que o das ideias dos enciclopedistas. As causas da Revolução Francesa foram mais políticas e econômicas do que propriamente intelectuais.

— Vosmecê fala como se a política da França do século passado fosse a política local de hoje.

— A proximidade em que me encontro no tempo e no espaço da política de Santa Fé só me confunde e prejudica a visão. A distância geográfica e histórica em que estou da Revolução Francesa só pode dar-me uma perspectiva melhor, principalmente quando eu a contemplo trepado nos ombros de gigantes como Carlyle e outros.

Luzia apoiou-o:

— Quando estamos diante dum quadro não nos afastamos dele para apreciá-lo melhor?

— Aí está... — disse Winter. E, mudando de tom, continuou: — A nobreza e o alto clero da França viviam à tripa forra e quem pagava as contas era a burguesia. Os camponeses vegetavam num estado de servidão que não era muito melhor que o que prevalecia na Idade Média.

— O clero é sempre o bode expiatório — exclamou o padre, dando uma palmada na coxa.

— Em suma — e neste ponto o dr. Winter abriu ambos os braços —, descontados erros, violências, matanças inúteis, vinganças e ódios pessoais, dessa Revolução sobrou alguma coisa. E essa alguma coisa sobreviveu também às guerras napoleônicas.

— E se me faz favor — perguntou Nepomuceno, olhando significativamente para o maj. Graça —, que vem a ser essa "alguma coisa"?

Winter esclareceu:

— Os Direitos do Homem, as liberdades inalienáveis do indivíduo, o direito que cada cidadão tem à liberdade, à propriedade e à segurança. A liberdade de imprensa, de culto e de palavra para todos, sem nenhuma distinção.

— Patacoadas! — exclamou o vigário. — Liberdade? Para que é que o povo quer liberdade? Para ser ateu, herege, licencioso? Liberdade para tomar a mulher do próximo? Liberdade para caluniar, mentir, ofender? Liberdade para quebrar os mandamentos divinos? Libertinagem, isso era o que queriam esses senhores da Revolução Francesa.

— Eu não esperava outra reação da parte de vosmecê — disse o dr. Winter.

O major perguntou:

— E vosmecê acha, doutor, que essas ideias foram alguma vez postas em prática?

— Eu já disse que Napoleão atrasou o relógio da história. Ainda há países que não saíram de todo das sombras da Idade Média. Mas em certos círculos do mundo floresce o pensamento liberal. A semente foi lançada. Não resta a menor dúvida.

— Mas o grosso do povo — interveio o dr. Nepomuceno —, esse continua no mesmo.

— Exatamente.

— E há de continuar sempre — replicou o major.

— Não vejo razão para fazer-se uma afirmativa tão categórica.

— Essa igualdade com que os senhores liberais sonham — insistiu o militar — pode muito bem significar desordem, desrespeito e anarquia.

— Eu compreendo muito bem que vosmecês prefiram a ideia da monarquia, da manutenção dos privilégios da Igreja e da nobreza, e da submissão do povo.

— E para a mulher — interveio Luzia — uma posição idêntica à que ela tinha na idade do obscurantismo.

Por que é que ela não fica de boca fechada? — perguntava Bibiana a si mesma. A atitude da nora lhe dava uma vergonha tão grande que ela como que sentia formigas lhe passearem pelo corpo. Por que é que essa sem-vergonha não vai pra cama?

— Se o padre Otero pudesse — disse ainda Luzia, sorrindo —, ele erguia uma muralha para evitar que as invenções e as ideias novas da Europa entrassem no Brasil.

— Não seremos mais felizes nem melhores — replicou o sacerdote — por adotarmos essas tais "ideias novas" e essas engenhocas fedorentas, não é, major?

O militar fez um gesto de indecisão.

— Não vejo nenhuma incompatibilidade entre o progresso, a decência e as nossas tradições políticas e religiosas — declarou ele.

— E quais são essas tradições? — perguntou Carl Winter.

O major hesitou por um instante e depois disse:

— Na política, a ideia conservadora. Na religião, o catolicismo. De resto, não estamos ainda preparados para ter todos esses inventos e novidades.

— Ainda teremos de esperar muito pelas estradas de ferro e pelo telégrafo. Pelo menos nesta província.

— Graças a Deus! — exclamou o vigário.

Winter deu de ombros. Fosse como fosse, ele não podia imaginar uma locomotiva entrando em Santa Fé, cortando o silêncio dos campos com seu apito e sujando aqueles belos céus com a fumaça escura de sua chaminé.

— É uma pena que a gente não possa viver cem anos para ver tudo isso... — murmurou Luzia. E com essas palavras criou um silêncio de constrangimento.

8

Pouco antes das dez horas o vigário e o dr. Nepomuceno fizeram suas despedidas e retiraram-se. O maj. Graça, entretanto, permaneceu sentado. A princípio fez-se um silêncio um pouco difícil, como se todos os assuntos se tivessem esgotado. Bibiana não tirava os olhos da nora. Winter percebia claramente que o major ainda tinha esperança de poder ficar a sós com Luzia aquela noite, nem que fosse por um breve momento. Sabia, porém, que Bibiana estava decidida a não arredar pé dali. O oficial pigarreou, olhou para o médico como para lhe pedir que começasse um assunto, e como o outro permanecesse calado, a mirá-lo com seus olhos irônicos, ele olhou na direção da janela e disse:

— Está uma linda noite.

— E nem parece — observou Luzia — que a esta hora homens estão se matando em terras do Paraguai. Não é extraordinário? Neste exato instante, um soldado está enterrando a sua baioneta no peito dum inimigo. E numa sepultura perdida no campo o cadáver dum oficial brasileiro está se decompondo. Estou vendo as dragonas dele sujas de terra. — Luzia olhava intensamente para o major. — E os cabelos e as barbas dele estão ainda crescendo. É mesmo verdade que os cabelos da gente continuam a crescer depois que morremos?

O major tinha agora no rosto uma expressão de perplexidade.

Em vez de responder, Winter disse:

— A esta hora em algum outro lugar do mundo alguém pode estar compondo uma sonata ou escrevendo um verso.

— Ou fazendo alguma coisa que preste — atalhou Bibiana.
— Bom — disse o médico de repente. — Preciso ir embora. É tarde.
— Fique mais um pouco, doutor — pediu Bibiana. — Preciso falar com vosmecê.

O major ergueu-se, deu um puxão na túnica e disse:
— Vou fazer as minhas despedidas. Volto amanhã para o campo de batalha.

Winter achou a expressão "campo de batalha" um pouco teatral, mas perdoou ao major. Ele estava diante de sua bem-amada: precisava impressioná-la.

— Minha missão em Santa Fé está terminada — continuou ele. — Quero agradecer às senhoras — fez um sinal com a cabeça abrangendo sogra e nora — e a vosmecê, doutor, por todas as considerações que me dispensaram...

Winter, repetindo uma fórmula corrente na Província, disse:
— Vosmecê é merecedor.

Bibiana permanecia de lábios apertados, sem tirar os olhos do oficial.
— Peço a Deus — prosseguiu ele — que um dia eu possa voltar a esta terra de onde levo as mais gratas recordações...

Winter contemplava Luzia, que acariciava o tumor com a ponta dos dedos.

— Dona Luzia — prosseguiu o major —, não posso ir-me embora sem lhe dizer da grande impressão que vosmecê me causou. Confesso que nunca encontrei em toda a minha vida dama mais culta nem mais virtuosa, isso para não falar na sua formosura.

A emoção apagava ainda mais a voz de poeira. Bibiana trocou com o médico um olhar travesso.

— Vosmecê é muito bondoso, major — murmurou Luzia.
— Diga antes que sou justo. Há mais uma coisa que vou pedir a Deus. É que no dia em que eu voltar a Santa Fé possa ter o prazer e a honra de revê-la.

Luzia estendeu ambas as mãos sobre a tampa do estojo da cítara.
— Não, major — disse ela. — Quando vosmecê voltar da guerra e quiser me ver, não é nesta vila que deve me procurar. É num outro lugar, muito mais quieto e mais triste que este. Fica no alto duma coxilha.

— O cemitério — explicou Bibiana quase sem sentir, temendo que o major não compreendesse a alusão.

Erasmo Graça olhava com ar perdido para Luzia, que voltou a cabeça para a sogra e confirmou:

— É isso mesmo. O cemitério.

— Por favor, minha senhora — exclamou o militar —, não diga isso.

Os dedos de Luzia acariciavam as incrustações de madrepérola do estojo.

— Todo mundo sabe que não tenho vida para muito tempo. Se duvida, major, pergunte ao doutor Winter.

Por um instante Erasmo Graça ficou sem saber que fazer.

— Deus é grande — disse ele por fim. — E Deus não é cruel.

Ninguém ouviu a risada seca e sarcástica que d. Bibiana soltou; porque ela riu em pensamento. Riu como se só ela conhecesse o caráter de Deus.

Na expectativa de que alguém ali dissesse uma palavra de esperança, mesmo que fosse uma palavra hipócrita, o major olhava do médico para a velha.

— Mas não é possível — tartamudeou ele —, deve haver um remédio... Deve haver recursos, em Porto Alegre, no Rio, quem sabe se na Europa...

Luzia sacudia a cabeça lentamente, numa serena negativa.

— Para meu mal não há remédio, major. Mas não se aflija. A maior interessada no caso sou eu. Estou resignada.

O oficial olhava perdidamente para o bico das próprias botinas.

— A vida é bem triste — murmurou ele. — Hoje estamos aqui, amanhã...

Não completou a frase.

— Mas para quem mora em Santa Fé — replicou Luzia — tanto faz estar em cima da terra como debaixo dela, é a mesma coisa...

Louca varrida — pensava Bibiana. Não sabe o que diz.

O major permaneceu um instante num silêncio de constrangimento. Por fim deu um passo na direção de Luzia e disse:

— Então adeus, dona Luzia. Que Deus vos abençoe e guarde.

Tomou-lhe da mão e beijou-a respeitosamente. Depois apertou a mão de Bibiana e murmurou:

— Muito agradecido por tudo, minha senhora. — Voltando-se para o doutor, perguntou: — Vosmecê vai também?

— Eu fico, major.

Apertaram-se as mãos em grave silêncio. Bibiana acompanhou o oficial até a porta sem dizer palavra. Mas, quando o viu sair para a rua, ainda de quepe na mão, deixou escapar um quase involuntário:

— Vá com Deus!

Através da fresta da porta ficou acompanhando com os olhos o vulto de Erasmo Graça, que atravessava a rua na direção da praça. Um cheiro morno de vento que passou por muito campo lhe chegou às narinas. O vulto do major sumiu-se na sombra das árvores. Bibiana ficou olhando fixamente para o lugar onde Bolívar tinha caído morto...

Quando voltou para a sala, Luzia já se havia recolhido e o dr. Winter começava a acender um de seus charutinhos.

— Então? — perguntou o médico, erguendo as sobrancelhas.

Bibiana sentou-se pesadamente numa cadeira e deixou escapar um suspiro de alívio.

— Desse estamos livres, pelo menos por enquanto.

Winter gostou daquele verbo no plural. O *estamos* de certo modo o incluía na grande conspiração.

— Sabe que estive na casa do Florêncio hoje de manhã? — perguntou ela. Winter sacudiu a cabeça negativamente. — Pois estive. Aquele menino é teimoso como uma mula.

— É um Terra.

— Está roendo um osso duro mas não se entrega. É tão orgulhoso que não quis aceitar nenhum ajutório meu.

— Vosmecê bem sabe por quê.

— Sei. Mas é uma bobagem. O dinheiro a bem dizer é do primo dele.

O dinheiro é do velho Aguinaldo — pensou Winter — e, por sinal, dinheiro muito mal ganho. Mas não deu voz a essa reflexão. Limitou-se a fazer um gesto vago.

— Eu quis emprestar um dinheirinho pro rapaz comprar umas cabeças de gado e começar uma criação. Também ofereci em arrendamento um pedaço do Angico. Ele só sabia era sacudir a cabeça e dizer: "Não carece, titia. Não carece. Já tenho um negócio em vista". Pura invenção. Não tem nada.

— Como é que a família tem vivido?

— A mulher faz renda de bilro pra fora e o Florêncio faz uns laços, uns lombilhos e vende por aí. Mas isso não chega pra dar de comer pras cinco bocas que tem em casa.

Fez uma pausa durante a qual ficou alisando um friso imaginário na saia. Depois:

— É verdade que o Florêncio vai ficar com a perna dura pro resto da vida?

— Boa como antes a perna não ficará. Mas acho que ele poderá andar a cavalo e caminhar sem muleta.

Bibiana soltou um suspiro de pena.

— Coitado! Merecia outra sorte. É um homem de bem como o pai. Seja como for, voltou da guerra. Muitos não voltaram. Pois é, doutor. Às vezes eu penso que Deus escreve direito por linhas tortas. Se o Bolívar não tivesse sido assassinado pelos capangas do Amaral, ele decerto tinha ido pra essa guerra e talvez já tivesse morrido.

— Também podia ter morrido de cólera-morbo em Porto Alegre...

— Ou podia ter nascido morto.

— É como lhe digo sempre. Não adianta a gente se preocupar. O que tem de ser traz força.

— Às vezes, sentada nesta cadeira, fico pensando, pensando e não chego a compreender direito o que é que Deus quer da gente.

— Talvez nem Ele mesmo saiba.

— Dizem que fez o mundo em seis dias e descansou no sétimo. Mas por que foi que fez o mundo? Pra ficar depois vendo a gente penar aqui embaixo? Será que Deus é como *ela*, que gosta de ver o próximo sofrendo? Deus me perdoe!

A religião de d. Bibiana — refletiu Winter — era muito curiosa. Tudo indicava que ela ia à missa por puro hábito, porque antes dela sua mãe e sua avó também tinham ido. Tratava os santos de igual para igual e em certas ocasiões revoltava-se contra eles com o mesmo fervor com que noutras lhes invocava a ajuda.

De resto — sorria Winter para seus pensamentos —, as relações entre os habitantes da Província e os santos eram singularíssimas. As solteironas que faziam promessas a santo Antônio para que ele lhes desse um marido, quando não viam seus desejos satisfeitos, tratavam de castigar o santo casamenteiro, pondo-lhe a imagem dentro d'água, de cabeça para baixo, e só livrando-a dessa penitência quando um pretendente aparecia. Mais de um crente lhe assegurara que não se devia nunca deixar bebida perto da imagem de santo Onofre, "pois o diabo do santo é cachaceiro".

— De vez em quando penso na minha mãe — prosseguiu Bibiana com sua voz calma e seca —, no meu pai, na minha avó e no que eles fizeram e sofreram, e nos trabalhos que passaram. De que serviu tudo isso? Me diga, de que serviu? Aqui estamos nós sofrendo, considerando, trabalhando, esperando. Primeiro esperei o meu marido que foi pra guerra; e no dia que voltou só tive ele por uns minutos, e logo em seguida foi morto pelos bandidos dos Amarais. Esperei que o Boli nascesse, que ele crescesse e tivesse um filho. Agora Boli está morto, o filho está crescendo e eu esperando que ele fique homem. Minha avó esperou muitas vezes o filho que tinha ido pra guerra. Uma vez fiquei na minha cadeira me balançando dum lado pra outro e esperando o Boli, que tinha ido brigar com os castelhanos. Agora está aí essa outra guerra braba que não acaba mais. Minha Nossa Senhora! Faz mais de cinco anos que começou!

Bibiana calou-se e pensou naquele medonho julho de 1865. As tropas paraguaias tinham invadido a Província e saqueado São Borja. Contava-se que passaram cinco dias a levar em canoas para o território argentino tudo quanto podiam roubar na vila brasileira. Não respeitaram nem as igrejas! Eram uns índios bandidos e, quando bebiam cachaça, ficavam piores que demônios. Ante a notícia de que uma coluna paraguaia avançava rumo de Santa Fé, a gente ali na vila começara a preparar-se para fugir. Durante muitos dias mulheres, velhos e crianças estiveram de trouxas feitas, os tarecos dentro das carretas, os cavalos encilhados — tudo pronto, enfim, para a fuga. Haviam sido dias e noites de susto e agonia. Mas ela, Bibiana, tinha dito desde o princípio: "Da minha casa não saio". Traçava já seu plano: mandaria Licurgo com Fandango para longe e ficaria esperando os paraguaios sentada na sua cadeira de balanço ali mesmo no meio da sala...

— Se esta guerra dura mais dois anos — murmurou ela —, o Curgo é capaz de se apresentar voluntário. Quando penso nisso, sinto até um frio na barriga.

— Não tenha cuidado. A guerra não dura nem três meses mais.

— Quem sabe? Sempre acontece o pior. Esse Solano López parece que tem sete fôlegos.

— Pois agora ele vai perder o sétimo.

— Tomara que vosmecê tenha razão. Mas não sei...

Bibiana voltou a cabeça e olhou demoradamente na direção da escada.

— Sabe da última, doutor? — Baixou a voz. — Ant'ontem *ela* conversou muito tempo com o Curgo. Era nisso que eu queria lhe falar...

— Vosmecê ouviu a conversa?

— Não, mas ele me contou tudo. Essa mulher perguntou se o menino queria ir embora com ela.

— E que foi que ele respondeu?

— Respondeu que não, bem como eu esperava. Mas tanta coisa ela fez que acabou fazendo o Curgo chorar.

— Mas Luzia pensará mesmo em ir embora?

Bibiana não respondeu. Ficou por um instante a olhar para o soalho e depois, quase num cochicho:

— Será que ela vai durar muito ainda? — perguntou, sem erguer os olhos.

Winter hesitou por breves segundos.

— Pode ser que dure ainda alguns anos, mas pode ser que dure apenas alguns meses.

— Deus me perdoe, mas...

Calou-se de súbito, como que se arrependendo em tempo do que ia dizer.

— Não precisa dizer o resto. Eu sei o que vosmecê está pensando.

— Sou uma mulher muito malvada, não sou, doutor?

— Absolutamente. Acho que vosmecê é uma pessoa muito prática e muito sincera.

— Não fica me querendo mal, então?

— Claro que não.

— Mas é que não me sinto bem quando penso essas coisas.

— A gente não sente porque quer. Sente porque sente.

Bibiana sorriu.

— Engraçado! Sabe quem costumava dizer isso? O falecido capitão Rodrigo.

— Se ele estivesse vivo tudo podia ser diferente, não?

— Qual! Se o Rodrigo não tivesse morrido na Guerra dos Farrapos, tinha morrido noutra. Decerto nesta. Ou em algum duelo. Ele gostava de comprar briga. Brigava por gosto. Quando não havia uma guerrinha, andava triste...

O gato cinzento de Bibiana entrou lento na sala e veio enroscar-se aos pés da dona.

— Ah! — fez ela, como quem de repente se lembra. — Quero lhe mostrar uma coisa.

Tornou a olhar furtivamente na direção da escada e pôs em cima da mesa seu lenço amarrado à feição de trouxa, desfez-lhe os nós, estendeu-o horizontalmente e tirou do centro dele um papelucho cor-de-rosa, cuidadosamente dobrado, que ali estava junto com algumas moedas de cruzado e um naco de fumo de mascar, e deu-o ao médico.

— Leia isso, doutor.

Winter aproximou o papel da luz das velas e leu:

> *Meu filho, quando eu morrer*
> *Vai um dia ao campo-santo*
> *E reza a Deus por alguém*
> *Que em vida te amou tanto.*
>
> *E lembra então, meu querido,*
> *Que ali no frígido chão*
> *Vermes me roem o corpo,*
> *Podre está meu coração.*

— Que é isto?
— Versos. Foi ela que fez. Deu pro Curgo ler.
Winter sacudia a cabeça lentamente.
— Inda mais essa! — comentou d. Bibiana, com surda indignação. — Faz versos.
O doutor devolveu-lhe o papel sem dizer uma palavra.
— Então?
— Fazer versos não é o pior. Perto das outras coisas isso é até inocente...
— Eu sei. Mas ela está judiando do menino. Faz agora dois dias que não olha pra ele, que não fala com ele. É como se a criança nem existisse. Tudo por causa daquela conversa de ant'ontem.
— Por que vosmecê não manda o Curgo para o Angico? Lá ele leva a vida que gosta e fica longe da influência da mãe.
— É o que vou fazer.
— E quanto ao resto... esperar.
Entreolharam-se em silêncio por alguns segundos, ao cabo dos quais Bibiana murmurou:
— Deus me perdoe.
Inclinou-se para a frente e começou a fazer cafuné na cabeça do gato, que cerrou os olhos num sonolento gozo.
Winter olhou em torno como se quisesse abranger com o olhar não apenas aquela sala e aquele momento, mas também o espaço de tempo que separava aquele minuto exato do dia em que Bibiana entrara pela primeira vez no Sobrado.
— Quase dezessete anos, não, dona Bibiana?
Ela sacudiu a cabeça, devagarinho.

— É verdade. Um tempão. Nenhuma guerra, que eu saiba, durou tanto.

Winter pensou na sua curiosa situação de neutro; e reconheceu que naquele conflito ele mantinha uma neutralidade benevolente para com a sogra em detrimento da nora.

— E depois — continuou ela —, se houvesse muitas pessoas nesta casa a coisa não era tão difícil. A gente se distraía mais, tinha com quem conversar. Quando o Curgo está no Angico nós duas ficamos sozinhas. Ela come os seus mingaus no quarto e eu como solita na mesa. Vosmecê sabe, o prato e os talheres e a cadeira do Boli continuam no mesmo lugar, como se ele estivesse vivo. E às vezes eu faço de conta que ele está, converso com o meu filho. As negras quando entram com os pratos olham pra mim e decerto pensam que estou louca ou caduca. Por falar nisso, no princípio quase fiquei louca mesmo. Um casarão deste tamanho e eu aqui dentro sozinha andando dum lado pra outro, resmungando e procurando não sei o quê. A sorte é que eu trabalhava o que dava o dia e não tinha muito tempo pra pensar em coisas ruins. Ia de noite pra cama com o corpo moído, fechava os olhos e não queria pensar. Me doíam as cadeiras, os braços, as pernas, o corpo todo, mas muitas vezes, apesar de cansada, eu não podia dormir. Nunca lhe aconteceu isso, doutor?

— Já, muitas vezes. E nessas ocasiões quando consigo dormir é um sono cheio de sonhos aflitivos. No outro dia acordo cansado, como se tivesse levado uma sova.

— Isso mesmo. Pois eu ficava de luz apagada, ouvindo todos os barulhos do Sobrado, os ratos correndo pelos cantos, o teto estralando, um que outro grilo cantando dentro de casa... Ficava pensando no que ia acontecer no outro dia. Le digo, doutor, passei o diabo. No princípio ela fez o possível pra me obrigar a ir embora. Fez horrores. Mas eu finquei pé. Só por causa do menino. Se eu fosse embora, perdia ele, perdia tudo...

— Eu sei muito bem disso, dona Bibiana.

— E mesmo eu lhe contei muita coisa. Vosmecê é a única pessoa que me entende direito. Acho que nem o Florêncio é bem do meu lado nessa questão. O pai dele nunca me perdoou por eu ter ajudado o casamento do Boli.

— E o que torna sua vida mais difícil, dona, é que por causa do gênio da Luzia pouca gente tem coragem de visitar o Sobrado.

Bibiana fez um gesto de resignação.

— Mas a gente se habitua a tudo. Converso com a negrada da cozinha, falo com o gato, e quando o Curgo está aqui a coisa toda muda de figura.

— Deve ser um alívio quando vosmecê vai para o Angico. Lá pelo menos fica sozinha com seu neto, longe dela...

— Em parte é um alívio mas em parte não é. Porque chega uma hora que eu penso assim: "Que será que ela está fazendo sozinha lá no Sobrado? Decerto maltratando as negras". E começo a ficar com medo de que ela prenda fogo na casa. Não tenho mais sossego e acabo achando melhor voltar pra cá. Então volto e a luta começa de novo. Quase dezessete anos nessa campanha, doutor. Não é nenhuma brincadeira.

— É uma situação terrível... que a beladona não resolve — sorriu Winter.

E em pensamento completou cinicamente a frase: "Veneno resolveria". E ficou a brincar com uma ideia. Um dia chamam-no às pressas ao Sobrado porque Luzia morreu repentinamente. Ele chega e descobre que ela foi envenenada. Lá está a teiniaguá estendida na cama, o rosto esverdinhado e contorcido, os olhos vidrados e mais vazios que nunca. D. Bibiana e ele trocam por cima do cadáver de Luzia um olhar carregado de significação. No da velha há medo, dúvida e uma interrogação ansiosa. E no seu? Uma benevolente promessa de silêncio. Depois ele senta-se à mesa para lavrar o atestado de óbito. *Causa mortis? Ach!* Já bastavam os dramas da realidade, era pura estupidez ajuntar a eles os criados pela imaginação. Mas quem lhe garantia que os chamados dramas da vida real não eram também produto da imaginação? Fosse como fosse, o ódio de d. Bibiana pela nora não era tão grande que pudesse um dia induzi-la ao crime... Ou era? Nunca se sabe de todas as coisas de que um ser humano é capaz...

— De que é que está rindo, doutor?

— De nada. Dumas bobagens que estou pensando...

Por um instante ficaram ambos calados. Depois Bibiana disse:

— É uma coisa bem triste ver esta casa vazia. Eu sempre quis ter um bando de netos e bisnetos. Acho que vou morrer sem poder ver os filhos do Curgo.

— Vosmecê diz isso de faceira. Tem uma saúde de ferro.

— Isso tenho. Mas acho que não passo dos sessenta e oito.

— Quer dizer então que já marcou a data de sua morte?

— É um palpite...

— Qual! Aposto como vosmecê chega aos noventa.

— Pois Deus lhe ouça. Não é que eu tenha medo de morrer. Ninguém fica pra semente. Mas é que não costumo deixar nenhum trabalho pela metade. Quando começo um bordado, termino ele nem que leve dez anos. Se eu morrer antes de ver o Curgo homem-feito, casado e com filhos, então é porque não adiantou nada pra ninguém eu ter vindo a este mundo.

— Garanto que vai até passar dos noventa. Desde que estou nesta vila nunca vi vosmecê de cama.

— Minha avó também nunca ficou doente de ir pra cama. E passou o diabo.

— É porque a raça é boa, dona.

— Hum! Pergunte pra *ela* se é da mesma opinião.

— Talvez seja, dona Bibiana. A gente às vezes se engana com as pessoas.

— O doutor está sempre disposto a desculpar os outros e achar que todos são bons. É que vosmecê tem bom coração.

— O que eu tenho é bons nervos.

— Dá no mesmo. Ah! Por falar em nervos, a Leonor, minha filha, me escreveu dizendo que tem andado muito nervosa e me convidando pra ir visitar ela na Cruz Alta.

— E vosmecê vai?

— Não. Como é que vou deixar essa mulher sozinha aqui? É capaz de fazer alguma barbaridade. Vosmecê sabe o que aconteceu um dia destes? Pois descobriu que tenho um amor especial por aquele pé de marmeleira-da-índia e a malvada, sem eu saber, mandou cortar ele...

— E cortaram?

— É mais fácil me cortarem o pescoço. É que ando sempre de olho vivo e pé ligeiro. Cheguei bem na hora que o negro Faustino estava de machado em punho, perto da árvore.

— E que foi que aconteceu?

— Vosmecê vai dar risada se eu contar.

Um risinho convulsivo sacudiu os ombros de Bibiana.

— Diga lá.

— Eu estava na janela do quarto dos fundos quando vi o negro se preparando pra cortar o marmeleiro. "Para com isso!", gritei. "Não corte essa árvore!" E ela, que estava perto da porta da cozinha, gritou também: "Corta, negro!". O pobre do Faustino ficou olhando ora pra mim ora pra ela, com ar de pateta. Então ela teve um acesso de nervos e começou a berrar: "Corta, negro sem-vergonha, senão eu mando te dar umas chicotadas e botar salmoura nas feridas!". O Faustino, coitado, tremia todo da cabeça aos pés. Levantou o machado devagarinho e então eu peguei a pistola do Boli e apontei pra ele: "Larga esse machado e vai t'embora, senão eu faço fogo!". O negro largou o machado e disparou pro fundo do quintal. Vai então eu disse com toda a calma: "Quem encostar a mão em qualquer árvore deste quintal leva bala".

Winter sorria. O gato abriu os olhos e pareceu ficar escutando também.

— E vosmecê era capaz de atirar mesmo? — perguntou o médico.

Bibiana hesitou por um segundo.

— Não sei. Mas acho que era. — Um brilho de malícia lhe passou pelos olhos. — De qualquer modo, doutor, a pistola estava descarregada. E eu nunca dei um tiro em toda a minha vida. Contam que minha avó um dia matou um bugre. Mas não é uma história engraçada, essa que lhe contei?

— Engraçada? Sim. E um pouco dramática também.

— Pois causos como esse há muitos. Se eu quisesse contar todos, a gente passava aqui a noite inteira. Birras, desaforos que ela me faz, indiretas, malvadezas fininhas...

Encolheu os ombros.

— No princípio eu me incomodava. Agora não. Estou acostumada. Ela faz as coisas e eu... nem água. É como se não fosse comigo. Sei que tudo é uma questão de tempo. Estou habituada a passar trabalho. A vida nunca foi fácil pra mim, nem pra minha mãe e meu pai, nem pra meus avós. Parece que a sina dos Terras é passar trabalho.

— Nesta província os homens em geral resolvem suas questões a arma branca ou a arma de fogo. O duelo dura poucos minutos, um dos adversários fica estendido no chão...

— Ou os dois...

— Sim, ou os dois. E a questão está resolvida.

— Mas nós mulheres não somos assim. Ficamos com a nossa guerra miudinha, dia a dia, hora a hora...

— E é preciso mais coragem pra esse tipo de guerra feminino do que pra um duelo a adaga ou pistola.

— A paciência é a nossa maior arma, doutor.

Mais do que a paciência — refletiu Winter —, as mulheres tinham uma constância feroz no ódio. Não era um ódio que se concentrasse todo num ímpeto para produzir um gesto de selvagem violência. Diferente do ódio dos homens, que se fazia labareda devastadora, mas se extinguia logo, o ódio das mulheres era uma brasa lenta que ardia, às vezes escondida sob cinzas, e que durava anos, anos e anos...

— No final de contas, doutor, eu estou sempre amolando o senhor com as minhas histórias. Mas também vosmecê é a única pessoa com quem posso me abrir. Que diacho, a gente também cansa de falar sozinha.

Winter ergueu-se, abafando um bocejo.

— Vosmecê já pensou — perguntou ele, espreguiçando-se — que para ela também todos esses anos não têm sido nada agradáveis? Ela odeia esta casa, esta vila, esta vida. E tem vivido ultimamente roída de ódio e roída ao mesmo tempo pelo tumor...

Bibiana ficou olhando por um instante, absorta, para o pedaço de noite que a janela emoldurava.

— Há males que vêm pra bem, doutor. Se não fosse esse tumor, decerto ela já tinha ido embora. Vendia a casa, o Angico e levava o menino.

— E eu não compreendo até hoje por que é que ela não foi. Já reparei que as pessoas podem ter um ódio de morte a outra pessoa, lugar ou situação, mas quando têm uma oportunidade de fugir deles, não fogem. Vosmecê se lembra daquele paulista fazendeiro de café que passou por aqui e quis casar com ela?

Bibiana sacudiu a cabeça, fazendo que sim.

— Pois eu estava certo de que ia sair casamento. O homem andava entusiasmado e parece que Luzia também não estava de todo indiferente...

— Ué! Andava até bem influída. Ouviu dizer que o homem tinha um palacete na capital, carruagem com cocheiro de libré e não sei mais o quê...

— De repente o fazendeiro foi embora sem dizer nada a ninguém... e nunca mais voltou.

Bibiana sorriu enigmaticamente.

— E vosmecê não sabe por quê?

— Porque Luzia não quis casar com ele?

— Não. Foi porque um dia tive um particular com o homem e contei tudo...

— Vosmecê?

— Contei que ela não é boa da cabeça. Contei o que ela fez pro Boli... Não escondi nada. Fiquei com as orelhas ardendo de vergonha, não tive nem coragem de olhar pra ele... Mas contei.

— E que foi que o homem disse?
— Ficou meio pateta, de queixo caído. No outro dia montou a cavalo e foi embora. Não voltou aqui nem pra dizer "Adeus, cachorro!".
— E Luzia percebeu alguma coisa?
— Sabei-me lá! Se percebeu não deu demonstração.
Inclinou-se e acariciou a cabeça do gato.

Eram quase onze horas quando o dr. Winter se retirou. Bibiana mandou Natália fechar as janelas e portas e depois, como costumava fazer todas as noites antes de deitar-se, tomou dum castiçal, acendeu-lhe a vela e saiu a percorrer as peças do Sobrado. Aquela casa era como uma filha querida para a qual tinha cuidados e carinhos especiais. Sentia cada arranhão na parede, cada falha no reboco como uma ferida aberta em sua própria carne. Fazia as negras esfregarem o soalho com sabão e casca de coco todos os sábados, e lavarem as vidraças pelo menos uma vez por semana. Os móveis andavam sempre reluzentes, sem o menor grão de poeira. E ai de quem entrasse no Sobrado com as botas embarradas!

Depois de revistar todas as peças do primeiro andar, Bibiana subiu para o segundo. Até o ranger dos degraus da escada sob o peso de seu corpo era uma musiquinha familiar e agradável para seus ouvidos. Junto da porta da sacada, parou e espiou a praça através das vidraças. Lá estavam as árvores, suas velhas amigas, imóveis sob o luar; e o vulto escuro da igreja, com sua torre incompleta. Pela rua passava naquele momento uma vaca com uma lanterna acesa nos chifres. Bibiana pensou no Amâncio Braga, agente do correio. Diziam que a mulher dele o enganava com um dos filhos do Bento Amaral. Imaginem o Amâncio passeando de noite com uma lanterna presa nas guampas! Riu um risinho baixo de garganta e continuou a caminhar ao longo do corredor. Suas chinelas de lã eram tão silenciosas como as pisadas do gato. E na quietude do casarão ela ouviu sons estranhos vindos do quarto de Luzia. Parou e prestou atenção: eram gemidos trêmulos e prolongados, de mistura com soluços. Ficou imóvel, de castiçal na mão, a imaginar o que se estaria passando no quarto da nora. Decerto estava estirada na cama, com dor no estômago. Pensou em bater e perguntar se ela precisava de alguma coisa. Mas tudo isso ficou só em pensamento. Não disse palavra nem se moveu. O que a gente faz de mal neste mundo, aqui mesmo paga. O sebo da vela escorreu e pingou na mão de Bibiana, que despertou do amargo devaneio e continuou seu caminho. Depois de certificar-se de que lá em cima tudo estava em ordem, entrou no quarto de Curgo, fechou a porta devagarinho, aproximou-se da cama do neto e ergueu a vela. O rapaz estava de olhos abertos.

— Ué... — estranhou ela. — Ainda não dormiu?
— Não, vó.
— Por quê?
— Perdi o sono.
— Então acende uma vela pro Negrinho do Pastoreio pra achar ele de novo.

O rapaz sorriu tristemente. Bibiana sentou-se na beira da cama e perguntou:
— Quer voltar pra estância?

Curgo soergueu o corpo, numa súbita animação.
— Quero, sim. Quando?
— Amanhã.

A luz amarelada da vela alumiava em cheio o rosto do menino... Por um instante ela viu todos os seus mortos queridos no semblante do neto. Pedro, Ana, Bolívar... A maneira que Curgo tinha de olhar as pessoas, com a cabeça um pouco atirada para trás, era francamente do Rodrigo...

— Pois encilhe o zaino amanhã de manhã e toque pro Angico. O Faustino vai junto.
— O Faustino? Mas eu já sou homem, vó, posso ir sozinho.

Bibiana sorriu, sacudiu a cabeça num assentimento e murmurou:
— Pois sim, capitão Rodrigo, pode ir sozinho.

Avó e neto ficaram a entreolhar-se por um instante em silêncio. Do quarto contíguo, abafados e dolorosos, vinham os gemidos de Luzia. A testa de Curgo franziu-se, seus lábios tremeram, e por seus olhos brilhantes e úmidos passou uma sombra.

Bibiana fez com a cabeça um sinal na direção da alcova da nora.
— É por causa disso que tu não podes dormir?
— É.
— Não há de ser nada, Curgo. Isso passa. Deita e dorme.

Uma vez, havia muito tempo, ela dissera essas mesmas palavras a Bolívar... "Isso passa. Deita e dorme."

O rapaz obedeceu, puxou a colcha até o queixo e sorriu para a avó. Em pensamento Bibiana deu-lhe um longo beijo na face. Mas só em pensamento, pois na realidade limitou-se a bater-lhe três vezes no ombro com a ponta dos dedos. Ergueu-se e saiu sem fazer o menor ruído.

Os gemidos de Luzia tinham cessado. Bibiana entrou no próprio quarto, despiu-se lentamente, enfiou o camisolão de dormir e estendeu-se na cama. O bom mesmo seria dormir logo sem pensar, porque seus pensamentos sempre eram maus e tristes. Fechou os olhos. Pela sua mente passou o vulto do major Erasmo Graça. Depois, o de Florêncio, caminhando e puxando por uma perna. Viu também Bolívar caído de borco no meio da rua, com a cara numa poça de sangue. Revolveu-se na cama, inquieta, e por algum tempo ficou escutando o silêncio. Diziam que a guerra estava por terminar: era questão de meses ou talvez até de semanas... Mas, fosse como fosse, quando terminasse a guerra contra Solano Lopes, a *outra guerra* ia continuar feroz ali no Sobrado...

Soltou um profundo suspiro, soergueu-se na cama e apagou a vela com um sopro.

Num verão mui seco José Fandango foi levar a tropa a São Gabriel.
Como sempre acontecia, a peonada das estâncias por onde ele passava ficava alvorotada quando via o velho chegar,
pois não havia quem não apreciasse seus ditos, chistes e histórias.
Foi assim que numa bela noite, numa estância de Tupanciretã, Fandango sentou no galpão perto do fogo e, enquanto o chimarrão andava à roda, ficou a solar
porque quando pegava a palavra não entregava a mais ninguém.
Disse:
Dês de gurizote ando cruzando e recruzando o Continente
e não hai canto destes pagos que eu não conheça.
Fiz muita tropa nos campos da Vacaria
nos de Cima da Serra
nos de Baixo da Serra.
Andei pelo vale do Uruguai
e muita areia comi nesse deserto brabo que vai do Mampituba ao Chuí.
Miles de vezes cortei a serra Geral
e outros tantos a coxilha Grande.
Pela zona missioneira e pela Campanha, meu Deus, sou capaz até de andar de olhos tapados.
Tenho conhecido gente de todo o jeito:
estancieiro pequeno e grande
tropeiro e carreteiro
mascate e bolicheiro
doutor formado e curandeiro
polícia e contrabandista
padre e bandido
soldado e paisano
índio vago e juiz de roupa preta.

Também tenho encontrado
mulher de todo o pelo
morocha, castanha, ruiva
rica, pobre, remediada
gorda, magra, alta, baixa
moça de família, china rampeira

mulher com medo de rato
e fêmea que briga como macho.

Mas fui aprendendo aos pouquinhos
que hai moças e moças
e que é sempre bom a gente atentar
no que diz a língua do povo:

> Em São Borja e São Vicente,
> Pra casar não se demora
> Que as moças lá desses pagos
> Cortam a gente de espora!

> Lá na terra de Pelotas
> As moças vivem fechadas.
> De dia fazem biscoito,
> De noite bailam caladas.

> Ó moço, se eu le contasse,
> Vancê diria que eu minto:
> As moças de Livramento
> Usam pistola no cinto!

Aprendi também que cada hombre, como o cavalo, tem seu lado de montar.
A questão é a gente descobrir...
Porque hai gaúchos e gaúchos, nem todo o nosso povo é igual.

Os da fronteira são largados, falam sempre meio gritando e com ar de provocação.
Gostam de contar bravatas e de fazer gauchadas
têm mão aberta e coração grande
e assim como se espinham por qualquer coisa e querem logo brigar
em seguida ficam amigos e dão a vida por vassuncê.

Os da zona missioneira são retraídos, falam pouco, não gostam de ostentação.
Dão um boi pra não entrar em briga, mas depois de entrar dão uma boiada pra não sair.
Agora, o que eu acho engraçado é esse povo que vive lá pras bandas do

mar, nos campos de Viamão, de Conceição do Arroio e de Santo Antônio da
Patrulha.
   Têm fala cantada que só galego
são gente pacata e meio sovina
mas cumprideira de suas obrigações.

   Uma coisa, patrícios, eu les garanto:
pra meu gosto o verdadeiro Rio Grande fica da margem direita do Jacuí,
pros lados de São Borja e pra baixo
   na direção de Uruguaiana, Santana do Livramento, Dom Pedrito e
Bagé,
   principalmente na Campanha, onde sempre terçamos armas com os castelhanos.
   Da margem esquerda pro norte e pro mar
tem gringo demais.

   Não gosto de alemão.
Falam uma língua do diabo,
olham pra gente com um ar de pouco-caso.
Tudo neles é diferente:
as roupas, as danças, as comidas, as casas,
até o cheiro.
Quando vejo um homem de pele muito branca,
cabelo de barba de milho e olho de bolita de vidro,
até me dá nojo.
Se eu fosse governo, mandava essa alemoada embora.
Não é que eu seja mesquinho, somítico ou malevo:
estrangeiro também é filho de Deus.
Mas cada qual deve ficar sossegado na sua terra
com seus parentes e amigos, seus costumes e cacoetes.

   Duns anos pra esta parte, tem chegado também muito italiano.
   Se empoleiraram na Serra, porque a alemoada, que chegou primeiro, pegou os melhores lugares na beira dos rios.
   Já andei por essas novas colônias da região serrana.
   A fala deles tem música
e é doce como laranja madura
e meio parecida com a nossa.
   Gostam de comer passarinho

de fazer e beber vinho
de cantar, de ouvir missa
de padre e de procissão.
Vassuncês são muito moços, não pegaram a Guerra dos Farrapos. Pois o velho Fandango teve a honra de servir com José Garibaldi,
que também era gringo
mas gringo de senhoria.
Sabem o que foi que ele disse na sua língua atrapalhada?
Que com a nossa cavalaria era capaz de conquistar o mundo.

Pois é como eu les ia dizendo:
do Jacuí pras bandas do mar tem muito estrangeiro.
Na vida do Continente
tudo anda demudado,
quase ninguém mais usa chiripá,
agora é só bombachas.
Nos fandangos já não dançam tanto
a chimarrita, o tatu e a meia-canha:
o que querem é valsa, xote, mazurca, polca,
essas bobagens estrangeiradas.

Se há coisa que me dá quizília é ver esses tais postes do telégrafo, quando ando viajando pela Campanha.
Se eu fosse governo mandava derrubar tudo.
Onde se viu a gente passar bilhete pra outra pessoa por um arame?
Isso até é uma pouca-vergonha, porque
se quero dar algum recado, justo um chasque, arranjo um próprio
ou vou eu mesmo.

Ainda no ano passado eu ia levando uma boiada pro município de Uruguaiana quando pela beira da estrada vi passar um trem.
O diabo da locomotiva vomitava fumaça e fogo, e parecia dizer
já-te-pego... já-te-largo... já-te-pego... já-te-largo...
De repente soltou um apito,
a boiada meio que se assustou e quase houve um estouro.
Fiquei fulo de raiva, tirei a pistola da cinta e traquei bala no trem.

Vassuncês meninos são modernos,
falam em metro, quilo e litro.

*Eu sou homem mui antigo,
do tempo da onça,
do palmo craveiro e da bebida em quartilho.*

*Pois é como estou dizendo:
com tanto gringo, tanto estrangeiro
com tanta moda nova
com tanta gente morando em cidade
nossos homens estão ficando mui frouxos.
E se não hai logo uma guerra ou alguma revolução,
vai tudo acabar maricas.
Nesse dia a castelhanada cruza a fronteira brincando e toma o Continente a grito.*

*Mas não há de ser nada, porque como diz o rifão:
Em qualquer pocinho d'água, Deus pode fazer um peixe.
E venha de lá esse mate, que já estou de goela seca.*

O Sobrado VI

26 de junho de 1895: Noite

Maria Valéria acende a lamparina no quarto dos sobrinhos e retira-se, depois de recomendar:

— Fiquem bem quietos. Já vou trazer alguma coisa pra comerem.

Quando a porta se fecha, Toríbio e Rodrigo se entreolham.

— Vamos brincar de vaca-amarela? — pergunta o primeiro.

— Vamos. Eu digo: vaca-amarela cagou na panela, três a mexer, quatro a comer, quem falar primeiro come.

Ambos apertam os lábios para não falar, e a muito custo contêm o riso. Ficam assim durante vários segundos, as bochechas cheias de ar — um ar que ameaça sair-lhes na forma duma risada explosiva. De repente a porta se abre e Fandango entra.

— Ué! Que é que estão fazendo aí tão quietos?

Os meninos rompem numa gargalhada, pulam da cama e começam a gritar:

— O Fandango comeu! O Fandango comeu!

O velho baixa para eles um olhar desconfiado e pergunta:

— Comeu o quê?

— Bosta de vaca! — exclamam os dois ao mesmo tempo. — Bosta de vaca!

Fandango sorri mostrando os dentes escuros e miúdos, senta-se na cama e fica olhando para o chão.

— É o que todos nós vamos acabar comendo se o sítio continua... — murmurou ele. — Bosta de vaca com farinha e caldo de laranja!

Rodrigo e Toríbio aproximam-se do velho; o mais moço monta-lhe na perna, o outro toma-lhe do braço.

— Conta uma história pra nós.

— Estou mui cansado.

— Ué... — faz Toríbio. — Tu conta é com a boca, não com a perna. Tua boca também está cansada?

— Conta uma história do Pedro Malasarte logrando o João Bobo — sugere Rodrigo. — Aquela que o Pedro aquentou no fogo uma panela de ferro até que ela ficou em brasa e depois vendeu ela pro João Bobo dizendo que era uma panela mágica que não precisava de fogo pra fazer comida. Vai então o João Bobo compra a panela e quando ela esfria ele vê que foi empulhado. Conta!

— Pois tu já contou, muchacho! — boceja Fandango.

— Mas agora conta tu.

Toríbio tira a pistola do cinto de Fandango e começa a brincar com ela.

— Larga essa arma, menino, que ela pode disparar.

Arrebata a pistola das mãos do menino e torna a pô-la no coldre.

— Então conta outra história — pede Rodrigo.

— A do Negrinho do Pastoreio — reforça Bio.

— Já contei essa mais de mil vezes.

— Mas conta outra vez.

Fandango sorri, faz Rodrigo sentar-se no chão e diz:

— Muita história contei pro Licurgo quando ele era assim do tamanho de vassuncês...

E por um instante ele revê os campos da estância em outros tempos, quando saía pelas invernadas com o Curgo de quinze anos, a ensinar-lhe coisas.

Um dia perderam no Angico um terneiro brasino da estima de Licurgo e o menino ao anoitecer acendeu um coto de vela e fez uma promessa ao Negrinho do Pastoreio. No dia seguinte, mal rompeu a alvorada, lá estava o terneiro perdido, berrando na frente da casa da estância.

— Conta! — insistem os meninos.

— Está bem, xaroposos! Está bem.

Fandango recosta-se na cama e com a sua voz especial de contar casos, uma voz pausada de conversa ao pé do fogo, começa:

— Era uma vez um estancieiro podre de rico e louco de tão malvado... (Isso se passou nos tempos de dantes.) Pois diz-que esse hombre malo tinha até dinheiro enterrado, mas era tão sovina que não comia ovo pra não botar a casca fora. Na estância dele não dava pousada nem comida pra ninguém. Pra encurtar o caso, o diabo do hombre era tão ruim que por onde ele andava nem os quero-queros cantavam. Pois essa peste tinha um filho, um menino, ruim como o pai, porque quem sai aos seus não degenera...

O velho faz uma curta pausa, puxa um pigarro e prossegue:

— Tinha também nessa estância um negrinho escravo, preto como fundo de panela, mas de dentes brancos que nem asa de garça. Negro lindo, mesmo!

— Como era o nome dele? — pergunta Rodrigo.

— Não tinha — Toríbio apressa-se a responder. — Tu sabe.

— É — confirma o velho. — Não tinha. Quando um padre passou pela estância e começou a batizar quem ainda era pagão, o negrinho também quis um padrinho. Vai entonces o estancieiro gritou: "Negro não se batiza!". O pobre do moleque baixou a cabeça e resolveu que ia ser afilhado da Virgem Nossa Senhora.

— E foi?
— Foi.

De olhos acesos, os meninos escutam a história com uma atenção fascinada, e com um gosto novo de quem ouve um belo conto pela primeira vez.

— Todo o mundo judiava do Negrinho naquela estância maldita, principalmente o estancieiro e o filho. Pois diz que um dia o hombre malo mandou o Negrinho pastorear, num potreiro enorme de trinta quadras, trinta cavalos tordilhos. O Negrinho montou num baio e se foi...

— E os cavalos fugiram — antecipa-se Rodrigo.
— Cala a boca!

— Pois é — continua Fandango. — Quando anoiteceu, o Negrinho ficou cansado, pegou no sono, deixando o baio à soga. Alta noite vieram uns guaraxains, roeram a soga, o baio fugiu, os tordilhos também se foram e, num abrir e fechar de olhos, se sumiram na noite grande. Quando acordou, o pobre do Negrinho viu que tinha perdido o pastoreio. Entonces desandou a chorar.

— E quem é que foi contar pro estancieiro que os cavalos tinham fugido? — pergunta Rodrigo.

— Ora! — faz Toríbio. — Tu sabe. Foi o filho dele, não foi, Fandango?

— É, foi o filho da mãe do guri, xereta simbergüenza. Foi contar ao pai. O pai entonces manda amarrar o Negrinho num palanque e aplica-lhe uma sumanta de relho dessas de tirar a alma dum vivente a guascaços. Lept! Lept! Lept! O Negrinho ficou chorando e sangrando. E como castigo o hombre malvado mandou o pobre do menino sair na noite escura pra campear o baio e os trinta tordilhos perdidos.

Fandango faz uma pausa para observar melhor os dois meninos, cujos rostos a luz da vela tinge dum amarelo-alaranjado. Do outro quarto vem o barulho surdo da cadeira de balanço da velha Bibiana. Ela também sabe a história do Negrinho do Pastoreio — reflete o velho —, mas conta-a de outro modo. Há mil modos de narrar esse mesmo "causo". Fandango ouviu um no galpão de certa estância de São Gabriel; ouviu outro na Soledade e finalmente um outro muito diferente em Vacaria. Bem diz o ditado: "Quem conta um conto aumenta um ponto".

— E daí? — pergunta Toríbio.

— Daí o Negrinho teve uma ideia. Foi ao oratório da Virgem sua madrinha e tirou de lá um coto de vela acesa e saiu com ela na mão pelo campo...

— E foi pingando cera no chão, não foi? — pergunta Rodrigo.

— Isso mesmo. Foi pingando cera e cada pingo quando caía ficava aceso e brilhando como uma outra vela. E tinha tantos pingos que o campo ficou todo alumiado, claro como o dia. Entonces o Negrinho achou o seu baio e os trinta tordilhos. Montou no baio e repontou a tropilha pra estância, pr'um lugar que o estancieiro tinha marcado. Mas de repente chegou a noite, o Negrinho ficou com sono, amarrou de novo o baio e dormiu. E de noite o filho do estancieiro veio, o malvado, e enxotou os trinta tordilhos, e a tropilha outra vez se perdeu no campo.

— E que foi que o estancieiro fez?

— Deu outra sova no Negrinho, uma sova tão forte que o desgraçadinho dessa vez começou a se esvair em sangue e a revirar os olhos. Então o estancieiro pensou: "O diabo vai morrer. É noite e eu não vou me dar o trabalho de abrir uma cova pra enterrar esse moleque. Vou botar ele dentro do panelão dum formigueiro que tem no meio do campo. Lá as formigas comem as carnes dele e ficam só os ossos. É isso que eu vou fazer".

— E fez?

— Fez. Primeiro se quedou ali pra ver o que as formigas faziam. Os bichinhos se assanharam e cobriram logo o corpo do Negrinho e começaram a comer as carnes dele. Entonces o estancieiro foi-se embora satisfeito, dando risada, o cachorro!

— E os cavalos?

— Os cavalos continuavam sumidos.

— E aonde é que foi o estancieiro?

— Foi dormir. Diz-que teve sonhos de arrepiar o cabelo, e que a noite ficou feia, e que veio uma cerração da cor de pelo de ratão, e durou três dias e três noites.

Fandango cala-se e fica olhando para a chama da vela, que dança, fazendo dançar também nas paredes caiadas as sombras das três pessoas que ali estão.

— E depois?

— Ora, um dia o estancieiro resolve ir até o formigueiro pra ver a calavera do Negrinho. Mas quando chegou lá ficou de boca aberta com o que viu.

Fandango entesa o busto, ergue as mãos ossudas e tostadas. Sua cara está séria, os olhos arregalados, como se ele fosse o próprio estancieiro no momento de fazer a descoberta espantosa. Toríbio e Rodrigo estão parados, de boca entreaberta, um ar entre medroso e palerma e no qual, não obstante, há um leve toque de maliciosa incredulidade.

— O Negrinho lá estava de pé — continuou o velho —, dando uma risada, no meio do formigueiro, nuzinho mas inteirinho, tirando as formigas do corpo com os dedos. E ao lado dele, assim no ar, numa nuvem de luz, a imagem da Virgem Nossa Senhora, rindo pro afilhado. Não muito longe do formigueiro, o cavalo baio pastava e em roda dele os trinta tordilhos sacudiam as crinas. O estancieiro perdeu a fala e ficou ali duro como uma estauta.

Nesse instante Maria Valéria entra no quarto, abrindo a porta com um gesto brusco. Num sobressalto os meninos voltam a cabeça para a recém-chegada e uma careta de contrariedade contorce-lhes o rosto.

— Venham comer — diz ela. — Laranja e farinha. Foi o que se pôde arranjar.

— Espera, madrinha — diz Rodrigo. — O Fandango está contando a história do Negrinho.

Maria Valéria faz que os sobrinhos agarrem os pratos, onde gomos de laranja descascada estão sobre uma camada de farinha de mandioca, empapada aqui e ali de sumo. Com os pratos nas mãos, mas os olhos postos em Fandango, os dois rapazes esperam a continuação do "causo".

O velho ergue os olhos para Maria Valéria e diz:

— Já estou no fim, dona.

Ela fica de braços cruzados, imóvel e tesa, esperando. À tíbia luz da lamparina seu rosto está todo manchado de sombras que a envelhecem, e como que lhe tornam maior o nariz, mais encovadas as faces.

— E depois, Fandango? — pergunta Rodrigo.

— O Negrinho solta uma risada, pula pra cima do lombo do baio...

— Em pelo?

— Em pelo no mais... E sai repontando campo fora os trinta cavalos tordilhos.

O velho faz uma pausa, respira fundo e a seguir, com voz mais macia, remata a história:

— Diz-que daí por diante em muitos lugares do Rio Grande tropeiros, carreteiros, gaúchos andarengos e peões de muitas estâncias começaram a ver o Negrinho passar certas noites montado no seu baio tocando por diante a cavalhada tordilha. Todos sabiam do causo do estancieiro malo e achavam que tudo tinha sido um milagre da Nossa Senhora. Diz-que agora tudo que se perde no mundo o Negrinho acha, mas ele só entrega os perdidos a seus donos se estes lhe acenderem uma vela. O Negrinho não quer vela pra ele, mas sim pro altar da sua Madrinha.

— E ele ainda anda por aí, Fandango? — pergunta Rodrigo.
— Diz-que.

Toríbio fica pensativo por um instante e depois indaga:
— E essa história é de verdade ou de mentira?

Fandango ergue-se devagarinho, respondendo:
— É uma história linda, chiquito.

Depois, dirigindo-se a Maria Valéria, murmura:
— Acho que vou acender hoje uma vela pro Negrinho pra ele trazer de volta pra casa o meu neto que se perdeu nessa revolução. — Sorri. Fecha um olho. — E pro afilhado da Virgem me devolver outras coisas, muitas outras coisas que tenho perdido nesta vida.

Sai do quarto caminhando no seu tranco sutil e faceiro.
— Vamos, comam duma vez! — diz Maria Valéria aos sobrinhos.
— Estou enjoado de laranja — choraminga Rodrigo. — Dá dor de barriga.
— É o que tem.

Bio esfrega um gomo na farinha e depois mete-o na boca, trincando-o; o sumo lhe escorre pelas comissuras dos lábios.
— Então conta outra história, titia.
— Chega de histórias. Comam e vão dormir.

De repente, numa invencível sensação de cansaço, ela se senta pesadamente na cama e leva ambas as mãos às têmporas. A cabeça agora lhe dói tanto que parece que se vai partir. Senhor, quando acabará este martírio? Quando? Quando? Quando?

Pé ante pé Fandango entra no quarto de Bibiana, que está às escuras. O soalho estrala.
— Quem é lá? — pergunta ela.
— Sou eu.
— Eu quem?
— O Fandango.

Na penumbra ele distingue a silhueta da velha, sentada na sua cadeira. Por alguns segundos Bibiana permanece silenciosa.

— Ah! — faz ela por fim, como se só agora reconhecesse o capataz. — Que é que anda fazendo na cidade? Quem é que ficou tomando conta do Angico?

Fandango fica um pouco confuso. Valerá a pena lembrar a pobrezinha do que está acontecendo?

— Vassuncê não se lembra mais? — pergunta ele. — A revolução...
Cala-se de súbito, sem jeito de explicar.

— Ah... pois é. Os caramurus estão aí.

— Como é que vassuncê vai passando?

— Como Deus manda. Me acabando aos poucos. Estou quase cega. Ninguém me conta mais nada. Os farrapos já chegaram?

Pobre da velha, caducando!

— Não — responde ele. — Mas vão chegar logo, não se preocupe.

— Se o capitão Rodrigo voltar, diga pra ele que suba, que não repare eu não descer. Estou mui cansada e enxergando pouco. Ninguém me conta mais nada. Onde está essa gente toda? Parou o tiroteio? O Bolívar aind'agorinha esteve aqui conversando comigo. Me trouxe notícias da Leonor.

Fandango fica pensativo. "Tenho só cinco anos menos que ela. Qualquer dia vou andar também por aí caducando, dizendo bobagens, servindo de palhaço pros outros. Mil vezes uma boa morte!"

O melhor seria morrer num baile, com as ideias ainda claras, cair de repente sem vida no meio duma tirana ou duma chimarrita, como uma vela nova de chama brilhante que o minuano apaga com um sopro, e não como um coto que se queima até o fim, numa agonia triste.

— Vassuncê não quer nada? — pergunta ele.

A velha fica pensativa por um instante e depois diz:

— Quero que vá amolar o boi, que tem o couro grosso.

— Está bem, dona.

Fandango sai do quarto lentamente, caminhando na ponta dos pés.

A noite avança e o silêncio lá fora continua. Os homens conversam em voz baixa na cozinha, onde João Batista conta casos do tempo da escravatura. Na sala de jantar, enrolado no poncho, Florêncio senta-se numa cadeira e prepara-se para a vigília da noite. Em cima do consolo, ao pé do espelho, arde a última vela.

Licurgo aproxima-se do sogro e pergunta:

— Por que não sobe pra deitar na sua cama?

— Estou bem aqui.

— Não adianta nada o senhor se martirizar desse jeito. Já ontem passou a noite aí sentado. Não tem comido nada. Um homem da sua idade não pode aguentar essas coisas.

Florêncio cerra os olhos e não responde. Curgo recebe o silêncio do sogro como uma bofetada.

Ruído de passos na escada. Maria Valéria entra na sala, aproxima-se de Licurgo e diz:

— A Alice está de novo com muita febre.

Florêncio continua mudo, sem sequer erguer a cabeça para a filha. E, como Licurgo também nada diz, Maria Valéria traça o xale e encaminha-se para o vestíbulo.

— Vou chamar o doutor Winter — anuncia ela.

— O quê? — exclama Curgo, dando alguns passos na direção da cunhada.

— Se os homens desta casa vão deixar a Alice morrer por falta de recursos — diz ela, parando à porta do vestíbulo —, *eu* preciso fazer alguma coisa.

— Está louca!

Florêncio levanta-se, aproxima-se de Maria Valéria, toma-lhe do braço e murmura:

— Tenha calma, minha filha. Pense bem no que vai fazer.

Esta cena toda tem um tom heroico-teatral que deixa Licurgo constrangido e ao mesmo tempo irritado. Está certo de que a cunhada não terá coragem de sair sozinha àquela hora da noite, sabendo que o Sobrado está cercado de inimigos. O que ela quer mesmo é pôr em brios os homens da casa. Mas ele não se deixa levar assim tão facilmente por esse ardil.

— A senhora não consegue dar nem três passos na rua — diz ele sem encarar Maria Valéria. — Tem um maragato de tocaia na torre da igreja.

— Que me importa? — exclama ela.

— E a senhora sabe onde está o doutor Winter a estas horas?

Florêncio tenta puxar a filha para dentro da sala.

— Me largue, papai!

— Por favor, não grite — suplica o velho num sussurro. — Os outros podem nos ouvir.

— Pois que ouçam! É possível que algum deles crie vergonha...

Aparece um vulto à porta da sala de jantar. Pela altura Curgo reconhece Antero.

— Que é que quer? — pergunta com rispidez.

O homenzinho dá alguns passos e pede:

— Vassuncê me dá licença?
— Licença pra quê?
— Para ir buscar o doutor?
— Ninguém lhe encomendou sermão!
— Curgo! — exclama Florêncio. — A intenção do homem é boa.
Antero continua parado, encolhido dentro do poncho.
— Se vassuncê dá licença eu vou. Sou pequeno, é mais fácil pra mim sair sem ninguém me ver...
Cala-se. Os outros esperam.
— Pois é — continua o "nanico". — Saio pelos fundos, pulo o muro, sigo de rasto. Dou volta pelas ruas de trás e entro pelos fundos da casa do doutor e digo pra ele que dona Alice está passando mal e que o coronel Licurgo...
— Não meta o meu nome nesse negócio. Não pedi nada a ninguém.
— Está bem — concorda Antero com humildade. — Não meto o seu nome. Só digo que dona Alice está passando mal e peço pro doutor vir...
— E depois — pergunta Florêncio — como é que vassuncês vão voltar?
Antero encolhe os ombros magros.
— Dá-se um jeito... — diz. — Podemos erguer uma bandeira branca. Sabendo que é um caso de doença, os maragatos não atiram e nos deixam passar.
Por alguns instantes ninguém diz palavra. Maria Valéria é quem fala primeiro:
— Muito obrigada, moço. — E depois, dirigindo-se ao cunhado: — Então? Que é que diz?
Sem olhar nem para a cunhada nem para Antero, Curgo responde:
— Vá. Mas não peço favor pra maragato. Não meta meu nome nesse negócio. E se receber algum balaço não me culpe. Eu não pedi nada. A lembrança foi sua.
— Mas a mulher é sua — replica Maria Valéria.
Curgo explode:
— Cale a boca!
Antero faz meia-volta e encaminha-se para a cozinha. Florêncio aproxima-se dele, põe-lhe a mão no ombro e diz:
— Deus le acompanhe. Vassuncê é um homem de coragem e um homem de bem.
Mas cuspi na cara do Tinoco — pensa Antero. Sou um covarde,

um malvado. Decerto agora chegou a hora de Deus me castigar. Se eu tiver sorte e voltar vivo com o doutor, é porque Deus me perdoou. Mas acho que vou ficar mas é estendido no meio da rua com cinco balas no corpo, me esvaindo em sangue. Será que morrendo eu encontro no outro mundo minha mãe e meu irmão?

Antero funga, e com mão trêmula pega o chapéu e enfia-o na cabeça. Na cozinha conta aos companheiros o que vai fazer. Um deles diz:

— Tu é bem louco, nanico.

Outro vem apertar-lhe a mão:

— Tu é mais homem do que eu pensava. Deus te guie.

O velho Fandango, que remexe nos tições do fogo, limita-se a dizer, sem olhar para Antero:

— Bem diz o ditado: "Tamanho não é documento".

A voz do negro João Batista vem do fundo da cozinha:

— Tu sabe, Antero, que se os maragatos te pegarem te tratam como espião?

— Não...

— E tu sabe o que é que eles fazem com espião?

Antero espera, de boca entreaberta, uma secura na garganta.

— Passam a faca no pescoço — conclui o negro, com voz risonha.

— Não assusta o outro! — protesta Jango Veiga. — Seja feliz, companheiro.

Antero abre a porta da cozinha. A noite entra no Sobrado num bafo gélido. As árvores do quintal estão paradas no silêncio azulado. Sem voltar a cabeça e sem dizer palavra, Antero começa a descer lentamente a escada.

As conversas cessaram. Os homens acham-se deitados no chão da cozinha, ao redor do fogão onde as brasas ainda estão vivas. Muitos dormem, ressonam alto; às vezes um deles fala no sono, balbucia uma palavra, solta uma exclamação.

De olhos abertos e fitos no vão da porta da cozinha, que o reflexo das brasas vagamente alumia, Florêncio continua sentado na sua cadeira. Extinguiu-se a luz da última vela, e ele tem a impressão de que a escuridão e o silêncio aumentam o frio. A dor no peito lhe voltou e, com ela, a falta de ar e a aflição. Para ele a noite é pior de passar que o dia. Tem de dormir recostado em travesseiros, pois quando se deita a falta de ar aumenta. Sente um frio que lhe vem subindo dos pés e tomando conta das pernas, das coxas, do ventre; quando esse gelo lhe chegar ao coração, tudo estará acabado...

Pensa em Antero. Quanto tempo fará que o homenzinho se foi? Duas horas? Três? Quanto tempo faltará ainda para clarear o dia?

Ruído macio de passos. Florêncio vê um vulto aproximar-se dele, parar diante de sua cadeira.

— Quem é?
— Sou eu. O Fandango.
— Que foi que houve?
— Nada. Só vim ver como vassuncê vai passando.

Falam em cochichos para não acordarem os outros.

— A dor me voltou.
— Mui forte?
— Mais forte que da última vez.
— É o diabo. Mas daqui a pouco decerto o nanico chega aí com o doutor Winter e ele dá uma arrumação nesse seu peito.
— Vassuncê acredita mesmo que ele vem?

Fandango fica mudo por um instante. Senta-se no chão ao lado do amigo, encruza as pernas e depois sussurra:

— Pra le falar a verdade, não acredito muito. O doutor pode ter ido embora de Santa Fé, pode ter morrido... sei lá! E o Antero a esta hora decerto está amarrado numa árvore, com a garganta aberta...

Passos no andar superior.

— Como estará a Alice? — pergunta Florêncio.
— Vim de lá ind'agorinha. A febre voltou e ela está se remexendo muito, batendo com a cabeça dum lado pra outro, e até variando...

A Alice que Florêncio agora vê em seus pensamentos tem oito anos, tranças compridas e está correndo no quintal atrás duma borboleta. Maria Valéria aparece a uma janela e grita com sua voz esganiçada: "Deixa quieto o pobre do bichinho!".

Florêncio suspira fundo e depois pergunta:

— E vassuncê não dorme, Fandango?
— Já tirei a minha torinha. Não sou homem de mucho dormir. Acho até que sou meio parente de coruja. Gosto da noite que me lambo todo.

Uma pausa curta. Depois a voz calma de Florêncio:

— Vassuncê se lembra do Monarca, o meu bragado?
— Se não vou me lembrar! Era flor de animal.

O Monarca era o cavalo de estimação de Florêncio. Serviu-o durante muitos anos e foi morto num combate no princípio da revolução.

— Pois tive a noite passada um sonho esquisito com ele. Sonhei que estava num potreiro muito grande e de repente vi o Monarca saindo do meio duma cerração. Estava bem aperado e faceiro, sacudindo a cabeça e fazendo sinais pra mim assim como querendo dizer: "Vim le buscar. Vamos embora". E vassuncê sabe duma coisa? No sonho fiquei até contente quando compreendi que o bragado ia me levar pro outro mundo. De repente não senti mais dor neste peito nem frio nem tristeza nem nada. Tudo era como nos tempos de dantes. Montei no animal e entramos a trote na cerração...

Fandango levanta-se e diz:

— É. Tem sonhos engraçados. Mas veja se dorme um pouco, seu Florêncio.

— Estou com os pés gelados.

— Está porque quer. Vamos lá pra perto do fogo.

Toma do braço de Florêncio e ajuda-o a erguer-se. Encaminham-se os dois para a cozinha. Fandango leva a cadeira do outro, que coloca na frente do fogão.

— Vamos animar este fogo — cicia ele. — Tome assento, seu Florêncio. Não está melhor aqui?

Florêncio senta-se e fica olhando para as brasas. Fandango vai até a despensa e depois de alguns minutos volta sobraçando um pacote e alguns pedaços de madeira.

— Veja só o que encontrei — cochicha.

Ajoelha-se diante da boca do fogão e mostra a Florêncio o pacote à luz das brasas.

— Que é isso?

— Jornais velhos. Vou meter tudo no fogo.

— Não faça isso. Deve ser a coleção do Licurgo...

— Qual nada! Pra mim jornal só é bom mesmo pra começar fogo.

Florêncio permanece calado e imóvel, enquanto o outro começa a rasgar velhos números de *O Arauto* e de *O Democrata* e a atirar os pedaços dentro do fogão.

Ismália Caré

I

A redação e as oficinas de *O Arauto* ficavam numa meia-água quase em ruínas, apertada entre o Paço Municipal e o casarão dos Amarais. Toda a gente em Santa Fé sabia que o jornal dirigido por Manfredo Fraga se mantinha graças ao apoio financeiro que lhe dava o cel. Bento, o qual da janela lateral de sua residência costumava berrar sugestões para os artigos de fundo: "Ataque esses republicanos duma figa. Diga que são uma corja de traidores!". Ou então: "Responda ao artigo de Júlio de Castilhos e conte que *A Federação* é financiada pela maçonaria". Ou ainda: "Ameace que vamos contar donde saiu o dinheiro pra construir o sobrado dum certo republicano de Santa Fé. Dê a entender que vamos desenterrar cadáveres, e que muita roupa suja vai ser lavada em praça pública!".

Aos oitenta e um anos de idade era ainda Bento Amaral um homem cheio de energia. Caminhava lentamente, arrastando os pés, mas recusava-se a usar bengala, mantinha uma postura ereta e detestava ser tratado como velho. Tinha o crânio completamente calvo, liso e lustroso como uma bola de bilhar; a pele de seu rosto, duma tonalidade citrina, estava cortada de rugas fundas e terrosas; as pálpebras empapuçadas se lhe dobravam roxas sobre os olhos de bordas vermelhas e inflamadas e quase cobriam as pupilas dum cinzento frio e líquido. Toda a gente ali na vila achava difícil conversar com o cel. Bento porque o homem falava sincopadamente, aos arrancos, soltando as palavras em rajadas e fazendo longas pausas nervosas de gago. Quando estava enfurecido, a gagueira aumentava e, em vez de falar, ele ficava a silvar como cobra. Tinha o cacoete de levar de quando em quando a mão ao rosto e esfregar com a ponta do indicador a cicatriz que lhe marcava a face esquerda. Ultimamente deixara de fumar, mas adquirira o hábito de mascar fumo, de sorte que muitas vezes, quando da janela de seu quarto gritava ordens para "o salafrário do Fraga" — que lhe era útil, mas que no fundo ele detestava —, as palavras lhe saíam da boca junto com um chuveiro de saliva parda. Da outra casa, com a mão em concha atrás da orelha — pois era meio surdo —, o diretor de *O Arauto* escutava-lhe as ordens num silêncio servil e depois ia sentar-se à mesa de trabalho, molhava a pena na tinta e com caligrafia caprichada traçava o artigo de fundo, de acordo com as instruções do Chefe. Nunca publicava nada em seu jornal sem primeiro pedir a aprovação do cel. Bento.

Naquela fria manhã de junho, Manfredo Fraga terminava de revisar o editorial que devia aparecer no número do dia seguinte. Sentado junto da escrivaninha, metido num largo poncho cor de chumbo, do qual sobressaía seu pescoço descarnado e cheio de pregas, a sustentar precariamente a cabeça oval, de rosto rosado e glabro, o diretor de *O Arauto* parecia uma enorme tartaruga. Acariciando o lóbulo da orelha direita com a ponta da caneta, os óculos acavalados no nariz adunco, os lábios a se moverem silenciosamente, Manfredo Fraga relia o artigo mais importante que escrevera desde que tomara a direção do semanário.

Amanhã, 24 de junho de 1884, será um dia assinalado na História de nossa idolatrada terra. Santa Fé comemorará festivamente sua elevação à categoria de cidade. Aleluia! Aleluia! Que os sinos de nossa bela e alterosa igreja badalem e encham os ares de sons álacres, anunciando o fasto grandioso. Finalmente a Assembleia Provincial fez justiça (*quae sera tamen*), pois já a todos causava estranheza a tardança da concessão de foros de cidade à nossa vila, quando uma outra localidade menos progressista e importante que a nossa (e cujo nome a discrição manda calar) já o tem de há muito.

Manfredo Fraga ergueu a cabeça de quelônio e sorriu.
Todos iam perceber que ali estava uma referência velada a Cruz Alta, que era cidade desde 1879. O Velho ia gostar da indireta, pois tinha birra dos cruz-altenses e vivia às turras com o barão de São Jacó, chefe político do município vizinho.
Sorrindo ainda, Fraga tornou a baixar os olhos para o artigo:

A nossa Câmara Municipal e o Comitê de Festejos à cuja frente se encontra o ilustre e benemérito cidadão Alvarino Amaral, organizou para amanhã um programa à altura do magno acontecimento. Ao romper da alvorada a Banda de Música Santa Cecília, organizada e orientada pelo provecto médico e musicista germânico, Dr. Carl Winter, percorrerá as ruas principais de nossa urbs, tocando marchas festivas. Às dez da manhã haverá na Matriz um *Te Deum*, com prédica especial pelo nosso culto vigário, o Pe. Atílio Romano. Às quatro da tarde, na Praça da Matriz, realizar-se-ão as tradicionais Cavalhadas, nas quais tomarão parte, como mouros e cristãos, pessoas da nossa melhor sociedade. Como de costume, seguir-se-ão as famosas provas das argolinhas, em que nossos garbosos conterrâneos terão ocasião de revelar sua perícia de cavalheiros.

Finalmente à noite, o Paço Municipal abrirá seus salões para um grande baile de gala, abrilhantado pela supracitada Banda, e iniciado por um cotillon, e ao qual comparecerá o que Santa Fé tem de mais seleto e representativo. Por essa ocasião será prestada significativa homenagem ao venerando Cel. Bento Amaral, neto do fundador desta cidade, e por muitos anos chefe político liberal deste município.

Seguia-se um elogioso perfil biográfico do Chefe. Manfredo acrescentou-lhe alguns adjetivos e a seguir, fazendo uma pausa na leitura, apanhou a garrafa de cachaça que tinha a seus pés, junto da cadeira, tomou um longo sorvo, estralou os beiços e limpou-os com a manga do casaco. Fazia frio, ele estava com os pés gelados e o diabo do Velho não mandava nunca fazer os consertos de que a casa necessitava: uma das paredes estava rachada, havia goteiras no telhado e o vento entrava pelas frestas das janelas sem vidraças. Agora, porém, Fraga sentia no peito um calor confortável que aos poucos lhe ia subindo à cabeça e que acabaria por aquecer-lhe também os pés. Ainda estralando e lambendo os lábios chegou ao que se lhe afigurava o trecho mais sensacional do artigo de fundo:

Achamos que é nosso dever prevenir o público em geral contra a manobra de certas pessoas de má-fé que, por simples inveja e despeito, estão procurando desvirtuar as finalidades dos festejos de amanhã, lançando a semente da discórdia no seio da população local. Esses maus patriotas, movidos por mero interesse pessoal e mal disfarçada ambição de mando, estão tratando de confundir os espíritos. Por isso avisamos nossos leitores de que nenhuma outra comemoração, além das acima mencionadas, tem a sanção da Comissão Central de Festejos. Dizemos isso porque sabemos que se organiza para a noite de amanhã uma festa de finalidade política e subversiva, com o visível propósito de perturbar o baile de gala do Paço Municipal, que deverá encerrar com chave de ouro o grande dia. Trata-se duma farsa montada e ensaiada por maçons, livres-pensadores, hereges e mazorqueiros, cujo objetivo precípuo é solapar o Regime, destruir a Família, menoscabar a Religião, atacar nosso querido e impoluto Soberano; em suma, substituir a democrática Monarquia Brasileira pela mais nefanda e nefária das anarquias. Os verdadeiros patriotas hão de saber não só evitar a companhia desses traidores da Pátria como também dar-lhes o desprezo e o castigo que merecem.

Ali estava um artigo de arromba — concluiu o diretor de *O Arauto*, esfregando as mãos. Ficou imaginando a cara com que ia ficar Licurgo Cambará quando lesse aquele editorial no dia seguinte.

Ergueu-se, puxou um pigarro com tamanho gosto e tanta força, que ele lhe saiu do peito como um grito de triunfo.

No dia seguinte, por volta das nove da manhã, *O Arauto de Santa Fé* foi distribuído de casa em casa entre seus assinantes e depois posto à venda avulsa na Farmácia Galena, na Casa Sol e na Sapataria Serrana. O artigo de Fraga foi muito comentado e, farejando polêmica, quase todos puseram-se a imaginar o que iria dizer *O Democrata*, órgão do Clube Republicano local. Ficaram um tanto decepcionados quando às dez da mesma manhã o número semanal dessa folha apareceu, trazendo na primeira página um editorial muito sereno, que terminava assim:

Entre as comemorações mais significativas do dia de amanhã, além do *Te Deum*, encontra-se a festa que nosso correligionário, o cidadão Licurgo Cambará, realizará na sua residência e durante a qual, num gesto que deve ser imitado por todos os bons brasileiros, dará carta de manumissão a todos os seus escravos. Na mesma ocasião dezenove outros cativos, cuja liberdade foi comprada a seus senhores a peso de ouro, com dinheiro da caixa do nosso Clube, coletado especialmente para esse fim, serão igualmente manumitidos. Haverá danças nas salas do Sobrado e fandango no seu quintal, onde se acenderão fogueiras em homenagem ao santo do dia. O Sr. Cambará não fez convites especiais para essa festa de fraternidade e humanidade, mas por nosso intermédio convida a tomar parte nela todos os santa-fezenses e forasteiros que simpatizam com a ideia abolicionista e que, mesmo não sendo republicanos, desejam ver implantado no Brasil um regime verdadeiramente igualitário.

Pouco antes do meio-dia Bento Amaral apareceu à sua janela e berrou:

— Fraga! Ó Fraga!

O diretor de *O Arauto* respondeu da outra janela:

— Pronto, coronel! Que foi que houve?

O Chefe brandiu no ar um exemplar de *O Democrata*.

— Vassuncê já leu esta bosta?

— Já.

— Eu devia mas era fazer o Rezende engolir este jornal.

— No próximo número de *O Arauto* eu desanco esse baiano.

— Palavra não dói na pele. O que ele merece mesmo é uma sova de rabo-de-tatu.

O velho mascava fumo freneticamente e pelos cantos da boca lhe escorriam dois filetes de saliva pardacenta. Ficou um instante a olhar para a cara do Fraga e depois rosnou:

— Regime igualitário! Eles vão ver com quantos paus se faz uma canoa. — De repente, como se quisesse que todo o mundo ouvisse, gritou: — Eles que deem graças a Deus eu ser um homem de bem, senão mandava acabar a festa do Licurgo a porrete.

Naquele instante ia passando a cavalo pela rua um tropeiro de Soledade, que ouviu as últimas palavras do velho. Apeou pouco depois à frente da venda do Kunz, amarrou o animal num frade de pedra, entrou, pediu um trago de caninha — "Pr'esquentar" — e foi logo contando:

— Sabe da última? O velho Amaral diz que é capaz de mandar acabar o baile do Licurgo a pau.

— Quem foi que disse? — perguntou o alemão de olhos arregalados.

— Ninguém — replicou o tropeiro. — Eu mesmo ouvi com estes ouvidos que a terra há de comer.

— Não diga!

Kunz foi para o fundo da casa e contou à mulher:

— O coronel Amaral diz que vai acabar a festa do Sobrado a bala.

— *Ach!* Que horror! — replicou *Frau* Kunz. Correu para a cerca e chamou a vizinha:

— Sabe o que me contaram, comadre? O coronel Amaral vai mandar acabar com o baile do Sobrado a facão.

A vizinha passou a notícia ao marido. Este, que era sócio do Clube Republicano, correu para a redação de *O Democrata*, onde chegou ofegante e despejou a novidade em cima do seu diretor, o dr. Toríbio Rezende:

— Os Amarais vão mandar a capangada atacar o Sobrado amanhã de noite. Diz que vão armados e dispostos a acabar com a festa.

O dr. Rezende franziu a testa, fitou os olhos no correligionário e depois perguntou com calma:

— O senhor acredita nisso?

— Ué. Por que é que não? Esses sujeitos são capazes de tudo.

O outro encolheu os ombros, sorriu e disse:

— Cão que ladra não morde.

Dois homens que estavam na sala da redação e ouviram o diálogo, saíram, cada qual para seu lado, e começaram a espalhar a notícia pela cidade. Por volta das três da tarde, toda Santa Fé já sabia que o cel. Bento Amaral estava preparando seus capangas para atacar o Sobrado, prender Licurgo Cambará e Toríbio Rezende, empastelar *O Democrata* e fechar o Clube Republicano.

2

Antes de raiar o Dia de São João, Jacob Geibel, o sacristão da Matriz de Santa Fé, deixou a cama ainda estremunhado de sono, enfiou o poncho sobre o camisolão de dormir e dirigiu-se para o campanário. Era um homúnculo atarracado, de pernas arqueadas e curtas, barbas ruivas e olhos cor de malva. Viera da Alemanha havia cinco anos e ali em Santa Fé e arredores era conhecido como o "Barbadinho do Padre". Poucos, porém, podiam gabar-se de ter-lhe ouvido a voz: além de não saber português, o sacristão era um homem taciturno e azedo, que parecia detestar o convívio humano.

Diante do altar-mor dobrou os joelhos rapidamente, sem entretanto encostá-los no chão, fez um vago sinal da cruz e saiu a arrastar as chinelas ao longo do corredor central do templo. Entrou no batistério, ficou por um instante coçando a cabeça e bocejando; depois agarrou a corda do sino com ambas as mãos e deu-lhe um brusco puxão.

A badalada fendeu o ar quase com a intensidade duma explosão e cobriu a cidade como uma onda, espraiando-se pelos campos em derredor. Jacob continuou a tocar sino com um vigor apaixonado e, como o atroar aumentasse, ficou de tal maneira estonteado, que por fim foi como se um demônio lhe tivesse entrado no corpo: pendurou-se na corda e começou a dar pulos, ao mesmo tempo que gritava em alemão os piores nomes que conhecia, na confusa esperança de que a zoada do sino impedisse Deus e os santos de lhe ouvirem os impropérios. Num dado momento fez uma pausa para tirar o poncho, e depois, só de camisolão, tornou a agarrar a corda com redobrada fúria. Odiava Santa Fé, odiava aquela gente de língua bárbara, odiava o vigário e às vezes chegava a odiar até as imagens dos santos.

Quando algum enterro saía da igreja e ele tinha de dobrar a finados, era com secreta alegria que murmurava a cada badalada: *Wieder einer weniger!* Menos um! *Wieder einer weniger!* Menos um! Agora, porém, o ritmo do sino não era lento e fúnebre, mas frenético, desesperado, como um toque a rebate.

"*Verfluchte Stadt!*", gritava ele. Cidade maldita! Cachorrada do inferno! Porcos excomungados! Que Deus vos amaldiçoe! Que um raio vos parta!

O Sobrado ali estava na luz indecisa da alvorada, pesado como uma fortaleza e ao mesmo tempo com o jeito dum grande animal adormecido. Fora recentemente caiado de novo, os caixilhos das janelas pintados dum azul-anil, os azulejos polidos; e nas grades do portão a tinta estava ainda fresca. Pombas que tinham fugido da torre da igreja, assustadas pelo badalar do sino, estavam agora pousadas no telhado do casarão dos Cambarás. Apesar de tudo, o monstro continuava a dormir. Num dado momento, porém, como uma pálpebra que se ergue, revelando o brilho duma pupila, abriu-se o postigo duma das janelas do andar superior, deixando aberto na fachada um quadrilátero luminoso onde se recostou o vulto dum homem alto e espadaúdo, metido num camisolão.

Licurgo Cambará fora despertado pelo bater do sino, pulara da cama meio atordoado, viera até a janela e agora ali estava a olhar para fora com olhos embaciados de sono. Em poucos segundos sua confusão, que continha um vago elemento de pânico, foi dissipada pela própria voz do sino, que parecia anunciar: "Santa Fé já é cidade! Santa Fé já é cidade!". Licurgo sentia o soalho frio sob os pés descalços. ("Vá calçar as botinas, menino!", gritou-lhe a avó em seus pensamentos.) Passando a mão pelos cabelos revoltos e duros, ele olhou para os lampiões da praça, cujas chamas morriam, e, erguendo os olhos, viu que começavam a apagar-se também as estrelas. Passara mal a noite, num sono de febre mais cansativo que uma vigília forçada. Andara dum lado para outro, ora a cavalo ora a pé, metido em roupagens vermelhas, com um turbante mouro na cabeça, distribuindo a torto e a direito títulos de manumissão e pontaços de lança. De vez em quando acordava, agoniado, com a sensação de não ter dormido um só minuto, e ficava olhando a escuridão, escutando a quietude da casa, ouvindo o relógio grande lá embaixo bater os quartos de hora. E assim, pensando nas coisas que tinha a fazer no dia seguinte, caía de novo em modorra, e outra vez começava a lida, a angústia, a luta entre mouros e cristãos, que de repente se transformava na quadrilha dos lanceiros em que seu par era prima Alice, a qual não era bem prima Alice, mas um pouco Ismália Caré. Assim passara toda a noite, e agora ele sentia a cabeça oca como um porongo que o som do sino fazia vibrar.

Mas tudo estava bem: o dia em breve ia nascer, o grande dia! Fez meia-volta, apanhou o lampião que se achava em cima da mesinha de cabeceira, e encaminhou-se para o lavatório. Despejou a água do jarro na bacia de louça, lavou o rosto com ambas as mãos, bufando e respingando o espelho; depois escovou os dentes com força, borrifando as faces com o pó cor-de-rosa do dentifrício. Tirou o camisolão e começou a vestir-se com uma pressa nervosa. Como o sino cessasse de bater, pôs-se a cantarolar "O Boi Barroso".

> *Eu mandei fazer um laço*
> *Do couro do jacaré,*
> *Pra laçar o Boi Barroso*
> *No cavalo pangaré.*

Enquanto enfiava as botas, gemeu a música do estribilho, imitando o choro sincopado da gaita. Depois cantou:

> *Adeus, priminha,*
> *Eu vou m'embora,*
> *Não sou daqui,*
> *Sou lá de fora.*

Por um instante teve na mente a imagem de Alice. Dali a pouco mais de um mês estaria casado com a prima. Ia ser engraçado, porque ele não podia esquecer a Alice dos tempos de menina: magricela, de tranças compridas, olhos pretos muito graúdos, pernas finas e fala chorosa. Nunca lhe ocorrera a ideia de namorar a prima. Sua avó tinha cada lembrança!

Licurgo pousou as mãos sobre os joelhos e ficou sentado na beira da cama, a olhar fixamente para o soalho. Sempre que pensava na noiva, sua imagem lhe vinha acompanhada pela da amante. Havia poucos dias mantivera com a avó um diálogo embaraçoso:

— Pensa que sou cega, Curgo? Eu vejo tudo.
— Pois é verdade. A Ismália é minha amásia.

Não tivera coragem de encarar a velha.

— Mas agora vassuncê vai casar, precisa deixar a china o quanto antes.

Ele permanecera silencioso.

— Promete?
— Não.

A conversa terminara aí. Desde então nunca mais haviam tocado no assunto. Era impossível explicar a uma senhora de quase oitenta anos o que ele sentia pela rapariga. Aquela gente antiga era muito positiva nas suas opiniões. Para ela uma coisa era boa ou má, preta ou branca, decente ou indecente. Não conhecia o meio-termo. Seria inútil tentar explicar à avó que ele gostava da prima Alice o suficiente para fazê-la feliz; que a achava bonitinha, prendada, e que tinha a certeza de que ela ia ser ótima dona de casa, boa esposa e boa mãe — mas que todas essas coisas nada tinham a ver com o que ele sentia pela Ismália. A chinoca não pedia nada, não esperava coisa alguma. Gostava dele quase assim como uma cadelinha gosta do dono. Se por um lado ele sabia que não teria nunca a coragem de abandonar a amante, por outro também estava certo de que seu rabicho pela Ismália nunca, mas nunca mesmo, poderia influir em sua afeição pela prima nem perturbar-lhe a paz do casamento.

Tornou a erguer-se, postou-se na frente do espelho e passou o pente nos cabelos. Depois alisou com a ponta dos dedos o grosso bigode negro, acariciou os zigomas salientes, dum moreno lustroso e avermelhado de couro curtido, e tornou a pensar em Ismália. Começara a desejar violentamente a rapariga desde o dia em que a vira pela primeira vez no rancho dos Carés, no fundo duma das invernadas do Angico. E certa manhã, após longo assédio, muitos negaceios e engodos, conseguira levá-la para o mato. Nos últimos momentos, porém, tivera de pegá-la à força, e desses minutos agitados e resfolgantes de luta corporal lhe haviam ficado lembranças meio confusas e perturbadoras: o desejo que, exacerbado pela longa espera e pela resistência de Ismália, se havia transformado numa fúria quase homicida; os gritos da chinoca, primeiro de protesto e finalmente de dor; os guinchos dos bugios que, empoleirados nas árvores e excitados pela cena, haviam rompido numa gritaria endoidecedora.

Aplacado o desejo, ele ficara estendido de costas, os braços abertos em cruz, olhando com um vago remorso para os bugios que perseguiam suas fêmeas e ouvindo o choro manso de Ismália a seu lado. Sentia vergonha de sua brutalidade e começava a impacientar-se pelo fato de não achar o que dizer à rapariga. Pedir desculpas não adiantava nada, e mesmo isso não era de seu feitio. Dar-lhe dinheiro seria brutal.

Erguera-se em silêncio, saíra do mato resolvido a não ver mais Ismália e convencido também de que daquele momento em diante ela passaria a votar-lhe um ódio de morte. Na certa ia contar tudo ao pai e este iria imediatamente queixar-se a d. Bibiana. Imaginara-se diante da avó a responder a uma interpelação:

— Pois é verdade. Fiz e sustento. Mulher é pra isso mesmo. Se não fosse eu, havia de ser qualquer outro.

A coisa no entanto acontecera da maneira menos esperada. Depois daquela manhã passara vários dias sem pôr os olhos na menina. E uma tarde, à hora da sesta, estando ele deitado no seu quarto já quase a cair no sono, vira um vulto de mulher esgueirar-se pela porta entreaberta e caminhar na direção de sua cama. Era Ismália. Fez-lhe um sinal e a china veio enroscar-se a seu lado como uma gata.

Licurgo desceu para o andar térreo, atravessou a passos largos a sala de jantar e entrou na cozinha, onde Fandango conversava ao pé do fogo com a negra Lindoia.

— Bom dia, Fandango!
— Buenas!
— Então sempre chegou a grande data, hein?
— Que remédio? Dês que o mundo é mundo, depois do hoje vem o amanhã e assim por diante até a hora da gente ir pra cidade dos pés juntos.
— Está pronto o mate?
— Quase — informou a negra.

Sobre uma das chapas do grande fogão, a chaleira começava a despedir jatos de vapor pelo bico.

Licurgo esfregou as mãos, sentou-se num mocho e perguntou:

— Sabe quantas pessoas dormiram aqui em casa esta noite?

— Umas quatro... — troçou Fandango.

— Quase trinta!

Os escravos do Angico e de outras estâncias que iam receber carta de manumissão tinham passado a noite no porão do Sobrado.

Fandango coçou a barbicha com a unha do indicador e murmurou:

— Eu só quero ver o que é que essa negrada vai fazer depois que receber papel de alforria.

— Ora! Vai ficar livre.

— Sim, mas vassuncê acha que vão viver melhor?

— Claro que vão.

— Pois eu duvido.

— Velho cabeçudo!

A tampa da chaleira começou a dar pulinhos.

— Que venha esse amargo, Lindoia!

A negra cevava o mate.

— Vassuncê vai ver — prosseguiu o capataz. — Recebem dinheiro e gastam tudo em cachaça. Vão passar o dia na vadiagem, dormindo ou se divertindo. Nenhum desses negros alforriados vai querer trabalhar. No fim acabam morrendo de fome.

— Não seja tão agourento, Fandango.

— Qual! O que sou é um índio velho mui vivido. Na minha idade um cristão acaba descobrindo que o que hai na vida é muita conversa fiada. Vassuncês moços que leem nos livros gostam demais dessas novidades estrangeiras.

— Mas a abolição vai melhorar tudo. A escravatura é a vergonha do Brasil.

— Qual vergonha, qual nada! Deixe de história. Negro é negro. Hai gente que nasceu pra ser mandada.

— Vassuncê está me desiludindo.

— Xô égua! Não nasci ontem. Essa história de cidade é a mesma coisa. Dias atrás não se sabia de nada, Santa Fé era vila. Muito bem. De repente chega um desses tais de telegramas e começa a folia. A Assembleia resolveu que agora Santa Fé é cidade. Todo mundo fica louco, a festança começa, é sino, viva e foguete. Mas, me diga, cambiou alguma coisa? Nasceu alguma casa nova, alguma rua nova, alguma árvore nova só por causa do decreto? Não. Pois é... Pura conversa fiada, hombre!

Licurgo sorria.

— Se é assim, vassuncê deve ser também contra a república.

— Aí está outra bobagem. Se vier a república a gente vai ver como não cambia nada. Pode cambiar a posição das pessoas. Quem está por baixo sobe, quem está por cima, desce. Mas as coisas ficam no mesmo, e o povinho continua na merda.

— A república há de vir, seja como for. Mas tome esse mate — disse Licurgo, estendendo para o velho a cuia que Lindoia lhe entregara.

Fandango, porém, sacudiu negativamente a cabeça:

— Não. Gracias. Nada de "primeiros" comigo. Nem com mulher nem com mate.

Licurgo começou a chupar na bomba e a cuspir o líquido esverdeado no chão.

— Na próxima eleição — disse ele — vassuncê vai votar com os republicanos.

— Posso votar com o Curgo, que é meu amigo. O resto é bobagem.

— Dessa vez havemos de eleger os nossos candidatos.

— Pode ser. Mas na última eleição esse tal de Assis Brasil não fez nem pro fumo...

— Espere, Fandango, que no ano que vem a coisa muda.

O capataz encolheu os ombros.

— O Velho é bom. Certos apaniguados dele é que não prestam.

Referia-se ao Imperador.

— Mas pra derrubar essa cambada é preciso derrubar também o Velho e o regime, substituindo esses figurões por gente nova como Júlio de Castilhos, Rui Barbosa, Venâncio Aires e outros.

— Conversas! São todos uns bons filhos da mãe.

Licurgo tornou a encher a cuia d'água e passou-a a Fandango. E, enquanto o velho ficou entretido a chupar na bomba, ele falou com entusiasmo nos festejos do dia. Tinha a impressão — disse — de que o baile de gala do Paço Municipal, com suas formalidades e seus medalhões, ia ficar apagado diante da festa do Sobrado, onde reinaria a verdadeira democracia: negros e brancos, ricos e pobres, todos misturados e irmanados no ideal abolicionista e republicano. Mas no momento mesmo em que dizia essas coisas, Curgo percebeu que não estava sendo sincero, que não estava dizendo o que sentia. Era-lhe inconcebível a ideia de que aqueles negros sujos pudessem vir dançar nas salas de sua casa, em íntimo contato com sua família. Sabia também que pouca, muito pouca gente em Santa Fé compreendia o sentido da palavra *república*...

Fandango fez uma careta.

— Pois eu cá não preciso de desculpa pra me divertir. Quando estou com vontade de dançar, danço. Quando estou com vontade de cantar, canto. Este peito não conhece tristeza. Vassuncês é que são uns capados. Não fazem nada sem muito discurso. Xô égua!

Licurgo contemplava o amigo. Gostava daquela cara indiática, do contraste entre a pele tostada e o branco prateado da barba esfalripada. Sentia-se fascinado principalmente pelo jeito de o velho falar e pela expressão travessa e maliciosa de seu olhar. Só se lembrava de tê-lo visto triste no dia em que chegara a Santa Fé a notícia de que seu filho, o Fandango Segundo, havia sido morto em combate nas terras do Paraguai. O velho ficou parado, com uma névoa nos olhos, e por alguns segundos não disse palavra. Depois, como o quisessem consolar, murmurou: "Todos têm de morrer mais cedo ou mais tarde, não é? Só que uns morrem cedo demais...". Nesse dia, quando Fandango montou a cavalo e saiu para o campo sozinho, Licurgo viu-lhe lágrimas nos olhos. O capataz passou horas e horas andando à toa pelas invernadas do Angico. Voltou ao entardecer e já assobiando ao trote do cavalo. E à noite no galpão, ao redor do fogo, contou à peonada as proezas de Fandango Segundo, suas andanças e amores; e rematava cada episódio da vida do filho com estas palavras: "Era um alarife, mas tinha por quem puxar". Depois dessa noite não pronunciou mais o nome do morto, e suas esperanças então passaram a concentrar-se no neto, o Fandanguinho, que crescia ali na estância ao calor de seus olhos e à luz de seus conselhos: "Um piá mui ladino", dizia o velho, piscando o olho. "Vai me sair melhor que a encomenda."

As pessoas com quem Licurgo mais gostava de conversar eram Fandango, sua avó e Toríbio Rezende. Este último, um baiano formado pela Faculdade de Direito de São Paulo, estabelecera-se em Santa Fé em princípios de 1881, trazendo para o município a ideia republicana, da qual era ardoroso propagandista. Desde o primeiro dia provocara a ira dos Amarais, que o ameaçaram de todos os modos, primeiro indireta e depois diretamente, procurando forçá-lo a deixar a vila. Mas o diabo do nortista fincara pé, impávido, e fizera frente aos potentados da terra com tanta altivez e coragem, que Licurgo fora espontaneamente procurá-lo, oferecendo-lhe seu apoio, sua casa, sua fortuna, enfim, tudo de que ele precisasse. Começara assim uma amizade que já durava mais de três anos e que se fazia mais forte à medida que o tempo e os acontecimentos passavam.

O convívio com Toríbio Rezende, a leitura dos artigos que Júlio de Castilhos publicava na imprensa atacando o império e fazendo a propaganda da abolição e da república — tudo isso tinha feito de Licurgo Cambará um republicano e um abolicionista. Ficara de tal modo dominado por essas ideias que acabara quase fanatizado por elas. Fandango observara um dia: "O Curgo tem três amantes: a República, a Abolição e a Ismália. Às vezes vai pra cama com as três ao mesmo tempo".

Em 83 Toríbio Rezende e Licurgo Cambará fundaram em Santa Fé o Clube Republicano, que contava agora com quase sessenta sócios e mantinha uma folha semanal. As notícias do progresso do movimento no resto do país davam-lhes ânimo e estímulo. Sabiam que o Ceará começara a libertar seus escravos, e que havia poderosos clubes republicanos em Porto Alegre e na capital de São Paulo, onde Borges de Medeiros, jovem estudante gaúcho, dirigia um jornal.

Fandango entregou a cuia a Lindoia, que tornou a enchê-la d'água, passando-a a Curgo, o qual tinha os olhos postos na janela, através de cujas vidraças via um pálido pedaço de céu. O grande dia estava prestes a raiar. Santa Fé ia dar um exemplo ao resto da Província, e esse exemplo partia daquela casa, do Sobrado! Aquilo — refletia Curgo — ia ser um ato de humanidade, de coragem, e ao mesmo tempo valia como uma bofetada na cara dos monarquistas: era um desafio capaz de repercutir até no estrangeiro. Tinha razão Toríbio Rezende quando afirmava que a ideia republicana podia ser comparada com uma onda que ia aos poucos crescendo e que acabaria não só lavando a mancha da escravidão como também derrubando o trono! Proclamada a República, Santa Fé ficaria livre dos Amarais, e homens como Toríbio e ele, Licurgo, iriam dirigir a política municipal, eliminando o favoritismo, as injustiças e as arbitrariedades. Em pensamento Licurgo via Toríbio a falar e gesticular: "O capitão Rodrigo botou sua marca no rosto do velho Bento; só ficou faltando o rabinho do *R*. Pois bem, Curgo. Quem vai completar o serviço (Toríbio pronunciava *serviço* com um *é* muito aberto) é você, não com uma adaga, mas simbolicamente, levando para diante a campanha abolicionista e republicana, e livrando Santa Fé de seu sátrapa". Como Toríbio falava bem, com que eloquência, com que facilidade! Na mente de Licurgo a imagem do amigo desapareceu para dar lugar à de Júlio de Castilhos, cuja mão ele apertara comovidamente por ocasião do último congresso republicano de Porto Alegre. Era incrível que aquele moço retraído e de poucas palavras estivesse abalando o trono com seus artigos políticos, escritos e publicados na *Província*! Agora os republicanos do Rio Grande tinham em Porto Alegre o seu jornal: *A Federação*, fundado em janeiro daquele ano. Em Santa Fé os sócios do Clube Republicano esperavam com ansiedade a mala postal que trazia semanalmente os números da folha em que Castilhos publicava seus artigos candentes.

Havia num desses escritos certo trecho que Licurgo aprendera de cor, por achar que ele definia, melhor que qualquer outro, a ideia abolicionista. Repetiu-o em voz alta para Fandango:

— "Quando se trata de tornar livres todos os filhos do Rio Grande, quando urge acabar com a imoral instituição que nos macula, não deve haver partidos. Só há lugar para um partido: é o partido da moral, do direito e da liberdade, que protestam contra a escravidão. À margem, pois, das desavenças e dos ódios das lutas partidárias, emudeça a voz do partidarismo político quando é imperioso combater este inimigo comum: a escravidão."

Fandango escutou o amigo em silêncio, e, quando Curgo se calou, o velho cuspinhou por entre os cacos de dentes e disse:

— Conversa fiada. O inimigo do hombre é o hombre mesmo.

Licurgo ergueu-se, caminhou para a porta da cozinha, abriu-a de par em par e respirou profundamente o ar frio da manhã.

Uma negra com um grande balde na mão se dirigia para o fundo do quintal, onde ia ordenhar as vacas. Aos poucos saíam vultos do porão da casa. Eram os escravos que acabavam de despertar. Uns se espreguiçavam, bocejando longamente. Outros caminhavam encolhidos, tiritando de frio. Quando viam Licurgo, murmuravam:

— A bênção, sinhô.

— Deus vos abençoe — respondia ele.

Em breve aquela gente toda ia ser livre — pensou. E por um momento ficou como que afogado pela ideia da própria bondade.

O que ia acontecer no Sobrado aquela noite era grande: o mais belo gesto da sua vida. Fechou os olhos, conteve a respiração como para avaliar melhor a intensidade de seus sentimentos. Acabou, porém, por descobrir, decepcionado, que a emoção que sentia diante de tudo aquilo não era tão dominadora como ele esperava: não estava, em suma, à altura dos acontecimentos que a despertavam.

Galos cantavam nos terreiros e seus gritos se cruzavam no ar do amanhecer. O horizonte começava a clarear.

— Está ouvindo, Fandango? — perguntou Licurgo em voz alta, sem se voltar. — Os galos estão bem loucos. Parece que sabem que dia é hoje. Lindoia! Me prepare um churrasco. Estou com fome.

Fandango ergueu-se.

— Deixe isso por minha conta. Vou trazer um bom costilhar pra nós. Também estou louco de hambre.

Caminhou com seu passo miúdo e meio gingante para a despensa, onde havia quartos de reses pendurados em ganchos.

Com um xale sobre os ombros, os braços cruzados, Bibiana entrou na cozinha. Aos setenta e oito anos tinha ainda o porte ereto, o andar firme e vivo, e os cabelos apenas grisalhos.

Licurgo voltou-se e caminhou para ela.

— A bênção, vovó.

Bibiana estendeu a mão, que o neto beijou.

— Deus te abençoe, meu filho.

Fandango voltou com o costilhar nos braços.

— Bom dia, Fandango.

— Buenos dias, dona. Passou bem a noite?

— Dormi com os anjos.

A malícia deu um brilho súbito aos olhos do velho.

— Com quem que vassuncê dormiu?

— Com os anjos, velho indecente!

— Ah! — fez Fandango, que tratava de tirar brasas do fogo para assar a carne.

— Pra que todo esse barulho? — perguntou Bibiana, olhando para o neto.

— O sino? É do programa, vovó. Hoje é o grande dia.

Bibiana sacudiu lentamente a cabeça.

— Pra mim é um dia como qualquer outro.

Depois, mudando de tom:

— Já pensaram no que é que vão dar pra essa negrada comer agora de manhã?

— Não.

— Pois é. Vassuncês só pensam em bobagens, em discursos. A velha é que tem de tratar da comida. Carta de manumissão não enche barriga de ninguém. É preciso dar alguma coisa pra entreter o estômago desses negros.

Ficou dando instruções a Lindoia. Não havia em casa pão nem biscoito que chegasse para todos.

— Eles que comam laranja e bergamota — sugeriu o capataz.

— Chame a Doca e a Noêmia — gritou Bibiana para a preta. — Vamos começar a trabalhar, senão fica tudo atrasado.

Tinham de dar de comer à noite para mais de cem pessoas. Iam mandar carnear cinco novilhas, três porcos e duas ovelhas. Havia na despensa várias caixas com garrafas de cerveja, vinho e cachaça.

E por que toda essa folia? — refletiu a velha. Só porque o homem do telégrafo, que vivia batendo com o dedo naquela engenhoca que fazia tec-tec-tec-tec-tec, tinha recebido pelo fio (coisa que ela não podia compreender) um recado dizendo que Santa Fé havia sido elevada à categoria de cidade. Licurgo andava com aquelas manias de acabar com a escravatura e atacar o Imperador. Era uma verdadeira loucura. O Sobrado estava cheio não só da negrada do Angico como de escravos de outras casas e estâncias. Era o maior disparate do mundo dar liberdade àquela gente. Mas o menino queria porque queria. E o outro, o dr. Rezende, esse era o mais doido de todos. Era por causa do baiano que Curgo andava com aquelas ideias na cabeça. Enfim, su'alma, sua palma, como diz o ditado. Eu é que não me meto nessas coisas. Contanto que não prendam fogo na casa, podem fazer o que entenderem.

Licurgo aproximou-se de novo da porta dos fundos e ficou mirando o quintal. Ansiava pelo nascer do sol. Queria ver Toríbio. Queria ver gente, muita gente: os amigos do Clube, pessoas, enfim, com quem pudesse discutir os planos do dia. A madrugada fria, aqueles vultos silenciosos no pátio e o cocoricó dos galos começavam a deixá-lo deprimido.

Sentiu que a avó estava a seu lado, os braços cruzados debaixo do xale. E no silêncio ele esperou a pergunta que temia, e que finalmente foi formulada:

— Mandou buscar a Ismália?

Seu primeiro impulso foi o de dizer que não. Mas não sabia mentir.

— Mandei.

— Então a coisa não está acabada?

— Não.

— Mas é preciso acabar o quanto antes.

— Eu sei.

— Se sabe, por que é que não acaba? Falta só um mês pro seu casamento.

Curgo pensou: mais cedo ou mais tarde a Alice tem de saber. Mas nada disse.

O relógio deu uma badalada.

— Seis e meia — murmurou Fandango.

O dia clareava aos poucos. De longe vinham agora os sons duma banda de música.

— Aí vem ela! — exclamou Lindoia.

Licurgo aproveitou o ensejo para cortar o diálogo. Tomou do braço da velha e disse:

— Vamos ver a banda, vovó.

Foram, seguidos de Fandango. Abriram uma das janelas da frente do Sobrado e debruçaram-se sobre o peitoril. Na boca da rua do Comércio apontou a Banda de Santa Cecília. Vinham os músicos formados em duas filas de quatro. Pistão, flauta, contrabaixo, bombardino, clarineta, violão, bombo e tambor. Tocavam uma marcha, mas a melodia cantada pela voz do pistão e da clarineta, rendilhada pelos trilos do flautim, era quase abafada pelos roncos do bombardino e do contrabaixo, em duas notas repetidas que davam a impressão do grunhir dum porco descomunal.

Quando a banda passou pela frente do Sobrado, Licurgo acenou amistosamente para os músicos. Bibiana olhava impassível, resmungando para o neto:

— O doutor Winter merecia ser enforcado por ter inventado essa droga.

Fandango deixou a janela, correu para a porta da rua, abriu-a e saltou para fora, gritando:

— Olha a furiosa, minha gente!

Pôs-se a pular e a dançar na frente da charanga. Nas árvores da praça os passarinhos chilreavam. Abriam-se janelas, onde assomavam cabeças. Homens, mulheres e crianças vinham para a frente de suas casas, trocavam-se acenos e cumprimentos. O pe. Romano apareceu à porta da igreja, com o rosto rubicundo iluminado em cheio pela luz do sol, que começava a aparecer por cima da coxilha do cemitério. Fez na direção do Sobrado um largo aceno, a que Licurgo respondeu.

— Até o vigário ficou assanhado com a música — comentou Bibiana.

— Não é só a música, vovó. É o grande dia!

A velha encolheu os ombros.

— Quando vassuncê chegar à minha idade, vai ver que no final de contas todos os dias são iguais.

Erguendo poeira do chão, a Banda de Santa Cecília passou pela frente da Matriz e seguiu pela rua dos Farrapos.

3

Quando Fandango entrou na igreja e viu-a abarrotada de gente, disse em voz alta a Bibiana, que caminhava a seu lado:

— Está apertado que nem queijo em cincho.

— Cht! — repreendeu-o a velha, franzindo a testa e acrescentando num cochicho: — Na igreja não se fala.

O sino começou a badalar. Eram quase dez horas da manhã, e o rosto da velha imagem de Nossa Senhora da Conceição resplandecia à luz do morno sol de inverno que entrava pelas janelas do templo. Para Bibiana a santa tinha uma fisionomia familiar, pois desde menina ela se habituara a vê-la ali no altar com as mesmas roupas, a mesma postura e o mesmo sorriso bondoso. Vezes sem conta, quando moça, Bibiana viera ajoelhar-se ao pé da imagem da padroeira de Santa Fé, confiar-lhe suas dificuldades e fazer-lhe promessas. Fora por obra e graça de Nossa Senhora que Bibiana casara com o cap. Rodrigo. Quando aos três anos Bolívar caíra de cama com um febrão medonho, ela viera um dia à igreja e dissera à santa: "Se vosmecê faz o Boli melhorar, prometo mandar rezar dez missas e dar cinco patacões pra igreja". Ao chegar à casa encontrara já o menino com as roupas úmidas de suor e a testa fresquinha. Depois, com o passar do tempo, e à medida que Bibiana perdia sua fé nos homens e nos santos, suas relações com Nossa Senhora foram deixando de ser de santa para crente para serem quase de mulher para mulher. E agora o olhar que a velha ao sentar-se lançara para a imagem parecia querer dizer: "Bom dia, comadre, como vão as coisas?". Eram ambas donas de casa e tinham grandes responsabilidades. Durante mais de cinquenta anos Bibiana não tivera segredos para com a santa. Eram velhas amigas e confidentes: entendiam-se tão bem que nem precisavam falar...

Alice entrou de braço dado com Licurgo. Atrás do par vinham Florêncio Terra, o pai da noiva, e sua outra filha, Maria Valéria.

Segundo uma tradição local, os liberais e seus familiares deviam ocupar os bancos que ficavam à direita de quem entrava no templo;

os conservadores, os da esquerda, que era agora o lado onde se sentavam também os republicanos. Os três primeiros bancos da direita estavam permanentemente reservados para Bento Amaral e seus filhos, genros, noras e netos. O pe. Romano mandara reservar o primeiro banco da esquerda para Licurgo Cambará e sua gente. Quando estes últimos se acomodaram, os Amarais nem sequer voltaram a cabeça para o lado deles. Ouviu-se um murmúrio na igreja. A rivalidade entre aquelas duas famílias era um dos assuntos prediletos da vila. Todos sabiam que o velho Bento costumava dizer: "Quando vejo gente do Sobrado fico com o dia estragado". Por sua vez, sempre que mencionava o nome Amaral, Licurgo acrescentava: "Com o perdão da má palavra...".

Curgo sentou-se ao lado da noiva. Respirou fundo. Andava no ar um cheiro de água de *toilette* misturado com o do óleo de mocotó que muitas das mulheres usavam nos cabelos. Era uma mescla quente, entre adocicada e rançosa, temperada pelo olor de incenso e de cera queimada.

Quando o sino cessou de badalar, fez-se um silêncio pontilhado de tosses nervosas, de pigarros e do estralar de bancos.

Jacob Geibel deixou o campanário e encaminhou-se para o altar-mor, pelo corredor central. Vestia a sua melhor roupa, uma fatiota preta que o uso tornara ruça. Estava muito vermelho, com as orelhas em fogo. Caminhava encurvado, de olhos baixos, e suas botinas de elástico, que ele só usava na hora da missa, rangiam agudamente, coisa que lhe aumentava o embaraço. *Verfluchte Stadt!* Lá estavam aquelas mulheres gordas e peitudas, que tinham bigode e cheiravam a leite e queijo. E aqueles homens escuros e cabeludos, de mãos rudes e vozes guturais, aquelas bestas que recendiam a suor de cavalo e a esterco. Animais!

Jacob desapareceu na sacristia e pouco depois voltou para acender as velas dos altares. Fez primeiro uma reverência rápida diante do altar-mor e a seguir acendeu uma a uma as longas velas de cera, pensando irritadamente no negro Caetano, que todos os dias ao anoitecer saía pelas ruas com sua escadinha às costas para acender os lampiões da vila. À medida que o tempo passava, mais vermelhas iam ficando as orelhas do sacristão e mais forte sua sensação de mal-estar. Ele sabia — oh, se sabia! — que aquela gente ali na igreja estava rindo dele às suas costas. Porcos! Quando saía à rua, as crianças o seguiam, gritando: "Olha o Barbadinho do Padre!".

Depois de acender a última vela, Jacob retirou-se. O altar agora estava todo pontilhado de pequenas chamas móveis, que atiravam reflexos dourados nas alfaias e ouropéis.

Licurgo olhou de soslaio para a noiva e por um instante ficou a contemplar-lhe o perfil delicado e tranquilo. Alice trazia o seu melhor vestido de cassa e tinha uma mantilha negra na cabeça. Por um tímido instante seus olhos escuros e mansos fitaram o noivo, mas se desviaram logo, furtivos, fixando-se no altar. Licurgo sentiu que devia dizer alguma coisa. Podia cochichar: "A senhora está muito bonita hoje". Mas continuou calado. Não podia vencer a sensação de constrangimento que a presença da prima lhe causava. Por outro lado, havia coisas que não aprendera ainda a dizer nem fazer. Detestava as pessoas que viviam com a preocupação de agradar e elogiar os outros. Considerava Toríbio Rezende o seu melhor amigo, mas havia no rapaz traços e hábitos com os quais ainda não se acostumara. O baiano era demasiadamente derramado de palavras e gestos, e tinha o hábito constrangedor de chamar-lhe "meu querido", coisa que causava a Curgo um certo desagrado, pois achava esse tratamento demasiadamente efeminado.

Curgo estava de tal modo absorto em seus pensamentos (andava agora a cavalgar pelos campos do Angico com Ismália Caré na garupa), que nem percebeu que à entrada do padre a congregação se erguia. Alice bateu-lhe de leve no braço com a ponta dos dedos e dirigiu-lhe um rápido sorriso. Licurgo levantou-se. O *Te Deum* começava.

Quando o pe. Atílio Romano subiu ao púlpito para fazer a sua prédica, o cel. Amaral puxou um pigarro que encheu sonoramente o recinto. "Velho porco", murmurou Bibiana. Fandango abafou uma risada.

Era o vigário de Santa Fé um homem alto e corpulento, de rosto carnudo e olhos dum castanho de mel queimado. A barba forte e escura, sempre visível mesmo quando escanhoada, envolvia-lhe as faces sanguíneas numa sombra arroxeada, dando-lhe à fisionomia um certo ar crepuscular que só o sorriso aberto, de dentes muito brancos, conseguia neutralizar. Era um sorriso tão aliciante, que chegava quase a ser feminino. A primeira vez que Licurgo vira o padre sorrir ficara tomado duma impressão desagradável. O padre, porém, tinha um aspecto tão másculo — a voz, os gestos, o andar — que Curgo acabou convencido de que "o vigário era mesmo macho cento por cento".

Natural da Itália, Atílio Romano viera para o Brasil logo depois de ordenado. Voraz ledor de livros, adorava as línguas e a oratória, e gostava de tal modo de conversar e discursar, que parecia encontrar no simples pronunciar das palavras, na formação das sentenças, no uso dos adjetivos, no engendrar dos tropos um prazer tão sensual como o que o comum dos homens encontra no ato de comer ou de amar. Falava com um leve sotaque italiano e tinha uma voz cantante e macia que, por assim dizer, lubrificava as palavras, de sorte que elas lhe rolavam fáceis e ágeis pela língua e enchiam o ar de música e ritmo. Seus gestos, como a voz, possuíam também cadência e melodia. Agora ali no púlpito o sacerdote media o auditório com um olhar dramático, o cenho cerrado, as mãos enlaçadas à altura do peito, a respiração contida, as narinas palpitantes. Encheu os pulmões de ar, estendeu os braços para a frente, como se quisesse enlaçar toda a congregação, e disse:

— Meus queridos paroquianos!

Sua voz encheu o recinto, grave e bem modulada. Jacob Geibel saiu da sacristia na ponta dos pés e veio sentar-se num mocho atrás do púlpito, num lugar em que não podia ser visto pelos fiéis.

— Meus queridos — repetiu o vigário —, meus muito queridos paroquianos.

Lambeu os lábios e respirou fundo.

— Santa Fé acaba de receber seu título de cidade! — exclamou de repente, com voz cheia de exultação e agarrando as bordas do púlpito com suas manoplas rosadas e peludas.

Nesse momento ouviu-se um forte zumbido no ar. Cabeças voltaram-se para todos os lados, olhos procuraram... Um colibri que acabara de entrar na igreja, voejava agora, estonteado, dum lado para outro, à procura duma saída. O padre calou-se. Houve um momento de embaraçosa expectativa. Fandango não se conteve e disse em voz perfeitamente audível:

— Beija-flor é bicho muito burro!

Surdiram aqui e ali risinhos abafados. O passarinho volitava, aflito, sobre as cabeças dos fiéis. Por fim frechou na direção da porta e saiu para o ar livre. Houve como que um ah! de alívio e de novo as atenções se voltaram para o orador. Atílio Romano sorria, de olhos brilhantes. Estendendo o braço na direção da porta, com o indicador a apontar acusadoramente para o colibri, disse com suave gravidade:

— Esse pobre passarinho desnorteado que acaba de sair daqui, meus queridos cristãos, é um símbolo de importância tremenda. —

Carregou no erre de tremenda, como para tornar a palavra ainda mais cheia de significação. — Ele me lembra certas almas sem rumo que procuram às cegas algo de melhor e mais alto na vida e passam seus dias a bater com a cabeça em muros, paredes, cercas e obstáculos de toda a ordem. Como esse passarito que buscava a liberdade do ar livre, essas almas se esforçam por fugir às prisões humanas e querem alçar o voo para o alto, para o infinito. Pobres almas aflitas, transviadas, sem norte, que se ferem nessa busca alucinada! Como lhes seria fácil achar a saída se compreendessem, como esse colibri a princípio parecia não compreender, que a liberdade está na direção da luz, na direção da porta. Mas aqui, meus queridos paroquianos, há uma diferença. Se para a avezita a liberdade e a vida estavam lá fora, para as criaturas humanas a verdadeira liberdade e a verdadeira vida estão aqui dentro! É na igreja que se encontra a salvação!

Ao pronunciar esta última palavra inclinou o busto para a frente, como se quisesse atirar-se do púlpito de ponta-cabeça. Passeou o olhar por aquelas muitas fileiras de caras, em sua maioria inexpressivas, que estavam voltadas para ele.

Tornou a retesar o busto. Afrouxou-se-lhe a expressão tensa do rosto, e sorrindo, ele prosseguiu:

— Vede como um simples bípede emplumado que errou o caminho pode desviar um orador sacro do rumo traçado para seu sermão. Mas, para voltar ao grande assunto do dia, quero ainda usar duma imagem que esse colibri me sugeriu. Como pássaros agitados que deixam a fronde duma árvore e, um após outro, se vão pelo ar, batendo as asas em todas as direções, assim são as palavras que neste momento se me escapam da boca.

Aproximou os dedos dos lábios, num gesto que tinha a leveza duma pluma. De repente ficou sério, cerrou o punho e brandiu-o na direção do auditório.

— Mas eu quisera que esses pobres e apagados pássaros tivessem a mais rica, bela, colorida e brilhante das plumagens, e que sua revoada constituísse um arabesco gracioso e expressivo; quisera, em outras palavras, ter a eloquência dum Cícero ou de um Demóstenes para poder exprimir neste instante o júbilo que me vai na alma diante desse acontecimento memorabilíssimo que é a elevação de Santa Fé à categoria de cidade!

Jacob Geibel escutava a voz do padre, mas sem compreender o que ele dizia. Seus pensamentos o levavam a outros lugares e horas. De braços cruzados, olhos entrecerrados, a barba ruiva espalhada sobre o peito, ele agora se via numa certa manhã dominical, com o guarda-sol aberto, montado num burro que trotava rumo de Nova Pomerânia. Ia meio adormentado ao tranco do animal e já avistava os telhados da colônia. Começava a encontrar conhecidos. *Guten Morgen, Jacob! Guten Morgen, Heinrich!* Depois começava a peregrinação de todos os domingos. Café com leite, cuca e manteiga de nata doce na casa do Spielvogel. *Apfelstrudel* no chalé de *Frau* Sommer. Canecas de cerveja espumante e partidas de bolão no Clube dos Atiradores. Música de acordeão e cantigas. *Ach du lieber Augustin, Augustin, Augustin.*

A voz do vigário era um pano de fundo para o devaneio do sacristão.

— Santa Fé, que era menina — dizia Atílio Romano —, agora se faz moça. E nós, que a amamos e nos envaidecemos dela, apresentamo-la ao mundo e exclamamos: "Vede como cresceu a nossa menina, como se fez graciosa e bela!".

— Rendamos graças a Deus e à nossa padroeira — trovejou o vigário, apontando para a imagem de Nossa Senhora da Conceição — pelos favores que o Céu nos tem concedido. Esta cidade é obra de homens que nasceram, aprenderam, trabalharam, sofreram, esperaram, envelheceram e morreram; de homens que produziram filhos que por sua vez nasceram, aprenderam, trabalharam, sofreram, esperaram, envelheceram e também morreram, e assim por diante de geração em geração, até este dia memorável. Mas enquanto os homens aparecem e desaparecem na face da Terra, há Alguém que é permanente, Alguém que é eterno. E esse Alguém, meus caros cristãos, é Deus, que está em todos os lugares e em todos os tempos. Sem Ele nada existe, nada vive. Rendamos, pois, graças ao Altíssimo, pois a Ele mais que à Câmara Municipal, mais que à Assembleia Legislativa da Província, mais que aos figurões da política...

Licurgo teve um estremecimento de entusiasmo. Aquelas palavras indiscutivelmente visavam aos Amarais. O padre era dos bons! Desde que chegara a Santa Fé compreendera a situação e resolvera não se deixar dominar pelo cel. Bento, como acontecera com o pobre pe. Otero. (Que a terra lhe seja leve!) Embora não pertencesse ao Clube Republicano, o vigário simpatizava com a ideia nova e era francamente partidário da abolição. Licurgo esfregou as mãos uma na outra, freneticamente, remexendo-se no banco.

— ... a Ele devemos nossa cidade — continuava o pregador —, as nossas casas, as nossas terras, os nossos entes queridos e o simples e maravilhoso fato de estarmos vivos. Rendamos, pois, humildemente, reverentemente, suavemente, comovidamente, graças a Deus!

Bibiana escutava com atenção, ao mesmo tempo que em pensamento fazia comentários à oração do padre. Render graças a Deus? Sim. Deus lhe dera um neto que era um homem de bem. Por outro lado, porém, Deus também lhe fizera "boas": matara-lhe o marido na flor da idade e deixara que os Terras passassem dificuldades. No entanto, ela se consideraria paga e satisfeita de todos os trabalhos e daria a vida por bem vivida se Deus agora, como compensação, lhe permitisse viver o tempo suficiente para ver os bisnetos e deixar seu trabalho na terra terminado: o Curgo casado, pai de família e senhor do Sobrado e do Angico.

— Porque — prosseguia o vigário, sacudindo ritmicamente os braços como se estivesse a reger uma orquestra — é necessário que matemos, assassinemos, expulsemos de nós o demônio do orgulho que às vezes sorrateiramente, traiçoeiramente, solertemente e maleficamente nos entra nos corações, levando-nos a crer que somos o sal da terra, chefes supremos dos nossos corpos e das nossas almas, e dos corpos e das almas daqueles que nos cercam e que nós, na nossa vaidade, na nossa cegueira, na nossa inconsciência consideramos nossos subordinados, nossos inferiores, nossos servos, nossos escravos!

Calou-se para tomar fôlego. Tornou a inclinar o busto para a frente e escrutar o rosto dos ouvintes. Licurgo vibrava. Não podendo mais conter-se, cutucou a noiva com o cotovelo. "Tudo isso é pro velho Amaral", cochichou ele aproximando os lábios do ouvido da rapariga e sentindo o perfume dos cabelos dela. (Que estará fazendo a Ismália a esta hora?)

— Santa Fé — exclamou o padre — não é obra dum homem, embora seja de justiça que prestemos nossa homenagem ao seu fundador, que foi uma figura de prol, tronco de respeitável família...

Licurgo não gostou da ressalva. Aquela cambada não merecia a menor consideração. Ricardo Amaral não tinha passado dum tiranete que falava à sua gente de cima do cavalo, de cabeça e rebenque erguidos. Começara a vida como ladrão de gado e mandara matar e surrar muita gente, passando por cima de todas as leis. O padre não precisava dar nenhuma barretada para aquela corja.

— Santa Fé é obra de muitos homens, de muitas famílias e principalmente uma dádiva do Todo-Poderoso!

Fez uma pausa e passeou o olhar cálido em torno, como num desafio a que contestassem o que acabava de afirmar. Fandango voltou a cabeça para a direita, avistou Fandanguinho na extremidade do banco — de casaco de riscado, bombachas brancas, lenço branco no pescoço e flor no peito —, sorriu e piscou o olho para o neto.

— Não é também por meio da calúnia oral ou escrita... — prosseguiu o pregador.

Chegou a hora de o Manfredo levar a sua dose — pensou Licurgo. Rezende conversara com o padre na véspera e lhe pedira que fizesse uma referência à linguagem de *O Arauto*. Licurgo olhou para a direita e viu o Fraga sentado junto dum dos Amarais, de beiçola caída, boca semiaberta, calva reluzente, ar palerma, os óculos acavalados no nariz lustroso e vermelho de cachaceiro.

— ... não é com a verrina, com a intriga, com o impropério... — As palavras eram como um vinho embriagador que o padre produzia e ao mesmo tempo consumia; e sua sede parecia insaciável. — ... não é com o aleive, com a mentira, com a agressão, com o apodo, com a calúnia que havemos de conseguir que nossas ideias prevaleçam. Elas só poderão impor-se se estiverem amparadas na verdade, e a verdade, meus queridos católicos, a verdade é simples e cristalina como a água que brota, borbotante, transparente, translúcida e pura do seio da Terra, dessa mesma Terra que Deus fez e que os homens habitam e às vezes conspurcam, maltratam, esterilizam e mancham de sangue.

"Mas esse padre é um portento!", murmurou Licurgo, dessa vez para ninguém. O vigário evidentemente se referia à ameaça que o velho Amaral fizera de atacar o Sobrado aquela noite.

— Esta data, portanto, pertence a todos aqueles que, santa-fezenses de nascimento ou não, amam esta cidade, este torrão abençoado, esta comunidade cristã. E se alguém tentar manchar este dia assinalado com algum ato de violência, que sobre ele caia a maldição do Todo-Poderoso. E que contra ele, em justo protesto, se volte a ira de todos os homens de bem desta terra!

As palavras tinham um tom de ameaça: os punhos cerrados do pregador esmurraram o vácuo. De súbito, porém, uma transformação se operou nele. Suas mãos não eram mais clavas de ferro: abriram-se e ficaram leves e esvoaçantes como pombas. Sua voz se fez alcalina e seu rosto se iluminou quando ele disse:

— Curiosos são os caminhos do mundo e misteriosos os desígnios de Deus... — Sorriu e por alguns segundos ficou com a cabeça inclinada para um lado, o ar sonhador. — Há trinta e cinco anos nascia na cidade italiana de Nizza este humilde, insignificante sacerdote que agora vos dirige a palavra. E nessa mesma cidade, no ano da graça de mil oitocentos e sete, via pela primeira vez a luz bendita do dia uma criança que recebeu na pia batismal o nome de Giuseppe. Era filho legítimo de Domenico Garibaldi, um marinheiro, e, como o pai, ao fazer-se homem, sentiu o fascínio do mar. Era também um patriota e amava a aventura. Meteu-se na conspiração republicana de Mazzini e, perseguido pelas autoridades, fugiu para a América do Sul. Já sabeis, queridos cristãos, de quem vos falo. É de Giuseppe Garibaldi, o guerreiro de dois mundos.

Fez uma pausa teatral. Bibiana, que nos tempos da mocidade ouvira narrar, encantada, as proezas daquele lendário italiano, empertigou-se e, redobrando a atenção, ficou sentada na ponta do banco, de cabeça alçada e boca entreaberta. O padre falava num companheiro do capitão Rodrigo!

— Conta a tradição oral que, ao passar uma tarde por Santa Fé, Garibaldi contemplou longamente a vila do alto da coxilha do cemitério e depois murmurou a um dos companheiros: *"Un bel villaggio!"*. Dizem também que dormiu uma sesta à sombra da grande figueira da praça, sobre os arreios, enquanto seu cavalo, companheiro leal de tantas batalhas, pastava tranquilamente a poucos passos de distância. Que sonhos, meus amigos, que sonhos teriam visitado o sono do herói? Se me permitis dar asas à fantasia, direi que ele sonhou com a vitória dos farrapos...

Neste ponto do sermão ouviu-se um murmúrio e um arrastar de pés nos primeiros bancos da direita. O padre calou-se. Cabeças, olhos e atenções voltaram-se para lá. O velho Amaral ergueu-se, olhou duramente para o vigário e disse a meia-voz:

— Isso também é demais! Falar na minha frente nesse gringo sujo e traidor, nesse farrapo canalha, é um abuso. — Voltou-se brusco para os filhos e ordenou: — Vamos todos embora daqui.

No meio dum silêncio tenso retirou-se da igreja, arrastando os pés e puxando pigarros, acompanhado por todos os Amarais com suas mulheres e filhos. Manfredo Fraga seguiu-os como um cão fiel.

O rosto e as orelhas purpúreos, as narinas a vibrar, as mãos a apertar fortemente as bordas do púlpito, o pe. Romano acompanhou os Amarais com o olhar, e depois que os viu saírem da igreja, cerrou os olhos, baixou a cabeça, uniu as mãos espalmadas e ficou por um instante na postura de quem reza.

Um sussurro encheu o ar, como o farfalhar dum arvoredo batido por um súbito golpe de vento. Mas não se ouviu nenhuma voz. Todos os olhos estavam fitos no padre. Atílio Romano levantou a cabeça, sorrindo, e recomeçou o sermão:

— Como eu dizia, Giuseppe Garibaldi sonhou com a vitória das armas farroupilhas e sonhou também, decerto, com a unificação da pátria distante.

O padre tem fibra! — pensou Licurgo. Não se atrapalhou. Esse é dos bons! A seu lado Alice estava meio trêmula de medo e torcia nervosamente a ponta da mantilha. Fandango olhou para o neto e tornou a piscar-lhe o olho. Bibiana não tirava os olhos da imagem de Nossa Senhora da Conceição, dizendo-lhe em pensamento: "Vosmecê está vendo? É como le digo. Amaral não presta nem pro fogo".

— Anos depois, na Igreja de São Francisco de Assis, em Montevidéu — prosseguiu o orador —, Giuseppe Garibaldi casava-se com uma brasileira que encontrara na Laguna, Ana de Jesus Ribeiro, mais conhecida como Anita Garibaldi, a heroína. De volta à Itália, Garibaldi jamais esqueceu esta província, e eu peço vênia para ler-vos, caros cristãos, trechos da carta que ele escreveu a seu amigo e companheiro de campanha Domingos José de Almeida.

O padre tirou do bolso um papel.

— Ouvi o que disse de vossa província o insigne guerreiro. "Quando penso no Rio Grande, nessa bela e cara província, quando penso no acolhimento com que fui recebido no grêmio de suas famílias, onde fui considerado filho; quando me lembro das minhas primeiras campanhas entre vossos valorosos concidadãos e dos sublimes exemplos de amor pátrio e abnegação que deles recebi, fico verdadeiramente comovido. E esse passado de minha vida se imprime em minha memória como alguma coisa de sobrenatural, de mágico, de verdadeiramente romântico."

— O vigário fez uma pausa, lambeu os lábios e, num tom menos solene, acrescentou: — Agora vou ler uma passagem que por certo encherá de orgulho principalmente os homens de Santa Fé: "Quantas vezes fui tentado a patentear ao mundo os feitos assombrosos que vi realizar por essa viril e destemida gente, que sustentou por mais de nove anos contra um poderoso império a mais encarniçada e gloriosa das lutas!".

— Neste ponto o padre exaltou-se, como se estivesse fazendo um discurso político. — "Oh, quantas vezes tenho desejado nestes campos italianos um só esquadrão de vossos centauros avezados a carregar uma massa de infantaria com o mesmo desembaraço como se fosse uma ponta de gado! Onde estão agora esses belicosos filhos do Continente, tão majestosamente terríveis nos combates? Onde, Bento Gonçalves, Neto, Canabarro, Teixeira e tantos valorosos que não lembro?"

Licurgo vibrava, com ímpetos de aplaudir, de gritar. Mas limitava-se a bater com o cotovelo no braço da noiva. Fandango, porém, não se conteve e exclamou: "Oigalê bicho bom!".

— "Que o Rio Grande ateste com uma modesta lápide o sítio em que descansam os seus ossos. E que vossas belíssimas patrícias..." — O padre fez uma pausa, passeou os olhos pela assistência e repetiu: — "... que as vossas belíssimas patrícias cubram de flores esses santuários de vossas glórias, é o que ardentemente desejo."

Calou-se, dobrou o papel e tornou a metê-lo no bolso.

— Mas por que falei em Garibaldi, que aparentemente nada tem a ver com a data de hoje? — Fez uma breve pausa, como se esperasse de alguém resposta à sua pergunta retórica. Ergueu o braço direito, com o indicador enristado. — É porque quem vos fala é um sacerdote italiano de nascimento que começa a ser brasileiro de coração; porque nesta mesma igreja hoje, sentados no meio de brasileiros, acham-se imigrantes italianos que há quase dez anos chegaram a esta província e fundaram neste mesmo município de Santa Fé uma colônia que se chama Garibaldina, em homenagem ao herói. E é porque esses colonos italianos, bem como os alemães de Nova Pomerânia, estão trabalhando juntamente com os brasileiros pela grandeza deste município, desta província, deste grande país. E nesta terra cujos conquistadores primitivos tinham nomes como Magalhães, Pereira, Fagundes, Xavier, Terra, vivem hoje homens que se chamam Bernardi, Nardini, Sorio, Conte, Bauermann, Schultz, Schneider, Schmitt, Kunz. E nesta igreja espero um dia com a graça de Deus unir em matrimônio uma Dela Mea com um Pinto ou um Spielvogel!

Filho meu não casa com gringa — declarou Bibiana mentalmente.

Atílio Romano abriu os braços e por alguns momentos ficou numa atitude de crucificado.

— Aleluia! — exclamou. — Aleluia! Que os sinos cantem, bimbalhem, badalem, clamem, anunciando ao mundo que Santa Fé é cidade. E praza aos Céus que nunca mais outra guerra fratricida encha de luto e sangue esta terra abençoada!

Quando o padre terminou o sermão, os paroquianos começaram a ouvir os roncos compassados de Jacob Geibel, que dormia a sono solto atrás do púlpito.

4

É um serelepe — pensava Bibiana. Parece que tem bicho-carpinteiro no corpo.

Sentada à cabeceira da mesa, na sala de jantar que o sol do meio-dia tocava duma luz alegre, ela contemplava o dr. Toríbio Rezende, que dava pulinhos na frente de Licurgo, atirava os braços para o ar e movia a cabeçorra para a direita e para a esquerda — hein? hein? — com movimentos vivos de pássaro. Fazia já algum tempo que ela tentava acomodar os convivas à mesa, mas não conseguia, pois aquele baiano desinquieto não parava de falar, de andar dum lado para outro, como se quisesse lançar confusão no ambiente. Mirando o advogado com olho crítico, mas não sem uma certa simpatia, Bibiana esperava pacientemente, com as mãos trançadas postas sobre a mesa.

Toríbio exclamou:

— Pois que venham os capangas dos Amarais! Havemos de recebê-los a bala. E quando a munição acabar, brigaremos com batatas, laranjas, mandiocas, pratos, garfos, panelas.

E à enumeração de cada uma dessas coisas, movia vigorosamente os braços, como se estivesse atirando pedras contra inimigos invisíveis. Agitava a cabeleira negra, longa e ondulada, que o tornava tão parecido com Castro Alves.

De repente cessou de falar, mas continuou a produzir ruído: uma risada de garganta, trepidante e prolongada, que lembrou a Bibiana a matraca da igreja em Sexta-feira Santa.

— Quando vassuncê terminar de brigar — disse ela a Toríbio —, venha pra mesa.

O dr. Rezende aproximou-se da velha, tomou-lhe da cabeça com ambas as mãos, e deu-lhe um sonoro beijo na testa. A fisionomia de Bibiana permaneceu impassível. Não gostava muito daquelas liberdades, principalmente quando vinham dum estranho. Nunca fora "mulher de beijos".

— Sente-se na minha direita — ordenou ela.

Toríbio obedeceu, piscou o olho para Licurgo e disse:

— Ainda vou acabar sendo seu avô, Curgo.

— Cale a boca, menino. Me deixe acomodar essa gente na mesa.

O baiano empunhou uma faca e começou a fazer riscos paralelos na toalha.

— O senhor, doutor Winter, fique aqui na minha esquerda. Preciso de alguém bom do juízo perto de mim...

O médico sentou-se à frente de Toríbio. Bibiana olhou para o neto:

— Deixe o Florêncio sentar hoje na cabeceira, meu filho.

Florêncio ficou constrangido:

— Não carece, titia. Qualquer lugar me serve.

— Faça o que estou dizendo. Sente na cabeceira.

O sobrinho obedeceu. Bibiana olhou para as duas moças que estavam de pé, à espera de suas ordens:

— Alice, sente do lado esquerdo do seu pai. E vassuncê, Curgo, fique na frente da sua noiva. Maria Valéria, espere um pouco.

Alice e Licurgo sentaram-se nos lugares indicados.

— Onde está o Juvenal?

— Estou aqui — respondeu o rapaz, que naquele instante entrava na sala, limpando os lábios com a manga do casaco.

— Garanto como já esteve bebendo um trago na cozinha, não?

O rapaz sorriu. Era grandalhão e tinha o rosto largo e tostado.

— Pr'esquentar... — desculpou-se ele.

— Eu sei — resmungou a velha. — No inverno bebem cachaça pr'esquentar. No verão, pra refrescar. Quando se molham bebem pra evitar resfriado. Conheço bem esse negócio. Mas sente ali ao lado do doutor Toríbio. — Voltou-se para Maria Valéria. — E vassuncê, menina, fique entre o doutor Winter e o Curgo.

Esperou que todos se acomodassem e depois, abrangendo a mesa com um olhar satisfeito, murmurou:

— Até que enfim! Tudo arrumado.

Mas em pensamento corrigiu: Minto. Nem tudo está arrumado. Ainda falta muita coisa. Falta o Curgo e a Alice casarem, terem filhos e encherem esta mesa de crianças. Falta o menino abandonar a amásia. Falta casar também a Maria Valéria.

Lançou um olhar enviesado para o dr. Toríbio, que estava já com a "matraca" funcionando, a contar ao dr. Winter suas polêmicas com o Manfredo Fraga d'*O Arauto*. O dr. Rezende podia ser um bom partido... Ou não? Embora gostasse do rapaz, Bibiana nunca conseguira vencer a impressão de que o baiano era um estrangeiro, de fala e costumes diferentes dos da gente da Província. Ficava meio atordoada pela sua tagarelice, e sua gesticulação exagerada às vezes a deixava com uma "coisa" nos olhos... Havia de ser muito engraçado casar um moço agitado, conversador e festeiro com uma rapariga seca, retraída e caladona como a Maria Valéria, que herdara da mãe (pobre da Ondina, tão quieta, tão sem-sal!) a falta de graça e do pai a teimosia. Não. A coisa não podia dar certo.

Bibiana bateu palmas:

— Lindoia, a sopa!

As mulheres estavam caladas: Alice brincava com o guardanapo, de olhos baixos; Maria Valéria, muito tesa, as mãos pousadas no regaço, olhava fixamente para uma das janelas, onde uma abelha voejava e zumbia, batendo às tontas contra a vidraça. Juvenal contava ao pai a história dum tropeiro que conseguira vender a certa charqueada um lote de vacas magras por preço exorbitante. Florêncio sacudia a cabeça num gesto que era metade incredulidade e metade censura. A risada do dr. Rezende de novo vibrou no ar ensolarado.

Bibiana abarcava a sala com um olhar morno e tranquilo. Sentia-se feliz. Tinha ao redor da mesa os parentes mais chegados e queridos. No princípio daquele ano sua filha Leonor e o marido tinham vindo passar um mês no Sobrado. Se o Florêncio não fosse tão teimoso podia também morar ali com sua gente. Era um casarão enorme que por assim dizer vivia vazio. Mas o diabo do sobrinho só um ano depois da morte de Luzia é que tornara a entrar no Sobrado, e assim mesmo meio trazido à força. Agora lá estava ele à cabeceira da mesa, com os seus bigodes caídos, seus olhos tristes, macambúzio e contrafeito, como se estivesse num almoço de cerimônia. Ela tinha às vezes vontade de agarrar o Florêncio pelos ombros e sacudi-lo, sacudi-lo muito. "Deixe de bobagem, homem! Esta casa é nossa, é dos Terras. Sempre foi!"

A criada entrou com a grande terrina de louça branca e depô-la sobre a mesa, à frente da patroa. Bibiana ergueu-lhe a tampa e o vapor subiu, envolvendo-lhe o rosto. Com a grande *cuchara* de prata ela mexeu a sopa loura e cheirosa, e depois, tirando pratos fundos da pilha que tinha à sua direita, começou a servir.

— Vá passando adiante — disse ela ao dr. Toríbio, ao entregar-lhe o primeiro prato. — E não precisa cheirar a comida!

— Que delícia! — exclamou o advogado. — A ambrosia dos deuses e os manjares dos banquetes de Sardanapalo não cheiravam tão bem quanto esta sopa! Dona Bibiana, tenho a honra de pedi-la em casamento.

— Então primeiro passe adiante a sopa — retrucou ela. E vendo que Florêncio ia entregar o prato a Curgo, disse: — Não, Florêncio. Esse é seu.

Dentro de alguns segundos estavam todos servidos, à espera de que a dona da casa começasse a comer. Bibiana tomou da colher, mexeu a sopa com ar distraído e por fim, depois de soltar um profundo suspiro, com cujo sentido o dr. Winter não pôde atinar, sorveu o primeiro gole. Os outros começaram também a tomar sopa, e por alguns momentos o silêncio da sala ficou cheio de chupões sonoros.

Bibiana olhou para a terrina: tinha quase vinte anos de uso. Viam-se sobre aquela mesa outros utensílios antigos aos quais a velha se afeiçoara como se eles também fossem membros da família: a farinheira de madeira (com a tampa já muito lascada); os pratos de louça creme com debrum dourado; o paliteiro de platina — um homem magro de guarda-sol aberto e cheio de furinhos onde se espetavam os palitos; os cálices de cristal verde e longas hastes, que vinham do tempo do velho Aguinaldo (que Deus ou o diabo o tenha!).

Curgo comia com sofreguidão, encurvado sobre a mesa, o nariz quase a entrar no prato. Era sempre assim quando andava preocupado com algum problema: havia momentos em que os pensamentos se lhe atropelavam na mente e ele se esquecia por completo do que estava fazendo... Agora comia por assim dizer ao ritmo das coisas em que pensava. Naquele instante em sua mente era noite, a festa tinha começado, dançava-se na sala grande do Sobrado e no quintal os negros pulavam ao redor da fogueira, mas ele, Curgo, estava de revólver em punho à janela da frente esperando os capangas de Bento Amaral. Venham, seus capados! Venham se são homens! E eles vinham... Surgiam de todos os cantos da praça e rompiam fogo. Sobre a cabeça de Licurgo uma vidraça partiu-se, os cacos de vidro lhe caíram na cara. Ele começou também a atirar. Pei! Lá caiu um. Pei! Lá se foi outro... E com fúria assassina Curgo levava as colheradas de sopa à boca.

— Coma mais devagar, menino! — gritou-lhe a avó.

Só então Licurgo voltou à sala de jantar. E, como se os outros tivessem estado a presenciar aquele combate imaginário, disse:

— Mas acho que ele não tem caracu!

Alice corou e baixou os olhos para o prato. Com exceção de Maria Valéria, todos olharam para Licurgo interrogadoramente.

— Quem é que não tem caracu? — perguntou Juvenal.

A sopa que lhe enchia a boca, tornava-lhe mole a voz.

— O velho Amaral — esclareceu Curgo. — Digo que não tem caracu pra atacar o Sobrado. — Inclinou o busto sobre a mesa, voltou a cabeça para a direita e perguntou: — Qual é a sua opinião, doutor Winter?

O médico passou o guardanapo pelos bigodes, pigarreou e respondeu:

— Coragem talvez não lhe falte. Mas o velho é esperto demais para fazer uma loucura dessas.

— Mas não seria a primeira! — observou Toríbio.
O alemão sacudiu negativamente a cabeça.
— Não, Curgo. Ele não vai fazer uma asneira assim tão grande.
— E por quê? — indagou Toríbio. — Hein? Hein? Por quê?
Carl Winter começou a riscar distraidamente a toalha com a ponta da faca, enquanto Bibiana o mirava com ar de reprovação.
— Por várias razões — prosseguiu o médico. — Vejam bem. Primo, atacar uma casa de família onde se realiza uma festa em que há mulheres e velhos, é um ato reprovável que fatalmente repercutiria mal em toda a Província. Segundo, esse ataque só poderia prejudicar moralmente o Partido Liberal e fornecer aos jornais abolicionistas um motivo para atacarem a monarquia. Finalmente, porque o coronel Amaral sabe muito bem que o Conselheiro não aprovaria um gesto de violência como esse, principalmente dirigido contra o Sobrado...

Havia algum tempo, Gaspar Silveira Martins passara por Santa Fé, onde realizara uma conferência, após a qual — para surpresa de todos —, em vez de ir ao casarão dos Amarais, visitara o Sobrado, onde ficara até altas horas da noite a conversar com Bibiana, Licurgo e o dr. Rezende. Tinha sido uma noitada memorável, e a casa ficara toda cheia da voz trovejante daquele extraordinário orador cuja legenda o país inteiro conhecia. O Conselheiro deixara "a gente do Sobrado" impressionadíssima. Era um homem alto, de largo peito e postura atlética: tinha um olhar magnético e uma irresistível capacidade de sedução. O dr. Toríbio, que quase não tivera a coragem de abrir a boca na presença do estadista, dissera dele mais tarde: "É um misto de Sansão e Demóstenes. E se me pedissem para pintar Júpiter, barbudo e formidável por entre nuvens de tempestade, com um feixe de raios nas mãos, eu o representaria na figura do Conselheiro!".

Depois que Silveira Martins se retirara, avô e neto ficaram ainda por mais duma hora a conversar, entusiasmados, sobre a personalidade do visitante da noite. Comentara Licurgo: "É um grande tribuno. Pena que não seja dos nossos". Fandango, que durante todo o tempo da visita ficara de longe, "bombeando e escutando" o Conselheiro, resumira sua admiração numa frase: "Bichinho mui especial". Bibiana dissera simplesmente: "Tem o jeito do capitão Rodrigo. É um homem".

O dr. Winter tinha razão. O velho Amaral não era tão insensato que quisesse correr o risco de provocar a ira do Conselheiro.

— Mas pelas dúvidas — contou Licurgo — já tomei minhas providências. A peonada do Angico vai dançar de pistola na cinta e olho alerta, preparada pro que der e vier. É bom a gente não confiar muito. O seguro morreu de velho.

— Mas morreu — acrescentou Bibiana.

Winter soltou uma risada.

— Ah! — fez o advogado bruscamente. — Já ia me esquecendo... Recebi de Cruz Alta um boletim que o Diniz Dias mandou distribuir. É a propósito de sua briga com o doutor Gaspar Martins.

Por motivos políticos, o Conselheiro destituíra o barão de São Jacó da chefia do diretório liberal do município vizinho.

— Leve os pratos de sopa, Lindoia — ordenou Bibiana.

Toríbio tirou do bolso um papel, desdobrou-o e disse:

— Ouçam só esta beleza! — Começou a ler: — "O senhor Conselheiro decretou a deposição do barão de São Jacó e a outro se entregou o bastão que lhe fora confiado pelo voto unânime do partido local." — Toríbio fez uma pausa, fitou em Curgo os olhos inquietos, sorriu e disse: — Quem está radiante com essa briga é o velho Amaral.

— São vinho da mesma pipa — resmungou o amigo.

O advogado baixou a cabeça e continuou a leitura:

— "Quarenta anos de lutas, vinte e três de chefia não valeram ao soldado de quatro campanhas para evitar de ser alijado e magoado pelo senhor Conselheiro. Declaro, no entretanto, perante a Província e meu partido, que não é propriedade exclusiva do senhor Gaspar, que não aceito a demissão de chefe..."

Juvenal tomou a última colherada de sopa e disse:

— Começaram a se comer uns aos outros.

— Que se entredevorem! — exclamou Toríbio. — Que se estraçalhem! Essa confusão só poderá ser benéfica para a propaganda republicana. Mas ouçam isto, agora. É de primeiríssima: "Estaremos na Rússia, sob a pressão despótica do Czar? Somos servos ou cidadãos livres?".

— Somos servos da canalha monarquista! — aparteou Curgo.

Toríbio tornou a dobrar e guardar o papelucho.

— Se o gabinete liberal cair e os conservadores subirem — observou o dr. Winter —, o Bento Amaral é capaz de começar a atacar a monarquia.

— Sim — concordou o dr. Rezende —, porque nenhum desses dois partidos é sinceramente monarquista. O que eles querem é governar. Quando estão com o osso na boca, defendem o Imperador. Quando perdem o osso, começam a rosnar.

— Por isso eu digo sempre — tornou Winter — que não é de admirar se amanhã os Amarais de novo virarem a casaca. Não foram já conservadores? Tudo depende de onde sopra o vento... — Lançou um olhar trocista e oblíquo para Licurgo, acrescentando: — O velho Bento ainda vai acabar no Clube Republicano.

— Essa é que não! — protestou o outro.

Juvenal sentenciou:

— Em política nunca devemos dizer "Dessa água não beberei".

Curgo bateu na mesa com o punho fechado.

— Pois é pra acabar com essas imoralidades que nós queremos a república.

— E quem vai derrubar a monarquia — declarou Rezende com voz empostada — é aquele moço austero que nasceu na estância da Reserva, e que escreve artigos em *A Federação*. A monarquia, tome nota das minhas palavras, doutor Winter, vai cair aos golpes duma pena e não duma espada.

O médico sacudiu a cabeça, céptico.

— Neste país nunca se fará nada sem a interferência direta ou indireta da espada. Só virá a república se o Exército quiser.

Sempre que Licurgo ouvia ou lia a palavra *exército*, a imagem que lhe vinha à mente era a dum certo maj. Erasmo Graça, que frequentara o Sobrado em princípios de 1870.

— Qual Exército qual nada! — vociferou ele, lançando um olhar agressivo para o dr. Winter.

— Quando chegar a oportunidade — disse Toríbio remexendo-se na cadeira —, o Castilhos saberá atirar habilmente o Exército contra a monarquia. Não há nada que aquela pena mágica não possa fazer.

— É um homem inteligente, não há dúvida... — murmurou o dr. Winter com ar benevolente.

— Um homem inteligente? Só isso, meu caro doutor, apenas isso? Hein? Hein? — E Rezende voltava a cabeça dum lado para outro. — Hein? Júlio de Castilhos é o maior escritor político do Brasil!

Naquele instante entraram duas pretas trazendo bandejas com travessas fumegantes, que foram enfileiradas no centro da mesa. Juvenal ficou de olho alegre. Florêncio mirou a comida com melancólica inapetência. Winter mais uma vez se maravilhou ante a fartura: havia feijão-preto com linguiça; carne assada com batata-inglesa; galinha ensopada; um pratarrão de mondongo — que o doutor detestava; uma travessa de arroz rosado e lustroso; um prato fundo com abóbora e outro com iscas de rins.

— Agora, que cada um faça pela vida! — exclamou Bibiana. — Sirvam-se!

Houve uma troca animada de pratos, e por alguns instantes todos ficaram a servir-se.

Curgo levantou-se, foi até a despensa e voltou de lá com duas garrafas abertas.

— Vamos experimentar um vinho feito pelos italianos de Garibaldina — disse.

Encheu o cálice de Florêncio, depois aproximou-se de Maria Valéria.

— Eu não tomo — murmurou esta sem erguer os olhos.

— Doutor Winter? Talvez vassuncê prefira cerveja.

— Vinho — disse o médico.

Licurgo encheu-lhe o copo.

— E a senhora, vovó, não bebe um pouquinho?

— Não sou gringa.

Licurgo serviu Toríbio e depois Juvenal.

— Toma vinho, Alice?

Ela olhou para o noivo e respondeu com um meio sorriso:

— Não, obrigada.

Por um breve instante o olhar de Curgo fixou-se, morno, no doce relevo dos seios de Alice, e imaginou-a nua em seus braços. Mas repeliu logo esse pensamento. Era indecente, absurdo. Alice ia ser sua esposa, a mãe de seus filhos. Para "aquelas coisas" ele teria a Ismália. (Onde estará ela a estas horas?)

Fez a volta da mesa, encheu o próprio copo e sentou-se.

— À República! — exclamou Toríbio, erguendo o cálice. — Hein? Hein? À República!

Juvenal e Curgo participaram imediatamente do brinde. O dr. Winter imitou-os com um resignado encolher de ombros.

— Vá lá! À República!

Florêncio olhava sombriamente para seu copo. Os outros homens tomaram um largo gole.

— Como é, seu Florêncio? — interpelou-o Toríbio Rezende. — Não nos acompanha no brinde?

— Acho que o papai é monarquista — disse Juvenal, olhando para o velho com um sorriso que ainda lhe alargava mais o rosto e obliquava os olhos.

— Eu sei bem o que o Florêncio é — resmungou a velha. — Um teimoso.

— Eu não sou coisa nenhuma, tia Bibiana.

— Um homem tem de ter opinião! — exclamou Curgo, partindo com desnecessária fúria um pedaço de carne.

— Eu cá tenho as minhas. Só acho que não preciso andar gritando na rua o que é que penso...

— Estou falando de política — tornou Curgo. — Nesta hora não é possível ser neutro.

Florêncio deu-lhe uma resposta indireta:

— O Imperador é um homem de bem. Eu só queria saber onde é que vassuncês vão arranjar outro melhor que ele pra botar no governo.

Curgo lançou um olhar cálido para Toríbio.

— Está ouvindo, Toríbio? Está ouvindo?

— Como esse há milhares e milhares em todo o Brasil — exclamou o advogado.

— É por isso — interveio o dr. Winter — que eu digo que não se pode contar com o povo para derrubar a monarquia.

— Mas não se trata duma revolução armada, doutor, e sim duma revolução de ideias. Estamos no século do progresso, do caminho de ferro, do vapor, do telégrafo elétrico, da fotografia... hein? hein? A era da barbárie já passou.

Carl Winter, que estava a tomar um novo gole de vinho, riu dentro do copo tão brusca e violentamente que, engasgado, rompeu numa tosse convulsa, apertando os lábios com o guardanapo. Sem a menor mudança de expressão fisionômica, Maria Valéria ergueu o braço direito e desferiu uma sonora palmada nas costas do médico.

— Que é isso, menina? — repreendeu-a Bibiana.

— O doutor está engasgado — respondeu a moça, imperturbável.

Winter tossia e ria ao mesmo tempo. E quando, muito vermelho, com os olhos cheios de lágrimas, a respiração arquejante, ele bebia pequenos goles d'água, Toríbio lhe perguntou:

— Mas por que o senhor riu, hein?

O alemão encarou-o, subitamente sério.

— Vassuncê disse que a era da barbárie passou e que estamos no século do progresso, das ideias...

— E que é que há de tão extraordinário nisso? Acaso não terei enunciado um axioma irretorquível?

Winter atirou o guardanapo sobre a mesa, inclinou o busto para a frente e, escandindo bem as sílabas, disse com voz ainda apagada:

— Não se iluda, meu jovem amigo. Os homens inventaram algumas engenhocas úteis, não há dúvida, mas no que diz respeito a sentimentos não estão em muito melhor situação que seus antepassados das cavernas. Suas reações animais são basicamente as mesmas.

— *Experto crede!* — exclamou o advogado.

— No ano passado a Inglaterra ocupou o Egito — prosseguiu o médico. — Que significa isso? A vitória da civilização sobre a barbárie? Não. Significa, a meu ver, que essa nobre vaca, com o perdão das senhoras presentes, que essa respeitável bruaca que é a Rainha Vitória vai ter mais escravos e os comerciantes ingleses mais lucros.

Os olhos ainda úmidos, Winter apertava a haste do cálice com seus longos dedos rosados, cobertos duma penugem fulva. Os outros dividiam a atenção entre a comida e a polêmica.

— Qual progresso, qual nada! — E o médico tornou a passar o guardanapo nos lábios. — Diga antes interesse material, comércio, ganância. O homem é o lobo do homem. Vosmecê deve saber dizer isto em latim, doutor Rezende...

— Mas o meu caro e irônico esculápio — retorquiu Toríbio — achará que a Inglaterra com seu adiantamento científico, a sua civilização, a sua experiência não pode levar o progresso ao Egito? Hein?

— Pode mas não leva. Para ela os egípcios não são propriamente homens.

— No entanto — rebateu Toríbio, cujas faces o vinho e o entusiasmo deixavam afogueadas —, no entanto vosmecê não negará que foi graças à grande Inglaterra que abolimos o tráfico de negros. Só uma política altamente humanitária seria capaz de conduzir a um gesto tão altruísta. Desde 1807, se não me falha a memória, a Inglaterra não faz mais o comércio de escravos.

— Mas dizem que ainda vendem negros por baixo do poncho — observou Juvenal.

— Qual nobreza, qual humanitarismo, qual nada! — exclamou Winter. — Tudo interesse comercial.

— O senhor é um espírito de contradição! — acusou-o Curgo, agastado.

Espetou no garfo um pedaço de batata, levou-a à boca num gesto brusco e ficou a mastigá-lo com uma ferocidade cômica.

— Sou um homem sem paixões — disse Winter. — Não tenho partido. Nem sequer nasci neste país. Um dia posso ir-me embora para a Alemanha e não voltar mais. Limito-me a ler, ouvir, observar e tirar minhas conclusões. Os senhores botam todas essas questões num pé puramente ideológico. Eu prefiro levar a coisa para o lado do interesse material...

— O senhor então — perguntou Curgo, inflamado — acha que não há no mundo lugar para o coração, e que as pessoas só fazem as coisas com o olho no lucro, no benefício próprio?

— Não quero dizer exatamente isso... — começou o médico.

O outro, porém, não lhe deu tempo para terminar a sentença, pois prosseguiu:

— Tome o meu caso. Vou hoje dar liberdade a todos os meus escravos. Qual é o meu lucro material nessa história? Me diga. Me diga.

Winter encolheu os ombros.

— Vassuncê é um sentimental.

— Graças a Deus! E não me envergonho disso.

Lançou um olhar rápido para Alice, que naquele instante o contemplava com expressão amorosa. Depois ergueu o copo e bebeu, como num brinde a si mesmo, ao seu bom coração e aos seus sentimentos nobres.

— A província do Ceará está libertando seus escravos — ajuntou Toríbio. — A do Amazonas também. Que lucro material têm elas nisso?

Winter lutava com uma sambiquira de galinha. Sem erguer os olhos para os interlocutores, respondeu:

— A explicação é simples. Para a lavoura do Norte o braço escravo já não é mais negócio. No fim de contas é muito melhor pagar ao negro um salário baixo e seco do que dar-lhe de comer e vestir.

Juvenal largou a sua perna de galinha e disse:

— Mas um dia destes conversei com um fazendeiro de São Paulo que não quer nem ouvir falar em abolição...

— Mas está certo — replicou o médico —, rigorosamente certo. A lavoura de café é a mais próspera do país, a mais lucrativa. Os fazendeiros de São Paulo estão tendo lucros cada vez maiores.

Destacando bem as sílabas e atirando-as uma a uma na direção de Licurgo e Toríbio, com uma lentidão provocadora, o dr. Winter concluiu:

— Os fazendeiros de café precisam do trabalho barato do escravo. Por isso são contra a abolição. O governo por sua vez se encontra entre dois fogos: o interesse dos senhores feudais paulistas e a opinião pública, que é antiescravagista.

— Seja como for — disse Toríbio —, a ideia abolicionista está em marcha vitoriosa.

— E vencerá! — exclamou Licurgo.

Winter sorriu:

— Espero que não me tomem por um miserável escravagista. Sou apenas um homem que se quer dar o luxo de ver claro...

Mas que era "ver claro"? — perguntou ele a si mesmo, chupando a sambiquira da galinha. Seria coisa sábia procurar a gente viver sempre com lógica e lucidez? Às vezes lhe parecia que o melhor era participar de todas as paixões, enlamear-se nelas, não ficar à margem da vida, preocupado com examinar todos os lados das pessoas e das questões, querendo dizer sempre a palavra mais justa e serena, que no fim era quase sempre a mais cínica e a menos humana. Apesar de toda a sua famosa lucidez, aos sessenta e três anos de idade encontrava-se ele ainda em Santa Fé, solteirão, solitário, escravo da rotina, pensando sempre em ir-se embora, em voltar para a Europa, mas ao mesmo tempo sentindo-se poderosamente preso àquela terra como uma velha árvore de raízes profundas — mas uma árvore que não ama o solo em que está plantada e não tira dele o alimento de que necessita para vicejar com toda a plenitude.

Lenta e meio cansada, como se viesse do fundo dum longo corredor sombrio, ouviu-se a voz de Florêncio:

— Não tenho nem nunca tive escravos. Mas acho que no Rio Grande os negros são felizes. Nas estâncias e nas charqueadas eles trabalham ombro a ombro com os brancos. A não ser um ou outro caso, em geral são bem tratados. Dizem que lá no Norte os senhores de engenho maltratam os escravos. Não sei. Há muita conversa fiada. O que sei é que aqui na Província os negros passam bem.

Curgo sacudia a cabeça, obstinadamente.

— Mas isso não é razão pra manter a escravatura, primo Florêncio.

O velho fez um gesto vago.

— Vassuncês são moços, leem nos livros, devem saber o que fazem. Eu sou um homem antigo.

Bibiana lançou-lhe um olhar de estranheza. Se Florêncio se considerava "antigo", ela então que era? Um caco velho, um trapo. No entanto não se trocava por nenhum daqueles moços que ali estavam ao redor da mesa.

Juvenal voltou-se para Toríbio e perguntou:

— Como é mesmo aquela frase do Conselheiro sobre a escravatura?

— "Amo mais a minha pátria do que ao negro" — citou o advogado.

— Frase indigna dum grande homem — disse Licurgo. — Nem parece ter saído duma cabeça privilegiada como aquela.

Toríbio olhou para o amigo:

— Não aprovo a atitude de Gaspar Martins, mas compreendo-a. O que ele quer dizer é que teme que a luta pelo abolicionismo degenere em guerra civil como nos Estados Unidos da América do Norte.

— E tem razão — observou Florêncio. — Há esse perigo.

Licurgo levantou-se intempestivamente, foi até a sala de visitas, voltou de lá trazendo o último número de *A Federação*, que recebera nas vésperas, tornou a sentar-se e anunciou:

— O que vou ler agora foi o doutor Castilhos que escreveu: "Abandonada aos impulsos naturalmente irregulares da paixão revolucionária que anima tanto o abolicionismo intransigente como a escravocracia emperrada, a questão do elemento servil assume uma gravidade excepcional". Agora prestem bem atenção a este final: "Se a luta violenta sobrevier, desabe todo o peso da responsabilidade sobre o governo medíocre, que compromete a paz pública".

Tornou a dobrar o jornal e colocou-o junto do guardanapo com o ar de quem havia dito a palavra definitiva sobre o assunto. Houve um curto silêncio, ao cabo do qual Toríbio falou:

— O que o doutor Castilhos quer dizer — explicou ele — é que o governo não tem seguido uma política sensata nesse assunto da abolição.

— Mas que é que o doutor chama de política sensata? — perguntou Winter.

— Uma política que visasse acabar gradualmente, hein? hein?, a propriedade escravagista por meio, digamos, dum imposto que os senhores de escravos teriam de pagar e cujo produto podia ser empregado num fundo de emancipação. Uma política que promovesse o decreto de leis tendentes a dificultar o negócio de escravos e sua transmissão por herança. Por exemplo: devia ser proibido o comércio de negros entre as províncias. E a melhor maneira de substituir o braço escravo na lavoura seria estimular a imigração. Tudo isso o governo podia fazer e não faz.

— Só conseguiremos essas coisas com a república — afirmou Curgo.

Florêncio meneou a cabeça.

— Estou muito velho pra acreditar em conversas — observou ele, de olhos baixos, como se estivesse se dirigindo ao próprio prato e não aos outros. — Tenho visto muita mudança de governo na minha vida e tenho lido e ouvido muita promessa de políticos. Acho que as coisas não vão mudar se vier a república.

Curgo olhou vivamente para o tio e, quase agressivo, replicou:

— É por essa e por outras que o Brasil não vai pra frente. Se homens como o senhor acham que não há diferença entre república e monarquia, o que é que a gente pode esperar dum gaúcho bronco, dum peão, dum... dum... homem da rua? — Olhou para o advogado e pediu: — Toríbio, conte ao primo Florêncio o que é que a república quer.

Toríbio cruzou os talheres, fincou os cotovelos na mesa, trançou as mãos à altura do queixo e principiou:

— Para não fazer uma dissertação muito comprida, direi primeiro que, com a república, as províncias ficarão transformadas em estados autônomos e confederados, mas politicamente unidos.

Esfregou as mãos e fez uma pausa. Bibiana aproveitou o breve silêncio para perguntar:

— Mais carne, doutor Winter?

— Não, muito obrigado.

— Teremos também um Poder Legislativo Central; um Tribunal Superior de Justiça, colaboração proporcional de todos os Estados para as despesas da nação...

Winter sabia que Florêncio não estava entendendo nada. Como ele havia no país milhões de pessoas para as quais aquelas palavras não tinham sentido.

A enumeração continuava. O Senado seria temporário. O voto, alargado. Todos teriam liberdade de associação e de culto. Os cemitérios seriam secularizados.

Neste ponto Bibiana interveio:

— E os defuntos vão continuar mortos, sem saber de nada...

Curgo fuzilou para a avó um olhar de censura.

— Teremos o casamento civil obrigatório — prosseguiu Toríbio. — A Igreja será separada do Estado. Os ministros, responsabilizados. Não só os ministros, mas também todos os agentes da administração. Acabaremos com o Poder Moderador e com o Conselho dos Estados. Ah! E haverá a mais ampla liberdade de ensino...

De repente o advogado calou-se. Florêncio fez apenas este comentário:

— Tudo isso é muito bonito. Mas o Imperador é um homem de bem.

Curgo deixou escapar um suspiro de impaciência.

— É um caixeiro-viajante! — explodiu. — Vive passeando na Europa, fazendo versos e visitando museus, enquanto o país aqui se vai águas abaixo!

Florêncio não respondeu. Continuou a comer serenamente.

Toríbio retomou a palavra:

— É um Imperador para uso externo, cujo principal motivo de orgulho é ser amigo íntimo de Victor Hugo!

Florêncio repetiu simplesmente:

— O Imperador é um homem de bem.

5

O relógio grande bateu uma hora.

Os pratos foram recolhidos e veio a sobremesa — doce de coco — numa grande compoteira de vidro azul, na forma duma galinha no choco. Todos gostam de doce de coco? Se não gostarem, tem pessegada, marmelada e figada... Mas todos gostavam.

Durante aqueles últimos dez minutos o dr. Toríbio estivera com a palavra, continuando sua catilinária contra o Imperador e seus ministros enquanto os outros o escutavam em silêncio com uma atenção duvidosa.

Vendo que o advogado não tocava na sobremesa, Bibiana lhe disse:

— Coma, moço. Vassuncê mais fala do que outra coisa.

— Mas é da profissão, minha senhora. Se nós os advogados não falarmos, perdemos as causas, e se perdermos as causas, morreremos de fome.

— Pois então coma enquanto tem comida — retorquiu a velha.

Rezende soltou a risada de matraca.

— A senhora é uma mulher que me agrada. Realista, positiva, hein? hein? De gente assim é que vamos precisar quando vier a república, não é mesmo, Curgo? Pois sua avó vai ser a primeira presidenta do Estado do Rio Grande do Sul, hein?

Bibiana, que partia uma fatia de queijo, sorriu e replicou:

— Se eu continuar sendo presidenta do Sobrado me dou por muito satisfeita. — Fez com a cabeça um sinal na direção de Alice. — Ali está quem vai me derrubar. Dentro dum mês será a dona desta casa.

— Ora, titia — protestou Alice debilmente. — Nem diga uma coisa dessas...

Maria Valéria, que pouco falara durante todo o almoço, observou:

— Todo o mundo sabe, tia Bibiana, que quem vai continuar mandando aqui dentro é a senhora.

Winter voltou a cabeça para a moça que estava a seu lado. Tinha uma simpatia particular por aquela rapariga que toda a gente achava feia, mas na qual ele descobria um encanto secreto e meio áspero, muito mais atraente para seu gosto do que a "boniteza" comum de Alice. Sempre que a via, muito alta, tesa e esbelta, o rosto alongado, os grandes olhos negros um pouco saltados, o nariz longo e fino, a boca rasgada de expressão um tanto sardônica — ele não podia deixar de fazer uma comparação: "comprida e aguda como uma lança". A própria voz de Maria Valéria tinha algo de contundente. Em várias ocasiões, com o intuito de conhecê-la melhor, Winter procurara levá-la a confidências, pois suspeitava de que havia naquela criatura muito mais coisas do que seus gestos e palavras revelavam. Não conseguira, entretanto, quebrar aquela espécie de armadura de gelo que envolvia a filha mais moça de Florêncio Terra. Aos vinte e quatro anos Maria Valéria tinha mentalmente quase a idade de Bibiana. Quando as duas mulheres se encontravam, Winter divertia-se a observá-las. Era evidente que existia entre ambas uma certa má vontade recíproca a que as gentes da Província davam o nome de *birra*. Eram — comparava o médico — duas personalidades de pederneira, que ao se chocarem produziam chispas de fogo. No entanto ele estava certo de que, sendo necessário, qualquer uma daquelas duas mulheres seria capaz dos maiores sacrifícios pela outra.

Bibiana lançou um olhar duro para a sobrinha, mas nada disse. Quando veio o café, Rezende acendeu um charuto e Florêncio e Carl Winter começaram a fazer seus cigarros. Licurgo aproximou-se da janela e olhou para o quintal onde os escravos comiam sentados no chão, sob as árvores, ou nos degraus da escada que levava à porta da cozinha. Eram homens, mulheres, crianças e velhos, todos descalços e molambentos. Uns tinham nas mãos latas ou velhas panelas cheias de arroz e feijão; outros metiam os dentes em costelas, arrancando-lhes a pelanca, ao passo que uns quatro ou cinco caminhavam dum lado para outro, a chupar laranjas e bergamotas. Comiam num silêncio impressionante, e sobre as carapinhas e os chapéus de palha, as faces, mãos, pernas e pés pretuscos que o frio gretava, brilhava o claro e tépido sol de junho. Licurgo ficou a imaginar a cara que os escravos fariam aquela noite quando recebessem na sala grande do Sobrado seu título de manumissão. Compadecia-se daquela pobre gente, mas reconhecia que nem sempre tinha paciência suficiente para tratá-la com doçura. Mais duma vez fora obrigado a dar de relho em pretos que lhe faltaram com o respeito. Fizera isso, porém, de homem para homem, mas nunca, nunca mesmo, mandara açoitar um escravo.

Acendendo o charuto que o dr. Toríbio lhe oferecera, Juvenal disse:

— Eu só queria saber quem vem à festa hoje aqui no Sobrado e quem vai ao baile do Paço...

Licurgo ouviu as palavras do primo e deixou a janela.

— Pra vir aqui hoje — disse, aproximando-se do outro — é preciso ter tutano. Quem entra nesta casa fica marcado pelos Amarais pro resto da vida.

— Tenho receio que não venha ninguém — confessou Bibiana. — Depois que espalharam que o velho vai mandar atacar o Sobrado, muita gente pode ficar com medo de vir...

— Pois quem tiver medo que não apareça! — exclamou Licurgo. — Só queremos aqui dentro gente de coragem e de opinião. Se for preciso, fazemos o baile com o pessoal de casa e com a negrada.

Juvenal puxou uma baforada com gosto e, olhando intencionalmente para Maria Valéria, murmurou:

— Eu sei dum moço que vem...

Os outros riram porque sabiam a quem ele se referia. José Lírio, o Liroca, andava perdido de amor por Maria Valéria, a qual tinha por ele invencível repulsa. E o que deixava a situação ainda mais cômica era o fato de o rapaz ser mais baixo e mais moço que sua amada.

— Se sabe, diga logo! — desafiou Maria Valéria.

Um pontaço de lança — refletiu Winter, acendendo o cigarro e olhando reflexivamente para Bibiana.

— A senhora se lembra — perguntou ele — quando um dia, faz muito tempo, nesta mesma sala, nesta mesma mesa, eu lhe disse que Santa Fé ia progredir e ter muitas dessas coisas de cidade grande?

— Nunca me esqueço de nada, doutor.

— Pois é. Não me enganei. Hoje temos lampiões nas ruas, números nas casas, mala postal...

Curgo interrompeu-o:

— Mala postal, essa, que devia chegar uma vez por semana mas que chega sempre com o atraso de duas semanas, quando chega... Belezas da monarquia!

Sem fazer caso da interrupção, o médico prosseguiu:
— Temos um teatrinho, um telégrafo...
— E casas de mulheres à toa — ajuntou Bibiana acidamente.
Havia para as bandas da coxilha do cemitério uns dois ranchos onde viviam algumas chinas. Dizia-se que até homens casados frequentavam essas ordinárias.
Winter soltou uma risada curta e seca.
— Que é que a senhora quer? Essa é a mais antiga das profissões.
— Uma pouca-vergonha, isso sim é que é — replicou a velha. Lançando um olhar oblíquo para o neto e baixando a voz, ajuntou: — Há homens que nem precisam visitar essas sem-vergonhas, porque têm as amásias em casa mesmo.
Licurgo teve a desnorteadora impressão de que a avó acabava de esbofeteá-lo em público. Sentiu um súbito formigamento quente em todo o corpo e olhou automaticamente para a noiva, que conversava em voz baixa com o pai e parecia não ter prestado atenção às palavras da velha.
Maria Valéria ergueu-se da mesa, acercou-se da janela que dava para a rua dos Farrapos, e ficou olhando com atenção vaga para a meia-água caiada, lá do outro lado, e à frente da qual uma criança brincava com um cachorro. Desconcertada diante da observação de d. Bibiana, tratara de afastar-se do grupo, para que ninguém lesse em seu rosto que ela sabia do caso de Licurgo com Ismália. Passara todo o tempo do almoço esforçando-se por não olhar para o primo. Que gostava dele, era uma verdade que só admitia com relutância. Morreria de vergonha se alguém viesse a suspeitar desses sentimentos que em vão procurava ocultar até de si mesma. Temendo trair-se, chegava a tratar Curgo com aspereza, dando muitas vezes aos outros a impressão de que lhe queria mal. Sempre, porém, que o via ou que lhe ouvia a voz, ficava toda perturbada, com a garganta seca, as mãos trêmulas, o coração a bater descompassado. No seu orgulho, irritava-se com isso, pois lhe fora sempre agradável a ideia de considerar-se diferente das outras moças que viviam preocupadas com "essas bobagens de amor". Maria Valéria era muito sensível aos mexericos da vila, embora declarasse não dar-lhes a menor importância. Era costume chamar aos maldizentes "filhos da candinha". Seria horrível se eles um dia começassem a murmurar: Sabem da última? A Maria Valéria está apaixonada pelo noivo da irmã.
Com a testa encostada na vidraça, os olhos fitos na rua, ela agora ouvia mentalmente vozes repetirem aquelas palavras. E "os filhos da candinha" tinham caras conhecidas: eram os homens que bebiam ca-

chaça e contavam histórias sujas na venda do Schultz e na Casa Sol: eram também as mulheres que se encontravam à saída da missa e murmuravam segredinhos: "Ouvi dizer que a Maria Valéria tem um rabicho danado pelo Curgo. Quem diria, hein? Vá a gente se fiar nessas santinhas...". Só de pensar em tais coisas ela ficava com as orelhas vermelhas, as faces quentes como chapa de fogão, e até a respiração se lhe tornava difícil, como se ela estivesse cansada dum esforço físico.

— Pois é, doutor — dizia Bibiana. — Fique com o seu progresso. Me deixe cá com as minhas antiguidades.

Rezende caminhava pela peça, em passos rápidos e aflitos, soltando no ar a fumaça azulada do charuto. De repente estacou junto de Curgo, segurou-lhe um dos botões do paletó como se quisesse arrancá-lo e disse:

— Preciso voltar à redação. Estou preparando um número especial de *O Democrata* para amanhã. Os monarquistas vão ficar com a canela ardendo de inveja. Já comecei a escrever a notícia da nossa festa.

— A festa de hoje de noite? — estranhou Bibiana.

— E que tem isso? Não é difícil imaginar o que vai acontecer. Não se esqueça de que estamos em 1884. O jornalismo moderno difere do antigo principalmente na presteza com que dá as notícias.

A velha sacudiu a cabeça lentamente, murmurando: "Ora, já se viu?". Rezende beijou-lhe a mão:

— Muito obrigado pelo almoço — disse. — Foi um banquete digno dum nababo. — Fez um gesto largo. — Até logo para todos! Curgo, por volta das quatro estarei aqui nas minhas roupagens vermelhas de mouro, hein? Derrotaremos os cristãos e imporemos ao mundo o Império do Crescente. Viva a República!

Precipitou-se para o vestíbulo, acompanhado de Juvenal, que, de olhos já pesados, pensava na sesta.

— É bem doido — comentou Bibiana, sorrindo. E depois, mudando de tom: — Só não sei por que é que vassuncês, meninos, vão de mouros e não de cristãos.

— É porque o vermelho representa a revolta, dona Bibiana — explicou Winter —, a revolução, e também porque é a cor da mocidade, não é, Curgo?

— Não. Nós somos mouros porque os Amarais são cristãos.

Bibiana olhou para o neto, sobressaltada.

— Não vai haver perigo de sair briga de verdade? Não quero que vocês se lastimem.

Licurgo sacudiu os ombros.

— Estamos prontos pro que der e vier.

Florêncio olhava para Maria Valéria, que estava ainda ao pé da janela. Sentia pelos filhos uma profunda afeição, embora não soubesse manifestá-la em gestos ou palavras de carinho. Admirava Maria Valéria: era ela quem, depois da morte da mãe, tomava conta da casa. Tinha coragem, bom senso e espírito prático; não se preocupava com vestidos ou enfeites, e não era dessas que vivem na frente do espelho, pensando em festas e namorados. Sabia fazer queijos, doce e pão; era uma cozinheira de primeira ordem e herdara as mãos habilidosas da mãe, sendo hoje talvez a melhor rendeira de Santa Fé. Quando ela trabalhava com o bilro, Florêncio ficava distraído a olhar o movimento de seus dedos a tramarem os fios por entre os alfinetes do almofadão. Já a Alice era diferente... Florêncio sentia por ela uma afeição misturada de pena. Sempre a achara menos independente e corajosa que a outra. Parecia ser dessas moças que precisam permanentemente de proteção, que nasceram para viver à sombra dum homem — pai, irmão ou marido. Quanto a Juvenal, era sem a menor dúvida o mais alegre e despreocupado de toda a família. Às vezes Florêncio ficava a perguntar a si mesmo de onde o rapaz teria herdado aquele gênio. Olhava a vida sem pessimismo, gostava de festas, era trocista e costumava dizer que não se casaria nunca porque não era homem de gostar da mesma mulher a vida inteira. Florêncio lembrou-se dum dia em que chegara à casa abatido e contara aos filhos a decepção que tivera com um homem que até então ele julgara ser seu amigo de verdade. Alice mirara-o com uma expressão de pesar. Maria Valéria, ocupada com preparar o jantar, não pronunciara palavra. Mas Juvenal, sorrindo e encolhendo os ombros, dissera: "Faca que não corta, pena que não escreve, amigo que não serve, que se perca pouco importa". Era bom ter um gênio assim — refletiu Florêncio. A gente sofre menos.

— É um costume português — dizia Curgo à avó, que lhe perguntara sobre a origem das cavalhadas. — Foram os açorianos que trouxeram pra cá.

— Mas a coisa vem de mais longe — acrescentou o dr. Winter.

E começou a dissertar sobre o reino dos visigodos e a citar nomes como Pelágio, Hermengarda, Roderico, Vamba...

Esse alemão sabia coisas — refletiu Florêncio. Talvez fosse a única pessoa no mundo que sabia o que se tinha passado entre Bolívar e a mulher em Porto Alegre, no tempo da peste. Tudo o levava a crer que, pouco antes de ser assassinado pelos capangas de Bento Amaral, Boli contara a Winter o seu segredo.

O médico, porém, conservara a boca fechada. Depois daquele dia em que Florêncio correra para o Sobrado ao ouvir tiros, e fora erguer do meio da rua o corpo ensanguentado do primo — depois daquele dia horrível nunca mais tinham tocado no assunto. Era melhor não remexer naquela ferida. Era melhor esquecer... No entanto, tudo ali no Sobrado agora lhe lembrava Luzia, Bolívar e os anos difíceis que se haviam seguido àquele casamento desastroso. Florêncio não podia esquecer que Bolívar ficara indiferente com ele, a ponto de por fim tratá-lo como a um estranho. Essa era uma das grandes tristezas de sua vida. Outra de suas mágoas era a de nunca ter podido dar à família uma vida de conforto e fartura. Perdia dinheiro em todos os negócios em que se metia. Era pura falta de sorte, porque não jogava, não bebia, nunca fora dado a mulheres; pulava da cama com o sol, ao raiar o dia, e com o sol se deitava ao anoitecer. Não rejeitava trabalho, e Deus era testemunha do quanto ele amava a família e do quanto desejava fazê-la feliz. Sempre que se lembrava da falecida era com uma saudade tocada de remorso: o remorso de não lhe ter podido dar uma vida melhor. Desde o dia em que se casara até o dia em que a puseram no caixão, enrolada numa mortalha que as próprias filhas coseram, Ondina havia trabalhado sem parar, cozinhando, lavando e passando a roupa, cuidando da casa, dos filhos e do marido e ainda por cima — coitada! — fazendo renda para vender. No entanto ele não lhe ouvira nunca a menor queixa.

Florêncio olhou para Curgo, que discutia animadamente com o dr. Winter. O rapaz era opiniático como os Terras e esquentado como o avô. Dentro de poucas semanas seria seu genro. Florêncio aprovara o noivado mas nada fizera para encorajá-lo: não queria dar motivo para dizerem que estava procurando casamento rico para a filha. Queria, isso sim, que ela fosse feliz como merecia. Mas infelizmente aqueles dois iam começar a vida de casados já com uma dificuldade muito séria. Curgo tinha uma amásia. Diziam que o rabicho era forte. Florêncio não acreditava que o rapaz abandonasse a china. Conhecia dezenas de casos como aquele: duravam quase sempre toda uma vida. Pensara a princípio em falar francamente no assunto com o futuro genro, mas desistira da ideia, temendo um atrito. Licurgo tinha o sangue quente e detestava que lhe dessem conselhos. Que fosse tudo como Deus quisesse!

O dr. Winter levantou-se, espichou os braços, espreguiçando-se, e disse:

— Bom, vou fazer a parte do cachorro magro que enche a barriga e sai sacudindo o rabo.

Despediu-se e saiu. Bibiana acompanhou-o com os olhos e, antes de vê-lo desaparecer, gritou-lhe:

— Vassuncê vem à festa hoje de noite?

O médico voltou-se e respondeu:

— Está claro que venho. Me acha com cara de capacho dos Amarais?

A velha fez um muxoxo.

— Ué! A gente vê de tudo no mundo.

— *Argumentum ad ignorantiam!* — exclamou o médico. E abalou.

Bibiana ficou rindo seu risinho gutural e lento.

— Esse doutor Winter sempre empulhando a gente com o seu alemão! — Depois olhou para o neto, que conversava com a noiva, e disse: — Vá dormir a sua sesta, menino.

Licurgo franziu a testa, contrariado. Não lhe era nada agradável receber ordens da avó diante das primas.

— Não estou com sono — respondeu ele, com uma má vontade que lhe dava certo fio às palavras.

— Mas vá — insistiu a velha. — Vassuncê precisa descansar um pouco. O dia vai ser brabo e comprido. Sua noiva não repara, não é, Alice?

— Não reparo, titia.

— Pois é. Vá!

Curgo apertava nos dentes o cigarro agora apagado. De repente sentiu que a sesta lhe seria uma boa desculpa para deixar a sala: era-lhe difícil manter conversação com a noiva.

— Está bom. Com licença de todos, até mais tarde!

— Até mais tarde — disse Alice.

Maria Valéria não olhou para o primo.

Depois que Licurgo se retirou, Florêncio pôs-se de pé.

— Nós também vamos indo.

Bibiana ergueu a mão:

— Fiquem um pouquinho mais.

— A senhora não vai dormir a sesta?

— Quem foi que le disse que eu durmo a sesta?

Florêncio não respondeu. Sabia que todos os dias após o almoço a velha apanhava um jornal, acavalava os óculos no nariz, sentava-se na cadeira de balanço e ficava a ler e a lutar com o sono, de pálpebras pesadas e meio caídas, mas mesmo assim teimando em manter os olhos abertos. Por fim, vencida, deixava tombar o jornal e, de cabeça pendida sobre o peito, dormia profundamente. Acordava dali a meia hora num sobressalto, piscava estonteada, remexia os lábios e estalava a língua como se estivesse provando alguma coisa e, se via gente perto, tratava de disfarçar, dizendo:

— Quase peguei no sono...

Florêncio mirava-a agora, indeciso.

— Sente-se — ordenou ela. — E vassuncês também, meninas. Precisamos tratar dum assunto.

Pai e filhas obedeceram.

— Então — perguntou Bibiana, que continuava sentada à cabeceira da mesa —, quando é que resolvem se mudar pro Sobrado?

Por um instante Florêncio ficou mudo. Depois, sem olhar para tia, murmurou:

— Eu já lhe disse mais duma vez que não acho direito.

— O que não é direito é roubar, matar, pregar mentiras, tirar a mulher do próximo.

— Se a senhora quer a minha opinião, titia — interveio Maria Valéria —, eu estou com o papai. Não fica direito.

— Ninguém pediu a sua opinião.

— Mas eu dei.

— Que é isso, minha filha? — repreendeu-a Florêncio suavemente.

Bibiana mirou a moça sem rancor. Por mais que Maria Valéria às vezes a irritasse, não podia deixar de admirá-la. Gostava de gente franca e despachada.

— Pois é — prosseguiu a velha tranquilamente. — Esta casa é grande que nem potreiro e no entanto vive a bem dizer vazia. Vassuncês moram naquele cochicholo velho, úmido, sem vidraças nas janelas, todo cheio de goteiras. E pagam um despropósito de aluguel. Isso é que não é direito.

Florêncio sacudia negativamente a cabeça, chupando o cigarro com um certo constrangimento, pois ainda não se habituara a fumar diante da tia.

— Tudo isso está bem — concordou. — Mas é que podem dizer que estamos vivendo à custa da senhora e do Curgo.

— Pois que digam. Não é verdade. — Olhou para Alice e sorriu. — O seu caso já está resolvido, não é, minha filha? — Piscou-lhe o olho, fazendo um sinal de cabeça na direção de Florêncio e de Maria Valéria. — Deixe esses dois velhos cabeçudos morando sozinhos naquela baiuca. Um dia eles hão de se entregar, não é?

Ergueu-se, dizendo:

— Está bom. Agora podem ir.

Florêncio beijou a mão da velha e saiu a manquejar na direção da porta da rua.

Alice beijou a tia em ambas as faces, mas Maria Valéria limitou-se a apertar-lhe a ponta dos dedos. Quando, acompanhadas do pai, as moças já estavam no vestíbulo, Bibiana gritou-lhes:

— Venham logo que anoitecer! Quero que me ajudem a receber os convidados.

Ficou parada junto da mesa, pensando... Ouviu a batida da porta que se fechava. Sabia que queria uma coisa mas não se lembrava do que era. Por alguns segundos teve uma sensação estonteante de vazio na cabeça. De repente, lembrou-se.

— Lindoia! — gritou. E, quando a negra apareceu, ela pediu: — O jornal.

A escrava trouxe-lhe o último número de *O Democrata*, que Bibiana pôs debaixo do braço, e depois, em passos lentos, dirigiu-se para a escada e começou a subir devagarinho, pensando em como ia arranjar-se quando estivesse velha demais para galgar aqueles degraus. Havia três soluções. Ficava lá em cima e não descia mais; mudava-se para o andar de baixo e nunca mais subia; ou então pediria que dois negros a carregassem no colo, sempre que precisasse subir. Mas nenhuma das três soluções prestava! O melhor mesmo talvez fosse morrer. Assim ficava estendida dentro do caixão, quieta, debaixo da terra; não tinha de subir nenhuma escada e não incomodava mais ninguém... Pronto!

6

Pouco antes das quatro da tarde, com o charuto preso entre os dentes, Toríbio Rezende irrompeu dramaticamente Sobrado adentro, todo metido nas suas vestes vermelhas de mouro, pregando um susto à escrava que lhe veio abrir a porta. Galgou em dois pulos os degraus do vestíbulo e, arrancando a espada, precipitou-se para o andar superior e fez algo que não teria a coragem de fazer em condições normais, isto é, se aquele fosse um dia como os outros e ele envergasse sua roupa preta domingueira e tivesse o pescoço entalado num colarinho duro:

entrou no quarto de Licurgo sem bater. Abriu a porta num repelão e, erguendo a espada, bradou:

— Alá! Alá! Alá! Sangue! Quero muito sangue!

Estacou à frente do amigo, que, também metido nas suas roupas de mouro, se encontrava sentado na cama, numa atitude de profundo desânimo. Toríbio baixou a mão que segurava a espada, franziu a testa e perguntou:

— Mas que cara é essa, homem?

Curgo ergueu para ele dois olhos infelizes:

— Que horas são?

Toríbio não respondeu de imediato. Um pouco ofegante da corrida, tratava de meter a arma na bainha, o que fez com alguma dificuldade. Depois, encarando o companheiro, disse:

— Quase quatro. Mas que foi que houve?

Curgo levantou-se lentamente. Naquelas roupagens berrantes, com o turbante de veludo na cabeça, parecia ainda mais alto e corpulento do que realmente era. Estava de blusa e bombachas de cetim vermelho, botas de couro negro, muito lustrosas, e esporas de prata.

Preso ao turbante luzia um crescente de lata; e do lado esquerdo da blusa, como a indicar ao inimigo o coração do guerreiro, via-se outra meia-lua ainda maior, bordada com fio de prata.

A mão de Curgo crispava-se, nervosa, sobre o cabo do alfanje (de madeira, feito pelo Tuta Marceneiro) que pendia do cinturão de couro juntamente com o revólver de cabo de madrepérola.

— Nunca pensei que ia ficar tão esquisito com esta fantasia — resmungou ele, baixando os olhos. — Quando me olhei no espelho, cheguei a encabular...

— Ora, não seja bobo!

— Pois bobo é como me sinto, vestido deste jeito. Não tenho coragem de sair pra rua.

Toríbio cruzou os braços, puxou uma baforada e ficou a mirar o amigo com um olhar entre impaciente e irônico. Não era de admirar que Licurgo sentisse aquilo — refletiu. Parecia ser um traço dos Terras detestar tudo quanto fosse ostentação e atitude teatral. Não gostavam de pessoas "semostradeiras": eram homens secos, prosaicos e reservados, que viviam por assim dizer em surdina, procurando não chamar sobre si mesmos a atenção dos demais. Licurgo até que não era dos piores. Florêncio, esse sim, levava aquelas manias ao extremo.

— Estou que nem um palhaço... E dizer que tenho de montar a cavalo e me mostrar na frente de centenas de pessoas!

Tinha horror ao ridículo. Achava que a vida real era muito diferente da imitação dela que nos apresentam as novelas e as peças de teatro. Nunca tivera paciência para ler um livro até o fim. Instado por Toríbio, começara a ler romances de autores famosos como José de Alencar e Bernardo Guimarães; nunca, porém, chegara a passar da página cinquenta. Parecia-lhe uma infantilidade perder tempo com histórias de gente que nunca tinha existido de verdade e que, além do mais, pensava, fazia e dizia coisas que uma pessoa sã do juízo não pensa, não diz nem faz. De todos os romances que começara nenhum lhe parecera mais absurdo que *O guarani*. Onde se viu um bugre bronco como Peri falar bonito e difícil como um advogado ou um deputado?

Travestido de mouro, Licurgo agora se sentia improvável e grotesco como uma personagem de romance. Vira muitas cavalhadas em sua vida. Apreciava a coisa como jogo, mas sempre recusara tomar parte nela por causa da "palhaçada das roupas". Daquela vez, porém, havia cedido ante a insistência de Toríbio e de outros amigos, e levado também pelo caráter excepcional daqueles festejos.

— Pois eu gosto tanto desta fantasia e desta cor — confessou Toríbio com veemência — que se pudesse andava sempre vestido assim...

— Cada qual com o seu gosto, não é?

— Bom, mas agora é tarde pra voltar atrás. Vamos embora. Não te esqueças de que há mais dez sujeitos vestidos como nós. E mais doze de azul, com penachos na cabeça.

Tomou do braço do amigo, procurando arrastá-lo para fora do quarto.

— Depois, meu caro, lembra-te de que as cavalhadas são uma tradição desta província. Antes de ti teus avós andaram vestidos assim, e não me venhas dizer que és melhor e mais respeitável que eles.

Curgo apanhou com relutância a espada que pertencera ao avô e apresilhou-a à cinta. Soltou um suspiro e postou-se mais uma vez diante do espelho do lavatório. O pior de tudo era aquele turbante feminino a coroar-lhe o rosto tostado, num ridículo contraste com a bigodeira preta. Parecia mesmo um turco. Imaginou a cara de certas pessoas de Santa Fé que deviam estar presentes à festa. Viu-as cochichando e rindo à socapa quando ele passava. Teve gana de precipitar-se sobre elas e dar-lhes umas boas espaldeiradas no lombo. Canalhas!

— Coragem, homem! — exclamou Toríbio.

— Não é questão de coragem...

Curgo olhava para a imagem do espelho como para um estranho, e um estranho com quem não simpatizava nem um pouco. Fez meia-volta e balbuciou:

— Não há outro remédio. Vamos.

Saíram do quarto e desceram a escada, num tinir de espadas e esporas.

Encontraram Bibiana na sala de visitas, sentada numa cadeira de balanço. Pararam na frente dela perfilados, como para uma revista. Toríbio tirou respeitosamente o charuto da boca e escondeu-o no côncavo da mão. Na verdade a expressão de seu rosto equivalia a uma pergunta infantil: "Estou bonito?". Curgo, entretanto, tinha um aspecto taciturno: sentia-se como um menino que acaba de fazer uma travessura e espera a repreensão do pai. Por alguns segundos os dois quedaram-se na frente da velha, silenciosos e expectantes. Bibiana olhou-os criticamente e depois, com um brilho de malícia nos olhos, disse:

— Parecem dois burlantins.

Curgo voltou a cabeça para o amigo e vociferou:

— Eu não te disse?

Naquele momento a Banda de Santa Cecília rompeu num dobrado. Em passadas largas, Curgo aproximou-se da janela e olhou para fora. Sob um céu sem nuvens, dum azul intenso, a praça cintilava ao sol, numa mobilidade colorida de calidoscópio. Soprava uma brisa fria, o ar estava leve e picante. Coladas a fios suspensos entre os postes da iluminação e as árvores, esvoaçavam bandeirinhas triangulares azuis, encarnadas, verdes, amarelas e brancas. Dos ramos da figueira grande pendiam guirlandas de flores artificiais. A luz reverberava nas fachadas brancas das casas, fazia chispar as vidraças e os instrumentos da banda de música — o que contribuía para aumentar ainda mais a claridade festiva da tarde. À frente da igreja erguia-se um coreto rústico, também enfeitado de bandeiras e flores, e no qual já estavam acomodados o vigário e as autoridades municipais com suas famílias. Ao longo dos quatro lados da arena retangular na qual se iam bater mouros e cristãos, homens, mulheres e crianças, metidos quase todos em suas roupas domingueiras, achavam-se sentados em bancos ou cadeiras que haviam trazido de suas casas. O estandarte dos cristãos tremulava ao vento, plantado à frente do palanque principal. O "castelo" dos mouros, tendo a uma de suas quinas a bandeira vermelha do crescente, não passava duma plataforma quadrada feita de pranchas de madeira que repousavam sobre pilares de tijolos, à frente da figueira grande.

O estrado onde os músicos se esfalfavam a tocar o dobrado marcial ficava no lado da arena que dava para o Sobrado.

Licurgo contemplou por alguns segundos o quadro alegre. Pombas voavam ao redor do campanário da Matriz. O vento que agitava as bandeirinhas cheirava a campo. (Por que será que a Ismália ainda não chegou?)

— A senhora não vai à festa? — perguntou Toríbio.

— Vou assistir à coisa aqui da janela. As meninas do Florêncio também vêm pra cá. É melhor do que ficarem naquele amontoamento, tomando sol na cabeça.

Toríbio tocou o ombro do companheiro.

— Vamos embora!

Curgo voltou-se e respondeu:

— Vamos, antes que eu me arrependa. A bênção! — pediu, beijando a mão da avó.

— Deus te abençoe. E tenham juízo. Não façam nenhuma loucura. Olhem que isso é um brinquedo e não uma guerra de verdade.

Quando viu Licurgo afastar-se, de espada e pistola à cinta, Bibiana Terra Cambará teve um mau pressentimento. Lembrou-se da hora em que, havia quarenta e oito anos, dissera adeus ao marido, que ia atacar o casarão dos Amarais... ("Me frita uma linguiça que eu já volto. Até logo, minha prenda!") Em sua mente a imagem de Rodrigo fundiu-se com a de Bolívar, que atravessava a rua de pistola na mão, gritando como um possesso...

— Licurgo! — exclamou ela.

O rapaz estacou e fez meia-volta.

Naquele momento Bibiana teve a impressão de que o neto era uma mistura de Pedro Terra, do cap. Rodrigo e de Bolívar. Três homens num só, e esse *um* agora também ia para a guerra. Era uma guerra de brinquedo, sim, mas nela entravam homens, armas, cavalos e perigos. Tudo podia acontecer. Cambará macho não morre na cama. Ela não podia esquecer aquele ditado do capitão... Curgo era Cambará e macho. Uma rodada... Um pontaço de lança que alguém lhe desse sem querer... ou de propósito, porque um Amaral é capaz de tudo...

— Que é, vó?

— Nada. Vá com Deus.

Licurgo se foi. Bibiana ficou a ouvir dentro da cabeça o eco de suas próprias palavras. Vá com Deus. Era sempre o que as mulheres diziam quando seus homens partiam para a guerra. Vá com Deus. Eles iam com Deus. Uns voltavam inteiros. Outros voltavam estropiados, como o pobre do Florêncio. Outros não voltavam mais, nunca mais, como o Fandango Segundo. Adiantava alguma coisa dizer "Vá com Deus?". Deus me perdoe...

Ficou onde estava, sofrendo não apenas aquele momento, mas os muitos outros momentos negros do passado em que dissera adeus a entes queridos que partiam para a guerra, para longas viagens ou que saíam daquela casa para o cemitério dentro dum caixão...

Na rua ao sol, Licurgo teve a impressão de que as cores de suas vestes ficavam ainda mais berrantes. Sentia-se perturbado como se estivesse prestes a desfilar completamente nu pelo meio de todo aquele povo.

Os companheiros, os restantes dez mouros, estavam já montados em seus cavalos, à frente do Sobrado. Cinco deles eram membros do Clube Republicano; os outros cinco pertenciam aos partidos Liberal e Conservador, pois a comissão organizadora das festas achara conveniente "misturar os rebanhos", a fim de evitar que as cavalhadas degenerassem em conflito político.

Ao ver aqueles homens também vestidos de vermelho, alguns até com enfeites de vidrilho no turbante, Licurgo ficou um pouco mais consolado.

Levaram algum tempo para fazer o dr. Toríbio montar. Além de ser mau cavaleiro, o homem tinha as pernas curtas, e o espadagão que trazia à cinta embaraçava-lhe os movimentos. Dois companheiros seguraram-lhe as pernas e ergueram-no para a sela, trocando sorrisos maliciosos, pois para aqueles gaúchos nenhum homem era digno desse nome se não fosse bom cavaleiro. Curgo achava que teria sido melhor se Toríbio houvesse desistido de tomar parte nas cavalhadas; estava certo de que o amigo ia fazer papel ridículo, e isso o deixava inquieto.

7

Uma batida de bombo, que ecoou na praça como um tiro de morteiro, pôs fim ao dobrado, o que não impediu que o pistonista, distraído, soltasse ainda duas notas, que subiram desgarradas no ar, provocando risos entre o público.

O sino da igreja deu três lentas badaladas. Era o sinal convencionado para começar o torneio.

Licurgo gritou:

— Vamos embora, minha gente!

Pondo os cavalos a trote, os mouros dirigiram-se para o lado do quadrilátero que dava para a igreja, pois era por lá que deviam entrar na arena. Com a mão esquerda segurando as rédeas e com a direita empunhando a lança, Licurgo abria a marcha. Sentia no rosto um calorão de vergonha, o suor começava a brotar-lhe da testa e seus olhos estavam meio ofuscados. (Quem seria o "gracioso" que da janela duma das casas, lá do outro lado da praça, estava focando nele o reflexo cegante dum espelho? Cachorro! Só a bala!) Curgo não distinguia as pessoas com clareza: via manchas, vultos, faces móveis mas sem fisionomia... Passando pela frente do palanque principal, vislumbrou a silhueta negra do padre. Mantinha a cabeça erguida, os olhos à altura dos telhados das casas fronteiras. Começaram os aplausos, primeiro tímidos, depois mais fortes e coesos. A banda atacou um novo dobrado: "Cavalaria farroupilha", da autoria do Joca Paz, o trombonista. Aos compassos vibrantes da música Curgo teve, mau grado seu, um estremecimento de entusiasmo, uma espécie de exaltação patriótica que lhe deu um frenético desejo de ação guerreira e heroica. Procurou dominar esses sentimentos, que iam tão bem com suas roupagens mouriscas e que lhe pareceram tão espalhafatosos e absurdos quanto elas. Bobagem! Aquilo não passava duma festa, dum jogo: não havia razão para tais entusiasmos. Mas aquele diabo de música sugeria-lhe mesmo uma carga dos cavalarianos de Bento Gonçalves. E ele tinha na cintura a espada do cap. Rodrigo: aquela arma na verdade tomara parte na Guerra dos Farrapos! Licurgo apertou com força a haste da lança. Devia ser bom a gente entrar numa carga de lanceiros, rachar um quadrado inimigo...

Esporeou o animal, que transformou o trote num galope; os outros cavaleiros mouros o imitaram e assim, sob gritos e aplausos, chegaram ao seu "castelo", diante do qual se dispuseram numa fila singela.

— Que espetáculo! — exclamou Toríbio.

— E que dia! — comentou o homem que estava a seu lado. — Parece que foi feito de encomenda. Um céu azul e limpito!

— E bem frescote — observou outro cavaleiro mouro.

Curgo permanecia silencioso. Um suor frio escorria-lhe pelo rosto, que ele escanhoara havia menos duma hora. Seu peito arfava ao ritmo duma respiração comovida, e sua mão apertava ainda com apaixonada força a haste da lança. Olhou para o Sobrado e viu a avó, a noiva e Maria Valéria debruçadas à janela. Desviou o olhar de sua casa, demorou-o um instante no palanque principal e depois passeou-o em torno da arena. Via agora os bonifrates que se alinhavam nos dois lados mais longos do quadrilátero, com suas caras grotescas e suas cabeças descomunais de pano. Licurgo contou-os: havia dez "guerreiros" de cada lado.

— Lá vêm os cristãos! — exclamou alguém.

O que Licurgo viu a princípio por trás das árvores da praça foi uma mancha azulada e móvel, picada de rebrilhos. Finalmente Alvarino Amaral, de penacho ao vento, entrou na arena à frente de seu grupo, montado num belo alazão muito bem aperado. Os cristãos postaram-se à frente da igreja. Envergavam blusas e bombachas dum azul-claro, uma capa curta atirada sobre o ombro esquerdo e chapéus também azuis de aba larga, dobrada e costurada à copa, e encimados por penachos brancos. Curgo agora observava o garbo com que se apresentava Alvarino Amaral: seus arreios eram chapeados de ouro e no buçal, no cabresto, no rabicho e nas rédeas luziam filigranas de prata.

Palhaço! — murmurou.

O patife não perdia ocasião de ostentar sua riqueza. A prataria do casarão dos Amarais era famosa pela abundância e pela variedade. Prata roubada — diziam —, produto de pilhagens feitas em muitas guerras e em muitos lugares da Província e da Banda Oriental por várias gerações de Amarais, a começar pelo famigerado cel. Ricardo, tronco da família.

— Olhem só a faceirice daqueles fletes — exclamou um dos mouros.

Os cavalos dos cristãos tinham as colas trançadas e amarradas com fitas azuis e brancas. Para Licurgo todo aquele aparato era vaga e repulsivamente feminino. Só por isso — concluiu ele — Alvarino merecia levar uns pranchaços de espada nas paletas.

— Moçada linda! — exclamou um dos mouros.

— E bem montada! — elogiou outro.

Curgo voltou-se para os companheiros:

— Preparem-se. Quando derem o sinal, vamos começar as evoluções de picaria.

Alguém se pôs de pé no palanque das autoridades. Era o juiz de direito. Ergueu para o céu uma pistola, e disparou-a: a arma cuspiu fogo e seu estampido seco ecoou atrás da igreja. Era o sinal.

— Vamos embora! — exclamou Licurgo. — Primeiro a um de fundo.

Seguindo seu "mantenedor", os mouros fizeram a volta da arena a galope, soltando gritos de guerra e brandindo as lanças. Depois, prendendo estas ao arção da sela, desembainharam as espadas e simularam uma carga contra os cristãos, fazendo estacar dramaticamente os animais a poucos metros das fileiras inimigas. Estrugiram palmas. A banda de música interrompeu o dobrado e começou a tocar uma valsa, cuja melodia era familiar a Licurgo. Chamava-se "Saudades do Reno" e tinha sido composta por um colono de Nova Pomerânia. Olhou para Toríbio e viu-o agarrado à cabeça do lombilho, ofegante e suado. Em todas as evoluções ficara sempre para trás, provocando risos da assistência, de onde alguém já lhe gritara: "Socando canjica, miserável!".

Os mouros formaram uma circunferência e puseram os cavalos a andar a passo, ao ritmo da música. Quando já tinham feito um bom número de evoluções e figuras, Licurgo ordenou:

— Agora, a toda a brida pro castelo!

Os mouros precipitaram-se na direção de sua bandeira a todo o galope, gritando fino *hip-hip-hip-hip!* Toríbio foi o último a chegar. Curgo lançou-lhe um olhar rancoroso, mas o advogado como única resposta lhe sorriu candidamente.

Pouco antes de os cristãos começarem suas evoluções, ergueu-se da assistência um ah! de admiração. Cabeças voltaram-se na direção da fortaleza dos infiéis. Surgia de trás da figueira, montada em belo cavalo branco, uma donzela de cabelos louros soltos ao vento e com o rosto escondido sob uma máscara de pano preto. Donzela? Todos logo perceberam que se tratava, como de costume, dum homem vestido de mulher. Era Floripa, a princesa cristã que os mouros mantinham prisioneira em seu castelo, e que os cristãos em breve iriam libertar. Mas quem era que estava fantasiado de Floripa? — perguntavam-se os espectadores. Ninguém parecia saber ao certo. Alguns davam palpites...

Um dos mouros aproximou seu cavalo do de Floripa e perguntou:

— Como é, moça, vamos ou não vamos dormir juntos esta noite?

A "princesa", porém, permanecia silenciosa. Seu vestido branco, batido pelo sol, era também um foco de luz. Pela abertura da máscara viam-se dois olhos escuros meio assustados.

— Como vai a coisa? — perguntou-lhe Toríbio.

A resposta veio numa voz grossa e aflita:

— Puxa! Estou com falta de ar.

— Não há de ser nada — replicou Curgo. — Os monarquistas, digo, os cristãos já vêm aí e a folia acaba logo. Paciência.

Do público partiam risadas, gritos e dichotes dirigidos a Floripa. A banda prosseguia na valsa lenta e o contrabaixo fazia *um-pa-pa... um--pa-pa...*. Os cristãos começaram suas evoluções. Estavam magnificamente ensaiados e, nos seus cavalos bem arreados e faceiros, "fizeram mais vista" que os mouros, como disse o dr. Toríbio. Alvarino comandava-os com o garbo dum grão-senhor. Ao passar pela frente dos adversários fez um floreio cavalheiresco com a espada nua e sorriu, mostrando o canino de ouro que lhe cintilou sob os bigodes negros, lustrosos de cosmético.

— Filho da mãe! — resmungou Curgo.

No centro da arena os cristãos agora erguiam para o ar seus bacamartes e disparavam. O tiroteio deu a impressão de que a praça era uma enorme panela onde pipocas gigantescas estivessem a estourar. A assistência rompeu em aplausos entusiásticos.

— O velho sentimentalismo popular — comentou Toríbio a Licurgo. — O povo está sempre do lado da justiça e do bem, contra o crime e o mal, sempre do lado dos anjos contra os demônios. É natural que nesta liça o coração da turbamulta bata de amor pelos cristãos e de ódio pelos mouros. Amigo Curgo, não podemos contar com a simpatia da assistência. O remédio é batizarmo-nos, trocando o crescente pela cruz de Cristo.

Em obediência às regras do jogo, Curgo mandou aos cristãos o seu emissário, o Veiguinha, filho do proprietário da Casa Sol. O rapaz aproximou-se a galope do reduto cristão e bradou ao comandante inimigo que veio a seu encontro...

> *O mui alto e poderoso rei da Mauritânia,*
> *Senhor do meio-sol e da meia-lua,*
> *Mandou-me cá à presença tua*
> *Impor-te com a maior severidade*
> *Qual é, e qual deve ser sua vontade!*

Declamou os outros versos a plenos pulmões, mas sua voz, abafada pela música, principalmente pelos roncos do contrabaixo, não chegava até a assistência.

Quando Veiguinha terminou, Alvarino Amaral deu-lhe a sua resposta altiva: os cristãos não se renderiam aos mouros, mas lutariam até a vitória final e a libertação de Floripa. E declarou:

> *Um só de meus guerreiros bastaria*
> *Para dar cabo de toda a mouraria.*
> *Volta e vai tuas hostes preparar*
> *Que dentro em pouco hei de vencer e batizar.*

Veiguinha voltou, sob apupos, a seu castelo, para dar conta da missão ao chefe.

A batalha começou. A um sinal partido do palanque, ambos os grupos precipitaram-se a toda a brida um contra o outro, em fila simples, gritando como selvagens e brandindo no ar suas armas. No centro da arena fizeram os cavalos estacar, quase peito contra peito, e terçaram lanças, por alguns segundos. Licurgo viu-se a "lutar" contra um membro do Clube Republicano. Não trocaram palavras nem sorrisos: estavam demasiadamente compenetrados de seus papéis para se lembrarem de que eram correligionários e amigos.

Depois de rápida escaramuça, ambos os grupos voltaram para seus lugares. No dos mouros, Floripa esperava, sentada agora pacientemente numa cadeira, no centro do estrado.

Estava combinado que um cavaleiro cristão iniciaria os torneios individuais. Alvarino Amaral esporeou o cavalo e, de lança em riste, saiu a alvejar os bonifrates. A cada "homem" que derrubava, a multidão aplaudia com gritos e palmas. Depois de percorrer o lado direito, Alvarino voltou pelo esquerdo, fazendo tombar ao todo quinze bonecos. Quando o comandante cristão tornou a seu lugar, Licurgo saiu a lancear açodadamente os bonifrates, como se todos eles fossem membros da família Amaral. Sua fúria era tão grande e perturbadora, e ele precipitara o cavalo a tamanha velocidade que errou os primeiros cinco golpes — o que provocou gargalhadas na multidão. Cada vez mais enfurecido, Curgo continuou a carregar: acertou num, depois noutro e assim foi até o fim, deitando por terra os bonecos restantes sendo que trespassou a cabeça do último com a lança e ergueu-o dramaticamente no ar. A assistência prorrompeu em grandes aplausos. A banda de música tocava um galope. Ofegante, o rosto lustroso, o suor a entrar-lhe incomodamente nos olhos, Curgo voltou para junto dos seus homens. Os bonecos foram de novo postos de pé e o torneio prosseguiu, enquanto no palanque o dr. Winter e o juiz de direito, munidos de lápis e papel, tomavam nota do número de pontos feitos pelos membros de cada grupo. Quando chegou a vez de Toríbio, o baiano ficou onde estava, todo encolhido e de olhos baixos em cima do cavalo, pois sabia que para andar a galope teria de agarrar-se na cabeça do lombilho, o que lhe tornaria impossível manejar a lança. Da assistência partiam gritos: "Que saia o baiano! Que saia o baiano!". Estouravam risadas. Muito vermelho, o dr. Rezende erguia a mão para o ar, fazendo que não com gestos frenéticos. Indignado, Licurgo murmurava:

— Eu bem te dizia, Toríbio. Devias ter dado teu lugar pro Fandanguinho ou pra qualquer outro. Estás nos fazendo passar uma vergonha danada.

— Não seja bobo — replicou o advogado. — A vergonha é minha. Olha só pra minha cara. Estou tranquilo, hein?

Naquele momento ouviu-se um tropel e um cavaleiro surgiu de trás da figueira. O mascarado! — gritaram vozes. Era costume nas cavalhadas haver um palhaço, um cavaleiro mascarado que fazia evoluções humorísticas para divertir a assistência nos intervalos entre os torneios. Tinha, porém, ficado resolvido pela comissão organizadora da festa que não haveria nenhum mascarado naquela cavalhada. Quem era, pois, o recém-chegado?

O público rompeu a rir. A banda parou de repente de tocar e os músicos ficaram olhando a sorrir para o mascarado, que vestia um macacão amarelo e tinha na cabeça o velho chapéu de chaminé que pertencera ao dr. Winter; seu rosto estava escondido por trás duma grotesca máscara de papelão. O mascarado desembainhou a espada, aproximou-se do palanque principal e fez uma continência.

O juiz de direito ergueu-se e perguntou:
— Quem sois?
O desconhecido não respondeu. Um dos cristãos acercou-se dele e disse:
— Vá tirando a máscara, moço...
Sem pronunciar palavra, o homem de amarelo bateu com a espada na lança do outro, numa provocação. Por alguns instantes ficaram a terçar armas, sob as risadas dos espectadores. O mascarado soltava gritinhos — hi-hi-hi-hiii — e num dado momento deu de rédeas, fez o

ginete sair a todo o galope e, perlongando o quadrilátero, começou a golpear os bonifrates. Com uma felicidade e uma destreza raras, foi-lhes decepando as cabeças uma por uma, errando apenas cinco golpes. Por fim, com um "crânio" espetado na ponta da espada, sofreou o cavalo diante dos juízes, sob grandes aplausos. O pe. Romano pôs-se de pé e sua larga cara rosada luziu risonha ao sol.

— Convido o meu belo amigo a tirar a máscara! — disse ele de maneira aliciante.

De vários pontos da praça partiram gritos: "Tira a máscara! Tira a máscara!".

O mascarado saltou do cavalo para o chão, jogou para o ar a cabeça do boneco, embainhou a espada e, voltando-se para o estrado da banda, pediu:

— Música, moçada!

O dr. Winter julgou reconhecer a voz... Mas seria mesmo quem ele suspeitava? Não. Impossível.

A banda começou a tocar uma polca e, quando o homem de amarelo arrancou a máscara, as pessoas mais próximas exclamaram em uníssono:

— O Fandango!

O clamor da multidão aumentou. Explodiram gargalhadas e palmas, que se misturaram no ar com a melodia saltitante da polca. E ali na frente do palanque, os olhinhos vivos e travessos postos nos juízes, a barbicha branca esvoaçando à brisa da tarde, José Fandango sorria, de braços abertos...

A novidade chegou aos ouvidos de Curgo.

— O homem tirou o disfarce — contaram-lhe. — É o Fandango.

— Velho desfrutável! — exclamou ele, entre zangado e enternecido. — Vestido de amarelo, como um palhaço de circo de cavalinhos! E nem me contou que ia fazer isso, o ingrato!

Outro mouro comentou:

— Mas viram que destreza tem o diabo do velhote?

— Está com mais de setenta no lombo, minha gente. Isso é que é resistência.

— O doutor Toríbio devia até ficar envergonhado.

O baiano limitou-se a resmungar:

— Não me amolem.

O pe. Romano desceu do palanque para ir apertar a mão do capataz.

— Venha sentar-se conosco, senhor Fandango — convidou. — Vassuncê é o herói do dia.

Fandango deu o braço ao padre e caminhou com ele para o estrado das autoridades.

A notícia do inesperado acontecimento chegara já à janela do Sobrado. Bibiana disse às sobrinhas:

— Esse velho assanhado ainda vai acabar morrendo numa dessas travessuras.

Fingia zanga, mas no fundo estava orgulhosa. Fandango era "gente do Sobrado" e acabara de dar àquele povo uma demonstração do quanto os antigos eram melhores que os "moços de hoje em dia".

Alice e Maria Valéria assistiam com interesse ao espetáculo. A primeira perguntou:

— E agora, titia?

— Agora — respondeu Bibiana — os cristãos vão salvar a Floripa.

Na praça o povo preparava-se para o momento culminante da guerra. Ouviu-se uma clarinada. Era o sinal convencionado para a carga final. Os mouros desceram de seus cavalos, amarraram-nos ao tronco da figueira e depois vieram entrincheirar-se à frente de sua fortaleza, de espingardas em punho, enquanto Floripa, sempre sentada na sua cadeira, pernas e braços cruzados, esperava pachorrenta. Alvarino Amaral ergueu a espada e gritou: "Avante!". Soltando gritos de guerra, os cristãos se atiraram ao ataque a todo o galope. Batido pelas patas dos doze animais, o chão soava como um grande tambor surdo.

— Fogo! — bradou Curgo.

Seus homens dispararam as espingardas quase ao mesmo tempo. Os cristãos fizeram alto subitamente e simularam uma retirada em desordem. Um dos mouros, num gesto absolutamente fora do programa, apanhou a bandeira vermelha que estava plantada a uma das quinas do "castelo", e começou a agitá-la no ar, gritando: "Já se entropigaitaram os cristãos!". Soltou uma gargalhada rascante, que foi abafada pelo ruído dos aplausos.

Voltaram os cavaleiros da cruz ao ataque e, apeando dos cavalos, lançaram-se contra o forte mouro de espadas desembainhadas. Os infiéis também arrancaram as espadas e o entrevero começou. Retinindo e lampejando, ferros chocaram-se no ar. A banda tocava um galope frenético em que o contrabaixo resfolgava como um homem gordo à cadência duma respiração de susto. Os guerreiros vociferavam blasfêmias. Licurgo defrontou-se com o coletor estadual, mas com o rabo dos olhos viu Alvarino Amaral, que sorria mostrando o canino de ouro. (Que cara boa pra uma bofetada!) A princípio mouros e cristãos terçaram armas, cada grupo formado numa fila simples mais ou menos regular, mas depois de meio minuto de luta a formação foi quebrada, os mouros saltaram do estrado para o chão e o entrevero então foi completo. Os contendores trocavam gravatas:

— Olha que te degolo!
— Lá vai ferro!
— Já te capo!
— Te defende!
— Toma esta que a tia Chica te mandou!

O público, exaltado, aplaudia sempre. Muitos daqueles homens que ali estavam sentados tinham tomado parte em revoluções e guerras. Quando sentiam cheiro de pólvora ou ouviam o tinir de arma branca, ficavam excitados. Um velho magro, que se achava acocorado nas proximidades do forte mouro, picando fumo com sua faca de cabo de osso, gritou para os vizinhos:

— Como é, moçada, vamos também entrar no barulho?

Um homem de barba cerrada e chapéu de palha exclamou:

— Sai, velhote! Tu nem pode mais com as calças...

O velho voltou-se para ele, fulo, e vociferou:

— Eu te mostro, cachorro!

E atirou-se contra o outro de faca em riste. "Que é isso, seu Pires?", gritaram. O velho foi agarrado e levado à força para seu lugar, enquanto o homem de chapéu de palha desculpava-se, com um sorriso amarelo:

— Estou brincando, amigo. Então não se pode nem caçoar?

O velho ofegava, lançando para o outro um olhar torvo.

As atenções tornaram a voltar-se para o torneio. Um cristão naquele momento saltava para dentro do "castelo", arrebatava Floripa, montava no seu corcel, içava a princesa para a garupa e saía a galopar na direção de seu reduto, sob aplausos gerais. Floripa fora libertada! Mas agora o público queria ver a cara da "princesa". "Tira a máscara!", gritavam. O cavaleiro que salvara Floripa fê-la descer do ginete. Alguns espectadores não se contiveram: invadiram a arena e ali mesmo, abaixo de gritos e risadas, arrancaram-lhe primeiro a máscara e depois as roupas. "É o Liroca!", exclamaram. "O Liroca!" "Me larguem!", gritava José Lírio, quase chorando de raiva. "Me larguem, miseráveis!"

Os outros continuavam a despi-lo sem piedade, e iam agitando no ar as vestes da "donzela", enquanto Liroca se debatia, todo confuso, em mangas de camisa, com as bombachas arregaçadas até os joelhos, mostrando as pernas cabeludas, e tendo ainda na cabeça a cabeleira loura de mulher, num contraste com o rosto másculo onde azulava a barba de dois dias. Por um instante ficou sem saber que fazer, mas de repente, arrancando e atirando longe a cabeleira, deitou a correr na direção da igreja.

As atenções, que se haviam desviado da luta para a cena cômica, focaram-se de novo no entrevero.

— Que é aquilo? — perguntou o juiz de direito. — Dois homens ainda lutando?

Estava combinado que quando libertassem Floripa, os mouros se renderiam.

Alguém gritou:

— É o Curgo e o Alvarino se duelando...

O dr. Winter ergueu-se num salto.

— Ai-ai-ai — fez ele, voltando-se para o padre. — É bom irmos até lá.

Saltou do palanque e saiu a caminhar apressado, com o charutinho apertado nos dentes, uma das mãos segurando a bengala e a outra a aba do chapéu para que ele não lhe voasse da cabeça. O padre seguiu-o, em passadas largas, fungando. O público começou a invadir a arena. "Abram cancha!", gritavam. "Abram cancha!" Pelo meio da multidão desordenada Florêncio Terra também corria, arrastando a perna, apalpando já o cabo do punhal, com uma expressão belicosa no rosto. Juvenal seguia-o de perto, gritando: "Chegou a hora! Chegou a hora!".

Tinham formado um círculo compacto em torno dos homens que se batiam.

— Eu te mostro, cachorro! — gritou Alvarino.

— Temos contas a ajustar, ladrão! — replicou Curgo.

E atiravam-se como feras um contra o outro. Ouviam-se exclamações desencontradas na multidão. "Apartem!" "Não se metam!" "Mas vão se matar!" "Que se matem!" "Barbaridade!" "Olha o padre!" "Abram cancha!"

Com as caras contorcidas de ódio e reluzentes de suor, os dentes à mostra, a respiração ofegante quase transformada num estertor de fera malferida, os dois inimigos batiam ferros, avançavam e recuavam, brandindo as espadas. Licurgo tinha na testa um ferimento de onde o sangue brotava, escorrendo-lhe pelo rosto e entrando-lhe pelos olhos e pela boca. O peitilho azul da blusa de Alvarino Amaral estava também empapado de sangue.

O pe. Romano conseguiu abrir caminho e penetrar na pequena clareira onde os homens duelavam.

— Parem, pelo amor de Deus! — suplicou o vigário, erguendo os braços.

E por breves segundos seu vozeirão dramático dominou todos os outros ruídos. O duelo, porém, continuava com a mesma ferocidade. Alvarino, muito pálido, apertava o peito com a mão esquerda, como a procurar a ferida, e o sangue já começava a escorrer-lhe por entre os dedos. Licurgo tinha o olho esquerdo completamente vermelho e sua respiração era tão forte, que ao expelir o ar ele produzia um chuvisqueiro de saliva misturada com sangue.

O padre teve um instante de hesitação, mas a seguir, baixando a cabeça e estendendo os braços para a frente, investiu como um touro e, procurando evitar o nível em que as espadas se chocavam, meteu-se entre os adversários. Houve da parte destes um instante de perplexidade e indecisão, do qual se aproveitaram o dr. Winter, Toríbio, Juvenal e outros homens, que seguraram poderosamente os duelistas pelos ombros e pelos braços, imobilizando-os.

— Me larguem! — cuspinhava Licurgo, tentando libertar-se, e com a espada ainda na mão. Alvarino, porém, já não opunha aos apartadores a menor resistência. Deixou cair a arma ao solo e, muito pálido, ora olhava para a mão ensanguentada ora apalpava o peito, murmurando:

— O canalha me feriu! O canalha me feriu! Chamem um médico! Chamem um médico!

O padre andava dum lado para outro, tentando acalmar os ânimos. O cel. Bento Amaral surgiu de repente, seguido do filho mais moço e de dois genros, todos de pistolas em punho, façanhudos e ameaçadores. Abriam caminho na multidão e procuravam aproximar-se de Licurgo. Ao vê-los, Florêncio e Juvenal arrancaram também das pistolas e, acompanhados de Fandango, que tinha na mão apenas sua faca de picar fumo, postaram-se defensivamente na frente de Licurgo.

— Me larguem! — gritava este último. — Por amor de Deus me larguem!

Seu olho vermelho piscava repetidamente; seus dentes estavam tintos de sangue.

— Vamos ajustar contas com a cachorrada do Sobrado! — gritou o velho Bento, arrastando os pés. A pistola tremia-lhe na mão, e a cicatriz que tinha no rosto estava purpúrea contra a pele cor de palha.

O padre avançou alguns passos e barrou o caminho aos Amarais.

— Em nome de tudo quanto há de mais sagrado, não avancem nem um centímetro mais!

Naquele instante muitas das pessoas que haviam invadido a arena começaram a correr e a fugir, na expectativa dum tiroteio. Atrás do padre, Florêncio, Juvenal e Fandango, sem tirar os olhos dos Amarais, esperavam. Toríbio dava pulos e gritava:

— Até que um dia o tumor veio a furo!

— Não estrague a parada, padre! — pediu Licurgo. — Me soltem que eu mostro pra essa corja!

O velho Bento quis dizer alguma coisa, mas a raiva roubou-lhe a voz, seus lábios descorados moveram-se, flácidos, sob os bigodes brancos, mas deles saiu apenas um silvo.

Ao redor de Curgo estavam agora reunidos muitos companheiros do Clube Republicano.

Alvarino foi carregado pelos amigos na direção de sua casa, enquanto o dr. Winter se esforçava, mas em vão, para que Curgo fosse também afastado daquele lugar.

— O covarde vai fugir! — gritou o mais moço dos Amarais.

Florêncio Terra bradou:

— Cala a boca, ordinário!

O jovem Amaral deu dois passos à frente, apontou a pistola para Florêncio e, quando quis fazer fogo, o padre segurou-lhe a arma com a mão direita, e ergueu-a para o ar, enquanto com o braço que tinha livre enlaçava fortemente a cintura do rapaz. Ficaram assim por uns segundos como que a dançar. O vigário gritou:

— Pelo amor de Nossa Senhora da Conceição, padroeira desta vila!

Seu carão vermelho estava alagado de suor, suas narinas palpitavam, e havia em seus olhos, de ordinário doces, um brilho belicoso. Conseguiu finalmente tirar a pistola das mãos do outro, mas continuou a enlaçá-lo.

— Solta o meu filho senão eu faço fogo! — ameaçou-o o cel. Bento.

O pe. Romano obedeceu. Não se limitou, porém, a afrouxar o abraço; afastou o moço com um repelão tão forte que ele tombou de costas.

— Padre do diabo! — vociferou o velho Amaral. — Eu te ensino a respeitar os superiores!

Avançou com a pistola erguida à altura do peito do vigário, que se limitou a abrir os braços e dizer:

— Pois atire!

O velho hesitou. Fez-se um silêncio súbito e nesse silêncio se ouviu a voz de Florêncio:

— Vai morrer muita gente... — disse ele com uma calma dramática na sua falta de dramaticidade.

Passavam-se os segundos. O padre continuava de braços abertos, como que pregado a uma cruz invisível. Por trás dele os amigos de Licurgo, de armas em punho, esperavam. Toríbio repetia num automatismo nervoso:

— Saia fora, padre, porque a parada é nossa!

Bento Amaral desceu o braço e meteu a pistola no coldre. Voltou-se para seus homens e disse, babando-se de mal contida raiva:

— Não vamos estragar a nossa festa só por causa desses republicanos mazorqueiros.

Voltou as costas para o padre e se foi, arrastando os pés na direção de sua casa, seguido de parentes, amigos e capangas. O padre baixou os braços e por alguns instantes ficou a seguir o grupo com o olhar. Depois, voltando-se para os homens que estavam às suas costas, exclamou:

— Porca miséria! Desta vez quase me arrebentam a alma.

Começou a enxugar o rosto com seu grande lenço de alcobaça.

O Sobrado estava cheio de amigos, que comentavam o incidente. Em mangas de camisa e sentado numa cadeira na sala de visitas, Licurgo deixava que o dr. Winter lhe pensasse o ferimento da testa. Era um talho longo mas não muito profundo. Fora necessário dar-lhe cinco pontos, que Curgo suportara sem gemer.

— Costure direito o menino — dissera-lhe Bibiana, que seguira o curativo de perto, sem desviar os olhos.

Curgo era um homem — pensava ela. Quem tivesse antes alguma dúvida, agora a perdia, porque o rapaz não soltara um ai. Estava ali com a camisa aberta, um pedaço do peito cabeludo e forte à mostra: macho como o pai e o avô.

— Pronto! — disse o dr. Winter, terminando de amarrar um pano ao redor da cabeça do ferido. E, com o prazer de sempre, repetiu um ditado da Província: — "Não há de ser nada: quando casar, sara".

Bibiana pensou na Alice, coitadinha, que estava lá em cima deitada na cama, muito pálida, tomando o chá de folha de laranjeira que Maria Valéria lhe preparara.

— Canalhas! — murmurava Toríbio, ainda vestido de mouro e sentado numa cadeira a trançar e destrançar as pernas.

Bibiana lançou-lhe um olhar frio:

— Pare quieto, doutor. Finalmente a coisa podia ter sido pior. Ninguém morreu, que eu saiba.

Contava-se que Alvarino estava ferido no peito e havia perdido muito sangue. O cel. Bento, esse continuava a ameaçar céus e Terra.

Curgo mirava suas bombachas vermelhas.

— Preciso tirar estas roupas o quanto antes — disse.

O dr. Winter fechou a bolsa onde trouxera medicamentos e instrumentos cirúrgicos.

— Mas conte direito como começou a coisa — pediu ele, acendendo um charutinho. — Ainda não pude formar uma ideia. Cada qual conta a história a seu modo.

O dr. Toríbio pulou da cadeira:

— Pois eu estava terçando armas com o cachorro do Alvarino enquanto o Curgo, a meu lado, brigava com outro cristão. De repente ouvi o canalha gritar: "Já te corto a cara, republicano patife!".

Curgo interrompeu o amigo para corrigi-lo:

— Não, Toríbio. Eu me lembro bem. O que ele disse foi: "Eu te mostro, republicano sem-vergonha!".

— Pois então foi isso — concordou Toríbio. — Fiquei possesso e gritei...

Curgo de novo o interrompeu:

— Quando ouvi isso, deixei o meu parceiro e respondi: "Monarquista ordinário, é contigo mesmo que eu quero tirar uma diferença". E nos atracamos.

— E se não fosse o pe. Romano — concluiu Bibiana — vocês se matavam.

— Tinha sido melhor assim, vó. A gente resolvia o assunto duma vez por todas.

— Qual! — exclamou o dr. Winter, soltando uma baforada. — Não diga asneiras. Vassuncês precisam mas é criar juízo e acabar com essas rivalidades. Não digo que fiquem amigos, mas ao menos parem de brigar. Já que têm de viver na mesma cidade, é melhor que vivam em paz.

De dentes cerrados Curgo resmungou:

— Amaral, comigo, só na ponta da faca.

Naquele momento Fandango, que estivera a contar a "questã" à negrada da cozinha, apareceu à porta da sala de visitas, com as faces iluminadas por um sorriso.

Curgo dirigiu-lhe um olhar enviesado:

— Velho gaiteiro! Como é que vassuncê faz uma coisa dessas e nem avisa a gente antes?

Todos os olhares se voltaram para o capataz, que encolheu os ombros e respondeu:

— Ué. Eu queria fazer uma surpresinha. — Deu alguns passos na direção de Bibiana. — Vassuncê viu as minhas proezas?

A velha sacudiu afirmativamente a cabeça:

— Vi. Parecia um palhaço de circo.

Fandango meteu os polegares nas cavas do colete, entortou a cabeça e filosofou:

— O mundo é mesmo um circo, dona. Tem de tudo. Burlantins que viram cambota, equilibristas, os que fazem piruetas em riba dum cavalo, os palhaços. E quem nasce pra palhaço, como eu, morre palhaço e nunca endireita.

Neste ponto o dr. Winter, que observava o velho, julgou perceber-lhe no tom da voz uma pontinha de tristeza. (Ou estaria fantasiando?)

— Pois é — prosseguiu o capataz. — Já pedi ao meu neto que quando eu morrer me botem no caixão com uma roupa bem bonita. Em vez de velório, façam um baile no terreiro, com bons violeiros. E dancem a tirana grande, o anu e a chimarrita em roda do meu corpo. Quero que o enterro seja abaixo de gaita. E que seis morochas bem guapas carreguem o meu caixão.

Houve um curto silêncio, ao cabo do qual Bibiana murmurou:

— Velho assanhado.

E lançou para Fandango um olhar entre repreensivo e afetuoso.

8

Eram sete horas da noite e Jacob Geibel estava recostado a um poste, à esquina da praça, olhando para o Sobrado, cujas janelas do andar térreo se achavam iluminadas. Havia uma boa hora que o sacristão ali se encontrava, falando consigo mesmo e olhando os convidados que tinham começado a chegar logo depois das seis. Via com uma raiva surda os vultos que se moviam por trás das vidraças que o frio embaciara. Fazia já algum tempo que alguém discursava lá dentro, e a voz do orador chegava de vez em quando, meio apagada, aos ouvidos do sacristão. Encolhido sob o poncho, com as abas do chapéu de feltro puxadas sobre os olhos, Jacob Geibel contemplava o Sobrado com ressentimento. Havia ali fora, no meio da rua, grupos de curiosos que espiavam a festa. No outro lado da praça, o Paço Municipal tinha suas janelas também iluminadas, e lá de dentro vinham os sons da banda de música, que tocava uma valsa. A noite estava estrelada e o ar parado e não muito frio. De quando em quando um cachorro latia numa rua distante. Por trás do Sobrado erguia-se o clarão da grande fogueira de são João.

Deviam prender fogo naquela casa — soliloquiava o sacristão. Ele gostaria de ver aquelas fêmeas saírem correndo e gritando lá de dentro, com suas vestes em chamas. Seria muito bem feito. Se morressem todos os convivas, não se perderia nada. E, se o vigário também ficasse carbonizado, a coisa então seria muito melhor.

Jacob Geibel tirou de baixo do poncho uma garrafa de cachaça, levou-a à boca e bebeu um gole largo. Depois lambeu os beiços e chupou os bigodes, ao mesmo tempo que lhe vinha à mente uma ideia excitante: tirar toda a roupa e entrar nas salas do Sobrado para escandalizar aquelas mulheres com sua nudez... Por alguns segundos o sacristão ficou a masturbar-se com essa ideia.

A música da valsa de vez em quando ficava mais forte, vinha como que em rajadas que o envolviam, e Jacob pôs-se a pensar num baile da mocidade, em sua aldeia natal, havia mais de trinta anos. Viu-se atravessando o salão na direção duma rapariga: inclinou-se à frente dela, convidou-a para dançar e a *Fräulein* como única resposta rompeu numa gargalhada. A vergonha daquele momento! Todo o mundo olhando e rindo. O chão pareceu faltar a seus passos quando, perturbado e vermelho, ele voltava a seu lugar. Cadelinha! Agora Jacob Geibel tornava a sentir aquele calorão, aquele formigueiro aflitivo a percorrer-lhe o corpo. Mas não era vergonha, não. Era a cachaça. Cadelas! Isso é que eram as mulheres. Cadelas! Todas inclusive sua mãe, que ele nunca conhecera, e que tivera a coragem de pô-lo na roda. Ordinárias!

Sob o lampião de luz amarelada e tíbia, o Barbadinho do Padre olhava para as janelas do Sobrado e imaginava-se a correr completamente nu pelo meio daquelas mulheres, que gritavam e tampavam os olhos com as mãos. Naquele instante a voz do orador se fez mais forte e até aos ouvidos do sacristão chegaram estas palavras: ... *ancha negra da escravatura.*

De costas para o grande espelho, na sala de visitas, metido no seu bem cortado *croisé* preto, com uma pérola a brilhar-lhe foscamente contra o fundo escuro do plastrão, o dr. Toríbio Rezende enchia o ambiente com sua voz metálica e vibrante. Fazia já vinte minutos que discursava, traçando a história da escravatura no mundo. Começara por dissertar sobre a Índia, o país das castas, em que os sudras constituíam a classe inferior, cuja sina era submeter-se e servir. Passara depois para o Egito, na descrição de cuja paisagem gastara prodigamente adjetivos, pedindo emprestadas a Castro Alves duas estrofes, "duas joias lapidares sem par na literatura universal", e que na sua opinião, melhor do que qualquer tela, que qualquer daguerreótipo, descreviam o país da esfinge e das pirâmides:

> *Lá no solo onde o cardo apenas medra,*
> *Boceja a Esfinge colossal de pedra*
> *Fitando o morno céu.*
>
> *De Tebas nas colunas derrocadas*
> *As cegonhas espiam debruçadas*
> *O horizonte sem fim...*
> *Onde branqueja a caravana errante*
> *E o camelo monótono, arquejante,*
> *Que desce de Efraim.*

Pois nessa terra que em tempos pretéritos atingiu um grau de civilização de que o mundo ainda hoje se assombra — prosseguira o orador — os faraós faziam guerras para se apoderarem de escravos, e o rei Amenhotep — e Rezende repetiu o nome com certa volúpia — o rei Amenhotep chegara a mandar ao Sudão uma expedição com o fim exclusivo de caçar negros para transformá-los em servos!

Do Egito o dr. Toríbio transportou-se para a China, em que os primeiros escravos, segundo se calculava, haviam surgido durante a dinastia de Chow. Na ponta dos pés, Rezende atirava aquelas palavras como farpas contra as muitas dezenas de pessoas que o ouviam, em respeitoso silêncio na sala do Sobrado. A dinastia de Chow! Ele arrasava aquela gente com sua erudição. Aquilo de certo modo lhe era uma compensação para as frustrações da tarde em que como cavalheiro fizera figura triste. Agora ele fazia evoluções de picaria verbais, e nessa arte sabia não ter rival em Santa Fé. Pronunciar aqueles nomes de brâmanes, faraós, mandarins e reis, empregar com destreza e naturalidade os adjetivos mais raros era o mesmo que derrubar bonifrates a golpes de lança ou espada.

"Sim, meus senhores e minhas senhoras, na China da Antiguidade, os prisioneiros de guerra, fosse qual fosse a cor de sua epiderme, eram transformados em escravos." E, sem tomar fôlego, Toríbio Rezende saltara da China para a Babilônia — cuja descrição se prestara à maravilha para novos jogos florais de eloquência — e entrara, quase sem fôlego, na história dos hebreus, para depois chegar, com um sorriso nos lábios, à Grécia, "a gloriosa Hélade, a serena Hélade dos filósofos, dos sábios e dos artistas, e cujo grande vate, Homero, na sua *Ilíada*, menciona Aquiles e Agamêmnon como possuindo escravos em suas tendas...".

Nas salas iluminadas pela luz de dezenas de velas e lampiões a querosene, as damas estavam sentadas e os cavalheiros de pé. Bibiana, vestida de preto, fitava no orador seus olhinhos galhofeiros, sacudindo a cabeça a cada nome arrevesado de guerreiro, monarca ou filósofo que o baiano soltava no ar com sua voz cantante. Era um moço de fala engraçada — achava ela. Dizia *luiz* e *cruiz* em vez de luz e cruz; e sabia que como revide o baiano troçava dela quando a ouvia dizer *rés* e *depôs*, em vez de réis e depois.

Sentado junto da dona da casa, o pe. Romano de quando em quando sacudia a cabeça numa grave aprovação. E seus lábios se abriram num sorriso feliz quando Toríbio Rezende afirmou que com o advento do cristianismo a situação dos escravos melhorara, e as manumissões se fizeram mais frequentes. Entrando na Roma antiga o orador estudou a situação dos escravos à luz do Direito romano, e, avançando tempo em fora, com botas de sete léguas, passou dramaticamente sobre a Idade Média e — tropeçando em instrumentos de tortura, chamuscando-se em fogueiras de auto de fé — chegou com a testa rorejada de suor aos tempos modernos. Fez uma súmula das conquistas do homem mercê da Revolução Francesa e depois traçou a história da escravatura no Brasil, desde o dia em que os primeiros escravos negros puseram o pé em terras de Santa Cruz até aquele momento, àquela "já histórica" noite de 24 de junho de 1884, no Sobrado, em que por iniciativa do Clube Republicano de Santa Fé mais de trinta escravos iam receber sua carta de manumissão.

Fez uma pausa para beber um gole de água dum copo que estava às suas costas, sobre o consolo. Curgo olhou para a avó e sorriu. A velha piscou-lhe o olho. Trepado numa cadeira, na sala de jantar, o velho Fandango "bombeava" o orador por cima das cabeças das pessoas que se comprimiam na sala. Do quintal vinha de quando em quando o murmúrio das vozes dos escravos junto com o crepitar da fogueira.

Passando o lenço de leve pelos lábios, Toríbio Rezende tornou a encarar o auditório.

— Senhoras e senhores — disse. — Do significado desta noite, o Futuro e a História hão de dizer com uma eloquência muito maior que a de minhas pobres palavras!

— Não apoiado! — aparteou o padre.

Enquanto o advogado discursava, Licurgo passeava os olhos em torno — demorava-os um pouco na face de cada conviva, como a escrutar as reações de cada um àquele discurso ao qual ele próprio não prestava muita atenção. Era engraçado — achava ele — ver barbeados e penteados, de roupa nova e escura, colarinho duro e botinas lustradas, aqueles homens que ele estava habituado a ver diariamente de bombachas e botas, casaco de riscado ou então metidos nos ponchos, com as barbas geralmente crescidas. Como as mulheres ficavam mais bonitas quando vestiam suas roupas domingueiras e faziam penteados especiais! Com o canto dos olhos ele mirou por alguns instantes a noiva, que se achava sentada a seu lado. Seus cabelos negros e lustrosos de óleo estavam puxados para cima, num penteado alto que lhe acentuava o oval do rosto. De suas orelhas pendiam brincos de pedras azuis na forma de losangos. Num contraste com o vestido de gorgorão preto, muito rodado, a pele de Alice tinha uma tonalidade de marfim antigo. Licurgo achava que a fita de veludo negro que a noiva trazia ao redor do pescoço, e da qual pendia um medalhão dourado, lhe dava um ar de moça de cidade. Sentada junto dela, com o busto ereto, Maria Valéria tinha as mãos caídas sobre o regaço, e seu perfil se recortava nítido e agudo contra o *croisé* negro dum dos convivas.

Licurgo tornou a voltar a cabeça para Toríbio, que agora atacava o gabinete liberal e o Imperador, dizendo:

— ... e homens como Rui Barbosa, o do verbo candente, Joaquim Nabuco, o nobre estilista, e José do Patrocínio, que é a própria voz da raça negra escravizada, estão, com um punhado de outros heróis, preparando o advento da Abolição ao mesmo tempo que o da República, porque, minhas senhoras e meus senhores, abolição e república são sinônimos perfeitos!

Licurgo pensou em seu duelo com Alvarino Amaral e ficou ruminando o sabor violento, acre e embriagador daquele momento.

Havia muito que não sentia uma exaltação assim tão grande. Comparados com ela, a festa do Sobrado, a manumissão dos escravos, seu noivado com Alice e a própria ideia de república empalideciam, como coisas de menor importância.

Levou a mão à testa e com a ponta dos dedos apalpou de leve as ataduras bem no ponto em que sentia o ferimento. Estava orgulhoso daquele talho. O fato de nunca ter tomado parte em nenhuma guerra ou revolução sempre o deixara numa incômoda posição de inferioridade perante seus conterrâneos de meia-idade que haviam lutado no Paraguai e os velhos que tinham feito a campanha contra Rosas e a Guerra dos Farrapos. Sempre fora considerado um "espada virgem". Naquela tarde, porém, tivera seu batismo de sangue, e isso para ele tinha uma significação extraordinária. Era como se só agora se pudesse considerar completamente adulto. E essa sensação de ser homem, a certeza de que na hora do perigo a mão não lhe tremera, o coração não lhe falhara, davam-lhe uma força nova, uma confiança exaltada em si mesmo, e ao mesmo tempo uma certa impaciência que no fundo era desejo de mais ação violenta, de mais oportunidades para pôr à prova sua hombridade. Daquele duelo interrompido ficara-lhe também um sentimento de frustração, a impressão irritante de ter deixado um serviço incompleto, bem como acontecera com seu avô, que não pudera fazer o rabinho do *R* na cara de Bento Amaral. Porque — achava Curgo — a coisa só devia terminar quando Alvarino ou ele ficasse estendido no chão lá na praça.

Licurgo passou o indicador da mão direita entre o pescoço e o colarinho. Aquela coisa engomada sufocava-o: o discurso também começava a impacientá-lo. Gostava de Toríbio, achava-o inteligente, leal, o melhor amigo do mundo. Mas o diabo do rapaz falava demais; quando começava, Santo Deus!, não havia quem o fizesse parar. Lá estava ele a atacar violentamente a monarquia. Licurgo via uma expressão de interesse na fisionomia de muitas das pessoas que o escutavam; mas no rosto da maioria dos convivas o que ele via era fome. Misturado com o perfume de pó de arroz e de extrato, que emanava das mulheres, andava no ar um cheiro de comida, e de vez em quando vinha da cozinha um bafejo de frituras. A entrega dos títulos de manumissão levaria algum tempo. Quando era, pois, que aquela pobre gente ia para a mesa?

Licurgo estava prestes a fazer para o amigo uma careta de impaciência quando Toríbio ergueu a mão e gritou, rematando o discurso:

— Viva a Abolição! Viva a República!

Vozes masculinas uniram-se num coro e repetiram:

— Viva!

Romperam os aplausos. Alguns homens avançaram para estreitar Toríbio num abraço. Bibiana soltou um suspiro de alívio e cochichou ao ouvido do padre:

— Esse moço fala pelos cotovelos.

Atílio Romano mostrou os belos dentes num sorriso tolerante:

— O dom da palavra é uma graça divina, bela! — exclamou ele. Costumava chamar aos amigos *belo* ou *bela*. O dr. Winter até achava que esse era o tratamento que o vigário dava na intimidade a Nossa Senhora da Conceição. — E o doutor Toríbio usa da sua palavra em prol da boa causa! — acrescentou o padre já em tom declamatório.

O médico inclinou o busto para a frente e voltou a cabeça para o vigário.

— Padre Romano — disse ele em voz muito alta para ser ouvido no meio da balbúrdia —, ainda não compreendi como é que, sendo o senhor um sacerdote católico, pode simpatizar com a ideia republicana...

— Por que não? Por que não, belo? Acha que um padre não deve ou não pode ter emoção cívica?

— Não é isso. Um dos pontos do programa republicano é a separação da Igreja do Estado...

O pe. Romano ergueu-se.

— E então! E daí? — exclamou, aproximando-se do outro, como se o quisesse agredir. Segurando o médico pelos ombros com suas manoplas peludas, perguntou: — Pensa o doutor que a Igreja para sobreviver precisa do amparo do Estado? — Soltou uma risada gostosa. — Essa é magnífica! O Estado é que não poderá viver se não se amparar espiritualmente na Igreja!

O dr. Winter sacudia a cabeça, ao passo que Bibiana voltava os olhos ora para um ora para outro. Depois esqueceu-os e passeou o olhar em torno da sala. Os homens agora conversavam em voz alta, animadamente, divididos em pequenos grupos. No meio deles Licurgo parecia uma mosca tonta. Como ficava esquisito com aquele pano amarrado na testa! Parecia um bugre — sorriu Bibiana.

***

A entrega dos títulos de manumissão foi feita no meio dum silêncio grave e comovido. Os escravos estavam no quintal, junto da porta da cozinha, e entravam à medida que seus nomes iam sendo chamados. Sob o espelho da sala de visitas, os títulos empilhavam-se em cima do consolo de mármore. Toríbio Rezende lia a lista de nomes: "Antônio Tavares! Marcolino Almeida! Terêncio Rodrigues!", e muitas vezes Licurgo tinha de soprar-lhe ao ouvido o apelido do negro chamado, pois muitos daqueles homens já haviam esquecido os nomes de batismo. "Maneco Torto!", gritava Toríbio, "Dente de Porco! Inácio Moçambique!" Por entre alas de convidados os pretos entravam na sala, piscando os olhos à luz forte, e acanhados, de cabeça baixa, sem ousarem olhar para os lados, aproximavam-se de Licurgo, recebiam o título e beijavam-lhe a mão; alguns ajoelhavam-se depois diante da cadeira em que Bibiana estava sentada e levavam aos lábios a fímbria de sua saia. Retiravam-se, estonteados, buscando aflitamente a porta da cozinha. Muitos dos escravos choraram ao receber a carta de alforria. Houve, porém, um deles que entrou de cabeça erguida, olhou arrogante para os lados, como num desafio, recebeu o título e, sem o menor gesto ou palavra de agradecimento, fez meia-volta e tornou a voltar para o quintal, impassível como um rei que acaba de receber a homenagem a que tem direito. Licurgo acompanhou-o com um olhar furibundo. Era o João Batista! Merecia uns bons chicotaços na cara. Sempre fora assim altivo e provocador. Era um bom peão, um bom domador, um trabalhador incansável, mas tinha um jeito tão atrevido, que por mais duma vez Licurgo estivera prestes a "ir-lhe ao lombo".

A chamada continuava. Negros entravam e saíam. Havia entre eles homens e mulheres, moços e velhos. Licurgo começava a irritar-se. A cerimônia não só se estava prolongando demais, como também não oferecia metade da emoção que ele esperava: era uma coisa tão lenta e aborrecida como uma eleição. "Bento Assis!", gritou Toríbio. E, como o preto chamado não aparecesse, ele repetiu em voz mais alta: "Bento Assis!". O peão que estava à porta da cozinha gritou para fora: "Bento Assis!". Nenhuma resposta veio. Licurgo, que sacudia a perna nervosamente, bradou de repente: "Bento Burro! Onde está esse animal?". "Bento Burro!", repetiu o peão. Então uma voz soturna saiu do meio dos escravos que esperavam, no sereno: "Pronto, patrão!". E entrou na casa.

E o desfile continuou. Licurgo mal podia conter sua impaciência. Não conseguia convencer-se a si mesmo de que aquela era uma grande hora — uma hora histórica. Não achava nada agradável ver aqueles negros molambentos e sujos, de olhos remelentos e carapinha encardida a exibir toda a sua fealdade e sua miséria naquela casa iluminada. E como eram estúpidos em sua maioria! Levavam a vida inteira para atravessar a sala e depois ficavam com o papel na mão, atarantados, sem saber que fazer nem para onde ir. Era preciso que ele gritasse: "Agora vá embora. Não! Por ali. Volte pro quintal!".

O pior era que o Sobrado já começava a cheirar a senzala.

Foi com um suspiro de alívio que entregou o último título.

E quando o último escravo desapareceu na cozinha, houve um momento de silêncio e imobilidade, como se os convidados esperassem de Licurgo algumas palavras. Mas quem falou primeiro foi a velha Bibiana:

— Agora abram as janelas pra sair o bodum!

Licurgo mandou erguer as vidraças. Estava meio decepcionado. Esperara durante meses por aquele instante e no entanto ele não lhe trouxera a menor emoção. De repente viu-se cercado por amigos que lhe apertavam a mão e o abraçavam efusivamente. Um deles gritou: "Viva o Clube Republicano! Viva o nosso correligionário Licurgo Cambará!". Os outros gritaram em coro: "Viva!". E começaram todos a bater palmas estrepitosamente. Os gaiteiros que estavam no vestíbulo romperam a tocar uma marcha. Licurgo, então, sentiu com tamanha e repentina força a beleza daquele instante, que esteve quase a rebentar em lágrimas. Foi com esforço que se conteve. Entregou-se passivamente àqueles abraços, alguns dos quais chegavam a cortar-lhe a respiração. Não ouvia as palavras que lhe diziam. Só sabia que aquele momento era glorioso, raro, grande. Com um gesto de suas mãos tinha dado liberdade a mais de trinta escravos! Lá fora estava acesa uma grande fogueira ao redor da qual os negros — agora homens livres, felizes e dignos — iam dançar, cantar, comer e beber!

Uma preta de turbante vermelho, os dentes arreganhados, andava por entre os convidados com uma bandeja cheia de copos de cerveja. Alguém deu a Licurgo um copo, que ele apanhou e levou avidamente aos lábios, bebendo-lhe todo o conteúdo dum sorvo só. Ficou depois lambendo distraidamente os bigodes, a olhar em torno, meio zonzo, sentindo um calor e um tremor de febre, as ideias confusas e sempre aquela vontade absurda de chorar. Bibiana aproximou-se dele e abraçou-o e — pela primeira vez em muitos anos — seus lábios úmidos pousaram na face do neto num beijo chocho.

— Deus te abençoe, meu filho — balbuciou ela.

Licurgo inclinou-se, encostou uma das faces na cabeça da avó e rompeu a chorar como uma criança. Bibiana arrastou-o para o vestíbulo e depois para o escritório, cuja porta fechou apressadamente. Não queria que os convidados vissem aquele acesso de nervos de seu rapaz.

— Que é isso, Curgo? Não chore. Vamos, enxuge as lágrimas. Ora, já se viu?

Licurgo passava o lenço nos olhos e nas faces e fungava, furioso consigo mesmo por ter fraquejado, e já com uma vaga vontade de brigar. Mas brigar com quem e por quê?

— Vamos botar essa gente na mesa! — exclamou de repente. — Devem estar morrendo de fome.

Puxou bruscamente a avó pelo braço, e sempre fungando, com vontade de dizer nomes feios a seus convidados e ao mesmo tempo de abraçá-los, voltou para a sala, exclamando:

— Vamos comer, minha gente! Vamos pra mesa! Esta casa é de vassuncês!

9

Tinham posto na sala de jantar uma longa mesa, coberta de toalhas de linho muito alvo, e sobre a qual se alinhavam travessas com carne de porco fria e farofa, pedaços de galinha assada, linguiça frita e rodelas de salame e presunto de Garibaldina. Assim que os convivas se sentaram à mesa, as negras começaram a trazer os espetos de churrasco quente e pratarraços cheios de pastéis recém-saídos da frigideira.

— São de carne — anunciou Bibiana, que estava já sentada à cabeceira — e estão quentinhos.

Os convidados atiravam-se com vontade às comidas. Bibiana ficou a observar, deliciada, o pe. Romano, que comia com tanto apetite, que era um gosto vê-lo. Sentado à frente do vigário, o dr. Winter, que andava ultimamente tão enfastiado, mordiscava com indiferença uma coxa de galinha. Ouvia-se o som claro e alegre do vinho no instante em que era despejado nos copos. As conversas ganhavam animação à medida que os convivas iam bebendo, e os homens agora precisavam gritar para se fazerem ouvir, pois todos falavam ao mesmo tempo e os gaiteiros não tinham parado de tocar.

Sem fome, Licurgo olhava para a janela, através de cujas vidraças via o clarão da fogueira. Onde estaria Ismália? Já teria chegado? Não podia compreender aquela demora. Segundo suas instruções, a rapariga devia ter deixado o Angico ao raiar do dia.

Maria Valéria lançou um olhar furtivo para o primo. Achou-o taciturno e inquieto. Que se estaria passando com ele? Por que não falava com a Alice, que estava ali esquecida à sua direita? Olhou para a frente e deu com os olhos ansiosos de Liroca, do outro lado da mesa. O rapaz lhe sorriu. A face de Maria Valéria permaneceu impassível. José Lírio fizera já duas tentativas para puxar conversa, mas ela lhe respondera com monossílabos secos, a fim de o desencorajar. O diabo do rapaz, porém, era persistente. Apesar de todas as desfeitas que ela lhe fazia — bater ostensivamente a janela quando ele se aproximava na calçada; voltar-lhe as costas quando ele a convidava para dançar nos bailes; recusar as flores que ele lhe mandava —, apesar de tudo isso o infeliz continuava a persegui-la e ultimamente se dava até ao desfrute de cantar-lhe serenatas com sua voz de taquara rachada.

Maria Valéria baixou a cabeça e começou a comer, meio perturbada, fazendo o possível para esquecer que o primo se achava àquela mesma mesa, e que bastava erguer os olhos e voltar a cabeça para vê-lo. Os gaiteiros tocavam agora uma valsa: "Ondas do Danúbio", reconheceu ela. Por um rápido instante imaginou-se a dançar nos braços de Licurgo, mas repeliu logo esse pensamento, irritada, e já com um sentimento de culpa, como se só por pensar aquilo tivesse traído a irmã.

Bibiana contemplou Alice por alguns instantes com olho crítico e depois, inclinando-se para ela, disse:

— De amanhã em diante vassuncê vai tomar todos os dias depois do almoço uma gema de ovo cru com um cálice de vinho do Porto.

Alice fitou na velha seus olhos graúdos:

— Mas eu não gosto de ovo cru, titia!

— Goste ou não goste, tem de tomar. Vassuncê anda muito pálida e precisa engordar. Homem não gosta de mulher magra. Faça o que eu digo. E comece amanhã!

— Está bem, titia — concordou Alice, com um sorriso submisso.

Baixou os olhos para o prato e continuou a comer sem nenhum entusiasmo um pedaço de peito de galinha.

Bibiana continuava a olhar obliquamente para a futura mulher de Curgo. A moça tinha os quadris estreitos: não podia ser boa parideira. Mas fosse tudo pelo amor de Deus! Ela conhecia muitas mulheres de bacia estreita que botaram muitos filhos no mundo e só morreram de velhice.

O ar estava cheio do rumor das conversas e do tinido de pratos, copos e talheres. Os homens conversavam animadamente e comentavam, muitos deles, o incidente da tarde. Curgo comia devagar e sem vontade, mas esvaziava em largos goles seu copo de vinho. Tinha o rosto afogueado e os lábios muito vermelhos e lustrosos. De vez em quando voltava-se para a noiva e procurava começar uma conversa: "Está sem fome?", dizia. Ou: "Olhe só o apetite do padre". Ou então: "Está gostando da festa?". Alice, porém, respondia apenas com monossílabos acanhados, e a conversa como que se congelava no ar.

O pe. Atílio Romano tinha diante de si um prato de pastéis, que ia devorando rapidamente, com tal entusiasmo que às vezes chegava a metê-los inteiros na boca. Mastigava com bravura e ao mesmo tempo não queria deixar de falar, porque o dr. Winter, aquele ateu incorrigível, não o deixava em paz. Agora estava a repetir-lhe de cor trechos dum livro de seu amigo Carlos von Koseritz, outro herege de má morte. Com o busto inclinado sobre a mesa, o garfo em riste, o médico olhava fixamente para o padre enquanto falava:

— "O mais crente dentre vós acreditará que a Terra seja o centro do Universo e que o Sol, a Lua e todos os astros só foram criados para fazerem o serviço de lampiões?"

O vigário escutava-o, sorrindo e mastigando.

— E por que não? — exclamou, interrompendo o outro. — Por que não, se Deus assim o quis? — Recostou-se na cadeira e gritou para uma negra que passava: — Me traga mais pastéis, bela! — E, com os lábios reluzentes de banha, a face corada, o olho alegre, tornou a voltar a atenção para o médico: — E por que não?

Winter brandia ainda o garfo.

— "A Bíblia é obra de homens ignorantes; a história da criação é um mito, e Laplace tinha razão quando Napoleão I lhe perguntou por que não falara em Deus ao expor o seu sistema de mecânica celeste: 'Sire, je n'avais pas besoin de cette hypothèse!'."

— "*Quos Deus vult perdere, prius dementat*" — citou o padre, soltando um arroto feliz.

— "O estado das camadas terrestres demonstra à evidência que o homem é simplesmente fruto da evolução da matéria como a própria Terra, como são os mundos todos que povoam o espaço do Universo."

Atílio Romano bebericava seu vinho, fazendo-o demorar sobre a língua e depois engolindo-o com um vagar sensual. Tornou a encher o cálice.

— Nada disso é novidade pra mim, doutor — disse ele. — Todos esses autores ateus seus amigos são também meus conhecidos. Tenho seus livros à minha cabeceira e isso é um sinal de que não os temo.

— E não acha que eles têm razão?

— Toda. Ah! Cá estão os pastéis quentinhos. — Esfregou as mãos. — Sirva-se, belo!

O dr. Winter não se deixou comover pela presença dos pastéis recém-saídos da frigideira e que ali estavam à sua frente, nédios, cheirosos, trigueiros, polvilhados de açúcar e canela. Lançou-lhes um olhar frio e tornou a encarar o interlocutor:

— Mas se acha que eles têm razão, como é que continua a exercer o sacerdócio duma religião baseada num mito pueril?

A manopla do padre avançou e seus dedos pinçaram um pastel.

— A razão não tem nada a ver com a fé! — sentenciou ele, metendo o pastel na boca e empurrando-o com os dedos.

— Vosmecê leu Darwin e Lamarck, não leu?

— Li. E talvez melhor que o doutor.

— Aceita as leis da evolução e da seleção?

— Aceito.

— Então?

— Então quê?

— Como pode reconhecer ao mesmo tempo a autoridade da Bíblia?

— Mas a Bíblia fala uma linguagem simbólica, belo!

— Isso é um sofisma.

— A hipótese evolucionista não exclui necessariamente Deus. Ela é antes uma prova da suprema, da incomparável, da sutil e imaginosa inteligência do Todo-Poderoso. — Limpou com a ponta da toalha os beiços engraxados. — A Bíblia não passa duma versão poética do gênesis ao alcance da inteligência popular.

— Isso é uma heresia, padre!

— E ninguém mais autorizado que um padre para proferir uma heresia, belo! — exclamou o vigário, soltando uma gargalhada.

O dr. Winter sacudiu a cabeça, rindo o seu riso em falsete. Contemplou o interlocutor com simpatia. Admirava o pe. Romano. Conhecera outros vigários de Santa Fé: alguns deles eram homens de poucas luzes, que viviam no sagrado temor de desgostar o chefe político local. Não liam nada e tinham medo de discutir tudo. Agora Santa Fé possuía um vigário independente, exuberante de saúde e bom humor, um liberal e, por mais absurdo que parecesse, um livre-pensador. Tinha em casa uma rica biblioteca, onde Winter, encantado, encontrava em belas encadernações de couro alguns de seus autores queridos: Renan, Schopenhauer, Diderot... Um dos livros de cabeceira do vigário era o *Candide*, de Voltaire. Um dia o dr. Winter pilhara o pe. Romano a ler os contos de Boccacio e a soltar gargalhadas homéricas.

— O vigário lendo Boccacio! — exclamara, admirado.

Fechando o livro com estrondo e erguendo-se de súbito, o padre explicou:

— Leio este patife por duas razões poderosas. Primo, porque gosto. Secundo, porque com suas histórias materialistas e frascárias ele me capacita a sentir melhor as delícias da castidade e da vida espiritual.

Era o pe. Romano geralmente estimado em sua paróquia. Sabia contar com graça uma anedota e, pastor amável, não vivia como seus predecessores a ameaçar as ovelhas com o fogo do inferno. Alguém pecou? Vamos ver, sente-se aí, fique à vontade, descanse um pouquinho. Não se aflija. Tudo se pode arranjar, porque Deus é uma boa pessoa. Abra-lhe seu coração, bela. Pronto, estou escutando...

Nos domingos à tarde montava no seu zaino-perneira e de guarda-sol aberto tocava-se ao trote do animal, rumo das colônias, seguido pelo sacristão, que cavalgava numa mula magra. D. Quixote e Sancho Pança — pensava Winter quando os via passar.

Em Garibaldina o padre comia macarronadas memoráveis, bebia vinho à sombra fresca das bojudas pipas das cantinas, e jogava ruidosamente bocha ou mora com os colonos, em companhia dos quais ficava depois a cantar cantigas do *bel paese*.

> *E la Violetta la vá, la vá, la vá,*
> *La vá nel campo e la si sognava*
> *Ch'el gera el so' Gigin che la rimirava.*
> *— Perché mi rimiri, Gigin, de amor,*

> *Gigin d'amor?*
> *— Io ti rimiro perché sei bella,*
> *E se vuoi venir con me alla guerra.*
> *— No, alla guerra non vo' venir,*
> *Non vo' venir!*
> *Non vo' venir con te alla guerra*
> *Perché si mangia male e si dorme per terra.*

O dr. Winter jamais esquecera o dia em que vira o padre com um copo de vinho na mão cantar um solo com sua bela voz de barítono:

> *Non ti ricordi, oh Adelina,*
> *Sotto l'ombra di quel ramo,*
> *Tu dicevi: T'amo, t'amo!*
> *Eri tutta felicità?*

Ao redor dele os colonos, de faces rosadas e lustrosas, cantavam o coro:

> *Ma perchè, Adelina, ma perchè*
> *Tu non pensi più a me?*

Certo domingo, quando de volta de Nova Pomerânia apeava do cavalo em Garibaldina para um breve descanso, o dr. Winter ouviu gritos e risadas vindos dum grupo que cercava dois homens. Aproximou-se do ajuntamento e ficou embasbacado com o que viu. De batina erguida, o pe. Atílio Romano jogava uma luta romana com Arrigo Cervi, o ferreiro da colônia. De rosto suado, vermelho como um tomate, o vigário bufava e gemia, deixando escapar de quando em quando blasfêmias: "*Porca miseria! Hostia! Figlio dum cane!*".

Os vigários de Santa Fé sempre se impacientavam com a falta de religião dos homens da terra, que em sua maioria nunca iam à missa ou, quando iam, não se ajoelhavam nem oravam, limitando-se a ficar de pé, atrás do último banco, com o ar entre sestroso e contrariado; em geral se retiravam, mal começava o sermão. Dizia-se que nenhum vigário jamais conseguira levar um daqueles homens ao confessionário. O pe. Romano, porém, fizera-se amigo de todos, conquistando-

-lhes a confiança, de sorte que muitas vezes ouvira, de homem para homem, diante dum copo de cachaça ou à mesa de jogo, confissões íntimas, e não raro era chamado para resolver pendências de honra ou problemas de família que seus paroquianos queriam ajustar em particular. Escandalizava as beatas pela irreverência com que às vezes tratava as coisas de religião. Mas tinha um comportamento exemplar e a maledicência local nunca conseguira descobrir-lhe na vida o mais leve cheiro de mulher.

Mirando agora Atílio Romano, que ainda comia com voracidade os pastéis quentes, Winter sacudia a cabeça com ar benevolente dum adulto diante das travessuras dum menino. Desviou depois o olhar na direção de Licurgo e pensou imediatamente em Bolívar. O rapaz tinha o jeito desinquieto do pai: sugeria um potro de cabeça alçada, farejando perigo, prestes a tomar o freio nos dentes e disparar. Que contraste com a tranquilidade e a calma força de Florêncio, que parecia ter seus pés tão bem plantados no chão! Mas — achava Winter — era a tranquilidade e a força dum boi que se resigna a passar a vida puxando carreta.

Tornou a encher o copo de vinho e bebeu-o todo dum sorvo só. O melhor que tinha a fazer era embriagar-se para poder participar da alegria geral, para esquecer que a vida para ele não prometia mais nada. Já não lhe restavam esperanças de sair de Santa Fé. A distância em quilômetros que o separava da Alemanha era enorme. Mas a distância em tempo, essa era ainda mais aterradora. Sentia-se solto no tempo e no espaço, sem ligação com ninguém e com coisa alguma. Mas não fora sempre esse o seu ideal? Não ter compromissos, nem esposa nem família nem propriedade nem contratos. Ser física e espiritualmente um viajante sem bagagem. Estar sempre em disponibilidade, poder, dum minuto para outro, sem título de dar satisfações a ninguém, mover-se dentro da geografia, mudar de paisagem, de ambiente, de hábitos... Pois bem. Conseguira tudo isso. Mantivera-se livre, disponível, sentimentalmente intocado. Mas que uso fizera de sua liberdade? Guardara-a apenas como algumas daquelas famílias de Santa Fé entesouravam joias antigas dentro dum escrínio, no fundo duma gaveta, não as usando nunca, nunca se desfazendo delas nem mesmo nos momentos de maior necessidade. Um luxo inútil, enfim!

Tornou a encher o copo de vinho. Bebeu um gole, passou o guardanapo nos bigodes e olhou em torno. Lá estava a velha Bibiana à cabeceira da mesa, atenta a tudo, não perdendo uma palavra do que se dizia a seu redor, sempre a vigiar o neto com seu olhar vivo e dissimulado. Winter pensou em Luzia... Segundo as teorias do padre ela tinha uma alma, e essa alma devia estar àquela hora (será que no outro mundo existe o tempo?) purgando seus pecados nas chamas do inferno. O médico sorriu. A teiniaguá tinha parte com o diabo: o fogo não lhe faria o menor mal ao corpo verde de réptil. Mas onde estaria a alma do pobre Bolívar? Decerto penando pelos corredores do purgatório.

— Padre, vassuncê é uma besta! — gritou Winter olhando para o vigário.

Foi como se lhe tivesse de repente atirado na cara o vinho do copo. Sua voz, porém, perdeu-se na balbúrdia geral. Os homens conversavam em altos brados. As gaitas enchiam os salões com sua música rasgada e chorona. No quintal os pretos cantavam, dançavam e batucavam em tambores.

Um homem ergueu-se e bateu palmas, pedindo silêncio.

— Queremos que o doutor Toríbio nos recite alguma coisa! — gritou. Vozes o apoiaram: "Muito bem! Bravos! Que recite o doutor Toríbio!".

O advogado não se fez rogar. Ergueu-se com um entusiasmo avinhado, amassou o guardanapo nas mãos miúdas e delicadas, e ficou um instante de cabeça baixa, como que a pensar no que ia dizer. Quando a música parou e os convivas fizeram silêncio, o baiano passou os dedos pelos cabelos e disse com voz macia:

— Vou recitar um poema do grande vate condoreiro Castro Alves, glória da Bahia e do Brasil. — Fez uma pausa grave e depois, já em tom de discurso, acrescentou: — É "O navio negreiro", poema que tem feito pela causa da abolição da escravatura no Brasil o que *A cabana do Pai Tomás* fez pela mesma causa sublime na América do Norte.

Bibiana inclinou-se para Alice e cochichou:

— Lá vem discursório outra vez.

Curgo voltou vivamente a cabeça para a avó e, de cenho cerrado, lançou-lhe um olhar sombrio de repreensão, que a velha rebateu com um sorriso pícaro.

O dr. Toríbio pôs-se na ponta dos pés e, traçando no ar com a mão direita uma semicircunferência, começou:

Stamos em pleno mar... Doudo no espaço
Brinca o luar — dourada borboleta.

Suas mãos agitaram-se como borboletas morenas, que imediatamente se transformaram em ondas quando ele disse:

> *E as vagas após ele correm... cansam*
> *Como turba de infantes inquieta.*

Havia no rosto do padre uma expressão de absoluta felicidade: tinha comido e bebido bem, agora escutava um belo poema. Alimentava assim o corpo e o espírito.

O dr. Toríbio lançou ao ar uma pergunta patética:

> *Por que foges assim, barco ligeiro?*

O dr. Winter tinha os cotovelos fincados na mesa e segurava a face barbuda com ambas as mãos. *Por que foges, barco ligeiro?* Imaginou-se a bordo dum brigue, sentindo no rosto o vento picante do mar; estava a caminho da Alemanha e ali no convés do navio pensava em Santa Fé, especialmente numa certa noite de festa no Sobrado — fazia tanto tempo! — em que alguém recitara um verso que falava em barco, e ele se imaginara a bordo dum brigue que o levava de volta à pátria, e chegara a sentir o vento do mar no rosto, e ficara pensando numa noite remota em Santa Fé, em que numa festa no Sobrado alguém recitara um poema que falava em barco e ele se imaginara... *Ach!* Estava mas era embriagado. Bebera demais. Mas beber era bom; fazia-o sentir-se como um balão leve, aéreo, colorido, despreocupado — bem como um balão de são João. Achava tudo bom, tudo bonito, tudo certo. Em todo o caso, seria melhor tratar de beber uma xícara de café bem forte sem açúcar. Um médico não deve embriagar-se, *mein lieber Doktor*. Que língua estava falando o dr. Toríbio? Ele já não compreendia nada... Aquelas palavras não tinham sentido. O poema era puro ritmo. Ra-ta-tá... ra-ta-tá... ra-ta-tá... Pensou em Johann Wolfgang von Goethe. Onde estava ele? Feito pó! De nada lhe adiantara ter escrito que *Zwei Seelen wohnen ach!, in meiner Brust*. Duas almas habitam, ai!, em meu peito. Seu peito se havia enchido de vermes. Hoje, não havia mais vermes nem peito. Pó. Olhou para o padre que ainda mordiscava um pastel. Onde estão as almas do poeta? No céu, responderia o sacerdote. Goethe entre os anjos. Não, Goethe seria um arcanjo, como Heine, Schiller e tantos outros.

Toríbio prosseguia:

Mas que vejo eu aí... Que quadro d'amargura
Que funéreo cantar! Que tétricas figuras!
Que céu infame e vil... Meu Deus! Meu Deus! Que horror!

A voz do advogado se fez cava e teatral:

Era um sonho dantesco... o tombadilho,
Que das luzernas avermelha o brilho,

Apontava para a mesa, como se ela fosse o tombadilho. E num rompante dramático pegou o copo de vinho, despejou-lhe o conteúdo na toalha branca e, mostrando a mancha vermelha, declarou:

Em sangue a se banhar

Bibiana resmungou:
— Não é ele que vai lavar a toalha...
A voz do advogado agora estava límpida e empostada:

Tinir de ferros... estalar de açoite
Legiões de homens negros como a noite
Horrendos a dançar...

Negras mulheres, suspendendo às tetas
Magras crianças, cujas bocas pretas
    Rega o sangue das mães:
Outras, moças, mas nuas e espantadas
No turbilhão de espectros arrastadas
    Em ânsia e mágoas vãs...

Winter tornou a encher o seu copo de vinho. *Mulheres suspendendo às tetas...* Seus olhos passearam pelas pessoas que estavam do outro lado da mesa. A tendência que as mulheres daquela província tinham para engordar! Com exceção das filhas de Florêncio, as outras moças eram rechonchudas, tinham ancas largas e seios fartos. Os gaúchos pareciam gostar de mulheres desse tipo, pois talvez as julgassem como julgavam as vacas leiteiras: quanto maior o úbere, mais leite. Depois que casavam, então, aquelas fêmeas botavam corpo e ficavam como a esposa do Veiga da Casa Sol, que ali estava junto do vigário, apertada num vestido de cetim azul-marinho, com sua cara de bolo de milho abatumado, o seu duplo queixo duma moleza e duma brancura de requeijão, a mirar o declamador com seus olhinhos empapuçados em que havia uma vaga luz de espanto... *Mein Gott!* Se Deus existisse, toda aquela comédia talvez tivesse um sentido. Quem sabe Deus existe?

> *Qual num sonho dantesco as sombras voam!...*
> *Gritos, ais, maldições, preces ressoam!*
> *E ri-se Satanás!*

Um dos peões de Curgo entrou na sala na ponta dos pés, aproximou-se do patrão, inclinou-se e cochichou-lhe ao ouvido:
— Está tudo calmo.
Era o homem que ele pusera de sentinela na água-furtada a vigiar a praça. Havia outro no fundo do quintal e um terceiro debaixo da figueira grande, com o olho no Paço Municipal. Curgo não acreditava que os Amarais se atrevessem a atacar o Sobrado, mas achava que era bom ficarem de sobreaviso.
Sacudiu a cabeça e murmurou:
— Está bem. Diga aos rapazes que venham comer.
O peão olhou para os lados e, num sussurro ainda mais leve, comunicou:
— A Ismália chegou, patrão.
Aquelas palavras caíram sobre o peito de Licurgo com o peso duma pedra. Ele olhou automaticamente para a avó.
— Muito bem, Neco. Onde está ela?
— No quintal.
O homem retirou-se na ponta dos pés. Licurgo olhou para Alice, meio desconcertado. Depois para Toríbio, que gesticulava, exclamando:

> *Ó mar, porque não apagas*
> *Co'a esponja de tuas vagas*
> *De teu manto este borrão?*

Se ele pudesse apagar Ismália com uma esponja... teria coragem para tanto? Não. Embora os outros pudessem considerar Ismália um borrão em sua vida, ele não deixava de sentir por ela o que sentia. Agora tudo desaparecia: a festa, o declamador, o poema, a abolição, a noiva, a avó, a república — tudo. O que ele sentia era um desejo urgente de ver a chinoca, de apalpá-la, abraçá-la, penetrá-la. Sua sensação de febre aumentava e ele sentia o pulsar surdo do próprio coração e começava a remexer-se na cadeira como se estivesse sobre um braseiro. Era sangue ou fogo o que lhe corria nas veias? Não era apenas a ferida da testa que latejava: seu corpo inteiro pulsava, quente, dum desejo que chegava a doer. Olhou em torno mais uma vez. Levantou-se devagar, procurando não fazer barulho. Sentiu que a noiva e a avó o observavam disfarçadamente. O próprio vigário voltou para ele uma cara interrogadora. Fossem todos pro inferno. Ele era dono daquela casa e era dono de sua vida. Pro inferno! Levantou-se e saiu a caminhar na ponta dos pés na direção da cozinha, com a desconcertante impressão de que não só todos os olhos estavam postos nele, como também de que era para ele que Toríbio dirigia aquelas perguntas desesperadas:

> *Quem são estes desgraçados*
> *Que não encontram em vós*
> *Mais que o rir calmo da turba*
> *Que excita a fúria do algoz?*

Abriu caminho com gestos impacientes pelo meio da negrada que se aglomerava na cozinha, e chegou finalmente à porta dos fundos. Parou no portal e contemplou o quintal, que a grande fogueira iluminava. Os negros que dançavam ao redor do fogo — as caras reluzentes, transfiguradas por um êxtase de batuque, as dentuças à mostra, olhos revirados, as narinas arregaçadas, as bocas retorcidas a babujar palavras duma língua bárbara — pareceram-lhe mais demônios que seres humanos. Teve ímpetos de gritar: "Chega! Vamos parar com esse barulho!".

Mas num segundo esqueceu os pretos, a fogueira, o batuque. Porque o que ele queria era Ismália. Onde estaria a china? Começou a procurá-la, aflito... Finalmente avistou-a: estava ela sentada sozinha debaixo duma bergamoteira, enrolada num poncho, a olhar fixamente para o fogo.

Desceu a escada quase a correr.

Levou-a sem dizer palavra para o fundo do quintal, para uma zona que a luz da fogueira não atingia. E ali, debaixo duma árvore copada, num ângulo formado pelo muro, abraçou Ismália e beijou-lhe repetidamente os lábios úmidos e frios. O poncho que envolvia a rapariga, demasiadamente grande para seu corpo franzino, não só lhe embaraçava o movimento dos braços como também tornava difícil para Licurgo abraçá-la. Este continuou a beijá-la e seus lábios ávidos colaram-se no lóbulo da orelha da amante, depois nas têmporas, na testa, nos olhos, nas faces e outra vez na boca, onde ficaram por longos instantes.

Curgo afastou a rapariga de si para melhor ver-lhe o rosto. Na penumbra, porém, não lhe pôde distinguir as feições. Meteu as mãos pela abertura do poncho e apertou-lhe os braços.

— Por que demorou tanto a chegar?
— Não tive a culpa.
— Mas por quê?
— A aranha saiu tarde do Angico.
— Mesmo assim tinham tempo de chegar antes do anoitecer.
— Viemos devagarinho. Eu enjoei com o balanço. Paramos no Rincão Bonito pra descansar.
— Quem foi que te trouxe?
— O Bentinho.
— O Bentinho? — A pressão de seus dedos no braço da moça aumentou. — Mas eu te disse que viesses com o teu irmão.
— O Laco está doente, de cama.
— O Bentinho não se passou contigo?
— Não.
—Jura por Deus?

Mal fez esta pergunta, arrependeu-se. Estava fazendo uma cena, colocando-se numa posição ridícula perante Ismália.

—Juro.

Soltou-lhe os braços. A chinoca tocou-lhe a testa com a ponta dos dedos.

— Que foi isso?

Não valia a pena contar tudo. Era melhor resumir:
— Me lastimei esta tarde.
— Está doendo muito?

Ele não respondeu. Seu corpo é que estava doendo e latejando de desejo por Ismália.

A rapariga esperava, imóvel, calada, encolhida dentro do poncho. Tinha a envolver-lhe a cabeça um pano branco amarrado sob o queixo. Respirava pela boca e de seus lábios entreabertos se escapava um tênue vapor.

— Vem — ordenou Curgo.

Fez meia-volta e caminhou para o barracão que se erguia contra o muro dos fundos do quintal. Abriu a porta e entrou. Ismália seguiu-o silenciosamente.

Dentro estava completamente escuro. Curgo tomou da mão da rapariga e conduziu-a para cima duns fardos de alfafa.

— Senta aqui.

Ela obedeceu.

— Está com muito frio? — perguntou ele.

— Muito não.

— Então tira o poncho.

Ela tirou e Curgo estendeu-o sobre dois fardos.

— Deita aqui.

Ismália deitou-se. Ele fez o mesmo e em seguida abraçou-a e estreitou-a com força contra o peito. Por longo tempo ficou a chupar-lhe os lábios, só fazendo pausas para tomar fôlego. Agora ele aspirava, excitado, o cheiro de Ismália: corpo quente e moço recendendo a sabão preto. Era uma pena não ter trazido uma lanterna — pensava ele. Estava com saudade das feições da rapariga, daquela cara dum moreno terroso, bem como mingau respingado de canela, e principalmente daquelas pupilas dum verde desbotado de malva, com esquisitos pontinhos dourados. Nunca pudera compreender como duma família de posteiros miseráveis e molambentos havia nascido uma criatura bonita como a Ismália, com traços mais finos que os de muita filha de estancieiro rico.

O sangue martelava as têmporas de Licurgo quando suas mãos apalparam os ombros da china, acariciaram-lhe os seios miúdos, desceram-lhe pelo ventre, pelas coxas e finalmente começaram a arrepanhar-lhe a saia, desajeitadas e aflitas.

— Espere — disse Ismália.

E ela própria ergueu a saia.

Deitado e de olhos cerrados, Licurgo sentia na nuca a rigidez elástica do braço da rapariga. Estava agora saciado mas triste, e desejava dormir, dormir um profundo sono sem sonhos. Infelizmente tinha de voltar para a festa, pois no Sobrado já deviam estar estranhando sua ausência. Não sentia, porém, o menor desejo de erguer-se. Era boa a presença daquela criatura, bom o calor de seu corpo, o contato de sua carne. Ismália não pedia nada, não perguntava nada. Era fácil estar ao lado dela.

Chegavam até o barracão as vozes dos negros, a música das gaitas e, de quando em quando, o amiudar longínquo dum galo ou o latido dum cachorro em alguma rua próxima.

— Agora vá pra casa da velha Rosa — disse Licurgo. — Já falei com ela. Se puder, amanhã vou te visitar. Ouviu?

— Ouvi.

— Está precisando de alguma coisa?

— Não.

Curgo voltou-se para Ismália, segurou-lhe a cabeça com ambas as mãos e tornou a beijar-lhe a boca. Pouco depois, seus lábios lhe tocaram as faces e sentiram-nas úmidas. Levou os dedos aos olhos da rapariga e descobriu-os cheios de lágrimas.

— Que é isso? Por que está chorando? — perguntou, já meio irritado.

— Nada.

— Está doente?

— Não.

— Eu te machuquei?

— Não.

— Então que é?

Ela não respondeu. Licurgo arrancou um talo de alfafa, levou-o à boca e começou a mordê-lo, impaciente. Ismália decerto estava triste porque ele ia casar. Era a hora de dizer-lhe que o casamento não ia mudar a situação, que eles continuariam como antes, como sempre, e que o fato de ele casar com Alice não significava que... Mas não. Dar aquelas explicações à filha do Mané Caré seria rebaixar-se muito. Não dava. De resto, ela não compreenderia. No entanto aquelas lágrimas o afligiam e, percebendo que estava prestes a enternecer-se, ele se agastava e pensava já em fazer algum gesto áspero. Tornou a passar os dedos pelas faces da china e sentiu que as lágrimas agora escorriam mais abundantes.

Cuspiu o talo de alfafa e soltou um fundo suspiro. Era preciso voltar ao Sobrado. As danças decerto haviam começado e ele tinha de dançar com a noiva. Sentia ímpetos de entrar em casa e gritar: "A festa acabou, minha gente. Já comeram, não comeram? Já beberam, não beberam? Já dançaram, não dançaram? Pois então vamos todos dormir. Boa noite!".

O silêncio continuava. Curgo descansou a mão espalmada sobre o seio esquerdo da rapariga e ficou sentindo o pulsar de seu coração.

Foi nesse momento que ela balbuciou:

— Vou ter um filho.

Ele não disse nada. Ficou ouvindo por muito tempo, com todo o corpo, aquelas palavras. Vou ter um filho. Continuou sentindo o pulsar do coração de Ismália juntamente com as batidas violentas de seu próprio sangue nas têmporas doloridas.

Com passos lentos Licurgo dirigiu-se para o Sobrado. Parou nas proximidades da fogueira e ficou olhando para as chamas. As danças e cantigas haviam cessado. Acocorados perto das brasas, negros e negras assavam batatas-doces na ponta de varas. Outros, exaustos, dormiam sob as árvores, enrolados em molambos. Uma negra-mina, acocorada debaixo duma laranjeira, gemia uma melopeia africana. A parede dos fundos do Sobrado refletia a luz alaranjada da fogueira.

Vou ter um filho. Licurgo carregava consigo a voz de Ismália. *Vou ter um filho.* Uma voz fininha, dolorida, triste. *Vou ter um filho.* O ar cheirava a sereno, o fogo crepitava. Que fazer? Que fazer? Talvez o melhor fosse deixar o problema para o dia seguinte. Estava cansado, com o corpo moído, a cabeça latejando de dor. Talvez estivesse até com febre. Mas uma coisa desde já estava decidida: aquela criança não podia nascer... No entanto, era-lhe repugnante a ideia de mandar Ismália botar o filho fora. Sempre censurara os que faziam isso... Pensou na avó. A velha reprovaria aquilo, sem a menor dúvida... Mas não. Ele sabia dos dissabores que lhe viriam se a criança nascesse. Filho natural. Isso é que ele ia ser. Filho natural. Se fosse um homem a coisa seria má; mas se fosse mulher, tudo ficaria ainda pior. Cresceria como a mãe, ao abandono, no rancho dos Carés. Quando se fizesse mocinha algum graúdo a levaria para a cama e depois a deixaria ao abandono com um filho na barriga. E, pensando nisso, Licurgo chegou a odiar o homem que "ia" fazer aquilo. De repente compreendeu que de certo modo estava se odiando a si mesmo. Sim, ia mandar a Ismália fazer o aborto. Isso simplificaria tudo. Mas... se a rapariga morresse? Conhecia casos. Talvez o melhor mesmo fosse deixar Ismália ter o filho, e, quando a criança nascesse, faria tudo para que ela fosse criada direito e nada lhe faltasse. Um dia contaria tudo a Alice; ela havia de compreender, porque aquilo tinha acontecido no tempo em que ele, Curgo, era solteiro. Mas não. Dentro dum mês estaria casado. Era até bem possível que o primeiro filho de Alice nascesse apenas dois meses depois do de Ismália. Iam crescer juntos no Angico. Um na casa-grande, o outro no rancho dos Carés. Se fossem de sexo diferente era até possível que... Licurgo levou a mão à cabeça, que estava a estourar-lhe de dor. Talvez o talho estivesse infeccionado. Ou tudo no mundo estivesse errado, podre. Mas quando é que esses gaiteiros do inferno vão parar de tocar?

Tinha a língua seca, a garganta ardida e estava com sede. Beberia um canecão de cerveja e mandaria tudo para o diabo. Continuou a andar na direção da casa, pensando no que diriam os outros quando o vissem voltar. Fagulhas voavam no ar. Da fogueira saía um cheiro enjoativo de laranja assada.

Não. O melhor mesmo era a Ismália botar o filho fora. A negra Anastácia conhecia umas ervas infalíveis: tudo ia ser fácil. A Anastácia resolveria o caso... Já bastavam as outras preocupações de sua vida. O filho ia dar o que falar. Pensou nas explorações que seus inimigos políticos podiam fazer. Ele e os outros membros do Clube Republicano estavam empenhados numa campanha de regeneração em que falavam em decência e bons costumes. O Manfredo Fraga era capaz de insinuar nos seus editoriais infetos que o presidente do Clube Republicano de Santa Fé havia desonrado a filha dum humilde posteiro, deixando-lhe no ventre o fruto do pecado, etc., etc. Estava decidido. A criança não ia nascer...

Começou a subir os degraus que levavam à porta da cozinha. Lá de dentro vinham os sons duma polca e o arrastar de pés dos pares, de mistura com vozes e risadas. Vendo um vulto enquadrado pela porta da cozinha, estacou, reconhecendo a avó. Bibiana e o neto se miraram por algum tempo em silêncio. Será que ela desconfia de alguma coisa? — pensou Licurgo. Ia falar quando a velha se antecipou, dizendo-lhe com uma calma arrasadora:

— Vá ao menos lavar as mãos.

11

O dr. Winter entrou no escritório de Curgo com a intenção de fugir um pouco à algazarra que ia pelas outras salas. O pe. Romano estava demasiadamente loquaz. O dr. Toríbio, empapado de álcool, derrubava o Império. O baile ficava cada vez mais animado e o Veiga tinha acabado de gritar: "Polca de dama!". Antes que alguma daquelas matronas gordas o viesse convidar para dançar, ele batera em retirada. Fechou a porta com cuidado e foi direito à cadeira de balanço.

— Aonde vai? — perguntou uma voz.

Num sobressalto, o médico voltou a cabeça para o canto da peça donde viera a voz e viu Bibiana sentada numa poltrona.

— Como foi que não vi vassuncê aí?

— Porque está ficando velho, com a vista avariada.

Winter sorriu, sentou-se perto da amiga e deixou escapar um suspiro de alívio.

— É verdade. Estou envelhecendo. Já não aguento mais muito barulho. Vim aqui descansar um pouco, pois já me fizeram dançar duas valsas.

Ficaram por alguns instantes em silêncio, escutando a polca que os gaiteiros tocavam, e as risadas dos pares. O escritório estava alumiado apenas pela luz do lampião que se achava sobre a mesinha junto da qual Winter se sentara e de onde agora lançava para Bibiana um olhar oblíquo.

— Por que é que está tão abichornada?

— Não estou abichornada.

— Está, sim. Conheço muito bem a minha freguesia.

Ela encolheu os ombros mas continuou calada. Vinha agora da sala o tan-tan surdo e cadenciado de pés que batiam no soalho.

— Dá licença de fumar? — pediu Winter.

A velha tornou a sucudir os ombros.

— Se eu digo que não, vassuncê fica aí triste como terneiro desmamado. Acenda um dos seus mata-ratos. Mas levante um pouco a vidraça pra fumaça não ficar toda aqui dentro.

— Está bem. Não fumo. A coisa não é tão urgente assim.

— Fume. Já disse que pode. Se não fumar, eu tomo isso como desfeita.

Winter tirou do bolso um charutinho, acendeu-o, puxou uma baforada e depois insistiu:

— Vassuncê está abichornada, sim. Alguma coisa aconteceu.

Bibiana nada disse. Encolheu-se mais sob o xale, pigarreou em surdina e continuou a olhar para a janela. A polca, os gritos e as batidas ritmadas continuavam.

— Que horas são? — perguntou ela.

Winter tirou o relógio do bolso, aproximou-o do lampião e olhou.

— Faltam vinte pra meia-noite.

De novo se fez silêncio entre os dois amigos. O médico reclinou a cabeça contra o respaldo da cadeira e cerrou os olhos. Alguma coisa havia acontecido, e ele sabia que Bibiana acabaria por contar-lhe tudo: era questão apenas de tempo. Podia esperar. A velha era assim. Quando estava doente — o que era raro —, fazia mil rodeios antes de admitir que sentia alguma coisa; depois é que, aos poucos, ia contando suas dores, mas achando que não tinham importância, iam passar ou podiam ser aliviadas com seus chás caseiros.

A música de repente cessou. Soaram palmas e gritos, e os gaiteiros bisaram a polca.

— A Ismália chegou — disse de repente Bibiana, sem nenhum preâmbulo.

Winter abriu os olhos e entesou o busto.

— Ao Sobrado?

— Lá fora. O Curgo ind'agorinha foi com ela pro fundo do quintal e ficaram lá um tempão.

O médico não achou o que dizer. Limitou-se a entortar a cabeça e ficar assim com um jeito hesitante.

— Imagine só — continuou a velha. — Com festa em casa, a noiva aqui dentro, nem ao menos...

Calou-se. O dr. Winter ficou olhando fixamente para a ponta do charutinho e depois, sem olhar para a amiga, murmurou:

— Coisas de moço. Isso passa.

No fundo sabia que não era assim. Conhecia Curgo e conhecia Ismália. O rapaz era obstinado em suas paixões e o diabo da rapariga tinha realmente um certo encanto.

— Deus le ouça! — fez a velha. — Mas eu duvido.

Ficaram a conversar sobre outros tempos e outras aventuras amorosas de Curgo. E Bibiana desatou a rir, recordando a "história da mulher do mágico". Licurgo devia andar por volta dos vinte anos quando apareceu em Santa Fé uma companhia de circo de cavalinhos que armou o seu barracão na praça, perto da figueira. Tinha um malabarista, um equilibrista, um contorcionista, cachorros amestrados, dois palhaços que só falavam espanhol, e um mágico italiano, um sujeito gordo e vermelho, de grandes bigodes pretos, casado (casado? qual! decerto amasiado...) com uma mulher ruiva. Trabalhavam os dois num palco, ele todo de sobrecasaca preta e gravata branca e ela — a desavergonhada — vestida de homem, bem como esses pajens das histórias da carochinha. Os homens de Santa Fé andavam assanhados com a piguancha: iam ao circo só para verem a mulher do mágico. Chamava-se Maria, imagine, nome de gente direita, nome da Virgem! Aparecia com carmim nas faces, uma sombra azul ao redor dos olhos muito saltados e azuis, e ficava todo o tempo rindo para os machos que estavam nas arquibancadas ou nas cadeiras. E eles lhe diziam coisinhas... Imaginem que até o Fandango perdeu a cabeça: não queria mais voltar para o Angico, ia a todos os espetáculos e, quando a mulher do mágico aparecia, o velho gritava das bancadas: "Eta potranca estrangeira bem linda!" e ficava rindo e se babando. O mágico fazia coisas do arco-da-velha, dizia umas bobagens em italiano e tirava ovos do nariz da mulher, fazia o vinho virar leite, dava um tiro numa caixa vazia e lá de dentro saía uma pomba voando. Mas o número de mais sucesso era o em que o mágico botava a mulher dentro dum caixão, mandava dois homens da assistência amarrá-la com cordas e cobri-la com um pano preto, depois dizia umas bobagens e zás! abria de novo o caixão e a mulher não estava mais lá dentro. Mas o Curgo, que não era mágico nem nada, fez um dia a mulher do italiano desaparecer. Havia algum tempo que andava de namoro com ela. Uma bela manhã o italiano acordou no seu quarto no hotel ali na rua do Comércio e não viu a mulher na cama. Onde está? Onde não está? Mas lugar pequeno é o diabo, a gente dá um espirro e todo o mundo ouve. O italiano logo descobriu com quem andava a safada e se tocou como um louco para o Sobrado.

Bibiana ria o seu riso macio.

— Parece que estou vendo a cara do homem — contou ela. — Chegou perto de mim, com os olhos cheios de lágrimas, e falou lá na sua língua arrevesada, queria que eu desse conta da mulher dele. Respondi: "Ué! Vassuncê não é mágico? Pois faça a sua mulher aparecer".

Winter levantou-se para ir erguer um pouco a vidraça e, ao voltar para sua cadeira, disse:

— Mas confesse que vassuncê estava alarmada...

A velha franziu os lábios.

— Muito não. O Licurgo tinha me deixado um bilhete dizendo que ia pro Angico passar uns dias com a gringa. Vassuncê sabe, doutor, ele sempre teve muita franqueza comigo. O menino se criou assim, sempre me contou todas as patifarias que fazia, a começar com as chinocas do Angico. Vassuncê sabe, ele é neto do capitão Rodrigo. Quem herda não furta.

Winter sorriu. As proezas eróticas do cap. Rodrigo, que no passado tinham sido uma fonte de inquietação e dissabores para d. Bibiana, agora lhe serviam como motivo de humorismo e ela parecia orgulhar-se de ter tido um marido "alarife".

— Sempre achei que é mil vezes melhor um rapaz fazer todas essas coisas em solteiro, pra depois de casado sossegar o pito e cuidar das obrigações. — Calou-se. Seu rosto ficou de novo sério. — É por isso que a história com a Ismália me preocupa. A coisa com a mulher do mágico durou uma semana. O circo foi embora. O Curgo andou uns dias abichornado, querendo seguir os burlantins até Santa Maria, mas acabou esquecendo. Teve outro rabicho por uma castelhana: durou um mês. Parece que quando foi a Porto Alegre andou metido com uma polaca... mas a coisa não durou muito também. Mas com a Ismália é diferente.

— Um dia há de acabar — disse Winter sem muita convicção.

Os gaiteiros tocavam uma mazurca. A luz do lampião ali no escritório morria aos poucos. Winter estendeu o braço e, fazendo subir a mecha, avivou a chama.

— E é por essa e por outras — concluiu Bibiana com um tom magoado na voz — que o Curgo está com vinte e nove anos e ainda solteiro. Estou beirando os oitenta e ainda não vi os meus bisnetos. Eu que tanto queria a casa cheia de crianças!

— Pois elas hão de vir. Tudo chegará a seu tempo. O Curgo casa o mês que vem. Lá por... deixe ver. — Fez a conta nos dedos. — Lá por abril de 85 podemos ter choro de criança no Sobrado. Em 86 pode aparecer outro bisneto... Não é possível apressar a natureza. Tenha paciência.

— Paciência eu tenho, mas é que duma hora pra outra posso bater com a cola na cerca...

— Aposto todo o meu dinheiro como vassuncê passa dos noventa.

— E se eu morrer antes, quem vai pagar a aposta?

— Vassuncê não morre.

— A verdade é que ninguém quer morrer, nem os que são desgraçados, os que sofrem muito. Medo da morte, medo mesmo não tenho.

Mas querer morrer, isso não quero. — Encolheu-se mais sob o xale. — Vassuncê bem podia fechar a vidraça. Está entrando uma friagem. Dizem que a morte gosta de entrar pelas janelas...

Winter pôs-se de pé e foi baixar a vidraça. Lançou um olhar para fora. Viu os lampiões alumiando a solidão das ruas e um vulto deitado na calçada da praça. Devia ser o Jacob Geibel...

Que estranha criatura, aquela! Nas noites de ventania — contava-se — o sacristão saía como um louco a andar sem destino certo pelas ruas, falando sozinho e gesticulando, com o jeito de quem quer fugir de alguém ou de alguma coisa.

— Pois é, doutor — disse a velha, depois que Winter tornou a sentar-se —, a gente se habitua tanto à vida que no fim viver fica sendo uma espécie de cacoete.

O médico soltou uma risada.

— Estou de pleno acordo. Viver é mesmo um cacoete!

Atirou a ponta do charutinho na escarradeira que tinha a seus pés e ficou mirando a velha com olhos cheios de simpatia.

Quedaram-se ambos por algum tempo calados, a escutar a música. De repente, sem saber bem por quê, Bibiana teve um pressentimento de desgraça.

— Acho que alguma coisa ruim está pra acontecer... — murmurou.

O dr. Winter franziu a testa e perguntou:

— Por quê?

— Tive um palpite... uma coisa aqui... — E a velha espalmou a mão sobre o peito. — Nunca me engano.

— Qual! Não há razão pra isso. Tudo está bem: o Curgo vendendo saúde, os negócios marchando direito. E depois, que diabo!, faz já quatorze anos que não temos guerra nem revolução.

— Pois é justamente isso que me dá medo. Quando a esmola é demais o pobre desconfia. Depois da guerra com os paraguaios não tem havido barulho. — Lançando um olhar malicioso para o amigo, acrescentou: — A não ser aquela guerrinha contra os seus patrícios...

Winter pigarreou, meio embaraçado, mas nada disse. Não gostava de falar no assunto. Bibiana referia-se aos Muckers, uma seita de colonos alemães que se formara no Ferrabraz, nas proximidades de São Leopoldo, em torno dum carpinteiro que virara curandeiro e de sua mulher, Jacobina, estranha criatura sujeita a ataques periódicos de catalepsia. Mercê de suas interpretações da Bíblia e de suas "curas milagrosas", Jacobina conseguira fanatizar seus adeptos, levando-os a estranhas práticas. E tudo não teria passado duma tolice inocente se os Muckers não se pusessem a hostilizar os colonos que não faziam parte da seita, chegando ao ponto de assassinar alguns deles e incendiar-lhes as casas. E a Província, estarrecida, vira aquele incidente local transformar-se num sério caso de polícia e degenerar mais tarde numa pequena guerra intestina, em que o governo, vendo derrotado o primeiro destacamento policial que fora atacar os Muckers, tivera de mandar uma segunda expedição mais numerosa e com artilharia, a qual só à custa de muitas baixas e ao cabo de numerosos e encarniçados combates conseguiu tomar a cidadela dos fanáticos. Contaram-se, na época, histórias sangrentas e cruéis dessa campanha. O curandeiro, que as forças legalistas não tinham conseguido capturar, fora encontrado mais tarde enforcado nas matas do Ferrabraz. E Jacobina, que estava grávida de muitos meses, tivera o ventre trespassado por uma baioneta.

Durante a "Guerra dos Muckers" o dr. Winter escrevera a seu amigo Von Koseritz:

> ... esse lamentável episódio vem confirmar a opinião que tenho de meus compatriotas: individualmente são excelentes, sensatas pessoas, mas quando reunidos em grupos acabam sempre fazendo alguma asneira brutal. Creio, porém, que Goethe já disse isso antes de mim e em muito melhor alemão. Seja como for, às vezes chego a achar que a unificação da Alemanha foi um erro. Temo que depois da vitória de Sedan, embriagados de orgulho nacional, os alemães tomem gosto pelas guerras (Há um ditado gaúcho que conheces: "Cachorro que come ovelha uma vez...") e não possam mais passar sem elas. Parece-me que homens como Mozart e Heine só podem ser produzidos por nações que não perdem tempo nem energia em arquitetar guerras e muito menos em levá-las a cabo.

Fingindo não ter percebido a deixa de Bibiana, Winter disse:
— Há de chegar o dia em que não haverá mais guerras.
Ele próprio não acreditava no que acabava de dizer. As guerras tolas não acabariam nunca pela simples razão de que os homens jamais deixariam de praticar as tolices que levam os povos à luta.

Bibiana olhava fixamente para a chama do lampião. Os gaiteiros fizeram uma pausa dentro da qual se ouviram palmas, gritos, risadas e batidas de pé. Depois começaram a gemer uma valsa lenta e sentimental. Winter abafou um bocejo. Olhando para Bibiana, viu que uma estranha transformação se operava no rosto da velha. Era como se ela estivesse sozinha no casarão e de repente ouvisse um ruído de passos suspeitos na sala contígua... Lá estava ela de cenho franzido, olhos vidrados, mãos crispadas sobre a guarda da cadeira, busto retesado...

Que seria? De repente Winter compreendeu... A valsa que os gaiteiros tocavam era uma das que Luzia mais gostava de dedilhar na cítara.

— Sabe duma coisa? — perguntou Bibiana baixinho, como a temer que sua voz fosse ouvida do outro lado daquelas paredes.

— Ultimamente o Curgo deu pra perguntar coisas sobre a mãe...

O médico sacudiu vagarosamente a cabeça.

— Quer saber como ela era, donde tinha vindo... — prosseguiu a velha. — Eu fico meio desajeitada, não sei se devo contar tudo. Às vezes tenho vontade, porque a verdade nunca fez mal a ninguém.

— A verdade agora nada adianta. Luzia está morta.

Bibiana sorriu enigmaticamente e por alguns segundos ficou a menear a cabeça lentamente.

— Não está tão morta como vassuncê pensa...

Essas palavras foram como água fria no espírito do médico. Foi-se-lhe de repente o sono e ele ficou alerta.

— Que é que vassuncê quer dizer com isso?

— Não se passa um mês que eu não sonhe com *ela*. Sonhos loucos que me deixam cansada como se eu tivesse passado a noite em claro. Me vejo sempre às voltas com ela, conversando, discutindo, brigando... Enxergo tudo tão claro como se ela ainda estivesse viva. Vassuncê sabe, o quarto dela está bem direitinho como no tempo que ela estava neste mundo. Não se mexeu em nada.

Fez uma pausa. A chama do lampião começava de novo a morrer e Winter já não podia distinguir bem as feições da amiga.

— Quem guarda a chave dourada do quarto é o Curgo. Não deixa ninguém entrar lá. Às vezes o menino se levanta no meio da noite, mete-se no quarto da mãe e fecha a porta.

— E o que é que faz lá dentro?

— Sabei-me lá! Acho que fica remexendo nos baús e gavetas dela... e lendo um cuaderno onde ela escrevia umas bobagens. Eu até não sei por que não rasguei há mais tempo esse cuaderno... O Curgo tem cada coisa! Agora deu pra querer saber por que foi que a mãe não deixou nenhum retrato...

Winter franziu a testa.

— Mas eu me lembro que lá por 69 ou 70 andou por aqui um fotógrafo francês que tirou uns retratos da Luzia, não foi?

Por alguns segundos Bibiana hesitou. Depois, sem olhar para o amigo, respondeu:

— Não me lembro.

Mas Winter agora se lembrava com clareza. Vira muitos retratos de Luzia no Sobrado até o dia de sua morte. Por sinal havia um com moldura dourada em cima do consolo... Sim, Luzia de preto sentada numa cadeira de respaldo alto, as mãos caídas sobre o regaço, a segurar um leque. Todos aqueles retratos tinham desaparecido de repente... Olhou para Bibiana, pigarreou de leve e sorriu.

De novo a velha falou:

— Sabe o que foi que o Curgo me disse um dia destes? Disse: "Vovó, às vezes quando passo no corredor pela porta do quarto da mamãe, tenho a impressão que ela está lá dentro me esperando, porque quer falar comigo...". Ora, já se viu? É uma coisa até diferente do Curgo, dizer isso. Onde se viu esse amor assim de repente? O menino não era assim. Duns dois anos pra cá é que mudou. Chegou a me dizer até que tem remorsos.

— Remorsos de quê?

— De não ter sido bom filho, de não ter gostado da mãe como devia. Vassuncê já ouviu maior disparate? Bom filho ele foi. Ela é que não soube ser boa mãe. — Bibiana teve um estremecimento e, mudando de tom, disse: — Estou ficando gelada. Será que está frio mesmo, doutor, ou...

Winter não ouviu o resto da frase, não só porque Bibiana o pronunciou num sussurro inaudível mas também porque ele logo se perdeu em pensamentos. Estava a lembrar-se duma curiosa conversa que mantivera com Licurgo, havia menos dum mês. Primeiro com ar fingidamente casual e depois com indisfarçável interesse, o rapaz lhe fizera perguntas sobre a mãe. Queria saber exatamente de que morrera ela, e se era realmente bela como ele a tinha em sua memória. Por fim mostrara-lhe o diário da mãe e fizera-o ler alguns trechos assinalados. Havia um que deixara Winter particularmente impressionado. Fora escrito nos últimos dias da vida de Luzia.

Estou me acabando devagarinho. Ontem ainda me olhei no espelho. Eu era bonita, agora estou que nem caveira. Mas gosto de me olhar, e quando me vejo assim envelhecida, acabada, horrível, fico até alegre. Sempre que me enxergo no espelho digo pra mim mesma. "Bem feito, Luzia, bem feito." Acho que nunca gostei de mim mesma e que toda a minha vida não passou dum suicídio lento, miudinho. Só não sei o que foi que eu fiz pra mim mesma para me odiar dessa maneira.

Essas palavras haviam deixado Winter perplexo. Não se tratava apenas de mera atitude literária duma moça influenciada pela leitura de *Noites na taverna* e dos contos de Hoffmann. Era algo de mais profundo que ele não compreendia, mas que o deixava perturbado.
Winter ficara com a impressão de que Licurgo se atormentava quando lia as páginas daquele diário escrito com letra miúda e regular, e ao qual Luzia confiava suas mágoas, sua revolta contra Santa Fé e suas angústias de prisioneira. E o que mais intrigava o rapaz era o fato de Luzia não ter mencionado seu nome uma vez sequer naquelas páginas. A verdade, porém, era que havia no diário muitas folhas arrancadas. Mas arrancadas por quem? Com que propósito? E que haveria nessas páginas?
Quando Licurgo lhe perguntara: "Que é que o doutor acha de tudo isto?", ele lhe respondera com toda a franqueza: "Acho que vassuncê deve esquecer, esquecer tudo. Há na Bíblia um versículo que diz: 'Deixa que os mortos sepultem os seus mortos'".
— Outro que não esquece é o Florêncio — ajuntou Bibiana.
— E se ele não decide vir morar no Sobrado com a família é ainda por causa daquela mulher...
No vestíbulo alguém gritou: "Dona Bibiana!". De repente a porta se abriu e Fandango irrompeu no escritório, exclamando:
— É quase meia-noite, minha gente. Venham! Vão soltar o balão. Depois todo o mundo vai dançar a quadrilha dos lanceiros.
Sem esperar resposta, fez meia-volta e se foi, no seu passo lépido de bailarim.
Bibiana suspirou fundo, ergueu-se lentamente, deu alguns passos na direção do médico, parou junto dele e murmurou:
— Nunca me agradei da cara dessa china, a Ismália. No princípio eu não sabia por quê. Agora sei...
Ficou esperando que o dr. Winter perguntasse: "Por quê?". Mas ele permaneceu calado, os olhos fitos na amiga. Das outras salas vinham, agora mais fortes, as vozes dos convivas. Os gaiteiros rompe-

ram a tocar os primeiros compassos duma quadrilha. Bibiana inclinou-se para o médico e esclareceu:

— O diabo da menina tem na cara, nos olhos, no jeito, qualquer coisa que lembra a mãe do Curgo.

Winter encarou por alguns instantes a interlocutora e depois, levantando-se também, disse:

— É verdade. A Luzia não está tão morta como muita gente pensa.

Lado a lado e silenciosos, os dois amigos voltaram a passo lento para a festa.

Não há em Santa Fé quem não conheça o velho Maneco Lírio
major da Guarda Nacional
veterano do Paraguai
ledor de almanaques
charadista consumado
e monarquista dos quatro costados.

Todos os dias antes de nascer o sol
lá está ele na frente da casa
de bombachas e em mangas de camisa, a tomar seu chimarrão,
seja inverno, primavera, outono ou verão.

Depois do almoço vai sempre dar um dedo de prosa na farmácia
e à noite joga sua partidinha de gamão com o coletor federal.

Sofre de bronquite asmática
e fuma com certa relutância cigarros de cartucho roxo.

É católico por tradição
mas não reza
não vai à missa
não gosta de padre.

Em festas familiares nunca se faz rogar: basta que peçam uma vez
Recite um verso, major
(principalmente quando quem pede é uma dama).
Dá dois passos à frente, limpa o peito e solta a voz de cascalho
Aquele "Ranchinho", da lavra de Lobo da Costa.

> Tu me perguntas a história
> Daquele triste ranchinho,
> Que abandonado encontramos,
> Coberto por negros ramos
> De pessegueiro maninho,
> Aquele rancho de palha,
> Aquele triste ranchinho?

É num tom cavo e macabro que diz o último verso:

> No outro dia os destroços
> De um rancho viam-se então;
> O incêndio levara tudo
> E fora cúmplice mudo,
> Fora cúmplice o trovão!
> — Aí tens a história que pedes
> Do ranchinho do sertão.

O major é viúvo e só tem um filho, que é a menina de seus olhos, mas agora vive sozinho, na sua meia-água branca da rua Voluntários da Pátria.
Nas paredes úmidas de sua sala de visitas, três retratos,
o de dom Pedro II
o do Conselheiro Gaspar Martins
e o da Falecida, que Deus a tenha em Sua Santa Glória.
Amém!

São seis horas da tarde, na primavera de 93.
O major olha o calendário,
uma tricromia onde cisnes brancos nadam num lago azul por entre nelumbos e vitórias-régias.
Brinde da Casa Sol a seus prezados favorecedores.
Franze a testa.
Diacho! Hoje é 15 de novembro.
Arranca a folhinha e lê a efeméride
1889. O Mal. Deodoro proclama a República.
Xô mico! Antes não tivesse proclamado coisa alguma e ficasse em casa quieto, deixando a nação em paz.

Maneco Lírio vai sentar-se à janela, com a cuia de mate, uma chaleira d'água quente
e mais suas lembranças e mágoas.
Na calçada fronteira meninos jogam sapata
no meio da rua meninas fazem roda e cantam
no céu pisca-pisca a estrela vespertina.

O major volta a cabeça para dentro da sala e olha com ternura o retrato do Imperador.
Expulsarem do país um homem como esse,
verdadeiro neto de Marco Aurélio!

Na rua as menininhas cantam:

>O meu belo do Castelo
>Mata-tira-tirarei!

Amigo de grandes homens como o Papa, Lamartine, Pasteur e outros
soberano democrata
pai dos necessitados
sábio como poucos.
Traduziu o Velho Testamento do hebraico para o francês
o Júlio César de Shakespeare para o latim
os poemas de Longfellow para a língua materna
e fazia sonetos adamantinos da mais pura inspiração.
Versado em astronomia
olhava a lua em telescópios
estudou in loco *as ruínas de Pompeia*
conhecia os museus da Europa como a palma de sua augusta mão

Na calçada os meninos tiram a sorte:

>Canivetinho
>Pintadinho
>Gorro, mingorro
>Tua mão está forro.

E apesar de tudo isso era a modéstia em pessoa

O grande Victor Hugo, o vate de Os miseráveis, *recebeu o Imperador em sua casa de Paris,*
chamou o netinho e disse:
Beije a mão de Sua Majestade.
Vai então o nosso Monarca aponta para o poeta e exclama:
Esta sala, mon enfant, *agora só tem uma majestade:*
vosso avô.

* * *

Expulsarem do país um homem como esse!

        Se esta rua fosse minha
        Eu mandava ladrilhar
        De pedrinhas de brilhante
        Para o meu amor passar

Doutra feita, na América do Norte, sem cortejos nem fanfarras, como um simples viajante,
Nosso dom Pedro II visitou a Exposição do Centenário, na cidade de Filadélfia.
Falou com Alexandre Graham Bell, mas não se deu a conhecer,
Só perguntou:
Que diabo de aparelho é esse que vosmecê tem na mão?
Pois é uma maquinazinha em que botei muito engenho. Quer experimentar? Encoste este canudo no ouvido e escute.
O Soberano encostou, o inventor foi para outra sala e começou a falar dentro dum funil.
E de repente Sua Majestade sentiu cócega no ouvido, pois do canudo saía uma voz.
Santo Deus! Esta coisa fala.
E da outra ponta do fio Alexandre Graham Bell dizia:
Isto é o telefone. Dentro de pouco tempo todas as casas do mundo vão precisar dum aparelho assim.
Dom Pedro entusiasmado abraçou o inventor e disse:
Quero fazer uma encomenda desses tais de telefones pro governo do meu país.
Mas afinal de contas quem é o senhor?
Imperador do Brasil.
O outro quase caiu pra trás.

E foi um homem como esse que os republicanos mandaram embora.

        Seu João das Calças Brancas!
        Pronto, meu amo!
        Quantos pães tem no forno?
        Vinte e cinco e um queimado.
        Quem foi que queimou?

Foi o Bico de Latão.
Ora pega esse ladrão
Na panela de feijão.

Tudo foi obra desses moços da propaganda republicana.
Viviam com a cabeça cheia de ideias da estranja.
Queriam a abolição,
Tiveram.
E pioraram a sorte dos negros.
Queriam a república,
Tiveram.
Derrubaram a monarquia,
Instituíram a anarquia,
Mandaram embora o Imperador,
que morreu, coitado, no exílio.
Mudaram a nossa bandeira,
que agora é ordem e progresso.
Só por milagre não mudaram o hino nacional.
O país está entregue à camarilha positivista.
Foram mexer com o Exército,
que no tempo do Império vivia quieto no seu canto.
Corremos agora o perigo duma ditadura militar.
E daqui por diante ninguém vai fazer mais nada,
Sem primeiro ouvir e cheirar os generais.
E o resultado dessa beleza é o que vemos:
Só aqui no Rio Grande de 89 a 90,
tivemos cinco governos.
Botaram buçal na imprensa
houve tiroteio nas ruas
a canhoneira Marajó quis bombardear Porto Alegre.
É que o povo anda descontente
dês que mandaram o Velhinho embora.

Deodoro fechou o Congresso,
deu o seu golpe de Estado,
logo depois renunciou.
Veio a revolta da esquadra
com o Custódio José de Melo,
a revolução no Rio Grande

e a ditadura do Floriano.
Já ninguém se entende mais.

        Ciranda, cirandinha
        Vamos todos cirandar
        Vamos dar a meia-volta
        A meia-volta vamos dar

Mas, no meu fraco entender, só existe um homem no mundo
capaz de salvar o país,
o Conselheiro Gaspar Martins, honra e glória da nação
gigante no físico e no moral, no saber e na inteligência
conhecedor de quinze línguas entre vivas e mortas
mais eloquente que Gambetta, Demóstenes ou Mirabeau.
E até a grande Eleonora Duse, quando viu o Conselheiro
disse lá na sua língua dela:
Que magnífico Otelo ele não faria!
E quando Gaspar Martins solta o verbo de fogo
com sua voz de trovão,
os pigmeus da República se encolhem.
Pois o nosso Conselheiro é contra esta situação
e nas campinas do Rio Grande deu o grito de revolução..
E de todos os quadrantes surgiram federalistas e gasparistas
de lenço dobrado no pescoço.
E meu filho José Lírio foi o primeiro a se apresentar.
Os dias do castilhismo estão contados.

        Rei, capitão
        Soldado, ladrão
        Faca na cinta,
        Pistola na mão.

Eu não sei o que é que estou fazendo aqui parado
que não azeito as minhas pistolas nem limpo a minha espada
e boto um lenço vermelho no pescoço e vou também pra coxilha
com as forças dos maragatos.
Não estou tão velho assim que não possa dar uns tirinhos
ou manejar uma espada.

Porque é bem como o Conselheiro diz:
Ideias não são metais que se fundem.

      Senhora dona Cândida,
      Coberta de ouro e prata,
      Descubra o seu rosto,
      Quero ver a sua graça.

Um apito de trem vara como uma lança o devaneio do major.
Maneco Lírio tira o relógio do bolso e olha o mostrador:
Seis e meia. O trem de carga de Santa Maria está no horário
ouro e fio

O trem agora vai passando
pela frente do rancho de Quincas Caré,
que sai para fora com a mulher e os filhos
e ficam todos olhando de boca aberta para a locomotiva.

E, depois que o trem desaparece na curva do cemitério,
Quincas cospe no chão, volta-se para a mulher e
diz com ar de entendido:
Esse bicho traz seca.

O Sobrado VII

27 de junho de 1895: Manhã

Ao clarear do dia o sudoeste irrompe em Santa Fé. De seu posto na água-furtada, Fandango, a quem tocou o último quarto da vigília da noite, contempla o céu e tem a impressão de que é o minuano que vai apagando aos poucos com seu sopro de gelo as últimas estrelas. Das árvores agitadas cai um chuvisqueiro de sereno. A figueira grande, que a geada prateia, parece uma cabeça que envelheceu durante a noite. Tiritando de frio, o rosto muito próximo da vidraça, sentindo na ponta do nariz o contato gelado do vidro, o velho capataz agora espia a rua. Lá está o maragato morto todo coberto de geada... Quem será o infeliz? Decerto algum pai de família. Amanhã a revolução termina, os inimigos de hoje fazem as pazes, mas os que morreram não voltam mais.

Fandango suspira. Guerra malvada! Irmão contra irmão, amigo contra amigo. O Fandanguinho dum lado e o Juvenal do outro. A esta hora decerto já degolaram também o Antero... Não deve ser brinquedo levar um talho de faca com um frio destes. Cruz-credo!

Fandango pensa nas gargantas abertas que viu desde que a revolução começou. Curgo vive dizendo que os maragatos são bandidos. Mas qual! Todo o mundo sabe que há gente boa e gente ruim dos dois lados. Ele se lembra do Boi Preto, onde a Divisão do Norte pegou duzentos federalistas dormindo num acampamento e liquidou todos a arma branca. E o caso do Gumercindo Saraiva? Foi enterrado num dia pelos companheiros e desenterrado no outro pelos inimigos. Contam até que um chefe republicano gritou: "Quero as orelhas do bandido!", e passou-lhes a faca. Uma sangueira braba, uma perda horrível de vidas, de dinheiro e de tempo! E no entanto o mundo tem tanta coisa gostosa! Mulher bonita, cavalo bom, baile, churrasco, mate amargo... Laranja madura, melancia fresca, uma guampa de leite gordo ainda quente dos úberes da vaca... Uma boa prosa perto do fogo... Uma pescaria, uma caçada, uma sesta debaixo dum umbu... Tanta coisa!

Para esquecer o frio, a fome e as mágoas Fandango põe-se a assobiar.

E o vento, que assobia mais forte, faz trepidar as janelas do Sobrado, entra pelos buracos dos vidros quebrados, pelas frestas dos postigos e vai enchendo a casa com seu bafo polar. Um jornal que veio não se sabe donde, esvoaça no ar, sobe e desce em movimentos agônicos de pássaro ferido, e há um momento em que fica aberto e como que colado à parede da igreja, mostrando o cabeçalho da primeira página em letras garrafais: OS FEDERALISTAS DERROTADOS EM CAROVI!; depois torna a cair, rola na calçada e é levado pelo minuano num voo rasteiro, rua dos Farrapos em fora.

No Sobrado os homens estão quase todos acordados. Passaram a noite ao redor do fogão, agarrados uns aos outros, numa busca meio inconsciente de calor e aconchego, e agora estão vagamente envergonhados dessa promiscuidade, como se tivessem feito algo que um homem que se preza não faz com outro homem. Esfregam as mãos, batem pés, tossem, pigarreiam, escarram, bocejam... Mas nada dizem, porque decerto acham que nada mais têm a dizer.

Quando Fandango desce, seu primeiro cuidado é o de ir ver como Florêncio passou a noite. Encontra-o ainda a dormir, com a cabeça atirada para trás e pousada num travesseiro. Bem bom que o velho está descansando — reflete o capataz. O coitado merece.

Volta-se para os homens e cochicha:

— Não façam muito barulho, que seu Florêncio está dormindo.

O sol já apareceu por trás dos muros do cemitério. A velha Bibiana está de novo a balançar-se na sua cadeira. E Curgo, que dormiu algumas horas de sono pesado no quarto de Florêncio, acorda de repente num sobressalto, com uma sensação de desastre iminente. Atira as pernas para fora da cama e, zonzo, os olhos piscos, fica tentando varar a névoa da sonolência, para ver o que aconteceu... Que foi? Rompeu de novo o tiroteio? Morreu alguém?

Maria Valéria ali está, parada no meio do quarto, o rosto voltado para ele.

— Que é que quer? — pergunta, irritado com a desagradável impressão de que a cunhada esteve a espioná-lo.

— Nada. Vim só ver se vassuncê estava dormindo.

— Me acordei agora.

— Estou vendo.

— Aconteceu alguma coisa?

— Não.

— Como vai a Alice?

— A febre baixou um pouco.

Curgo passa a mão pela cabeça num gesto perdido.

— Dormi como uma pedra — murmura, como a penitenciar-se dum ato reprovável.

— Era de sono que vassuncê precisava.
— E o seu pai?
— Está lá embaixo. Parece que finalmente conseguiu dormir.
— O Antero deu algum sinal de vida?
— Não.
— Eu bem disse que não ia adiantar nada...
— Mas alguém precisava fazer alguma coisa, não é?
— Eu sei!

Sentado na beira da cama, Licurgo mantém os olhos baixos, pois sabe que não lhe é possível olhar de frente para a cunhada, cuja presença chega a ser-lhe quase repulsiva.

— As laranjas estão se acabando e não tem mais farinha em casa. Não sei o que é que vou dar pros homens comerem hoje.

Ele tem ganas de responder: "Me matem, me carneiem, me comam!". Imóvel na sua frente, Maria Valéria espera. Parece que o bafo gelado que entra no quarto não vem de fora, vem dela. E, quando esta mulher fala, ele sente sua voz como uma lixa a raspar-lhe os nervos.

— Me diga! Que é que vou dar pros homens?

Por que não dorme com eles? — pergunta-lhe Licurgo em pensamento. Assim eles esquecem a fome, a senhora fica sossegada e me deixa em paz.

Continua, porém, calado, de cabeça baixa, friccionando nervosamente os joelhos com a palma das mãos. De repente, vendo as próprias unhas crescidas e sujas, encolhe os dedos para que Maria Valéria não os veja, e fica ao mesmo tempo contrariado por ter feito esse gesto. Por que será que ela não vai embora?

— Já pensou nas crianças? Todos estes dias sem leite nem pão? E na velha?

De súbito ele ergue a cabeça, encara a cunhada e pergunta, agressivo:

— Que é que a senhora quer que eu faça?

— Já lhe disse mil vezes. Bote bandeira branca na sacada e peça trégua enquanto é tempo de salvar Alice.

Curgo põe-se de pé abruptamente, inclina-se sobre a cama e com um gesto brusco arranca-lhe o lençol.

— Pois é isso mesmo que eu vou fazer agora! — exclama. — E depois não me culpem pelo que acontecer.

Maria Valéria fita nele os olhos plácidos e melancólicos e murmura:

— Era o que o senhor devia ter feito há muito tempo.

Após uma breve hesitação, Licurgo encaminha-se para a porta, arrastando o lençol. Neste momento vem do corredor um ruído de passos apressados, seguido duma voz:

— ... de bandeira branca!

Licurgo deixa o lençol cair no chão e precipita-se para fora do quarto. Jango Veiga, que se acha junto da porta da sacada, a espiar pelo postigo entreaberto, volta a cabeça para ele e exclama, meio engasgado:

— Um grupo atravessando a praça... na frente um homem com uma bandeira branca... parece o vigário...

Licurgo aproxima-se do companheiro, olha por cima do ombro dele e avista, por entre as árvores que o vento sacode furiosamente, uns quinze homens que caminham na direção do Sobrado, tendo à frente — sim, não há a menor dúvida! — o vigário de Santa Fé, que carrega uma bandeira branca na ponta duma lança. Um dos homens ergue o chapéu no ar e solta um brado; os outros o imitam mas o vento leva-lhes a voz para longe.

— É a nossa gente — diz Jango, excitado. — Lá está o nanico... o doutor Winter... está vendo?

— Estou — responde Curgo com impaciência. — Não sou cego.

Abre a porta da sacada e dá dois passos à frente. Respira fundo, e com o olhar abarca a praça. O vento faz esvoaçar-lhe os cabelos, as barbas, o poncho e o lenço branco que ele não tirou do pescoço desde que começou o cerco. Sente uma repentina tontura e por momentos as imagens se lhe turvam diante dos olhos. Lá embaixo, impelido pela ventania, um pedaço de jornal arrasta-se pela rua, bate nas pernas do maragato morto, sobe-lhe pelas coxas, fica por um instante preso nas dobras do poncho e acaba por cobrir-lhe a cara.

Perfilado, Licurgo Cambará espera...

O pe. Atílio Romano entrega a bandeira a um companheiro, adianta-se ao grupo e, de braços abertos, atravessa a rua.

— Graças a Deus! — exclama, de rosto iluminado. — Graças ao bom Deus! Os federalistas abandonaram a cidade antes do dia raiar. As forças republicanas da Cruz Alta já entraram no nosso município!

Curgo baixa os olhos para o padre mas não diz palavra. Os homens estão todos agora no meio da rua, com as faces erguidas para a sacada. O senhor do Sobrado e do Angico reconhece os companheiros que foram aprisionados pelos federalistas durante o combate pela posse da cidade. Erguem-se no ar espadas, chapéus, lenços e lanças. Viva o Partido Republicano! Viva o cel. Licurgo Cambará! Viva o Rio Grande do Sul! Antero põe o chapéu na ponta duma lança, levanta-o bem alto e, com sua voz estrídula, brada: "Viva o Sobrado!".

Às janelas do casarão assomam aos poucos seus defensores.

Curgo volta o rosto para a torre da igreja e com uma fixidez estúpida fica a mirar o galo do cata-vento, que rodopia como uma piorra.

— Curgo! — grita-lhe o padre lá de baixo. — Não conhece mais seus amigos? Por que não manda abrir a porta?

Licurgo faz meia-volta, dá alguns passos e no patamar encontra a cunhada de braços cruzados sob o xale, esperando.

— A cidade está livre! — exclama ele com a voz cheia duma exultação em que há também um elemento de rancor. — Os federalistas fugiram, nenhum canalha botou o pé na minha casa!

Mau grado seu, lágrimas começam a escorrer-lhe pelas faces e, furioso por estar fraquejando, e ainda mais desconcertado porque Maria Valéria está percebendo que ele chora, grita:

— A senhora e seu pai queriam a todo transe entregar o Sobrado pros Amarais. Está vendo agora o que aconteceu? Foi ou não foi como eu le disse?

Maria Valéria diz simplesmente:

— Não se esqueça que sua mulher está passando mal. Mande o doutor Winter subir imediatamente.

Curgo desce a escada com uma lentidão nervosa. No andar térreo encontra Fandango a cantar e a dançar. A alegria do velho deixa-o agastado, pois para ele o momento é grave e triste: não se trata de dançar e dar vivas, mas de salvar a vida de Alice, enterrar decentemente os mortos, dar de comer aos vivos e fazer ressuscitar a cidade.

— Mas que cara emburrada é essa, muchacho?

Os outros homens cercam o chefe, à espera de ordens. Licurgo põe na cabeça o chapéu em cuja fita se lê VIVA O DR. JÚLIO DE CASTILHOS!, apresilha à cinta a espada e ordena a Jango Veiga, que neste momento entra na sala:

— Abre a porta e mande essa gente entrar!

Jango precipita-se para o vestíbulo, desce os degraus em dois pulos, tira a tranca da porta, dá-lhe volta à chave, puxa-lhe o ferrolho e abre-a de par em par. O primeiro a entrar é o vigário, que tem os olhos turvos de comoção. Abraça Jango Veiga e sobe apressado, seguido do dr. Winter e do resto do grupo. E ali no vestíbulo os recém-vindos e os sitiados ficam a abraçar-se, a se fazerem perguntas, a contar coisas entrecortadas e atabalhoadamente. O vigário envolve Curgo com seus braços atléticos e dá-lhe um beijo estralado em cada face.

— Que é isso, padre? — pergunta Curgo, constrangido.

E, desvencilhando-se do sacerdote, aproxima-se do dr. Winter, que lhe pergunta:

— Como vai a Alice?

As palavras do médico saem-lhe da boca num bafio de cachaça. Licurgo agarra-lhe fortemente os braços.

— Suba, doutor, suba ligeiro e salve a minha mulher.

— Vou fazer o possível.

— Faça o impossível!

Ao dizer isso aperta com mais força os braços do outro.

— Então não me quebre os ossos.

Curgo larga-o. Winter começa a subir a escada grande, levando na cabeça uma pergunta: salvar pra quê? Salvar pra quê?

Montados no corrimão, Rodrigo e Toríbio passam por ele deslizando velozmente.

— Olha o doutor Winter!

— O alemão batata!

Sem dar atenção aos meninos, de chapéu na cabeça, encurvado e tateante (quebrou os óculos há um mês e com esta maldita revolução não pôde encomendar outros), Winter sobe penosamente os degraus.

Na sala de jantar Rodrigo puxa a manga do casaco do irmão.

— Vamos tocar sino na igreja?

Os olhos do outro brilham.

— Vamos!

Passam pelo vestíbulo, por entre os homens, ganham a rua e deitam a correr na direção da Matriz. Como encontram fechada a porta da frente, contornam o templo, entram pela sacristia, fazem um rápido sinal da cruz ao passarem pelo altar-mor, metem-se no batistério, penduram-se na corda do sino e começam a puxá-la com fúria desesperada. A guerra acabou! O Sobrado ganhou a guerra! Viva! Viva! Atordoado pela zoada do sino, Rodrigo encolhe-se, trêmulo, arregala os olhos, assustado e já meio arrependido da travessura. Dizem que o Barbadinho do Padre morreu surdo e louco por causa do barulho do sino...

— Estou com medo, Bio! — grita ele.

Mas o irmão não pode ouvi-lo. Rodrigo larga a corda, ajoelha-se no chão, fecha os olhos e leva ambas as mãos aos ouvidos, tapando-os, enquanto Bio continua a badalar, virando cambalhotas como um burlantim.

Os ares de Santa Fé atroam, e o minuano como que se enrosca no som do sino, num corpo a corpo frenético, e se vai lutando com ele campo em fora. O galo do cata-vento continua a rodopiar. As árvores da praça farfalham. O pedaço de jornal que cobre a cara do morto sobe de repente e começa a esvoaçar sobre os telhados, como uma pandorga extraviada.

Estonteado no meio da zoada, Curgo leva os dedos às têmporas e fica um instante de olhos fechados, procurando pôr ordem nos pensamentos. É preciso fazer alguma coisa. Acabam de informar-lhe que o trem que partiu de Cruz Alta de madrugada, conduzindo as tropas republicanas, chegará dentro de meia hora.

— Jango! — grita ele para o companheiro. — Providencie imediatamente pra arranjar comida pra nossa gente. Veja primeiro se consegue leite pros meninos e pra dona Bibiana. — Volta-se para o vigário e diz: — Padre, venha comigo.

— Aonde vamos?

— Vou primeiro tomar conta da Intendência. Acho que vassuncê não se esqueceu que ainda sou intendente de Santa Fé...

— Claro que não, coronel.

— Depois quero passar um telegrama pro doutor Júlio de Castilhos.

Ergue a voz e pede silêncio. Os homens obedecem-lhe, mas o sino continua a tocar, a tocar...

— Quem quiser vir comigo que venha! — grita Licurgo.

Todos querem. Saem num grupo compacto, com o dono da casa e o padre à frente. Marcham lentamente, numa gravidade religiosa de enterro: é como se estivessem saindo do Sobrado conduzindo um defunto, rumo do cemitério.

— Por que mandou tocar sino desse jeito, padre? — pergunta Licurgo, franzindo o cenho.

— Eu não mandei coisa nenhuma, belo!

— Devem ser os seus filhos, coronel — esclarece um dos homens. — Vi quando eles saíram ind'agorinha correndo pra igreja.

No meio da rua Licurgo detém-se ao pé do inimigo morto, e, tapando o nariz com um lenço, baixa os olhos para o rosto dele. A princípio tem a impressão de que aquela fisionomia lhe é desconhecida. Não leva, porém, muito tempo para identificá-la, pois vê na face do defunto os olhos verdes e mosqueados de Ismália.

— João Batista!

— Pronto, coronel.

— Mande enterrar imediatamente esses maragatos!
Diz isto e retoma a marcha. O negro olha para o morto e murmura:
— Quem havia de dizer! O Mauro Caré atirando contra o Sobrado! A gente dele sempre viveu nas costas do coronel Licurgo. É o mesmo que comer e depois cuspir no prato. Há muita ingratidão neste mundo!
Cuspinha, enojado.
De longe o padre lhe grita:
— Não enterrem os defuntos sem encomendação. Levem os corpos para a igreja, que eu já volto.
Licurgo caminha de cabeça erguida, com o sol e o minuano na cara. A seu lado o padre fala incessantemente, contando-lhe suas provações daqueles últimos dez dias. Ficou prisioneiro de Alvarino Amaral enquanto durou o cerco, e por mais de uma vez lhe suplicou que o deixasse ir até o Sobrado para ver como estavam as mulheres e as crianças. O chefe federalista, porém, repelira-lhe a sugestão. Sabia que a revolução estava perdida para seu partido, mas tinha esperanças de forçar Licurgo a pedir trégua: queria "quebrar-lhe o corincho".

O padre tem de gritar para se fazer ouvir, pois o sino continua a bimbalhar. Aos poucos se vão abrindo as portas e janelas das casas ali da praça; algumas pessoas metem a cabeça para fora, espiam, ariscas, e depois, compreendendo o que se está passando, aventuram-se a vir para a calçada e, descobrindo conhecidos no grupo que atravessa a praça, começam a acenar-lhes e gritar-lhes coisas.

Na mente de Licurgo o telegrama já tomou forma:

Ilmo. Sr. Dr. Júlio de Castilhos
Palácio do Governo
Porto Alegre

Tenho a honra comunicar Vossência Santa Fé acaba ser libertada. Após vários dias de cerco minha residência onde resisti com grupo valerosos leais correligionários, inimigos abandonaram cidade aproximação bravas forças republicanas Cruz Alta. Viva o Partido Republicano! Viva o Rio Grande! Viva o Brasil!

Licurgo Cambará

De olhos fitos na fachada da Intendência, Curgo atravessa a rua em silêncio. Doem-lhe os olhos e o peito; suas pernas estão fracas e trêmulas, a garganta seca, as mãos e os pés gelados. Mas ele se mantém empertigado, e vai andando sempre, enquanto um sino enorme, um sino brutal badala-que-badala-que-badala implacavelmente dentro de sua cabeça, confundindo-lhe as ideias, martelando-lhe os nervos, deixando-o quase louco...

Sozinho no meio da sala de visitas do Sobrado, Fandango de repente tem a vaga mas estranha impressão de que algo de anormal está acontecendo. Que será? Nos primeiros segundos não atina com o que seja, mas, ao olhar na direção da cozinha, percebe o que é... O velho Florêncio continua a *dormir*, apesar de toda a gritaria que os homens fizeram há pouco, e apesar do sino que continua a tocar.

Com um mau pressentimento aproxima-se do amigo e toca-lhe o ombro, primeiro de leve e depois, como o outro não se mexe, com mais força, e repetidamente. Vê então, num susto, que os olhos de Florêncio estão abertos e vidrados, fixamente fitos no teto fuliginoso da cozinha. Toma-lhe da mão: fria. Apalpa-lhe a testa: gelada. Encosta o ouvido no peito do amigo e não lhe ouve o pulsar do coração. Apanha um copo, aproxima-o dos lábios do outro e deixa-o ali por alguns instantes; depois ergue o copo no ar, contra o sol, para ver se está embaciado. Nada!

Fandango coça a cabeça, estonteado, sem saber que fazer. Os homens todos foram embora. As mulheres estão lá em cima. É preciso que alguém lhes vá contar que o velho Florêncio morreu.

Se ao menos esse maldito sino parasse... Quem será o canalha que está tocando? Decerto é a alma do Barbadinho do Padre, que voltou dos quintos do inferno. Filho da mãe!

Fandango olha fixamente para o amigo morto. Pobre do velho! Como é que eu não vi logo que ele se tinha finado? Está que nem um boneco de cera, já com as ventas meio roxas. Deus me livre de morrer sentado! Mas deve ter sido uma morte fácil, sem agonia. Decerto morreu dormindo. Ou não? Quem sabe acordou de noite, com a pontada no peito? Era homem de vergonha, não gostava de dar parte de fraco nem de incomodar o próximo...

Não gemeu pra não acordar os outros. E morreu sozinho sem ter ninguém que botasse uma vela acesa na mão dele... É bem como dizia o falecido Maneco Lírio: mundo velho sem porteira!

Pé por pé, como para não despertar o amigo, o capataz encaminha-se para a escada e começa a subir os degraus lentamente, com uma vontade danada de não chegar nunca lá em cima.

Credo cruz! Dar notícia de morte é a coisa pior do mundo. Logo eu, o Fandango, o gaiato, o festeiro, o bom de farra.

Como é que vou dizer? Dona Maria Valéria, seu pai está lá embaixo morto. Acho que o bragado apareceu esta noite e levou ele na garupa pro outro mundo... Mas não se aflija, dona, a vida é assim mesmo. Todos morrem, mais cedo ou mais tarde. A morte não pede licença pra entrar na casa da gente. Seu pai era mais moço que eu. Seu pai era muito melhor que eu. Me desculpe por eu estar ainda vivo... Quem manda é o Velho, lá em cima.

Com os dedos crispados sobre o corrimão, Fandango vai subindo. Sino desgraçado, por que não calas essa boca? Vento do inferno, por que não paras de zunir? Vão acabar deixando todo o mundo fora do juízo. E como é que vou dizer pra Alicinha que o pai dela se finou? E pra velha Bibiana? Por que foi que esse negócio estourou na minha cacunda? Logo eu, o Fandango, o festeiro, o gaiato, o bom de farra... Mundo velho sem porteira!

Os olhos do capataz estão cheios de lágrimas, que lhe escorrem pelas faces tostadas e entram-lhe pelas barbas. Junto da porta do quarto de Alice, ele as enxuga com a ponta do poncho. Depois de alguma hesitação, bate de leve... Ouve o ruído de passos macios lá dentro. A porta entreabre-se e na fresta aparece a metade do rosto de Maria Valéria.

— Que é, Fandango?
— Preciso falar com vassuncê.
— É muito urgente?

O capataz titubeia.

— Muito... não.
— Então espere. Estou ajudando o doutor Winter.
— Está bem.

A porta torna a fechar-se. Fandango suspira, aliviado. De repente o sino cessa de badalar e ele fica com uma zoada nos ouvidos, como se sua cabeça fosse um ninho de marimbondos.

Sem saber ao certo por quê, dirige-se para o quarto de Bibiana, bate na porta e, como não obtém nenhuma resposta, abre-a devagarinho e entra. Lá está a velha sentada na sua cadeira de balanço, com o xale nas costas, mascando fumo, remexendo a boca como uma vaca a ruminar.

Mas que foi mesmo que vim fazer aqui? A velha está catacega e

meio caduca: não tenho coragem de contar pra ela que seu Florêncio morreu.
— Quem é lá? — pergunta Bibiana.
— Sou eu. O Fandango, dona.
— Ah!
— O sítio terminou. Os maragatos fugiram. O Curgo está na Intendência com os companheiros...

A velha permanece impassível como se não tivesse ouvido as palavras do capataz, ou como se não as tivesse compreendido.

Fandango aproxima-se dela e toca-lhe o ombro.
— Vassuncê está se sentindo bem?

O vento uiva, fazendo matraquear as vidraças. Bibiana Terra Cambará sorri, leva o indicador aos lábios, como a pedir silêncio, e, estendendo a mão na direção da janela, sussurra:
— Está ouvindo?

FIM DO SEGUNDO TOMO

Cronologia

Esta cronologia relaciona fatos históricos a acontecimentos ficcionais dos dois volumes de *O Continente* e a dados biográficos de Erico Verissimo.

A fonte

1626

Os jesuítas tentam estabelecer missões no território onde hoje é o Rio Grande do Sul. São os primeiros a introduzir a pecuária nessa região, mas essa primeira tentativa não vinga.

1680

Os portugueses fundam a Colônia do Sacramento, em frente a Buenos Aires, para disputar o controle do rio da Prata.

1682

A Companhia de Jesus retorna ao território do Rio Grande do Sul, desta vez para se fixar, e funda os Sete Povos das Missões: São Borja, São Nicolau, São Miguel, São Luís Gonzaga, São Lourenço, São João Batista e Santo Ângelo, trazendo índios guaranis. As Missões prosperam com a produção de erva-mate, a criação de gado e com a fiação e a tecelagem. Alcançam seu esplendor artístico com o estilo "barroco missioneiro".

1726
Fundação de Montevidéu.

1737
Portugueses fundam o presídio militar de Rio Grande, na região onde hoje se encontra a cidade de mesmo nome.

1740
Jerônimo de Ornellas obtém uma sesmaria do governo na região onde hoje fica Porto Alegre.

1741
Fundação de Capela do Viamão.

1750
Portugal e Espanha assinam o Tratado de Madri: a Espanha cede a Portugal o território dos Sete Povos das Missões e recebe em troca a Colônia de Sacramento. Os índios aldeados devem abandonar as missões.

1752
Começa a demarcação do tratado.
Organizam-se partidas armadas de portugueses e espanhóis para forçar os índios e os jesuítas a deixarem as missões. Os missioneiros

1745
Começa a ação do romance. Numa madrugada de abril, na missão de São Miguel, pe. Alonzo acorda assustado, com o mesmo pesadelo que há tempos o atormenta. No anoitecer do mesmo dia nasce o personagem Pedro Missioneiro.

1750
No sábado de Aleluia, pe. Alonzo recebe a notícia da assinatura do tratado.

resistem, liderados pelo corregedor de São Miguel, o cap. Sepé Tiarajú. Alguns padres apoiam os índios.

1756
Em 7 de fevereiro, Sepé Tiarajú morre em combate contra portugueses e espanhóis.
Em 10 de fevereiro, exércitos ibéricos massacram 1500 índios perto do arroio Caibaté. A resistência dos guaranis se desfaz. As missões são destruídas e o território, ocupado.

1759
Os jesuítas são expulsos de Portugal.

1761-1762
Com o Tratado de El Pardo, os espanhóis retomam a região das Missões.

1767
Os jesuítas são expulsos da Espanha.

1768
A Companhia de Jesus é expulsa da América. Os padres são presos e os bens da ordem, confiscados.

1756
Cel. Ricardo Amaral, fundador da estância de Santa Fé, toma parte nas batalhas, do lado dos ibéricos.
Em maio Pedro Missioneiro foge da missão de São Miguel, antes da ocupação pelos portugueses.

1769
O poeta mineiro Basílio da Gama publica em Portugal o poema *O Uraguai*, sobre as Missões.

Ana Terra

1772
Fundação de Porto Alegre.

1776
Em meio a novas hostilidades, os portugueses retomam o controle sobre o território do Rio Grande do Sul. Essa nova fase da disputa é marcada pela presença de caudilhos como Rafael Pinto Bandeira. Nos Estados Unidos da América do Norte, proclamação da independência.

1781
Em 18 de maio, o governo espanhol executa em Cuzco, no Peru, o inca Tupac Amaru, acusado de sedição.

1777
Ana Terra encontra Pedro Missioneiro ferido à beira de uma sanga, perto da casa de seu pai, Maneco Terra.

1778
No verão, Ana Terra fica grávida de Pedro, que é morto pelos irmãos dela. Nove meses depois nasce o menino Pedro Terra.

1781
Horácio Terra deixa as terras do pai e muda-se para Rio Pardo, onde se torna tanoeiro.

1787 ou 1788
Morre d. Henriqueta, mãe de Ana Terra.

1789
Tomada da Bastilha, em Paris. Começa a Revolução Francesa. No Brasil, a Inconfidência Mineira.

1801
O território das missões é conquistado definitivamente pelos portugueses.

1804
Independência do Haiti. É o segundo país americano a conseguir a independência.

1807
O Rio Grande do Sul é promovido a capitania-geral, deixando de ser administrado pela capitania do Rio de Janeiro.

1808
Napoleão domina a península Ibérica e a família real vem para o Rio de Janeiro.

Fim de 1789 ou começo de 1790
Bandidos castelhanos arrasam a estância de Maneco Terra e matam todos os homens adultos. Ana Terra, a cunhada e as crianças partem para as terras do cel. Ricardo Amaral.

1801
Nessas novas lutas morre o cel. Ricardo Amaral.

1803
O filho do cel. Ricardo, Chico Amaral, dá início às providências para fundar o povoado de Santa Fé.
Pedro Terra casa-se com Arminda Melo.

1806
Nasce Bibiana, filha de Pedro Terra.

*c.*1810
Nascimento de Fandango, que virá a ser capataz do Angico.

		1810
1811	1811	Manoel Verissimo da Fonseca emigra de Portugal para o Brasil, onde se casa com Quitéria da Conceição, de Ouro Preto. O casal radica-se no sul do Brasil.
Portugueses invadem a região do Uruguai, chamada de Banda Oriental, para combater os independentistas platinos, que se sublevam contra a Espanha.	Pedro Terra acompanha as tropas do cel. Chico Amaral.	
Um certo capitão Rodrigo 1815 Derrota de Napoleão em Waterloo e consolidação, na Europa, do predomínio da Santa Aliança (Rússia, Prússia e Império Austro-Húngaro) e da Inglaterra. 1816 Novas lutas e incursões de tropas portuguesas na região do Prata. A campanha se estende até 1820 e o Uruguai é anexado ao Brasil com o nome de província Cisplatina.		

1820
Revolução liberal
e constitucionalista em
Portugal, na cidade
do Porto. O movimento
repercute no Brasil,
inclusive em Porto
Alegre.

1821
D. João VI retorna a
Portugal e aceita a nova
Constituição.

1822
O príncipe regente
d. Pedro I proclama
a independência
do Brasil.

1824
Primeira Constituição
do Império do Brasil.
Revolta liberal em
Pernambuco, onde é
fundada a Confederação
do Equador. Na
repressão subsequente,
o frei Caneca do Amor
Divino é fuzilado, no
começo de 1825.
No Rio Grande do Sul
chegam os primeiros
colonos alemães.

1825
O caudilho Juan
Lavalleja começa a luta
pela independência do
Uruguai. Nova
mobilização brasileira
para intervir no Prata.

1821
O cap. Rodrigo
participa da agitacão
popular e militar em
Porto Alegre.

1825
Morte de Ana Terra.

1821
Em 18 de agosto,
funda-se o povoado de
Cruz Alta, terra natal de
Erico Verissimo.

1827
Os brasileiros são derrotados na Batalha de Passo do Rosário, ou de Ituzaingó.

1828
Com pressão da Inglaterra, Brasil e Argentina reconhecem a independência do Uruguai.

1831
D. Pedro I abdica em seu filho e retorna a Portugal.

1834
Os coronéis Bento Gonçalves da Silva e Bento Manuel Ribeiro são acusados de manter ligações inconvenientes com políticos e militares uruguaios. Depois são absolvidos.

1835
Cresce a insatisfação no Rio Grande do Sul. Em 20 de setembro, Bento Gonçalves toma Porto Alegre e depõe Fernandes Braga. Começa a Revolução Farroupilha.
No Pará eclode a revolta conhecida como Cabanada.

1828
Em fim de outubro, chega a Santa Fé o cap. Rodrigo Severo Cambará. No Dia de Finados ele vê Bibiana Terra pela primeira vez.

1829
Duelo entre Rodrigo Cambará e Bento Amaral.
No Natal, Rodrigo e Bibiana casam-se.

1830
No Dia de Finados, nasce Bolívar Cambará, filho de Rodrigo e Bibiana.

1833
Nascimento de Luzia Silva, futura mulher de Bolívar Cambará.
Chegam a Santa Fé os primeiros imigrantes alemães.

1835
O cap. Rodrigo parte para se juntar às tropas de Bento Gonçalves da Silva. Os Amarais permanecem fiéis ao

1834
Elevação de Cruz Alta à categoria de vila.

1836

Na Corte formam-se os partidos Conservador e Liberal. Os imperiais retomam Porto Alegre. Em represália, depois da Batalha do Seival, gen. Antonio de Souza Netto proclama a República Rio-Grandense, em 11 de setembro. Em outubro, o general Bento Gonçalves é aprisionado por Bento Manuel, que mudara de lado, e vai para o Rio de Janeiro.

1837

Depois de ser mandado para o Forte do Mar, na Bahia, Bento Gonçalves foge com ajuda da maçonaria e volta para o Rio Grande do Sul, onde assume a presidência da República Rio-Grandense ou Farroupilha. Ainda na prisão no Rio de Janeiro, conhece o italiano Giuseppe Garibaldi, que adere à causa farroupilha.

Império e dominam Santa Fé.

1836

O cap. Rodrigo retorna a Santa Fé para tomá-la. Morre no assalto ao casarão dos Amarais. O cel. Ricardo Amaral também morre. Bento Amaral foge para o Paraguai.

1838

O governo da República Rio-Grandense funda o jornal *O Povo*, dirigido pelo italiano Luigi Rossetti.
Começa na Bahia a revolta conhecida como Sabinada, liderada pelo médico dr. Francisco Sabino da Rocha Vieira, que ajudou Bento Gonçalves a fugir.

1839

Os republicanos invadem Santa Catarina e tomam Laguna, proclamando a República Juliana, confederada à Rio-Grandense. A República durará quatro meses. Em novembro a Marinha Imperial retoma Laguna. Nessa passagem Garibaldi conhece Anita, "a heroína de dois mundos" e se junta a ela.

1840

Maioridade de d. Pedro II, que assume o trono e põe fim ao período regencial.

1841
Garibaldi vai para Montevidéu com Anita.

1842
Eclode a Revolta Liberal em Minas Gerais e São Paulo, em junho. Chega-se a pensar numa aliança entre as revoltas do Sul e do Centro do país. Caxias neutraliza mineiros e paulistas, e é enviado ao Rio Grande do Sul.
No Prata, recrudescem as lutas, agora entre Rosas, de Buenos Aires, e uruguaios, que querem manter a independência. Garibaldi adere aos uruguaios. As potências europeias, sobretudo a Inglaterra, querem garantir a livre navegação no rio da Prata. A diplomacia brasileira também age na região.

1843
Divididos, os republicanos rio-grandenses iniciam o debate sobre a Constituição, que não será proclamada.

1840
De acordo com a tradição familiar, evocada por Erico em *Solo de clarineta*, um de seus bisavôs, apelidado de Melo Manso, combateu os farrapos no planalto de Santa Catarina e aprisionou Anita Garibaldi. O fato é verídico; deu-se junto ao rio Marombas, e ali foi derrotada a coluna sob comando do cel. Teixeira Nunes. Alguns dias depois Anita conseguiu fugir, juntando-se novamente aos farroupilhas. Do lado destes lutava um irmão de Melo Manso, apelidado de Melo Bravo...

1844

Gen. Bento Gonçalves e cel. Onofre Pires batem-se em duelo. Ferido, o coronel morrerá de gangrena. Bento Gonçalves deixa a presidência da República Rio-Grandense. As forças de Davi Canabarro são surpreendidas e derrotadas em cerro dos Porongos. Os imperiais apresam armamento, cavalos, bandeiras e o arquivo dos farroupilhas. O major Vicente da Fontoura segue para o Rio de Janeiro, a fim de negociar a paz.

1845

Em 25 de fevereiro, em Ponche Verde, é assinada a paz entre o Império e os revoltosos. Embora assine o documento, gen. Antonio de Souza Netto declara-se pela continuação da luta, e se exila no Uruguai.

A teiniaguá

1848
Eclode em Pernambuco a Revolução Praieira, a última grande revolta armada contra o governo do Império brasileiro.
No Rio Grande do Sul, preparam-se novas investidas armadas no Uruguai para se contrapor à influência de Rosas.
Eclodem revoltas populares em quase todas as capitais europeias.
Marx e Engels lançam o *Manifesto comunista*.
Em Montevidéu, Garibaldi decide retornar à Itália para lutar pela unidade do país, contra o poder papal e o império austro-húngaro.

1849
Morre Anita Garibaldi, em 4 de agosto, na Itália.

1850
A lei Eusébio de Queirós proíbe o comércio negreiro da África para o Brasil. Novas intervenções brasileiras no Prata.

1845
Chega a Santa Fé o negociante Aguinaldo Silva, avô de Luzia.

1850
A vila de Santa Fé é elevada a cabeça de comarca.

1851

No Uruguai, as tropas brasileiras derrotam Oribe. Ascende ao poder Venâncio Flores, do Partido Colorado, com apoio do Brasil. Começa a guerra com Rosas, da Argentina. Chega ao Brasil Karl Julius Christian Adalbert Heinrich Ferdinand von Koseritz (Carl von Koseritz), refugiado político que fixa residência no Rio Grande do Sul. Intelectual combativo, terá enorme influência entre os imigrantes no Sul do Brasil. Inspirou o personagem dr. Carl Winter, seu suposto correspondente.

1852

As forças de Juan Manuel Ortiz de Rosas são derrotadas na Batalha de Monte Caseros. Rosas se refugia na Inglaterra. Em Paris, Napoleão Bonaparte é declarado imperador, com o título de Napoleão III.

1853

Edição do *Almanaque de Santa Fé*, onde se menciona "a recente" construção do Sobrado. Noivado e casamento de Bolívar Cambará e Luzia Silva. Bibiana muda-se para o Sobrado.

1854

Irineu Evangelista de Souza, o barão e depois visconde de Mauá, inaugura a primeira estrada de ferro

1854

Morte de Aguinaldo Silva.

brasileira, no Rio de Janeiro. Início da Guerra da Crimeia. 1855 Começa a construção da Estrada de Ferro D. Pedro II, depois chamada Central do Brasil.	1855 Nascimento de Licurgo Cambará, filho de Bolívar e Luzia. Viagem de Bolívar e Luzia a Porto Alegre. Bolívar é morto por capangas de Bento Amaral.

A guerra

1858 Em Porto Alegre, fundação do Banco da Província e inauguração do Teatro São Pedro.	
1860 Nos Estados Unidos da América do Norte começa a Guerra de Secessão.	1860 Nascimento de Maria Valéria, filha de Florêncio Terra.
1862 Reviravolta política na Corte. Cai o gabinete conservador, sobe o liberal Zacarias de Goes.	
1863 Começa nova guerra	

civil no Uruguai, entre Atanásio Aguirre, do Partido Blanco, e Venâncio Flores, do Partido Colorado, que tem o apoio do Brasil.

1864

Flores é vencido no Uruguai. O Brasil intervém em seu favor, inclusive a pedido dos estancieiros brasileiros que têm terras no país.

1865

Aguirre é deposto e pede auxílio a Solano López, presidente do Paraguai. López invade o Brasil no Mato Grosso e no Rio Grande do Sul, e a província de Corrientes, na Argentina. Deflagra-se a guerra. O Brasil mobiliza 100 mil homens em armas, e um terço do exército é gaúcho.
Nos Estados Unidos termina a Guerra de Secessão, com a vitória dos nortistas e o fim da escravidão. O presidente Abraham Lincoln é assassinado. As forças paraguaias tomam São Borja, Itaqui e Uruguaiana. Mas em setembro desse mesmo ano são

1865

Florêncio Terra e Chiru Caré vão para a Guerra do Paraguai.

obrigadas a render-se às tropas brasileiras.

1868
No Paraguai, a luta pende para os aliados.

1869
Em 1º de janeiro os aliados tomam Assunção, mas López segue combatendo. Em Porto Alegre, assina-se contrato para a construção da primeira estrada de ferro no estado.

1870
Em março, Solano López é morto em combate. Fim da guerra.
No Rio de Janeiro é divulgado um Manifesto Republicano.
Em *O gaúcho*, José de Alencar relata acontecimentos da Revolução Farroupilha.

1869
Chegam a Santa Fé os primeiros soldados que estavam na guerra, entre eles, Florêncio.

Ismália Caré

1871
Cresce a campanha abolicionista. Vota-se a Lei do Ventre Livre.

Morre o jovem poeta baiano Castro Alves, já consagrado como poeta lírico e abolicionista, autor de "O navio negreiro". Na Europa, a França é derrotada pela Prússia. Organiza-se e proclama-se o Império alemão em Versalhes. Segue-se a revolta da Comuna de Paris e sua brutal repressão pelo próprio Exército francês.

1874
Inauguração da primeira estrada de ferro no estado, entre Porto Alegre e São Leopoldo.
Na região de São Leopoldo uma parte dos colonos alemães se revolta, formando a seita religiosa liderada por Jacobina Maurer e que ficou conhecida como Mucker.

1875
Começa a imigração italiana no Rio Grande do Sul.

1878
Sob a liderança do senador Gaspar Silveira Martins, o Partido Liberal Histórico chega ao governo da província. Mas

1872
Morte de Luzia.
O Sobrado passa definitivamente para a família Terra Cambará.

1879
Cruz Alta, cidade natal de Érico, é elevada à condição de cidade.

abandona a pregação radical.`

1882

Com a primeira convenção republicana no Rio Grande do Sul, funda-se o Partido Republicano Rio-Grandense (PRR).

1883

Realiza-se o primeiro congresso do Partido Republicano na província. Consolida-se a liderança do jovem Júlio de Castilhos.

1884

Funda-se *A Federação*, jornal do PRR.
O Rio Grande do Sul, adiantando-se à Lei Áurea, abole a escravidão. O mesmo fazem Amazonas e Ceará.

1885

Lei do Sexagenário.

1887

Agrava-se a dissensão entre os militares, dominados pela propaganda republicana, e o Império. Mal. Deodoro da Fonseca, investido de comando no Sul, é chamado à Corte.

1884

Santa Fé é elevada a cidade. Em 24 de junho, Licurgo Cambará liberta todos os seus escravos. Licurgo noiva com sua prima Alice. Conflitos com Alvarino Amaral, filho de Bento.

1885-1886

Nascem Toríbio e Rodrigo Terra Cambará.

Trata-se da Questão Militar.

1888
Aprovada e assinada a Lei Áurea, pela princesa Isabel.

1889
Proclamação da República.
No Rio Grande do Sul, cai o governo liberal. Como o imperador e sua família, Gaspar Silveira Martins segue para o exílio.

O Sobrado

Os sete episódios de "O Sobrado", que se intercalam entre as demais partes, transcorrem da noite de 24 de junho à manhã de 27 de junho de 1895. Desenha-se o estertor da chamada Revolução Federalista no Rio Grande do Sul, última grande guerra civil na região do Rio Grande do Sul no século XIX. Nessa guerra morreram cerca de 10 mil pessoas, dentre as quais estima-se que cerca de mil foram degoladas.

1890
No Rio de Janeiro, o mal. Deodoro ocupa a presidência da República e o mal. Floriano Peixoto, a vice-presidência.
No Rio Grande do Sul organiza-se a primeira

oposição ao PRR, com o nome de União Nacional.

1891

Eleição da Assembleia Constituinte do Estado, só com membros do PRR. Em 14 de julho, proclama-se a Constituição Estadual, de forte influência positivista.
Júlio de Castilhos é eleito presidente do estado. No Rio, Deodoro fecha o Congresso. Júlio apoia Deodoro, mas a oposição consegue depô-lo do governo rio-grandense. Segue-se um momento de indefinição política. Uma junta governa o Rio Grande do Sul, e fica conhecida como "governicho".

1892

Gaspar Silveira Martins volta do exílio. A oposição ao PRR se une e funda em Bagé o Partido Federalista Brasileiro. Reúnem-se ali monarquistas, parlamentaristas e dissidentes do que chamam "a ditadura de Castilhos".

1893
Castilhos volta ao poder. Os federalistas se revoltam. Reúnem tropas no Uruguai e entram em território brasileiro. Os republicanos de Castilhos se identificam por um lenço branco ao pescoço e são chamados de "chimangos" ou "pica-paus". Os federalistas usam lenço vermelho e são chamados de "maragatos". Aqueles têm ligação com os colorados no Uruguai; estes, com os blancos. Entre os maragatos destacam-se caudilhos como os irmãos Aparício e Gumercindo Saraiva, conhecidos no Uruguai como "Saravia" e Joca Tavares.
No Rio de Janeiro eclode a Revolta da Armada.

1894
Uma coluna de maragatos chefiada por Gumercindo Saraiva tenta chegar ao Rio de Janeiro para depor Floriano. Entretanto, embora consiga tomar as cidades de Lapa e Curitiba (PR), é

obrigada a retroceder. Os revoltosos da Armada deixam o Rio, e as duas forças encontram-se em Nossa Senhora do Desterro (sc), onde um governo provisório é proclamado. Cercadas, as forças deixam a cidade mediante um armistício. Segue-se feroz repressão comandada pelo cel. Moreira César, que muda o nome da cidade para Florianópolis. Em 10 de agosto, morre o caudilho maragato Gumercindo Saraiva, depois do combate de Carovi. No Rio de Janeiro, Prudente de Morais é eleito e assume a presidência da República. É o primeiro civil a ocupar o cargo.

1895
O contra-almirante Saldanha da Gama reúne-se aos maragatos, no Rio Grande do Sul. Em 24 de junho, é morto e seu esquadrão destroçado em combate no Campo dos Osórios. No dia da morte de Saldanha da Gama, inicia-se a ação que abre "O Sobrado". Em 29 de junho morre Floriano

1895
Em 24 de junho inicia-se a ação de "O Sobrado".

Peixoto, no Rio de Janeiro.
O governo de Prudente de Morais propõe uma anistia, mesmo contra o desejo dos castilhistas. Em 23 de agosto as facções assinam a paz, em Pelotas.

Crônica biográfica

Quando publica *O Continente*, em 1949, Erico Verissimo já é um escritor consagrado. As primeiras notas do romance que se tornaria *O tempo e o vento* datam de muito antes, de 1941, embora a ideia já lhe tivesse ocorrido em 1939.

Em *O resto é silêncio*, de 1943, sete personagens presenciam o suicídio de uma jovem em Porto Alegre. No final do romance, uma das testemunhas, o escritor Tônio Santiago, está no Teatro São Pedro, ouvindo a *Quinta sinfonia* de Beethoven, quando tem a visão da história do Rio Grande do Sul como uma sinfonia. Nessa imagem sucedem-se personagens e momentos desde a época das Missões até os dias contemporâneos. O que deflagra o devaneio do escritor é uma associação vertiginosa de tempo e espaço: "Quando o tema da *Quinta sinfonia* preocupava o espírito do compositor, os antepassados da maioria das pessoas que enchiam o teatro andavam pelas campinas do Rio Grande do Sul a guerrear com os espanhóis na disputa das missões" (*O resto é silêncio*, capítulo 45, "Sinfonia").

Erico tinha planejado escrever toda a ação de *O tempo e o vento* num único romance de oitocentas páginas, mas acabou por desdobrá-la em três: *O Continente*, cuja ação vai de 1745 a 1895, e *O Retrato* e *O arquipélago*, que falam de fatos transcorridos entre 1895 e 1945.

Em seu livro de memórias, *Solo de clarineta*, Erico conta que a chave para os personagens do Sobrado foi a lembrança de um tio seu, Tancredo Lopes, homem que descreve como retraído e rude. A lembrança desse tio despertou-lhe certa vontade de mergulhar no fundo da alma dos personagens rio-grandenses, os de vida simples e dura, "aquela humanidade batida pela intempérie, suada, sofrida, embarrada, terra a terra" (*Solo de clarineta*, volume 1, capítulo 5).

Para Erico, os livros escolares não faziam ninguém amar a história do Rio Grande do Sul e de sua gente. Eram, em geral, versões decoradas cujo estilo lembrava um "relatório municipal".

Animado pela descoberta de que o brilho de alguns personagens brasileiros nada ficava a dever aos melhores espadachins do romance europeu, o escritor conclui que descortinar o passado devia ser muito mais interessante do que ficar preso às versões da mitologia oficial. Portanto, é de um impulso de apaixonar-se pela história de sua terra que nasceu este romance, hoje considerado um dos clássicos da literatura brasileira.

Erico começa a escrever *O Continente* em 1947, embrenhando-se no mundo de seus personagens, que se tornam mais e mais exigentes.

Talvez a melhor frase do escritor sobre essa liberdade que os personagens exigem, uma vez criados, seja: "Quem sou eu para sujeitar um potro como o capitão [Rodrigo] Cambará?", também de seu *Solo de clarineta* (capítulo 5).

Em *O Continente* o escritor mergulha no passado sul-riograndense e brasileiro, na busca das raízes do presente. O país vivia um momento de redescoberta de si e de redefinição de caminhos, com o fim do Estado Novo e da Segunda Guerra Mundial, e o começo da Guerra Fria. Essa é a moldura de Erico Verissimo para sua visão vertiginosa da violência e das paixões na definição da fronteira e nas guerras civis em seu estado natal.

> "Ao escrever *O Continente*, o que a princípio me parecera um obstáculo, isto é, a falta de documentos e de um maior conhecimento dos primeiros anos da vida do Rio Grande do Sul, tinha na realidade sido uma vantagem. Era como se eu estivesse dentro dum avião que voava a grande altura: podia ter uma visão do conjunto, discernia os contornos do Continente. Viajava num país sem mapas, e outra bússola não possuía além de minha intuição de romancista. E isso fora bom."
>
> ERICO VERISSIMO

Erico Verissimo nasceu em Cruz Alta (RS), em 1905, e faleceu em Porto Alegre, em 1975. Na juventude, foi bancário e sócio de uma farmácia. Em 1931 casou-se com Mafalda Halfen von Volpe, com quem teve os filhos Clarissa e Luis Fernando. Sua estréia literária foi na *Revista do Globo*, com o conto "Ladrão de gado". A partir de 1930, já radicado em Porto Alegre, tornou-se redator da revista. Depois, foi secretário do Departamento Editorial da Livraria do Globo e também conselheiro editorial, até o fim da vida.

A década de 30 marca a ascensão literária do escritor. Em 1932 ele publica o primeiro livro de contos, *Fantoches*, e em 1933 o primeiro romance, *Clarissa*, inaugurando um grupo de personagens que acompanharia boa parte de sua obra. Em 1938, tem seu primeiro grande sucesso: *Olhai os lírios do campo*. O livro marca o reconhecimento de Erico no país inteiro e em seguida internacionalmente, com a edição de seus romances em vários países: Estados Unidos, Inglaterra, França, Itália, Argentina, Espanha, México, Alemanha, Holanda, Noruega, Japão, Hungria, Indonésia, Polônia, Romênia, Rússia, Suécia, Tchecoslováquia e Finlândia. Erico escreve também livros infantis, como *Os três porquinhos pobres*, *O urso com música na barriga*, *As aventuras do avião vermelho* e *A vida do elefante Basílio*.

Em 1941 faz uma viagem de três meses aos Estados Unidos a convite do Departamento de Estado norte-americano. A estada resulta na obra *Gato preto em campo de neve*, o primeiro de uma série de livros de viagens. Em 1943, dá aulas na Universidade de Berkeley. Volta ao Brasil em 1945, no fim da Segunda Guerra Mundial e do Estado Novo. Em 1953 vai mais uma vez aos Estados Unidos, como diretor do Departamento de Assuntos Culturais da União Pan-Americana, secretaria da Organização dos Estados Americanos (OEA).

Em 1947 Erico Verissimo começa a escrever a trilogia *O tempo e o vento*, cuja publicação só termina em 1962. Recebe vários prêmios, como o Jabuti e o Pen Club. Em 1965 publica *O senhor embaixador*, ambientado num hipotético país do Caribe que lembra Cuba. Em 1967 é a vez de *O prisioneiro*, parábola sobre a intervenção dos Estados Unidos no Vietnã. Em plena ditadura, lança *Incidente em Antares* (1971), crítica ao regime militar. Em 1973 sai o primeiro volume de *Solo de clarineta*, seu livro de memórias. Morre em 1975, quando terminava o segundo volume, publicado postumamente.

Obras de Erico Verissimo

Fantoches [1932]
Clarissa [1933]
Música ao longe [1934]
Caminhos cruzados [1935]
Um lugar ao sol [1936]
Olhai os lírios do campo [1938]
Saga [1940]
Gato preto em campo de neve [narrativa de viagem, 1941]
O resto é silêncio [1943]
Breve história da literatura brasileira [ensaio, 1944]
A volta do gato preto [narrativa de viagem, 1946]
As mãos de meu filho [1948]
Noite [1954]
México [narrativa de viagem, 1957]
O senhor embaixador [1965]
O prisioneiro [1967]
Israel em abril [narrativa de viagem, 1969]
Um certo capitão Rodrigo [1970]
Ana Terra [1971]
Incidente em Antares [1971]
Um certo Henrique Bertaso [biografia, 1972]
Solo de clarineta [memórias, 2 volumes, 1973, 1976]

O TEMPO E O VENTO

Parte I: *O Continente* [2 volumes, 1949]
Parte II: *O Retrato* [2 volumes, 1951]
Parte III: *O arquipélago* [3 volumes, 1961-1962]

OBRA INFANTOJUVENIL

A vida de Joana D'Arc [1935]
Meu ABC [1936]
Rosa Maria no castelo encantado [1936]
Os três porquinhos pobres [1936]
As aventuras do avião vermelho [1936]
As aventuras de Tibicuera [1937]
O urso com música na barriga [1938]
Outra vez os três porquinhos [1939]
Aventuras no mundo da higiene [1939]
A vida do elefante Basílio [1939]
Viagem à aurora do mundo [1939]
Gente e bichos [1956]

Copyright © 2004 by Herdeiros de Erico Verissimo
*Texto fixado pelo Acervo Literário de Erico Verissimo (PUC-RS) com base
na edição* princeps, *sob coordenação de Maria da Glória Bordini.*

*Grafia atualizada segundo o Acordo Ortográfico da Língua Portuguesa de 1990,
que entrou em vigor no Brasil em 2009.*

CAPA E PROJETO GRÁFICO Raul Loureiro

FOTO DE CAPA Leonid Streliaev

FOTO DE ERICO VERISSIMO Leonid Streliaev, c. 1973

SUPERVISÃO EDITORIAL Flávio Aguiar

CRÔNICA BIOGRÁFICA E CRONOLOGIA Flávio Aguiar

PESQUISA Anita de Moraes

PREPARAÇÃO Cristina Yamazaki

REVISÃO Isabel Jorge Cury e Otacílio Nunes

ATUALIZAÇÃO ORTOGRÁFICA Página Viva

*Os personagens e as situações desta obra são reais apenas no universo da ficção;
não se referem a pessoas e fatos concretos, e sobre eles não emitem opinião.*

1ª edição, 1949 (43 reimpressões)
2ª edição, 2002
3ª edição, 2004 (17 reimpressões)

Dados Internacionais de Catalogação na Publicação (CIP)
(Câmara Brasileira do Livro, SP, Brasil)

Verissimo, Erico, 1905-1975.
 O tempo e o vento, parte 1: O Continente 2 /
Erico Verissimo. — 3ª ed. — São Paulo : Companhia das Letras, 2004.

 ISBN 978-85-359-1585-3 (COLEÇÃO)
 ISBN 978-85-359-0562-5

 1. Romance brasileiro I. Título. II. Título: O Continente 2.

04-6617   CDD-869.93

Índice para catálogo sistemático:
1. Romances : Literatura brasileira 869.93

Todos os direitos desta edição reservados à
EDITORA SCHWARCZ S.A.
Rua Bandeira Paulista, 702, cj. 32
04532-002 – São Paulo – SP
Telefone: (11) 3707-3500
www.companhiadasletras.com.br
www.blogdacompanhia.com.br
facebook.com/companhiadasletras
instagram.com/companhiadasletras
twitter.com/cialetras

Esta obra foi composta em
Janson por Osmane Garcia Filho
e impressa em ofsete pela Gráfica Paym
sobre papel Pólen da Suzano S.A.
para a Editora Schwarcz em maio de 2025

A marca FSC® é a garantia de que a madeira utilizada na fabricação do
papel deste livro provém de florestas que foram gerenciadas de maneira
ambientalmente correta, socialmente justa e economicamente viável,
além de outras fontes de origem controlada.